D1499541

Les Folles Années

Jean-Pierre Charland

Les Folles Années

tome 2

Mathieu et l'affaire Aurore

Roman historique

www.quebecloisirs.com

UNE ÉDITION DU CLUB QUÉBEC LOISIRS INC.
Avec l'autorisation des Éditions Hurtubise Inc.

Dépôt légal – Bibliothèque et Archives nationales du Québec, 2010
ISBN Q.L. : 978-2-89666-057-5
(Publié précédemment sous ISBN: 978-2-89647-267-3)

Imprimé au Canada par Friesens

Liste des personnages principaux

Buteau, Marie: Jeune fille née dans le quartier Saint-Roch, veuve d'Alfred Picard, elle dirige le commerce fondé par ce dernier. Elle épouse Paul Dubuc en 1919.

Caron, docteur: Médecin des familles Picard et de la famille Dupire, père d'Élise.

Caron, Élise: Fille du docteur Caron. Elle revient vivre chez lui avec ses enfants au moment du décès de son époux, le docteur Charles Hamelin, en 1918.

Dubuc, Paul: Député libéral de Rivière-du-Loup, père de deux filles, Amélie et Françoise. Il épouse Marie Picard, née Buteau, en secondes noces en 1919.

Dugas, Gertrude: Servante dans la maisonnée de Marie (Buteau) Picard.

Picard, Mathieu: Fils de Marie Buteau et de Thomas Picard. Alfred Picard en a toutefois assumé la paternité. À son retour de la guerre en 1919, il reprend ses études de droit à l'Université Laval.

Picard, Thalie: Fille de Marie Buteau et d'Alfred Picard, elle étudie à l'Université McGill depuis 1918.

Poitras, Flavie: Secrétaire au magasin PICARD, elle fréquente Mathieu Picard.

Trudel, Élisabeth: Seconde épouse de Thomas Picard: devenue veuve, elle acquiert une maison de chambres.

Liste des personnages historiques

Déry, Joseph-Alfred (1878-1925): Avocat, juge à la Cour supérieure du Québec, il préside le procès de Télesphore Gagnon.

Fitzpatrick, Arthur (1884-1938): Avocat, substitut du procureur général, il devient juge à la Cour des sessions de la paix en 1929.

Francœur, Joseph-Napoléon (1881-1965): Avocat, député libéral de la circonscription de Lotbinière à l'Assemblée législative de 1908 à 1936. En 1920, il agit comme avocat de la défense des accusés dans l'affaire «Aurore».

Gagnon, Aurore (1909-1920): Seconde fille de Télesphore Gagnon et de Marie-Anne Caron. Elle succombe aux mauvais traitements infligés par ses parents.

Gagnon, Marie-Jeanne (1907-1986): Sœur aînée d'Aurore, son témoignage sera déterminant lors du procès de ses parents.

Gagnon, Télesphore (1883-1961): Agriculteur marié successivement à Marie-Anne Caron, puis à Marie-Anne Houde, il est le père d'Aurore.

Houde, Marie-Anne (1890-1936): Épouse de Télesphore Gagnon en secondes noces, elle est la belle-mère d'Aurore Gagnon.

Lachance, Arthur (1868-1945): Avocat, il agit comme substitut du procureur général lors du procès des parents Gagnon.

Lavergne, Armand (1880-1935): Avocat nationaliste, on le retrouve en 1920 parmi les défenseurs de Télesphore Gagnon.

Lemay, Exilda (née Auger, 1870-...): Épouse d'Arcadius Lemay, voisine des Gagnon, elle témoigne pour l'accusation lors des procès du couple.

Mailhot, Oréus (ou Auréus, 1878-...): Marchand général et juge de paix à Sainte-Philomène-de-Fortierville, il signale le sort d'Aurore Gagnon aux autorités.

Marois, Albert (1861-...): Chirurgien à l'Hôtel-Dieu de Québec, il pratique l'autopsie du cadavre d'Aurore Gagnon le 13 février 1920.

Massé, Ferdinand (...-1923): Curé de Sainte-Philomène-de-Fortierville de 1918 à 1923.

Pelletier, Louis-Philippe (1857-1921): Avocat, juge à la Cour supérieure du Québec, il préside le procès de Marie-Anne Houde.

Prologue

Un peu après sept heures du soir en ce début du mois d'août 1919, la clientèle ne se bousculait pas dans le magasin général. Cela permettrait au marchand de se concentrer sur ses additions. Passé quarante ans, les retenues continuaient de lui causer problème. Penché sur une table étroite placée dans une toute petite pièce attenante à la grande salle du commerce, le crayon tenu à deux pouces du grand livre, il comptait sur les doigts de sa main gauche. L'établissement occupait presque tout le rez-de-chaussée d'une vaste demeure. La lumière du jour déclinant entrait par les larges fenêtres, éclaboussant d'or les étagères où la marchandise s'entassait pêle-mêle. Le tout faisait penser à la caverne d'Ali Baba.

L'espoir d'Oréus Mailhot de passer une soirée dans des registres poussiéreux fut déçu. La cloche au-dessus de la porte tinta bientôt.

— Crucifix ! grommela-t-il en se levant.

Le marchand découvrit, plantée devant l'entrée, une petite famille : le père très grand et maigre, la mère un peu courte, mince, quoique accablée par un ventre proéminent, le résultat de nombreuses grossesses, et la petite fille, une brunette âgée de neuf ou dix ans.

— Télesphore, Marie-Anne, que désirez-vous ?

Les cultivateurs, occupés toute la journée par les travaux des champs, venaient parfois faire des emplettes après la traite des vaches. Cela forçait les deux commerces du village à rester ouverts à des heures tardives.

— Si je veux porter plainte contre quelqu'un, je dois m'en remettre à toi ?

Surpris, l'homme arqua les sourcils. Pareille éventualité arrivait bien rarement.

— … Je suis le juge de paix, alors oui, je suis la personne tout indiquée, à moins que tu ne fasses le voyage jusqu'à Québec.

Mailhot, un homme de taille moyenne, robuste, abandonna son sourire mercantile. Son visage un peu rond, rasé de près, trahissait un nouvel intérêt. Si dans les villes, des services de police permettaient aux citoyens de porter plainte et d'obtenir une enquête, à la campagne, des personnes honorables jouaient le rôle de « juge de paix ». Ils devaient régler de légers différends entre les habitants, et recueillir des informations pour les infractions les plus graves.

— Non, je ne veux pas aller à Québec. C'est au sujet de ma fille, Aurore. Son pied.

Oréus baissa les yeux. L'un des pieds de l'enfant paraissait enflé, au point de déborder un peu de la chaussure. Toutefois, ce fut l'autre pied qui retint le regard du juge de paix.

— Qu'est-ce qui t'est arrivé ?

Il s'agenouilla pour toucher juste au-dessus de l'endroit où une grande surface de peau avait été arrachée. La chair prenait une couleur d'un vilain bleu violet.

— Aïe ! s'exclama-t-elle en se reculant un peu.

Malgré la douleur, ou peut-être à cause d'elle, sa voix demeurait faible, presque résignée.

— Comment cela est-il arrivé ? insista l'homme.

Devant le silence de la gamine, le commerçant leva les yeux vers la mère.

— Des garçons du septième rang l'ont arrangée comme ça.

— Nous voulons porter plainte contre eux, renchérit le mari.

Les jambes nues de la fillette ressemblaient à des allumettes pendues sous le bord de la robe. Mailhot compta très vite, releva les yeux en disant:

— Je vois cinq autres bleus. Ce sont des blessures plus anciennes, la peau est passée au jaune. Ces petits garçons s'acharnent-ils sur elle?

Le couple se consulta rapidement du regard, puis la femme répondit:

— Elle a tous les vices: souillon, menteuse, voleuse même. Si j'osais tout vous dire...

Ce genre de précaution précédait d'habitude une révélation scabreuse.

— Elle est impure, siffla la femme entre ses dents.

— Alors, il faut la corriger, compléta le père.

— La corriger en la frappant sur les jambes? Pour laisser des marques comme celles-là, cela prend des coups violents.

Encore une fois, l'homme et la femme échangèrent un long regard.

— Nous ne pouvons la laisser continuer à commettre des péchés, déclara Marie-Anne.

— En plus, elle a une mauvaise influence sur ses frères et sœurs. Si je ne la dompte pas, ils deviendront aussi vicieux qu'elle.

Se remettant debout, Mailhot regardait la petite fille. Elle levait un visage rond vers lui. Ses yeux bruns exprimaient un profond désarroi... Entendre débiter la liste de ses tares morales devant un inconnu pouvait certes expliquer cette attitude, mais le juge de paix croyait y déceler autre chose.

— J'aimerais parler à cette jeune personne seul à seul.

— ... Ce n'est pas nécessaire, je vous ai dit ce qui est arrivé.

Marie-Anne paraissait méfiante maintenant. Son époux posa une main sur l'épaule de l'enfant, fit mine de lui faire exécuter un demi-tour.

— Je te disais que nous perdions notre temps, maugréa-t-il. Allons-nous-en, il ne fera rien.

— Pas si vite, Télesphore. Si ta fille est la victime, c'est à elle de me dire ce qui est arrivé.

Mailhot tendit la main en plongeant ses yeux dans ceux de l'enfant, un sourire sur les lèvres.

— Je dois même avoir des bonbons pour toi.

Elle hésita un bref instant, puis accepta la main tendue. Pour marcher, elle devait poser son pied par terre. Chacun des pas lui coûtait un effort douloureux, elle grimaçait sans cesse. Une voix féminine, à la fois douce et étrangement menaçante, intervint :

— Aurore.

La fillette se retourna pour écouter sa mère.

— Aurore, écoute-moi bien. Fais attention à comment tu vas parler.

Des yeux, le père paraissait appuyer les mots de sa compagne. L'enfant hocha gravement la tête. Un instant plus tard, Oréus fermait la porte du cagibi lui servant de bureau. Il désigna à son invitée une chaise placée dans un coin. Il commença par lui tendre un pot en verre contenant des menthes blanches.

Un long moment, elle le regarda, puis en prit une.

— Tu peux en avoir d'autres, pour le chemin du retour.

Les yeux bruns tinrent un autre long plaidoyer. Elle enfourna la première friandise, en prit deux autres. Le marchand remit le pot à sa place, puis se cala dans sa chaise et allongea les jambes.

— Ton pied doit faire très mal.

Elle hocha gravement la tête.

— C'est une vilaine blessure.

De nouveau, elle dit oui de la tête.

— Comment est-ce arrivé ?

— Des petits gars. Des petits gars m'ont jeté une grosse roche.

L'homme grimaça, comme si une action pareille lui paraissait très mauvaise.

— Tu connais les noms de ces garçons ?

— Le petit Bédard.

Les Bédard possédaient une ferme dans le septième rang, à peu de distance de celle des Gagnon.

— … gène.

— Pardon ? Ah ! Eugène. Il était seul ?

— Avec Alfred Gagnon.

Pas trop loin de chez Télesphore habitait un autre Gagnon, Adjutor. Elle évoquait son fils.

— Celui-là, c'est ton cousin je pense.

Elle approuva de la tête.

— Comment cela est-il arrivé ?

— Je suis allée chercher mes petits frères dans les champs. Je suis tombée sur eux.

— Ils t'ont lancé une pierre comme ça, sans raison.

Elle répondit encore d'un signe de tête.

— C'est très méchant.

Leur conversation prenait une allure étrange : lui suggérait quelque chose, elle donnait son assentiment d'un geste.

— La dame avec toi, qui c'est ?

— Maman.

— C'est ta vraie maman ?

La fillette acquiesça encore. Pourtant, elle jugea utile de préciser :

— Elle insiste pour qu'on l'appelle comme ça. Ma vraie maman est morte.

— Mais Télesphore, c'est ton vrai papa.

Il la regarda dans les yeux, puis demanda encore :

— Tu as bien dit la vérité, à propos de ces petits garçons.

— ... Oui.

L'hésitation rendait la réponse bien suspecte.

— Tu ne me mentirais pas sur une question aussi importante.

Cette fois, elle secoua la tête de droite à gauche avec énergie.

— C'est bon, allons rejoindre tes parents.

Au moment de se lever, le juge de paix la vit engloutir les deux autres menthes dans sa bouche, comme si elle craignait de se les faire enlever. Elle prit sa main, s'appuya sur lui pour revenir dans la grande pièce.

Les parents se tenaient exactement à la même place. Leurs regards se posaient sur la fillette, menaçants.

— Aurore m'a tout raconté. Je vais tout de suite aller chez les Bédard et les Gagnon pour parler à ces garçons. Ils ne l'embêteront plus, soyez-en sûrs.

Ils parurent rassurés.

— Cette petite fille peut à peine marcher. Vous devriez la porter. Surtout, elle a besoin de voir le docteur. Il faut désinfecter sa blessure, mettre un pansement dessus. Je verrai dimanche, à la messe, si elle a reçu les soins requis.

Le ton contenait une menace voilée. Comme à regret, le visiteur souleva la fillette dans ses bras, sa femme ouvrit la porte pour eux.

Atteler son cheval prit à peine cinq minutes. La soirée se révélait douce et chaude. Tout le long du chemin vers le septième rang, Oréus Mailhot aperçut des cultivateurs encore aux champs. Au temps de la récolte, les journées de travail se faisaient interminables.

La maison d'Adjutor Gagnon s'élevait tout près du chemin, une grande bâtisse aux murs de planches verticales. Le propriétaire se donnait la peine de la blanchir à la chaux régulièrement. Cela lui donnait un air guilleret. La grange étable se trouvait suffisamment loin pour que les odeurs de fumier ne dérangent pas trop les occupants de la demeure. Il reconnut deux bâtiments plus petits. L'un servait sans doute de poulailler, l'autre peut-être de porcherie.

En cette saison, mieux valait se présenter tout de suite à la porte de la cuisine d'été. Une pierre la tenait grande ouverte, afin de faciliter la circulation de l'air. Debout dans l'ouverture, le visiteur fut accueilli par un homme jovial.

— Si tu viens pour la soupe, Oréus, trop tard. La marmite est vide.

Les autres convives rirent un peu de la saillie. Le grand chaudron demeurait sur le gros poêle à bois encore chaud, mais toutes les assiettes sur la table étaient vides.

— Je ne suis pas venu te quêter un repas. Je suis ici en tant que juge de paix.

Les rires s'éteignirent, les sourires disparurent. Le cultivateur occupait un bout de la longue table et sa femme, l'autre. Entre eux, de part et d'autre, six enfants prenaient place sur des bancs. Seize yeux demeuraient rivés sur lui.

— Qui est Alfred ?

Un garçon blond d'une douzaine d'années regarda sa mère, soudainement inquiet.

— C'est lui, déclara le père.

— Je peux lui parler une minute ? Je veux tirer quelque chose au clair.

— Pourquoi pas... si je peux rester là, bien sûr.

Le juge de paix écarta les bras de son corps, puis déclara :

— Si tu veux bien ne pas fumer le mauvais tabac que tu cultives sur ton tas de fumier, ta présence me fera plaisir.

La remarque détendit un peu l'atmosphère.

— Allez dans le salon, suggéra la mère.

Pendant que les deux hommes et le garçon passaient dans le corps principal de la maison, elle continua pour le reste de sa marmaille :

— Les filles, vous m'aidez à desservir et à laver la vaisselle. Les autres, il reste une petite heure de lumière pour sarcler le jardin.

Oréus Mailhot pénétra bientôt dans une pièce trop bien ordonnée pour qu'elle serve souvent. Seul le curé, et certains autres visiteurs triés sur le volet, devaient profiter des lieux.

— Prends le fauteuil, décida le chef de famille.

Lui-même s'assit du bout des fesses sur un divan étroit, tellement il tenait à préserver le revêtement de tissu fleuri. Il fit signe à son garçon de prendre place près de lui.

— Alors qu'est-ce qui t'amène ? demanda le père.

C'est en fixant le fils dans les yeux qu'il commença.

— Alfred, tout à l'heure, ton oncle Télesphore et ta tante Marie-Anne sont venus au magasin. Selon eux, tu as jeté une grosse pierre sur le pied de leur fille, Aurore.

— ... Ce n'est pas vrai !

Il ouvrait de grands yeux bleus. À douze ans, le travail de la ferme en avait fait un petit colosse aux épaules déjà bien découpées. Bâti comme cela, il pouvait faire un mauvais sort à n'importe quelle petite fille, et même à une grande.

— Selon eux, tu étais avec le jeune Bédard. Eugène.

— Non, ce sont des menteries.

— Peut-être est-ce arrivé en jouant, sans même faire exprès, insista le marchand.

— Sauf à la messe, on ne la voit jamais. Je ne joue pas avec elle.

Le père s'agita un peu, au point qu'Oréus leva la main pour l'inciter au silence.

— Elle a une très mauvaise blessure sur le pied.

— Ce n'est pas moi !

Tout grand et gros qu'il fut, Alfred demeurait un enfant. Des larmes perlaient à ses yeux. Après un silence passé à le dévisager, le visiteur conclut :

— Je pense que tu dis la vérité. Maintenant, veux-tu nous laisser ? J'aimerais discuter encore un peu avec ton père.

Le garçon s'esquiva sans demander son reste. Quand la porte fut refermée, Adjutor expliqua à voix basse :

— Ce n'est pas un ange, loin de là, mais jamais il ne s'attaquerait à une petite fille.

— Je le pense aussi. Tu connais le petit Bédard ?

— Je dirais la même chose de lui. Bien sûr, on ne sait jamais exactement ce qui se passe chez les voisins.

Le juge de paix hocha la tête. Les gens fréquentés depuis la naissance, avec qui on avait marché au catéchisme, n'en restaient pourtant pas moins de parfaits inconnus.

— Mais pourquoi diable Télesphore raconte-t-il une histoire pareille ? demanda le visiteur.

— Parce que Marie-Anne lui dit de le faire.

Un rire moqueur souligna ces mots.

— La petite a des bleus sur les jambes, insista Oréus Mailhot. Ils sont durs avec elle.

— C'est ce qui se dit dans le rang.

— Et tout le monde laisse faire ?

— Si tu veux t'en mêler, vas-y.

L'ironie rendait les mots abrasifs. Bien sûr, cela ne regardait personne.

— Selon eux, c'est une grande pécheresse, réfléchit le visiteur à haute voix.

— Le démon nous menace tous !

Le ton du cultivateur contredisait ses paroles. Pour cet homme, une demi-douzaine d'enfants réunis devenaient turbulents : la nature le voulait ainsi. Cela avait peu à voir avec la perdition des âmes.

— Pourquoi racontent-ils une histoire de ce genre ? insista Mailhot.

— Si la petite a une blessure bien visible, il leur faut une explication, des coupables.

— Pour qu'on ne les soupçonne pas, eux ?

L'autre leva les épaules, comme pour exprimer sa lassitude.

— Une chose est sûre, s'il embête mes enfants, même du haut de ses six pieds et demi, le Télesphore va avoir de mes nouvelles. Il ne fera passer aucun de mes garçons pour un sauvage.

— Tu ne devrais pas dire cela à un juge de paix. S'il lui arrive quelque chose, ensuite…

— Tu sauras que j'ai une bonne raison de lui réserver un chien de ma chienne… À part ça, veux-tu une tasse de thé ? Depuis que les Lemay ont eu des ennuis avec les grenouilles de bénitier, je n'ai rien de mieux à t'offrir…

Les deux hommes partirent d'un grand rire. Un peu plus tôt, la paroisse avait perdu le meilleur endroit où se procurer de l'alcool de contrebande. La campagne des secs devenait vraiment une nuisance.

Chapitre 1

Dans la petite salle à manger de l'appartement de la rue de la Fabrique, tous devaient se serrer les coudes. Cela tenait à la visite impromptue de Thalie. La jeune fille ne multipliait pas les séjours à Québec pendant l'année scolaire, aussi la maisonnée s'empressait de lui faire honneur.

— Tes professeurs ne te font pas trop de misères ? questionna Amélie.

— Ils semblent se faire lentement à la présence de quelques jeunes filles dans les classes. Maintenant, à part les longues heures d'étude, les choses se passent bien.

— Je préfère encore vendre des rubans, déclara la jolie blonde en riant.

Elle se réjouissait de sa nouvelle existence. Recevoir des clientes lui paraissait cent fois préférable à l'attente du bon parti au coin du feu, dans la grande maison paternelle de Rivière-du-Loup.

— Et moi, je suis bien contente de t'avoir avec moi ! déclara Marie en prenant l'assiette devant elle.

Les jours où les convives se pressaient à la table, Gertrude ne suffisait guère au service. La maîtresse de maison assumait sa part des corvées de bonne grâce, tellement heureuse de voir tous les siens autour d'elle.

— Je peux me rendre utile, commença Thalie en faisant mine de se lever.

— Non, non, maintenant tu es une visiteuse, remarqua sa mère.

— Alors que moi, je deviens comme un vieux meuble, ajouta Françoise.

Elle avait dit cela en riant au moment d'apporter son aide, mais une pointe d'irritation perçait dans sa voix. Le mariage de son père avec sa patronne faisait d'elle la fille aînée de la maison. Certaines corvées ménagères lui incombaient désormais. On ne parlait plus d'elle en tant qu'invitée, comme c'était le cas deux ans plus tôt.

— Je suis désolé de devoir vous quitter bien vite, déclara Mathieu, mais je me suis engagé…

Le jeune homme se tenait près de Gertrude, encore occupé à lui expliquer la nature de son emploi auprès du substitut du procureur général de la province. La vieille domestique en retenait qu'il passait ses journées à ouvrir le courrier des autres.

— Je viens de la grande ville pour te voir, plaida Thalie, et toi, tu vas courir la campagne en galante compagnie.

— Tu viens voir ta maman. Et moi, je vais voir les parents de Flavie. Les dimanches servent à cela.

— Comment vas-tu te rendre là-bas en plein hiver ? questionna Marie en posant son plat de service au milieu de la table.

— Ma tante Élisabeth m'a prêté sa jolie voiture rouge.

— Oh ! commenta Thalie, elle te prête son automobile.

Exprimé de cette façon, la jeune fille laissait sous-entendre une histoire un peu tordue.

— Voyons, ne dis pas des choses comme cela ! s'exclama Marie.

— Mais je ne dis rien… Seulement qu'elle lui a prêté sa voiture.

— Je connais ton humour !

Paul, à l'extrémité de la table, regardait tout ce monde rassemblé. L'élargissement soudain de sa famille lui donnait parfois le vertige. Surtout, il se faisait bien lentement à la liberté de ton de la maison. Afin de changer le cours de la conversation, il demanda:

— Du côté de Montréal, le chômage se résorbe, j'espère?

— Au plus fort de l'hiver, les choses ne sont jamais faciles, répondit Thalie. On voit des hommes aller de porte en porte, offrir leurs services pour de petites tâches.

— C'est la même chose ici.

— Tout de même, la situation paraît meilleure que l'hiver ou l'été dernier. Les prix ont recommencé à monter dans les grands magasins, les choses devraient aller en s'améliorant.

La jeune fille prononça les derniers mots en souriant, incertaine de ses compétences en économie. Au lendemain de la Grande Guerre, toutes les entreprises avaient débauché de nombreux employés. La production reprenait lentement depuis.

Pendant le reste du repas, la conversation porta sur différents sujets. Alors que les femmes desservaient, Mathieu déclara à la ronde:

— Je dois y aller tout de suite, le trajet ne sera pas facile.

— Les routes ne sont pas ouvertes en cette saison, remarqua Paul. Tu es certain de pouvoir te rendre là-bas sans encombre?

— Dans les environs de la ville, la circulation demeure possible, à cause des livraisons en camion. Je ne me risquerai pas plus loin que L'Ancienne-Lorette, cependant.

Les deux hommes se serrèrent la main, puis Mathieu distribua des bises à toutes les femmes présentes. Quelques minutes plus tard, devant l'évier rempli de vaisselle sale, Thalie remarqua, ironique:

— Nous avons dorloté mon adorable frère, maintenant tante Élisabeth fait la même chose.

— Voyons, dit la mère, elle doit être heureuse de le voir s'assurer du bon fonctionnement de sa belle mécanique.

— Oui, bien sûr... répondit la jeune fille dans un ricanement.

Elle attendit que Françoise s'absente de la cuisine pour dire un ton plus bas :

— Avec Flavie, est-ce sérieux ?

— Ils se voient toutes les semaines. Mais il ne m'a pas fait de confidences.

Le retour de sa belle-fille dans la pièce amena la maîtresse de la maison à changer de sujet.

— Assure-toi d'être bien habillée, insista Mathieu. Dans cette petite boîte, il fait aussi froid que debout au coin d'une rue.

— Tu es certain que nous faisons bien ? demanda Flavie en enfonçant son bonnet en laine bas sur ses oreilles.

— Oh ! Nous nous rendrons à destination, mais ce sera froid.

La jeune fille soupesa le constat, et enfila des mitaines par-dessus ses gants. Puis, plié en deux, l'homme s'esquinta sur la manivelle afin de convaincre le moteur de redémarrer. Il hoqueta avant de faire entendre un ronronnement à peu près régulier.

L'inquiétude de Paul Dubuc paraissait fondée. L'usage de dégager les rues des villes, à cause de la multiplication des véhicules à moteur, s'imposait lentement. Dans les campagnes, les cultivateurs se contentaient de passer un lourd rouleau sur la neige, afin d'obtenir une surface suffisamment durcie pour supporter le poids d'un traîneau.

— Nous voilà partis, dit Mathieu en prenant place derrière le volant.

— Tu es certain d'en avoir envie ?

L'homme se tourna vers sa compagne, effleura son genou, retira tout de suite sa main de crainte de se mériter des paroles réprobatrices.

— Ce ne sera pas la première fois.

— Je ne pense pas que tu y aies pris un grand plaisir, justement.

La fille de charpentier s'inquiétait de la pente abrupte entre la haute et la basse ville. Et les auteurs de ses jours ne jouissaient même pas de l'insigne honneur de vivre au pied du cap Diamant. Ils se trouvaient dans un village assez éloigné.

— Ce sont tes parents. Je ne peux pas te voir deux fois par semaine et me couper d'eux, comme toi des miens.

Les choses ne semblaient pas si simples à Flavie, mais elle préféra demeurer coite.

La petite Chevrolet progressa sans trop de mal dans les rues de la ville. Une fois dans la plaine, les choses se gâtèrent un peu. Le froid mordant des dernières semaines limitait l'accumulation de neige, mais un vent du nord soulevait une fine poudrerie. Mathieu avait raison, la petite capote en cuir ne protégeait guère des intempéries.

Après plus d'une heure, la voiture s'arrêta devant une maison sise à quelques centaines de pieds de l'église de L'Ancienne-Lorette. Flavie arriva la première devant la porte de la maison paternelle. Plus tard, les visiteurs se trouvèrent assis dans une grande cuisine, chacun sur une chaise pas très éloignée du poêle.

— Tu aurais pu garder tes bottes, chuchota la jeune fille.

— Et salir le beau plancher de ta mère ?

Les jambes croisées, l'un de ses pieds tendu vers le poêle, il agitait ses orteils pour les réchauffer un peu.

— Au moins, il n'y a pas de trous dans mes bas, souffla-t-il un ton plus bas.

L'arrivée du maître de la maison, Androinus Poitras, le ramena à plus de sérieux.

— Tu veux quelque chose à fumer ? demanda l'homme en tendant une blague à tabac faite d'une vessie de porc.

— Non merci, monsieur.

— Tu es sans défaut.

— Non ! Mais je n'ai pas celui-là.

L'autre, debout à deux pas, un colosse, perdait un peu de sa prestance avec ses bas en laine grise. Il le toisa une seconde.

— Un petit verre, alors ?

— Ah ! Ce défaut-là, je l'ai.

Le charpentier lui tendit donc un verre ébréché rempli d'un liquide à peu près clair. Mathieu en avala la moitié, grimaça brièvement avant de dire :

— Celui-là n'est pas passé par l'un des vendeurs autorisés du gouvernement de Lomer Gouin.

— Si tu penses que j'ai les moyens de payer un médecin pour boire un coup...

L'homme tira une chaise, la plaça à côté de celle du visiteur.

— Tu travailles au gouvernement, tu devrais leur dire que cette prohibition n'a pas de sens.

— Je n'ai aucune influence sur les messieurs du gouvernement, je vous assure.

Mal à l'aise devant la tournure des événements, Flavie se leva pour aller aider sa mère et sa sœur, occupées à préparer le repas.

— Tu fais quoi, au gouvernement ? continua l'homme.

— Je suis stagiaire au bureau du procureur général.

— C'est quoi, ça ?

— Le service qui s'occupe de poursuivre les criminels au nom du roi.

Androinus Poitras le regarda de haut, soupçonnant le jeune homme de se moquer de lui. Que le roi d'Angleterre se mêle de poursuivre les voleurs de pommes et les batteurs de femmes le laissait perplexe. Mais comment traiter de menteur un jeune homme vêtu d'un complet de bonne coupe, arrivé au volant d'une petite voiture rouge ?

— Et ça rapporte, le métier de stagiaire ?

L'hôte avait hésité sur le dernier mot.

— Papa ! laissa tomber Flavie depuis l'évier.

Le père jeta sur elle un regard sévère, puis demanda un ton plus haut :

— Ça rapporte ?

— Pas grand-chose. En fait, ce n'est pas un métier, mais une occupation réservée à des étudiants. Je vous l'ai dit aux fêtes, je suis encore à l'université.

— Je m'en souviens, mais je croyais que c'était une farce. À ton âge…

Mathieu adressa un sourire à Flavie, maintenant rouge de honte.

Le charpentier serra les mains. Ce visiteur se révélait bien insaisissable, avec ses phrases élégantes et son humour chargé d'ironie. L'arrivée de ses deux garçons, âgés de près de vingt ans, permit d'abandonner ce sujet. La conversation porta alors sur le chantier de l'église Saint-Roch. Même si le service y avait lieu depuis un bon moment, certains aménagements intérieurs demeuraient incomplets. Ce trio, le père et ses garçons, y avaient travaillé pendant trois ans.

Pendant le repas, Mathieu comprit pourquoi Flavie se sentait si mal à l'aise de lui offrir le spectacle de sa vie familiale. Cela tenait moins à la honte de ses origines modestes qu'à une tension sourde, une violence larvée. Le *pater familias* se donnait des allures de potentat. Tous les autres membres de la maisonnée s'exprimaient prudemment, baissaient les yeux sur la table.

Dans cette grande maison bien construite, confortable même, sa compagne devait avoir connu bien peu de journées franchement joyeuses.

Vers huit heures, le couple se tenait dans l'embrasure de la porte, les chaussures aux pieds.

— Ce n'est pas nécessaire, affirmait Mathieu. Je ne pourrai pas vous la rapporter.

— Voyons, une pierre que j'ai mise un moment sur le poêle ! Vous la jetterez le long de la route.

La mère de Flavie tenait une caisse en bois d'où la chaleur irradiait.

— Cela vous réchauffera au moins pendant la moitié du chemin. Le tout est de ne pas laisser vos vêtements y toucher.

Discuter ne servait à rien, le visiteur accepta le présent. Un peu plus tard, après s'être cassé les bras pour tourner la manivelle, le jeune homme retrouvait sa place.

— Ta mère a bien raison, cela nous tiendra au chaud quelque temps. Essaie de placer tes pieds de chaque côté. À la moindre odeur de brûlé, je devrai te rouler dans la neige pour éviter des cloques sur tes jolies jambes.

— Tu n'as jamais vu mes jambes.

— Je les devine.

Heureusement, la voiture offrait assez d'espace pour permettre à la jeune femme de placer ses pieds de part et d'autre de la boîte. Elle devait trousser sa robe et son jupon à la hauteur de ses genoux, mais l'obscurité protégeait sa pudeur.

Après un long silence, Flavie marmonna :

— J'ai eu tellement honte, tout à l'heure. « Ça rapporte ? »

Elle avait imité la voix de son père pour dire les derniers mots.

— Quelle grossièreté, ajouta-t-elle.

— Ne sois pas trop sévère. Le député Dubuc a posé exactement les mêmes questions au prétendant de Françoise.

— Tu te moques de moi ?

Elle n'osait le croire. Cela paraissait si improbable.

— Oh ! Le bonhomme y mettait les formes, bien sûr, mais il posait exactement les mêmes questions.

— Les formes ! Cela fait toute la différence.

Quatre heures à rougir de honte ou à frémir de colère lui avaient mis les nerfs à vif.

— Flavie, commença le jeune homme, j'aimerais que tu te mettes quelque chose dans la tête : je ne sors pas avec ton père, ta mère, tes frères ou ta sœur, mais avec toi.

— Tout de même, tu as vu...

Elle n'osa pas aller au fond de sa pensée. Mathieu profita d'un bout de chemin bien droit, éclairé par les phares et la lune sur la neige, pour tendre la main et prendre la sienne.

— Je n'ai rien vu qui change quoi que ce soit à mon affection pour toi.

La conduite en cette saison ne permettait pas les longs épanchements, et le climat ne l'incitait guère à chercher un coin isolé sous les arbres.

— Ta tante est très gentille de te prêter sa voiture, dit-elle après un long silence.

— Tu devrais venir la voir et la remercier de vive voix.

— Cela ne se fait pas, dans une pension réservée aux hommes !

Celle-là tenait à sa réputation comme au plus précieux des trésors.

Le vent de février, coupant comme une lame, battait la campagne et soulevait une fine poudrerie. Assis sur un tonnelet rempli de clous placé près d'une fenêtre, Oréus Mailhot levait parfois les yeux de la copie de la veille du *Soleil* pour regarder la rue Principale du village de Sainte-Philomène-de-Fortierville.

— Personne ne viendra aujourd'hui, grommela-t-il entre ses dents.

Comme pour le contredire, une silhouette penchée vers l'avant se détacha bientôt dans la poudrerie.

— Par ce temps, ce bonhomme ne veut certainement pas acheter un demiard de mélasse.

Le marchand se leva pour ouvrir la porte au nouveau venu.

— Adjutor, que fais-tu dehors aujourd'hui ?

— Ma femme vient de découvrir qu'elle n'a plus de quoi coudre.

Il sortit de sa poche un bout de papier tout chiffonné pour le tendre à Mailhot. Ce dernier plissa les yeux, tenta de reconnaître les quelques mots griffonnés d'une main maladroite. Pendant qu'il coupait les trois verges de cotonnade blanche réclamées, le client prononça d'une voix maussade :

— J'aurais pu attendre dimanche prochain pour cela.

De la main, il désignait son achat, puis il continua :

— Tu es toujours juge de paix ?

— Oui. Au prix que je coûte au gouvernement, ils vont me garder encore un peu.

L'ironie échappa au visiteur. Le marchand ne touchait aucune rémunération pour ce travail.

— Tu t'occupes des crimes ? enchaîna l'autre.

— Je dois entendre les dénonciations, les plaintes au sujet des mauvaises actions. S'il y a de bonnes raisons, j'avertirai Québec.

Il marqua une pause avant de demander :

— Tu veux dénoncer quelqu'un ?

— Non, non, pas dénoncer. Je veux juste te parler. Tu décideras… Quelqu'un peut nous entendre ?

Mailhot secoua la tête de gauche à droite.

— Tu te décides, ou nous restons comme cela jusqu'à Pâques. J'ai du travail, moi.

— … Tu connais la petite Gagnon ? La fille de Télesphore.

La question visait à retarder le moment d'en venir au sujet de sa visite.

— Oui, je la connais, s'impatienta Oréus.

Un très mauvais souvenir lui traversa la tête, celui d'une fillette d'un peu moins de dix ans, blessée et absolument terrorisée.

— Tu l'as vue récemment ?

Il fit signe que non, puis déclara après un instant de réflexion :

— Je ne pense pas l'avoir vue à la messe depuis l'automne dernier.

— Moi non plus. Mais je suis allé chez eux il y a quelque temps. Elle est en train de crever.

— Que veux-tu dire ?

— Elle a les yeux noirs, les pieds si enflés qu'elle a du mal à tenir debout. Elle ne verra pas le prochain printemps.

Le marchand ferma les yeux, les rouvrit bien vite pour chasser l'image se profilant dans son esprit.

— Elle a toujours eu l'air souffreteux. Elle a passé quelques semaines dans un hôpital de Québec, l'automne dernier.

— Tu lui ressemblerais si tu endurais tous ces coups. Télesphore frappe assez fort pour casser le dos d'un cheval. Elle est grosse comme une allumette.

Une main serra le cœur du commerçant. Plutôt que de ressasser sa propre inaction de l'été dernier, il se mit en tête de traquer celle des autres.

— Quand l'as-tu vue ?

— Il y a un mois. Non, plutôt trois semaines.

— Et tu viens me voir aujourd'hui ?

L'autre se raidit sous le reproche implicite, adopta une attitude défensive.

— Ces choses-là, ce ne sont pas les affaires des voisins.

— S'il frappe aussi dur que tu le dis…

— Puis, tu reçois un salaire de Québec pour mettre ton nez dans la vie des autres. Pas moi.

La boutade précédente allait hanter le juge de paix pendant un certain temps.

— Je ne reçois aucun salaire de Québec. Je fais cela pour l'amour du bon Dieu.

Son interlocuteur lui jeta un regard sceptique, avant de sortir deux dollars de sa poche.

— Maintenant tu le sais, alors c'est à toi de bouger. Combien je te dois ?

Le marchand général sortit son bloc de factures de sa poche, récupéra le bout de crayon posé sur son oreille pour gribouiller des mots et des chiffres.

— Voilà, dit-il en tendant le bout de papier.

L'acheteur prit sa monnaie avant de retourner affronter la tempête. Un pas se fit alors entendre dans l'escalier, une femme entra dans la grande pièce.

— Oréus, ai-je bien entendu ? Il parlait de la petite Gagnon ?

— Oui. Selon lui, elle serait menacée de mort.

— ... Que vas-tu faire ?

Il demeura un moment silencieux, puis dit tout bas :

— Demain, je dois me rendre à Québec afin de rencontrer des grossistes. Je ferai un petit crochet du côté des bureaux du procureur général.

L'homme retourna s'asseoir près de la fenêtre, songeur. Sa femme préféra se tenir près du poêle en fonte noire un peu ventru.

Depuis que la générosité du procureur général l'avait pourvu d'un stagiaire, le vieux chef de service Basile Moreau prenait ses aises, au point de rentrer parfois à la maison pour prendre un repas chaud à midi, puis de se livrer à une petite sieste. Mathieu Picard ne s'en formalisait pas. La récolte quotidienne de lettres lui donnait un aperçu des faiblesses, petites et grandes, de l'âme humaine. L'apprentissage du droit cédait à celui des vicissitudes de l'existence.

Un peu après une heure, un homme au visage carré, les cheveux courts, les épaules larges, passa la tête dans l'embrasure de la porte en demandant :

— Monsieur ?

Le garçon leva la tête.

— Je peux vous aider ?

— Je cherche monsieur Moreau. J'ai frappé à sa porte, sans succès.

— Il n'est pas encore revenu. Prenez place.

De la main, il désigna la chaise placée de l'autre côté de la table. Il devinait avoir affaire à un paysan endimanché.

— Que puis-je faire pour vous ?

— Une petite fille est en danger de mort.

Mathieu le regarda droit dans les yeux en dévissant le capuchon de son stylo à plume. Il tira une feuille de papier de la pile devant lui.

— Expliquez-moi ce dont il s'agit. D'abord, qui êtes-vous, d'où venez-vous ?

— Oréus Mailhot. Je suis juge de paix à Sainte-Philomène-de-Fortierville.

— Je crois avoir déjà ouvert certaines de vos lettres.

Comme l'autre arquait les sourcils de surprise, Mathieu expliqua :

— Je travaille pour monsieur Moreau. J'ouvre le courrier, je rédige des rapports pour les substituts du procureur général... Mais dites-moi qui est la jeune fille en détresse ?

— Aurore Gagnon. L'an dernier, j'ai remarqué des bleus sur ses jambes. Ses parents m'ont alors dit qu'ils devaient la corriger sévèrement, à cause de sa mauvaise attitude.

— Une enfant turbulente, cela arrive. Qu'avez-vous fait ?

Le visiteur se troubla un peu. Comme il tardait à répondre, l'étudiant en droit l'encouragea :

— Parfois, en les plaçant un moment dans un orphelinat, ou encore dans une école de réforme, les choses vont mieux.

— En réalité, celle-là ne m'a pas semblé bien dissipée. Au contraire, elle paraissait timide, effacée. Surtout, elle avait un pied enflé au point d'avoir du mal à tenir debout. Le couple accusait des petits voisins.

— Ce genre de chose peut survenir.

Mathieu gardait lui-même un souvenir cuisant des méchancetés dont les enfants se rendaient coupables les uns envers les autres. Mailhot fit un geste de négation de la tête, il contempla ses doigts un instant.

— Selon ses parents, des garçons lui auraient jeté une grosse pierre.

— Mais vous ne les avez pas crus, devina son interlocuteur.

Ils se regardèrent.

— J'ai pris la fille à part pour l'entendre me confirmer cette histoire, continua le visiteur. Je voulais lui parler sans la présence de ses parents.

— A-t-elle contredit leur version des faits ?

— Non, au contraire, elle a répété la même chose.

Mathieu ne dissimula pas son trouble.

— Dans ces conditions… je ne comprends pas votre présence ici.

— Elle mentait, c'est sûr. Elle les craignait, même si nous parlions seul à seul. Mais étant donné qu'elle disait comme eux, je ne savais pas quoi faire.

— Vous pensez que ces personnes, les parents, l'ont maltraitée.

— Je ne savais pas quoi faire, répéta le juge de paix. D'un côté, elle disait comme eux…

— Maintenant, vous craignez pour son existence.

— Un voisin m'a alerté hier. Sa vie serait menacée.

Mathieu referma sa plume sans avoir écrit un mot, perplexe.

— Je n'ai pas entendu monsieur Moreau revenir à son bureau, remarqua-t-il. Vous savez, je suis encore étudiant. Mon expérience est bien insuffisante… Attendez-moi.

Le garçon alla dans la pièce voisine passer un coup de fil.

— Le substitut du procureur général va vous recevoir, dit-il à son retour. Venez avec moi.

Il endossa son paletot, quitta l'édifice de la bibliothèque pour entrer dans celui de l'Assemblée législative par une porte de côté. Son compagnon ouvrait de grands yeux sur la splendeur des lieux. Il balbutia en saluant le haut fonctionnaire.

Arthur Fitzpatrick les invita à s'asseoir. Mathieu prit sur lui de commencer :

— Monsieur Mailhot vient nous signaler la présence d'une enfant maltraitée dans sa paroisse. Sa condition paraît très précaire.

En quelques phrases, il résuma la situation. Le substitut du procureur n'aurait pas enduré bien longtemps le récit hésitant, peu cohérent, du visiteur.

— Des accidents arrivent souvent, dans une ferme, déclara-t-il à la fin. Avez-vous des témoins pouvant confirmer que des coups ont été portés ?

— Il ne s'agit pas d'accidents, protesta le juge de paix. Personne n'en subit autant dans une année.

— Même si ce sont des corrections… Les parents ont le devoir de punir leurs enfants.

Ce rappel de la responsabilité des parents chrétiens ne rasséréna pas le visiteur.

— À ce point-là, ce ne sont plus des corrections, mais des tentatives de meurtre.

— Vous n'avez pas de preuves de cela. La fillette confirme la version des parents à propos des blessures que vous avez vues. Pour le reste, il s'agit de babillages de voisins.

— Vous n'enverrez personne de la Police provinciale ?

L'homme écarquillait les yeux, incrédule.

— En tant que juge de paix, vous devez recueillir des informations. Faites enquête, ramassez des preuves. Vous verrez bien si ce sont de simples racontars de voisins jaloux, ou bien si des actes répréhensibles sont vraiment commis.

— Je ne sais pas comment faire cela, une enquête. Je suis marchand général...

— Vous êtes aussi juge de paix.

Jamais Oréus Mailhot n'avait été si près de remettre sa démission. Ce grand bourgeois devait avoir trois domestiques pour chercher son pantalon, le matin. Il ignorait totalement la réalité des campagnes. Il se leva en disant :

— Monsieur, je vous remercie beaucoup de votre aide.

Chargée d'ironie, la voix amena son interlocuteur à se raidir.

— Je vous souhaite un bon voyage de retour, monsieur Mailhot.

En quittant la pièce, il salua l'étudiant d'un signe de la tête. Quand la porte se ferma dans son dos, Mathieu risqua :

— Cette petite fille...

— Picard, vous n'allez pas vous mettre aussi de la partie. Ce bonhomme ne s'est même pas donné la peine d'aller la voir.

Son patron avait raison. Ce marchand général devait craindre de perdre une partie de sa clientèle en s'intéressant de trop près à la vie privée d'un cultivateur.

— Excusez-moi, vous avez raison. Ces gens n'ont toutefois aucune connaissance du droit.

— S'ils en avaient, nous n'aurions pas les moyens de les payer.

Fitzpatrick secoua la tête, comme pour chasser de son esprit une petite fille maltraitée.

— Appréciez-vous votre travail ici ?

— Au début, j'ai eu du mal à tout comprendre. Maintenant, je crois bien m'en sortir.

— J'aime vos résumés. En septembre, je vérifiais leur exactitude avec soin. Maintenant, vos comptes rendus me suffisent pour prendre une décision sur les mesures à adopter.

Le jeune homme apprécia le compliment, remercia son interlocuteur d'un sourire.

— Vous simplifiez certainement la vie de Moreau.

— J'ai beaucoup appris avec lui.

— En plus, vous êtes loyal. Il prendra sa retraite lorsque vous terminerez vos études. Si cela vous intéresse…

Un moment, Mathieu s'imagina quarante ans plus tard, à l'aube des années 1960, tout pâle pour avoir passé des décennies dans un bureau miteux à l'étage de la bibliothèque de l'Assemblée législative. L'image lui donna le vertige. Il se leva en disant de sa voix de vendeur de vêtements pour dames :

— Je vous remercie infiniment, monsieur. Je ne vous retarderai pas plus longtemps. À la fin de mes études de droit, j'espère pouvoir aborder de nouveau ce sujet avec vous.

En mettant la main sur la poignée de la porte, il se tourna à demi.

— Excusez-moi encore de vous avoir dérangé avec cette affaire.

— Ce n'est rien, je comprends. Nous entendons parfois des histoires qui touchent au cœur.

Après un dernier salut de la tête, le stagiaire se retira.

Mailhot descendit du train en début de soirée. La gare, située au rez-de-chaussée d'une maison de cultivateur, était déserte. Il enfonça son casque en poil bas sur ses yeux, serra d'une main le col de son paletot contre sa gorge avant d'affronter le vent glacial.

En rentrant dans le magasin général, il trouva sa femme derrière le comptoir, une assiette devant elle, la fourchette à la main.

— Alors ? demanda-t-elle sans autre préambule.

— Les beaux messieurs ne feront rien. Je dois trouver des preuves, et porter plainte. La police ne viendra que si je trouve matière à porter des accusations.

— Comment vas-tu faire cela ?

— Je ne sais pas. Demain, j'irai rencontrer le curé.

Le représentant de Dieu incarnant la personne la plus instruite de la paroisse, ce serait son opinion qui, à la fin, prévaudrait.

Elle acquiesça d'un signe de la tête, puis lui conseilla :

— Verrouille derrière toi, il ne viendra plus personne. Ton repas attend en haut, dans le réchaud.

Elle ramassa son assiette et s'engagea dans l'escalier, lui laissant le soin de souffler les deux lampes à l'huile.

Le curé Ferdinand Massé occupait un immense presbytère situé à deux pas de l'église paroissiale. Quand Oréus Mailhot frappa à une porte de côté, une vieille dame revêche vint ouvrir. L'âge avait opéré suffisamment de ravages sur son visage et son corps pour faire taire les histoires scabreuses promptes à se répandre dans de petites communautés. Cette « madame curé » risquait peu, par ses charmes, de détourner le saint homme de son devoir.

— Je veux voir monsieur le curé.

— Je vais voir s'il peut vous recevoir, répondit-elle en tournant les talons. Entrez, ne faites pas geler la maison.

Sa gentillesse n'allait pas jusqu'à l'inviter à s'asseoir. Le visiteur demeura dans l'entrée en attendant que l'ecclésiastique le rejoigne. Celui-ci, grand et mince, affichait un air juvénile, peut-être à cause de ses années d'enseignement au collège de Sainte-Anne-de-la-Pocatière. Son visage glabre était souligné par des lunettes à très fine monture en métal.

— Oréus, commença-t-il, comment vas-tu ?

— Bien… Cela ne semble pas être le cas de tout le monde, dans la paroisse.

L'autre en fut décontenancé, puis répliqua :

— La situation du vieux Tousignant s'est-elle détériorée ?

— Non, ce n'est pas ça.

Un bruit leur parvint depuis la cuisine attenante. L'agacement pointa dans les yeux du visiteur.

— Viens dans mon bureau, nous serons plus tranquilles.

La pièce se situait immédiatement sur leur gauche. Le marchand regarda ses bottes couvertes de neige, frappa les pieds l'un contre l'autre afin de les nettoyer un peu, puis s'efforça de suivre la bande de tissu posée sur le plancher, une catalogne de trente pouces de largeur environ. La ménagère, prévoyante et peu portée sur le lavage des planchers, avait tracé ainsi un véritable chemin jusqu'aux deux chaises réservées aux invités.

L'abbé Massé lui désigna l'une d'elles, s'installa dans son propre siège, de l'autre côté du bureau.

— Personne ne nous entendra, ici. Tu peux parler.

— Avant-hier, Adjutor Gagnon est passé au magasin pour me signaler la très mauvaise condition de la petite Aurore Gagnon.

— Je sais. Il est passé ici aussi.

— Selon lui, elle va crever.

Le prêtre cacha mal son agacement.

— Les calomnies sont nombreuses dans cette paroisse. Cela devient une épidémie. Si chacun se mêlait de ses affaires…

— Les calomnies ou les médisances?

Calomnier, c'était accuser quelqu'un d'une faute qu'il n'avait pas commise. Médire, c'était évoquer une faute réelle, alors que la charité chrétienne voulait que l'on garde le silence.

— Adjutor semble prompt à porter des accusations. Il en veut à Télesphore d'avoir dénoncé son garçon, l'été dernier.

— Une dénonciation fausse. J'ai interrogé Alfred, il n'a rien fait.

— Il t'a peut-être menti.

— J'ai aussi parlé à Aurore.

Le curé se renfrogna. Il tolérait mal qu'un laïc vienne le contredire dans son presbytère. Son malaise monta d'un cran quand le visiteur ajouta:

— Ce sont les parents qui ont fait cela. Ils ont ensuite porté cette accusation pour se couvrir. À force de la répéter, certains ont cru leur histoire. Cela ne la rend pas plus véridique.

Le religieux lui offrit un visage sceptique.

— La petite t'a dit ça?

— La petite était morte de peur, elle tenait à peine sur ses pieds. Elle a répété la leçon enseignée par sa belle-mère.

Dans la paroisse, le prêtre tenait de son onction à la fois sa parfaite connaissance des âmes et son obligation de tenir le démon en échec. Dans cette mission, les bons pères de famille devenaient ses auxiliaires en châtiant leurs enfants.

— Tu ne sais rien de ce qui se passe dans cette famille. Et moi, je ne peux rien dire.

Après un silence, le curé Massé crut utile de préciser, prenant alors des airs de conspirateur:

— Le secret de la confession...

— Oh ! Ils vous racontent à vous aussi qu'elle est la plus grande pécheresse de la terre.

Le ton traduisait une bien grande incrédulité.

— Je ne peux parler de cela !

Mailhot secoua la tête. Cet ancien professeur de collège paraissait enclin à croire que le démon noircissait l'âme des enfants.

— Si quelque chose de criminel se passe dans cette maison, enchaîna le prêtre avec un sourire mauvais, c'est à toi de prendre des mesures légales. Tu es le juge de paix.

Cette pensée hantait le visiteur. L'été précédent, il n'avait rien fait pour arrêter les mauvais traitements. Si cette histoire tournait mal...

— Vous exercez une grande influence. Ils vous écouteraient...

De nouveau, le reproche implicite heurta l'ecclésiastique.

— Tu veux me dire comment faire mon travail de curé ?

— Si vous leur disiez de cesser de lui faire du mal, ils vous obéiraient.

— Tu deviens très présomptueux. Nous allons tous les deux prier afin de te préserver du péché d'orgueil.

Cette conversation ne les conduirait nulle part. Lorsque le marchand amorça le geste de se lever, l'abbé Massé précisa, soudainement plus conciliant :

— L'été dernier, ils ont fait soigner son pied. Le médecin est allé chez eux à six reprises, elle a passé un bon mois à l'Hôtel-Dieu de Québec. Cela a dû leur coûter cinquante piastres, au moins.

Le marchand détruisit tout de suite l'illusion sur ces bonnes gens.

— Je leur ai ordonné de la faire soigner. D'une certaine façon, ils ont agi sous la contrainte.

— Ce sont de bons parents, ils n'ont pas besoin de tes ordres pour faire leur devoir.

Le pasteur s'inquiétait maintenant du mal que cette histoire pourrait faire à la réputation de sa paroisse et, en conséquence, à la sienne.

— Ce sont de si bons parents qu'ils vous présentent un état des dépenses faites pour elle ?

Le prêtre se troubla. Les Gagnon lui avaient donné ces détails. Cherchaient-ils à se disculper ?

— Hier, continua le visiteur, je suis allé au bureau du procureur général, à Québec. Il m'a demandé d'enquêter. C'est ce que je ferai.

— Personne ne sait vraiment ce qui se passe dans une famille, commenta le curé.

— Vous le savez.

— Le secret de la confession, répéta-t-il...

Ce fameux secret ! Un catholique pouvait murmurer au confessionnal : « J'ai tué dix personnes déjà, je vais tuer Untel et Untel demain », et le prêtre garderait le silence.

— Je vous ai assez dérangé, conclut Mailhot en se levant. Merci de m'avoir écouté.

Le prêtre le reconduisit jusqu'à la porte, tout de même un peu troublé. Peut-être son malaise l'amènerait-il, dimanche prochain, à convier le couple Gagnon à une conversation dans laquelle il mettrait tout le poids de sa soutane.

Chapitre 2

Le juge de paix se promettait de visiter tous les habitants du septième rang afin de glaner des informations sur cette fameuse affaire. Mais d'abord, il devait gagner sa vie. L'avant-midi du jeudi matin se passa à servir les clients du magasin général, peu nombreux mais désireux de partager les nouvelles de leur coin de paroisse. De longues conversations décousues accompagnaient les quelques achats.

Peu avant midi, le téléphone sonna dans son petit bureau : trois longs coups suivis d'un bref. C'était pour lui.

— Je ne ferai certainement pas de livraison avant le dîner, maugréa-t-il.

L'appareil, une boîte rectangulaire affublée de deux cornets, était accroché au mur. Mailhot décrocha l'écouteur pour le mettre à son oreille.

— Allô ?

— Oréus, commença la voix de l'abbé Massé, je viens de recevoir un appel d'Exilda Lemay. Elle se trouve chez les Gagnon.

— Ils l'ont tuée.

Il y eut un bruit sur la ligne. Une partie de la paroisse partageait la même. Trois ou quatre personnes au moins devaient être à l'écoute.

— Elle se trouve au plus mal. Tu peux me conduire ?

Cinq minutes plus tard, tout Fortierville serait au courant. Des voisins charitables informeraient les personnes trop pauvres pour payer le prix d'un abonnement téléphonique.

— Bien sûr. Le temps d'atteler, et je vous prends devant le presbytère.

Le marchand raccrocha le cornet de bakélite, s'adossa au mur, les yeux fermés.

— Jésus-Christ ! siffla-t-il entre ses dents.

Après un court laps de temps, il secoua le poids qui l'accablait, se planta au pied de l'escalier pour crier à sa femme :

— Je dois emmener le curé dans le septième rang. Tu devras t'occuper du magasin.

Son épouse descendit quelques marches.

— C'est nouveau. D'habitude, le petit professeur de collège recrute une grenouille de bénitier de soixante ans pour ses visites aux malades.

— Il s'agit de la petite Gagnon.

Elle demeura silencieuse un moment.

— Seigneur ! laissa-t-elle tomber.

Mailhot hocha la tête, puis alla prendre son paletot et son chapeau en fourrure dans l'entrepôt, au fond du magasin. Il sortit de ce côté de la maison, gagna l'écurie. Cinq minutes plus tard, il encourageait sa petite jument de la voix. Le prêtre se tenait debout près de la rue Principale, offrant une silhouette étroite, étrangement fragile. L'ecclésiastique grimpa dans le traîneau, remonta la peau de buffle sur ses jambes. En cette période la plus froide de l'année, la moindre promenade pouvait devenir glaciale.

Le marchand ne pouvait abreuver son curé de reproches, aussi demeura-t-il silencieux. De toute façon, lequel des deux en méritait le plus ? Quand il se rangea près de la maison des Gagnon, une autre voiture d'hiver venait juste d'arriver. Un homme en descendait, un petit sac en cuir à la main.

— Docteur Lafond, attendez un peu.

Le temps d'attacher les rênes de son cheval à un poteau de clôture tout près, Mailhot s'approcha pour demander :

— Quand vous a-t-on appelé ?

— Il y a un peu plus d'une heure. J'étais chez un malade. Le temps de terminer, puis de venir… Pourquoi ?

— Je pense que vous le devinerez bien assez tôt. Qui vous a contacté ?

L'autre lui jeta un regard intrigué.

— La mère, madame Gagnon. Elle m'a dit que sa fille délirait.

Le prêtre frappait déjà à la porte.

— Regardez-la bien, murmura le juge de paix, faites en sorte de vous rappeler les détails.

En disant ces mots, il contemplait la vaste maison, solidement construite, blanchie à la chaux. Plusieurs bâtiments de ferme se dressaient un peu plus loin de la route. Les Gagnon affichaient une honnête aisance. Les deux hommes pénétrèrent à leur tour dans la demeure. Exilda Lemay, une voisine, paraissait décidée à assumer le rôle d'hôtesse.

— Entrez, entrez. Je suis tellement soulagée de vous voir enfin arriver.

Il s'agissait d'une grande femme d'une cinquantaine d'années, le visage large, les traits mobiles.

— La petite se trouve là, continua-t-elle, dans la chambre.

Le médecin ne perdit pas un instant. De son côté, le prêtre se dirigea vers la femme assise dans une chaise berçante, près d'une fenêtre.

— Madame Gagnon…

Le reste de ses paroles se perdit quand il se pencha pour lui parler à l'oreille. Mailhot retourna son attention vers la voisine.

— Que faites-vous ici ?

— Je m'inquiétais pour la petite. Je suis venue il y a deux jours, et elle paraissait si mal en point…

— Décrivez-moi son état d'alors.

Recueillir le plus d'informations possible, amener tous ces témoins à se remémorer les événements en les répétant souvent : il ne pouvait rien faire de plus, maintenant.

— D'abord, elle se trouvait toujours au lit, en plein avant-midi. J'ai demandé de monter la voir.

Des yeux, elle indiquait l'escalier, dans un coin de la cuisine d'été.

— Quand je suis arrivée en haut, elle se tenait étendue sur sa paillasse. En réalité, le sac de toile m'a paru vide, avec un seul petit drap pour se couvrir. Elle avait la tête soulevée sur un bras, les deux yeux noircis, une grande tache sur le front…

— Une ecchymose ?

Le sens de ce mot compliqué lui échappa.

— Comme vous dites… Ses mains étaient tellement enflées, elles ressemblaient à des boudins, avec des doigts tout croches.

Le juge de paix hocha la tête, pris d'un soudain dégoût. Son interlocutrice ne pouvait plus s'arrêter, maintenant qu'un notable acceptait de l'écouter.

— Elle m'a dit qu'elle avait mal. J'ai demandé : « Où ? » Elle a répondu : « Aux genoux. »

Mailhot posait ses yeux en alternance sur la voisine, puis sur la mère prostrée sur sa chaise, totalement absorbée par sa conversation avec son confesseur.

— Vous pouvez me dire autre chose ? Comment étaient les lieux, il y a deux jours ?

— La chambre était répugnante, avec de la paille sur le plancher, les murs tout sales. Aurore était couverte de crasse, elle puait. Sa jaquette aussi.

L'homme hochait la tête. La cuisine d'été semblait pourtant propre, bien tenue. Selon les standards de la paroisse, les membres de cette famille paraissaient fiers de leur personne comme de leurs propriétés.

— Quand je suis descendue, j'ai demandé à Marie-Anne si elle avait fait venir le médecin. Elle a répondu que cela coûtait trop cher. J'ai insisté un peu, elle m'a expliqué qu'elle le ferait pour ses propres enfants. « Celle-là est à mon mari », a-t-elle dit.

— La petite, Aurore, et la plus grande, là, sont de la première femme de Télesphore ?

Des yeux, il désignait une gamine d'une douzaine d'années assise dans l'escalier. Elle tenait son visage entre ses deux mains, butée, les lèvres serrées.

— C'est Marie-Jeanne. Elle aussi est du premier lit.

— Donc, elle n'a pas droit non plus à des soins médicaux.

La voisine eut comme un frisson, puis elle continua la nomenclature en regardant les gamins adossés contre le mur, tout près du poêle.

— Les deux garçons, Gérard et Georges, sont les siens.

— Et cette grande femme en bonne santé, elle est à vous.

Le juge avait prononcé ces mots avec un sourire narquois.

— C'est ma bru, l'épouse de mon fils. Vous le savez.

Ils se trouvaient donc neuf dans la petite cuisine d'été. La chaleur ambiante força le visiteur à retirer son manteau, ce que le curé avait déjà fait.

— Marie-Anne Gagnon a un autre enfant, je crois ?

— Une fille, Pauline. Elle est née l'an dernier.

Ces mots agirent comme un déclencheur. La mère s'excusa auprès de son confesseur, alla dans la pièce voisine pour revenir avec un poupon. Modèle de maternité généreuse, elle dégrafa son corsage pour sortir un sein menu, flasque comme une outre à moitié vide. Les hommes détournèrent les yeux, essayèrent de ne pas entendre les bruits de succion.

Le silence s'appesantissait dans la cuisine d'été. À la fin, Mailhot s'adressa au plus grand des garçons :

— Gérard, c'est bien ton nom ? Tu sais comment t'occuper d'un cheval ? J'aimerais que tu mettes la robe de carriole sur le dos du mien. Et fais pareil avec celui du docteur.

Comme l'enfant ouvrait de grands yeux désemparés, visiblement dépassé par la tâche, la jeune femme Auger quitta sa place à table en disant :

— Je vais m'en occuper. Cela me permettra de prendre un peu d'air.

Puisque le poêle dégageait une chaleur un peu étouffante et qu'aucune des personnes présentes n'était adepte du bain quotidien, l'odeur devint accablante.

— Ouvrez la porte conduisant au salon, dit le marchand à l'intention d'Exilda Lemay. Ensuite, demandez aux voisins de venir.

— Quels voisins ?

— Votre mari, Alphonse Chandonnet…

— Adjutor Gagnon ?

— C'est un parent, il ne devrait plus tarder, s'il a écouté la conversation au téléphone, tout à l'heure.

La femme allait entrer dans le corps du logis principal, quand le docteur Lafond sortit de la chambre, un pli profond au milieu du front.

— Je ne peux plus rien faire, annonça-t-il d'une voix blanche. Elle va mourir.

Tous les regards se posèrent sur lui, sauf celui de la mère, fascinée par la bouche de son poupon contre son sein. Le juge de paix fut le seul à se manifester.

— Cela ne se peut pas. Elle a dix ans.

— Elle respire très légèrement, mais je n'arrive plus à percevoir son pouls.

Le praticien fit un pas en direction de la mère pour demander :

— Elle est dans le coma depuis combien de temps ?

La femme leva des yeux un peu ahuris, sans répondre.

— Votre fille, quand a-t-elle perdu sa connaissance ? insista-t-il.

— Ce matin, elle a eu de la misère à descendre d'en haut, elle déparlait. Je lui ai donné un peu d'eau chaude. Elle s'est endormie à la table, je l'ai mise dans la chambre, là, avant de vous appeler.

La belle-mère récitait cela d'une voix égale.

— Monsieur le curé, précisa le médecin, vous devriez lui donner les derniers sacrements. Elle n'en a plus pour longtemps.

Le prêtre acquiesça, l'air grave. Lui aussi se déplaçait avec un petit sac contenant les instruments nécessaires à l'exercice de son métier. La mère se leva, la voisine s'apprêtait à les suivre. Les enfants voulurent leur emboîter le pas.

— Ce n'est pas nécessaire que vous assistiez à cela, dit Mailhot à leur intention.

L'abbé Massé lui jeta un regard noir. L'ecclésiastique trouvait un côté didactique au spectacle des derniers sacrements, afin d'inciter à la vertu et à la préparation à une bonne mort. La scène ferait une impression durable sur de jeunes esprits. La marmaille s'en tint pourtant à la première injonction et se réfugia dans le salon familial.

Son chapeau à la main, debout près de la porte, le docteur Lafond dit encore :

— Je reviendrai dans quelques heures.

Le ton trahissait sa tristesse. Sa prochaine visite serait pour rédiger l'acte de décès. Oréus Mailhot ramassa son paletot sur la chaise, le posa sur ses épaules pour le suivre à l'extérieur. Il prit sur lui d'enlever la robe de buffle du dos du cheval. L'animal posa sur lui un œil noir de reproches.

— Il n'y a rien à faire pour elle ? demanda-t-il en plaçant la robe dans la carriole.

— Il est bien trop tard. Si elle m'avait fait venir il y a deux jours…

— Que voulez-vous dire ?

— Mardi, la femme Gagnon a téléphoné pour obtenir deux onces de teinture d'iode. J'ai fait envoyer le remède par le maître de poste de Parisville. Je n'ai pas deviné la gravité de la situation.

Après sa conversation avec Exilda Lemay, comprit Mailhot, Marie-Anne Gagnon avait tout de même fait un petit effort pour soigner sa belle-fille.

— Elle ne se réveillera plus, conclut le médecin. Son cœur bat à peine, bientôt il s'arrêtera tout à fait.

— De quoi souffre-t-elle, exactement ? La voisine a parlé d'yeux noircis, de blessures aux genoux…

— Elle est couverte de blessures.

— Jésus-Christ !

Accablé de remords, le juge de paix revint dans la maison. Il se tint près de la porte de la petite chambre, attendant la fin des phrases marmonnées en latin. Quand Exilda Lemay passa la porte, il prit son bras pour lui dire à l'oreille :

— Appelez les témoins. Ils doivent la voir.

— C'est affreux, prononça-t-elle dans un sanglot.

La mère sortit ensuite, les yeux secs, l'air hagard. Elle tenait toujours son bébé dans ses bras, mais pour les derniers sacrements, elle avait eu la décence de reboutonner son corsage.

Oréus trouva le curé dans la chambre, en train de plier son étole. Il l'arrêta quand celui-ci allait sortir.

— L'avez-vous bien regardée ?

L'autre se raidit avant d'ajouter d'une voix cassante :

— Ce n'est pas le premier enfant que je vois mourir.

— C'est vrai. Dans cette seule maison, c'est le second. À l'époque, Marie-Anne Houde vivait déjà sous ce toit, sans être mariée à Télesphore.

Le curé lui jeta un regard mauvais.

— Vous êtes bien téméraire, pour la juger ainsi. Il ne faut pas croire tout ce que l'on raconte.

— Avez-vous regardé les yeux de la petite ?

Aurore présentait un visage couvert d'égratignures, effroyablement pâle. Les deux yeux étaient noircis, de même que toute une partie du front.

— Je me demande comment une fillette peut se trouver amochée comme cela.

— Faites votre travail, je vais m'occuper du mien.

Seul dans la chambre, le juge de paix allongea la main, toucha la couverture couvrant l'enfant jusqu'au cou, puis le courage lui manqua. Il préférait attendre la présence de témoins.

Le temps passait lentement, dans un silence oppressant, souligné par le tic-tac d'une horloge accrochée au mur. Les enfants s'étaient réfugiés dans une chambre en compagnie de la bru d'Exilda Lemay. Ils présentaient des visages graves, un peu hébétés. La mort s'était déjà montrée une visiteuse familière. Les fillettes avaient perdu leur mère et les garçons, leur père. Chacun se souvenait d'avoir vu un petit frère à la peau grise étendu sur les planches. Puis, quelques semaines plus tôt, leur oncle Anthime, qui habitait un peu plus loin dans le septième rang, était passé de vie à trépas.

Marie-Anne Houde se tenait maintenant dans le salon, après en avoir chassé les occupants. L'abbé Massé demeurait à ses côtés, un modèle de constance auprès de sa paroissienne.

Dans la cuisine d'été, Oréus Mailhot occupait une chaise, les coudes posés sur la table, le visage fermé. Exilda Lemay respectait son silence, même si les mots se bousculaient dans sa tête. La porte s'ouvrit bruyamment, deux hommes entrèrent avec une bouffée d'air glacial.

— Arcadius, s'exclama la femme, te voilà enfin !

— Je suis passé chez Alphonse.

L'homme, dans la cinquantaine, portait des bottes en cuir montant haut sur les mollets, un pantalon gris en laine, une veste à carreaux rouges et noirs. Les cache-oreilles de sa casquette se trouvaient rabattus pour le protéger. Son compagnon portait un accoutrement semblable. Ils avaient tous les deux quitté leur terre à bois pour venir chez leur voisin. Une bonne partie de l'hiver se passait à couper du bois de chauffage pour leur consommation ou pour le vendre l'été prochain.

— Venez avec moi, dit le juge de paix. Je veux vous montrer la fille. Regardez bien, vous aurez peut-être un jour à raconter cela devant un juge. Venez aussi, madame Lemay.

Arcadius fit le geste de se pencher afin de détacher ses bottes.

— Laissez, elle lavera son plancher. De toute façon, les visiteurs vont se succéder bientôt.

Le trio en remorque, Mailhot se rendit une autre fois dans la petite chambre. L'enfant demeurait toujours immobile. Un examen attentif permettait de voir la poitrine se soulever très légèrement, à un rythme irrégulier.

— Regardez la couleur autour de ses yeux, sur son front.

— Elle a mangé une maudite volée, souffla Arcadius. Exilda m'en avait parlé mardi, mais je ne croyais pas que c'était grave à ce point.

— Tu ne me crois jamais.

Le juge de paix s'empressa de chercher un endroit du front sans meurtrissure, y posa les doigts avec délicatesse afin de tourner la tête un peu de côté.

— J'ai vu cela tout à l'heure.

— Une grosse bosse, commenta Alphonse Chandonnet.

— Elle couvre la moitié du crâne, observa la voisine.

— Et ça d'épais.

Le voisin montrait un espace d'un bon pouce, entre son pouce et son index. Mailhot acquiesça, se redressa pour empoigner la couverture des deux côtés de la fillette et la descendre lentement, afin de découvrir son corps. Elle portait une jaquette à manches courtes, un vêtement très léger en cette saison. Les bras présentaient des bleus sans nombre, les uns récents, les autres plus anciens. En une série d'endroits, la peau montrait des abrasions, ailleurs, des coupures assez profondes. Les poignets se trouvaient creusés jusqu'à l'os, la blessure en faisait presque le tour.

— Regardez les doigts, dit Exilda à mi-voix.

Comme elle le lui avait confié plus tôt, ils étaient enflés au point de paraître difformes. Certains pouvaient être brisés. L'homme continuait de descendre le drap. Le vêtement de nuit, retroussé à mi-cuisse, révélait d'autres bleus, d'autres coupures. L'infection rendait certaines plaies purulentes, il en suintait un liquide jaune verdâtre.

— Les genoux sont comme je vous l'avais dit.

L'un d'eux apparaissait bien enflé, une impression amplifiée par la maigreur des cuisses et des jambes : la taille de ce genou doublait celle de l'autre. Sur les chevilles, ils constatèrent la présence de plaies identiques à celles des poignets. Les pieds présentaient eux aussi plusieurs blessures.

— Elle a même été blessée en dessous, indiqua une personne depuis l'embrasure de la porte.

Ils se retournèrent pour voir Adjutor Gagnon, un parent. Ne trouvant personne dans la cuisine d'été, il était venu les rejoindre.

— Selon eux, précisa le cultivateur, cela, tout comme ses yeux au beurre noir, tient au fait qu'elle s'entêtait à marcher pieds nus dans la neige.

— C'est vrai, elle n'arrêtait pas de sortir sans ses chaussures, précisa la belle-mère.

Marie-Anne Gagnon, née Houde, se tenait derrière Adjutor. Laisser ces gens faire à leur guise dans sa maison commençait à lui tomber sur les nerfs.

— Avec le bébé, je ne pouvais pas passer mon temps à la surveiller, continua-t-elle pour se justifier.

— Retournez-la, ordonna le juge de paix en désignant du doigt le corps émacié.

Elle posa sur lui des yeux un peu globuleux, puis elle fit non de la tête.

— Je ne peux pas.

Tout le monde resta immobile, puis ce fut Adjutor Gagnon qui posa la main sur la hanche de la fillette pour la tourner sur son côté gauche. Le dos des jambes présentait une collection de bleus et de plaies purulentes ainsi que des meurtrissures particulièrement répugnantes à la hauteur des genoux. Sur les cuisses, des marques étroites s'allongeaient parfois sur une longueur de six pouces. Chacun reconnut les traces d'un bâton.

Dans cette position, ils constatèrent que les blessures autour des chevilles en faisaient tout à fait le tour.

— Je me demande d'où cela vient ? fit tout bas Mailhot.

— Ils l'attachaient sans doute, répondit Arcadius.

L'évidence s'imposa au juge de paix. Les poignets et les chevilles présentaient la trace de liens très serrés.

— Crucifix !

Cette fois, le marchand général perdit toute la contenance si difficilement conservée depuis son arrivée dans cette maison. Il quitta la pièce de façon précipitée en réprimant un sanglot. Les autres replacèrent la fillette sur le dos, tirèrent la couverture jusque sous son menton. Quand ils revinrent dans la cuisine d'été, Mailhot endossait son manteau, debout près de la porte.

— Madame, où se trouve votre mari, présentement ?

— Au chantier, répondit Marie-Anne.

— Faites-le appeler au plus vite.

— ... À la brunante, il reviendra. Il vient coucher ici tous les soirs.

L'homme possédait de nombreuses terres à bois. Il pouvait ainsi bûcher tout l'hiver et coucher dans son lit chaque soir.

— Il aimerait peut-être voir sa fille une dernière fois, avant qu'elle ne laisse échapper son dernier soupir.

Elle baissa les yeux, affecta la plus grande douleur.

— Alphonse, continua le juge de paix en se tournant à demi, tu sais où il se trouve ?

— Oui, c'est à trois milles, tout au plus quatre d'ici.

— Moins d'une heure, avec ton traîneau. Va le chercher.

L'autre souhaita protester, mais dans les circonstances, mieux valait obéir au représentant de l'autorité civile. Il quitta les lieux en jurant entre ses dents.

— Oréus, commença Arcadius Lemay, tout à l'heure j'ai laissé mon cheval à côté de la maison, une couverture sur le dos, attelé à un voyage de bois.

Tous ces cultivateurs s'inquiétaient de leur cheval demeuré dehors au froid.

— C'est bon, va t'occuper de l'animal.

— Je reviendrai dès que j'aurai livré ces bûches.

Mailhot acquiesça. Comme pour le rassurer, Exilda précisa :

— Je vais rester tout le temps nécessaire.

— Vous êtes gentille, votre bru aussi. S'occuper ainsi des enfants…

Elle haussa les épaules, comme si cela allait de soi. Quand il se dirigea vers la porte à son tour, l'abbé Massé, une longue silhouette noire près du poêle, demanda :

— Vas-tu me ramener ?

— … Non. Je suis de très mauvaise humeur, je vais sans doute sacrer tout le long du chemin. Je ne pense pas scandaliser mon cheval, il en a l'habitude. Mais vous…

La main sur la poignée de la porte, il se retourna pour dire encore :

— Vous voyez, je viens de confesser un péché en public : je sacre parfois. Souvent même. Vous ne serez pas tenu au secret, dans ce cas.

Lorsqu'il retrouva son cheval, celui-ci paraissait secoué de longs frissons.

— Je sais, je sais. Mais crois-moi, tu étais mieux dehors au froid qu'en dedans.

Mathieu rangeait une série de lettres dans une chemise cartonnée, toutes reliées à l'existence d'un alambic clandestin dans une petite paroisse du comté de Bellechasse. En ces temps de sécheresse alcoolique, les agriculteurs jouissaient d'un avantage sur les habitants des villes : ils trouvaient toutes les matières premières nécessaires à la fabrication d'alcool dans leur environnement immédiat. Il leur suffisait ensuite d'un tuyau en cuivre et d'un chaudron pour se lancer dans la production d'une boisson réconfortante. La qualité du produit laissait parfois à désirer. Cette collection de dénonciations tenait peut-être à des consommateurs insatisfaits.

La sonnerie du téléphone fit disparaître son sourire amusé. En plus de permettre à Basile Moreau d'allonger le temps consacré à son repas de midi, les bons et loyaux services de son nouveau stagiaire l'incitaient à rejoindre sa femme bien tôt en après-midi. Parvenu dans la pièce voisine, le garçon décrocha le cornet pour le poser sur son oreille.

— Bureau du procureur général, comment puis-je vous aider ? demanda-t-il, les lèvres près de l'émetteur.

— ... Qui êtes-vous ?

— Mathieu Picard...

— Le jeune monsieur ?

L'employé reconnut alors la personne à l'autre bout du fil.

— Monsieur Mailhot ? Votre retour à Sainte-Philomène s'est-il bien passé ?

— Elle va mourir.

Le jeune homme demeura un moment interdit.

— La petite fille ? murmura-t-il.

— Oui. Venez tout de suite. Ce que j'ai vu est horrible.

— Je préviens immédiatement monsieur Fitzpatrick. Vous êtes chez vous ? Je vous rappelle dans une demi-heure.

Il allait raccrocher, mais il suspendit son geste pour demander encore :

— Pour la petite fille, vous êtes certain ?

— Si vous l'aviez vue…

Sans prendre la peine de mettre son manteau, Mathieu passa dans l'immeuble voisin. Il trouva Arthur Fitzpatrick en train de ranger des dossiers sur son bureau.

— Monsieur… vous vous souvenez du marchand venu nous voir ?

Le stagiaire enchaîna sans attendre de réponse.

— La petite fille est mourante. Il vient de me téléphoner.

L'autre se campa dans son fauteuil, songeur. Pourtant, le bonhomme ne lui avait pas semblé tellement convaincant.

— Il en est sûr ?

— À son tour, il m'a semblé désemparé.

Le substitut du procureur songeait déjà au coût politique de cette histoire, si cela s'ébruitait. Un décès, quarante-huit heures après avoir refusé d'apporter son aide, lui vaudrait une mauvaise presse.

— Nous pourrions envoyer un enquêteur de la Police provinciale, suggéra Mathieu.

— Évidemment. Mais nous ne nous limiterons pas à cela. Vous allez vous rendre tout de suite chez le docteur Caron. Il a déjà agi comme coroner. Ses besoins d'argent lui feront accepter de se rendre là-bas pour faire enquête.

— Si la fillette ne meurt pas…

— Qui nous reprochera d'avoir été trop zélés ?

Cette diligence ferait oublier la lenteur initiale.

— Je ferai bien plus : un médecin autopsiste se joindra à vous. Je pense à Marois.

— Vous voulez dire à eux.

— Non. Vous serez de cette petite expédition.

L'employé s'en trouva étonné, puis il demanda :

— Dans quel but ?

— Vous comprenez ce dont nous aurons besoin, si nous en venons à porter des accusations. Rendez-vous utile, demeurez là le temps nécessaire, et revenez me dire ce qui s'est vraiment passé dans ce trou perdu.

— Bien, monsieur.

Le jeune homme ne pouvait répondre autrement : refuser l'exposerait à être remplacé bien vite par un autre stagiaire plus complaisant. Ce ne serait pas la première fois que le bureau du procureur général mènerait une enquête en parallèle à celle de la police.

— Maintenant, allez prévenir Caron, j'aime mieux ne pas lui donner de détails au téléphone.

Mathieu s'apprêtait à sortir quand l'autre précisa :

— Bien sûr, nous allons payer toutes vos dépenses.

— Merci, monsieur.

La précision lui enleva un poids des épaules.

La rue Claire-Fontaine ne se trouvait pas très loin. Néanmoins, Mathieu repassa à la bibliothèque de l'Assemblée législative afin de prendre son paletot. Il arriva au cabinet du médecin un peu après cinq heures. Dans la salle d'attente, Élise se tenait à son poste derrière un petit bureau, régnant sur une dizaine de patients. Les toux et les éternuements lui permettaient souvent de poser elle-même un diagnostic.

— Bonsoir, fit-elle à l'intention du nouveau venu. Thalie se porte-t-elle bien ?

L'étudiante en médecine avait profité de son dernier congé des fêtes pour partager deux repas avec sa nouvelle amie. Depuis, elle ne s'épuisait guère en longues missives.

— Selon ses derniers mots, ses interminables heures d'études lui valent de bonnes notes... Elle se réjouit à l'idée de revenir parmi nous l'été prochain. Puis-je parler au docteur Caron ?

Le changement abrupt de sujet dérouta la jeune femme.

— Bien sûr, mais il y a toutes ces personnes avant vous.

Dans la salle, chacun dressait la tête, soucieux de ne pas se faire voler son tour.

— Je ne suis pas là pour une consultation, expliqua Mathieu en élevant un peu la voix à l'intention de ces témoins. Je suis porteur d'un message de la part du procureur général.

Personne n'oserait entraver le cours de la justice. Élise elle-même se montra un peu impressionnée en répondant :

— Prenez place, je verrai ce que je peux faire quand le patient sortira.

Cinq minutes plus tard, pendant que le médecin ouvrait la porte de son cabinet en adressant des paroles rassurantes à un vieillard, elle se leva pour aller lui chuchoter quelques mots à l'oreille. D'abord un peu surpris, il hocha bientôt la tête.

— Mesdames, messieurs, un petit contretemps. Je serai à vous le plus tôt possible. Monsieur Picard, si vous voulez venir...

Mathieu traversa la salle d'attente sous des regards hostiles, bredouilla un « Je suis désolé » sans conviction. Dans le bureau, il accepta un siège.

— Fitzpatrick m'a dit de venir tout de suite, s'excusa-t-il encore.

— Comment se dérober à une injonction venue du fils du représentant du roi dans la province? rétorqua l'autre dans un sourire. Si le substitut du procureur a un message pour moi, cela signifie qu'un malheur est arrivé.

Toutes les morts suspectes entraînaient la tenue d'une enquête du coroner.

— Une petite fille va mourir.

— Elle va mourir? Si elle est vivante, ma présence paraît un peu prématurée, à moins que ce ne soit pour la soigner. Et dans ce cas, je devine qu'un autre médecin doit déjà lui prodiguer des soins.

Tout le long du chemin, le visiteur avait préparé son petit exposé. En quelques phrases, il résuma les derniers événements. Le médecin écouta, le visage de plus en plus désolé.

— L'issue fatale paraissait inévitable à ce juge de paix?

— Absolument. Je présume qu'il tient sa conviction du diagnostic du médecin traitant.

— C'est affreux. Fitzpatrick planifie l'autopsie et l'enquête du coroner pour une personne toujours vivante.

La situation revêtait en effet une ironie tragique.

— Acceptez-vous?

— Ce village, Sainte-Philomène, est-ce loin d'ici?

— On peut faire le trajet en train.

La précision valait la peine d'être faite. Des destinations assez proches se révélaient presque inaccessibles par la route, en particulier en hiver; d'autres plus lointaines se situaient au bout d'un trajet confortable dans un wagon bien chauffé.

— C'est bon. Si elle se trouve si mal en point, je suppose que je dormirai dans mon lit demain soir.

— Comme je dois vous accompagner, je pourrai vous rejoindre à votre porte demain matin, nous irons à la gare ensemble. Ce soir, je vous téléphonerai pour vous donner l'heure du train et la durée du trajet. Je m'occuperai des billets.

Fitzpatrick souhaitait le voir se rendre utile. Cela irait peut-être jusqu'à porter le sac en cuir du praticien.

— C'est une excellente idée. Maintenant, je dois retourner à mes patients.

Le docteur se leva sur ces mots.

— Excusez-moi encore d'avoir un peu bouleversé vos consultations, murmura Mathieu.

Ensuite, il entendit le docteur Caron dire à sa fille :

— Élise, tu vas téléphoner à toutes les personnes ayant un rendez-vous demain, afin de le remettre à une date ultérieure. Avertis aussi l'Hôtel-Dieu. Je devrai m'absenter.

Puis, il se tourna vers les patients dans la salle d'attente.

— À qui le tour, maintenant ?

Mathieu avait attendu un peu à l'écart pour saluer Élise. Après les souhaits réciproques de bonne soirée, elle glissa :

— Une triste affaire ?

— Très triste.

Sur ces mots, il salua d'un signe de tête les malades et se dirigea vers la sortie en remettant son chapeau.

Chapitre 3

La mort dans l'âme, Oréus Mailhot avala un repas léger, son premier depuis le matin, puis il attela son cheval. La nuit tombée, sous un ciel étoilé, le trajet le réconcilia un peu avec l'existence. Les lisses du traîneau crissaient sur la neige gelée, la petite jument exhalait un long jet de vapeur blanche à chacune de ses respirations.

Rangeant sa voiture le long de la maison, il en compta quatre autres. Il fouilla sous la banquette pour chercher un sac d'avoine. Dès qu'il fut à sa portée, la jument y enfonça le museau. Une sangle permettait de le lui accrocher derrière les oreilles. Comme cela, la bête pourrait mâchouiller le tissu à sa guise, une fois les grains avalés. Puis, il lui posa l'épaisse robe de carriole sur le dos.

Les soins apportés à son cheval lui permettaient de retarder son entrée dans la maison. Il se décida quand le docteur Lafond sortit.

— Est-elle…

— Il y a dix minutes à peine. Je n'ai pas voulu rédiger tout de suite un acte officiel.

— Vous ne sauriez pas quoi mettre à la section « Cause du décès ».

À la lueur de la lune, l'autre le dévisagea longtemps.

— Il faudrait une autopsie pour le savoir exactement, confia-t-il.

— Vous avez vu son état !

— Elle a été maltraitée comme une bête, nous le savons tous les deux. Mais elle peut tout aussi bien être morte d'une cause naturelle. Sa belle-mère évoque la tuberculose.

— Jésus-Christ!

Le médecin le salua d'un mouvement de tête, puis regagna son attelage. Dans la maison, Mailhot reconnut tous ceux qui se trouvaient là dans l'après-midi, avec quelques parents en plus. Télesphore se tenait dans un coin avec des demi-frères et des demi-sœurs. Le nouveau venu traversa la cuisine d'été sans s'arrêter pour aller dans la chambre de la morte.

Aurore, maintenant tout à fait immobile, paraissait plus menue et plus pâle encore. La pièce était éclairée seulement par deux bougies posées sur une commode. Il se recueillit, puis une présence se fit sentir derrière lui.

— Si cela vous paraît convenable, mon mari et ma bru pourront l'ensevelir. Moi, je n'ai pas la force de faire cela.

Exilda Lemay, la voisine, utilisait le mot « ensevelir » à l'ancienne : laver le corps et le revêtir de ses derniers habits. Dans le cas des hommes, un rasage s'ajoutait à ces ultimes soins.

— Oui, bien sûr. Je n'ai plus rien à faire ici, je vais rentrer chez moi.

— ... Que va-t-il se passer?

— Vous pouvez garder un secret?

La voisine hocha lentement la tête. Elle présentait les paupières d'une femme qui a pleuré récemment.

— Les gens du bureau du procureur général seront là demain, avec un détective de la Police provinciale. Alors, ouvrez bien vos oreilles, ce soir. Si vous apprenez quoi que ce soit, vous pourrez le répéter à l'enquête du coroner.

Elle donna son assentiment d'un autre signe de la tête.

Pendant qu'Oréus traversait la cuisine d'été sans rendre leur salut aux personnes présentes, il entendit Télesphore affirmer:

— Celle-là va faire jaser.

— Mais je te l'avais dit, rétorqua une voix féminine, et tu n'as rien fait.

Tout le bas du septième rang était donc au courant de ces mauvais traitements, peut-être même toute la paroisse, sauf le juge de paix.

Un coup de fil avait permis à Mathieu de se ménager un court instant avec Flavie. Le jeune homme l'attendait au pied du grand escalier du commerce, au rez-de-chaussée. Des clients, et surtout des clientes, s'agitaient entre les étals, tâtaient la marchandise du bout des doigts, passaient bien vite à un autre objet de convoitise.

Les ateliers, les manufacturiers et les bureaux de la Basse-Ville avaient fermé leurs portes moins d'une heure plus tôt. Avant de rentrer à la maison, de nombreuses personnes s'arrêtaient dans les grands magasins de la rue Saint-Joseph, de vastes établissements dont les trésors faisaient rêver d'un confort meilleur. Et si la plupart répondait à la sollicitation des employés par un simple «Non, je regarde, merci» un peu gêné, les caisses finissaient tout de même par sonner avec une belle régularité.

La jeune femme apparut sur le palier après quelques minutes et lui adressa un sourire un peu inquiet. Mathieu put apprécier le galbe de la jambe de sa situation en contre-plongée. Depuis la guerre, les robes raccourcissaient un peu, laissant voir l'amorce d'un mollet.

— Quelque chose de grave est arrivé? demanda-t-elle en arrivant à sa hauteur.

Au téléphone, quarante minutes plus tôt, le jeune homme lui avait paru bien mystérieux, se refusant à lui transmettre la moindre information.

— Oui… enfin non, rien qui me concerne, ou mes proches. Je ne pourrai pas te voir demain, comme nous en avions convenu.

— Même si les communications au magasin ne sont pas bien discrètes, tu aurais pu me dire cela tout à l'heure.

— Mon motif est moins anodin. Je dois me rendre dans une paroisse, Sainte-Philomène. Un malheur est arrivé, ou est sur le point d'arriver.

En quelques mots, il la mit au courant de la mort annoncée d'Aurore Gagnon.

— Quelle affreuse situation, fit sa compagne d'une voix blanche.

— Dans le cas d'une mort suspecte, une enquête du coroner doit être tenue.

Devant ses yeux interrogateurs, il précisa :

— Un médecin préside une procédure assez simple. Dans une salle publique, il entend les témoins susceptibles d'expliquer les circonstances du décès. Un jury de six personnes tire une conclusion.

— Cela ressemble à un procès.

— Oui, un peu. Le jury doit décider s'il s'agit d'une mort naturelle, ou si un crime a été commis. Dans ce second cas, la police enquête et, éventuellement, des accusations sont déposées.

La jeune femme, suivie de son compagnon, s'était éloignée un peu du pied de l'escalier afin de laisser les clients aller et venir.

— Et toi dans tout cela ? Tu n'es pas médecin.

— Même pas avocat, tu le sais. Mon patron m'a demandé de servir de chaperon aux deux médecins.

— Il y en aura deux ?

— Le coroner, et celui qui fera l'autopsie.

À ces derniers mots, Flavie fit la grimace. Ils suscitaient dans son esprit des images déplaisantes, des souvenirs de lecture de romans policiers que son compagnon lui faisait découvrir.

— Mais elle n'est pas morte, selon ce que tu m'as dit.

— D'après le juge de paix, cela ne saurait tarder.

La situation troublait le jeune homme. Il se faisait l'impression d'être un charognard attendant le décès d'une bête blessée.

— Nous allons nous mettre en route demain matin, très tôt. Je ne sais pas si nous serons de retour en soirée.

— Je compatis avec toi. Ton travail a des aspects très tristes.

— Je vais te contacter à mon retour, promis.

Elle reçut cet engagement avec un demi-sourire.

— Je n'ose pas te souhaiter un bon voyage.

— À bientôt.

L'endroit ne permettait pas le baiser habituel, même très chaste. Leurs doigts s'effleurèrent un bref moment.

Arcadius Lemay avait rempli à moitié une grande bassine en porcelaine grâce à la pompe à queue placée près d'un évier en tôle et sa femme ajoutait le contenu d'une bouilloire bien chaude.

— Regarde bien, et n'oublie pas.

Il acquiesça en silence. Sa bru lui emboîta le pas, une lampe à pétrole à la main. Ils refermèrent la porte soigneusement derrière eux. L'homme posa le contenant sur une chaise placée près du lit, puis il enleva complètement la couverture.

— Elle semble si petite, si fragile, dit la femme en mettant sa lampe sur la commode.

— Aide-moi plutôt.

Il glissait une main sous les reins de la morte, de l'autre il tenait le bas de la jaquette. Sa parente adopta exactement la même posture. Ensemble, ils soulevèrent un peu le corps et relevèrent prestement le vêtement de nuit jusqu'au-dessus des hanches. Un instant plus tard, en la plaçant en position assise, ils le lui enlevèrent complètement.

De nouveau étendue sur le dos, la gamine offrait à leurs yeux un corps maigre, presque décharné, marqué de blessures innombrables. La femme trempa une pièce de lin dans l'eau tiède, frotta dessus un gros bloc de savon, puis se mit en frais de laver le visage, les cheveux.

— Ah ! Doux Jésus !

Son cri amena Arcadius à se rapprocher.

— Qu'est-ce qu'il y a ?

— … Sa tête est toute molle.

Il prit la lampe, l'approcha tout près du crâne, tout en faisant attention de ne pas toucher les draps ou les mains de sa belle-fille.

— C'est une bosse. Nous l'avons vue cet après-midi.

— De cette taille ? Sous mon doigt, c'est tout mou.

Elle continua la toilette avec précaution, soulignant d'invocations religieuses la découverte de toutes les ecchymoses, de toutes les abrasions, de toutes les coupures et de toutes les écorchures. Elle semblait réciter une litanie. Sur une cuisse, elle découvrit de nombreuses plaies. Un effleurement de l'une d'entre elles fit sourdre un peu de pus.

— C'est comme si elle pourrissait de l'intérieur, dit le beau-père.

La remarque fit frissonner la jeune femme.

— Retourne-la, demanda Arcadius.

La longue évocation des blessures recommença. À la fin, la bru enfila une petite robe blanche sur le cadavre nu. Sa tâche terminée, elle se recueillit un moment au pied du lit, absorbée dans une prière.

— Je vais la transporter, décida-t-elle ensuite. Elle pèse une plume. Occupe-toi de la lampe.

Elle prit le corps avec une grande douceur, comme s'il avait été celui d'un enfant endormi que l'on craignait de réveiller. Arcadius, la lampe dans une main, ouvrit la porte. Tous les deux formaient un étrange cortège. Dans un silence absolu, elle se dirigea vers le salon. Les meubles avaient été déplacés afin de dégager un angle de la pièce. Le corps fut étendu sur une table étroite placée contre le mur.

— Comme elle est belle !

Les paroles de Marie-Anne Gagnon parurent tellement incongrues que chacun fit semblant de n'avoir rien entendu.

— Qu'est-ce qu'elle a à la tête ? fit une voix.

— Son voile, s'énerva la belle-mère. Je vous avais dit de lui mettre son voile de première communion, et aussi quelque chose aux pieds.

Elle s'absenta avant de revenir avec une toile en mousseline légère et une autre en lin, joliment brodée. Les mains tremblantes, elle couvrit la tête de la morte, plaça les plis légers de façon à cacher totalement à la fois la bosse si molle et les cheveux coupés à environ un pouce du crâne. Afin d'en finir plus vite, la bru des Lemay se chargea d'envelopper les petits pieds avec la seconde pièce de tissu.

Marie-Anne Gagnon se recula un peu et garda le silence, pensive devant sa belle-fille.

— Il faut faire descendre les enfants, déclara-t-elle encore, afin qu'ils disent un dernier au revoir à leur petite sœur.

Une parente accepta de se dévouer. Un moment plus tard, Georges le plus jeune en premier et Marie-Jeanne la plus âgée en dernier, les enfants se tenaient devant la table, la mine grave, un peu abasourdis par la succession des événements depuis le matin.

— Votre petite sœur se trouve maintenant au milieu des anges.

Plutôt que de se mettre à hurler comme une folle, la bru des Lemay se précipita à l'extérieur de la maison, seulement vêtue de sa robe, la tête nue.

— Je vais l'aider, déclara Exilda à son mari.

Afin de mettre fin à l'affreux malaise dans la pièce, l'abbé Massé dit de sa voix grave, adaptée à ces circonstances dramatiques :

— Si vous voulez bien vous mettre à genoux, nous allons dire un chapelet pour le repos de l'âme de notre sœur Aurore. Si Dieu le veut, elle se trouve déjà au paradis.

Le prêtre ne donnait même pas à l'enfant la présomption du salut éternel. Dehors, Exilda trouva sa belle-fille pliée en deux, en train de vomir ses tripes. Elle prit une poignée de neige pour la lui poser sur le front.

Excepté la nécessité de rater le cours de droit du vendredi matin, se rendre à Sainte-Philomène-de-Fortierville ne présentait aucun inconvénient particulier. À sept heures du matin, Mathieu descendait d'un taxi dans la rue Claire-Fontaine pour aller sonner à la porte du docteur Caron. Le praticien sortit tout de suite, un sac de voyage à la main.

— Bonjour, jeune homme. J'ai suivi votre conseil, j'emporte des vêtements par mesure de précaution, mais je compte revenir coucher chez moi ce soir.

— Je vous le souhaite, mais ni vous ni moi ne serons responsables de la célérité des procédures.

— La petite fille…

— Elle est décédée en soirée. Le juge de paix m'a joint à la maison pour me l'apprendre.

En montant à l'arrière de la voiture, Caron laissa échapper un long soupir.

— Cela signifie que le docteur Marois devra faire son autopsie et le détective, rallier des témoins.

— Votre collègue se trouve sans doute déjà à la traverse. J'ai son billet de train dans ma poche.

Cette expédition pesait un peu trop sur les ressources financières de Mathieu. Cette course en taxi et les trois billets de train représentaient son salaire hebdomadaire. Quelques minutes plus tard, son compagnon et lui descendaient sur le quai. Un homme grand et maigre de plus de soixante ans, le visage affublé d'une barbe et d'une moustache fort démodées, se tenait bien droit sur le pavé.

— Cher collègue, commença Caron en tendant la main, je suis heureux de faire ce voyage avec vous, même si c'est en une bien triste occasion.

— Je partage en tout point vos sentiments. Nos concitoyens vont nous montrer le côté le plus noir de leur âme, j'en ai bien peur.

Cela conclut leurs épanchements. Le stagiaire se présenta au docteur Albert Marois.

— Maintenant, je vous prie de me suivre.

Des employés s'agitaient près des bittes d'amarrage, une fumée noire et grasse s'élevait de la cheminée. Un peu plus tard, le petit bâtiment s'engageait sur le fleuve encombré de longues plaques de glace. À cette heure matinale, surtout avec les vents acérés venus du nord-est, la température extérieure devenait très vite insupportable. Tous les passagers s'entassèrent dans la grande cabine, le plus près possible du poêle à charbon.

À Lévis, le trio regagna la gare de l'Intercolonial afin de monter dans le train se dirigeant vers l'ouest. Mathieu conduisit ses compagnons à leur siège. Ils les avaient placés côte à côte. Les vieux messieurs discuteraient carrière tout le long du trajet.

— Nous demeurerons dans ce train jusqu'à Villeroy. Nous en prendrons un autre à cet endroit.

— Notre destination se trouve-t-elle loin ? demanda Marois.

— Une cinquantaine de milles, tout au plus. Cependant, nous nous arrêterons sans doute dans tous les villages sur notre chemin.

Sur ces mots, le jeune homme gagna son propre siège, un peu plus loin vers l'avant du wagon. Un cultivateur, encore un peu aviné à cause de ses libations de la veille, tint à l'entretenir de la chute des prix des denrées agricoles. Le voyage serait bien long, finalement.

Les trois hommes se réfugièrent dans la minuscule gare de Villeroy pour attendre leur correspondance. Ils remarquèrent un personnage rasé de près, un melon perché sur le crâne et un sac de voyage à la main. Cela pouvait être un voyageur de commerce, mais Mathieu lui trouva l'allure un peu trop renfrognée pour cette occupation.

— Monsieur, vous ne seriez pas un détective de la Police provinciale ?

— Et vous, un nouvel employé du bureau du procureur général ?

Ils se serrèrent la main et échangèrent leur nom avant que Mathieu ne dise à l'intention de ses compagnons de voyage :

— Docteur Marois, docteur Caron, je vous présente le détective Lauréat Couture, de la Police provinciale.

Après le nouvel échange de poignées de mains, ils attendirent en silence le train de la société Lotbinière et Mégantic.

Un peu après onze heures, le vendredi 13 février, le train haletant entrait en gare de Sainte-Philomène-de-Fortierville. Elle était située un peu en retrait du village. Mathieu se trouvait sur le quai. De son point de vue, il apercevait l'église en pierres grises, et à côté, une très grande demeure à deux corps de logis. Ce devait être le presbytère. De part et d'autre de la rue Principale se dressaient une vingtaine de maisons peut-être, relativement distantes les unes des autres. La localité n'avait pas encore quarante ans, la population devait demeurer bien modeste.

— Monsieur Picard, cria une voix, messieurs.

En se retournant, il reconnut Oréus Mailhot, un bonnet en fourrure enfoncé bas sur la tête, un manteau en « chat » serré à la taille avec une ceinture tissée. Le jeune homme baissa les yeux pour regarder son léger paletot en drap. Son accoutrement ne le préparait guère à ce coin de pays. Le marchand général s'avançait, la main tendue. Après les présentations, il expliqua :

— Je suis venu avec la voiture de livraison du magasin. Veuillez m'excuser pour l'inconfort, mais au moins, nous pourrons tous y loger.

L'homme se chargea des valises des deux médecins, ouvrit la marche jusqu'à son traîneau. Le docteur Marois, le plus âgé, eut droit à la place sur la banquette, à côté du conducteur. Les autres s'organisèrent pour tenir dans la boîte. Avant de lancer son cheval, Mailhot se tourna vers eux.

— Je vous conduis chez monsieur le curé, précisa-t-il. Au presbytère, vous pourrez dîner, puis préparer l'enquête du coroner.

— Il faudra former un jury de six personnes, remarqua Caron.

— Je pourrai vous suggérer des noms, l'abbé Massé aussi.

Au ton du marchand, Mathieu devina que les deux notables ne présenteraient pas une liste identique.

— Nous n'avons pas de salle paroissiale, continua leur guide, mais vous pourrez exécuter les procédures dans la sacristie.

— Il me faudra un local pour l'autopsie, précisa Albert Marois.

— La maison de la morte…

— Non, cela ne se fait pas.

— Le sous-sol de l'église, peut-être.

Ce seraient des lieux de fortune, mal éclairés. Le village ne bénéficiait pas encore de l'électricité. Le chirurgien laissa échapper un long soupir, espérant que l'affaire ne soit pas trop complexe.

Mailhot secoua les rênes et claqua la langue. La jument se mit en route d'un pas régulier. En quelques minutes, ils furent rendus au presbytère. Ils étaient attendus, la porte s'ouvrit devant eux sur un prêtre un peu effaré, résolu tout de même à faire bonne figure. Cette histoire jetterait un certain discrédit sur lui et sur toute la paroisse. Même dans le milieu ecclésiastique, des collègues murmureraient que ce genre de chose ne survenait pas dans les cures bien conduites.

— Entrez, entrez, messieurs. Il fait si froid dehors.

Ce fut au tour du juge de paix de faire les présentations.

— Débarrassez-vous de vos manteaux, dit le curé après les salutations.

Sa ménagère se tenait à son côté, afin de recevoir les lourds vêtements d'hiver.

— Je vais aller tout de suite voir la morte, décida le policier. Dans ce genre de situation, le temps est précieux. Mailhot, je veux vous dire un mot en privé.

Le ton ne tolérait aucune contestation. Tous les deux retournèrent dehors. Le détective prit son compagnon par le bras pour l'éloigner de la porte du presbytère.

— Je vais prendre votre voiture, car je devrai rapporter le corps.

Le marchand l'entendait bien ainsi. Le petit cadavre logerait dans la boîte.

— Nous aurons besoin de témoins. Vous avez des noms ?

— Hier, je me suis arrangé pour montrer ses blessures à des voisins, Lemay, Gagnon, Chandonnet…

— Gagnon ? C'est un parent de la défunte, je suppose.

— C'est surtout un voisin. Il y a beaucoup de Gagnon dans les parages.

Le policier laissa échapper un soupir avant de remarquer :

— Tous apparentés, bien sûr.

— De près ou de loin. Cela n'en fait pas des amis ou des complices, pour autant.

— Ces gens l'ont vue morte ?

— Ou agonisante.

Donc, ils parleraient de l'état du corps à la toute fin. Cela pourrait suffire pour porter des accusations.

— Personne n'a aperçu les suspects lui imposer des sévices ?

— Ils ne la martyrisaient pas en public.

Les crimes domestiques présentaient toujours la même difficulté : tout se passait à huis clos.

— C'est un mot bien sévère, martyriser.

Mailhot secoua la tête.

— Vous verrez vous-même.

Le policier plissa les yeux, un peu incrédule tout de même.

— Quelqu'un a pu constater la détérioration de son état au fil des jours ? Le médecin ?

Son interlocuteur fit un nouveau geste de dénégation.

— Le docteur Lafond est allé la voir en septembre, puis hier. Sauf les membres de la famille, la mieux placée pour tout raconter, c'est la voisine, Exilda Lemay.

— Elle est capable de parler en public sans trop trembler ?

— Vous aurez du mal à l'arrêter.

Le détective Couture hocha la tête. Un témoin trop bavard pouvait aussi se transformer en nuisance.

— Et dans la famille, nous pouvons nous fier à quelqu'un ?

— Les parents vont faire front commun. Leur histoire est toute prête : ils devaient châtier une gamine vicieuse.

— La victime avait des frères, des sœurs ?

— La plus vieille a douze ans.

L'homme resta quelque peu songeur, avant de convenir :

— Le coroner voudra certainement l'entendre. Bon, j'y vais.

Spontanément, Mailhot lui emboîta le pas.

— Vous, précisa Couture, vous restez ici pour voir à la composition du jury. Cherchez des hommes raisonnables, respectés de leurs voisins.

— Vous ne savez pas où c'est.

— Alors, vous allez me le dire. Croyez-vous que je risque de me perdre dans votre grand village ?

L'ironie vexa bien un peu le notable, mais il lui montra le chemin de traverse permettant de pénétrer dans les terres. Un peu plus au sud, au septième rang, il devrait tourner vers l'est.

— La ferme des Gagnon ne sera pas bien loin. La maison, blanchie à la chaux, possède une cuisine d'été. Puis, la grange étable a été traitée avec une couleur rouge.

Couture alla prendre place sur la banquette de la voiture, et s'empara des rênes.

— Vous ne pourrez pas la rater, expliqua encore Mailhot, les voisins seront là pour veiller le corps.

Sur cette dernière précision, le marchand général retourna vers le presbytère.

La prédiction de Mailhot s'avéra : de nombreuses carrioles se rangeaient déjà contre la maison des Gagnon. Couture ajouta la sienne aux autres. Il frappa à la porte de la cuisine d'été, attendit en vain une réponse, puis entra. Les conversations animées cessèrent, tous les regards se fixèrent sur lui. Son costume et sa prestance le distinguaient des autres. Puis, les indiscrétions téléphoniques avaient déjà mis chacun au courant de la présence, dans la paroisse, des « messieurs » de Québec. Quatre inconnus descendus à la gare ne devaient pas passer inaperçus.

— Il y a une femme Lemay, ici ? demanda-t-il à la ronde. Exilda Lemay ?

Le ton du commandement ne souffrait pas la contradiction. Une paysanne quitta son banc à la table pour s'approcher de lui.

— C'est moi.

— Cet après-midi, vous témoignerez à l'enquête du coroner.

— Qui êtes-vous, monsieur ?

Avec les hommes bien vêtus, autoritaires, elle savait retrouver les formes de politesse. Surtout, elle n'avait pas affaire à un personnage de ce genre pour la première fois de sa vie.

— Lauréat Couture, de la Police provinciale.

Elle hocha la tête. L'allure et le ton lui étaient familiers.

— Où se trouve la petite ?

— Dans le salon, en chapelle ardente.

— Vous allez me montrer le chemin et me tenir compagnie.

L'expression se révéla bien exagérée : deux cierges, l'un de chaque côté du cadavre, brûlaient à un bout de la table. Le détective demeura un moment immobile, touché par la scène. Puis, il ordonna aux personnes présentes de sortir.

— Je veux regarder le corps.

Dix paires d'yeux se braquèrent sur lui. Un homme de grande taille quitta sa chaise rangée le long du mur, avança sa silhouette longiligne en disant :

— Vous ne la toucherez pas…

Devant le visage hostile du nouveau venu, il continua déjà avec moins d'assurance :

— Cela ne se fait pas !

— Qui êtes-vous ?

— … Son père.

— Qui est sa mère ?

Le cultivateur se tourna pour désigner une femme toute vêtue de noir, un voile devant le visage, assise sur une chaise à côté de celle qu'il venait d'abandonner. Le couple y avait pris place afin de recevoir les condoléances de voisins, de parents, d'amis, et certainement de plusieurs curieux.

— Vous et votre femme, vous pouvez rester dans la pièce. Les autres, dehors.

Tous remirent leur chapelet dans leur poche, abandonnèrent les conversations murmurées pour se diriger vers la porte. Comme Exilda Lemay s'apprêtait à faire de même, le policier précisa :

— Non, non, comme je vous l'ai dit tout à l'heure, vous me tenez compagnie.

Cette façon de dire les choses faisait un peu étrange, dans les circonstances, mais le détective souhaitait la présence d'un témoin capable de rendre compte ultérieurement de toutes ses démarches. Au premier regard, il avait jugé l'esprit de la paysanne délié, et ses yeux mobiles capables de tout enregistrer.

— Enlevez-lui ces pièces de tissu, continua-t-il d'un ton plus amène, et montrez-moi les traces de sévices. On m'a dit que vous les aviez déjà remarquées.

La voisine hocha la tête, commença par retirer le voile de communiante.

— Les yeux noircis, le front renfoncé, et ici...

Elle montrait du doigt tout en se livrant à une énumération. Couture s'approcha pour voir la bosse sur la tête. Pour en constater toute l'ampleur, il dut tourner à demi le petit corps rigide. Pour plus de prudence, la paysanne souffla les bougies et les posa par terre.

— J'ai remarqué aussi ses pieds et surtout ses genoux, plus tôt cette semaine.

La pièce en lin disparut, révélant la plante des pieds noirâtre, puis Exilda souleva un peu le bas de la robe. Le policier échappa un juron en lui faisant signe de remettre le vêtement à sa place.

— J'en ai assez vu, l'enquête du coroner aura lieu cet après-midi. N'oubliez pas notre rendez-vous.

D'un geste vif, il prit le bord du drap posé sur la table, le rabattit sur le cadavre. De nouveau, Télesphore Gagnon se leva de sa chaise.

— Que faites-vous là ? Vous n'avez pas le droit…

— Tout à l'heure, un magistrat venu de Québec tiendra une enquête sur la mort de votre fille, dans la sacristie. Vous devrez vous y présenter, et témoigner si on vous le demande.

— Témoigner de quoi ?

La plus grande surprise se peignit sur le visage du cultivateur. Rendre compte de ce qui se passait dans sa maison lui paraissait inconcevable.

— La petite, qu'est-ce qu'il va lui faire ? intervint son épouse d'une voix plaintive en se levant à son tour.

Elle destinait la question à son mari, mais Couture, tout en rabattant l'autre moitié du drap sur le corps, répondit d'une voix bourrue :

— Le médecin fera une autopsie, pour savoir de quoi elle est morte.

Elle posa sur lui ses yeux globuleux. Visiblement, elle ne comprenait pas, ou feignait de ne pas comprendre.

— Il va examiner tout son corps, précisa le lieutenant détective, l'ouvrir aussi pour trouver la cause de sa mort.

— L'ouvrir ? Il ne peut pas faire cela, ce n'est pas chrétien.

La femme baissa la tête, éclata en sanglots.

— Elle avait la tuberculose, je le sais, moi. Nous allons tous mourir de cette maladie.

Argumenter ne donnerait rien. Pendant que le détective achevait d'envelopper Aurore, il conclut l'échange d'une voix impatiente :

— Vous expliquerez tout cela au coroner, si celui-ci juge bon de vous interroger, ou alors devant un tribunal, plus tard, si des accusations sont portées. Moi, je dois apporter son corps là où le médecin légiste procédera.

Il prit Aurore dans ses bras avec précaution. Devenu rigide, son fardeau faisait penser à une petite boîte allongée. Quand il se présenta devant la porte du salon, Exilda Lemay ouvrit.

— Monsieur Gagnon, précisa le policier sans se retourner, je vous verrai tout à l'heure à la sacristie. Si vous n'y êtes pas, j'ai le pouvoir de vous y amener de force.

Plusieurs personnes se tenaient près de l'entrée du salon, elles devaient tendre l'oreille depuis un certain laps de temps pour ne rien perdre des échanges. Elles formèrent une haie pour le regarder passer avec la jeune victime que Couture posa ensuite dans la boîte de la petite voiture de livraison.

Chapitre 4

Même enfoncé bas sur le front, un chapeau melon offrait une protection bien illusoire contre le froid et, surtout, le vent de février. En rangeant sa voiture près du presbytère, Couture jurait contre tous les paysans brutaux de la province. Heureusement, le juge de paix sortit tout de suite, accompagné par le stagiaire du bureau du procureur général, pour venir le rejoindre.

— Depuis tout à l'heure, vous avez pu former un jury ?

— Oui, répondit Mailhot. Six bonshommes, de gros cultivateurs ou des notables du village, vont nous rejoindre à la sacristie d'ici une heure ou deux. De toute façon, selon ce que j'ai compris, l'enquête ne commencera pas avant la fin de l'autopsie.

— Pensez-vous que l'un ou l'autre se dérobera à son devoir ? Je ne veux pas courir la campagne pour les amener là.

Le policier tenait les paumes de ses mains bien à plat sur ses oreilles devenues insensibles, il frappait ses talons sur le sol pour rétablir la circulation sanguine dans ses orteils.

— Ne craignez rien, tous seront au rendez-vous, moins par sens du devoir que par curiosité.

— Tant mieux. Prenez le corps.

Le marchand jeta un regard effaré sur la forme blanche au fond de sa voiture.

— Non... Je dois m'occuper de ma jument. Elle va attraper la crève.

Comme pour prouver sa sincérité, il se dirigea vers la tête de l'animal pour lui caresser les naseaux.

— Vous, prenez-la.

Ce fut au tour de Mathieu d'avoir un haut-le-cœur. Mais le souvenir de l'injonction de son patron l'emporta sur ses réticences : il devait se rendre utile. Dans ses bras, le corps lui parut étrangement léger.

— Je dois la mettre dans la sacristie ?

— Où doit avoir lieu l'autopsie ?

— Au sous-sol de cette bâtisse.

Les mains toujours sur les oreilles, le policier se dirigea vers l'église. Érigé en 1886, l'édifice paraissait bien grand et très majestueux pour une aussi petite localité. Le clocher lançait sa flèche vers un ciel d'un bleu uniforme. La sacristie se trouvait à l'arrière du bâtiment principal. Les réunions des sociétés pieuses s'y déroulaient. Le prêtre pouvait même y célébrer parfois des messes basses.

Toujours soucieux de protéger ses oreilles du froid, Couture utilisa tout de même une main pour ouvrir la porte à Mathieu. Il s'avança ensuite vers la pièce encombrée de bancs placés en parallèle, en face d'un petit autel.

— C'est de ce côté, indiqua Mathieu en s'engageant dans un escalier étroit placé à droite de la porte.

Il conduisait à une cave très sombre, creusée dans la terre humide, profonde d'un peu moins de six pieds. Le jeune homme devait fléchir les genoux afin de ne pas heurter du front les poutres soutenant le plancher au-dessus de lui. Le policier retira son melon pour ne pas le voir choir sur le sol de terre battue où on avait placé des planches ça et là. De chaque côté, un soupirail laissait entrer une lumière blafarde, tout juste suffisante pour leur permettre de se déplacer sans se heurter les pieds.

— Le docteur Marois ne verra rien dans ce trou, pesta Couture.

— C'est pour cela que je suis venu mettre ces lampes à pétrole sur cette table, tout à l'heure. Les chambres du presbytère en sont privées, maintenant.

Se rendre utile, cela voulait dire aussi se muer en garçon de course. Les lampes, toujours éteintes, s'alignaient à un bout de la surface en bois. Le jeune homme plaça le corps devant celles-ci avec précaution, puis il posa la main sur la surface rugueuse afin de reprendre son souffle. L'émotion, plutôt que le poids du fardeau, rendait sa respiration haletante.

— Vous n'avez pas peur des morts, au moins ? railla le policier.

Mathieu posa sur lui un regard mauvais, puis il déclara d'une voix chargée :

— J'ai vu et j'ai manipulé plus de cadavres en un an que vous et tous vos amis de la Police provinciale mis ensemble n'en verrez dans toute une vie. Alors, ne me faites pas chier.

Le détective songea à protester, à chercher lui aussi dans son vocabulaire des mots assez grossiers pour faire rougir cet étudiant. Les yeux fixés dans les siens l'amenèrent à de meilleurs sentiments.

— Excusez-moi, consentit-il enfin. La voir comme cela me met hors de moi.

— ... Ça va. Moi aussi, cette situation me révolte. Peut-être que l'expérience me rendra moins sensible, un jour.

— Cela n'a pas marché pour moi, en tout cas. Allez dire au grand docteur de venir commencer sa boucherie. Plus vite il aura terminé, plus vite je pourrai rentrer à Québec avec ces deux salauds menottés.

Mathieu s'éloigna du corps.

— Marois a demandé au médecin traitant de cette petite fille de l'assister pendant l'autopsie, dit-il avant de regagner l'escalier. Au téléphone, l'autre lui a dit qu'il ne pourrait se présenter ici avant trois heures.

Le policier contempla sa montre, jura entre ses dents. L'enquête du coroner ne commencerait pas avant que le médecin légiste ne soit en mesure de rendre son rapport. En comptant au mieux, la procédure ne se terminerait pas avant sept heures.

Pour montrer sa bonne nature, le stagiaire ajouta :

— La ménagère du curé a mis une assiette de côté pour vous. C'est du bœuf.

— Dieu bénisse cette bonne dame, mais nous ne pouvons l'abandonner là toute seule. Les curieux, c'est-à-dire toute la population de la paroisse, envahiront l'endroit si nous les laissons faire.

Le jeune homme sortit un gros cadenas de la poche de son paletot.

— Ces bons catholiques ne forceront pas une porte dans une église. Ce serait un vrai sacrilège.

Les deux hommes contemplèrent le cadavre un bref instant, puis ils quittèrent les lieux.

Ces personnes réunies par un événement malheureux ne trouvaient plus rien à se dire, après des heures de tête-à-tête. Les médecins, après avoir évoqué les avatars de l'existence de quelques collègues, se perdaient dans la contemplation du beau tapis « de Turquie » ornant le plancher du grand salon du presbytère. Les motifs étranges devaient susciter des rêveries coupables chez ces messieurs, car aucun ne levait plus les yeux.

Le curé, de son côté, possédait un moyen d'évasion bien légitime. Trente minutes plus tôt, il avait sorti un petit livre relié en cuir noir de sa poche de pantalon, sous la soutane, en disant :

— Si vous voulez m'excuser, mon état exige cette lecture quotidienne.

Depuis, l'homme de Dieu se concentrait sur les pages de son bréviaire.

Un moment, Mathieu songea à faire de même avec le Code civil, en donnant une excuse semblable. Il en avait placé une copie dans son sac de voyage, avant de quitter sa pension. Finalement, un bruit à la porte d'entrée mit fin à son dilemme.

— Cela doit être le docteur Lafond, déclara l'abbé Massé en se levant.

Le prêtre avait formulé le même espoir à quelques reprises déjà : plusieurs de ses ouailles, secouées par les derniers événements, venaient chercher auprès de lui un réconfort spirituel. Les pauvres âmes repartaient déçues, car leur pasteur préférait jouer les hôtes parfaits auprès de ses visiteurs.

Cette fois fut la bonne, l'ecclésiastique revint se planter dans l'embrasure de la porte du salon.

— C'est bien lui.

La petite assemblée se déplaça vers l'entrée pour retrouver un homme âgé de quarante-cinq ans, emmitouflé dans un manteau en fourrure, un casque assorti enfoncé bas sur le crâne. La nécessité d'« aller aux malades » en cette saison imposait ce genre de tenue.

— Voilà le docteur Andronic Lafond, commença le curé. Son bureau se trouve dans la paroisse voisine, Saint-Jacques-de-Parisville.

Le nouveau venu serra les mains à la ronde. Le docteur Marois endossa son paletot et récupéra son sac en cuir laissé dans l'entrée lors de son arrivée.

— Allons-y tout de suite, proposa-t-il. Je vous poserai quelques questions tout en procédant. Picard, venez avec nous.

Mathieu écarquilla les yeux, essaya de se dérober.

— Je ne connais rien à la médecine…

— N'ayez crainte, je ne vous confierai pas l'un de mes couteaux. Toutefois, vous savez sûrement écrire. Vous prendrez les notes que je dicterai. Pour vous faire plaisir, j'essaierai de ne pas utiliser de termes trop techniques.

Protester n'aurait servi à rien. Il préféra récupérer son manteau et les suivre sans un mot.

— Cher collègue, demanda le docteur Caron, vous en aurez pour au moins une heure ?

— Comptez-en deux, ce sera plus sûr.

— Nous regagnerons donc la sacristie vers quatre heures. Notre présence, à monsieur Couture et à moi, empêchera les curieux de construire les fables les plus folles en attendant votre témoignage. Vous serez le premier à intervenir, bien entendu.

— Bien entendu, grommela le vieux praticien en passant la porte.

La sacristie se trouvait tout au plus à cent pieds, ils y arrivèrent tout de suite.

Le coroner y avait fait allusion : dans cette région pauvre en imprévus, la mort de la petite Aurore se discutait maintenant dans toutes les demeures de la paroisse. Les hypothèses les plus saugrenues prenaient forme. Les plus curieux s'entassaient déjà sur les bancs parallèles de la sacristie. La grande pièce bruissait de conversations animées, mais chacun évitait les éclats de voix dans cette extension de la maison du bon Dieu.

Quand l'étudiant sortit sa clé afin d'ouvrir le gros cadenas, tous ces badauds fixèrent les yeux sur lui, réduits au silence par une nouvelle émotion. Les mots bien lugubres du policier, « Il va l'ouvrir », avaient déjà fait le tour de toutes les demeures.

— Essayez de fermer derrière nous, demanda Marois. Je ne voudrais pas en voir un descendre afin de regarder par-dessus mon épaule.

La chose paraissait plus facile à dire qu'à faire. Finalement, Mathieu dénicha un petit morceau de bois de forme triangulaire. En l'enfonçant sous un coin de la porte, celle-ci résisterait aux efforts pour l'ouvrir.

— Misère ! Comment allons-nous travailler dans ce trou ? se lamenta d'abord le médecin autopsiste.

Dehors, le jour déclinait déjà. En conséquence, la lumière grise venue des soupiraux ne suffisait même plus à éclairer les coins de cette grande pièce.

— Je vais allumer les lampes, dit l'étudiant.

Il pêcha au fond de sa poche un tube en cuivre contenant cinq ou six allumettes. Il enleva l'abat-jour en verre de la première lampe, ensuite le tube du même matériau pour avoir accès à la mèche et y mettre le feu, puis il replaça les pièces à leur place. De qualité, l'appareil procurait un éclairage intéressant.

— Si nous les disposons de chaque côté du corps, expliqua Mathieu, le résultat ne sera pas si mal.

— ... Vous avez raison, reconnut le praticien d'un ton plus amène. Après tout, la majeure partie de ma carrière s'est déroulée avant l'invention de la lumière électrique.

— Nous nous habituons très vite à ce genre de confort, commenta Lafond. Ce fut ma plus grande privation, quand je me suis établi ici.

— Vous y êtes depuis longtemps ?

La lumière d'une seconde lampe à pétrole agrandissait le cercle où l'on voyait à peu près bien. Rasséréné, le vieux médecin retrouvait assez de savoir-vivre pour s'intéresser au sort de ses semblables.

— J'ai ouvert mon cabinet en 1910.

— Les gens ne sont sans doute pas riches dans ce trou perdu. Cela ne doit pas rapporter beaucoup.

— Je soigne souvent à crédit... Mais ces cultivateurs mettent beaucoup de fierté à régler leur dû, même si c'est parfois avec deux ou trois ans de retard. Puis, je me rattrape un peu sur la vente des médicaments. Il n'y a pas de pharmacie à des dizaines de milles à la ronde.

— Cela ne durera peut-être pas. Vos patients pourront les faire venir par la poste, grâce au catalogue Eaton !

Marois s'était fait un peu railleur. Tous les marchands de la campagne souffraient de cette concurrence. Ce catalogue, avec le missel, constituait l'un des deux livres présents dans toutes les maisons. La qualité des services postaux assurait des livraisons rapides partout au Canada.

— Nous allons approcher ces chaises et y mettre les lampes, continua-t-il en revenant au motif de sa présence en ces lieux, le temps de déballer ce colis. Nous ne voulons pas y mettre le feu, n'est-ce pas ?

Pendant que ses deux aînés se débarrassaient enfin de leur manteau, l'étudiant cherchait les sièges branlants afin de les rapprocher de la petite table. Ces lampes à pétrole avaient en effet le défaut de devenir très brûlantes. Il convenait d'éviter tout contact avec la peau ou les textiles.

Marois entreprit de déplier le drap afin d'exhiber le corps. Avec l'espoir de dissimuler son émotion, il demanda d'une voix bourrue :

— Elle était votre patiente ?

— Oui… Toutefois, cela ne signifie pas que je la connaissais.

— C'est-à-dire ?

L'homme saisit l'épaule droite de l'enfant pour la retourner. Il commença par détacher le bouton de la robe juste sous la nuque, puis deux autres au milieu du dos. Quand ils l'avaient vêtue, Arcadius Lemay et sa bru avaient un peu bâclé le travail.

— J'ai été appelé en consultation l'été dernier pour une vilaine blessure au pied. Je l'ai vue à six reprises pour cela.

— Six fois ? La blessure était donc grave.

— Non, pas vraiment. Mais la mère négligeait mes directives. Faire un simple pansement paraissait au-dessus de ses compétences. À la fin, à la mi-septembre, il a fallu la faire transporter à l'Hôtel-Dieu. Elle y a séjourné un mois.

À eux deux, une fois la fillette remise sur le dos, ils firent glisser la robe vers le bas. Mathieu contemplait le corps maintenant totalement nu, partagé entre une envie de pleurer et un haut-le-cœur. Deux détails le touchaient particulièrement : les cheveux longs d'un pouce, tout au plus, et les pieds nus.

Bien sûr, peu de familles de cultivateurs sacrifiaient une paire de chaussures à l'heure d'ensevelir un proche, si d'autres membres de la famille pouvaient en profiter. Tout de même, les petits orteils recroquevillés le touchaient au cœur.

— Vous n'allez pas tourner de l'œil, tout de même ! maugréa Marois en posant les yeux sur lui.

Le vieil homme marqua une pause, se raidit contre toute forme d'attendrissement. Il fouilla des yeux le contenu de cette cave humide, repéra dans un coin une petite table montée sur des pieds en fonte, un ancien pupitre scolaire.

— Placez-le ici. Nous masquerons la scène de nos corps. La plus petite des lampes suffira, pour vous permettre d'écrire.

Le jeune homme s'installa comme on le lui disait.

— Avez-vous eu l'occasion de lire des rapports d'autopsie produits lors d'enquêtes du coroner ? demanda le médecin.

— Évidemment, dont plusieurs des vôtres.

— Je vous permets donc de copier mon style, très facilement imitable. Si vous réussissez, je mettrai simplement ma signature en bas de la feuille, pour sauver du temps. Caron veut coucher dans sa famille ce soir.

L'homme sortit d'abord de sa mallette en cuir quelques feuillets portant son monogramme afin de les placer devant lui. Au moment où il extirpa un morceau de cuir pour le dérouler, le stagiaire baissa les yeux. Il contenait un assortiment de couteaux aux lames luisantes, et une scie. Suivirent des bocaux en verre fermés hermétiquement avec des couvercles en métal.

Puis, le docteur s'arrêta, les yeux fermés, le visage recueilli. « Le vieux cynique bourru fait une petite prière », songea Mathieu, disposé à lui pardonner dorénavant tous ses accrocs, nombreux, à la bienséance.

— « J'ai fait ce jour, assisté du docteur Andronic Lafond, l'autopsie du cadavre qui fait le sujet de cette enquête… »

Le médecin tourna la tête afin de demander :

— Picard, vous avez eu le temps de prendre cela en note ?

— J'ai même placé des virgules là où elles sont nécessaires.

Le vieil homme esquissa un sourire, son premier, puis chercha un ruban à mesurer, en donna un bout à son collègue.

— « Le cadavre est celui d'une fille de dix à onze ans et de quatre pieds six pouces de taille, poursuivit-il. Les muscles sont en rigidité cadavérique et la décomposition n'est pas commencée. »

Marois regarda de nouveau attentivement le corps, prit un bras entre le pouce et l'index.

— Elle ne vous semble pas trop maigre ? demanda-t-il à son collègue.

— Les enfants ne sont jamais bien gras, par ici. Puis, nous sommes en février, certains ne trouvent que des patates sur la table familiale depuis décembre ou janvier dernier.

— Elle entre encore dans sa robe de première communiante, commenta le médecin légiste.

L'observation tira un demi-sourire au docteur Lafond.

— Cela peut aussi être celle d'une aînée, d'une voisine, d'une cousine.

— Je la trouve tout de même particulièrement émaciée, mais cela n'ira pas dans le rapport. Si quelqu'un me pose la question au procès, je le dirai. Vous nous entendez, Picard ?

Sans lever la tête de sa feuille, le jeune homme formula un « Oui, oui » un peu las.

— Passons maintenant aux choses sérieuses, nous allons placer les lampes au fond, sur la table…

Un grattement, dehors, lui fit lever la tête. Une ombre passa devant le soupirail.

— D'abord, masquez cette ouverture avec votre manteau. Nous ne laisserons tout de même pas des vicieux se rincer l'œil sur elle.

Le stagiaire obéit pendant que le médecin revêtait un long tablier en cuir. De retour sur sa chaise, Mathieu prit une longue aspiration, essaya de faire le vide dans son esprit. Heureusement, la fraîcheur des lieux l'aidait à contenir sa terrible envie de vomir.

— « À l'examen, on remarque un grand nombre de blessures extérieures. »

Le praticien enchaîna avec une interminable nomenclature de plaies, de bosses, d'abrasions, de décolorations de la peau, d'ecchymoses visibles sur la jambe, la cuisse et le pied droits. Penché sur un endroit où la chair semblait particulièrement meurtrie, il demanda :

— Lafond, pouvez-vous approcher la lampe ?

Son collègue obtempérant, il plaça un doigt près du genou.

— D'après vous, qu'est-ce qui a produit cette marque-là ?

— Longue et étroite comme cela… Un bâton ?

L'autre levait les yeux pour chercher ceux de son collègue, visiblement dégoûté.

— Peut-être même la lanière d'un fouet. Ceux que l'on prend pour les chevaux, ou les attelages de bœufs.

Le médecin regarda le stagiaire en disant :

— Écrivez bien mes mots exacts, jeune homme. Tout à l'heure, je mettrai même mes initiales en marge, pour souligner le constat : « On remarque également du même côté, en arrière et à la partie supéro-interne de la cuisse, une blessure de six pouces de long et de un demi à un pouce de large. Cette blessure, et d'autres présentant le même caractère, peuvent avoir été produites soit par une mise de fouet ou un objet contondant étroit. »

Mathieu acquiesça de la tête quand il eut terminé. Une mise de fouet, c'était une lanière, souvent composée de multiples pièces de cuir de bœuf tressées ensemble. L'instrument causait une douleur suffisante pour soumettre un animal récalcitrant de grande taille, à la peau épaisse. Sur la cuisse d'une petite fille...

Le médecin s'attacha ensuite à l'examen du pied, de la jambe et de la cuisse gauches, poursuivant sa litanie macabre, dont quelques évocations se révélèrent pires que les autres. Avec un scalpel, il soulevait parfois la peau afin de constater des dégâts internes. Il répéta cette précaution en examinant le visage :

— « Au-dessus du sourcil droit, on remarque une grande plaque brunâtre avec dépression marquée au-dessus. Cette dépression a dû être causée par un coup direct sur le front avec un instrument contondant, causant un hématome qui a détruit le péricrâne après s'être infecté. »

Marois posa son scalpel pour se redresser, les deux mains à la hauteur des reins comme quelqu'un agacé par un mal de dos.

— Vous y arrivez toujours, Picard ?

— Pour donner des dictées, vous êtes meilleur que mes professeurs du Petit Séminaire. Toutefois, je ne comprends pas toujours tout. Comme cette allusion au péricrâne...

— Le pus mêlé de sang semble avoir eu un effet corrosif sur les os. Ceux-ci sont abîmés. Je vais en avoir le cœur net en crevant cette grande bosse sur la tête. Toute la surface du cuir chevelu paraît soulevée, et c'est mou, dessous.

L'homme reprit son scalpel pour fendre la peau du crâne sur une grande largeur, alors que le docteur Lafond plaçait un contenant afin de recueillir le liquide purulent.

— Il y en a plus de six onces, observa-t-il.

Pendant un instant, Mathieu songea à se rendre au presbytère pour invectiver madame curé. Quelle idée de servir un rôti de bœuf à des hommes devant accomplir une corvée de ce genre ? À grand mal, il arrivait à maîtriser sa furieuse envie de dégorger.

— Quant à se trouver à ce bout du corps, dit Marois, passons tout de suite aux choses sérieuses.

Il tendit la main vers l'enveloppe en cuir, récupéra la scie. Quand il entendit distinctement les dents mordre l'os,

Mathieu se retrouva dans les Flandres une fraction de seconde.

Un peu après quatre heures, flanqué du lieutenant Couture et de l'abbé Massé, le docteur Caron se dirigea vers la sacristie. Chemin faisant, l'ecclésiastique lui chuchota :

— Vous comprenez, je ne peux pas témoigner. Le secret de la confession…

— Évidemment. De toute façon, à cette étape des procédures, nous voulons surtout entendre le rapport d'autopsie. Si nécessaire, l'enquête se poursuivra à Québec.

Alors que le saint homme laissait échapper un soupir de soulagement, le policier décida de lui gâcher son plaisir.

— Si les choses se passent comme ça, je devrai sans doute vous remettre un *subpœna*.

— … Je conférerai de cela avec mon évêque.

— Nous en sommes tous réduits à ça, conférer avec nos supérieurs. C'est l'humaine condition.

L'ironie irrita le curé. Dans la sacristie, ils trouvèrent une bonne partie de la population adulte masculine de la localité, et quelques femmes assez courageuses pour entendre un récit scabreux. Dans cette foule, un trio paraissait un peu isolé des autres.

— Voici le couple Gagnon, confia le détective à l'oreille du coroner.

— Et la gamine avec eux ?

— La fille aînée de l'époux, issue d'un premier mariage. Je me demandais…

Comme l'autre ne terminait pas sa phrase, le coroner insista :

— Vous vous demandiez ?

— Si vous pouviez la faire témoigner.

À douze ans, la jeune fille paraissait écrasée par la très haute silhouette de son père. Elle gardait les yeux fixés sur le sol, perdue dans la contemplation de ses lourdes bottines, un peu trop grandes pour elle.

— Elle dira exactement ce qu'ils voudront, dit le coroner.

— Peut-être, peut-être pas.

— Si elle déclare n'avoir jamais vu ses parents la battre, l'affaire n'ira pas loin.

Lauréat Couture avait profité de la dernière heure pour décrire au magistrat l'état dans lequel il avait trouvé le cadavre.

— Si elle nie les mauvais traitements, tout le monde dira comme vous : elle répète une leçon apprise. Mais si elle dit la vérité, la cause sera entendue dès à présent. Quant à l'épouse… marmotta le coroner.

— Inutile de l'entendre aujourd'hui, ricana le détective. Après tout, elle vient tout juste de perdre l'un de ses enfants.

Le médecin apprécia la sagesse de son compagnon. Tout le monde attribuait aux mères de familles nombreuses les attributs de la sainteté. Celle-là, en noir des chaussures au chapeau, un voile à peine transparent de la même couleur devant le visage, attirerait irrémédiablement la pitié.

— De toute façon, conclut le coroner, le rapport d'autopsie déterminera la suite des choses. Les autres témoignages ne prendront que peu d'importance.

Le duo tournait le dos à l'assistance, face au petit autel dressé au fond de la pièce. Devant, une table apportée du presbytère permettrait à Caron de présider l'enquête. Sur des chaises placées contre le mur, les six membres du jury écouteraient les témoins avant de rendre leur verdict. Ces hommes s'appelaient Achille Laquerre, Josaphat

Auger, Louis Laliberté, Ovide Demers, Casimir Chénard et J. S. Laquerre.

Placés épaule contre épaule, les nombreux spectateurs parlaient de plus en plus fort, la chaleur montait, bientôt l'odeur serait à peine tolérable.

— Le vieux Marois doit perdre la main, ronchonna le coroner en tirant sa montre de son gousset. Il sera bientôt cinq heures.

— Christ! Lafond, approche cette foutue lampe.

Le médecin se pencha un peu plus sur l'abdomen grand ouvert, inclina encore la lampe, au risque de brûler les chairs. Marois tenait un tube en métal dans sa main. Il avait espéré tirer un peu d'urine de la vessie, afin de l'analyser. Après un mauvais mouvement, le liquide coulait sous le cadavre, tachait le drap et s'égouttait sur le plancher de terre battue.

— Voilà, c'est raté, conclut le vieil homme. Autant recoudre, nous avons tout recueilli, tout regardé.

Le cerveau se trouvait déjà dans un bocal. L'intestin avait été fendu sur toute sa longueur, les reins tranchés en deux, tout comme la rate, le pancréas et les poumons. Mathieu, pâle et épuisé, tenait sa plume quelques pouces au-dessus de la feuille de papier, en attendant de la suite de la dictée.

— Que faisons-nous avec l'estomac et son contenu? demanda le médecin de campagne.

— Cette rougeur me paraît suspecte. Nous enverrons le tout au docteur Derome, à Montréal. Il nous dira s'il s'agit de poison.

— Dans ce cas, comment entendez-vous conclure tout à l'heure?

Songeur, Marois se tourna à demi pour dire :

— Picard, écrivez soigneusement. « Cause de la mort : empoisonnement général causé soit par septicémie ou autres causes que seule l'analyse des viscères pourra déterminer. L'autopsie démontre d'une façon évidente que la défunte n'a pas reçu les soins que requérait son état. »

Puis, il chercha un gros fil dans son sac en cuir, émit quelques jurons avant de réussir à le passer dans le chas d'une grande aiguille. Le corps de l'enfant, si pitoyable deux heures plus tôt, devenait grotesque.

Chapitre 5

Quand le trio remonta dans la sacristie, tous les yeux se tournèrent vers lui. Le docteur Caron imposa le silence en frappant la table de son poing. L'assistance se tut bien vite, comme à la grand-messe.

— Nous sommes réunis ici afin de faire enquête sur une mort suspecte, celle d'Aurore Gagnon, âgée de dix ans et demi, fille de Télesphore Gagnon et de feue Marie-Anne Caron. Six habitants de votre paroisse composeront le jury. Il leur appartiendra de conclure sur les causes du décès et, ultimement, sur la suite à donner à cette affaire.

Du geste, le magistrat désigna la chaise placée près de lui tout en cherchant des yeux Mathieu Picard. Ce dernier ferait office de greffier. Encore une fois, spécialiste de rien, mais informé sur tout, on lui demanderait de prendre des notes. Alors qu'il s'asseyait en dévissant sa plume, son voisin continua :

— Nous entendrons d'abord le docteur Albert Marois, médecin autopsiste domicilié à Québec.

Un sourire ironique sur les lèvres, le stagiaire entendit le vieil homme lire à haute voix, sans en changer un mot, ses commentaires de la phase précédente. Il reprit la conclusion formulée quelques minutes plus tôt.

— Monsieur Marois, vous parlez bien d'un empoisonnement ?

— Généralisé. Elle avait une demi-livre de pus juste dans la tête.

— Cet empoisonnement peut-il venir de la multitude de blessures dont vous avez fait la liste ?

Le coroner était habituellement choisi parmi les médecins précisément pour ce genre de situation. Il fallait déterminer si les causes de la mort procédaient d'une intention criminelle. Par sa façon de mener les interrogatoires, il devait clarifier les informations de telle manière qu'un jury, peu familier avec cette profession, puisse tirer des conclusions.

— En soi, aucune de ces blessures n'était mortelle. Elle est morte du manque de soins, dans le meilleur des cas. Une intervention médicale aurait permis de la sauver.

— Voilà une curieuse affirmation. Il existe donc un « pire » des cas.

— Oui. J'ai trouvé une allure suspecte à l'estomac. Il était d'un rouge vif, comme si elle avait absorbé une substance très irritante. L'examen, mené au laboratoire de médecine légale de Montréal, nous permettra de savoir si on lui a administré du poison.

Cette façon de présenter les choses mettait les Gagnon dans une position doublement précaire. Une septicémie attribuable à un refus d'apporter les soins adéquats signifiait une accusation d'homicide involontaire. Si on lui avait administré un poison, ce serait un meurtre pur et simple, conduisant à la potence.

— Je vous remercie, docteur Marois.

Le médecin avait laissé toute l'assemblée dans un état d'abattement complet.

— Nous allons entendre maintenant madame Exilda Lemay, née Auger, de cette paroisse, continua le docteur Caron après une courte pause.

Elle se tenait comme au garde-à-vous, à gauche de la table, une silhouette un peu forte, l'air emprunté dans ses habits du dimanche. La tradition voulait que les témoins restent debout. À son tour, elle prêta serment sur les Saints Évangiles.

— Madame, vous connaissez bien les Gagnon, je crois ?

— ... Ce sont nos voisins les plus proches.

— Proches à quel point ?

— Deux, trois arpents.

Un ricanement souligna ses mots.

— Vous avez entendu la liste des mauvais traitements subis par la défunte. Vous pouvez nous dire quelque chose à ce sujet ?

— C'est-à-dire que... l'autre jour...

— Quand ça ? Vous devez vous montrer précise.

— Il y a dix jours, le 2 février. Je suis allée chez eux. La petite... je veux dire Aurore, se trouvait au lit, malade.

À sa façon de prononcer le dernier mot, elle indiquait sa conviction que cette maladie-là, l'enfant ne la devait pas à des causes naturelles.

— Un jour ou deux auparavant, ils étaient venus chez moi. La belle-mère m'a dit alors qu'elle était dure à élever, au point qu'ils devaient la corriger à coups de manche de hache.

Un murmure parcourut l'assistance. Même le docteur Caron parut impressionné.

— Qu'avez-vous répondu ?

— Je lui ai dit de la mettre au couvent, s'ils n'arrivaient pas à l'élever. Les sœurs savent comment s'y prendre. Elle m'a répondu...

— Qui vous a répondu?

— Elle... Marie-Anne Gagnon m'a répondu que cela coûtait trop cher.

Exilda Lemay apprenait rapidement à appuyer ses affirmations d'intonations, de regards destinés à convaincre. Aux étapes ultérieures du procès, cette dame ferait un témoin à charge redoutable. Mathieu n'écrivait pas assez vite pour prendre ses paroles mot pour mot. Seul un véritable greffier pouvait le faire. Il devait se limiter à résumer son propos. Sur sa feuille blanche, l'échange suivant se limita à: «L'enfant ne se plaignait jamais quand on la voyait.»

— Vous l'avez vue encore, par la suite?

— Le 10, mardi dernier. Encore une fois, Aurore était dans son lit. Cette fois, je suis montée pour l'apercevoir étendue sur une paillasse vide.

La paysanne répéta la description faite plus tôt au juge de paix Mailhot.

— À ce moment, vous avez dit quelque chose de particulier aux parents?

— Seule madame Gagnon se trouvait là. J'ai dit: «Votre enfant est très malade, il faut la faire soigner. Appelez le docteur.»

— ... Quelle fut sa réponse?

— «C'est l'enfant de mon mari. S'il veut la faire soigner, qu'il le fasse. S'il me donne des remèdes pour elle, je les lui administrerai.» Elle a dit exactement ça.

L'indifférence de cette mère suscita un nouveau murmure indigné. La femme termina son récit avec les événements survenus la veille, de la matinée jusqu'au décès de la fillette. Elle signa ensuite le résumé de sa déposition.

Le docteur Caron, songeur, posa les yeux sur le père et la sœur de la défunte.

— Maintenant, je demande à Marie-Jeanne Gagnon de venir témoigner.

La fillette leva d'abord les yeux vers son père, trouva un visage fermé, un peu obtus, puis vers sa belle-mère. Le voile empêcha le coroner de lire le regard de cette dernière.

L'enfant se dirigea vers la place réservée aux témoins, intimidée par tout ce cérémonial et tous ces inconnus.

— Quel âge as-tu, petite? demanda le magistrat.

— Douze ans.

— Tu comprends ce que veut dire «prêter serment»?

Elle hocha lentement la tête, le visage très grave.

— Cela signifie que tu devras dire toute la vérité.

De nouveau, elle acquiesça, puis allongea la main au-dessus des Évangiles pour jurer, comme les deux témoins avant elle.

— Ce n'est pas l'habitude, mais à cause de ton jeune âge tu pourras témoigner assise. Ce jeune homme à côté de moi va t'apporter une chaise.

Mathieu fut un peu long à comprendre que le coroner parlait de lui. Après avoir posé sa plume, il se leva avec empressement, suscitant un rire étouffé, alla prendre la chaise vide entre les deux parents, la posa à côté de la jeune fille.

— Mademoiselle, dit-il, si vous voulez bien vous asseoir.

Elle leva sur lui deux yeux bruns effarouchés, mamotta un «Merci» à peine audible.

— Tu connaissais la défunte? commença Caron d'une voix douce.

— C'était ma sœur.

— Vous aviez la même maman et le même papa ?

— Oui.

Caron fronça les sourcils.

— La dame à côté de laquelle tu étais assise, tout à l'heure, n'est pas ta mère naturelle ?

— ... Non.

Elle leva des yeux furtifs en direction de Marie-Anne Gagnon, comme si cette admission constituait une trahison.

— Tu savais que ta petite sœur se trouvait bien mal ?

— ... Il y a trois semaines, elle a commencé à avoir des boursouflures sur le corps. Cela a crevé...

— Ces boursouflures sont apparues pour quelle raison ?

La tête de l'adolescente esquissa un mouvement vite réprimé vers la gauche. Elle avait souhaité porter les yeux sur ses parents, pour se ressaisir tout de suite.

— Je ne sais pas. Peut-être la tuberculose.

— Elle toussait ?

Du chef, elle amorça un mouvement de droite à gauche, qui se transforma pour aller de bas en haut. « Elle ment, songea Mathieu, mais elle meurt d'envie de dire la vérité. »

— Tu as dit que ces bosses ont crevé ?

— Pour laisser sortir un jus jaune-vert.

— Tu sais, même la tuberculose n'entraîne pas des blessures comme celles-là.

La fillette contempla le coroner, soudainement très incertaine.

— Tu as entendu le docteur Marois, tout à l'heure. Ces plaies font penser à des coups. Tu as déjà vu ton papa frapper Aurore ?

— ...

— Tu veux parler plus fort ? Je n'ai pas entendu.

Elle fixait maintenant résolument le plancher.

— Non, jamais.

— Tu ne l'as jamais vu utiliser un manche de hache, un morceau de bois, un fouet ?

— Non.

Cela entrait en contradiction avec les affirmations de la voisine.

— As-tu déjà vu ta belle-mère frapper Aurore ?

Cette fois, elle ne parvint pas à se maîtriser, ses yeux allèrent vers ses parents.

— Non.

— Jamais ?

— Jamais.

Dans un milieu si rude, tous les parents levaient de temps en temps la main sur des enfants un peu récalcitrants. Le mensonge sautait aux yeux. Le coroner poussa un soupir avant d'adopter une nouvelle stratégie.

— Tu as dit qu'elle a commencé à enfler il y a trois semaines.

— Oui.

— Sa situation est restée la même jusqu'à hier ?

— Non, cela a empiré il y a cinq jours environ.

« Trois semaines au cours desquelles aucun médecin n'avait été appelé à son chevet », songea Mathieu.

— Tu peux me raconter ce qui s'est passé hier ?

L'enfant établit encore un contact visuel avec ses parents.

— Elle s'est levée vers neuf heures. Elle paraissait très faible.

— Elle a mangé quelque chose ?

— Des patates, du rôti… elle a pris une « beurrée » avec du sirop, aussi. Elle paraissait très faible, elle s'est couchée sur la table.

Pour être bien comprise, Marie-Jeanne croisa ses bras et fit mine de poser son visage sur ceux-ci.

— Alors maman l'a lavée…

— Tu veux dire ta belle-mère ?

Le stagiaire surveilla la réaction du couple. La femme se raidit comme si elle avait reçu un coup de fouet. Le coroner tentait d'établir une distance entre l'enfant et la seconde épouse de son père. Marie-Jeanne ne l'entendait pas ainsi.

— Oui, maman.

Le docteur Caron poussa un soupir.

— Qu'est-ce qu'elle a fait ensuite, ta maman ?

— Aurore délirait. Elle a appelé le docteur Lafond. Elle était sans connaissance quand il est arrivé.

Inutile de continuer, d'autres personnes témoigneraient, si nécessaire, de la suite des événements.

— Je te remercie, Marie-Jeanne, tu as été très brave.

Comme pour les deux autres témoins précédents, Mathieu lui présenta son résumé afin de lui permettre de le lire. Ensuite, du doigt il lui montra où signer.

— Monsieur Picard va rapporter ta chaise à sa place. Nous achevons, tu pourras bientôt rentrer chez toi.

En revenant vers sa mère adoptive, d'un regard effrayé, la fillette quêta une approbation. Le stagiaire crut percevoir un léger mouvement de la tête voilée.

Malgré la saison et des marguilliers très économes du bois de chauffage de la paroisse, l'atmosphère devenait étouffante dans la sacristie. Les tempes prises dans l'étau d'une migraine naissante, le coroner appela le témoin suivant.

— Monsieur Télesphore Gagnon.

Le père vint près de la table, il prêta serment.

— Quel est votre âge ?

— Trente-sept ans.

— Cette femme, Marie-Anne Houde, est bien votre seconde épouse?

— Oui, je l'ai mariée il y a deux ans.

Avec ses six pieds et quelques pouces, le cultivateur dominait de sa taille la table où prenaient place les deux représentants des autorités. Mince, il ne paraissait pas fragile pour autant, bien au contraire.

— Elle avait des enfants?

— Deux garçons.

— Et vous?

— Deux filles à la maison, un garçon placé. Un autre de mes garçons, Joseph, est mort fin 1917.

Perdre deux enfants sur quatre, en milieu rural, n'avait rien d'exceptionnel. Tout de même, deux ans après son mariage avec la femme Houde, il ne restait plus que Marie-Jeanne à la maison. Cette statistique paraissait bien lugubre.

— Vous avez eu des enfants de votre seconde épouse?

— Une fille, Pauline.

Comme le témoin devait commencer à se sentir en confiance, Caron décida de changer le registre de ses questions.

— D'après vous, de quoi votre fille est-elle décédée?

L'homme écarquilla les yeux.

— Je ne suis pas docteur.

— Mais vous l'avez vue dépérir.

D'une façon un peu laborieuse, le père reprit à l'identique le récit de sa fille aînée: les plaies purulentes sur les bras et les jambes, la détérioration soudaine de son état quelques jours plus tôt.

— Elle avait des blessures sur tout le corps, remarqua le coroner.

— Ça, je ne sais pas. Ma femme s'occupait de sa toilette, de ses soins.

— Tout de même, la bosse sur la tête, les yeux au beurre noir, le front enfoncé… Il n'est pas nécessaire de déshabiller quelqu'un pour voir cela.

Télesphore balaya la salle du regard pour faire taire un ricanement venu de l'assistance.

— Ma femme donnait les soins.

— Si je résume bien vos paroles, elle portait des blessures remplies de pus sur les membres, sa tête et son visage se couvraient de plaies, selon vos propres dires, elle présentait des signes de maladie depuis trois semaines, son état empirait depuis samedi ou dimanche dernier. C'est bien cela ?

— … Oui.

— Mais vous n'avez jamais songé à appeler le médecin.

— Ma femme s'occupe des soins aux enfants.

— Votre femme a dit devant témoin que, puisqu'il s'agissait de vos enfants, vous deviez prendre l'initiative.

Un mouvement se fit entendre dans la salle. Impatients de rentrer pour prendre leur repas du soir, les spectateurs, assis sur le bout de leur siège, attendaient la réponse d'un voisin, pour plusieurs d'un parent.

— Je ne l'ai jamais entendue dire cela devant moi.

— Même hier, vous n'avez pas jugé bon de téléphoner au docteur Lafond. Vous avez le téléphone, n'est-ce pas ?

De nombreux ménages se trouvaient encore privés de ce moyen de communication. La précision valait la peine d'être faite.

— Oui, j'ai le téléphone. Mais quand je suis parti au chantier, elle paraissait bien.

Cette piste méritait d'être creusée. Mathieu fut déçu de voir le docteur Caron changer de sujet une fois de plus, peut-être à cause de son souci de prendre le train en soirée.

— Cette enfant portait de nombreuses traces de coups. Vous l'avez frappée bien fort. Elle devait être bien difficile à élever.

— Très difficile. Elle avait tous les vices.

— Au point de la frapper avec un manche de hache ?

— Je n'ai jamais fait ça.

Sa protestation sortit d'un trait. Le coroner n'insista pas.

— Vous avez reconnu la châtier sévèrement. Avec quoi l'avez-vous frappée ?

— … Des éclats de bois.

— Que voulez-vous dire ?

— Pour allumer le poêle, on met du papier, des éclats de bois…

Avec ses mains, l'homme indiquait une longueur de quinze ou dix-huit pouces.

— Moi, je chauffe au charbon, je ne sais pas… Ils sont gros comme cela, ces éclats ?

Le coroner indiquait une épaisseur de deux pouces environ.

— Oh ! Plus petit que cela.

— Le docteur Marois a aussi évoqué un fouet. Vous avez déjà frappé Aurore avec un fouet ?

Peut-être à cause du ton badin de l'échange précédent, le témoin ne se méfia pas.

— Oui, c'est arrivé.

— Pour tirer les arbres de la forêt, vous utilisez un attelage de bœufs ?

— Non, des chevaux.

— Les bœufs sont plus forts.

Le cultivateur eut un sourire suffisant devant tant d'ignorance de la part du citadin.

— Oui, mais ils sont plus stupides.

— Donc, vous avez utilisé contre votre fille un fouet vous servant à mater des chevaux.

Dans les années à venir, les habitants de Fortierville se diraient que certains hommes valaient les bœufs, au chapitre de la stupidité. Leur voisin n'avait pas vu le piège tendu devant lui.

— Elle était très difficile à élever, je vous l'ai dit. Une vicieuse.

— Vous la battiez souvent ?

— ... Quand je la voyais faire une grosse bêtise.

— Pendant la journée, vous n'étiez pas là. Elle devait se coucher tôt, à son âge. Vous n'étiez donc pas témoin de ces bêtises.

L'homme garda le silence, puis admit comme à regret :

— Je la châtiais le soir, quand ma femme me signalait une faute grave.

Pour des personnes bien encadrées par leur curé, forcées dans l'enfance à mémoriser les centaines de questions et de réponses du catéchisme, les concepts de faute et de châtiment ne faisaient pas mystère.

— Elle a dû vous signaler beaucoup d'écarts de conduite, compte tenu de toutes les blessures identifiées tout à l'heure par le médecin.

Mathieu remarqua un mouvement d'humeur chez la femme Gagnon, exprimé par un raidissement soudain. Au lieu de chercher à établir la gravité des forfaits susceptibles de causer des corrections aussi sévères, le coroner désarçonna son témoin en empruntant une nouvelle direction.

— Vous me paraissez être un homme très vigoureux. Dites-moi, un fouet utilisé contre des chevaux, cela pourrait sans doute estropier, ou même tuer une personne comme moi ?

— Peut-être bien, ricana-t-il.

Après avoir passé un si mauvais moment, Télesphore laissait transpirer sa colère. L'idée d'infliger une volée de ce genre au magistrat devait lui sourire.

— Croyez-vous que les conséquences seraient aussi graves pour monsieur Picard, assis à côté de moi ?

D'habitude, les beaux messieurs de la ville paraissaient bien frêles aux yeux de ces paysans. Le témoin toisa Mathieu, qui soutint son regard avec un sourire amusé. Une flamme dans les yeux de l'étudiant lui inspira la prudence.

— Je ne pense pas. D'abord, il ne se laisserait pas faire.

— Je crois que vous avez raison. Vous savez reconnaître un homme plus fort que vous.

Caron se déplaça sur sa chaise, comme pour prendre la mesure de son interlocuteur à son tour.

— Mais en traitant ainsi une petite fille de dix ans, vous n'aviez pas réalisé que vous pouviez la tuer ?

Quand le stagiaire fit mine de prendre en note l'essentiel du dernier échange, le magistrat lui fit un signe négatif du doigt, derrière la table. Il enchaîna bientôt :

— Monsieur Gagnon, pouvez-vous lire le compte rendu de notre ami ?

L'autre secoua la tête de droite à gauche. Dans cette paroisse, une majorité des adultes ne devait pas être en mesure de déchiffrer un texte un peu complexe.

— Dans ce cas, il le fera pour vous, et si tout est conforme, vous signerez.

Mathieu s'exécuta. Quand il lui fallut apposer sa griffe, le cultivateur poussa un soupir de soulagement. Le résumé lui paraissait bien peu incriminant, bien moins que les paroles prononcées.

— Maintenant, poursuivit le coroner, j'invite les jurés à se retirer dans la petite salle attenante. Ils reviendront nous donner leur conclusion. Messieurs !

En se levant, Caron leur désigna de la main la pièce située au fond de la sacristie. Elle donnait accès à l'église elle-même. Le curé y rangeait ses vêtements sacerdotaux dans une grande armoire. Les six hommes paraissaient un peu surpris de devoir se retirer, tant la conclusion leur paraissait évidente. Ils revinrent après quelques minutes à peine, pour discuter à mi-voix avec le coroner.

Celui-ci reprit bientôt sa place pour dire :

— Les membres du jury entérinent la conclusion du rapport d'autopsie. Aurore Gagnon est morte soit d'un empoisonnement généralisé du sang, soit d'une autre cause à déterminer par des analyses.

C'était, à peu de chose près, les mots mêmes du docteur Marois. Mathieu dissimula mal sa déception. Après le témoignage de Télesphore Gagnon, « morte des suites de blessures consécutives à une attaque avec un instrument contondant » lui aurait semblé plus pertinent. Si quiconque attaquait un adulte avec un manche de hache, cela méritait une accusation de tentative de meurtre. Dans le cadre du foyer familial, sous prétexte de corriger les mœurs d'une fillette, cela prenait une autre couleur.

Les habitants de Fortierville quittaient les lieux lentement, déçus de cette fin abrupte. Le curé déserta son refuge du fond de la sacristie, où il s'était tenu avec Lauréat Couture pendant toute la procédure. L'ecclésiastique déclara généreusement aux « gens de Québec » :

— Ma ménagère pourra vous préparer un souper tardif, quelque chose de léger, à cette heure.

Caron sortit de nouveau sa montre de son gousset.

— Il est déjà sept heures, un train quittera la gare dans un peu moins d'une demi-heure. Je vous remercie, monsieur le curé, mais si je ne veux pas le rater, mieux vaut me mettre tout de suite en route.

— Le temps d'atteler la jument, et je vous conduirai, proposa Oréus Mailhot.

Le marchand se tourna à demi pour englober les autres visiteurs dans son regard.

— Et vous aussi, messieurs.

— Je vous remercie, mais je vais passer la nuit dans ce charmant village, ironisa le détective. Les funérailles de la petite fille auront lieu demain, je lui dois bien d'y assister, n'est-ce pas ? Le curé a accepté de me loger dans une chambre de son grand presbytère.

— C'est tout naturel, voyons, affirma le bon Samaritain.

Alors qu'il prononçait ces mots, le sourire du prêtre faisait penser à celui d'un homme ayant mordu dans un citron. Ses invités appartenaient d'habitude à une autre classe de gens.

— Cela nous permettra de discuter entre collègues, continua le détective, gouailleur. Après tout, nous pénétrons tous les deux dans l'âme humaine avec l'espoir de combattre le mal et de conduire les méchants à leur jugement. Moi celui des hommes, monsieur l'abbé, celui de Dieu.

L'agacement rendit la voix de Massé cassante quand il ajouta :

— Je vais vous saluer tout de suite, messieurs. Si je ne regagne pas sans tarder le presbytère, ma servante risque de préparer un repas pour six personnes.

Il serra la main des visiteurs.

— À tout à l'heure, lança encore le policier quand le prêtre passa la porte.

Tout en rangeant ses papiers dans sa mallette, Mathieu laissa échapper un rire bref. Ces deux-là passeraient en tête-à-tête une soirée délicieuse !

— Docteur Caron, continua Couture d'un ton infiniment plus sérieux, vous avez mené cette petite enquête de façon très habile.

— Je vous remercie, monsieur.

— Mais, contesta le stagiaire d'un ton bien présomptueux, la petite fille a menti tout au long de son témoignage.

— Ce que celui du père a clairement établi ensuite, expliqua le policier. Cet accroc à la vérité ne nuira en rien à la suite de l'affaire. Ce bonhomme a admis battre sa fille avec un fouet. Il la savait gravement malade depuis trois semaines. Nous avons la preuve, avec ses seuls aveux, des mauvais traitements et du refus de faire soigner une enfant en danger de mort. En plus, monsieur Caron a démontré que le bonhomme savait très bien faire la différence entre des gens plus faibles et plus forts que lui. Il jouit donc de toutes ses facultés.

Mathieu hocha la tête en regardant le petit médecin chauve avec des yeux nouveaux. L'interrogatoire du dernier témoin, en apparence décousu, prenait tout son sens.

— Tout de même, les paroles de Marie-Jeanne viennent tout contredire, plaida-t-il encore.

— Elle a dit cela devant un homme qui battait sa sœur avec un fouet à bestiaux, expliqua Couture. D'une certaine façon, son mensonge est une autre preuve de la brutalité du bonhomme. Elle était morte de peur.

— Je ne veux pas rompre votre conciliabule, intervint le docteur Marois, mais les minutes s'égrènent. Si nous ne voulons pas rater ce damné train…

Les membres du quatuor avaient déjà endossé leur manteau tout en discutant. Ils sortirent de la sacristie pour retrouver le climat sibérien de la campagne battue par le vent. Une minute suffit pour récupérer les sacs de voyage abandonnés depuis le matin dans l'entrée du presbytère. Le détective Couture serra les mains, puis alla déguster le souper préparé par madame curé en compagnie d'un prêtre devenu bien morose.

Toujours emmitouflé dans son manteau en fourrure, assis sur la banquette de sa voiture de livraison, Oréus Mailhot se trouvait devant la porte. Mathieu contempla le ciel étoilé, laissa échapper un long soupir exhalant un jet de vapeur blanche. Comment pouvait-il encore se rendre utile ?

— Messieurs, je vais rester ici quelque temps, conclut-il.

Il tendit la main pour saluer ses deux compagnons, transporta leurs sacs dans le traîneau.

— Monsieur Mailhot, interrogea-t-il en se plantant à côté de lui, y a-t-il une auberge dans ce village ?

— Non. La plus proche se trouve à Saint-Jean-Deschaillons.

— Mais des habitants doivent louer des chambres aux personnes de passage ?

L'autre secoua la tête, puis précisa :

— Personne ne passe par ici. Vous cherchez où loger ?

Mathieu répondit par l'affirmative.

— Allez au magasin général, là-bas. C'est chez moi. Prenez un arrangement avec ma femme.

Les docteurs Marois et Caron avaient pris place dans la voiture. L'homme fit claquer les rênes sur le dos de sa jument afin de la faire avancer.

Chapitre 6

Madame Mailhot, une matrone allant sur ses quarante ans, ne lui fit pas un trop mauvais accueil.

— Comme vous arrivez ici à la dernière minute, vous trouverez le repas du soir un peu… modeste. Je n'avais pas prévu trois personnes.

— De toute façon, je n'ai pas un bien grand appétit, ce soir.

— Je comprends. Après le récit de cette histoire épouvantable...

Mathieu acquiesça d'un signe de la tête, songeant qu'après avoir été témoin de l'autopsie, l'enquête n'aurait plus rien pour le troubler.

Ses yeux firent rapidement le tour de l'établissement. Le magasin général occupait tout le rez-de-chaussée de la grande demeure, un cube solide mais sans aucune élégance. Les paysans trouvaient de tout en cet endroit, à condition de maintenir leurs attentes au minimum. Par exemple, aucune femme des environs ne commettrait une dépense aussi fantaisiste qu'une robe ou un pantalon confectionné. Mais le propriétaire offrait du tissu à la verge, des clous, des manches de hache ou de pioche, du sucre et de la farine, et même quelques jouets.

En haut, les quartiers du couple Mailhot présentaient les signes d'une modeste aisance. Un établissement de ce genre leur permettait de bien vivre, de se hisser au rang de notables. Il trouva la petite chambre rouge au bout d'un couloir : l'appellation tenait à la couleur du papier peint. Ce serait son logis jusqu'au lendemain.

Quarante minutes plus tard, à table, Mathieu entendit le juge de paix faire un récit succinct de la procédure à l'intention de son épouse.

— À coups de fouet ? s'indigna-t-elle. C'est une véritable brute.

— Cet homme a-t-il une bonne réputation, dans la paroisse ? questionna l'invité.

L'homme et la femme se consultèrent du regard.

— Plutôt bonne, je suppose, admit Oréus. Le bonhomme travaille fort, il est assez habile de ses mains. Des paroissiens font appel à ses services pour des travaux de charpenterie. D'autres s'adressent à lui pour ferrer des chevaux, ou même pour des travaux de forge.

— Comment trouve-t-il le temps d'exploiter une ferme et d'aller aux chantiers ? demanda Mathieu.

— Ici, tout le monde a une terre, répondit l'épouse, ou à tout le moins un grand potager et quelques animaux.

— Nous-mêmes, enchaîna le mari, nous avons deux vaches, pour avoir du lait frais, et le curé en a une. Mais Gagnon possède trois terres, qu'il arrive à exploiter seul.

L'homme prit le temps de bien mastiquer un morceau de bœuf avant de préciser encore :

— Puis, ici, tous les cultivateurs vont au chantier. Dans le meilleur des cas, ils bûchent dans le bois situé au bout de leur terre de quoi se chauffer, les billes à transformer en planches, le plus souvent pour leur propre usage.

— D'autres, poursuivit la femme, se retrouvent tout l'hiver sur les terres de la seigneurie. Ils ne reviennent pas avant le printemps. Certains vont plus loin encore.

La seigneurie de Lotbinière était couverte de grandes forêts. Les cultivateurs mariés les plus pauvres, ou alors les jeunes gens désireux de ramasser l'argent nécessaire pour « s'établir » à leur tour, y travaillaient de longs mois.

— Pour pratiquer tous ces métiers, reprit Mathieu, je suppose que Gagnon doit être assez pauvre.

— Non, bien au contraire. Dans la paroisse, il s'agit d'un homme assez prospère. Vous voyez, en pouvant tout faire de ses mains, il ne verse jamais un sou à personne. Et en exécutant des travaux pour les gens moins habiles que lui, il obtient leur argent.

Dans la pièce attenante, une horloge sonna neuf heures. Dans les fenêtres des maisons voisines, on ne voyait plus de lumière. Ces gens-là se couchaient tôt. Mathieu décida de ne pas devenir une nuisance pour ses hôtes. Il avala le reste du repas sans plus poser de questions, refusa la tasse de thé en disant :

— Vous allez m'excuser, je préfère gagner ma chambre tout de suite. La journée a été longue, et j'aimerais lire un peu avant de souffler ma lampe. Vous comprenez, les examens viennent rapidement, à l'université.

Les Mailhot ne firent rien pour le retenir. Après une toilette sommaire, il se réfugia dans la chambre rouge.

Sur le chemin du retour, le train s'arrêta un peu moins souvent qu'en matinée. Pourtant, le docteur Caron ne posa pas le pied sur le quai du port de Québec avant onze heures. Il prit un taxi avec le docteur Marois, déposa d'abord celui-ci à l'entrée de son domicile, puis arriva enfin rue Claire-Fontaine.

La porte s'ouvrit devant lui avant même que l'homme ne glisse sa clé dans la serrure.

— Oh ! Pourquoi m'as-tu attendu si tard ? déclara-t-il à sa femme.

— Va donc savoir. Pourquoi une épouse attend-elle son vieux mari ?

Il lui fit la bise, se débarrassa de son paletot et de son chapeau avant de pénétrer dans le salon. Élise, calée dans un fauteuil, une tasse de café à la main, lui lança, un peu narquoise :

— Moi, c'est parce que je suis une bonne fille.

Elle avait entendu l'échange précédent.

— La meilleure, répondit-il en posant les lèvres sur son front.

L'homme se laissa choir dans un canapé, poussa un long soupir.

— Je t'ai gardé un repas bien au chaud, précisa sa femme. Cela te fera du bien.

— Je te remercie, mais je ne pourrai rien avaler ce soir.

— La journée a été difficile ?

— Pire que cela. Je pensais avoir tout vu, mais la vie me réservait encore une mauvaise surprise.

Les deux femmes choisirent de ne pas le replonger dans l'horreur par leurs questions. Le bruit d'une petite souris se fit entendre dans l'embrasure de la porte de la pièce. Estelle se tenait bien droite, une petite silhouette blanche dans sa robe de nuit, un ourson en peluche dans les bras.

— Oh ! Ma belle, je t'ai réveillée, je pense.

Elle fit un geste d'acquiescement de la tête.

— Si tu veux, je vais aller te lire une histoire afin de te rendormir.

La gamine donna son assentiment d'un autre mouvement du chef. Caron adressa un sourire à sa femme et à sa fille en se levant.

— Ne passe pas la nuit debout, conseilla la première. Tu auras une journée très occupée, demain.

— Promis.

Il continua à l'intention d'Estelle :

— Tu as une histoire susceptible de nous endormir tous les deux ?

— *Le Petit Chaperon rouge* ?

— Celle avec le loup ? J'espère ne pas avoir trop peur.

— Je serai avec toi.

La petite présence le rassurerait certainement. Les deux femmes le regardèrent quitter la pièce, un peu inquiètes.

Mathieu avait d'abord tenté de s'absorber dans le Code civil de la province de Québec. Son entêtement ne donnait rien : les mots dansaient sous ses yeux. Un bruit de scie attaquant un crâne grinçait dans sa tête, des viscères sanglants couvraient les pages, l'odeur d'un intestin fendu sur toute sa longueur emplissait ses narines.

Ce bruit, ces odeurs, ces visions alternaient avec ceux de son champ de bataille intime, celui enfoncé dans son âme depuis les Flandres.

— Je ne peux tout de même pas aller courir les rangs, grommela-t-il avec rage. Non seulement je peux crever de froid, mais l'un ou l'autre de ces cultivateurs risque de décharger son calibre 12 dans ma direction.

Quant à marcher en rond dans cette maison jusqu'à tomber d'épuisement, il ne pouvait l'imposer à ses hôtes.

À la fin, le jeune homme chercha une feuille de papier et son stylo à plume dans son petit sac de voyage, se servit de son Code comme d'une écritoire.

Très chère Flavie,

Tu ne liras peut-être jamais cette lettre... Mais au moins, en traçant ces mots, ma tête s'emplit de tes grands yeux, des plis rieurs à leur commissure, des lèvres rouges, de l'odeur poivrée de tes cheveux...

Pendant de longues minutes, le jeune homme poursuivit son énumération, arc-bouta son désir sur ces souvenirs. Peut-être ne dormirait-il pas. Au moins son insomnie prendrait une couleur moins lugubre.

Les souvenirs de la journée, le trop grand silence et des pensées coupables se conjuguèrent pour tenir Mathieu éveillé une grande partie de la nuit. Le fantôme d'une petite fille se joignait dans son esprit à tous les autres rapportés des Flandres. Après le déjeuner hâtif avec les Mailhot, il se réfugia de nouveau dans sa chambre afin de mémoriser les articles les plus abscons du Code civil.

Pendant ses pauses, il se demandait bien en quoi sa présence dans ce village aiderait l'enquête. L'idée lui était venue en entendant le détective Couture déclarer vouloir assister aux funérailles. Le petit corps nu étendu sur une table méritait bien cette délicatesse.

Un peu avant dix heures, il se joignit au couple Mailhot afin de se rendre à l'église. Le temple se trouvait juste de l'autre côté de la rue Principale. Tout autour, des dizaines de traîneaux s'alignaient. Les chevaux frissonnaient déjà malgré les robes de carriole sur leur dos.

Les paroissiens entraient par la porte centrale. Sur la droite, le confessionnal ressemblait à une immense armoire en chêne. Un riche décor caractérisait la bâtisse, une opulence un peu choquante dans un milieu aussi pauvre.

— Si vous voulez nous accompagner sur notre banc, libre à vous, murmura Oréus. Ce matin, vous ne trouverez aucune place de libre.

— Ce serait abuser un peu de votre hospitalité, je pense. Je vais aller me percher dans le jubé. Cela me donnera un meilleur point de vue.

Tout le monde se trouvait là. Les usages, à la campagne, exigeaient la présence de la communauté entière, lors du départ de l'un de ses membres. Elle se trouvait enrichie des curieux et des parents des paroisses avoisinantes.

Un escalier étroit permettait de gagner le jubé. Mathieu accéda à un petit espace en pente, encombré de bancs et de chaises. Les membres de la chorale attendaient nerveusement, debout autour de l'orgue, faisant passer leur poids d'un pied sur l'autre.

Il restait une place au premier rang, dans un coin. En multipliant les «Excusez-moi, pardon», le jeune homme força une dizaine de personnes à le laisser passer. Il posa une main sur la balustrade, afin d'être sûr de ne pas basculer dans le vide. Une fois sur sa chaise, il contempla les voiles noirs et mauves tendus sur les murs, les colonnes, et même les trois autels, celui du centre devant lequel le prêtre officierait, et les deux autres dans les allées latérales.

À dix heures, précédé d'une petite cohorte de servants de messe affublés de surplis en dentelle blanche passés sur des aubes noires, l'abbé Massé fit son entrée. Le peuple des chrétiens se leva, la cérémonie pouvait commencer.

De son poste d'observation, le stagiaire examina la congrégation, une assemblée essentiellement composée de cultivateurs, flanqués de leur femme et d'une progéniture abondante. Il supputa un moment les pensées hantant l'esprit de ces enfants : l'un des leurs avait péri sous les coups de ses parents ! Dans l'allée centrale, sur un chariot métallique, un cercueil très simple, en bois blanc, attirait tous les regards. On avait vissé une petite croix en métal sur le couvercle.

Même dans le cas de funérailles, la messe demeurait d'un ennui mortel aux yeux de l'étudiant. Au gré des phrases ânonnées en latin, l'assistance alternait les postures assises, debout et à genoux. Mathieu se concentra bientôt sur la famille Gagnon, placée tout de suite derrière le banc des marguilliers, vêtue de noir comme il convenait dans les circonstances.

La mère portait, comme la veille, un voile opaque susceptible de masquer ses traits. À sa droite, un garçon de neuf ans se tenait bien droit. Près de lui, il remarqua la petite silhouette sombre de Marie-Jeanne. Elle portait fréquemment ses yeux en direction du cercueil.

« À quoi songe-t-elle, en ce moment ? se demanda le visiteur. Peut-être craint-elle d'être la prochaine à se retrouver dans une boîte. »

Dans toutes les funérailles, un moment tirait des larmes de toutes les personnes présentes, même les plus endurcies : l'éloge funèbre. L'abbé Massé gravit les quelques marches conduisant à la chaire. Il présentait un visage embarrassé, une occurrence pour lui bien rare.

— Aurore, notre sœur, a rejoint son Créateur. Comme pour chacun d'entre nous, ses fautes et ses bonnes actions seront mises dans la balance. Elles lui vaudront le paradis ou alors la damnation éternelle.

— Quelle brute épaisse, grogna l'étudiant.

À sa gauche, un jeune homme à la carrure de bûcheron posa des yeux sévères sur lui. Aussi, Mathieu continua son commentaire sans bouger les lèvres. « Elle a été massacrée par ses parents, son confesseur doute maintenant de son salut à haute voix. Pourquoi ne la présente-t-il pas comme une martyre ? »

Balayant une fois de plus l'assistance des yeux, Mathieu ne vit nulle part la silhouette large et un peu trapue de Lauréat Couture.

— Où ce diable d'homme peut-il se cacher ?

Son voisin le fustigea encore du regard, agacé par ses marmonnements. Que faisait un si bon chrétien dans les hauteurs du jubé, si loin de son pasteur ? Surtout, où se trouvait le détective ? La veille, il avait affirmé vouloir accompagner la fillette à son dernier repos.

Plus familier avec les habitants de la paroisse, Mathieu se serait rendu compte qu'Exilda Lemay manquait aussi à cette assemblée pieuse.

Son melon ne convenait certainement pas dans ce climat. Le froid forçait Lauréat Couture à utiliser un expédient lui donnant une allure grotesque. En quittant le presbytère une demi-heure plus tôt, il avait placé son foulard sur sa tête, puis l'avait noué sous son menton. Pour ajouter au ridicule, il portait son chapeau par-dessus.

Le détective entra dans la cour de la ferme des Lemay, entoura les rênes autour d'une perche placée à l'horizontal avant d'aller frapper à la porte de la cuisine d'été.

— Oh ! s'exclama Exilda Lemay en lui ouvrant la porte. C'est la mode, à Québec ?

— Ne vous moquez pas ! Hier, je me suis gelé les oreilles.

Elle s'écarta un peu pour le laisser entrer. La femme portait elle-même un bonnet en laine un peu risible. Elle prit son manteau sur le dossier d'une chaise pour l'enfiler.

— Votre coup de téléphone m'a prise tout à fait par surprise, tout à l'heure. Je comptais bien aller aux funérailles, moi aussi.

— Je vous assure, madame, vous lui serez bien plus utile en m'accompagnant.

— Je ne vois pas ce que je peux faire.

— M'aider à entrer là-bas, et mieux encore, aiguiser votre mémoire. Vous aurez à tout répéter devant un tribunal.

Elle attacha le dernier bouton de son manteau sous son menton, puis sortit avec l'homme sur les talons. La petite jument du curé trotta jusque chez les voisins, à moins de trois arpents. Le policier frappa à la porte de la cuisine d'été.

Quelqu'un entrebâilla l'huis, posa un œil dans la fente d'un demi-pouce environ.

— Bonjour, jeune homme, prononça le détective avec son meilleur sourire. Êtes-vous le plus jeune, ou le plus âgé des garçons Gagnon ?

L'autre élargit un peu l'ouverture avant de dire :

— Le plus grand, Gérard.

— Alors, Gérard, allez-vous me laisser entrer ?

Le garçon demeura un long moment silencieux, hésitant.

— Il fait froid dehors, insista Exilda. Laisse-nous entrer.

En entendant une voix familière, le bambin parut un peu rassuré. Il ouvrit la porte en s'effaçant de côté. Une fois dans la maison, le détective posa son melon sur la table et entreprit de détacher son foulard.

— Tu es seul dans la maison ?

Continuer de vouvoyer un hôte de cet âge lui paraissait ridicule.

— Je surveille ma petite sœur. Les autres sont à l'église.

— Elle s'appelle Pauline, je pense. Quel âge a-t-elle ?

— … Un an.

— Plutôt huit mois, environ, intervint la voisine.

Couture avait vu cette pièce encombrée de voisins et de parents, la veille. Il tourna sur lui-même afin de mémoriser la configuration des lieux.

— Et toi, tu as quel âge ?

— Onze ans.

— Oh ! Tu as donc le même âge qu'Aurore, à un an près.

Cela, bien sûr, à cause de la présence dans la maison des membres de deux familles distinctes. Le garçon hocha la tête gravement, engagé bien jeune à réfléchir à la fragilité de l'existence.

— Où ta sœur couchait-elle ?

— En haut.

La voisine prit sur elle de préciser :

— Cet escalier, là, débouche directement dans sa chambre.

— Nous pouvons y aller ?

L'enfant ne savait quoi répondre. Le policier n'attendit pas un refus.

— Vous m'accompagnez, ordonna-t-il à la voisine en s'engageant dans les marches.

L'homme et la femme se retrouvèrent dans une pièce assez grande, aux murs inclinés suivant la forme du toit. Une mince couche de paille recouvrait uniformément le plancher. Le policier décrivit un arc de cercle du bout de sa chaussure, pour découvrir des planches rugueuses, souillées de traînées grises ou brunes. Il pensa à de la boue ou des excréments.

— Marie-Anne me paraît négliger un peu l'entretien de son intérieur.

— Le reste de la maison est bien tenu.

— Une seule pièce de la maison garde donc une allure de porcherie : une délicate attention destinée à sa belle-fille favorite. Et comme dans une porcherie, elle étendait un peu de paille.

— Je n'ai jamais vu cela sur le plancher.

L'homme demeura songeur un moment, puis conclut :

— C'est donc pour cacher quelque chose. Elle couchait dans ça ?

Il désignait une espèce de boîte posée sur le sol, de trois pieds sur cinq.

— Non, c'est le cadre du lit de Marie-Jeanne. Mardi dernier, elle se trouvait sur une paillasse, là, le long du mur.

Le mot désignait un sac rempli de paille. Le policier continuait de tasser le chaume avec sa chaussure, afin de voir les madriers, dessous.

— Ah ! Voilà quelque chose d'intéressant.

Il s'accroupit sur ses talons pour examiner une traînée d'un rouge brunâtre.

— C'est..., commença la voisine en se penchant vers l'avant.

— Du sang.

— Il y en a beaucoup.

Elle aussi se mit à déplacer le chaume un peu de côté, avec les mains. Les traces, quatre en tout, de trois pouces de large environ, s'allongeaient sur plus d'un pied.

— Une personne ensanglantée a été traînée sur le sol, commenta-t-elle, où elle s'est traînée elle-même.

— Si sa couchette se trouvait là, elle a pu vouloir atteindre l'escalier.

Il leva les yeux, examina le mur devant lui. Des gouttelettes rougeâtres dessinaient trois demi-cercles, en pointillés.

— Ça aussi, c'est du sang ? murmura Exilda Lemay en suivant son regard.

— Oui. Quand un coup porté très fort atteint une victime, le sang a tendance à gicler de cette façon. J'ai déjà vu des plafonds souillés de la sorte.

— Mais pour cela...

— Il faut taper comme une brute, pour tuer.

Des larmes vinrent aux yeux de la femme.

— Je ne réalisais pas. Je vous le jure. Sinon...

— Inutile de vous flageller de la sorte maintenant. Fouillez plutôt votre mémoire et signalez-moi toutes les personnes susceptibles de nous éclairer sur ces événements.

Lauréat Couture allait ajouter quelque chose quand un objet attira son attention, près de la cloison.

— Pourquoi quelqu'un garderait-il un bâton dans la chambre de ses enfants ?

— C'est une hart.

La nuance de sa compagne lui parut inutile. Il récupéra la branche de trois pieds de long, grosse comme le pouce d'un homme.

— Bâton ou hart, dites-moi à quoi cela sert, dans une ferme ?

— Parfois pour aider à marcher, comme une canne. On l'utilise aussi pour menacer les animaux. Juste en l'agitant un peu sous leurs yeux, les vaches rentrent à l'étable.

— Ou encore, pour frapper un enfant. Continuons.

Pendant dix minutes, ils déplacèrent la paille pour découvrir d'autres traces de sang. À la fin, ils se redressèrent, jetèrent un regard circulaire sur la chambre, puis descendirent.

De retour dans la cuisine d'été, ils trouvèrent Gérard assis à la table, inquiet, le visage entre ses deux poings fermés.

— Dis-moi, mon garçon, cette hart servait à corriger Aurore, n'est-ce pas ?

L'enfant resta longtemps silencieux.

— Dis-moi la vérité, mon grand, il ne t'arrivera rien de mal.

Il acquiesça d'un mouvement de la tête.

— Qui la frappait ? Papa ?

— Maman aussi.

— S'en servaient-ils contre toi ?

De nouveau, le garçon fit un signe de tête affirmatif.

— Et ta grande sœur, Marie-Jeanne ? Ton frère ?

— Pas souvent.

La confidence paraissait lui peser : confesser avoir reçu une correction, dans son esprit d'enfant, signifiait admettre avoir commis des fautes.

De son côté, Exilda Lemay cherchait dans tous les recoins de la cuisine d'été. Elle découvrit un amas de chiffons derrière le poêle, le long de la cloison. Le couple Gagnon, après l'enquête du coroner, s'était efforcé de faire disparaître des preuves. Il comptait très probablement terminer ce travail à son retour de l'église.

— Monsieur, regardez ce que j'ai là.

Elle tenait du bout des doigts une petite jaquette souillée de taches, les unes jaunâtres, les autres tirant sur le brun. Le policier retourna le vêtement à l'envers. Le bas se trouvait maculé de sang.

— Quelles sont vos autres trouvailles ?

— Cette petite couverture grise. Mardi, elle se trouvait dans son lit. En plein hiver, c'est bien peu.

Couture apprécia aussi l'épaisseur du tissu entre son pouce et son index. Il ne fut pas long à découvrir des traînées sanglantes.

— Et voilà la paillasse, presque vide.

Ces pièces à conviction évoquaient une existence bien difficile, mais il manquait toujours au policier de quoi frapper les imaginations. Il s'assit en face de Gérard, de l'autre côté de la table. Le garçon assistait à leurs recherches à moitié fasciné, à moitié terrorisé.

— Ta petite sœur Pauline est toujours aussi sage ?

— Non, pas toujours. De fois, elle pleure.

— Les bébés, c'est comme ça. Tu es tout de même bien responsable, à ton âge, pour la garder comme un grand.

Le compliment parut lui faire plaisir, il esquissa l'ombre d'un sourire.

— Hier, à l'enquête, ton père a parlé d'un fouet utilisé pour frapper Aurore. Tu sais où il se trouve ?

Le garçon écarquilla les yeux, de nouveau un peu désemparé.

— Il y avait aussi un manche de hache, renchérit Exilda Lemay.

Les yeux de l'enfant passèrent de l'un à l'autre.

— Il nous a demandé de les récupérer. Tu peux me les confier ?

L'affirmation le laissa plus perplexe encore. Qui était ce « il » ? Son beau-père ? L'un des messieurs de Québec ? Couture ne se sentait pas trop fier de la manipulation, mais rendre justice à la gamine allongée dans une boîte lui paraissait valoir ce petit accroc.

Enfin, Gérard avoua d'une voix à peine audible :

— Ils sont dans les bâtiments.

— Tu veux venir m'aider à les trouver ?

Le regard de l'enfant repassa de l'un à l'autre.

— Ma petite sœur ?

— Je vais la surveiller pour toi, proposa la voisine.

— Lequel est ton manteau ?

Lauréat Couture s'était approché des crochets plantés dans le mur de la cuisine d'été. De nombreux vêtements y pendaient.

— Le rouge.

Le policier le décrocha pour lui. L'enfant mit un certain temps à enfiler ses bottes, puis le manteau. Se dirigeant vers la porte, il récupéra une casquette pendue à un clou.

Le détective ramassa ses premières pièces à conviction pour les déposer dans le traîneau du curé. Le garçon se dirigea tout de suite vers l'étable, puis attendit que son compagnon le rejoigne.

— Vas-y seul. Je vais t'attendre ici.

De cette façon, il ne lui suggérerait rien. Gérard reviendrait les mains vides ou avec un instrument ayant réellement servi à infliger des corrections. L'homme tapait du pied le sol gelé, les deux mains posées sur ses oreilles. Puis, le garçon revint avec un morceau de bois long de trente pouces, tout au plus.

— Voici le manche. Je n'ai pas trouvé la mise.

Il parlait de la lanière en cuir tressé. Un anneau en fer, au bout du morceau de bois, permettait de l'accrocher. Juste comme cela, les membres du jury reconnaîtraient une arme redoutable.

— Cela ne fait rien. Tu n'as pas vu le manche de hache ?

— Il se trouve dans la forge.

L'enfant montrait une petite construction de planches bâtie près du chemin public. Ils marchèrent ensemble jusqu'à elle. Cette fois aussi, le garçon entra seul, revint avec l'objet convoité.

— Papa s'en servait pour fouiller dans le feu. Le bois est tout noirci.

Couture le soupesa. Cela devait être de l'orme, un bois très dur. Il fendit l'air, comme pour frapper quelqu'un. Cet instrument pouvait faire autant de dégâts sur le crâne d'un homme que la matraque de n'importe quel policier.

— Avant, il y avait des traces rouges au bout. Sur le bout coupé.

— … De la peinture ?

En formulant la question, le détective devina être dans l'erreur.

— Du sang.

Pas seulement à cause du froid, l'homme réprima un frisson.

— Rentre dans la maison, tu vas attraper du mal.

Couture commença par déposer ces armes à côté des objets recueillis dans la maison, puis il pénétra dans la cuisine d'été. Il échangea un long regard avec Exilda Lemay, le temps que Gérard retire ses bottes.

— Va voir si ta petite sœur dort toujours bien.

L'enfant hésita avant d'obtempérer.

— Vous savez si quelqu'un pourra s'occuper des enfants ? demanda le policier dans un souffle.

— Les parents…

— Ils ne reviendront pas ici avant longtemps, s'ils reviennent un jour. J'ai passé une heure au téléphone avec mes patrons, ce matin. Je dois les arrêter et les conduire à Québec.

La femme resta songeuse, puis répondit :

— Je téléphonerai aux grands-parents.

— Ils sont fiables ?

Le détective voulait dire : « Ils ne continueront pas ce massacre ? », mais le garçon pouvait l'entendre.

— Je crois, oui. Après ce que j'ai entendu hier à l'enquête, je ne suis certaine de rien, pas même de ma propre personne. Je n'ai rien fait…

— Elle dort toujours, mais elle sent très mauvais, déclara Gérard en revenant inopinément dans la cuisine.

— Je vais m'en occuper, répondit Exilda Lemay.

Elle salua le policier d'un mouvement de la tête avant de disparaître. Couture prit le temps de remettre son foulard sur son crâne, son melon sur la pièce en laine. La main sur la clenche de la porte, il se retourna pour dire :

— Gérard, tu as fait la bonne chose, crois-moi. Ta sœur ne méritait pas tout ça, et toi non plus.

Sur ces mots, il quitta les lieux.

Chapitre 7

Le service funèbre se termina enfin. Deux hommes se flanquèrent des deux côtés du curieux chariot métallique, le firent rouler vers le fond du temple. Les parents de la défunte, selon les usages, ouvrirent le cortège. Dans le jubé, les paroissiens se précipitèrent vers l'escalier afin de hâter leur sortie. La précaution ne donnerait rien, l'étroitesse du passage les forçait à descendre un par un.

Mathieu se trouva sur le parvis de l'église parmi les derniers, à temps tout de même pour voir la majorité des personnes présentes regagner les traîneaux et les carrioles rangés près des murs de l'église. Seuls les proches se rendraient au cimetière, tout au plus une vingtaine de personnes. Il leur emboîta le pas. Le hasard le plaça aux côtés d'Oréus Mailhot.

— Votre curé a été remarquable, murmura-t-il. Son éloge funèbre ressemblait à une condamnation.

— Le pauvre homme ne doit plus savoir quoi penser. Nous le verrons prendre le train lundi matin afin d'aller consulter son évêque. Malgré son âge, il a somme toute peu d'expérience du service paroissial.

Depuis leur sortie de l'église, deux hommes portaient le petit cercueil au bout de leurs bras. Les quelques planches de sapin ne devaient pas peser bien lourd, le petit corps à l'intérieur guère plus. Derrière le temple, Mathieu fut surpris de ne pas voir un trou percé dans la surface neigeuse.

Les porteurs se rendirent plutôt à une petite construction sommaire, faite en planches.

— La fosse ?

— Le bedeau la creusera au printemps. Maintenant, le sol a la dureté du ciment.

Comme le curé Massé arrivait enfin, après avoir pris le temps d'endosser un lourd paletot, quelqu'un ouvrit la porte de la cabane, le « charnier ». La fillette y reposerait aux côtés de son oncle Anthime, décédé moins d'un mois plus tôt. Dans son état, ce parent risquait peu de lui faire un mauvais parti.

L'étole violette du prêtre, posée sur un manteau en chat sauvage, paraissait un peu saugrenue.

— Notre sœur Aurore est maintenant prête pour son dernier repos...

Mathieu ignora ces mots, les yeux fixés sur la famille Gagnon. La mère, Marie-Anne, courbait la tête, ses épaules secouées par des sanglots. Télesphore, de son côté, affichait une mine morose. Sans doute ressassait-il encore son témoignage de la veille devant le coroner.

Le stagiaire s'attardait surtout aux deux enfants. Le garçon devait avoir neuf ans. Il présentait une gravité peu en harmonie avec son âge. Ses yeux demeuraient toutefois secs. À ses côtés, Marie-Jeanne, quant à elle, pleurait silencieusement. Sous le bonnet en peau de lapin, son petit visage chiffonné le toucha droit au cœur. Les larmes, abondantes, gelaient ses joues.

Le bon prêtre termina son discours, il enchaîna avec une prière en latin. Quand il bénit le cercueil, les deux porteurs entrèrent dans la bâtisse, puis ressortirent les mains vides. Le bedeau plaça un lourd cadenas sur la porte. Cela faisait un curieux substitut à la mise en terre.

Depuis le cimetière, le petit contingent revint devant l'église pour regagner le parvis. Lauréat Couture s'y trouvait, dans son accoutrement ridicule. Il marcha tout droit vers le couple Gagnon et prononça d'une voix forte :

— Télesphore Gagnon, Marie-Anne Houde, je vous mets en état d'arrestation pour des mauvais traitements ayant entraîné la mort. Vous devez m'accompagner à Québec. Il y a un train dans moins de deux heures, nous allons le prendre ensemble.

La femme parut enregistrer l'information la première.

— Télesphore, qu'est-ce qu'il dit ? reprit-elle derrière la protection de son voile. Cela ne se peut pas.

— Je vous arrête, répéta le policier, et je vous conduis à Québec.

— Pourquoi ? articula enfin l'homme, hébété.

Il ne semblait pas comprendre la gravité de la situation.

— Vous avez entendu le rapport d'autopsie, hier ? demanda Couture d'une voix impatiente. On ne traite pas des êtres humains de cette façon. Bon Dieu, votre fille est morte.

— Elle avait la tuberculose à force de marcher pieds nus dans la neige ! plaida la belle-mère.

Le détective fouilla dans la poche de son paletot avant de sortir une paire de menottes, deux lourds bracelets en fer reliés par une courte chaîne.

— Donnez-moi vos poignets. Je n'ai aucune envie de courir après vous dans la campagne... Pressez-vous un peu, nom de Dieu, ajouta-t-il après une pause. On gèle.

Ses interlocuteurs demeurèrent impassibles un long moment. Les deux enfants à leur côté ouvraient des yeux effarés. Autour d'eux, une vingtaine de personnes surveillaient la scène, des parents des Gagnon, ou des voisins, pour la plupart.

— Résister à son arrestation est un crime, vous savez. Allongez vos poignets que je vous attache ensemble, ou alors je devrai le faire de force.

Les habitants, autour d'eux, s'approchèrent un peu plus. Couture craignait de les voir prendre fait et cause pour leurs voisins afin de résister aux étrangers, ces représentants d'une autorité à la fois lointaine et mal comprise.

— Picard, Mailhot, vous allez aider ce monsieur à me tendre son poignet droit.

Spontanément, le détective en appelait au juge de paix et à l'employé du procureur général. Mathieu se troubla de se voir propulsé bien vite dans le rôle d'auxiliaire d'un agent de la paix. Le souvenir de l'autopsie l'amena à s'avancer d'un pas, sans hésiter, pour prendre le coude de Télesphore, attentif à la moindre réaction violente de celui-ci.

Le cultivateur possédait la force, mais aussi la lenteur d'esprit du taureau. Au lieu de se rebeller, il finit par allonger son avant-bras. Avec une dextérité liée à des années de pratique, Couture rabattit le bracelet et le ferma dans un seul mouvement très vif.

— Madame, à votre tour. Votre poignet gauche.

Marie-Anne paraissait disposée à offrir un peu de résistance, d'autant plus que les deux hommes hésiteraient à lever la main sur elle. Toutefois, les parents de son mari, un instant plus tôt volontiers menaçants, s'éloignèrent un peu. Ils ne se mouilleraient pas pour elle.

— Vous n'avez pas le droit de faire cela.

Pourtant, elle tendit la main. Le policier fixa le lien en disant :

— Alors, portez plainte contre moi. Dès lundi, vous comparaîtrez devant un juge de la Cour des sessions de la paix. Profitez de l'occasion.

Gagnon étant plus fort et plus agile que lui-même, l'attacher à son propre poignet représentait un danger. En le liant à son épouse, il le fixait à un boulet auquel il devait certains égards. Maintenant, impossible pour lui de courir comme un fou vers la forêt la plus proche, ou tenter de lui faire un mauvais parti.

— Mailhot, demanda le détective, trouvez un sac de toile pour mettre les objets qui se trouvent dans le traîneau.

— Un sac?

— Une poche de farine fera très bien l'affaire. Vous viendrez me porter le paquet à la gare. Ce n'est pas trop loin, nous y allons à pied.

Couture indiqua au couple la direction de la rue Principale.

— Les enfants? demanda Télesphore.

Marie-Jeanne et Georges se tenaient maintenant par la main, désireux de se rapprocher l'un de l'autre alors que le monde basculait autour d'eux.

— Vous vous préoccupez donc de ces deux-là? Aurore n'a pas eu cette chance.

Ce genre de remarque ne donnait rien, aussi le détective continua, un peu rageur:

— Picard, vous savez conduire un cheval?

— Cela faisait partie des choses enseignées à l'armée.

Ce genre de compétence, acquise à l'âge de dix ans dans les milieux ruraux, n'était pas universellement partagée par les citadins, de beaucoup s'en fallait.

— Souhaitons que la jument du curé se remette sans trop de mal de votre main militaire. Vous allez reconduire ces enfants chez eux.

Le jeune homme voulait protester, de peur de manquer son train. De toute façon, des parents ou des voisins des Gagnon se trouvaient toujours présents sur les lieux. N'importe qui, parmi eux, pouvait accomplir cette corvée. Mais un coup d'œil sur Marie-Jeanne, sur ses grands yeux bruns effarouchés, le convainquit d'accepter.

Cette fois, les prisonniers se mirent en marche sans plus protester, le détective derrière eux. Tous les autres prirent cela comme une invitation à se disperser.

— Bon, pourquoi veut-il un sac ? grommela Mailhot en s'approchant du traîneau.

D'un regard, il reconnut la paillasse, le vêtement de nuit. Le manche de hache produisit la plus grande impression sur lui.

— Je reviens dans un instant, conclut-il après un silence.

Le trio resta seul, planté debout à trois pas du parvis de l'église, fouetté par un vent venu du nord. Mathieu remarqua un mouvement derrière une fenêtre du presbytère, un déplacement de rideau. Le curé avait assisté à toute la scène depuis son poste d'observation, sans se mêler de rien. Les coups de fil échangés entre le policier et le bureau du procureur général, dans l'heure précédant le début des funérailles, ne lui avaient laissé aucun doute sur la conclusion de cette affaire.

Debout en face de l'église avec les deux enfants, Mathieu envisageait de s'affubler comme Couture afin de s'éviter de sérieuses engelures aux oreilles quand le marchand général revint, les bras chargés.

— Si vous devez faire les commissions de votre ami de Québec, ce ne serait pas chrétien de vous laisser attraper la mort. Mettez ça. Vous serez peut-être un peu moins élégant, mais cela vaut mieux qu'une pneumonie.

Il lui tendit d'abord un casque fourré en lapin, en toile épaisse, avec des oreillettes s'attachant sous le menton. Mathieu ne se fit pas prier, son melon atterrit sur la banquette du traîneau. Son paletot en drap suivit le même chemin pour enfiler une lourde parka. Pendant ce temps, le marchand récupérait les objets rapportés de la maison des Gagnon pour les disposer dans un sac de drap blanc.

À la fin, Mailhot récupéra aussi le vêtement et le couvre-chef abandonnés.

— Je dépose vos habits au magasin, puis je lui apporte tout cela à la gare.

Mathieu monta dans le traîneau, tout en invitant les enfants à venir le rejoindre. Les rênes étaient attachées à un anneau situé à l'avant de la voiture. Cela suffisait à décourager tout à fait la jument de bouger. Marie-Jeanne se retrouva à sa gauche et Georges, à sa droite. Ils seraient bien à l'étroit sur le siège. Lassés de se tenir ainsi immobiles dans le froid depuis de longues minutes, ils remontèrent la robe de la carriole sur leurs jambes.

— Allez, avance ! encouragea le jeune homme en secouant un peu les guides en cuir.

Le cheval agita la tête, bougea ses sabots, sans toutefois obéir.

— Pas comme cela, intervint la fillette en tendant la main.

Elle saisit une des courroies, fit un geste vif de tout l'avant-bras pour la faire claquer sur le dos de la bête en répétant « Avance » d'une voix forte. Cette fois, un peu à contrecœur, l'animal se mit en route. Mathieu reprit les rênes pour le diriger vers l'est dans la rue Principale.

— Vous savez conduire des chevaux, remarqua le citadin.

— J'ai regardé faire papa. Elle doit savoir qui est le maître, sinon elle n'en fera qu'à sa tête.

« Ces gens gagnent leur vie avec des animaux capables de les estropier d'un coup de sabot, songea le jeune homme. Ils doivent imposer leur volonté. » Dans d'autres domaines, la fillette à ses côtés présentait une moins grande assurance. Pendant que le traîneau s'engageait dans le chemin de traverse, elle demanda à voix basse :

— Maintenant, que va-t-il nous arriver ?

— Vous avez sans doute des parents capables de s'occuper de vous.

Elle restait pensive, les yeux fixés sur la campagne environnante.

— Pendant la maladie de maman, je suis allée dans un orphelinat à Québec, avec Aurore. Je ne veux pas y retourner.

Elle évoquait sa mère naturelle, décédée en 1918.

— Je ne veux pas, répéta-t-elle encore, butée.

— … Vous y êtes restées longtemps ?

— Deux ans.

Les orphelinats accueillaient des enfants de conditions diverses. Un veuf, ou une veuve, forcé de gagner sa vie pouvait y mettre les siens pour une durée plus ou moins longue ; la maladie prolongée d'un membre du couple entraînait une situation identique. D'autres fois, des parents bien vivants et en bonne santé y plaçaient une progéniture un peu trop turbulente, ou simplement dérangeante. Dans ce cas, la pudeur amenait à utiliser le mot « couvent ». Personne ne s'y trompait : les plus jeunes se trouvaient bien à l'orphelinat, les plus âgés dans une école de « réforme », ou de « redressement ». Quels beaux euphémismes pour parler d'abandon.

— Vous n'avez pas de parents susceptibles de vous prendre chez eux ?

— Nous avons des parents. Mais la dernière fois...

Trois ans plus tôt, aucun d'entre eux ne s'était porté volontaire pour la prendre sous son aile. Une petite fille mangeait trois repas par jour, tout en se révélant moins utile qu'un garçon dans une ferme. La dépense devait peser à ces cultivateurs.

— Et maman ? commença Georges. Que va-t-il arriver à maman ?

Celui-là s'inquiétait de Marie-Anne Houde, sa mère naturelle.

— Je ne le sais pas trop, ce sera au juge d'en décider.

— Il va se décider avant ce soir, j'espère, sinon je n'aurai pas à souper.

— Certainement pas aujourd'hui, répondit la fillette en se penchant un peu en avant pour voir son frère. La police va les emmener à Québec. C'est loin.

La précision ne parut pas s'enfoncer bien loin dans le cerveau enfantin.

— Je veux manger avant de me coucher, protesta-t-il.

— Mais quelqu'un te donnera à manger, affirma Mathieu, j'en suis sûr.

Le stagiaire s'engageait bien au-delà de sa réelle connaissance des faits. Pourtant, son assurance apaisa le bambin.

— Ils reviendront quand ? marmonna bientôt la gamine.

— Couture a parlé de lundi, pour la première comparution.

Le mot amena la fillette à lever vers lui des yeux interrogateurs.

— Ils vont voir un premier juge.

— Après, ils pourront revenir ?

— Ça, je ne le sais vraiment pas.

La première présence à la Cour des sessions de la paix devait simplement servir à savoir si la Couronne – le substitut du procureur général, en fait – possédait des preuves suffisantes pour étayer une mise en accusation. Dans l'affirmative, après cela, il y aurait encore l'enquête préliminaire, puis le procès proprement dit.

— Quand le juge les aura disputés, ils pourront revenir ?

Marie-Jeanne savait compter les jours, mais elle se faisait une idée bien naïve des événements à venir. Le juge pouvait toutefois remettre les accusés en liberté, dans l'attente de la suite des procédures. Avec des personnes au casier judiciaire vierge, peu susceptibles de prendre la fuite, cela se produisait le plus souvent.

— Peut-être. Honnêtement, je ne le sais pas. Ils peuvent revenir lundi soir, mais cela peut aussi prendre bien longtemps.

Les yeux de la fillette se gonflaient de larmes. Des perles gelaient à la commissure de ses yeux.

— Combien de temps ?

— Je ne sais pas.

— Pour avoir battu Aurore ?

— Elle est morte.

Son interlocutrice hocha gravement la tête, ses yeux exprimant le plus profond désespoir. Mathieu lui parlait comme à une adulte, avec les formes habituelles de politesse. Elle se comportait donc comme une grande et lui répondait sur le même ton.

— Elle ne toussait même pas !

Les mots vinrent dans un souffle, comme portés par la vapeur blanchâtre lui sortant de la bouche. Marie-Jeanne comprenait l'inanité d'invoquer la tuberculose. Son interlocuteur eut envie de prolonger un peu cet échange, mais la présence du petit frère le retenait.

— C'est là, intervint bientôt ce dernier.

La jument trottait dans le septième rang depuis un moment. Le citadin tira sur les rênes afin de ralentir un peu son pas et l'amener à tourner dans l'entrée de la cour. Il quêta d'un regard l'approbation de la petite fille. Elle lui adressa un sourire fugitif, comme à un élève ayant bien retenu sa leçon.

Puis, les enfants entrèrent dans la maison par la porte de la cuisine d'été, le stagiaire sur les talons. Il trouva Exilda Lemay assise à table, en compagnie d'un couple de personnes âgées encore affublées de lourds vêtements d'hiver.

— Mesdames, monsieur, je suis venu reconduire les enfants à la demande de Lauréat Couture.

Toute autre précision sur le sort des parents était superflue. Mathieu reconnut le vieillard pour l'avoir aperçu la veille lors de l'enquête du coroner. Encore ce matin, lui aussi avait accompagné le corps jusqu'au charnier.

— Marie-Jeanne, Georges, commença la voisine, vos grands-parents ont accepté de venir s'occuper de vous et de la ferme pendant... l'absence de votre père et de votre mère.

Ce fut cet instant que la cadette, Pauline, choisit pour exercer ses poumons. La grand-mère saisit l'occasion pour aller se réfugier dans la pièce voisine.

— Cela vous fait-il plaisir ? questionna Exilda.

Posée comme cela, devant les personnes concernées, une seule réponse était possible. Georges acquiesça de la tête avant de s'engager dans l'escalier pour gagner sa chambre à l'étage.

La petite fille articula de bonne grâce :

— Oui. Bonjour pépère.

Exilda quitta son banc, considérant sa bonne action terminée.

— Monsieur, voulez-vous me reconduire chez moi ? C'est sur votre chemin pour retourner au village.

— Oui, avec plaisir.

En mettant son chapeau, elle le remercia. Il l'aida à passer les manches d'un lourd manteau. En sortant, elle lança à haute voix, suffisamment fort pour être entendue des personnes dans les autres pièces :

— Bonjour là ! À bientôt.

Mathieu préféra réserver ses politesses aux personnes présentes.

— Monsieur, mademoiselle Marie-Jeanne, prononça-t-il en inclinant la tête.

Dehors, en reprenant les rênes, il essaya de se montrer ferme. Comme pour ne pas lui faire honte devant un témoin adulte, la jument accepta de décrire une boucle serrée dans la cour des Gagnon. Une fois dans le chemin public, elle rentrerait d'elle-même au petit trot vers son écurie.

— Le détective les a donc arrêtés, commenta la voisine.

— Alors qu'ils revenaient d'accompagner le corps jusqu'au charnier.

— On ne les reverra pas de sitôt, je pense.

Soucieux de ne pas donner d'informations à cette curieuse, son compagnon resta silencieux.

— Le vieux Gédéon ne le sait pas encore, insista-t-elle, mais il a quitté sa maison du village pour un long bout de temps.

— Gédéon ?

— Le père de Télesphore. Il a vendu sa terre depuis un an ou deux pour aller terminer ses jours près de l'église. Le revoilà au travail pour le compte de son fils.

Mathieu acquiesça, puis une inquiétude lui vint.

— Ils seront capables de s'occuper des enfants comme il faut ?

— La vieille a accouché une douzaine de fois sans faire de victimes.

La voisine avait très facilement suivi le cours de ses pensées.

— Du moins, précisa-t-elle, je ne pense pas. Elle en a perdu la moitié, mais c'est naturel.

Pareille hécatombe paraissait affreuse au jeune homme. Sa mère avait eu deux enfants et elle les avait amenés à l'âge adulte. Avec une table bien garnie, la surveillance assidue de Gertrude et les visites du docteur Caron à la moindre maladie d'enfant, Thalie et lui avaient bénéficié des meilleures chances.

Exilda lui montra sa demeure, bâtie tout au plus à quinze pieds du chemin. Pour éviter de répéter la manœuvre d'un tour complet, Mathieu s'arrêta tout bonnement en plein milieu de la chaussée. Elle descendit du traîneau, puis le dévisagea un instant.

— Ce soir, je fais une veillée. Vous aimeriez peut-être venir ?

Elle ne renonçait toujours pas à l'idée de lui extirper des informations.

— Pourquoi pas...

Le jeu pouvait aussi se jouer dans l'autre sens : il se dirait là quelques vérités sur les Gagnon, à n'en pas douter. Le tout serait de voir combien de ces médisances se mueraient éventuellement en témoignages crédibles devant une cour de justice.

— J'y pense, continua Mathieu, la jeune fille va s'ennuyer terriblement avec ces vieillards. Ne pourriez-vous pas l'inviter aussi ?

— Marie-Jeanne ? Elle a douze ans.

— Ne craignez rien, je n'ai pas l'intention de lui conter fleurette. J'ai pour cela une jolie fille de mon âge à Québec. Cependant, elle doit vraiment s'ennuyer avec ces petits vieux, et j'aimerais lui parler un peu.

L'autre le regarda d'un air entendu avant de convenir :

— Vous avez raison, elle a tout vu... Je vais l'inviter, nous verrons s'ils la laisseront venir.

Après un échange de salutations, Mathieu fit claquer les rênes sur le dos de la jument.

Au trot, le cheval fila comme prévu directement devant la porte de son écurie. Le curé Massé devait encore monter la garde près de sa fenêtre, car à peine le stagiaire entreprenait-il de défaire l'attelage que l'ecclésiastique sortait du presbytère.

— Laissez-moi faire, j'ai l'habitude.

— ... Comme vous voulez, répondit le jeune homme en reculant.

Tout en détachant les boucles des courroies en cuir du traîneau, l'ecclésiastique commenta :

— Quelle disgrâce pour la paroisse ! Il les a arrêtés devant l'église, à la fin des funérailles de leur enfant.

Mathieu esquissa un sourire devant la mine outragée du prêtre.

— Couture voulait certainement les empêcher de prendre la fuite, ou encore de faire disparaître les preuves.

— Les preuves ?

— J'ai entraperçu une jaquette d'enfant tachée de sang dans votre carriole, tout à l'heure.

L'autre ne put réprimer une grimace dégoûtée. Cela pouvait autant venir de sa compassion pour l'enfant que du déplaisir de constater la souillure de son traîneau par un vêtement féminin intime.

— Plus probablement encore, continua le stagiaire sans trop se préoccuper des états d'âme de son interlocuteur, il craignait sans doute que les enfants, et même tout le reste de la parenté, n'apprennent trop bien la petite fable concoctée par ces gens-là.

— Vous êtes bien jeune, pour juger ce qui se passe dans les familles, ne trouvez-vous pas ? Élever des enfants chrétiennement est une entreprise difficile.

— Oh ! Maintenant, le seul jugement important, c'est celui du magistrat en face duquel ils comparaîtront lundi, pas le mien. Plus tard, douze citoyens bien ordinaires décideront si tuer une enfant à force de mauvais traitements est compatible avec l'éducation chrétienne à laquelle vous faites allusion.

Le petit curé, étroit dans sa soutane, se renfrogna. Il connaissait sans doute de bien nombreux détails relatifs à ce décès, susceptibles d'éclairer la justice. Toutefois, il n'en révélerait probablement rien. Quand l'ecclésiastique saisit la bride de sa jument, maintenant détachée de la carriole, pour la conduire vers l'écurie, Mathieu conclut l'échange :

— Je vous souhaite une bonne fin de journée, monsieur le curé.

— Vous rentrez sans doute tout de suite à Québec. Vous avez le temps d'attraper votre train.

— Je préfère passer encore une journée dans votre beau village. Vous me verrez donc à la messe demain matin.

Sur ces mots, le jeune homme regagna le magasin général.

Oréus Mailhot se trouvait toujours derrière son comptoir, à servir les clients. Un seul sujet occupait toutes les conversations : l'arrestation des deux paroissiens près du parvis de l'église. Le marchand esquivait les questions de son mieux. De toute façon, ses connaissances bien nébuleuses des méandres de l'appareil judiciaire faisaient que lui-même s'interrogeait sur la suite des choses.

Le visiteur se plaça un peu à l'écart, près du poêle en fonte. Des cultivateurs entamèrent des bouts de conversations avec lui. Il s'approcha quand les derniers consommateurs quittèrent les lieux.

— Acceptez-vous de me loger une autre nuit?

Avant de répondre, son interlocuteur regarda l'horloge accrochée au mur.

— Si vous courez un peu, vous pourrez monter à bord du train.

— J'ai été invité chez les Lemay ce soir, j'aimerais entendre les conversations.

L'autre le regarda, surpris.

— Ce seront des commérages. Les histoires les plus folles commencent à circuler.

— Mais parmi ces histoires, certaines doivent avoir un fond de vérité.

Le juge de paix ne paraissait pas enthousiasmé par la perspective de garder son pensionnaire un peu plus longtemps.

— Votre chambre est à votre disposition, consentit-il à la fin. Si vous montez, ma femme trouvera de quoi vous faire un dîner.

Présenté comme cela, inutile de s'attendre à une expérience gastronomique.

— Vous me trouverez sans-gêne, insista le jeune homme, mais je voudrais aussi vous louer ces vêtements chauds que je porte, et même un cheval et une voiture, pour ce soir. Je pourrais peut-être m'adresser au forgeron du village...

— Vous prendrez ma jument, ce sera plus simple.

Mathieu le remercia d'un sourire. Comme il mettait le pied sur la première marche de l'escalier, il entendit dans son dos :

— Monsieur Picard, le docteur Lafond a été convoqué à la cour, à Québec, mardi, pas le prochain, le suivant.

Sans doute intimidé, le médecin avait jugé bon de discuter de la question avec le juge de paix.

— C'est naturel, répondit le visiteur en revenant vers le comptoir. Un magistrat doit établir si la preuve accumulée permet de les traduire en justice.

— Et moi, je dois y aller mardi, dans trois jours, afin de témoigner. J'ai reçu un appel téléphonique de votre bureau, tout à l'heure.

Ce rendez-vous prochain avec la justice en faisait un hôte plutôt morose, jugea le stagiaire.

— C'est pour la même raison. Dans votre cas, c'est plus tôt, dans le cadre de l'enquête de police. Pour le bureau du procureur, il s'agit de déposer les accusations et de statuer sur la libération des suspects.

— Je m'y perds...

Son statut de juge de paix ne lui procurait aucune connaissance de la procédure.

— Je vous résume les choses, offrit le visiteur. La première étape, c'était l'enquête du coroner pour établir la cause de la mort. Celle-ci ayant paru suspecte aux jurés, le bureau du procureur a émis un mandat d'arrêt. Lundi, les prisonniers seront conduits à la Cour des sessions de la paix. Ils prendront connaissance des accusations portées contre eux. Là, leur avocat aura le loisir de demander leur remise en liberté...

— Ils ne peuvent pas les laisser sortir ! Pensez aux autres enfants...

— Il appartient au juge d'en décider. Ces gens n'ont pas de dossier criminel, je présume.

Oréus Mailhot fit non de la tête, un peu à regret. Mathieu ne jugea pas à propos de lui parler de la présomption d'innocence : cet homme avait vu le cadavre.

— Ensuite, comme je le laissais entendre tout à l'heure, le docteur Lafond devra se rendre à l'enquête préliminaire. À cette étape, un juge décidera si les preuves amassées par Couture sont assez solides pour aller en procès. Si ce n'est pas le cas, les accusés seront relâchés.

— Des preuves suffisantes ! Grand Dieu, vous avez entendu le rapport du *post-mortem*.

Le stagiaire au bureau du procureur général réprima un sourire.

— Ce rapport, je l'ai écrit sous la dictée du docteur Marois. Après l'enquête préliminaire se tiendra le procès proprement dit, au printemps.

Le marchand hocha la tête, taciturne. Il faisait porter son poids d'un pied à l'autre, comme un gamin coupable d'un mauvais coup.

— Et je devrai assister à toutes ces étapes, pesta-t-il.

— Vous êtes un témoin essentiel à la poursuite. Je suis désolé pour vous.

Le visiteur fit mine de se diriger vers l'escalier.

— Vous croyez que je peux être poursuivi ? jeta Mailhot tout à trac.

— Mon Dieu, pourquoi donc ?

— Je pouvais la sauver. Je l'ai vue en juillet, affreusement blessée...

La notion de non-assistance à une personne en danger avait été évoquée la veille, à l'enquête du coroner. Bien des personnes de la paroisse, conscientes des mauvais traitements depuis des mois, devaient se poser la même question. Leur lâcheté au moment des faits en ferait désormais des témoins peu coopératifs. Leur propre honte les inciterait à se taire.

— Vous n'avez rien à craindre, je vous assure.

De la part d'un simple étudiant, l'affirmation se révélait bien présomptueuse. Il continua, pour appuyer ses dires :

— D'abord, vous-même n'avez été témoin de rien.

L'autre confirma l'information d'un acquiescement de la tête.

— Ensuite, l'été dernier, vous vous êtes donné la peine de la prendre à part pour lui donner la chance d'infirmer l'histoire de ses parents…

— Dans le petit bureau, là. J'ai même fermé la porte.

— Malheureusement, elle devait être trop effrayée pour dire la vérité. Le lendemain de la première dénonciation, vous êtes venu au bureau du procureur général.

— Trop tard.

Mathieu hocha la tête, puis se dirigea vers l'escalier. Il se retourna pour ajouter encore :

— En réalité, vous êtes le seul dans cette paroisse à avoir tenté de l'aider. D'autres, mieux informés de la situation, n'ont pas bougé.

Le jeune homme venait de se faire un ami pour la vie. Le repas du soir prendrait sans doute des allures de festin.

Chapitre 8

Dans un monde privé de théâtres, de cinémas, de tavernes même, les «veillées» fournissaient l'occasion de danser, chanter et boire un coup. En ce 14 février, le moment paraissait propice : le 18, ce serait déjà le mercredi des Cendres, le début d'un long carême où chacun devait se remémorer que «poussière, tu retourneras en poussière». Pendant quarante jours, tous les plaisirs, légitimes ou non, seraient interdits.

En soirée, Mathieu constata l'affluence des voitures près de la maison des Lemay. Les cultivateurs les avaient orientées de façon à ce que les chevaux forment un bloc : ils se réchaufferaient un peu mutuellement. En quittant le magasin général, Mailhot s'était appesanti sur les soins à donner à sa jument. Elle plongea le nez dans le sac d'avoine, se laissa mettre une robe de carriole sur le dos.

Après avoir frappé à la porte de la cuisine d'été, il ouvrit sans plus de cérémonie.

— Entrez, entrez, invita le maître de la maison, Arcadius Lemay, sans quitter sa grande chaise berçante.

La pièce s'encombrait d'une douzaine de personnes. Une porte grande ouverte donnait sur le corps du logis principal, dans un salon, où il s'en trouvait tout autant, peut-être plus. L'assemblée se tut pour examiner le nouveau venu de la tête aux pieds.

— Donnez-moi votre manteau, proposa Exilda en venant dans sa direction avec empressement. Votre chapeau aussi.

Autant le climat à l'extérieur se révélait glacial, autant la température ambiante, dans la maison, devenait étouffante, un peu moite, à cause du poêle alimenté sans cesse en combustible et de tous ces corps trop lourdement vêtus.

L'hôtesse fit disparaître le casque fourré en lapin dans la manche de la parka, pour remettre ensuite le vêtement à sa bru. Il s'empilerait avec les autres dans la chambre principale, sur le lit conjugal.

— Venez avec moi au salon.

La cuisine d'été paraissait réservée aux hommes résolus à se fumer le corps comme des jambons, à coups de pipées malodorantes. La seconde pièce offrait une présence féminine plus importante, et un air moins pollué.

— Vous allez vous installer dans ce fauteuil.

— Mais je ne voudrais pas…

Le siège se trouvait déjà occupé par un jeune homme.

— Tut, tut, tut. Ovide se fera un plaisir de vous céder sa place.

Le faciès d'Ovide n'affichait cependant pas un enthousiasme irrépressible à ce sujet. Il obtempéra pourtant et alla se réfugier sur un banc improvisé placé contre le mur, un simple madrier posé sur deux caisses de bois.

— Nous n'avons pas si souvent la chance de recevoir un jeune avocat de Québec, précisa Exilda.

Si l'hôtesse soulignait ainsi la médiocrité des autres invités, personne ne parut offensé outre mesure. Des années passées entre eux prédisposaient à faire bon accueil aux étrangers. Mathieu eut envie de rappeler son statut d'étudiant, mais il se retint. Tout le monde l'avait vu accompagner le coroner, après avoir assisté à l'autopsie. Ces habitants le percevaient comme un pivot essentiel des procédures, alors que sa présence était fortuite.

La bru du couple Lemay revint prendre sa place sur une chaise juste à côté de lui.

— Mon garçon passe l'hiver dans un chantier en haut de Trois-Rivières, expliqua Exilda. Ma pauvre Lison se trouve bien esseulée depuis novembre.

Mathieu échangea un regard avec sa voisine privée de son conjoint. S'attendait-on à ce qu'il l'égaye de sa conservation brillante, ou alors qu'il la fasse danser si un voisin sortait un violon de son étui? Il cherchait encore les mots à lui dire quand Ovide, de son siège improvisé, l'interpella:

— Vous avez fait la guerre, à ce qu'il paraît.

Comment diable les habitants de ce trou perdu connaissaient-ils son passé? La rumeur de ses bons et loyaux services ne s'était certainement pas rendue jusqu'à Sainte-Philomène-de-Fortierville. Puis, il se souvint de la précision donnée par Caron, la veille, dans le cadre de l'enquête du coroner.

— C'est à votre façon de marcher, de vous tenir debout, expliqua sa voisine devant son air perplexe. Tous les anciens combattants sont raides comme vous. On en voit parfois dans les parages.

— Oui, j'ai fait la guerre, répondit-il enfin à son interlocuteur.

— Pourquoi donc?

— C'était notre devoir, non?

La réponse suscita un grand rire chez Ovide, des sourires contraints chez les autres.

— Aller défendre les Anglais, notre devoir?

Le ton d'incrédulité accentua le malaise dans la pièce. Au lieu d'offrir à l'escogriffe de reprendre le fauteuil, car son inimitié devait venir de cela, Mathieu rétorqua en se calant bien sur les coussins :

— Sa Grandeur monseigneur Bégin, votre évêque comme le mien, a été très clair là-dessus.

Grenouille de bénitier ou mécréant, l'autre ne pouvait plus rien ajouter devant l'argument d'autorité. Sa Grandeur avait dû lui donner un soufflet, le jour de sa confirmation. La réplique le réduirait à la soumission pour un temps.

— Je vais fumer une pipe, grommela l'homme en quittant son siège.

Sur ces entrefaites, une petite silhouette se glissa dans la pièce pour aller occuper la place abandonnée.

— Bonsoir, mademoiselle Gagnon, dit Mathieu à son intention.

Marie-Jeanne lui répondit dans un marmonnement inaudible.

— Les bébés se sont endormis bien vite, avec toi, observa une grosse dame dans la jeune trentaine, une voisine sans doute.

— J'ai simplement agité un peu le panier, comme cela.

La fillette faisait un petit geste de la main pour indiquer un mouvement oscillant.

— Tu as le tour avec les enfants, cela paraît. Tu feras une bonne maman, comme Marie-Anne.

Sous un meilleur éclairage qu'une lampe à pétrole, tous dans la pièce l'auraient vu rougir de plaisir. De son côté, le visiteur venu de Québec affichait toute sa surprise.

— Marie-Anne Caron, pas Marie-Anne Houde, précisa Lison dans un murmure à son intention. La première épouse de Télesphore.

— Les deux ont le même prénom ?

La jeune femme acquiesça. Un homme risqua, avec un rire un peu gras :

— Cela lui évitait de se tromper, dans les moments d'intimité. Imagine, tu ne dis pas le bon nom et tu vas coucher à l'étable pendant une semaine.

Une bonne femme revêche posa un regard glacial sur le loustic. Elle laissait présager pour lui un exil de ce genre. Il ferait bonne figure entre le bœuf et le cheval, car les ânes se faisaient rares sous ces latitudes.

— De quoi est-elle morte ? se renseigna Mathieu.

— Oh ! Elle était un peu faible de là, commença Exilda. Sans malice aucune, mais un peu... perdue.

Son doigt désignait sa tempe droite.

— Télesphore l'a fait interner à Saint-Michel-Archange, précisa-t-elle. Elle est décédée là-bas de tuberculose.

La pauvre femme s'était donc retrouvée dans l'immense asile de Beauport. La cause de sa mort avait dû inspirer la belle-mère, quand il avait fallu évoquer la maladie responsable de la disparition d'Aurore. Le caractère héréditaire de certaines affections inspira une remarque à un voisin.

— Sa faiblesse est passée chez un seul de ses enfants. Comment s'appelle-t-il ?

La question indélicate était destinée à Marie-Jeanne.

— Georges-Étienne, répondit celle-ci d'une voix à peine audible.

Habitués à élever des animaux afin d'assurer leur subsistance, pour ces gens, les qualités, les tares et même la couleur du pelage passaient, et parfois ne passaient pas, à la génération suivante. Ainsi, Marie-Jeanne ferait à son tour une bonne mère, mais son frère se trouvait accablé de la maladie mentale de l'auteure de ses jours. L'hérédité ressemblait à la loterie.

— Quel âge a-t-il ?

— Il aura neuf ans l'été prochain.

Mathieu demeurait un peu surpris, abasourdi même par le peu de pudeur de ces gens. Ils commentaient la vie privée d'un voisin sans vergogne devant la fille de celui-ci.

— Vous ne l'avez presque jamais eu à la maison, je pense ? demanda quelqu'un.

— Un peu, au début. Puis, il a été placé, expliqua la gamine.

Le mot, un peu vague, désignait une multitude de conditions, dont certaines confinaient à l'horreur.

— Après le décès de sa première femme, s'informa l'étranger, comment Télesphore a-t-il rencontré la seconde ?

— Pas après, mais avant, ricana son interlocuteur précédent, visiblement fasciné par les mœurs amoureuses des habitants de son rang.

Devant le regard intrigué de son invité, Exilda Lemay prit sur elle de rendre compte des avatars de la vie conjugale de son voisin le plus proche.

— Après le placement de sa femme à l'asile, Télesphore a pris Marie-Anne Gagnon dans sa maison.

— Vous voulez dire Houde…

— Oui, non… Enfin, elle est née Houde, mais son premier époux s'appelait aussi Gagnon.

Quel monde étrange : l'homme prenait pour épouses successives deux femmes affublées du même prénom et la femme, de son côté, deux partenaires avec le même nom !

— Elle devait les appeler Gagnon tous les deux, au moment du grand frisson, ricana Mathieu.

Seul le loustic de tout à l'heure sembla apprécier la repartie. Il fut pris d'un grand rire et se tapa sur les cuisses.

— Bien sûr, il se retrouvait seul avec de nombreux enfants sur les bras, reconnut l'étudiant après une pause, pour effacer les reproches exprimés par certains visages.

— Mais non, expliqua l'homme hilare. Il ne restait que le petit Joseph.

— Georges-Étienne était déjà placé, précisa encore Exilda. Les deux filles sont allées à l'orphelinat d'Youville.

« Elles logeaient à deux pas de chez moi », songea Mathieu.

— Donc, conclut la bru des Lemay, il restait seulement le petit Joseph dans la maison, âgé de quelques semaines au départ de sa mère.

« Une présence féminine s'imposait donc absolument », pensa encore l'invité. On ne pouvait « placer » un poupon. Même si Télesphore profitait de cette « circonstance atténuante », le même voisin souligna l'inconvenance de la situation :

— À son âge, le bébé ne pouvait certainement pas raconter ce qui se passait avec la bonne.

— Moi, avant leur mariage, je n'entrais plus dans cette maison, précisa la maîtresse des lieux, même chose pour ma bru.

Autrement dit, Exilda avait reconnu là un concubinage flagrant, une situation incompatible avec la poursuite des relations de bon voisinage.

— Quand la première épouse est-elle morte ? demanda Mathieu.

— Le 23 janvier 1918, déclara un homme.

La réponse venait sans aucune hésitation. Ces gens, à la suite des derniers événements, ressassaient leurs souvenirs.

— Et le remariage du voisin exactement une semaine plus tard, compléta le même homme.

Le curé, afin de mettre fin au scandale, avait accepté une cérémonie précipitée, sans s'encombrer de la tradition de publier les bans.

— La petite fille est née plus d'un an après le mariage, dit encore Mathieu.

— Mais avant, il y a eu au moins une fausse couche.

Ces habitants n'en démordaient pas : leur voisin s'était rendu coupable d'une relation adultère pendant le séjour de sa femme dans un asile d'aliénés. Ce crime leur paraissait plus répugnant que les mauvais traitements infligés à une enfant. Une fois la situation régularisée par le sacrement de mariage, les relations de voisinage avaient repris leur cours habituel.

— Un petit garçon est décédé, rappela l'étranger venu de Québec. Joseph… Vous en avez parlé tout à l'heure.

— Joseph est mort en novembre 1917, dit Exilda. Il avait entre deux et trois ans.

— De quoi, au juste ?

La paysanne haussa les épaules, puis marmotta :

— Ici, les bébés partent comme cela.

Elle fit un geste de la main, comme pour chasser une poussière. Elle-même évoquait son fils, mais aucun autre enfant. Peut-être avait-elle accompagné de nombreux « petits anges » au cimetière.

Pour Mathieu, cela paraissait une étrange coïncidence : au moment où Marie-Anne Houde jouait le rôle de « domestique » dans la maison, le mauvais sort avait frappé une première fois. Un regard de l'autre côté de la pièce lui permit de constater que Marie-Jeanne, silencieuse depuis un bon moment, fixait le plancher. Elle ne pouvait apporter de précisions sur cet événement, car à cette époque, elle se trouvait à l'orphelinat.

— Maintenant, vous allez tous goûter à mon petit vin de cerise, déclara Exilda en se levant.

— Tu n'as rien de plus fort ? demanda le voisin à l'humour douteux. D'habitude…

— Avec les grenouilles de bénitier régnant sur la paroisse, je n'ai rien de plus fort.

Le sous-entendu amusa Mathieu. Il crut qu'il était peut-être la cause de cette prudence. Dans la cuisine d'été, par la porte entrouverte, il apercevait deux ou trois hommes qui tenaient chacun fermement une tasse en fer-blanc. Ces paysans ne devaient pas être attachés au thé à ce point.

Puis, il se retrouva avec à la main un petit verre au bord ébréché, rempli d'une liqueur d'un rouge grenat. Devant le regard inquisiteur de son hôtesse, il apprécia après une gorgée :

— C'est excellent, en effet.

Après ces mots, elle se crut autorisée à en servir à tout le monde dans la pièce.

Exilda Lemay se montrait disposée à lui donner la recette de son exquise liqueur, une rare concession. Elle rangea son bout de papier seulement quand il précisa que le petit fruit poussait bien mal à Québec. La boisson possédait peut-être des vertus inattendues. Mathieu exprima bientôt le désir de se rendre au… enfin, au petit coin.

— Dehors, près de l'étable.

Hôtesse parfaite, la dame ne pousserait pas la politesse jusqu'à lui proposer d'utiliser un pot en porcelaine, dont elle devrait ensuite se débarrasser du contenu.

— Vous n'avez pas cela en ville, des bécosses, s'esclaffa un voisin hilare.

— Non, et à l'armée, on avait des toilettes en marbre, ricana Mathieu. Dans les tranchées, sous la pluie des bombes, on y traînait des heures avec un magazine.

L'autre apprécia la plaisanterie. Plus serviable, Marie-Jeanne lui apporta son paletot comme il s'apprêtait à passer la porte. S'il lui fallait se geler le bas, autant garder le haut bien au chaud.

— Prenez un fanal, pour ne pas vous enfarger dehors, lui conseilla Arcadius Lemay.

— Merci, je reviens.

La précision visait surtout à empêcher Ovide de récupérer son fauteuil. Le citadin fit donc connaissance avec la *back house*, petite cabane de la taille d'un placard étroit, tout juste assez grande et assez haute pour permettre à un homme de se tenir debout, puis assis. Malgré les quelques utilisateurs de la soirée, le froid et le vent qui traversaient les interstices entre les planches des murs conservaient les odeurs à un niveau tolérable. Le jeune homme abaissa son fanal à la hauteur du trou percé dans la planche, s'assura de l'absence de tout souvenir laissé par ses prédécesseurs.

Rassuré, il accrocha sa lanterne au clou prévu à cette fin, entreprit de baisser son pantalon, puis défit les boutons de sa combinaison avant de se geler les fesses sur le bois glacial, amusé par la situation. Il trouva à ses côtés une liasse de journaux, ces gens ne gaspillant pas leur argent pour du papier hygiénique. Avec un sourire, il constata qu'il s'agissait seulement de vieux numéros de *L'Action catholique*.

— Voilà le meilleur usage pour cette mauvaise feuille.

Finalement, ces Lemay lui parurent bien sympathiques.

De retour dans la maison, Marie-Jeanne s'occupa de nouveau de son manteau. Reprenant sa place, il profita de l'absence de la fillette.

— Cette Marie-Anne Houde, c'est quel genre de personne ? demanda-t-il.

— Nous, on ne la connaît pas très bien, commença Exilda. Après tout, c'est une étrangère.

Devant les yeux incrédules de leur invité, la bru précisa:

— Elle vient de Sainte-Sophie-de-Lévrard.

L'amateur de blagues un peu scabreuses posa son index sur sa tempe.

— Les gens sont un peu bizarres, là-bas, précisa-t-il.

— Et à quelle distance se trouve Sainte-Sophie?

— Deux ou trois milles dans cette direction.

L'homme montrait vaguement vers l'ouest.

— C'est dans le comté de Nicolet. Nous sommes dans Lotbinière. Ce n'est pas le même diocèse non plus.

Avec une conception semblable du «eux» et du «nous», et une forte propension à l'endogamie, la proportion des Lemay, Gagnon ou Neault dans la population de l'endroit risquait peu de diminuer un jour.

— Personne, dans la paroisse, ne savait combien ce couple maltraitait Aurore?

La question jeta la consternation dans la petite assemblée.

— C'était elle surtout, souligna son dernier interlocuteur.

— Elle ou lui, cela ne change rien au résultat: Aurore est morte, insista le visiteur. Personne n'a rien vu?

— Ils ne faisaient pas cela devant les gens, plaida le même homme.

— Mais vous pouviez bien voir les marques des coups?

Son insistance finirait par indisposer toutes ces personnes. Lison, la bru des Lemay, prit sur elle de présenter la défense des paroissiens.

— On ne la voyait pas souvent cette petite, vous savez. Depuis novembre dernier, on ne l'a même pas aperçue à la messe.

— Selon moi, elle n'avait pas de chaussures, précisa une autre femme.

Même en ville, des enfants se promenaient pieds nus trois saisons sur quatre. Pas à la Haute-Ville, bien sûr, mais dans Saint-Sauveur ou Jacques-Cartier. L'hiver, ils se terraient, tout simplement. Mathieu se souvenait toutefois des précisions d'Oréus Mailhot : Gagnon comptait parmi les personnes les plus prospères de cette paroisse.

— À l'école ?

— Elles n'y allaient pas, conclut la même interlocutrice. Les parents se souciaient de cacher cette enfant, pour ne pas attirer l'attention. Le couple devait aussi prendre garde de ne pas la battre devant des témoins.

— Personne n'a jamais rien vu ?

Le ton du jeune homme gardait une bonne dose de scepticisme.

— Une cousine nous en a parlé, commenta un habitant depuis l'embrasure de la porte.

Il s'agissait d'Adjutor Gagnon, se souvint Mathieu. Oréus Mailhot le lui avait pointé du doigt, en se rendant au charnier derrière l'église.

— Comment s'appelle-t-elle ?

Sa question s'adressait cette fois à Marie-Jeanne, debout près de ce voisin. La fillette s'était attardée dans la chambre où dormaient les enfants, après avoir mis la parka à sa place.

— Marguerite Lebœuf, répondit-elle.

— Elle a passé quelques jours chez Télesphore, précisa Adjutor. À la fin, elle est partie, effrayée par ce qu'elle voyait. Cela a fait jaser un temps, puis la petite fille est allée à l'hôpital, pour son pied.

L'homme était apparenté à la fois à Télesphore et à la petite Lebœuf. Il connaissait sans doute assez bien les dessous de l'affaire. Peut-être à cause de cela, il choisit de s'esquiver.

— Exilda, je vais partir tout de suite. Je te remercie de ton invitation.

Hôtesse accomplie, la maîtresse de maison le reconduisit à la porte, l'aida à mettre son manteau.

— Cette Marguerite vient de la paroisse ? demanda Mathieu pendant son absence.

— Non. De Saint-Jean-Deschaillons, répondit quelqu'un.

— Encore un lieu très lointain ?

L'ironie échappa à tout le monde.

— Non, c'est juste en bas après Parisville, le long du fleuve.

Bref, la marâtre originaire de la paroisse contiguë venait de très loin, et la cousine de très près ! Cette conception de la géographie laissait le visiteur un peu perplexe. Le jeune homme se promit de parler des méfiances et des querelles de clocher à ses employeurs.

— Pour la battre ainsi, insista Mathieu, les parents devaient avoir une raison. Ils ne disaient rien ? Ce sont vos voisins, après tout.

Le ton toujours accusateur amena chacun à se renfrogner un peu. Finalement, Marie-Jeanne rompit un silence devenu trop lourd.

— Elle faisait partout, à terre, dans le lit, même dans les vêtements de papa.

Elle s'interrompit, puis ajouta enfin dans un souffle :

— Elle a même chié dans le chapeau de papa.

La précision, avec ce choix de mots, fit plisser tous les nez. Pareil affront à la dignité du chef de famille méritait une sérieuse correction, chacun en convenait. De son côté, Mathieu se souvint de la maladie mentale de la mère d'Aurore. Le petit garçon, Georges-Étienne, en était affecté. Peut-être Aurore souffrait-elle de la même tare. Cette éventualité aurait dû attirer des soins, pas des coups.

En croyant peut-être défendre la victime, Exilda Lemay agit plutôt comme un témoin à charge.

— Le mois dernier, je suis allée chez eux. Il y avait une poche de sel à la porte de la chambre de Marie-Anne et Télesphore. Et sur la poche trônait un rondin, un morceau d'érable avec un nœud à un bout.

Avec ses doigts, elle indiquait un diamètre de trois pouces.

— Je lui ai demandé ce qu'elle faisait avec ça. Elle a répondu: «J'ai dû coucher Marie-Jeanne en bas. L'autre essaie sans cesse de venir la rejoindre dans son lit. Je l'ai remontée avec cela rien qu'une fois.»

Mathieu songea que la belle-mère isolait Aurore des autres enfants, une autre forme de cruauté raffinée.

— Elle a ajouté ensuite: «Cette fois-là, je te jure que la petite salope n'est pas redescendue», précisa son hôtesse.

Le jeune homme comprit la vraie nature du sous-entendu. Non seulement la pécheresse semait-elle ses excréments dans les endroits les plus incongrus, mais elle tentait d'entraîner son aînée dans l'impureté.

— Je veux m'en aller, demanda une petite voix.

Marie-Jeanne fixait le plancher.

— Mémère m'a laissée venir en me demandant de rentrer tôt.

— ... Moi aussi je dois rentrer, dit Mathieu en se levant, si je ne veux pas réveiller mes hôtes, tout à l'heure. Je vais vous déposer chez vous.

Elle ne protesta pas, l'idée de faire à pied deux ou trois arpents à cette heure ne devait pas lui sourire. La fillette alla récupérer les deux manteaux dans la chambre alors que le notable venu de Québec entreprenait de serrer toutes les mains.

— Vous n'avez pas peur des loups, ricana Ovide. Courir la campagne en pleine nuit...

— À Fortierville, les belles-mères me paraissent plus dangereuses que les loups, rétorqua-t-il du même ton.

— Ah ça ! La paroisse sera bientôt connue dans toute la province, commenta Arcadius Lemay.

Éventuellement, les journaux s'empareraient de l'affaire. À ce moment, les détails de l'autopsie effectuée par le docteur Albert Marois feraient dresser les cheveux sur les têtes.

Une fois dehors, coiffés et vêtus de lourds manteaux, le jeune homme et sa compagne contemplèrent le ciel étoilé. L'absence de tout nuage laissait présager que la vague de froid continuerait de sévir. Mathieu récupéra la robe de carriole pour la poser sur les jambes de la fillette. La jument paraissait endormie. Elle se laissa guider par la bride pour tourner vers le chemin.

— Les choses se passent bien, avec vos grands-parents ? demanda-t-il en montant dans la voiture.

— Oui, ils sont gentils.

— Aucune brutalité ?

Pour être bien compris, il précisa :

— Aucun coup, pas de paroles blessantes ?

Elle fit non de la tête.

— Si jamais il se passe quelque chose, il faudra le signaler à monsieur Mailhot. Tous ces coups, ce n'était pas bien, vous savez. Il faut empêcher que cela se reproduise.

Encore une fois, Marie-Jeanne répondit d'un signe. La moitié du trajet était accompli quand elle bredouilla :

— Ce jour-là...

— Quel jour ?

— Avec le rondin.

Mathieu tira un peu sur les guides pour ralentir encore le pas du cheval, afin de lui donner toute son attention.

— Maman l'a assommée, à grands coups sur la tête. La grosse bosse, cela venait de cette correction. C'est pour cela qu'Aurore n'a pas réessayé de descendre dans mon lit.

Marie-Anne avait donc dit vrai à sa voisine. Littéralement, en la laissant sans connaissance, elle lui en enlevait le goût !

— Et dans le front ? Vous savez pourquoi elle avait une grande plaque au-dessus de l'œil ?

La fillette se troubla, détourna les yeux en direction de l'orée des bois, à trois ou quatre arpents tout au plus. Peut-être craignait-elle plus les loups que sa belle-mère, après tout.

— Un soulier. Elle l'a frappée avec un soulier, avoua-t-elle pendant que le traîneau pénétrait dans la cour de la maison paternelle.

— Vous croyez ? C'était une blessure grave.

— ... Avec le talon.

Elle paraissait plaider. « Cette enfant voudra-t-elle répéter toutes ces horreurs devant un juge ? » se demanda-t-il.

Marie-Jeanne hésitait à rentrer dans la maison. Recroquevillée sous la robe en fourrure, elle se mordait la lèvre inférieure. Un instant, Mathieu songea à l'interroger encore sur la façon dont les grands-parents se comportaient, tant sa réticence à le quitter lui paraissait grande.

Elle le prit tout à fait par surprise :

— Aurore était impure. C'est un péché très grave, enchaîna-t-elle après une pause. Les personnes impures brûlent pour l'éternité en enfer. L'éternité, c'est très long, n'est-ce pas ?

Cette naïveté amena un sourire fugace sur les lèvres de son compagnon. Derrière une fenêtre faiblement éclairée, à quelques pieds, quelqu'un déplaça le rideau.

— L'éternité, c'est toujours. Cela ne se termine jamais.

— Aurore se trouve donc en enfer pour toujours.

Une pensée lui vint : cette fillette n'englobait pas que sa sœur dans son constat. Après tout, c'était dans son lit que la victime souhaitait aller.

Pour la première fois, Mathieu trouva ridicule de la traiter comme une grande fille.

— Tu sais, je ne pense pas que Dieu punisse bien sévèrement la curiosité des enfants.

— Au catéchisme, monsieur le curé nous a dit que c'était un péché mortel.

Elle avait déjà « marché » au catéchisme, pour se préparer à sa confirmation et à sa communion solennelle. Ces termes, et la distinction entre eux, lui étaient familiers.

— Ne t'en fais pas trop avec cela. Tout le monde commet ce péché-là.

Si elle répétait ces paroles, s'avisa le jeune homme un peu trop tard, les habitants du charmant village le brûleraient sans doute devant l'église. Le curé Massé allumerait le bûcher lui-même sans l'ombre d'une hésitation.

— Je dois rentrer, murmura-t-il après un moment. La jument va avoir froid.

La jeune fille acquiesça de la tête tout en s'extirpant de la fourrure.

— Si je reviens, tu accepteras de parler encore avec moi ?

D'un nouveau signe de la tête, elle lui donna son assentiment.

— Bonne nuit, Marie-Jeanne. Sois courageuse.

— Bonne nuit, monsieur.

Elle descendit de la voiture, entra dans la cuisine d'été. Songeur, Mathieu amena la jument à effectuer un demi-tour. Sa dernière conversation avec le curé lui trottait dans la tête. Se pouvait-il que le saint homme ait encouragé, ou à tout le moins toléré, la cruauté des parents ?

Après tout, ceux-ci se vouaient à combattre le démon de l'impureté glissé dans le corps d'une petite pécheresse de dix ans.

Avant d'aller au lit, le stagiaire prit le temps de mettre sur papier une description de sa soirée longue de cinquante lignes. L'exercice lui paraissait bien futile. Excepté l'histoire du rondin et l'identité de Marguerite Lebœuf, rien de tout cela ne serait utile.

Le lendemain au déjeuner, la conversation dériva sur son existence à Québec et ses origines familiales. Après s'être un peu imposé à ses hôtes, satisfaire leur curiosité lui parut un tribut légitime à payer. Ils se montrèrent particulièrement intéressés par le fait que sa mère vivait à l'étage de son commerce.

— C'est comme ici, remarqua madame Mailhot, ravie du constat.

— Avec une seule différence : maman se limite à la vente des vêtements.

— J'aimerais bien, mais c'est impossible dans la paroisse.

La bonne dame en rêvait sans doute. Plus tard, tout en marchant vers l'église, Mathieu déclara au juge de paix :

— Les enfants Gagnon ne fréquentent pas l'école, je crois.

— Je ne peux vraiment pas vous renseigner à ce sujet.

— Après la messe, j'aimerais parler à l'institutrice.

— Vous l'amènerez au magasin, ce sera plus discret. Je suis autorisé à ouvrir une petite heure après la cérémonie.

Le curé consentait à cet accroc au respect du jour du Seigneur pour rendre service à ses paroissiens. Certains d'entre eux habitaient loin du village, ils n'y venaient que le dimanche. Leur permettre d'effectuer quelques achats leur épargnait de refaire le trajet un autre jour de la semaine.

Dans le temple, le visiteur se retrouva cette fois sur le banc du marchand. Le curé Massé paraissait morose, préoccupé même. Les incantations en latin s'allongeaient indûment au goût du jeune homme. Du haut de la chaire, il évoqua l'affaire de manière succincte :

— Ces derniers jours, de bien tristes événements ont touché notre communauté. Je ne saurais trop insister : la défunte, tout comme ses parents, méritent vos prières sincères. Surtout, je vous invite à réprimer la tentation de médire de vos voisins.

Dans d'autres circonstances, la recommandation serait apparue bien innocente. Dans le contexte d'une enquête criminelle, elle devenait fort suspecte.

— Au cours des prochains jours, je devrai me rendre à l'évêché. En cas d'urgence, vous pourrez vous adresser au pasteur de Parisville.

Trente minutes plus tard, à la sortie, Mathieu se retrouva au milieu d'une foule de paysans qui voulaient échanger les dernières nouvelles. Sa présence les empêchait d'évoquer les événements récents, même s'ils leur brûlaient les lèvres. Il se retrouva en face du grand-père Gagnon flanqué de Marie-Jeanne, Georges et Gérard. La grand-mère devait garder la petite fille.

— Bonjour, mademoiselle. Vous vous portez bien ?

Devant des témoins, il préférait revenir à son formalisme habituel.

— Oui, monsieur. Merci.

Elle emboîta le pas au vieil homme. Celui-ci préférait sans doute s'esquiver bien vite, dans les circonstances.

— Voilà l'institutrice, murmura Mailhot à l'intention de son invité, mademoiselle Saint-Onge. Je peux vous la présenter.

Il accepta d'un signe de tête. Ensuite, le jeune homme lui demanda :

— Accepteriez-vous de m'accorder quelques minutes ? J'aimerais vous parler.

— Je ne vois vraiment pas ce que je pourrais vous apprendre.

Ni son identité ni le motif de sa présence dans la paroisse ne lui étaient inconnus. Elle aussi était au courant des allées et venues des « gens de Québec » depuis leur arrivée dans la paroisse.

— Je veux seulement connaître un peu mieux cette petite fille et les membres de sa famille.

Son interlocutrice lui parut quelque peu indécise, puis elle donna son assentiment avec un demi-sourire.

— Vous pouvez me poser vos questions.

Le jeune homme regarda autour de lui. Au moins dix personnes paraissaient tendre l'oreille.

— Monsieur Mailhot m'a gentiment offert d'utiliser une petite pièce de son commerce.

Elle comprit son désir d'un peu plus de discrétion.

— Je vous accompagne.

Il lui offrit son bras. Elle y posa sa main gantée après une hésitation. Mathieu attribuait à sa mine la bonne disposition des femmes à son égard. En s'appuyant sur lui, elle traversa la rue glacée sans glisser une seule fois.

Oréus Mailhot avait déjà déverrouillé la porte de son magasin. Une demi-douzaine de cultivateurs entrèrent sur ses talons. Dans la pièce minuscule servant de bureau, Mathieu offrit la meilleure chaise à sa compagne, occupa l'autre.

— Mademoiselle Saint-Onge, Aurore a été votre élève, je pense.

— À peine.

— Pardon ?

— Je l'ai vue tout au plus une dizaine de jours, l'automne dernier, après son retour de l'hôpital.

Le jeune homme acquiesça. Cela confirmait l'histoire entendue la veille.

— Et l'année précédente ?

— Peut-être vingt jours en tout. Certainement pas plus.

— Elle était donc totalement ignorante.

— Pas selon les attentes de notre petite paroisse.

Mademoiselle Saint-Onge devait avoir trente ans. Son statut civil avait de quoi surprendre. À son âge, bien peu de jeunes femmes étaient encore célibataires. Cela ne tenait guère à un physique ingrat. Une mise très modeste ne gâchait en rien sa silhouette fine. Ses longs cheveux bruns, fraîchement lavés, encadraient un visage à l'ovale charmant.

— Mais si je compte bien, commenta son interlocuteur, elle a été scolarisée pendant trente jours à peine.

— Vous oubliez ses deux ans à l'orphelinat. Le premier jour où elle est venue dans ma classe, elle savait écrire au son. Le résultat était un peu étrange, mais tout à fait compréhensible. Les gens de Sainte-Philomène ne sont pas férus d'orthographe. Elle pouvait lire le catéchisme, signer son nom. Par ici, cela suffit à la plupart des femmes.

Son interlocutrice ne comptait sans doute pas parmi ce lot.

— Ses parents la retenaient à la maison à cause du manque de chaussures, d'après ce que j'ai entendu.

— D'autres invoquent de moins bons motifs encore.

Pour ne pas peindre un portrait trop triste de son milieu, elle précisa :

— La majorité des enfants viennent à l'école un jour sur deux, pendant quatre ans.

— Pas plus souvent ?

Elle secoua la tête de droite à gauche, un sourire attristé sur les lèvres.

— La longueur du trajet quotidien, la rigueur du climat, la maladie, les travaux de la ferme ou les tâches ménagères, et aussi la rareté des chaussures et des vêtements chauds, tout cela se conjugue pour amener les parents à garder les enfants à la maison. Comme Aurore en savait déjà autant que la plupart…

Elle fit un geste de la main, comme pour dire : « Personne ne s'attendait à plus. »

— Elle vous a semblé stupide ?

— Les gens disent cela ? Au contraire, elle possédait un esprit vif, plus que celui de la majorité de ses camarades. Mais comme elle se montrait très réservée, timide en fait, on a pu avoir l'impression… Bien que silencieuse, ses yeux et ses oreilles enregistraient tout.

Cela ressemblait à un véritable plaidoyer en faveur de la petite victime.

— Vous ne l'avez pas trouvée… difficile, turbulente ?

— Pas le moins du monde. Elle respectait les consignes, attendait sagement après avoir terminé une tâche.

Mathieu avait du mal à imaginer cette femme en train d'idéaliser la petite Aurore. Fin octobre dernier, elle lui paraissait encore être une élève agréable. Avec cette jolie institutrice, il ne prononcerait pas le mot « impureté » à haute voix.

— Vous n'avez vu en elle aucune tare, aucune malice…, insista-t-il, un peu mal à l'aise. Pas le moindre vice ?

— C'est étrange, nous parlons ici de la victime, remarqua-t-elle. À vous entendre, ou à entendre certains de mes voisins, elle paraît se transformer en coupable.

— Je vous assure, j'ai aussi ressenti l'étrangeté de la situation, hier. Justement, je vous parle afin de corriger cette impression. Non seulement vous l'avez connue, mais vous êtes familière des enfants de cette paroisse.

À l'allusion aux paroles du curé, lors des funérailles, elle rougit.

— Je ne l'ai pas très bien connue, pas en si peu de jours. Je garderai toutefois le souvenir d'une petite fille timide, sage, bien disposée, mais en rupture très nette avec les règles de l'orthographe. À mes yeux, elle ne méritait aucun autre reproche.

Ce constat contrastait violemment avec la description d'un petit monstre animé du démon de la luxure, et disposé à utiliser le chapeau de son père comme pot de chambre pour pimenter la vie familiale.

— Je vous remercie, mademoiselle Saint-Onge, conclut le jeune homme en se levant. Je ne vous retarderai pas plus longtemps.

Elle se leva à son tour et, rougissante, accepta la main tendue.

Chapitre 9

Comme un retour d'exil, le trajet vers Québec sembla interminable au jeune homme. Les derniers événements se bousculaient dans sa tête. Même la lecture du Code civil n'arrivait pas à mobiliser tout son esprit. Un peu après cinq heures, il pénétra dans l'appartement situé au-dessus du commerce ALFRED. Il serra longuement sa mère contre lui, avec énergie.

— Toi, susurra-t-elle, tu ne te trouves pas dans un état normal. Qu'est-ce qui se passe ?

— Voyons, je ne peux pas embrasser ma petite maman ?

Mathieu la dépassait de plus d'une tête, l'expression prenait tout son sens.

— La dernière fois que tu l'as fait avec un pareil enthousiasme, tu portais encore des culottes courtes.

— J'évalue mieux la chance que j'ai eu de naître dans cette famille bizarre.

— ... Cette affaire est si cruelle ?

— Plus que je ne pouvais l'imaginer à mon départ vers ce village.

Le jeudi précédent, le stagiaire avait pris la peine d'avertir sa mère de son absence. Il avait précisé : « Une petite fille est décédée dans des circonstances étranges. »

— *Le Soleil* a publié trois lignes à ce sujet, dans son édition d'hier, précisa Marie. Toutefois, des paroissiennes chuchotaient des choses épouvantables ce matin, sur le parvis de la cathédrale. Je me demande comment elles pouvaient savoir.

— Les gens de Sainte-Philomène ont le téléphone. Enfin, certains d'entre eux.

Quelques coups de fil à des parents ou à des amis, au terme de l'enquête du coroner, suffisaient pour lancer une rumeur.

— Et chacune de ces commères doit ajouter sa propre dose d'horreur.

— Crois-moi, dans ce cas, ce n'est pas nécessaire. Les faits se suffisent à eux-mêmes.

La femme se troubla un moment, les yeux dans ceux de son fils.

— Les parents ? souffla-t-elle.

— Ils ont été arrêtés à la sortie des funérailles.

Elle prit la main droite de Mathieu dans les siennes, exerça une légère pression.

— Viens t'asseoir au salon avec nous. Paul a encore trouvé le moyen de se faire prescrire un cordial par un médecin complaisant. Il acceptera bien de le partager avec toi.

À Rivière-du-Loup, la démarche aurait fait jaser. La ville de Québec fournissait un anonymat suffisant au député pour lui permettre de braver de petits tabous. En pénétrant dans la pièce, la maîtresse de la maison se dirigea directement vers un petit meuble pour en sortir une bouteille et un verre, tout en posant les yeux sur son mari.

— Tu permets ?

— Évidemment.

Paul s'était levé afin de serrer la main du nouveau venu, puis il regagna son fauteuil près de la fenêtre. Sa présence en ces lieux devenait tout à fait naturelle. Gérard et Françoise firent de même. Le commis de banque revenait dans le logis de la rue de la Fabrique avec une belle constance. Au début, il s'efforçait de privilégier les samedis, ou le dimanche midi, alors que Mathieu se trouvait ailleurs. Depuis ses fiançailles, un peu comme un chien désireux de marquer son territoire, il affrontait son rival. Celui-ci affichait une indifférence polie.

— Les choses ont été aussi dures que le prétend la rumeur ? demanda le politicien.

— Pire.

Le ton du jeune homme amena le politicien à ne demander aucun détail.

— J'ai croisé Joseph-Napoléon Francœur ce matin, sur le parvis de la cathédrale.

— Le député de Lotbinière ? Il s'inquiète sans doute des mœurs de ses électeurs ?

— Plus simplement, le couple lui a demandé de le défendre.

La surprise se peignit sur les traits du jeune homme. La nature des accusations lui avait fait croire que personne n'accepterait ce mandat, ou alors que ce serait un obscur tâcheron du droit, sans cesse menacé de faillite. Les plus malchanceux devaient se rabattre sur des causes désespérées.

— Le bonhomme risque de se discréditer. Cette affaire soulèvera les passions, et pas du genre de celles éveillées par sa « motion » sur la séparation du Québec.

Cet événement, survenu en 1917, propulserait plus tard l'obscur représentant d'une circonscription plus obscure encore dans les manuels d'histoire.

— ... Selon ses paroles, dit Paul, les apparences sont trompeuses. La petite fille serait morte de la tuberculose.

— Ce sera leur défense ? C'est ridicule.

Un mouvement se fit entendre dans le couloir, une Amélie plus minaude que jamais fit son entrée dans la pièce. Mathieu amorça le geste de se lever.

— Ce n'est pas la peine, déclara-t-elle dans un sourire. Tu vas bien ?

Elle se pencha pour souligner la question d'une bise sonore sur la joue, attendit la réponse en plongeant ses grands yeux bleus dans les siens.

— Cela va mieux depuis mon retour à Québec. Ma petite expédition dans les campagnes profondes m'a laissé bien perplexe. La prochaine fois qu'un curé vantera devant moi nos saintes familles canadiennes-françaises, je vais m'enfoncer les index dans les oreilles jusqu'aux poignets.

En s'asseyant sur le canapé, près de sa sœur et de son fiancé, la jolie jeune fille articula un « Ouch ! » amusé. Paul Dubuc revint sur la stratégie de défense de son collègue.

— Sa mère serait morte de cette maladie, de même que son petit frère…

— Justement, on meurt beaucoup, dans cette maison-là. Cela ne trouble pas votre collègue ?

— … Les conditions sont parfois très difficiles dans nos campagnes. À douze ans à peine, des garçons joignent les chantiers pour tout l'hiver dans l'espoir de gagner quelques dollars. La tuberculose y exerce ses ravages.

Mathieu prit le temps de boire la moitié de son cognac, pesant ce qu'il pouvait confier, et ce qu'il devait taire au nom du secret professionnel.

— Puis-je compter sur votre discrétion ?

— Bien sûr, le rassura le politicien. Cet homme est un collègue, sans plus. Je ne lui dois aucune confidence.

De retour de la cuisine, où elle avait aidé un peu Gertrude avec le repas du soir, Marie s'appuya sur le cadre de la porte.

— Maman, assieds-toi, je vais me chercher une chaise.

— Non, non. Je devrai mettre le couvert dans une minute. Continue.

— Pendant l'autopsie, le docteur Marois m'a demandé de prendre des notes. Il décrivait la procédure, je prenais tout en dictée. Le médecin remplissait aussi une sorte de diagramme représentant une silhouette humaine, de dos d'un côté de la feuille, de face de l'autre. Il faisait un petit « x » pour signaler l'emplacement des blessures. À la fin, j'en ai compté plus de cinquante.

L'information laissa les autres pantois. Quand il rouvrit la bouche, Paul Dubuc se montra un peu moins assuré.

— À la base de notre système de justice, on trouve deux principes : tout suspect est présumé innocent jusqu'à preuve du contraire, et tout accusé a droit à une défense pleine et entière. Cela signifie aussi profiter des conseils d'un avocat compétent. Francœur ne pouvait pas vraiment se dérober, si ces gens se sont adressés à lui.

— Je comprends très bien la noblesse de ces principes, admit Mathieu. Ces règles nous protègent de l'arbitraire de l'État dans l'application de la justice. Leur exercice me trouble tout de même un peu.

Après cette conversation, la famille eut un peu de mal à faire honneur au rôti préparé par Gertrude. Les restes, copieux, reviendraient sur la table familiale le lendemain. Un peu après sept heures, Mathieu quitta la salle à manger de façon précipitée en disant :

— Excusez-moi pour tout à l'heure. Toutes ces horreurs... Je vais rentrer tout de suite afin de me reposer. Je dois récupérer un peu avant de me présenter à mes cours demain matin.

Chacun accepta le pieux mensonge. Marie le raccompagna à la porte de l'appartement. La main sur sa joue, elle demanda :

— Ça ira, tu en es certain ? Si tu préfères dormir ici, Thalie te prêtera sa chambre.

La jeune fille de la maison serait d'autant plus encline à le faire depuis la pension Milton, à Montréal.

— Ce n'est pas nécessaire, le temps effacera ce mauvais souvenir. En descendant, je vais tout de même utiliser ton téléphone afin de dire bonsoir à Flavie.

— Bien sûr. Elle saura sûrement t'égayer un peu.

Après une brève étreinte, il descendit un premier escalier, s'arrêta dans le bureau aménagé à l'étage du commerce. Dans l'obscurité, avec le seul éclairage des réverbères allumés dans la rue, il manipula l'appareil, demanda la communication avec la maison de chambres de la rue Saint-François. Une locataire prit l'appel, elle voulut bien appeler la jeune femme.

— Allô ? fit une voix un peu préoccupée.

— Flavie, je suis de retour.

— Mathieu, tu as fait bon voyage ?

— Oui... Enfin, non, pas du tout.

La réponse la laissa perplexe à l'autre bout du fil.

— Tu accepterais de me recevoir tout de suite ? Enfin, le temps de me rendre chez toi. Te voir me fera du bien.

Cette perspective la troubla un peu plus. Réservée à une clientèle entièrement féminine, sa pension ressemblait à un véritable couvent, à force de règles strictes. Les visites masculines créaient toujours une petite commotion. D'un autre côté, le timbre de voix de son ami l'incitait à ne pas se dérober.

— Tu ne pourras pas aller plus loin que le salon.

— S'il y a des témoins, je resterai silencieux. Rien que ta présence me fera du bien.

« Voilà qui augure bien pour l'avenir », se dit-elle. À haute voix, elle répondit :

— Je t'attends. D'ici à ton arrivée, je préparerai un peu de thé.

Peu après, Mathieu retrouvait le trottoir de la rue de la Fabrique. Le froid paraissait vouloir relâcher un peu son emprise. En conséquence, un voile de nuages masquait la lune et les étoiles. En marchant d'un pas cadencé, la Basse-Ville se trouvait à quelques minutes, tout au plus. En approchant de la maison de chambres, il reconnut la mince silhouette à une fenêtre. Elle ouvrit la porte devant lui.

— Bonsoir...

Dans la petite entrée, le jeune homme la prit dans ses bras, la serra contre lui un peu brutalement. Son attitude surprit Flavie. Elle voulut d'abord le repousser prestement, arrêta son geste en lisant le désarroi sur son visage.

Après un instant toutefois, elle posa ses mains contre la poitrine masculine, l'obligea à reculer un peu.

— Mathieu, on peut nous surprendre.

— ... Excuse-moi. Il y a si longtemps.

Trois jours à peine. La durée semblait un concept bien élastique. Mathieu retrouva sa contenance, se pencha pour poser le bout de ses lèvres sur sa joue.

— Suis-moi.

Flavie le conduisit dans un petit salon modestement meublé. Tout de même, les nappes en dentelle sur les guéridons et les gravures encadrées accrochées aux murs rendaient la pièce agréable. Une petite théière et deux tasses se trouvaient déjà sur une table basse.

— La propriétaire est gentille de te préparer cela, commenta-t-il.

— Sa contribution ne va pas plus loin que de nous fournir de l'eau et la chaleur de son poêle. De toute façon, en cette saison elle doit l'alimenter en charbon toute la journée. L'été, elle plaide la nécessité de garder la température à un niveau raisonnable pour nous refuser ce genre de largesses.

— Le thé ?

— Sauf aux repas, nous devons puiser dans nos propres réserves.

Une douzaine de femmes et de jeunes filles logeaient en ces lieux : des vendeuses, des secrétaires ou des commis. Le coût de la pension demeurait modeste, en proportion des salaires reçus par ces besogneuses. Ainsi, les services s'adaptaient à la somme demandée.

— Toutes tes voisines sont sorties ?

La pièce devait servir à l'ensemble des locataires, mais ils s'y trouvaient seuls.

— Certaines d'entre elles. Les cinémas de la Basse-Ville débordent, le dimanche soir. Les autres ont accepté de nous céder la place. Pour les remercier, je devrai leur faire un petit compte rendu de notre conversation, tout à l'heure.

— J'aimerais que tu limites les confidences à ceci : je me suis beaucoup ennuyé de toi. Ce ne sera pas un mensonge, ta présence m'a manqué. Mais les détails de notre conversation devront rester secrets.

— Tu veux me parler de cette affaire ?

L'homme acquiesça d'un signe de la tête comme elle versait le thé dans les tasses. Le jeudi précédent, il avait parlé d'une enquête troublante.

— La petite fille a été tuée par ses parents, dit-il, d'une voix à peine audible. Elle avait dix ans.

— Doux Jésus ! J'ai entendu des conversations à la sortie de la messe, sans en croire un mot.

Mathieu lui donna les grandes lignes des événements sur le même ton de confidence.

— Ils ont dit qu'elle était dure à élever. Des châtiments si cruels me paraissent tellement démesurés, conclut-il, quelles que soient les fautes commises. Rien ne peut justifier une brutalité pareille.

À mots couverts, il avait évoqué les péchés les plus graves attribués à Aurore.

— Les gens sont brutaux, murmura la jeune femme. Petite, j'ai vu des hommes poursuivre leurs enfants, ou même leur femme, une fourche à la main.

Son compagnon se remémora sa dernière visite à L'Ancienne-Lorette, et la tension dans la maison. Peut-être Flavie figurait-elle parmi les personnes poursuivies de cette façon. Mathieu n'osa pas le lui demander.

— Même au magasin, continua-t-elle, il arrive parfois des scènes pénibles. Je passe dans un rayon, et j'entends des claques retentissantes, suivies de pleurs. Certaines matrones paraissent s'affoler seulement d'entendre leurs enfants respirer.

Conduire une progéniture sur le chemin de la vertu paraissait autoriser la pire répression, pour des fautes souvent bénignes, ou même imaginaires.

— Je ne comprends pas cette brutalité, ajouta son interlocuteur. Des gens à qui on ne confierait pas un chien élèvent des enfants.

— Et chez toi ?...

— Tu as vu maman. D'un côté, elle a une détermination à toute épreuve. De l'autre, jamais elle ne lèverait la main sur quelqu'un, encore moins un enfant.

Flavie était venue à deux reprises déjà à l'appartement de la rue de la Fabrique.

— Et ton père ?

— La même chose. Un grand gaillard inoffensif.

— C'est important que les deux parents s'entendent sur la façon d'élever les enfants.

Elle venait de lui signifier que c'était le cas entre eux.

— Ces gens, que va-t-il leur arriver? demanda-t-elle après un court silence.

— Il s'agit d'un meurtre. Ils risquent le pire.

L'image d'une potence passa dans l'esprit de la jeune femme. Les exécutions capitales faisaient toujours l'objet d'une description détaillée dans les journaux.

— Cependant, ils ont un excellent avocat, le député Francœur. Ils peuvent encore se tirer d'affaire.

La confidence de Paul Dubuc troublait l'étudiant en droit. Se pouvait-il que ces gens échappent au châtiment en arguant de leur devoir de bons parents chrétiens? L'esprit de Mathieu oscillait entre des moments de confiance en la justice et le doute le plus grand.

— L'aînée a tout vu, insista sa compagne. Comment s'appelle-t-elle?

— Marie-Jeanne.

— Puis, il y a les garçons…

— C'est vrai.

La présentation de la maisonnée lui avait pris quelques minutes. Flavie avait bien retenu la leçon.

— Remarque, ceux-là sont les propres enfants de la mégère, précisa-t-elle après une pause. Ils ne peuvent trahir leur mère.

— La petite fille appelle sa belle-mère «maman». Elle a menti sous serment à l'enquête du coroner.

Sa compagne porta sa tasse à ses lèvres, pensive. Mathieu la contempla en songeant à la lettre torride restée dans son sac de voyage. Peut-être la lui remettrait-il un jour. Flavie le sortit de sa rêverie:

— Tout de même, à toi, la petite fille a commencé à dire la vérité.

— Tu as raison. Je me demande bien pourquoi.

Ils n'auraient guère le loisir d'explorer les motifs de la fillette. Un bruit leur parvint de l'entrée. Bientôt, une locataire se planta dans l'embrasure de la porte sous prétexte de leur souhaiter bonne nuit. Elle se retira après une brève conversation, satisfaite de son examen du prétendant de sa compagne de pension.

— Je devrai retourner prochainement dans ce trou perdu, afin de voir si elle souhaite continuer son récit.

À son tour, il avala un peu de la boisson chaude, se tourna à demi pour contempler son amie.

— Tu es gentille de m'écouter ainsi.

— C'est tout naturel, voyons.

Il se pencha pour voir si quelqu'un se trouvait près de la porte, puis il allongea la main pour prendre la sienne et la porter à ses lèvres. Ils gardèrent un moment le silence.

— Demain, annonça le jeune homme à regret, nous avons tous les deux une longue journée devant nous. Je vais te laisser aller dormir.

Après avoir remis son paletot, son melon dans la main gauche, il posa sa paume droite sur le cou gracile, s'assura de l'absence de tout regard inquisiteur et l'embrassa sur les lèvres. S'ils n'en étaient pas à leur premier baiser, celui-là les laissa tous les deux bien fiévreux.

La veille, à son retour à la pension Sainte-Geneviève en fin de soirée, Mathieu avait trouvé une note de son employeur le priant de se présenter au palais de justice le lundi 16 février, à midi. Il assisterait à la procédure depuis la première rangée de bancs mis à la disposition des spectateurs.

La première comparution des suspects venait le plus souvent dans les vingt-quatre heures suivant l'arrestation. L'obligation de respecter le jour du Seigneur n'avait pas permis de procéder aussi rapidement. Tout de même, un peu plus de quarante-huit heures après la scène sur le parvis de l'église, le couple Gagnon comparaissait devant le juge Philippe-Auguste Choquette, de la Cour des sessions de la paix.

Le magistrat jouissait d'une réputation enviable. Député fédéral pendant six ans au siècle précédent, sa nomination sur le banc avait mis fin à une longue sinécure au Sénat. De sa place surélevée, il toisa longuement les accusés.

— Votre Honneur, annonça Arthur Fitzpatrick, mon bureau entend déposer des accusations de meurtre contre Télesphore Gagnon et Marie-Anne Gagnon, née Houde, tous les deux domiciliés à Sainte-Philomène-de-Fortierville. Vous avez devant vous le rapport de l'enquête du coroner…

— Votre Honneur, intervint l'avocat de la défense en se levant de son siège placé derrière une table voisine, je veux réclamer l'interdit de publication. La nature de cette affaire risque de donner lieu, dans la presse, à un déchaînement peu compatible avec l'intérêt de la justice.

— Vous voulez sans doute parler plutôt des intérêts de vos clients, répondit le juge, moqueur.

— Puisque tous les deux sont les justiciables, leur intérêt se confond avec celui de la justice.

Le procureur de la défense, Joseph-Napoléon Francœur, s'appuyait d'une main sur la table. Devant lui, le rapport du coroner se trouvait ouvert à la page de l'autopsie. Recruté dès samedi en soirée, l'homme avait pu en obtenir une copie. Son visage glabre, marqué par une bouche étroite et mince, trahissait un certain malaise.

Âgé de quarante ans, élevé à la campagne par des parents cultivateurs, il connaissait une carrière florissante. Au droit et à la politique s'ajoutait la spéculation sur des terrains à bâtir situés à Limoilou.

— Monsieur Fitzpatrick, demanda Choquette, allez-vous vous opposer à cette requête ?

— Cette cause comporte en effet des aspects bien troublants. À cette étape-ci, l'interdit de publication me paraît indiqué. Bien sûr, il en ira autrement au procès proprement dit.

— Bien sûr. Interdit de publication accordé. Cela signifie, messieurs les journalistes, que si je lis une ligne sur cette affaire, vous et vos chefs de pupitre aurez de gros ennuis.

Pour la première fois de sa vie, Mathieu Picard « participait » à un procès. Le mot méritait des guillemets, car son rôle se limitait à écouter, un peu penché vers l'avant pour ne rien perdre des échanges. La salle d'audience était presque vide. Quelques personnes désœuvrées, le plus souvent âgées, venaient passer leurs journées au palais de justice. Elles trouvaient sans doute dans le spectacle de la dépravation humaine le motif à des réflexions pieuses.

En plus, quatre jeunes gens aux costumes élimés tenaient un carnet dans une main, un bout de crayon dans l'autre. Un long purgatoire aux « chiens écrasés » marquait leur entrée dans la carrière journalistique. La mine renfrognée, ils prendraient tout de même des notes. L'interdit de publication marquait toujours les causes les plus intéressantes.

— Vous me laisserez maintenant jeter un œil sur ce document. Je l'ai reçu ce matin, mais depuis, de nombreuses affaires m'ont retenu.

Tournant lentement les pages du rapport du coroner, le magistrat s'attarda en particulier au rapport d'autopsie. Le rythme de sa lecture s'accéléra lorsqu'il parcourut la déposition d'Exilda Lemay. Puis, il leva la tête pour contempler Télesphore Gagnon. Mathieu devina qu'il lisait le témoignage de ce dernier.

— Maître Francœur, je comprends maintenant mieux votre souci de demander l'interdit de publication.

Le juge fit une pause, puis continua à l'intention du substitut du procureur de la province :

— Vous pensez recevoir le rapport d'analyse des viscères bientôt ?

— Le docteur Derome a pris possession des échantillons ce matin. Tout à l'heure, au téléphone, il m'assurait de pouvoir envoyer les résultats avant la fin de la semaine.

— Avez-vous des témoins à faire entendre, à ce stade des procédures ?

— Compte tenu de votre horaire très chargé, j'ai préféré convoquer mon seul témoin demain après-midi.

Le magistrat lui adressa un sourire entendu.

— Voilà une délicate attention. Qui sera ce témoin ?

— Oréus Mailhot, le juge de paix de Sainte-Philomène. Son témoignage sera assez long, il vous donnera un portrait de toute cette affaire.

— Maître Francœur ?

Après la remarque précédente, l'avocat de la défense comprenait combien faire manquer son repas au brave homme le disposerait en faveur de l'accusation.

— Je n'ai pas de témoin à faire entendre. Il paraîtra bientôt évident que l'on reproche ici à mes clients d'avoir tout simplement accompli leur devoir de parents.

Machinalement, Choquette prit en main le rapport du coroner, l'ouvrit à la section rendant compte de l'autopsie.

— Si vous le dites…

— Votre Honneur, je requiers la mise en liberté de mes clients, dans l'attente de la suite des procédures. Déjà, ils ont passé deux nuits en prison…

— Je m'objecte, Votre Honneur…

Fitzpatrick perdait un peu de son onctuosité habituelle. Son collègue continua comme si de rien n'était, alors que le magistrat levait la main pour inciter le substitut du procureur de la province au silence.

— Mes clients sont des personnes avantageusement connues dans leur milieu, travailleuses, sobres, sans aucun antécédent judiciaire. Ils dirigent une exploitation agricole qui souffrira de leur absence. Rien ne permet de croire qu'ils omettront de se présenter devant le tribunal.

— J'entends bien vos arguments. Votre distingué confrère ne paraît toutefois pas partager votre avis.

— Tout à l'heure, expliqua Fitzpatrick, j'ai accepté l'interdit de publication, car je conviens qu'il s'agit d'une affaire bien délicate. Il est inutile de l'étaler maintenant sur la place publique. Toutefois, dans le milieu des accusés, personne ne comprendrait le bien-fondé d'une libération. La gravité des faits…

— Ces faits ne sont pas prouvés…

Le juge leva à nouveau la main pour imposer le silence, cette fois à Francœur.

— La gravité des faits invoqués exige que les suspects demeurent emprisonnés. Le contraire alimenterait le cynisme d'une partie de la population à l'égard de l'application de la justice.

— Maître, je me rends à vos arguments.

Philippe-Auguste Choquette s'empara de son maillet et déclara :

— La séance est ajournée jusqu'à demain après-midi. Nous nous retrouverons dans cette salle, à deux heures.

Un claquement sec souligna les derniers mots. Francœur se tourna vers le couple Gagnon en écartant les bras, l'air de dire :

— Je l'avais bien prédit.

Le cultivateur afficha sa déception. Son épouse, drapée dans ses vêtements de deuil, les traits dissimulés par un voile presque opaque, resta impassible. Mathieu sortit sur les talons de son employeur, soucieux de regagner son poste de travail à l'étage de la bibliothèque de l'Assemblée législative.

Chapitre 10

Le lendemain après-midi, après un repas léger pris au *Café du Nouveau Monde*, dans la rue Buade, Mathieu se rendit directement au palais de justice. Les corridors bruissaient d'activité, des accusés angoissés ou des témoins nerveux s'entretenaient avec des avocats affublés d'une toge, des porte-documents remplis à craquer à la main.

Devant la salle d'audience, il reconnut Oréus Mailhot vêtu de ses plus beaux habits du dimanche.

— Bonjour, monsieur, salua-t-il en lui tendant la main. Vous avez fait un bon voyage ?

— Avec ce qui m'attend, même à dos de cheval, le trajet ne représenterait qu'un petit ennui.

Quelques minutes avant d'être appelé à la barre, ses inquiétudes prenaient une nouvelle intensité.

— Voyons, rassurez-vous. Vous seul pouvez donner à la cour un récit de première main des événements. C'est essentiel pour porter des accusations.

— Vous en êtes certain ?

Plutôt que de se montrer trop affirmatif, Mathieu décida de se faire pédagogue.

— À cette étape, il s'agit d'étayer l'accusation de meurtre qui a été déposée. Comme vous êtes juge de paix, on compte sur vous pour établir les faits.

Sa prudence n'échappa pas tout à fait au commerçant : à une question précise, le jeune homme avait opposé une généralité.

— Les travaux ont commencé hier ? interrogea le marchand, désireux de changer de sujet.

— La comparution a duré quelques minutes, le temps de décréter l'interdit de publication et de refuser la libération des accusés.

— Seigneur ! Vous étiez sérieux, l'autre jour, quelqu'un voulait les faire sortir ?

— Leur avocat. Saviez-vous que votre député plaidera pour eux ?

Le marchand général laissa échapper un ricanement.

— Télesphore possède quelques biens, je suppose que Francœur flaire une bonne affaire.

— C'est un avocat, son devoir est de défendre ses clients de son mieux.

— Sans compter que tous ensemble, les Gagnon forment un bon bloc d'électeurs.

Les grands principes le laissaient froid. Seuls l'intérêt personnel et la petite politique lui semblaient animer les grands de ce monde.

— Comme il a été élu par acclamation l'été dernier, rappela Mathieu, le député ne doit pas se sentir bien menacé. Je lui prête des motifs plus nobles.

— Prêtez si vous voulez, il ne vous rendra rien.

Des pas se rapprochaient. En tournant la tête, ils aperçurent Arthur Fitzpatrick venant vers eux, les pans de sa toge soulevés de chaque côté de lui.

— Ah ! Picard, monsieur Mailhot, vous voilà. Nous allons entrer. Mon savant confrère ne saurait plus tarder, maintenant.

Dans la salle d'audience, ils trouvèrent une assistance un peu plus nombreuse que la veille. Le bouche à oreille attirait les amateurs d'histoires familiales scabreuses. Les accusés se manifestèrent dans la boîte, flanqués d'un agent de la paix. Leur avocat gagnait son siège.

Une fois les principaux protagonistes de cette mauvaise pièce à leur place respective, le juge Choquette pouvait enfin prendre place dans son fauteuil, derrière le banc.

— Maître Fitzpatrick, je vous écoute.

— Nous allons entendre monsieur Oréus Mailhot, le juge de paix de Sainte-Philomène-de-Fortierville.

En parcourant la distance depuis le fond de la salle jusqu'à la barre, le marchand échangea un regard avec Mathieu, cherchant encore à être rassuré. Puis, il se retrouva debout près du magistrat. Prêter serment ne prit qu'un instant.

— Monsieur Mailhot, commença le substitut du procureur, vous assumez la fonction de juge de paix depuis longtemps?

Pendant un moment, l'état civil du témoin les occupa. En plus de permettre au greffier de colliger à son procès-verbal tous les renseignements relatifs aux acteurs de ce drame, l'entrée en matière permit au commerçant de retrouver un peu sa contenance.

La déposition dura longtemps, guidée par les questions d'Arthur Fitzpatrick. Le procureur s'attarda sur la visite du couple Gagnon au magasin général l'été précédent, le scepticisme de son interlocuteur à l'égard du récit concocté par les parents. Il se termina sur le dernier jour, dans la maison de ferme, avec la découverte des multiples blessures sur le corps de l'enfant.

— Votre Honneur, j'en ai terminé, affirma le procureur en regagnant son siège.

Maître Francœur se leva à son tour en toisant Mailhot, comme pour jauger un adversaire.

— Monsieur, vous n'avez aucune formation médicale.

— Non.

— Donc vos remarques, à propos des blessures de l'enfant, n'ont aucune valeur.

— Mais moi, je les ai vues, ces blessures. Pas vous.

Mathieu sourit : le marchand ne se laisserait pas faire, malgré son malaise. L'autre ne dissimula pas sa frustration.

— L'été dernier, la petite fille vous a confirmé l'histoire de ses parents.

— Elle a menti.

— Pourquoi aurait-elle fait cela ?

— Elle les craignait. Aurore redoutait sans doute de recevoir une raclée, si elle les contredisait.

De nouveau, l'avocat afficha son déplaisir. Un témoin devait relater les faits, sans se livrer à une interprétation.

— Vous n'avez aucune preuve de cela.

— J'ai vu l'état de son pied. Le médecin a dû la visiter six fois les semaines suivantes pour cette blessure, elle est allée à l'hôpital pendant un bon mois.

— Vous êtes donc en mesure de constater que ses parents se sont efforcés de lui fournir de bons soins.

— S'ils ne l'avaient pas blessée en premier, cela aurait été une meilleure façon de s'occuper d'elle, vous ne croyez pas ?

En l'absence de tout jury, il ne servait à rien de le fustiger pour avoir formulé des arguments de ce genre. L'avocat se priva de demander au juge de rappeler cet homme à l'ordre.

— Vous avez fait enquête auprès des petits garçons, je crois ?

— L'un s'appelle Bédard, l'autre Gagnon. Je leur ai parlé, de même qu'à leurs parents. Ils n'ont rien à se reprocher.

— Simplement parce qu'ils vous l'ont dit ?

— Simplement parce que les parents de la petite fille n'ont pas entamé de poursuites contre eux. Pourtant, ils se sont plaints sans pudeur des cinquante dollars dépensés pour la faire soigner.

Toute cette discussion ne servait à rien. Le rapport d'autopsie et l'enquête du policier suffisaient seuls à conduire les suspects à l'étape suivante des procédures. L'avocat de la défense poussa un soupir avant de déclarer forfait.

— J'en ai terminé, monsieur le juge. Au sujet de la caution de mes clients…

— Maître Francœur, je vous ai précisé hier que dans les circonstances actuelles, une libération dans l'attente du procès servirait mal la justice. Nos concitoyens ne comprendraient pas.

Malgré l'interdit de publication, des journalistes évoquaient déjà des informations troublantes, sans doute après avoir parlé à des habitants de Sainte-Philomène. Un crime si spectaculaire animait des désirs de vengeance.

— Mon client a des biens à mettre en garantie.

— Là n'est pas la question.

L'avocat devait poser la question, insister un peu, sinon il paraîtrait s'occuper bien mal des intérêts du couple Gagnon. À la fin, il abandonna la partie, se tourna vers les accusés en faisant un geste d'impuissance.

— L'enquête préliminaire aura lieu mardi prochain, le 24 février. Vous serez prêts ? demanda Choquette.

Les deux avocats donnèrent leur assentiment. Le juge leva la séance, puis il se retira par une porte dérobée dans un mouvement de robe.

Peu après, des agents firent disparaître les deux suspects pour les reconduire à leur cellule. Depuis sa table, Fitzpatrick lança, un peu gouailleur :

— Napoléon, pourquoi avoir accepté de te mêler à cela ?

— Je suis avocat. Mon métier est de défendre les gens.

— Des bourreaux d'enfants ! Tu n'en tireras pas grand-chose, sinon une réputation un peu écorchée.

Élu pour la première fois comme libéral indépendant, rentré dans les rangs libéraux par la suite, le vieux garçon n'avait pas eu d'adversaire lors des deux dernières élections provinciales. Bien plus, il jouait le rôle de président de l'Assemblée législative depuis l'année précédente. Son intervention dans une cause si scabreuse cadrait mal avec sa belle carrière.

— Ils ont droit à une défense. Puis, ce sont des électeurs.

— En te portant à la défense de ces électeurs-là, tu en perdras d'autres, prédit le substitut du procureur général.

— Nous verrons.

Sur ces mots, le député quitta la salle d'audience.

Comme il n'avait pas de cours le samedi, ce jour-là, Mathieu se présenta au bureau du procureur général dès le matin afin d'ouvrir et de classer la correspondance. D'habitude, personne d'autre ne s'y trouvait. Les avocats du service entendaient réduire leur semaine de travail à cinq jours. Pourtant, il arrivait à l'étage de la bibliothèque de l'Assemblée législative quand Fitzpatrick l'interpella dans le corridor.

— Picard, je viens de téléphoner à votre pension. Une dame à la voix charmante m'a dit que vous sortiez à l'instant pour vous rendre ici.

— La personne est aussi charmante que sa voix : la veuve de Thomas Picard.

— Oh ! Vous avez raison.

Dans une si petite communauté, chaque habitant de la Haute-Ville connaissait au moins de vue tous ses concitoyens.

— Mais je ne suis pas là pour commenter sa beauté. J'ai enfin reçu le rapport du laboratoire d'analyses médico-légales.

Devant la mine interrogative de son interlocuteur, il secoua la tête en disant :

— Derome n'a trouvé aucune trace de poison. Nous parlons donc d'un décès attribuable à la septicémie.

Autrement dit, un empoisonnement du sang. L'homme lui tendait un document destiné à figurer au dossier. Après une description de l'analyse à laquelle il ne comprit rien, Mathieu fixa les yeux sur le dernier paragraphe.

Conclusion.
L'analyse des viscères d'Aurore Gagnon a montré l'absence de poisons.
Dr Wilfrid Derome, directeur du laboratoire médico-légal

— La nouvelle fera plaisir à Francœur, conclut l'avocat. Par contre, cela va nous compliquer la vie.

— La septicémie a été causée par coups reçus.

— Si je travaillais pour la défense, je répondrais qu'elle peut aussi venir d'une égratignure sur un clou rouillé. Nous n'avons rien prouvé encore.

Fitzpatrick consulta sa montre, puis tourna le dos au stagiaire.

— Suivez-moi, dit-il. Le détective nous attend dans un petit restaurant pas très loin. Il revient de Sainte-Philomène, et sans doute devra-t-il y retourner encore demain. Notre adversaire est un redoutable avocat, nous avons besoin d'étayer notre dossier.

— Pourtant, le rapport d'autopsie me semble éloquent…

— Marois a constaté des traces de blessures, sans plus. Nous devons trouver des gens qui ont vu les parents porter les coups. Venez.

Quelques minutes plus tard, les deux hommes étaient assis à une table d'un restaurant donnant sur la place d'Armes et, au-delà, sur le Château Frontenac. Le détective se trouvait déjà sur les lieux.

— Alors? questionna-t-il au moment où ils prenaient place devant lui.

— Aucun poison, pesta le substitut du procureur général. L'enquête préliminaire débutera mardi de la semaine prochaine. Nous avons maintenant besoin de bons arguments pour convaincre le juge.

— J'ai revisité la maison, afin de trouver des pièces à conviction plus spectaculaires.

— Cela ne suffira pas. Il nous faut des témoins. Des gens ont certainement vu les actes de violence.

Fitzpatrick tenait à son idée : en produisant des harts et des bâtons, il était difficile de relier les blessures observées sur le corps de la victime aux parents. Francœur saurait comment semer le doute dans l'esprit d'un jury.

— Le propre des crimes de ce genre, maugréa Lauréat Couture, c'est de se produire les portes fermées, dans l'intimité du foyer.

— Il y a bien Exilda Lemay… intervient Mathieu.

Le détective posa les yeux sur lui, agacé de devoir expliquer des évidences à cet amateur.

— Elle n'a pas vu les accusés battre la petite fille. Son témoignage se limitera à déclarer avoir vu Aurore en mauvais état. Elle ajoutera avoir entendu les parents parler de châtiments corporels, car elle était dure à élever, vicieuse même. Au moins la moitié des habitants de la province châtient leurs enfants.

« Vrai, ce constat en devenait encore plus triste », se dit le jeune homme.

— Mais vous avez vu le corps, plaida Mathieu. On ne parle plus des châtiments un peu sévères infligés par des parents soucieux d'amener leur progéniture au ciel à coups de pied au cul, mais de véritables tortures.

— Picard, souvenez-vous de vos cours de droit de première année, intervint Fitzpatrick : nous devons convaincre les douze membres du jury, hors de tout doute raisonnable, pour obtenir leur condamnation.

L'homme regretta son ton un peu abrasif, car le garçon montrait d'excellentes dispositions.

— Exilda Lemay n'est pas le meilleur témoin à charge que l'on puisse trouver, continua-t-il, un peu plus amène.

— Elle a pourtant du bagout, elle a vu la victime assez régulièrement, elle a entendu des paroles troublantes...

— Elle a aussi été condamnée récemment pour avoir vendu de l'alcool de contrebande, intervint le policier.

La révélation laissa Mathieu pantois. La préparation de son petit vin de cerise n'avait certainement pas valu les foudres de la justice à cette femme. Toutefois, il se souvenait des hommes dans la cuisine d'été, accrochés à leur tasse de thé. Arcadius devait poursuivre le commerce familial.

— La loi de prohibition est absurde, commenta encore Couture, c'est sans lien avec notre affaire, mais Francœur utilisera cet argument pour affaiblir son témoignage.

— ... Nous pouvons demander à Marie-Jeanne d'aller à la barre, suggéra Mathieu. Son histoire à propos du rondin en érable glacera tout le monde d'effroi.

— Le témoignage des enfants demeure toujours imprévisible, dit Fitzpatrick. Elle a déjà menti à l'enquête du coroner.

— À cause de la peur !

Depuis son retour à Québec, aux heures les plus sombres de la nuit, le jeune homme pensait à la petite fille. Elle habitait avec ses fantômes, tout comme lui, et des images horribles devaient meubler son imaginaire. Il se sentait une étrange parenté avec elle. La fillette aussi devait passer des nuits entières les paupières grandes ouvertes.

— Elle n'aura sans doute pas moins peur devant un juge de la cour criminelle, remarqua le policier. Maintenant, elle loge avec le père de l'accusé. La pression continue de s'exercer sur elle.

Le stagiaire acquiesça. Même si le vieux couple ne la maltraitait pas physiquement, sa seule présence quotidienne l'inciterait à rendre un témoignage complaisant.

— Puis, les enfants se révèlent des témoins difficiles à utiliser, répéta Fitzpatrick. Du simple fait de « rapporter » contre les auteurs de ses jours, elle paraîtra trahir ce qu'il y a de plus sacré. L'horreur de son geste amoindrira nécessairement la portée du témoignage.

— Les gens y verront même un péché. Le « Tu honoreras ton père et ta mère » hante tous les esprits.

Sans le faire exprès peut-être, Couture avait naturellement adopté l'intonation du curé Massé. Chacun, dans la province, connaissait son catéchisme.

— Dans ce cas-ci, les jurés comprendront, plaida Mathieu.

— Oh ! Mais comme législateur, le Créateur n'a pas fait un si bon travail, commenta le substitut du procureur de la province à voix basse. On ne trouve aucun alinéa dans les commandements de Dieu pour exclure les parents indignes.

Le trio interrompit la conversation pour manger, sinon la nourriture serait bientôt froide.

— Couture, conclut Fitzpatrick en réglant l'addition, je vous souhaite une bonne chasse. Il vous reste encore deux jours. Quelqu'un devra confirmer les mauvais traitements. Sinon, le doute raisonnable prévaudra.

— Marie-Jeanne a accepté de me parler de nouveau, intervint le stagiaire. Je pourrai peut-être la convaincre de dire toute la vérité au tribunal.

Cela laissa le substitut songeur. Il craignait de la voir se rétracter devant un contre-interrogatoire serré. Napoléon Francœur savait parfois se montrer redoutable. Dans une telle éventualité, la cause serait perdue.

— À l'enquête préliminaire, nous serons en mesure de confirmer les accusations avec les éléments à notre disposition. Après tout, il s'agit seulement de convaincre la cour de l'existence d'une preuve suffisante. Ce sera bien sûr une autre paire de manches au procès lui-même. Nous en reparlerons alors.

La véritable épreuve de force se déroulerait après l'ouverture des assises criminelles du printemps, en avril.

Le 24 février, le juge Philippe-Auguste Choquette se tenait sur le banc pour l'enquête préliminaire. Les accusés ne se trouveraient pas ensemble dans la boîte, cette fois. D'abord, tous les deux ne faisaient pas l'objet d'accusations absolument identiques. Ensuite, l'épouse était alitée à cause de la grippe. Télesphore Gagnon serait le premier à prendre connaissance de la preuve réunie contre lui.

— Maître Fitzpatrick ? commença le magistrat.

— Nous allons entendre le docteur Marois.

Pour être certain de ne pas se tromper, le médecin autopsiste avait à la main une copie des notes colligées par Mathieu douze jours plus tôt. Il récita la liste des blessures d'une voix monotone, comme s'il se languissait déjà d'aller effectuer une chirurgie à l'Hôtel-Dieu. Le procureur de la Couronne ne se donna même pas la peine de poser des questions pour guider le témoignage : des deux, le médecin semblait le plus familier avec ce genre de procédure.

— Maître Francœur ?

— Je n'ai aucune question, Votre Honneur.

Le docteur Marois ne serait donc pas « transquestionné », comme disaient les journaux. L'avocat de la défense n'avait pas encore pu examiner le compte rendu de l'autopsie avec un médecin à ses côtés pour tout lui expliquer. Ce serait partie remise : d'ici au procès, il devrait trouver un moyen susceptible de miner dans l'esprit des jurés la crédibilité d'un document aussi dévastateur.

— Dans ce cas, annonça Fitzpatrick, nous allons entendre tout de suite le docteur Andronic Lafond.

Celui-là affichait une moins grande assurance. Selon les usages à la campagne, entre connaissances, il salua Mathieu d'une inclinaison de la tête en passant près de son siège. Après la prestation du serment, le substitut du procureur demanda :

— Docteur, depuis combien d'années exercez-vous votre profession à Saint-Jacques-de-Parisville ?

— Depuis 1910.

— Vous pratiquez la médecine depuis ce temps ?

— Oui.

Il s'agissait d'un néophyte, sans aucune expérience de ce genre d'affaire. Il devait sa présence en ces lieux à son statut de témoin informé.

— Étiez-vous présent lors de l'autopsie que le docteur Marois a effectuée sur le cadavre d'Aurore Gagnon ?

— Oui, monsieur.

— Vous avez entendu le témoignage de votre collègue sur l'état du cadavre. Vous souvenez-vous des blessures dont il a été question ?

— Oui, monsieur. Ce jour-là, j'ai pu examiner le corps en détail.

La précision avait son importance : son opinion ne reposait pas seulement sur les paroles entendues un peu plus tôt.

— Pouvez-vous me dire si vous êtes en mesure de corroborer le témoignage du docteur Marois ?

— Oui, monsieur.

— Ce dernier a exprimé des hypothèses sur les causes des blessures découvertes sur le corps de la défunte. Partagez-vous son opinion, à cet égard ?

— Oui, monsieur.

Du côté de la table de l'avocat de la défense, un mouvement attira l'attention de Mathieu. Francœur paraissait ennuyé.

— Docteur, je veux que nous nous comprenions très bien. Avez-vous constaté certaines blessures sur les pieds, plus précisément aux chevilles, et sur les poignets et les mains ?

— Oui, les plaies en faisaient le tour.

— Marois suggère que ces blessures ont pu être causées par des liens. Croyez-vous aussi que la défunte ait été ligotée ?

— Cela paraît l'explication la plus plausible.

Pendant quelques minutes encore, Fitzpatrick chercha la confirmation des conclusions du premier médecin. Puis, il évoqua le jour du 12 février. Lafond affirma de façon catégorique être arrivé chez les Gagnon trop tard pour tenter quoi que ce soit pour sauver la petite fille.

— Monsieur, vous avez des questions ? enchaîna le magistrat quand le substitut du procureur général regagna sa place.

Depuis son siège, Francœur répondit d'une voix indifférente :

— Votre Honneur, je n'ai aucune question.

Cette fois, son adversaire lança un regard un peu inquiet dans sa direction. Même accablants, les rapports d'autopsie méritaient toujours une contestation serrée. Son adversaire n'était pas homme à lancer la serviette, son silence obéissait à une autre stratégie.

Après l'ajournement destiné à permettre à tout le monde d'aller dîner, Lauréat Couture se retrouva à la barre des témoins. L'homme paraissait bien occupé, un peu bourru, comme si on le détournait de son enquête pour l'astreindre à une formalité routinière.

Un peu comme Marois, du ton du spécialiste, il narra de façon succincte ses trois voyages à Sainte-Philomène-de-Fortierville. Au souvenir de son premier regard sur le cadavre de la fillette, le ton perdit beaucoup de son assurance pour céder à l'émotion. Il parla ensuite longuement de la visite de la maison de l'accusé, puis de l'arrestation du couple sur le parvis de l'église, à la fin des funérailles.

Grâce à ses questions, le substitut du procureur, Fitzpatrick, donnait au témoignage du policier la forme d'un récit intelligible.

— Vous avez aussi rapporté de nombreuses pièces à conviction, remarqua-t-il. Racontez-nous comment vous vous les êtes procurées.

— À mon passage dans la maison, Gérard, le fils de la femme Gagnon, m'a remis ces objets. Ils ont servi à infliger des mauvais traitements à la petite fille.

Quand le procureur regagna sa place, Francœur sortit enfin du mutisme affiché plus tôt. Il parcourut le rectangle du carrelage réservé aux avocats, comme pour se l'approprier. Ce serait leur arène, à son adversaire et à lui, pendant quelques minutes aujourd'hui, puis pour des jours entiers pendant le procès proprement dit.

— Monsieur Couture, dois-je comprendre qu'au moment où ces pauvres parents se trouvaient au service funèbre de leur fille, vous vous êtes présenté à leur domicile pour tout fouiller ?

Présentée de cette façon, la démarche paraissait bien indélicate.

— Je me suis livré à mon enquête, comme le commande mon devoir.

— Le garçon qui vous a reçu, connaissez-vous son âge ?

— Il m'a dit avoir onze ans.

L'autre se tut un instant, comme pour laisser le juge apprécier combien utiliser le fils contre la mère, la chair de sa chair, se révélait veule. Le policier n'était pas tout à fait néophyte à ce jeu, de loin s'en fallait.

— En réalité, ajouta-t-il, le gamin a exactement le même âge que la victime.

L'avocat de la défense marqua un temps d'arrêt, comme pour apprécier l'intelligence de son interlocuteur.

— Ce garçon vous a conduit dans la chambre ?

— Non. J'y suis monté avec une voisine, Exilda Lemay.

Cette fois, Francœur le dévisagea comme s'il s'agissait d'une effraction. À la façon de celui de la Couronne, l'avocat de la défense voulait le guider aussi dans une version du récit. Celle-là serait différente de la première : de justicier, l'enquêteur devenait un intrus.

— Et dans cette pièce, vous affirmez avoir aperçu des traces de sang sur le plancher.

— Oui. On avait répandu de la paille sur les madriers, sans doute pour dissimuler de longues traînées sanglantes.

La précision amena le plaideur à se renfrogner un peu. Encore célibataire, son habit soigneusement entretenu et sa coiffure un peu trop bien placée lui donnaient une allure exagérément nette. Son visage, celui d'un adolescent prématurément vieilli, ajoutait encore au malaise.

— Revenons-en à ces objets. Vous avez amené l'enfant à vous les remettre ?

— J'ai trouvé la hart dans la chambre de la fillette, près d'un mur, dissimulée sous la paille.

— Dans la chambre ?

Pour la première fois, l'avocat paraissait un peu désarçonné. Peu d'enfants dormaient avec un instrument de ce genre à proximité de leur couchette. Le détective hocha la tête.

— Veuillez vous exprimer à haute voix, monsieur Couture, ordonna le magistrat.

— Oui, Votre Honneur. Ce bâton se trouvait près du mur de la chambre occupée par les deux petites filles.

Il avait prononcé ces mots en regardant Francœur dans les yeux.

— Et les deux autres... pièces à conviction ? Vous les avez trouvées de la même façon ?

— Non. Elles avaient été mentionnées, l'une par le suspect lui-même, l'autre par un témoin à l'enquête du coroner. J'ai demandé au petit garçon de me remettre les armes ayant servi à corriger sa demi-sœur.

Les mots « armes » et « corriger », dans la même phrase, envoyaient un message contradictoire.

— Vous connaissiez donc l'existence de ces… objets ?

— Comme je viens de vous le dire, à l'enquête du coroner, Exilda Lemay a parlé du manche de hache, et Télesphore Gagnon, du fouet.

— Alors, une fois sur les lieux, vous avez demandé à cet enfant de onze ans de vous remettre un manche de hache et un fouet.

La façon de présenter les choses donnait une tout autre allure à la démarche.

— Non, monsieur. Je lui ai demandé de me remettre les instruments ayant servi à battre Aurore. Il est entré seul dans l'étable pour rapporter le fouet, et ensuite dans la forge, pour le manche de hache. Dans le cas du dernier objet, de sa propre initiative, Gérard a indiqué qu'on ne voyait plus de sang sur cette arme, car son père en avait coupé l'extrémité.

Sur cette précision lourde de sens, l'avocat de la défense préféra ramener le policier au sujet précédent.

— Selon vous, il y avait du sang sur la paillasse et la jaquette.

— Oui.

— Toujours selon vos observations, il y en avait aussi sur le plancher ?

— Oui. Sur le mur aussi, près de l'emplacement du lit de la victime.

L'avocat cherchait à amener le témoin à se contredire, à révéler des failles dans le récit, ou à le mettre en doute.

— Comment savez-vous de quoi il s'agit ?

— Par la couleur.

— Par la couleur seulement ?

— Oui, monsieur.

L'avocat roula des yeux, demanda confirmation :

— Vous pensez que c'est du sang ?

— Pour moi, c'est du sang.

— Prenez-vous sur vous de jurer que c'est du sang ?

— Oui, monsieur, c'est du sang.

Pareille assurance paraissait absurde au plaideur. Il préparait déjà ses effets de toge pour les jurés.

— Et si c'était de la teinture d'iode ?

— Si c'était de la teinture d'iode, cela aurait coûté pas mal cher pour en garnir aussi grand que ça.

Le sourire amusé de Couture fit monter la colère de son interlocuteur d'un cran.

— Avez-vous déjà fait des études, vous, sur le sang et la teinture d'iode ?

— Je n'ai jamais eu cette chance. Mais vous pourrez demander à un spécialiste de vous rassurer.

Le témoin gardait toujours sa contenance, répondait avec un naturel désarmant.

— Vous persistez à jurer, sur la base de votre examen, que c'est du sang ?

— Pour moi, c'est du sang.

— Vous êtes sûr de ça ?

— Pour moi, c'est du sang.

Ce mauvais théâtre, sans jurés à convaincre, devenait ridicule. Le juge Choquette posa les yeux sur l'accusé, puis sur l'horloge accrochée au mur.

— Messieurs, croyez-vous que nous pourrons entendre tous les témoins de l'accusation aujourd'hui, avant l'ajournement ?

— Pour ma part, j'en ai terminé avec ce témoin, conclut Francœur, comme s'il l'avait mis en pièces.

— J'appellerai encore messieurs Émilien Hamel et Adjutor Gagnon, dit Fitzpatrick. Ils se trouvent dans le corridor.

— Dans ce cas, mieux vaut terminer un peu plus tard et ne pas obliger ces messieurs à revenir demain. Ils arrivent de si loin.

La délicate attention leur permettrait d'épargner le prix d'une nuit à l'hôtel.

Chapitre 11

Lors de ses visites dans le comté de Lotbinière, Lauréat Couture s'était efforcé de trouver des gens ayant déjà séjourné chez le couple Gagnon, capables de témoigner des mœurs de la famille. Un jeune homme efflanqué de seize ans, trop grand pour ses habits du dimanche, se tint à la barre des témoins : Émilien Hamel, de la paroisse de Saint-Jean-Deschaillons.

— Êtes-vous apparenté à l'accusé ? commença Fitzpatrick.

— Oui, monsieur. Je suis son neveu.

— Avez-vous déjà travaillé pour lui ?

Il répondit par l'affirmative. L'année précédente, pendant plusieurs jours d'affilée, il avait séjourné dans la ferme du septième rang pour couper du bois de sciage.

— Connaissiez-vous la petite Aurore Gagnon, celle qui est morte ?

— Oui, monsieur, je la connaissais.

— L'avez-vous vue chez lui, pendant que vous travailliez chez l'accusé ?

— Oui, je l'ai vue.

— Quelles étaient les relations entre l'accusé et sa petite fille ?

Le témoin ouvrit de grands yeux un peu désemparés. Le substitut du procureur simplifia sa question :

— Comment la traitait-il pendant que vous étiez là ?

— Quand j'ai été là, il l'a battue parce qu'elle n'avait pas lavé la vaisselle.

— Est-ce qu'il la battait souvent ?

— Ah ! Non.

Spontanée, la négation laissa l'avocat un peu perplexe. Pourquoi diable Lauréat Couture voulait-il ajouter ce personnage à la liste des témoins ?

— Combien de fois l'a-t-il battue ?

— Une fois, devant moi.

— L'avez-vous entendu la battre d'autres fois ?

— Non, monsieur.

L'accusé se révélait attentif à corriger une enfant paresseuse, sans excès toutefois. La prudence aurait dû amener le substitut du procureur à s'arrêter là.

— Vous l'avez vu battre sa fille rien qu'une fois ? insista-t-il pourtant.

— Oui, monsieur.

— Nous parlons bien de l'accusé, monsieur Télesphore Gagnon ?

— Oui, monsieur.

Depuis son siège, Napoléon Francœur adressa un regard un peu lassé au juge, avec l'air de dire : « Vous voyez, il nous fait perdre notre temps. Rien ne justifie des poursuites, dans cette histoire. »

— D'autres personnes l'ont-elles battue ?

— Oui, monsieur. La femme Gagnon.

Même si on s'éloignait du sujet de cette enquête, l'avocat de la défense négligea de s'objecter : jusque-là, il comptait des points, il devait s'attendre à ce que cela continue ainsi. Sa prédiction se montra exacte : selon le jeune homme, l'épouse ne semblait pas plus brutale que l'époux. Le substitut du procureur revient à celui-ci :

— Avez-vous déjà dit au père de ne pas battre son enfant comme ça ?

— … Je ne lui ai pas dit.

L'hésitation amena l'avocat à se faire insistant.

— L'avez-vous dit ou pas, monsieur Hamel ?

— Je ne l'ai pas dit.

— Vous n'avez jamais dit au père de ne pas battre son enfant ?

— Non, monsieur.

À l'air un peu étonné de son employeur, Mathieu comprit que Lauréat Couture lui avait donné une indication contraire. Le témoin désavouait les déclarations faites au policier tout au plus deux jours plus tôt.

Intrigué, le juge Choquette prit sur lui de clarifier les déclarations précédentes. Au gré de ses réponses, Émilien Hamel précisa que lors de son séjour de neuf jours chez l'accusé, l'homme et la femme avait battu la petite fille à une reprise chacun, sans violence excessive, pour un motif bien légitime.

Fitzpatrick reprit ensuite son rôle, creusa dans une autre direction.

— Pendant que vous étiez là, vous ont-ils demandé de ne pas parler de ce qui se passait, de ne pas répéter qu'ils battaient l'enfant ?

— Non, monsieur.

— Vous ont-ils dit de ne pas en parler à votre mère ?

— Non, monsieur, ils ne m'ont pas parlé de ça.

Encore une fois, c'était en contradiction avec les affirmations faites au détective. Ennuyé, le substitut du procureur regagna sa place. Se tournant à demi, il lança à l'intention du stagiaire :

— Après cela, Francœur devrait me donner une partie de ses honoraires. Je n'ai fait que l'aider.

L'avocat de la défense ne pousserait certainement pas sa générosité jusque-là. Toutefois, afin de conserver tous les points accumulés en sa faveur, il s'en tint à quelques questions sans importance à l'intention d'Émilien Hamel. Après lui avoir fait préciser les raisons et la durée de son séjour chez les Gagnon, il conclut :

— Et pendant ces huit ou neuf jours, avez-vous vu monsieur Gagnon corriger Aurore une fois avec une hart plus petite que celle-ci ?

— Oui, monsieur.

— Votre Honneur, déclara l'avocat, je n'ai pas d'autres questions.

Le magistrat indiqua au témoin de se retirer.

— Maître Fitzpatrick ? continua-t-il en se tournant vers la table de la poursuite.

Le substitut du procureur se leva pour dire :

— Nous entendrons maintenant monsieur Adjutor Gagnon, de la paroisse Sainte-Philomène-de-Fortierville.

Le cultivateur dans la force de l'âge prêta serment sur les Saints Évangiles. Puis, pendant quelques minutes, Fitzpatrick chercha à définir les liens de voisinage d'Adjutor Gagnon avec la famille de l'accusé, de même que la période de ses dernières visites chez eux.

— Maintenant, quand vous êtes allé les voir le 17 ou le 18 janvier dernier, vous avez aperçu la petite fille ?

— Oui, monsieur, dans la cuisine, là.

— Dans quel état était-elle ?

— Elle avait les yeux noirs, ici et là.

Du geste, le cultivateur désignait tout le contour des yeux, du milieu des joues à l'arcade sourcilière.

— Vous êtes-vous informé de la manière dont c'était arrivé ?

— Non, mais sa mère nous a dit à ma femme et à moi…

— Gagnon était-il là ?

— Oui, monsieur… Elle nous a dit que cela était dû au fait qu'elle avait été dehors nu-pieds.

Le rapport de cause à effet le laissait visiblement bien perplexe, sceptique même.

— Gagnon a-t-il alors parlé de la victime ?

— Il a dit qu'élever cette petite fille-là était très difficile. Puis, l'accusé a affirmé : « D'ici au printemps, je vais la placer. »

— Qu'est-ce qu'il voulait dire ?

— Ça, je ne sais pas.

Ce genre de réponse trahissait la prudence excessive du témoin. Chacun savait que le mot « placer » signifiait mettre un enfant dans un orphelinat ou une école de réforme. L'euphémisme couvrait une réalité bien déplaisante. À la veillée des Lemay, se souvint Mathieu, tous comprenaient très bien le concept.

— Vous dites que l'enfant avait les yeux noirs ? insista le substitut du procureur.

— Oui.

Le juge Choquette se pencha un peu, lui aussi laissé sur sa faim à ce sujet.

— Quand la mère a attribué ces yeux noircis au fait qu'elle avait marché dans la neige, demanda-t-il, l'enfant a-t-elle répondu ?

— Non, monsieur.

— Avait-elle l'air de comprendre ce qu'ils disaient ?

— Je ne peux pas dire.

Les minutes suivantes, ce témoin évoqua aussi la réticence de la victime à faire la vaisselle. Les corrections servaient à la guérir de sa paresse. Mais un autre motif pouvait expliquer sa lenteur à se conformer aux directives.

— Cette petite fille était-elle intelligente ? intervint encore le magistrat.

— Je ne peux pas dire.

Un homme sans formation médicale pouvait difficilement se prononcer, dans le contexte d'une enquête. Choquette abandonna le sujet pour se caler de nouveau dans son fauteuil.

Fitzpatrick passa tout de suite à la journée du 12 février, le jour du décès. Le témoin expliqua les circonstances de sa présence en cet endroit. Le substitut s'intéressa longtemps à l'état physique de la victime, puis insista sur les mauvais traitements. Comme le témoin affirmait n'avoir rien vu, il conclut en se tournant vers son confrère :

— Il est à vous.

Francœur lui adressa un sourire chargé de fausse compassion. Après des informations somme toute rassurantes, sinon positives, le plaideur prit sur lui d'établir la fiabilité du badaud.

— Vous êtes le deuxième voisin de l'accusé ?

— Oui, monsieur.

— À quelle distance, à peu près ?

— Environ trois arpents.

— Vous êtes cultivateur ?

— Oui, monsieur.

Le défenseur regarda l'horloge, puis son collègue, comme pour lui reprocher de les amener à travailler si tard, pour si peu de résultats. En se tournant en direction du juge, il conclut :

— J'ai terminé, Votre Honneur.

— Ajournement jusqu'à demain, répondit le magistrat en faisant claquer son maillet.

Adjutor Gagnon resta planté debout, puis il se dirigea vers Mathieu Picard, le seul visage un peu familier de cette assemblée.

— J'ai bien fait ? questionna-t-il, un peu troublé.

— Si vous avez dit toute la vérité, vous avez très bien fait. Personne ne vous demande autre chose. Je vous souhaite un bon voyage de retour.

— Oh ! Je compte coucher à Québec.

Peut-être espérait-il voir son interlocuteur lui offrir de lui faire visiter la ville. Son attente serait déçue. En récupérant ses dossiers, le substitut du procureur grommela, impatient :

— Picard, vous m'accompagnez ?

Mathieu salua le paysan d'un signe de tête, puis emboîta le pas à son patron.

— Si cela continue ainsi, grogna le fonctionnaire une fois dans le corridor, ce couple ne se rendra même pas au procès. Couture nous recommande de bien curieux oiseaux. Surtout, je suppose que ces personnes, dans la chaleur de leur cuisine, les pieds sur la bavette du poêle, en racontaient des vertes et des pas mûres au policier. Ici, après avoir prêté serment, sous les yeux de leur colosse de voisin, ils deviennent bien prudents.

Cela se pouvait bien. De retour chez eux, ces personnes se côtoieraient tous les jours.

— Les gens convoqués pour demain... commença Fitzpatrick.

L'homme chercha un instant dans ses feuilles.

— Albertine Gagnon et Vitaline Lebœuf. Les connaissez-vous ?

— Elles étaient peut-être à la veillée chez les Lemay. Je ne saurais dire... Adjutor Gagnon y était, toutefois.

— Oui, j'ai constaté que vous étiez devenus des amis...

L'ironie n'échappa pas au jeune homme.

— Allez, à demain, conclut l'employeur. Espérons seulement que Couture aura trouvé de meilleures prises, cette fois.

Mathieu avait profité d'une pause entre deux témoignages pour réclamer un rendez-vous à Flavie. Aussi se retrouvèrent-ils dans le petit restaurant de la rue de la Couronne qui avait abrité leur première rencontre.

— Je vais te coûter une fortune en repas, remarqua la jeune fille en posant son menu.

— Mais si j'avais accepté ton offre d'une marche dans les rues de la Basse-Ville, je mettrais la même somme en remèdes, sans compter les risques de mourir de la tuberculose. Tu as vu le temps ? Le mercure doit frôler le zéro Fahrenheit.

— Ne fais pas de blague de ce genre. Une jeune fille du rayon des jouets a été admise au sanatorium au début de la semaine.

La peste blanche exerçait toujours ses ravages dans la province. La Basse-Ville, avec ses logements parfois insalubres et ses corps épuisés, offrait un terrain de prédilection à la grande Faucheuse.

La venue du serveur pour prendre les commandes les occupa un moment.

— Elle était malade depuis longtemps ?

— Le genre maigrichon et pâle, elle a toujours semblé en mauvaise santé. Au retour du congé du jour de l'an, la rumeur a circulé qu'elle crachait du sang.

— Maigrichonne, tu dis ? Je vais m'assurer que tu termines ton assiette.

Si la remarque tenait de la boutade, Flavie reconnut dans le ton une préoccupation bien réelle. Mince sans être maigre, elle offrait aux regards des joues bien rondes et une peau de porcelaine. Elle arrivait à bien prendre soin d'elle malgré la modestie de sa condition.

— De ton côté, les choses se passent bien ? questionna-t-elle.

— Les témoignages ont commencé ce matin. Au terme d'une longue journée, la cause de mon patron ne paraît pas brillante. Soit les gens n'ont rien vu, soit ils ont vu des choses assez anodines.

— Ce n'est pas le procès à proprement parler, n'est-ce pas ?

Même si le garçon ne la privait pas d'informations, Flavie demeurait un peu perplexe devant la complexité des procédures légales.

— Non, maintenant, nous ne cherchons pas de coupable. À l'enquête préliminaire, un juge doit simplement s'assurer de la solidité de la preuve.

— Tu m'as parlé de l'autopsie…

Ce souvenir hantait parfois les nuits de la jeune femme.

— C'est un élément important, mais indirect.

— Le corps révèle des traces, mais il faut les interpréter, suggéra-t-elle.

— Exactement. Ce matin, les médecins ont donné leur interprétation des blessures. Mais ce n'est pas comme si quelqu'un avait vu ce qui est arrivé.

— Et personne n'a rien vu, selon ce que tu disais tout à l'heure.

Ils s'arrêtèrent, le temps que le serveur pose les assiettes devant eux.

— Ils décrivent des corrections bien ordinaires, des choses qui se produisent dans bien des foyers.

— Frapper un enfant ne me paraîtra jamais ordinaire.

Une sourde colère pointait dans la voix de la jeune femme. Encore une fois, Mathieu résista à l'envie de poser des questions, respectueux de la pudeur de sa compagne.

— Tu as bien raison. Un homme de cent quatre-vingts ou deux cents livres frappant une enfant qui en pèse trente ou quarante, ou sa femme pas beaucoup plus lourde, cela me dégoûte. Être témoin de scènes pareilles, je ne sais pas ce que je ferais.

Le ton laissait penser que regarder dans une autre direction n'entrait pas dans ses choix. Elle apprécia le mouvement d'humeur dans la voix.

— Mais tu le sais bien, continua-t-il après un moment, même les religieux et les religieuses dans nos écoles entendent mener les enfants au ciel à coups de *strappe*.

Songeuse, elle continua de couper sa pièce de viande.

— Et demain, cela continue ? interrogea-t-elle.

— Nous verrons la demi-sœur et une succession de nièces, de cousins, de voisines. Si tu voyais ça, tout le monde est apparenté avec tout le monde.

— Je sais, c'est pareil à L'Ancienne-Lorette.

Pendant le reste du repas, les derniers films à l'affiche occupèrent la conversation. Avec un peu de chance, Mathieu arriverait à entraîner sa compagne au cinéma Empire avant l'arrivée du printemps.

Ce matin-là, en se rendant au palais de justice, Mathieu pestait un peu contre son emploi. Il le forçait à négliger ses cours à l'université. Le substitut du procureur général semblait entiché de lui, au point de souhaiter le voir assis au premier rang dans la salle, lors des diverses dépositions.

Pourtant, cette attention ne semblait guère rendre les témoins plus productifs.

En fait, l'avocat pariait sur une éventualité bien douteuse : sa bonne relation avec Marie-Jeanne lui avait permis d'obtenir quelques renseignements de première main. Il ne renonçait pas à s'appuyer sur lui pour l'amener à la barre des témoins, durant le procès. Pour cela, il s'attendait à le voir maîtriser tous les aspects de cette affaire.

— Si j'échoue à mes examens, cela me fera une belle jambe ! ronchonna le garçon en entrant dans le magnifique palais de justice.

La Faculté de droit ne badinait pas avec les étudiants peu assidus. Le substitut du procureur était intervenu lui-même auprès du doyen afin de le rassurer sur le sérieux de ce candidat. Pour compenser, Mathieu acceptait de passer une partie de ses nuits dans ses livres. Pour une fois, ses insomnies chroniques revêtaient un bon côté.

En face de la salle d'audience, des paysannes, même dans leurs plus beaux atours, détonnaient toujours dans la faune de la ville. Attentionné, il leur serra la main, échangea quelques mots afin de les rassurer, avant de pénétrer dans l'enceinte.

Fitzpatrick était assis à sa table, plongé dans ses notes. Il sentit la présence derrière lui, se retourna pour murmurer :

— Couture m'a remis quelques lignes. Cela m'aidera un peu.

Depuis son siège, l'avocat de la défense observait le conciliabule. Déjà, il s'était arrangé pour découvrir l'identité de ce jeune homme, et s'était également renseigné sur les motifs de sa présence à Sainte-Philomène juste après le drame.

Le juge Philippe-Auguste Choquette entra dans la salle d'audience avec quelques minutes de retard. Devant l'assistance debout pour lui signifier son respect, il gagna sa place.

— Maître Fitzpatrick? demanda-t-il.

— Nous entendrons maintenant Albertine Gagnon, épouse de Joseph Badaud, de Sainte-Philomène-de-Fortierville.

La matrone déplaça sa forte carrure jusqu'à la barre des témoins. Âgée de quarante-cinq ans, elle paraissait moins subjuguée par le cadre grandiose que ses prédécesseurs.

— Madame Badaud, commença le substitut du procureur, avez-vous vu l'accusé battre son enfant?

— Non, monsieur, jamais.

— Maintenant, avez-vous eu une conversation avec lui au sujet de son enfant?

L'avocat de la défense s'opposa à ce que l'on rapporte une conversation de l'accusé.

— Racontez donc ce qu'il vous a dit, intervint le juge Choquette.

— À la mort de mon frère, il y a cinq semaines, il m'a conté que la veille, à son retour à la maison, la petite fille avait les yeux tout noirs. Il pensait qu'elle était tombée sur le poêle.

Mathieu sourit à cette explication de son état. Plus tard, les parents avaient attribué cela au fait qu'elle sortait pieds nus dans la neige. Mais au début, Télesphore avait cru à un choc brutal.

— Après ça, il s'est mis à me dire: « C'est décourageant, moi qui aurais tant aimé ça, avoir des enfants comme les autres! Cette enfant-là est dure, je n'en viens pas à bout. »

— A-t-il tenté de la corriger? demanda Fitzpatrick, conscient de tenir là un filon.

— Il a ajouté, cette fois-là: « Je n'y touche plus parce que ça ne sert à rien. » Après ça, il a continué: « Cette enfant-là fait des saloperies dans son linge. Je travaille à me désâmer, et le soir, quand j'arrive, je vois tout ce linge qui s'en va en ruine. »

« Qu'avec délicatesse ces choses sont dites », se dit Mathieu. La confidence de Marie-Jeanne lui revint. Aurore « faisait » partout, avait-elle dit, même dans le chapeau de son père ! Le substitut du procureur s'intéressait plus aux actions qu'aux états d'âme de l'accusé.

— Vous a-t-il parlé des corrections qu'il infligeait à son enfant ? poursuivit-il sans tirer l'allusion au clair.

— Il m'a dit qu'il l'avait déjà battue, mais qu'il ne la touchait plus, parce que ça ne servait à rien.

Pourtant, elle était morte des suites de sévices ! L'avocat abandonna son témoin à Francœur.

— Étiez-vous seule avec lui, quand il vous a causé de ça ?

— Oui, monsieur, on était tous les deux.

— Chez lui ?

— Non, on veillait le corps de mon frère, Anthime Gagnon.

Anthime reposait maintenant dans le charnier, en compagnie de la petite victime. Cette femme était la demi-sœur de l'accusé, se souvint Mathieu. Ce lien de parenté semblait échapper aux deux avocats. Pourtant, il pouvait expliquer ce témoignage plutôt sympathique à Télesphore.

Vitaline Lebœuf, épouse de Télesphore Badaud, dépassait les soixante-dix ans. Obèse, un peu courbée vers l'avant, elle attachait ses cheveux gris sur sa nuque, presque de façon à former un casque. Son chapeau noir à larges bords lui donnait une allure d'un autre siècle et d'un autre continent.

Après avoir prêté serment et décliné son identité, elle parla d'une corvée pour refaire le solage de la demeure de l'un de ses fils. C'est là que Télesphore Gagnon s'était trouvé en sa présence.

— Êtes-vous parente avec l'accusé ? demanda Fitzpatrick.

— Je ne suis pas sa parente.

Toutefois, pensa Mathieu, elle se trouvait apparentée au témoin précédent.

— Mais vous le connaissez, madame Badaud ?

— Oui, monsieur, je le connais bien.

— Est-ce qu'il vous a parlé au sujet de son enfant, Aurore ?

— L'automne passé, il m'a dit : « J'ai une petite fille assez têtue, je ne sais pas quoi en faire. » Sur ça, j'ai répondu : « Pauvre Télesphore, va donc la mener à Québec, elle sera bien avec les sœurs, celles-ci la tiendront bien, crains pas. »

De nouveau, l'attention se portait sur le caractère difficile de la victime, pas sur les mauvais traitements infligés par l'accusé.

— Quel était le nom de la petite fille ?

— Je ne me souviens plus.

— Parlait-il de celle qui est morte ?

— Oui, monsieur. Après ça, il m'a dit qu'il l'avait battue très fort, à rester dessus...

Elle voulait dire au point de s'épuiser et de choir sur elle.

— Je lui ai dit, continua la vieille : « Pauvre Télesphore, tu pourrais bien la tuer, la battre comme ça, une petite fille comme elle. » J'ai ajouté : « Télesphore, si tu l'as battue comme tu dis, tu as battu ta petite fille comme un homme bat un chien. » Après ça, il m'a déclaré : « Elle m'a dit qu'elle allait me monter sur la tête, mais si elle me monte sur la tête, elle va redescendre mal. »

Mathieu se troubla : il entendait pour la seconde fois cette allusion au désir d'une enfant de dominer, « monter sur la tête » d'un colosse de plus de six pieds. Le sens commun échappait-il à ces gens ?

— A-t-il dit avec quoi il l'avait battue ?

— Je ne lui ai pas demandé : je ne savais pas que ça virerait comme ça. Si je l'avais su, j'aurais parlé à quelqu'un.

Des larmes perlaient à la commissure de ses yeux. Pour la première fois, on touchait au cœur du sujet. Pourtant, le substitut du procureur regagna sa place avec un air satisfait.

Francœur le remplaça, une détermination nouvelle sur le visage. Pendant un long moment, il questionna Vitaline Lebœuf sur les circonstances de cette rencontre, au point de faire ressortir combien elle s'emmêlait dans les dates. Après avoir évoqué l'automne, elle convint que cela devait s'être déroulé plutôt en août.

Quand elle tira au clair la succession des mois, elle réussit à troubler l'avocat :

— C'est un peu avant que la petite fille aille à l'hôpital. Ils faisaient croire dans ce temps-là que c'étaient des petits garçons qui l'avaient battue !

L'homme cilla, puis se concentra ensuite pour démontrer que personne d'autre, dans la maison, n'avait entendu ces confidences. Ce récit d'une personne âgée ne serait jamais corroboré par un autre témoin.

— Quand vous avez suggéré d'envoyer les petites filles chez les sœurs, il ne vous a pas répondu qu'elles y avaient déjà été ?

— Je sais bien que ses deux petites filles sont allées chez les sœurs.

— Pendant deux ans !

— Oui, monsieur, deux ans.

La paysanne ne paraissait pas vouloir s'en laisser imposer par ce blanc-bec. L'avocat regagna sa place, le témoin put rentrer chez lui.

— Cela clôt l'enquête préliminaire de Télesphore Gagnon, expliqua le juge, puisque personne d'autre n'a été convoqué.

Sur ces mots, il dévisagea les deux avocats. Chacun hocha la tête pour confirmer ses paroles. Avant que Francœur ne se lève afin de requérir encore la libération de son client, Choquette s'empressa de conclure :

— Je rendrai ma décision quand la coaccusée dans cette affaire, Marie-Anne Houde, aura comparu à son tour. Elle se trouve toujours affligée de la grippe. Nous reprendrons l'audience le 4 mars, avec l'espoir qu'elle sera rétablie. D'ici là, l'accusé demeurera incarcéré.

L'avocat de la défense laissa échapper un soupir lassé. À sa sortie de la salle, Fitzpatrick se trouvait un peu rasséréné.

— Picard, déclara-t-il, si la convalescence de cette bonne dame se prolonge, vous pourrez peut-être assister à tous vos cours jusqu'à la fin de la session universitaire.

Même si cela paraissait bien improbable, Mathieu répondit par un sourire.

Chapitre 12

La prison se dressait sur les plaines d'Abraham, une grande construction en brique un peu rebutante au milieu d'un parc magnifique. Napoléon Francœur se gara dans la Grande Allée, compléta le reste du chemin à pied. Des plantons à la mine aussi rébarbative que les barreaux aux fenêtres le reçurent avec des yeux méfiants.

— Je désire voir mes clients.

Comme aucune réponse ne venait, il précisa :

— Le couple Gagnon.

— Oh ! Ces salauds.

L'agent de la paix lui tendit une feuille, l'avocat signa au bas. Il marchait dans un couloir lugubre, bordé de cellules de chaque côté, tandis que des hommes le suivaient des yeux, les mains accrochées aux barreaux d'acier. Une odeur de merde et d'urine flottait dans cette aile. Les seaux d'aisance n'avaient pas encore été vidés depuis le matin. Ces prisonniers passaient leur journée avec leurs propres excréments à moins de trois pieds du nez, et ceux des autres guère plus loin.

Le corridor débouchait sur un autre, donnant accès à des salles de réunion. Son guide déverrouilla l'une d'elles. À l'intérieur, Marie-Anne Houde et Télesphore Gagnon s'accoudaient à une table métallique.

— Vous allez nous laisser seuls ? demanda Francœur à la matrone debout dans un coin.

Elle le toisa longuement, apprécia le costume impeccable, les joues rasées de près.

— Selon le règlement…

— Vous discuterez du règlement avec votre patron tout à l'heure, il vous rassurera. Pour tout de suite, je compte parler avec mes clients.

Avec ce notable, protester ne servirait à rien. De toute façon, il risquait peu de s'envoler avec eux.

— Vous resterez près de la porte, consentit le député pour la rassurer.

Puis, il rejoignit ses clients à la table, sur la troisième chaise.

— Vous semblez vous porter mieux.

En guise de réponse, Marie-Anne se plia en deux dans une quinte de toux. L'homme se recula un peu, plaça une main sous son nez. Exactement un an plus tôt, la seconde vague de grippe espagnole, aussi virulente que la première, avait prélevé une bonne récolte de vies.

— Je vais un peu mieux, reconnut-elle en se relevant.

En les englobant tous les deux du regard, Francœur expliqua :

— Hier, au tribunal, j'ai eu quelques mauvaises surprises.

Son regard s'arrêta sur l'homme, avant de préciser :

— Quand cette femme a parlé de saloperies…

— Je vous ai dit que je n'arrivais plus à la contrôler. Ils peuvent bien dire que je la battais trop fort, mais eux n'avaient pas à l'endurer.

— Les saloperies…

La femme s'agita sur sa chaise. L'avocat préférait ne pas voir son visage. Au fond, le voile porté le premier jour de l'audience l'avait soulagé. Ses traits un peu asymétriques et surtout, ses yeux qui sortaient de leurs orbites, lui donnaient un air étrange, comme celui d'un reptile. « Non, se corrigea-t-il, plutôt un crapaud. »

— Elle chiait partout, confessa-t-elle d'une voix sourde.

Cette déclaration le prit un peu par surprise.

— Pardon ?

— La petite fille, expliqua la belle-mère. Elle chiait partout. Dans le lit, sur le plancher, dans ses vêtements.

— ... Elle était malade ?

— Non, non, intervint le père. Juste une vicieuse.

Francœur rassembla ses souvenirs de la dernière audience.

— Vous auriez évoqué des vêtements gâchés devant cette femme.

— Elle ne faisait pas seulement dans ses propres habits, indiqua la femme, mais aussi dans ceux de son père.

Cette histoire devenait de plus en plus étrange. Le premier jour, accepter de défendre ces gens lui avait semblé tout à fait naturel. Après tout, il s'agissait d'électeurs fidèles. Les députés se mettaient au service de leurs commettants, et dans cette circonstance précise, en plus il serait payé pour le faire.

— Que voulez-vous dire, exactement ?

— Bien, elle mettait de la merde dans ses vêtements.

— Dans mon beau paletot neuf, s'insurgea l'homme avec véhémence.

Francœur se demanda si, après ces incidents, il avait utilisé le fouet ou le manche de hache.

— Elle a même fait dans son chapeau, comme si c'était un pot de chambre, précisa son épouse.

Même si les melons convenaient à cet usage, le défenseur comprenait combien un affront de ce genre déclencherait les foudres de tous les hommes parmi ses connaissances.

— Mais pourquoi diable faisait-elle des choses comme cela ?

— Je pense que c'est de ma faute, chuchota la femme.

L'aveu paraissait si étonnant que son interlocuteur demeura bouche bée.

— Elle ne m'aimait pas. Cela arrive souvent, quand une nouvelle femme entre dans une maison.

Les histoires de belles-mères hantaient les souvenirs de bien des personnes. Parfois, cela prenait une dimension horrible.

— Je veux bien. Mais dans ce cas, tous ces affronts vous seraient destinés, pas à son père. Vous êtes l'intruse dans cette maison, pas lui.

Elle se mordit la lèvre inférieure, incapable de répondre. Son avocat renonça à comprendre, pour l'instant.

— Cette petite fille vous a donné d'autres motifs de la battre?

Le couple échangea un regard.

— Elle était paresseuse... commença le père.

— Je ne veux pas entendre parler de la vaisselle. Ce n'est pas sérieux, ça.

— Elle faisait des cochonneries.

La belle-mère ne répugnait pas à se transformer en témoin à charge contre la victime. Le père affichait plus de réserve, un peu de gêne peut-être. Après tout, c'était sa propre fille.

— Avec des garçons, spécifia-t-elle à voix basse. Des fois, elle disparaissait de la maison pour courir les champs. On ne la voyait que le lendemain.

— Voyons, vous parlez d'une petite fille de dix ans.

— Elle avait le diable au corps, je vous dis.

Francœur perdait pied. Ces gens-là vivaient dans un monde étrange. Le père ajouta à voix basse, comme honteux d'admettre une réalité si sale:

— Elle entraînait mon aînée dans son vice, à la fin.

— Vous voulez dire Marie-Jeanne ?

— Oui. Elle n'arrêtait pas de se glisser dans son lit. Elle utilisait même le bébé…

Le cultivateur évoquait la plus jeune, née au mois de mai précédent. L'avocat leva la main pour le faire taire, pris d'une nausée soudaine.

— Je suppose qu'elle ne faisait pas ces horreurs devant vous, murmura-t-il après une pause, lassé. Comment le savez-vous ?

— Ses petits frères la rapportaient, expliqua Marie-Anne. Puis, j'ai vu des choses… Le matin, je la trouvais dans le lit de sa sœur.

Des récits semblables confortaient l'homme dans son célibat. Il échappait à toutes ces calamités en partageant sa maison avec sa vieille gouvernante.

— Où diable a-t-elle pu prendre des habitudes de ce genre ?

— Au moment de la maladie de ma femme, je l'ai placée à l'orphelinat d'Youville… Elle a appris ça là-bas.

L'affirmation contenait de lourds sous-entendus. Les institutions dirigées par des religieux et des religieuses généraient des rumeurs si scabreuses, parfois.

— Vous n'êtes pas sérieux…

— Dans ces endroits, commença la femme, il y a de tout : des enfants de putain…

Elle utilisait l'expression dans son sens littéral. C'était vrai. Les enfants des prisonnières se retrouvaient dans des institutions de ce genre, des gamines qui elles aussi faisaient parfois le trottoir, souvent pour le compte des parents. Plusieurs devaient avoir été victimes d'inceste, tout comme de nombreuses autres pensionnaires. Des enfants toujours innocents pouvaient y apprendre tous les vices.

— Elle est revenue de là impure, conclut le père.

Francœur leva la main pour faire une fois de plus cesser les confidences. L'air lui manquait, soudainement.

— Dites-moi, je risque encore de me trouver en face de mauvaises surprises ? M'avez-vous tout dit, cette fois ?

Sa remarque paraissait un peu curieuse, puisqu'il venait de leur imposer le silence. Il clarifia sa pensée après une pause.

— Le détective Couture se promène à Sainte-Philomène, chez vos voisins. Quelqu'un souhaiterait-il vous faire du tort en rapportant des histoires sur votre compte ?

— … Il y a toujours des jaloux, remarqua Marie-Anne.

— Vos autres enfants risquent-ils de venir témoigner contre vous ? L'accusation voudra peut-être les appeler à la barre.

Cette possibilité troubla le couple. Sans surprise, la femme s'exprima la première. Dans cette maisonnée, tout en pesant deux fois moins que son époux, c'était elle qui portait la culotte.

— Ce policier a-t-il le droit de tourner autour de nos petits ?

— Il doit enquêter, découvrir la vérité.

— Peut-il les amener à parler contre nous devant le juge ?

Cette éventualité paraissait la perturber plus profondément que les horreurs abordées au cours de la demi-heure précédente.

— La poursuite peut les faire comparaître. Dans ce cas, ils devront alors jurer de dire la vérité.

— … Nous vous avons dit toute la vérité, protesta-t-elle.

Francœur quitta son siège pour se diriger vers la porte.

— Je dois vous quitter. Madame, je vous souhaite de vous rétablir très vite.

— Pour retourner là ? jeta-t-elle avec dépit.

Bien sûr, son rendez-vous au palais de justice ne devait pas l'inciter à écourter sa convalescence.

En arrivant dans les bureaux du procureur général, à l'étage de la bibliothèque de l'Assemblée, Mathieu s'arrêta au local de maître Basile Moreau. Depuis le début de l'affaire Gagnon, le chef de service devait assumer de nouveau une grande part du traitement de la correspondance.

— Les choses progressent-elles ? demanda le vieil homme, intéressé.

— Pas autant que le désirerait monsieur Fitzpatrick. Les gens de la paroisse semblent n'avoir rien vu.

— Dans ce genre d'histoire, on clôt les portes.

Toujours cette phrase, qui n'expliquait rien en réalité. Quand le stagiaire fit mine de gagner sa pièce de travail, l'homme lui précisa :

— Il vous cherchait, tout à l'heure. Il veut vous rencontrer à une heure trente, à son bureau.

Mathieu regarda la montre à son poignet.

— Je vais donc m'y rendre tout de suite.

Il passa dans l'édifice de l'Assemblée, croisa au passage de nombreux députés pressés de se rendre à la salle des débats... ou de fuir des électeurs venus quémander des faveurs. Dans le bureau de Fitzpatrick, il trouva le détective Couture assis sur l'une des chaises réservées aux visiteurs.

Après les salutations d'usage, il dit, un peu gêné :

— Veuillez excuser mon retard, je viens tout juste d'apprendre...

— Trois minutes d'avance, ce n'est pas tout à fait un retard. J'ai juste eu le temps de commenter les rigueurs de notre hiver avec notre ami commun.

Le substitut du procureur, hésitant, enchaîna un peu à regret:

— Jusqu'ici, nous n'avons pas grand-chose contre nos clients. La poursuite tient essentiellement au rapport d'autopsie. Au mieux, nous aurons une accusation d'homicide involontaire.

Dans le contexte de cette affaire, cela signifiait le défaut d'apporter les soins appropriés à la victime. Cela n'allait pas chercher une sentence bien sévère.

— Mais ce rapport fait état de traitements épouvantables, commenta Mathieu.

— Sauf que nous ne sommes pas en mesure de relier hors de tout doute ces blessures à une action des accusés, expliqua Couture, un peu morose.

— De mon côté, ajouta le substitut, j'entends dire que Francœur cherche de toutes parts des médecins capables de soutenir que la maladie expliquerait l'état du cadavre.

— Seigneur!... souffla le jeune homme.

Une pareille éventualité déprimait le jeune étudiant.

— Bienvenue dans le monde du droit criminel.

Mathieu répondit par une grimace. Une démarche de ce genre lui paraissait trahir le droit de la victime à obtenir justice.

— Comme vous le savez, précisa Fitzpatrick, semer le doute dans l'esprit des jurés suffira. Ceux-là ne connaîtront rien à la médecine.

L'avocat s'interrompit, toujours perdu dans ses réflexions.

— Les quatre témoins entendus depuis hier, enchaîna-t-il bientôt, se sont révélés plutôt utiles à la défense. Gagnon paraît maintenant être un bon père de famille un peu dépassé par les vices de sa fille.

— Quand je les ai rencontrés, insista le détective, ils paraissaient tous outrés du comportement de leur voisin.

Mon rôle n'est pas de leur faire apprendre par cœur un récit susceptible de vous convenir parfaitement.

— Je ne vous demande pas cela, vous le savez.

L'autre se renfrogna. Son enquête ne progressait pas très bien.

— Vous ne pouvez être certain de la façon dont ils vont traduire leur propre récit, une fois arrivés dans notre auguste enceinte, admit le substitut du procureur. Ils changent de registre, je le comprends très bien.

Se faire un ennemi du policier ne ferait certainement pas avancer les choses. D'un autre côté, si celui-ci ne dénichait pas des témoins plus convaincants, l'enquête préliminaire risquait de se conclure sur la libération des suspects.

— Hier, insista-t-il encore, si Francœur avait poussé un peu plus loin le contre-interrogatoire d'Albertine Gagnon, Télesphore devenait presque la victime, dans cette affaire... Quand elle a parlé de la charmante habitude d'Aurore de déféquer un peu partout, de préférence dans les vêtements de son père !

— Oui, je sais. J'en ai glissé un mot dans mon rapport... Cela rend les corrections de son père presque acceptables.

Chaque fois que quelqu'un cherchait à justifier ces accès de violence, Mathieu frémissait de colère.

— Cela peut indiquer la maladie mentale, intervint-il. On ne donne pas des coups de fouet à un malade pour le guérir.

— Évitez donc de visiter les asiles d'aliénés, grommela le policier. Cela briserait vos illusions.

La folie paraissait encore à beaucoup une punition divine ou pire, un vice. L'évocation des traitements dispensés à Saint-Michel-Archange confinait à l'enfer.

— J'ai préféré ne pas creuser la question, insista le procureur de la Couronne. À ce jour, Aurore ne semble avoir commis d'autres incartades que de refuser de faire la vaisselle. Si on en reste là, les corrections décrites paraîtront exagérées aux jurés. Nous devons convaincre Choquette d'envoyer ces deux-là à leur procès.

Mathieu intervint à haute voix malgré son embarras.

— Selon votre logique, Francœur de son côté aurait dû saisir l'occasion. Les péchés, ou les perversions d'une petite fille, rendent les brutalités du père acceptables. Pourquoi ne l'a-t-il pas fait ?

— Honnêtement, je m'interroge sur son silence. J'ai du mal à croire qu'il ignore ces informations. Les parents ont dû se justifier auprès de lui en parlant de merde dans les vêtements et du péché d'impureté. Ce sont des circonstances atténuantes.

— Cela n'atténue rien. Battre une enfant avec un manche de hache ! s'emporta Mathieu.

Le détective leva les yeux vers le ciel, un peu excédé d'entendre les états d'âme de cet amateur.

— Nous ne discutons pas ici de nos convictions respectives sur la manière d'élever des enfants, précisa l'avocat de la Couronne, mais des arguments susceptibles de convaincre un jury composé de douze types ordinaires, âgés de quarante-cinq ans en moyenne, abreuvés de bons principes par nos curés. Si un jour, j'aborde les excréments de la gamine ou son désir de coucher dans le lit de sa sœur, ce sera parce que je pense faire pencher cette douzaine d'hommes vers un verdict de culpabilité. Hier, j'ai craint de favoriser la libération des accusés.

— Vous avez raison, balbutia le stagiaire, un peu penaud.

La vraie nature d'un procès criminel lui sautait aux yeux. Il s'agissait d'une joute où chacun des avocats cherchait les stratégies, les ruses même, pour l'emporter. Francœur recevait des honoraires pour obtenir un acquittement. Le rôle de justicier de son employeur paraissait un peu plus noble à l'étudiant : il cherchait à punir les criminels au nom du roi... ou du peuple.

Ses réflexions le conduisaient à une conclusion troublante : un bon avocat de la défense permettait à des coupables de s'en tirer impunément... et un bon procureur de la Couronne devait aussi conduire des innocents à la prison, ou à la potence.

Comme Mathieu consacrait de nombreux dimanches à Flavie, il lui arrivait de passer souper à la maison pendant la semaine. Ce petit changement à ses habitudes lui évitait de contempler Françoise et son fiancé Gérard, calés dans le canapé, en train de discuter du nombre d'enfants qu'ils souhaitaient avoir.

Ce jeudi soir, non seulement le valeureux employé de la Banque de Montréal ployait-il toujours sous son dur labeur au guichet des « comptes commerciaux », mais Françoise s'apprêtait à aller au cinéma avec sa cadette.

— Tu es certain de ne pas vouloir nous servir de chaperon ? demanda Amélie depuis la porte du salon. Papa n'aime pas que deux jeunes filles parcourent toutes seules vingt verges de trottoir.

L'entrée du cinéma ne devait pas se trouver plus loin que cela du commerce de vêtements. Armée de son sourire attachant, la jolie blonde se permettait ce genre d'ironie sans autre risque qu'un froncement de sourcils de la part de l'auteur de ses jours.

— Me pavaner avec les deux plus belles filles de la Haute-Ville me ferait bien plaisir... mais comme ce serait pour une trop courte distance, autant terminer ce porto en discutant avec Paul et maman.

— Cela d'autant plus que tu te promènes déjà avec la plus jolie de la Basse-Ville. Décidément, tu ferais trop de jaloux.

Peu attirée par ce genre de badinage, Françoise ouvrait déjà la porte de l'appartement.

— Bonne soirée. Si je ne me presse pas, c'est seule que je franchirai ces vingt verges, finalement.

La jeune fille s'esquiva bien vite dans un frou-frou de jupons. Après le bruit du loquet dans la serrure, Paul Dubuc secoua la tête en murmurant :

— Si gentille et si légère. J'espère que cela ne lui vaudra pas du mal.

— Tu la crois vraiment légère ? demanda Marie depuis le canapé, levant les yeux d'un magazine.

— Tu l'as entendue, il y a un instant.

— Je l'entends toute la journée. Je ne parierais pas sur sa légèreté.

— Peut-être as-tu raison, consentit le père. Je l'admets, son comportement demeure plutôt prudent. Je pense que tu y es pour beaucoup dans cet heureux résultat. Tu fais une très bonne mère pour elle.

Marie le remercia d'un sourire, tout en précisant :

— Amélie a eu une excellente mère déjà, dont elle porte d'ailleurs le prénom. Si je m'entends bien avec elle, c'est que je m'en tiens au rôle d'une femme expérimentée auprès d'une autre qui ne l'est pas, avec une bonne dose d'affection sincère.

Mathieu s'amusait de la jolie scène conjugale, tout en se sentant un peu indiscret. Paul échangea un long regard avec sa compagne, puis décida d'aborder un sujet moins intime.

— Et cette horrible enquête ?

— La preuve accumulée devrait suffire à conduire le couple au procès. Du moins, je le souhaite de tout cœur. Mais cette histoire me fait tout de même me questionner sur mon avenir.

Ces mots alertèrent tout de suite Marie. La question de la profession de son fils lui semblait réglée depuis des années.

— Ce genre d'affaire est rarissime, expliqua le député. Moi-même, depuis mon examen du Barreau, je n'ai jamais été mêlé à quelque chose d'aussi scabreux.

— Je comprends. Mais tout de même, le droit criminel ne convient pas très bien à ma personnalité. Même l'histoire de ce pauvre type, à Lévis, me déprime.

Dubuc acquiesça de la tête. Si les curieux en avaient eu moins à se mettre sous la dent avec Aurore, cette autre affaire meublerait leurs esprits.

— Tu parles du jeune homme qui a abattu de sang-froid l'amant de sa mère ? demanda le député.

— À en croire les rapports de police, cette liaison paraît bien improbable. Elle n'a sans doute existé que dans la tête de l'assassin. La dame pouvait être la mère de la victime...

Mathieu marqua une pause avant d'ajouter avec un clin d'œil :

— Et bien sûr, elle est infiniment moins bien que toi, maman.

La flatterie lui valut un sourire.

— Tu connaissais l'homme qui a été tué ? demanda Marie. C'était un lieutenant de ton régiment.

— Un peu. Nous n'avons toutefois jamais été stationnés au même endroit, nous n'avons pas eu l'occasion de tisser de véritables liens. Tout de même, quelle malchance : survivre à la guerre et finir comme cela !

Les vicissitudes de l'existence occupèrent quelque peu l'esprit du trio avant que le député ne demande :

— Ta remise en question professionnelle, de quoi s'agit-il ?

— Je m'intéresse au droit des affaires, mais je doute qu'il soit possible de ne faire que cela.

— À Rivière-du-Loup, certainement pas. À Québec, probablement, une fois ta réputation bien établie. Dans tous les cabinets, les nouveaux s'occupent pendant des années des bagarres entre ivrognes et de l'équivalent urbain de querelles de clôtures. Avec le temps, ils se spécialisent.

Mathieu hocha la tête pour signifier qu'il en arrivait aux mêmes conclusions.

— Aussi, je me demande si le notariat ne convient pas mieux à mon tempérament.

— On y trouve certainement une plus grande sérénité. Et si cela ne conduit pas à la fortune, la profession permet de bien vivre.

Dubuc marqua une pause avant de conclure avec un certain cynisme :

— D'ailleurs, le métier d'avocat ne rend pas toujours riche. Regarde-moi.

Le souvenir de la grande maison de la rue de l'Hôtel-de-Ville, à Rivière-du-Loup, fit sourire le jeune homme. Son interlocuteur n'avait pas trop mal réussi.

— De toute façon, conclut l'étudiant, il me reste encore quelques mois pour y penser. Je prendrai des informations à l'université. Au fond, mes états d'âme tiennent peut-être seulement à cette pénible affaire.

Pendant une petite heure encore, le trio discuta de divers sujets. Puis, Mathieu alla meubler ses insomnies avec quelques traités de droit.

La prison de Québec comprenait une aile réservée aux femmes. Pour des raisons évidentes de moralité, le personnel se composait de matrones recrutées plutôt en fonction de leur carrure que pour leur humanité.

Marie-Anne Houde resta tout l'après-midi couchée sur le dos, les yeux ouverts sur un plafond crasseux. Sa cellule mesurait peut-être quatre pieds sur sept. Cela suffisait à placer une couchette, une table étroite, et bien sûr le seau d'aisance. Après avoir enduré une quinte de toux interminable, elle se releva, s'assit sur le bord du lit et chercha de quoi correspondre dans ses maigres possessions.

Les gardiennes ne s'avéraient pas si cruelles. Les prisonnières conservaient le droit d'écrire à la maison de temps en temps. La femme immobile, son bout de crayon dans la bouche, finit par entreprendre de transcrire les idées qui se bousculaient un peu dans sa tête.

Bien chèr mère et cher père je vous écrit quelques mot pour vous dire que mon mari est bien et moi il y a 5 jours que je suis au lit de la grippe mais la je vais me lever demain cest pour cela que l'enquète est retardé cest bien long et bien ennuiant nous avons bien hâte de s'en aller sa peut aller au commencement de la semaine du 29 c'est bien long comme vous voyez oubliez nous pas dans vos prieres ainsi que les enfants [...]

Si, trente ans plus tôt, quelqu'un dans une école de rang de Sainte-Sophie-de-Lévrard l'avait entretenue de choses aussi étranges que l'orthographe, la ponctuation et les alinéas, elle n'en gardait aucun souvenir.

L'avocat lui avait laissé entendre, lors de leurs premières conversations, que les choses risquaient peu de s'allonger au-delà de l'enquête préliminaire. Selon sa compréhension du calendrier judiciaire, le tout se réglerait avant la fin du mois.

[…] *il vont aller chercher Gerard pour l'enquete vous lui direz quand même le dectective le questionnerait qu'il ne parle pas il n'a pas le droit et c'est ce qui a fait a Marie Jeane et à la cours qu'ils disent rien que oui ou non vous lui direz par ceux que lui vous comprenez il est sourd il peuvent lui faire dire ce qu'il voudront vous lui direz…*

Elle relut soigneusement les lignes précédentes, toussa un peu. Quand elle reprit son crayon, ce fut pour écrire encore :

[…] *si la petite pleure bien et si les autres ne sont pas malades memère vous prendrez de la flanelette quil y a dans ma chambre et faite faire chacun 2 chemises au petit et si vous avez besoin de quelques choses pour manger aller chez Mde Baril et la petite si elle pleure donnez-lui du sirop laissez la pas pleuré et le linge salle ne lavez pas cela attendez que je sois rendu ne donnez pas de nouvelle à personne repondez moi tout de suite et dite tous comment cela se passe et memère doit être fatiguée mais leBon Dieu la recompensera rien ne se perd oubliez nous pas dans priere et les enfants non plus Bien des gros becs à tous Marie Jean elle est bien elle aussi reponse de suite et priez pour nous autres*

L'exercice la laissait épuisée. Elle plia le bout de papier, le glissa dans une enveloppe. Demain, une matrone la déposerait à la poste.

Le 4 mars, malgré l'interdit de publication, le bouche à oreille faisait son effet : une dizaine de désœuvrés, autant d'étudiants en droit ou d'avocats prêts à perdre leur temps, et deux fois plus de journalistes qu'à l'accoutumée se déplacèrent pour l'enquête préliminaire de Marie-Anne Gagnon, née Houde.

Quand un magistrat aussi notoire que Philippe-Auguste Choquette proposait, Dieu disposait parfois. En l'occurrence, le Créateur s'exprima dans une note du médecin de la prison de Québec. Devant son auditoire intéressé, le magistrat déclara d'entrée de jeu:

— On m'apprend que madame Gagnon se trouve encore affectée par la grippe. Dans les circonstances, il convient de repousser l'audience à une date ultérieure. Les travaux reprendront le 11 mars, soit jeudi de la semaine prochaine.

L'assistance exprima sa déception dans un murmure, Fitzpatrick referma son dossier d'un geste rageur. Seul Francœur, maintenant flanqué d'un collègue pour l'assister, Louis Larue, ne montra aucune surprise. Sa cliente l'informait certainement de son état de santé.

La salle se vida lentement. En sortant, le procureur de la Couronne s'arrêta devant une toute jeune fille pour lui dire:

— Je suis vraiment désolé, mademoiselle, le juge vient de remettre l'audience au 11 mars. Vous devrez revenir.

— Mais nous sommes là, nous, protesta une dame dans la trentaine.

La gamine voyageait avec sa mère, dans le respect des convenances. La matrone ne cachait pas sa déception.

— Je le sais bien, madame, mais l'accusée n'y est pas, à cause de la maladie. Nous ne pouvons procéder en son absence.

La mine renfrognée, le duo mère-fille quitta les chaises mises à la disposition des témoins dans le couloir.

— Et bien sûr, cela vaut aussi pour moi, grommela Lauréat Couture, assis à proximité.

— Bien sûr. Venez à mon bureau.

Pour lui faciliter la vie, un bureau destiné au substitut du procureur général avait été aménagé au palais de justice. Mathieu se sentait devenir l'ombre du grand homme, toujours sur ses talons. Le trio prit place autour d'une petite table ronde.

— Alors, commença l'avocat, cette jeune fille pourra-t-elle nous apprendre quelque chose d'utile ? Je m'attends à mieux que lors de la comparution de Télesphore Gagnon.

Ce rappel des témoignages décevants de la dernière procédure frustra le détective.

— Je ne leur fais pas la leçon pour leur apprendre quoi dire !

— Nous avons déjà eu cette discussion : eux de leur côté, après avoir prêté serment, impressionnés par le cadre, décident de jouer de prudence. Selon vous, Marguerite Lebœuf pourra-t-elle nous apprendre quelque chose ? Elle est bien jeune.

— … Quinze ans. Toutefois, elle paraît aussi assurée que sa mère. Elle m'a fait le récit de sévices réels, montrant bien la cruauté de la belle-mère. Francœur devrait en perdre son petit sourire suffisant.

Le policier marqua une pause, décida de faire preuve de prudence.

— Évidemment, si elle répète fidèlement les affirmations spontanées formulées il y a une douzaine de jours !

— Évidemment.

Ce fut au tour de Fitzpatrick de se réfugier dans le silence.

— Picard, fit-il enfin, quand Marie-Jeanne a évoqué l'utilisation d'un rondin contre sa sœur, elle a semblé disposée à vous en dire davantage.

— Oui. Je me sens d'ailleurs un peu coupable de ne jamais l'avoir relancée, mais je souhaite terminer cette année universitaire sur une note positive.

— J'admire votre sérieux, ironisa-t-il. Je vous demande pourtant de retourner la voir. Vous apprendrez peut-être quelque chose...

Ce développement ranima immédiatement la mauvaise humeur de Couture.

— Ce n'est pas en lançant un amateur dans ce village que les choses iront plus vite. Si elle a quelque chose à dire, j'arriverai bien à l'apprendre.

— Ce garçon n'est pas un apprenti policier, c'est un apprenti avocat. Un témoin essentiel à notre affaire semble lui faire confiance, il serait ridicule de ne pas utiliser cette possibilité.

— J'ai parlé à deux reprises à la petite fille...

— Vous a-t-elle appris quelque chose de plus ?

L'homme se renfrogna. Marie-Jeanne lui répétait les confidences déjà faites, sans s'engager plus loin.

— Où avez-vous appris l'existence de Marguerite Lebœuf ? Dans le rapport de notre ami ?

Le détective baissa la tête devant cette rebuffade. Le nom de cette jeune fille lui était connu depuis la lecture du compte rendu de la veillée chez les Lemay.

— C'est la même chose au sujet de l'intestin rebelle de la victime et de l'agression avec un rondin. Picard retournera à Sainte-Philomène. Il vous signalera toutes les informations nouvelles. Vous ferez ensuite votre travail de policier.

À la fin, le détective acquiesça. De toute façon, il n'avait guère le choix.

Chapitre 13

Après avoir résisté à l'idée si longtemps, Flavie s'était laissé convaincre d'aller au cinéma dans la Haute-Ville de Québec. Un peu avant sept heures, elle prenait place au milieu de la salle du cinéma Empire, dans la rue de la Fabrique.

La jeune femme examinait la salle plutôt petite, le décor sobre. L'endroit n'offrait pas la somptuosité factice de l'établissement de la rue Saint-Joseph. Le résultat n'en était pas moins élégant pour autant.

— Ton patron a été bien généreux de te laisser partir si tôt, remarqua Mathieu.

— En réalité, c'est moi qui me montre généreuse en partant souvent très tard. Ma journée de travail devrait se terminer à six heures.

— Le commerce ferme très souvent à sept, même huit heures.

— Les portes demeurent ouvertes aussi longtemps que des clients se présentent. Mais la secrétaire du propriétaire, du moins en théorie, n'obéit pas aux horaires des vendeuses.

Édouard Picard ne se laissait pas arrêter par des considérations de ce genre. Les horaires se prolongeaient selon son bon vouloir. Avant de la mettre tout à fait de mauvaise humeur, Mathieu conclut :

— Alors, je suis heureux qu'il se soit montré moins égoïste ce soir, cela me permet de profiter de ta présence.

Elle lui adressa son meilleur sourire pour se faire pardonner son irritation du moment précédent.

— Tu vas devoir retourner là-bas ? enchaîna-t-elle. Dans ce village, je veux dire.

— Oui. La procédure contre la femme Gagnon se trouve un peu retardée, Fitzpatrick désire obtenir de plus amples informations de la petite fille.

— Marie-Jeanne ?

Le prénom de l'aînée de la victime était familier à Flavie, tellement le sujet revenait avec régularité entre eux.

— Tu as évoqué un retard. Pourquoi ?

— La marâtre a la grippe. Le juge doit attendre qu'elle se remette.

Le bruit du rideau sur la longue tringle d'acier les amena à fixer les yeux sur l'écran. Le film, *True Hart Susie*, ne leur laisserait pas un souvenir impérissable. Ladite Susie, amoureuse de son voisin, mais incapable de lui confesser ses sentiments, le vit successivement partir au collège, revenir courtiser et finalement épouser une femme très… émancipée. La seule bonne action de cette dernière, Bettina, fut de mourir jeune, laissant finalement Susie et le veuf, William, libres de s'avouer mutuellement leur inclination réciproque.

Cela donnait quatre-vingt-six minutes de guimauve, heureusement ponctuées de très nombreux gros plans sur Lilian Gish. Pendant qu'ils se pressaient vers la sortie, Mathieu remarqua :

— Si ces deux-là avaient été moins niais, le film aurait duré cinq ou six minutes.

— Que veux-tu dire ?

— Au lieu de se regarder comme des chiens de faïence, si l'un avait dit « je t'aime » à l'autre au début, on serait passé de la première scène à la dernière. Ajoute le générique, cela fait tout au plus cinq minutes.

Flavie ne répondit rien, attendit d'être sur le trottoir pour reprendre la parole.

— Crois-tu vraiment qu'une fille peut dire à un homme qu'elle l'aime ? Surtout si elle est plus jeune, plus pauvre et moins instruite que lui ?

Elle parlait d'elle-même. « Dans cette situation précise, deux gars sont vraiment niais, et je suis l'un de ceux-là », se dit le jeune homme en lui offrant son bras.

— Nous allons manger de l'autre côté, proposa-t-il, au *Café du Nouveau Monde*.

La grande fenêtre à l'avant de l'établissement donnait sur le mur sombre de la cathédrale. Cela n'empêchait guère une foule d'étudiants de le fréquenter avec assiduité. Mathieu reconnut deux ou trois camarades de la Faculté de droit, il les salua de la tête avant de gagner une petite table avec sa compagne.

— Tu es un habitué, remarqua Flavie une fois assise.

— Oui et non. Je prends la plupart de mes repas à la pension. Mais comme ce restaurant se trouve tout près de mon logis, de celui de ma mère et de l'université, je m'y retrouve assez souvent.

— Ces garçons ?

— Je les fréquente en classe.

La jeune femme pouvait se montrer déçue de ne pas avoir été présentée en bonne et due forme. D'un autre côté, son compagnon n'avait manifesté aucune gêne d'être vu en sa compagnie. Au contraire, il cherchait à l'amener dans ce quartier depuis des semaines. Cela lui parut rassurant.

— Si je comprends bien, toi, tu as plutôt aimé ce film, affirma Mathieu avec un sourire narquois.

— Au moins, personne ne s'est entretué.

Deux ans après la guerre, les grandes productions sur le conflit se multipliaient. Elle avait raison : les amoureux muets procuraient une heureuse diversion aux grandes hécatombes.

Début mars, le froid relâchait son emprise sur Sainte-Philomène-de-Fortierville. En descendant sur le quai de la gare, Mathieu Picard espérait néanmoins qu'Oréus Mailhot lui «louerait» de nouveau une parka et un casque fourré en lapin. L'humidité atteignait les os, provoquait des frissons. Son sac de voyage à la main, il parcourut le demi-mille le séparant du magasin général. Comme la neige mouillée était plus haute que ses couvre-chaussures, l'eau atteignait maintenant ses chaussettes.

En entrant dans le commerce, le jeune homme attira l'attention de quelques clients. Maintenant connu, il suscitait plus de lassitude que de curiosité. Les procédures ne faisaient pas une bonne réputation à la paroisse.

— Bonjour, monsieur Picard, dit le juge de paix. Vous amenez le beau temps, j'espère.

— J'amène un sale vent d'ouest et des pieds mouillés.

— Montez, vous trouverez dans votre chambre de quoi vous vêtir pour ce climat. Auparavant, mangez un peu. Je vous conduirai tout à l'heure en faisant des livraisons.

Le marchand se penchait sur une poche de sucre afin d'en tirer les deux livres demandées par une paysanne.

À l'étage, la maîtresse de maison lui réserva un bon accueil. Finalement, ce visiteur bien élevé rompait la monotonie d'un hiver qui n'en finissait plus. Il apportait avec lui des nouvelles de la ville. Ce jour-là, elle semblait s'intéresser surtout aux films à l'affiche. Bon prince, Mathieu lui fit un résumé détaillé du dernier long-métrage vu en compagnie de Flavie.

Un peu passé une heure, la femme descendit prendre le relais de son mari. Celui-ci entassait maintenant des boîtes de marchandises à l'arrière de son traîneau. Le stagiaire l'aida à terminer, cette fois bien au chaud, de la botte de draveur à la casquette fourrée.

Puis, assis côte à côte sur la banquette, ils se dirigèrent vers le septième rang.

— Comment s'est déroulée l'enquête préliminaire ? demanda le marchand.

— Bien, puisque l'accusation de meurtre du bonhomme a été maintenue jusqu'ici.

— Le détective Couture ne paraissait pas bien content de la situation, à sa seconde visite au village.

— Mais le curé Massé, lui, devait être heureux de le voir revenir au presbytère.

Oréus Mailhot laissa échapper un rire bref. Le policier s'amusait à troubler le sommeil et l'appétit du prêtre en se présentant sous son toit et à sa table.

Le marchand revint tout de suite au sujet de ses préoccupations.

— À l'entendre, les preuves sont bien minces.

— C'est vrai. En réalité, nous avons le rapport d'autopsie, et rien de plus.

— Les témoins...

— Un jeune homme...

— Émilien Hamel, précisa le juge de paix.

Les départs des paroissiens, à la gare, se trouvaient abondamment commentés.

— Ce gars a dit que Télesphore battait sa fille de façon plutôt raisonnable. Une femme a affirmé que notre bon père de famille ne touchait plus à sa fille, car ses châtiments ne permettaient pas de l'amener à un meilleur comportement. Une autre a expliqué combien la fillette se révélait difficile à élever.

— Ce sont des parents à lui, ils ne peuvent pas trop le charger.

— Parents ou non, au bout du compte, l'accusé paraît être un bon père de famille soucieux du salut d'une enfant immorale.

— À coups de fouet !

Le témoignage de l'accusé, à l'enquête du coroner, hantait les mémoires de toutes les personnes présentes.

— Mais s'il fallait poursuivre tous les pères qui battent leurs enfants, commenta Mathieu en reprenant sans vergogne les arguments de Fitzpatrick, la province se dépeuplerait dangereusement. Dans cette paroisse seulement, combien de vos concitoyens échapperaient aux poursuites ?

La difficulté, dans cette affaire, tenait justement à la trop grande tolérance des gens à l'égard des punitions corporelles. Ceux qui refusaient de les infliger se trouvaient suspectés de négliger leurs devoirs de parents : à l'opposé, les pères fouettards paraissaient vertueux.

— Pourquoi l'enquête préliminaire de la femme Gagnon a-t-elle été remise ? demanda Mailhot, las de gloser sur les mœurs de ses concitoyens.

— La pauvre a eu la grippe. Depuis l'épidémie, la moindre toux incite à retarder les rassemblements publics, à cause du risque de contagion. Son tour devait venir hier, avec le témoignage de Marguerite Lebœuf. La pauvre fille devra refaire le trajet la semaine prochaine.

— Vous pensez que Marie-Jeanne pourra témoigner lors de cette étape ?

— Cela n'a pas été prévu. Je viens voir quelles sont ses dispositions. Elle a tout vu, au cours des deux dernières années. Mais le résultat du témoignage d'un enfant demeure imprévisible.

Mailhot secoua la tête, pessimiste.

— À l'enquête du coroner, elle a menti.

— Depuis trois semaines, elle ne vit plus sous la menace de ce couple infernal. Cela peut lui délier la langue.

Ils arrivaient devant la ferme des Gagnon, Mathieu descendit.

— Dois-je revenir vous prendre ? demanda son hôte.

— Grâce à ces vêtements, je peux braver le mois de mars. Je reviendrai à pied. Mais selon vous, le vieux couple risque-t-il de me recevoir à coups de calibre douze ?

— Les lois de l'hospitalité de nos campagnes le lui interdisent.

Muni de cette bien pauvre assurance, le jeune homme alla frapper à la porte de la cuisine d'été. Au moins, une conversation téléphonique tenue la veille lui avait permis d'avoir l'accord de la fillette.

Quand il eut frappé une troisième fois, une vieille dame toute ratatinée vint ouvrir.

— Madame Gagnon, bien le bonjour.

Elle ne mesurait pas plus de cinq pieds, plus probablement un pouce ou deux de moins. Des grossesses innombrables lui donnaient la silhouette d'une barrique.

— Qu'est-ce que vous voulez ?

— Allez-vous me laisser entrer ?

La vieille le regarda par en dessous de ses yeux d'un gris acier, celui d'une lame. Puis, elle s'écarta un peu. Dans la pièce, Mathieu découvrit les trois enfants assis à table.

— C'est pour moi, déclara Marie-Jeanne en se levant.

En taille, elle dépassait un peu sa grand-mère. Sans doute attendait-elle cette rencontre avec une certaine impatience. Ses cheveux mi-longs lavés, un ruban noir afin de les empêcher de tomber dans ses yeux, une robe décente sur le dos, elle s'était mise en frais. L'effet se trouvait un peu gâché par des bas en laine troués.

Mathieu craignait une protestation. L'aïeule se renfrogna plutôt. Les circonstances lui rognaient sans doute les crocs. La fillette se pencha pour chausser ses bottes.

— Le mieux est de marcher un peu dehors, précisa-t-elle.

Cela leur éviterait de murmurer dans l'espoir d'éviter les oreilles trop attentives. Le jeune homme décrocha un manteau du mur. Il se souvenait de le lui avoir vu sur le dos le jour des funérailles. Galant, il l'aida à l'enfiler. Puis, elle plaça son bonnet sur sa tête.

— Nous marcherons un peu vers le boisé, indiqua-t-elle encore. La neige devrait nous porter.

Dehors, ils se dirigèrent vers la ligne des arbres, trois ou quatre arpents plus loin. Chaque année, les fermes devaient gagner quelques dizaines de pieds sur la forêt. La paroisse était encore jeune, les cultivateurs devaient toujours « faire de la terre ».

— Tes grands-parents te traitent-ils bien ?

Mathieu revenait naturellement au tutoiement de leur dernière rencontre.

— Oui. Ils ne nous touchent pas. Tous les deux sont même plutôt gentils.

Sans doute tenaient-ils à présenter l'image d'une famille normale. Bien des regards devaient se poser sur eux, maintenant.

— J'en suis très heureux, tu sais.

Elle leva la tête pour lui adresser son meilleur sourire. Les yeux bruns étaient expressifs, son nez peut-être un peu large, mais la bouche était bien dessinée. Toutefois, ses lèvres gercées ruinaient un peu l'ensemble. Toute la peau autour apparaissait rougie.

Sans transition, elle se tourna vers la grande étable qu'ils venaient de dépasser pour déclarer à voix basse :

— Une fois, maman a demandé à Aurore d'aller mettre de la paille fraîche dans sa paillasse, sans lui laisser le temps de prendre un manteau ou des chaussures. C'était en plein hiver.

La douceur du ton laissait deviner un dénouement dramatique.

— Quand elle est revenue, maman a refusé de lui ouvrir la porte, et elle nous a menacés de nous donner une volée si nous enlevions le verrou.

Elle parlait d'elle et de ses frères.

— Aurore est restée sur le perron très longtemps, sa paillasse à côté d'elle, à essayer d'ouvrir, à crier à pleins poumons. À la fin, elle est retournée dans la grange, pour se coucher dans le foin et se couvrir de son mieux. Elle était nue tête, avec une petite robe sur le dos. Elle devait être tout à fait gelée.

— Sans chaussures…

— Régulièrement, maman la poussait dehors pieds nus. Après, elle disait que ses yeux noirs étaient dus au fait qu'elle sortait sans souliers. Mais elle la forçait à sortir ainsi.

Le jeune homme lui jeta un regard en biais. Après un long silence, il tenta de la relancer, en demandant :

— Ce jour-là, avec la paillasse, est-elle restée dans la grange toute la nuit ?

— ... Non. Quand papa est revenu de son chantier, maman lui a dit qu'Aurore s'était sauvée. Il l'a battue avec le fouet.

— Quand il lui infligeait des coups, que faisait Aurore ?

— Elle hurlait.

La question paraissait sotte, la réponse le ramena à plus de précision.

— Je voulais dire, elle ne lui disait pas la vérité ?

— Cela ne donnait rien, papa n'écoutait pas.

De toute façon, les coups de lanières en cuir tressées ne permettaient pas à la victime de tenir un discours intelligible, sans doute.

— Ta mère racontait souvent des mensonges dans le but de la faire battre ?

— Tout le temps.

Devant un juge, ce genre de réponse ne donnerait rien.

— C'est à quelle fréquence, tout le temps ?

— Tous les jours, elle inventait une histoire... Bon, des fois c'était un peu vrai, mais elle exagérait.

— Et chaque fois, ton père la battait ?

— Une fois sur deux, je dirais.

Avec un témoignage de la sorte, la preuve de la Couronne contre Télesphore Gagnon deviendrait plus convaincante.

— À chaque fois, il utilisait le fouet ?

— Non. Quand il était très fâché, il prenait le fouet ou le manche de hache. D'habitude, c'était un éclat de bois, une hart, une planche de quart.

Un certain nombre de produits venaient dans un « quart », un petit tonnelet fabriqué de planchettes courbées. Le jeune homme resta longuement pensif.

Jusqu'à la veille, il avait présumé que l'homme maltraitait sa fille et que la femme gardait un silence complice. Aujourd'hui, Marie-Jeanne traçait un portrait inédit de la situation. La seconde épouse incitait son mari à maltraiter une enfant issue d'un premier mariage. Cela ouvrait un tout nouvel univers de motivations.

Par un carreau à la vitre crasseuse, rendue presque opaque par les chiures de mouches accumulées, Gédéon Gagnon avait regardé le duo marcher en direction de l'orée du bois. Il préférait ne pas se trouver en présence de cet étranger venu de la ville pour mettre son nez dans les affaires de la famille.

Quand ils furent suffisamment loin, il marcha de l'étable vers la maison. En ouvrant la porte, il lança :

— Jésus-Christ !

Sa femme revint de la pièce à côté avec le bébé dans les bras, les deux garçons préférèrent monter à l'étage, dans leur chambre. Au temps où leur mère naturelle régnait sans partage sur la demeure, ils se sentaient en relative sécurité. Maintenant, la lignée de Télesphore prenait le haut du pavé.

— Ne sacre pas comme cela... Du moins pas dans la maison, concéda la vieille femme après une pause.

— Qu'est-ce qu'ils nous veulent encore ? Les avoir mis en prison tous les deux, cela ne leur suffit pas ?

— Ils veulent savoir ce qui s'est passé dans cette maison, tu le sais bien.

— Baptême, ce ne sont pas leurs affaires.

La vieille regarda le bébé pressé contre sa poitrine, comme si elle craignait que les gros mots produisent une impression indélébile sur son cerveau.

— Depuis sa naissance, hurla l'homme, la fille était une vicieuse, une possédée du démon. Elle montait sur lui, elle était en train de devenir la maîtresse de la maison.

— C'était une petite fille !

— Possédée du démon, je te dis. Elle a tout fait pour le rendre fou. Toi aussi, tu l'as entendu tout nous raconter.

Comme de nombreux autres membres de la famille, l'aïeule avait entendu son fils énumérer les frasques parfois odieuses de la gamine. D'abord, il avait clamé la nécessité de rester le maître de la maison, « de l'empêcher de monter sur lui ». À la fin pourtant, il confessait son impuissance à faire cesser les comportements les plus outranciers, au point de déclarer forfait, de ne plus la châtier.

— Pourtant, elle est morte, déplora la grand-mère.

Ce dénouement cadrait mal avec les dernières confidences entendues en janvier, pendant la veillée au corps d'un autre de leurs fils, Anthime. Selon ses propres paroles, Télesphore ne la battait plus.

— Elle était malade, affirma Gédéon. Elle est morte de la tuberculose.

Sa femme le regarda longuement, songeuse. Le cœur lui avait manqué, à l'enquête du coroner. Plutôt que de voir ces étrangers traîner sa famille dans la boue, elle était restée peureusement près de son poêle, un châle sur les épaules. De toute façon, les hommes dirigeaient ce genre de procédure, les femmes jouaient le plus mauvais rôle. Depuis, des voisins charitables lui égrenaient des bribes du rapport d'autopsie.

— Tu crois vraiment à cette tuberculose qui donne des yeux au beurre noir et fait enfler tout un côté de la tête ?

— En tout cas, il ne faut pas cesser de le répéter.

Bien sûr, à force de colporter le même mensonge, certains affecteraient d'y croire. Une constance suffisante en ferait une vérité, à la longue.

— Si ce n'est pas la tuberculose, que veux-tu que ce soit ? maugréa le vieil homme.

Son ton trahissait son besoin désespéré de le croire. La femme regarda le bébé dans ses bras.

— Le bon Dieu devrait venir te chercher, murmura-t-elle. Les autres aussi. Ce serait tellement plus simple.

Dans la paroisse, les Gagnon faisaient déjà l'objet d'un ostracisme discret. Certains feignaient de ne plus les voir, d'autres allaient jusqu'à changer de chemin pour ne plus les croiser. Au moment de se présenter, des individus affligés du même patronyme précisaient : « Je ne suis pas parent avec ceux-là. Je ne les connais même pas. » Si ces étrangers continuaient de fouiller dans les affaires de la famille, tous les Gagnon craindraient de décliner leur identité.

— Je me demande bien ce qu'elle peut lui raconter, s'inquiéta le vieil homme.

— Je suppose qu'elle lui dit la vérité.

Rien ne pouvait lui paraître plus menaçant.

Quand le duo arriva près du boisé, Marie-Jeanne s'engagea dans un chemin forestier habituellement battu par les traîneaux. Comme son père ne l'utilisait plus depuis près d'un mois, une couche de neige molle, collante, le recouvrait déjà.

— Nous ne pourrons pas aller plus loin, déclara la fillette. C'est dommage, il fait bon ici.

Les arbres les protégeaient du vent, le soleil de mars se montrait chaud.

— Nous pouvons tout de même nous asseoir un peu, continua-t-elle.

Près de la piste, un amoncellement de billes de bois coupées à une longueur de quatre pieds attendait d'être ramassé. L'été suivant, il alimenterait l'une des usines à papier de Trois-Rivières.

— Nous pouvons même nous faire un fauteuil.

Elle commença à déplacer des bûches pour les débarrasser de la neige et dégager une surface à peu près plane. Mathieu l'aida de son mieux, puis ils prirent place tous les deux l'un à côté de l'autre. La fillette présenta son visage un peu pâle au soleil, les yeux fermés.

— Si je ne suis pas maltraitée, chuchota-t-elle, je ne sors pas souvent dehors. J'aide ma grand-mère.

— Es-tu bien nourrie ?

— C'est le carême.

Les cultivateurs respectaient d'autant mieux les exigences de ce temps de privations qu'il leur fallait faire durer les provisions amassées l'automne précédent jusqu'en juin.

— Tu m'as parlé des volées que ton père donnait à Aurore. Mais toi, tu n'en as jamais reçues ?

— … Parfois.

Mathieu avait pu l'examiner à loisir à plus d'une reprise. La tête, le visage et les mains ne portaient aucune marque suspecte, mais le reste du corps pouvait en être couvert.

— Parfois souvent ? Parfois rarement ?

— Parfois rarement, répondit-elle dans un demi-sourire, les yeux toujours fermés pour s'offrir au soleil, heureuse de sa sollicitude.

— Si tu compares à Aurore, combien de fois as-tu été battue ?

Cette fois, elle tourna son visage pour le voir.

— Elle, c'était aux deux jours. Moi peut-être tous les deux mois.

— Avec le fouet, le manche de hache ?

Elle secoua la tête de droite à gauche.

— Une fois, maman m'a rapportée.

Marie-Jeanne voulait dire dénoncée.

— Papa a pris son manche de hache, mais je me suis sauvée. Il n'a pas réussi à m'attraper.

— Mais tôt ou tard, tu as dû revenir à la maison.

— Je me suis cachée dans les champs jusque tard le soir. Tous les voisins se trouvaient à ma recherche quand je suis rentrée. Je leur ai dit que j'avais vu des bêtes dans la grange, laides au point de me terroriser.

Ces bêtes se promenaient sur deux jambes. Toutefois, les voisins affectaient de croire ces histoires.

— Tes parents ne t'ont pas punie pour avoir ainsi ameuté tout le monde ?

— Ils ne m'ont pas punie parce que j'avais ameuté tout le monde, justement.

Ceux-ci craignaient d'attirer l'attention, Marie-Jeanne le comprenait très bien. Le secret devait entourer les actions du couple. L'aînée ne se présentait pas comme une victime idéale, car elle n'hésitait pas à se donner en spectacle.

La gamine confirma son analyse à Mathieu.

— Après, ils n'ont plus tenté de me battre.

— Et Aurore, pourquoi ne prenait-elle pas la fuite ?

— Elle était tellement stupide.

Le mot tombait un peu comme une condamnation. À tout le moins, la victime n'avait aucun instinct de défense. Le jeune homme puisa dans son propre passé de souffre-douleur pour comprendre combien, devant les attaques des autres, il devenait possible de sombrer dans l'inertie. Pour les agresseurs, l'absence de résistance entraînait un nouvel acharnement, pas une étincelle d'ennui ou de pitié. Une cible inerte procurait autant de plaisir que celle qui se débattait.

— Elle ne faisait rien pour se défendre, ou pour s'éloigner ?

— Pas avec papa. Elle restait là, à pleurer ou à crier, mais sans se sauver malgré les coups.

— Et avec maman ?

— Elle se débattait un peu plus.

Marie-Anne Houde ne semblait pas bien robuste. Son mari, quant à lui, très grand et probablement d'une force peu commune, présentait une menace redoutable. Sans doute que la gamine ne tentait rien à cause de la terreur dans laquelle la plongeait un bourreau de cette taille.

— Des fois, maman devait l'attacher, bafouilla Marie-Jeanne après un bref silence.

La douceur du ton laissait deviner une autre confession particulièrement atroce.

— Tu veux me raconter dans quelle circonstance cela arrivait ?

— Maman la brûlait avec un tisonnier rougi au feu.

Le stagiaire posa sur elle des yeux écarquillés.

— Un tisonnier ?

— Oui. Long comme ça.

De ses deux mains, la fillette lui montrait une longueur de deux pieds. Cet instrument servait souvent à replacer des bûches, éliminer des cendres.

— Où la brûlait-elle ?

— Sur les jambes, sur les cuisses, sur les… Elle relevait la jupe et promenait le bout partout. Cela sentait la peau brûlée, comme quand on grille un cochon pour enlever les poils.

La précision provoqua un haut-le-cœur chez le jeune homme.

— Que faisait Aurore ?

— Elle hurlait et surtout, elle se débattait. À cause de cela, maman prenait un gros câble pour l'attacher après la patte de la table.

Mathieu imaginait la scène. Diverses postures permettaient de soumettre une enfant de dix ans pour lui infliger ce traitement : pliée en deux sur le dessus de la table, ou alors étendue par terre, les jambes attachées au meuble. Dans tous les cas, cela devait donner une petite fille se tordant de douleur, hurlant à pleins poumons.

— Le tisonnier était rougi au feu, murmura le jeune homme d'une voix blanche.

— Oui. Maman enlevait un rond du poêle pour le planter comme cela dans les flammes.

Marie-Jeanne mima le geste. L'instrument devait rester coincé entre les bûches, laissant un trait de fer oblique au-dessus du poêle.

— Elle attendait vraiment qu'il soit rouge ?

— Oui. Un beau rouge foncé, le rouge du diable, disait-elle, comme dans les images du petit catéchisme. Tu connais ?

Le jeune homme fit un signe d'assentiment. En guise de prix de fin d'année, à l'école, il avait reçu une édition soignée du catéchisme, reliée de toile grise. Parmi les quelques gravures insérées dans le livre, il s'en trouvait bien une représentant des diables dansants, imprimés en rouge.

— Des fois, le fer devenait blanc. Elle le passait alors sous l'eau pour lui redonner la couleur du sang.

— Même la poignée devait devenir brûlante.

— Pas tant que cela. C'était rouge sur cette longueur.

Elle indiquait environ six pouces. Mathieu ne prêta pas attention à l'information sous-entendue dans ces paroles, tellement la confidence l'ébranlait.

— Combien de fois Aurore a-t-elle été brûlée de cette façon ?

— Je n'ai pas compté.

— Une fois ? Deux fois ?

— Oh ! Bien plus que cela. Dix fois ? Je ne sais pas.

La scène s'était répétée assez souvent pour qu'elle en perde le compte.

— Cela est survenu longtemps avant sa mort ?

Devant la mine interrogative de la petite fille, l'homme précisa :

— Après Noël ?

— Oui.

Les multiples plaies au dos des jambes, des genoux, entre les cuisses, lui revenaient en mémoire. Certaines évoquaient les coups reçus. Les autres pouvaient bien venir du contact d'un objet rougi au feu.

— Ta mère l'a déjà brûlée avec autre chose que le tisonnier ?

— Le fer à friser.

— Tu veux me raconter aussi ?

Marie-Jeanne porta la main à son bonnet, comme pour soulager un picotement.

— Un jour, maman a mis le fer à friser sur le poêle, puis elle a dit à Aurore : « Viens, je vais te faire une beauté. » Elle a pris un bout de cheveux ici, puis elle a tourné de toutes ses forces. L'instrument était si chaud que les poils ont grillé, et un grand morceau de peau aussi.

— Mais Aurore avait les cheveux très courts !

— Ils étaient assez longs pour que maman en ramasse un peu, en collant le fer contre la peau.

Elle avait pu pincer un bout de l'épiderme entre les deux branches de l'instrument de toilette. L'objectif était d'infliger une torture, pas de la coiffer.

— Tu sais pourquoi Aurore portait ses cheveux à cette longueur-là ?

— Maman les coupait pour faire disparaître la vermine. Elle disait qu'autrement toute la famille en aurait.

— Et finalement, tu as attrapé des poux aussi ?

— Non, jamais. Ma sœur non plus, d'ailleurs.

La coiffure ridicule de la victime servait à la retrancher du reste du genre humain, rien d'autre.

— Le jour où tu t'es sauvée dans les champs…

Elle leva les yeux sur lui, étonnée du changement de sujet.

— Oui ?

— Ton père voulait te battre à l'instigation de ta mère ?

— … Oui.

— Tu peux me dire ce qu'elle lui a raconté ?

— … Je ne m'en souviens pas.

Les yeux de Marie-Jeanne se portèrent vers les grands arbres dénudés. Les branches ressemblaient à d'immenses bras décharnés dirigés vers le ciel dans une prière muette.

— Cette accusation était fausse, comme dans le cas d'Aurore et de la paillasse ?

— Je ne m'en souviens pas.

Une pointe d'inquiétude pointait dans sa voix. Parler de sa sœur lui pesait moins que de parler d'elle-même.

— Je suis fatiguée. Je veux rentrer, murmura-t-elle bientôt.

Mathieu songea à insister un peu, tellement l'arrêt des confidences à ce moment lui paraissait regrettable. D'un autre côté, la délicatesse lui interdisait de bousculer une enfant.

— D'accord. Accepteras-tu de répéter ce que tu m'as dit devant un juge ?

— Tu pourras leur dire, toi.

— Ce ne serait pas la même chose. Je pourrais modifier tes paroles, volontairement ou pas.

— Mais tu vas jurer de dire toute la vérité.

La gamine se souvenait de son passage devant le coroner. Mathieu aussi.

— Même après avoir prêté serment sur les Saints Évangiles, certaines personnes mentent.

Elle détourna le regard, passa la langue sur le tour de sa bouche. La rougeur et les gerçures devaient être causées par cette mauvaise habitude.

— Tu sais, continua le jeune homme plus bas, le juge veut toujours entendre les personnes qui ont vu les événements. Comme cela, on se rapproche le plus possible de la vérité. Personne ne saura jamais aussi bien que toi ce qui s'est réellement passé dans cette maison. Toi et tes frères. Mais eux sont très jeunes. Ils n'ont pas fait leur communion solennelle, je suppose.

Lors de cette cérémonie, les catholiques répétaient eux-mêmes les engagements formulés au baptême par leur parrain et leur marraine, dont celui de renoncer à Satan et à ses œuvres. Après cela, aux yeux de l'Église à tout le moins, une personne savait distinguer le bien du mal.

La fillette acquiesça d'un signe de la tête pour lui donner raison.

— C'est pour cela que tu deviens la seule capable de dire la vérité. Eux, on les considérerait comme trop jeunes.

— L'autre fois, j'avais peur, tu sais.

— Je sais et je comprends très bien. Tu craignais un châtiment affreux. À ta place, je pense que j'aurais fait la même chose.

Elle le contempla un long moment de ses yeux de biche effarouchée.

— Tu es grand et fort.

— À douze ans, j'étais moins grand et moins fort. Je comprends ta frayeur.

— S'ils reviennent…

Elle eut un frisson, malgré l'épaisseur de son manteau et le soleil bienfaisant.

— Si personne ne veut dire la vérité, ils reviendront.

— Si je parle ?

— On les retiendra à Québec.

Évoquer la prison, ou pire encore la corde, ne ferait que terroriser la fillette. Mathieu préféra rester bien vague sur le dénouement de cette affaire.

— Devrais-je parler au juge ?

De nouveau, le jeune homme préféra la tromper par son silence. Un jury recevrait ses confidences, pas seulement un juge. Puis, la salle d'audience serait pleine de visages inconnus. Surtout, contrairement à l'enquête du coroner où le bon docteur Caron posait les questions, l'avocat de la défense, Joseph-Napoléon Francœur, ne reculerait devant rien pour la discréditer.

— Tu as encore des choses à me dire ?

Marie-Jeanne secoua la tête de droite à gauche.

— Je veux retourner à la maison.

Mathieu quitta son siège de billes de bois, lui tendit la main pour l'aider à descendre.

Pendant tout le trajet de retour, la conversation porta sur des banalités : le printemps tardif, le retour prochain des oies, la fête de Pâques dans moins d'un mois. Atteignant les bâtiments de ferme, Mathieu revint à sa première préoccupation.

— Le détective viendra chercher le tisonnier, le fer à friser, et même la corde qui servait à attacher Aurore.

— Je peux te les donner à toi.

Le duo s'était arrêté à la hauteur de l'étable, assez loin pour qu'aucune parole ne puisse être captée par une oreille attentive.

— Non. Ramasser les choses de ce genre, c'est son travail à lui. Il voudra aussi entendre tout ce que tu m'as dit.

Elle hocha la tête gravement, ajouta même après une hésitation :

— Lui aussi est gentil, mais moins que toi.

— Si tu penses à autre chose à lui dire… ou à lui donner, fais-le.

— Maman a envoyé une lettre.

— Tu sais ce qu'elle contient ?

Elle acquiesça du chef.

— Ils ne savent pas lire, confia-t-elle.

La situation offrait une ironie certaine. Quand l'accusée voulait communiquer avec ses beaux-parents et ses enfants, l'information transitait par une petite fille susceptible de devenir le plus redoutable témoin à charge.

Ils se remirent en route. Alors qu'elle mettait le pied sur la première marche conduisant à la porte, une main ridée déplaça vers la gauche le rideau de la fenêtre la plus proche. Cette fois, Mathieu se moquait tout à fait d'être entendu.

— Si quelqu'un te fait une menace ou te maltraite, arrange-toi pour qu'Oréus Mailhot soit au courant. Tu t'es déjà sauvée une fois, tu peux recommencer.

La fillette lui adressa un sourire entendu.

— Je vais même lui demander de passer te voir, ou de te téléphoner. Tu comprends pourquoi.

Elle garda le silence, mais ses yeux présentaient la sagesse d'une vieille femme.

— Accepteras-tu de me parler de nouveau ? demanda encore le visiteur.

— … Oui.

— Tu veux encore me dire des choses, mais tu n'es pas prête. C'est ça ?

Un mouvement de la tête servit de réponse.

— À bientôt, Marie-Jeanne. Dès que tu voudras me reparler, avertis monsieur Mailhot. Je viendrai aussitôt.

— … À bientôt.

Avec le sentiment de prendre la fuite, Mathieu lui adressa un dernier sourire, puis il regagna le chemin public. Le village se trouvait à deux milles environ, guère plus qu'une promenade.

Les relations avec le couple Mailhot devenaient cordiales, au point de permettre à la conversation de déborder les exigences de l'« affaire ». Toutefois, au dessert, le visiteur dut revenir à cette triste histoire. En quelques phrases, il résuma les dernières révélations de Marie-Jeanne.

— Doux Jésus ! s'écria son hôtesse. Elle la torturait avec un fer rouge. On fait cela pour marquer les animaux.

— Pas un mot à ce sujet ne doit circuler avant le procès.

— Bien sûr… Cela pourrait mettre la petite en danger.

La femme imaginait les efforts des proches des accusés pour la faire taire.

— La preuve sera présentée à l'enquête préliminaire, cette semaine, déclara Oréus. Cette discrétion sera inutile.

Cette histoire lui permettait de prendre un cours accéléré en procédure criminelle.

— Le juge Choquette a ajourné à jeudi. Le détective Couture témoignera sur ce nouveau développement. Mais comme il y a interdit de publication, les détails ne sortiront pas de la salle d'audience.

— Les journaux donnent tout de même des détails, affirma la femme Mailhot.

— Au compte-gouttes, et seulement des informations qu'ils peuvent obtenir ailleurs qu'au tribunal. Dans le cas contraire, les gratte-papier risquent la prison.

— Donc, en conclut le juge de paix, si nous n'en parlons pas, si Marie-Jeanne ne se confie à personne d'autre, les fuites viendront du détective Couture.

La suggestion tira un rire bref à Mathieu.

— Celui-là me paraît bien peu susceptible de s'épancher...

Le policier attirait les confidences, sans rien confier en retour.

— Tout de même, continua le visiteur, je suis inquiet pour cette gamine. Pourriez-vous lui téléphoner parfois et lui demander de venir au bout du fil ?

— Je le ferai tous les jours. Et si les grands-parents refusent de me la passer, je me rendrai sur place afin de m'assurer que tout va bien.

Le juge de paix entendait se montrer très attentif à la sécurité des enfants toujours vivants. Son statut lui donnait le droit de pénétrer dans cette maison et, si besoin était, d'en sortir ces petits.

— Je vous remercie. Je pense que Marie-Jeanne n'a pas tout dévoilé encore.

Un peu plus et le jeune homme affirmait que le pire était à venir.

Chapitre 14

L'enquête préliminaire de Marie-Anne Gagnon, née Houde, adoptait un rythme étrange. Ajournée dès le premier jour, elle reprenait une semaine plus tard. Dès le début de la séance, le substitut du procureur de la province, Arthur Fitzpatrick se leva pour annoncer :

— Votre Honneur, j'aimerais demander au détective Lauréat Couture de venir à la barre des témoins. Comme vous pourrez le constater, de nouvelles pièces à conviction se sont ajoutées aux autres.

Sur la table, devant le banc surélevé du juge, le fer à friser, le câble et le tisonnier rappelaient les instruments de torture du Moyen Âge. Deux lettres marquaient moins les imaginations, mais un jour, la poursuite en ferait un bon usage.

Le policier gagna la place attribuée aux témoins. Comme il s'agissait cette fois de l'enquête préliminaire de la belle-mère, il fallait reprendre depuis le tout début. Le détective commença par évoquer ses états de service, les raisons pour lesquelles il était allé à Sainte-Philomène la première fois, l'arrestation du couple, la première visite de la maison, l'acquisition des premières pièces à conviction.

Puis, le procureur de la Couronne put évoquer ses dernières trouvailles.

— Quand y êtes-vous retourné ?

— Le 8 de mars courant.

— Est-ce que quelqu'un vous a remis certains *exhibits* ?

— Oui, monsieur.

Maître Francœur serrait les mâchoires, visiblement excédé. Mathieu surveillait aussi les mimiques de l'accusée. Le visage toujours dissimulé derrière son voile, elle paraissait impassible. Elle se courbait toutefois un peu vers l'avant, comme accablée.

— Qui vous a remis ces objets ?

— Marie-Jeanne m'a remis un tisonnier, un fer à friser et une corde.

— Vous avez pu converser avec elle ?

— Pendant une heure au moins.

Le juge Choquette se pencha un peu pour lui demander :

— Vous avez pu lui parler seul à seul ?

— Oui. Nous nous sommes enfermés dans le salon, et je me suis assuré que personne n'écoutait à la porte.

« Mieux aurait valu sortir », se dit Mathieu, assis au premier rang. Ces grandes maisons de ferme n'avaient pas été construites avec un souci de discrétion en tête. D'un autre côté, l'homme connaissait son métier.

— Vous pouvez continuer, déclara le magistrat au substitut du procureur.

— Le témoin vous a révélé à quel usage madame Marie-Anne Gagnon réservait ces objets ?

Mathieu gardait les yeux en direction de la femme. Ses vêtements de deuil paraissaient grotesques dans les circonstances. Comme il lui aurait volontiers arraché ce damné voile, afin de plonger son regard dans le sien ! Sans doute comprendrait-il ainsi un peu sa motivation.

D'une voix monotone, le détective énuméra les tortures infligées avec le fer à friser, puis avec le tisonnier.

— Mais l'enfant devait s'enfuir, s'exclama Fitzpatrick, de l'horreur dans la voix.

— Non, car l'accusée l'attachait au préalable.

Cette fois, le jeune stagiaire eut l'impression de voir frémir le corps de Marie-Anne Houde.

— Vous voulez dire avec ce câble ?

Le procureur tenait une méchante corde de chanvre tressée. Ce lien devait laisser une profonde morsure sur les chevilles et les poignets, si une personne se débattait pour s'en défaire. Le cadavre portait justement des marques de ce genre.

— Oui. Elle était attachée à la table, près du poêle, dans la cuisine d'été.

Comme dégoûté, Fitzpatrick laissa tomber le lien en déclarant :

— Je n'ai plus de questions, Votre Honneur.

— Maître Francœur, enchaîna le juge, c'est votre tour.

— Mon collègue, Louis Larue, prendra plutôt le relais.

Le jeune avocat se leva avec lenteur, marcha vers le policier en le toisant bien. Il semblait étrange de voir ce débutant contre-interroger un témoin expérimenté. Peut-être que le député, président de l'Assemblée législative, ne souhaitait pas se faire mettre en boîte de nouveau par le détective.

— Monsieur Couture, vous insistiez tout à l'heure sur la saleté de la chambre de l'enfant. Ce sont de pauvres gens, n'est-ce pas ?

— Ils m'ont l'air de cultivateurs assez en moyens, mais je ne connais pas le détail de leurs affaires.

— Vous avez souvent l'occasion d'aller chez des cultivateurs ?

— Oui, monsieur.

— Certains sont propres, et d'autres malpropres, n'est-il pas vrai ?

Après les éléments révélés par le policier, cette insistance sur les conditions d'hygiène des fermes de la province paraissait futile.

— Oui, monsieur, répondit encore Couture d'une voix neutre.

— Cela ne doit pas être une chose extraordinaire, de trouver une chambre malpropre comme ça ?

— Comme cette chambre-là, c'est extraordinaire.

La conversation porta sur les traces de sang, puis Larue changea de sujet abruptement.

— Marie-Jeanne est encore une enfant.

— Elle a douze ans. Dans ce milieu, à cet âge, on occupe souvent un emploi.

— Tout de même, elle demeure une enfant. Croyez-vous tout ce qu'elle vous a dit ?

— Je n'ai aucune raison de douter d'elle.

Couture lui adressa un sourire en coin, l'air de dire : « Si elle témoignait pour la défense, son âge vous conviendrait très bien. »

— Elle peut mentir. Peut-être a-t-elle quelque chose contre ses parents, une rancœur d'enfant justement. Elle a déjà menti, dans le cadre de cette affaire. Lors de l'enquête du coroner…

— Je sais, j'étais là. Ce soir-là, elle est rentrée à la maison dans un traîneau, assise entre son père et sa belle-mère. Vous aussi, maître, avec la perspective de passer la soirée en pareille compagnie, avec en tête le souvenir de leur façon d'utiliser un tisonnier et une corde, vous vous seriez peut-être un peu éloigné de la vérité.

— Monsieur Couture, intervint mollement le juge Choquette, contentez-vous de répondre aux questions.

— Je crois l'avoir fait de mon mieux, Votre Honneur.

Le magistrat crut inutile de relever l'impertinence. L'avocat de la défense déclara ne plus avoir de question.

— Monsieur Fitzpatrick, d'autres témoins ?

— Nous allons entendre Marguerite Lebœuf. Cette jeune fille se trouvait ici la semaine dernière, quand il a fallu ajourner.

— Alors, il convient de ne plus la faire attendre.

La jeune fille de quinze ans, visiblement impressionnée, entra dans la salle d'audience à pas lents, flanquée de sa mère. Cette dernière parut vouloir l'accompagner à la barre des témoins. Toujours bien élevé, Mathieu se leva de son siège en murmurant :

— Madame, vous serez très bien ici.

La jeune fille prêta serment. Elle avait emprunté à des parents un costume digne du palais de justice. La robe paraissait un peu trop grande, le chapeau cloche la vieillissait. L'ensemble lui donnait l'air d'une enfant mimant les allures de sa maman.

— Connaissez-vous l'accusée ici présente, mademoiselle Gagnon ? commença le substitut du procureur d'une voix rassurante.

— Oui, monsieur.

— Êtes-vous déjà allée chez elle ?

— Oui, monsieur.

Répondre par oui ou par non servait mal sa cause. L'avocat esquissa un sourire pour la rassurer, avant de poursuivre.

— Quand ça ?

— Dans la dernière semaine d'août, l'an dernier.

— Auparavant, connaissiez-vous la petite Aurore Gagnon, celle qui est morte ?

— Oui, monsieur, un peu.

Elle lançait des regards appuyés à sa mère. Celle-ci hochait doucement la tête, comme pour lui dire de continuer.

— Comment l'accusée traitait-elle la petite Aurore, quand vous étiez dans sa maison ?

— Elle l'a battue tout le temps que j'étais là.

— Avec quoi le faisait-elle ?

— Je m'objecte, Votre Honneur.

Louis Larue s'était levé tout d'un coup sur cette interjection. Le juge Choquette le regarda, surpris.

— À moins que vous ne connaissiez des articles de procédure que j'ignore, commenta-t-il, je ne vois guère pourquoi.

L'autre ne sut quoi répondre, aussi le magistrat conclut :

— Répondez, mademoiselle.

— La première fois, elle l'a battue avec un éclat de bois.

— Quelle était la grosseur de cet éclat ? reprit le substitut.

— Environ un pied de long et trois quarts de pouce d'épaisseur.

Le représentant de la Couronne se tourna à demi pour regarder l'équipe de la défense, heureux de sa petite victoire.

— Où la frappait-elle, comme ça ?

— Sur les fesses, partout.

— Est-ce qu'elle tapait fort ?

— Oui, monsieur, très fort.

Enfin, quelqu'un venait témoigner de mauvais traitements réellement observés.

— L'avez-vous vue se faire battre à plusieurs occasions ?

— Oui, monsieur, quatre fois en tout.

— Toujours avec des éclats de bois ?

— Non. Une fois avec une hart, et ensuite avec un rondin de cèdre de quatorze pouces de long à peu près.

L'adolescente indiqua la longueur avec ses mains.

— Est-ce qu'elle cognait fort ?

— Oui, monsieur, elle la battait sur les genoux : elle lui a donné deux coups, je suis partie parce que j'avais peur d'elle.

La confidence, de la part d'une jeune personne robuste, en bonne santé, de la même taille que l'accusée, porta : cette femme inspirait la crainte.

— Y avait-il quelque chose sur le bout de ce rondin-là ?

— Oui, monsieur : elle faisait ses ripes pour allumer son poêle. Son couteau arrêtait sur un nœud, ça faisait un rond.

Marguerite ferma le poing, pour indiquer ce qu'elle voulait dire. Ce rondin prenait l'allure d'un casse-tête.

— Elle lui tapait sur les genoux avec ça : elle lui en a donné deux coups, alors je me suis sauvée.

— Est-ce que la petite fille criait ?

— Oui, monsieur, elle braillait.

— Est-ce qu'elle arrêtait quand la petite fille criait ?

— Non, elle disait : « Plus tu vas brailler, plus je vais t'en donner. »

Cachée derrière son voile, l'accusée inclina la tête. Mathieu se tenait maintenant debout, appuyé contre le mur. Comme il aurait souhaité voir ses yeux, à cet instant précis !

— Maintenant, sais-tu où elle couchait, cette petite fille ?

— Oui, monsieur.

— Était-elle bien logée ?

— Elle était couchée en haut, sur un petit lit à peu près de sa longueur. Il n'y avait pas de paillasse, rien. Il y avait un oreiller et pas de couverture.

Ce témoin de l'accusation accomplissait un excellent travail. Fitzpatrick dissimulait mal sa satisfaction.

— Maintenant, avez-vous vu Aurore se faire battre à d'autres occasions ?

— Oui, monsieur.

— Quand ?

— En lavant sa vaisselle.

— Pourquoi la battait-elle ?

— Pour s'amuser, je pense...

Le juge s'avança au-dessus du banc, comme pour mieux voir la jeune fille.

— Elle a dit : « Regarde, Marguerite, elle lave bien ça, la vaisselle, quand je lui donne des coups », poursuivit le témoin en rougissant. Elle ajouta : « Je te dis que je vais lui faire laver la vaisselle, moi. »

— Je n'ai plus de question, Votre Honneur, conclut Fitzpatrick.

Francœur laissa son associé mener le contre-interrogatoire.

— La connaissiez-vous bien, la petite Aurore ?

— Je l'avais vue une fois, quand elle restait chez mon oncle Octave Lord.

— Elle était malcommode ?

— Non, monsieur, plutôt tranquille.

Voilà qui tranchait avec les opinions émises deux semaines plus tôt. L'avocat enchaîna :

— Qu'est-ce que vous alliez faire chez monsieur Gagnon ?

— J'allais là pour me promener et voir un peu ce qui se passait.

Son interlocuteur adopta un air étonné, comme si la réponse le prenait au dépourvu.

— Qui vous a envoyée voir ce qui se passait ?

— Maman et papa m'ont dit: « Tu vas y aller, et puis tu verras si c'est le cas ou si ce n'est pas le cas. » Nous autres, on entendait dire des choses par le monde. Mes parents voulaient savoir.

— Et c'est pour ça que vous y êtes allée ?

— Oui, monsieur.

Mathieu ferma les yeux, laissa échapper un long soupir. Les gens soupçonnaient des mauvais traitements. Toutefois, personne n'avait jugé bon de faire quelque chose avant le début de février.

— Êtes-vous allée les espionner pour rendre un jour témoignage contre madame Gagnon ?

— Ah non, je ne m'attendais pas à ça.

Venue d'une traite, la réponse montrait une sincérité parfaite. La conversation porta alors sur ses liens de parenté avec le couple Gagnon. Comme les deux époux avaient le même patronyme, on s'y perdait rapidement. Le magistrat se renseigna :

— C'est votre oncle, le père ?

— Oui, monsieur.

« Si elle témoignait contre le père, serait-elle aussi efficace ? » se demanda Mathieu. Chargeait-elle cette « étrangère » de Sainte-Sophie-de-Lévrard, une paroisse située dans un autre diocèse et un autre comté ?

— Vous y êtes allée seulement une fois, en tout et pour tout, après le second mariage ? reprit Larue.

— Oui, monsieur.

— Comment se fait-il que vous ayez juré tantôt qu'il était à votre connaissance que madame Gagnon l'avait battue avec un éclat, puis avec un rondin de cèdre, sur les genoux, et encore pendant qu'elle lavait la vaisselle, si vous n'y êtes allée qu'une fois seulement ?

— Elle l'a battue quatre fois pendant mon séjour.

Le calcul semblait tout simple à la jeune fille, mais même le magistrat paraissait trouver que cela faisait beaucoup de mauvais traitements en une visite.

— Est-ce dans la même journée, ça ? demanda-t-il.

— Non, monsieur, dans la même semaine.

Marie-Jeanne avait évoqué des raclées tous les deux jours, se souvint Mathieu.

— Vous êtes restée là pendant une semaine, enchaîna maître Louis Larue, un peu troublé. Pendant ce temps, la petite Aurore a-t-elle découché souvent ?

— Non, monsieur, elle n'a pas découché.

Marguerite Lebœuf ouvrait de grands yeux surpris. Comment cet homme pouvait-il imaginer qu'une fillette de dix ans puisse passer ses nuits dehors ? Les mœurs de la ville devaient être bien étranges.

— Ne sortait-elle pas avec les petits garçons ?

L'avocat venait de mettre en cause la moralité sexuelle d'une petite fille de dix ans !

— Non, monsieur.

Larue indiqua au juge qu'il n'avait pas d'autres questions.

— Je vous remercie, mademoiselle, intervint le juge, vous pouvez rejoindre votre mère.

Les deux se serrèrent au bout du banc. Le magistrat demanda à l'intention du procureur de la Couronne :

— Avez-vous d'autres témoins ?

— Non, Votre Honneur. L'enquête se poursuit. Si nous découvrons de nouveaux éléments, mes savants confrères et vous-même en serez tout de suite avisés.

Philippe-Auguste Choquette tourna les yeux vers la table de la défense. À la fin d'une enquête préliminaire, un avocat pouvait demander l'abandon des procédures à cause de l'insuffisance de la preuve. Francœur demeura assis, se contentant de secouer la tête. Il ne reviendrait même pas à la charge pour demander une libération dans l'attente du procès. Maintenant, cela paraîtrait ridicule.

— Dans ce cas, je rendrai ma décision sur les accusations à porter contre les deux accusés dans une semaine, le jeudi 18 mars.

Il regagna son bureau par une porte dérobée dans un bruissement de robe noire.

La salle d'audience se vida très lentement. L'interdit de publication faisait trépigner les journalistes d'impatience. Bientôt, l'équipe de l'accusation et le policier se trouvèrent seuls dans la salle.

— Couture, cette fois vous avez déniché un témoin redoutable. Je vous félicite.

— Plutôt un témoin qui a répété ici exactement la même chose que lors de mon interrogatoire.

L'homme jouait le modeste, mais les bons mots lui faisaient visiblement plaisir.

— La gamine en est venue droit au fait, et quand Larue s'en est mêlé, elle n'a pas perdu sa contenance. Cette fois, la défense a travaillé pour nous.

— Pourquoi Francœur préférait-il jouer au spectateur, aujourd'hui ? demanda le détective.

— ... Je me le demande, murmura Fitzpatrick après réflexion. Peut-être commence-t-il à comprendre que cette histoire l'éclaboussera un peu. Ou alors il a voulu donner à un jeune collègue l'occasion de se faire connaître.

Le substitut du procureur chercha alors dans les papiers étalés devant lui, trouva le compte rendu rédigé par Mathieu à son retour de Sainte-Philomène.

— Picard, reprit-il, vous avez aussi bien travaillé auprès de la petite Marie-Jeanne.

— Je n'ai aucun mérite particulier. Elle désirait se confier à quelqu'un.

— Elle nous cache encore des tas de choses, maugréa Lauréat Couture.

Le détective paraissait souffrir de ne pas avoir le monopole des compliments.

— Je sais, précisa Mathieu en le dévisageant. Elle a terriblement peur, cela se voit.

— Peur de qui ? interrogea Fitzpatrick. De ses grands-parents ?

— ... Je ne pense pas. Enfin, peut-être un peu, mais c'est autre chose.

La fin abrupte des révélations de la jeune fille, l'autre jour, le troublait encore. Elle avait été jusqu'au bout de son engagement, en remettant les pièces à conviction et en confirmant son récit au détective, mais sans aller plus loin dans les confidences.

— Remarquez, reprit Fitzpatrick, maintenant nous sommes sûrs d'aller en procès avec une accusation de meurtre. Les assises criminelles commenceront début avril, cela nous laisse presque un mois. Inutile de lui forcer la main. Si elle reculait, la défense aurait ensuite des arguments imparables pour nous démolir.

— Elle semble disposée à témoigner au procès, voulut le rassurer Couture.

— Les témoins enfants, même à douze ans, demeurent une arme à double tranchant. Si quelqu'un soupçonne une manœuvre douteuse du bureau du procureur général, ou de la Police provinciale dans cette histoire, nous ferons les gros titres des journaux pour de très mauvaises raisons.

Le substitut du procureur les dévisagea à tour de rôle, puis il conclut:

— Alors, nous procéderons avec prudence, tact et délicatesse avec les trois enfants Gagnon. C'est bien compris?

Ses deux interlocuteurs acquiescèrent d'un signe de la tête. Une fois dans les journaux, cette histoire ferait ou déferait les réputations pour longtemps.

Le 18 mars, les acteurs du drame revinrent au palais de justice afin de connaître la conclusion de l'enquête préliminaire. Tous les sièges étaient occupés par des curieux, des personnes intéressées par le droit ou encore des journalistes. Mathieu pensa faire intervenir un agent de la paix pour récupérer sa place. Ce fut peine perdue. Alors qu'une grosse dame protestait de toutes ses forces pour éviter de se faire évincer, Fitzpatrick arriva.

— Allez, fit-il en déposant son porte-documents sur la table, laissez cette dame tranquille et placez-vous à côté de moi, à la table.

— ... Je ne suis pas avocat.

— Vous voyez écrit «réservé aux avocats», vous?

Le stagiaire choisit de considérer cela comme une promotion. Un instant plus tard, l'équipe de la défense arriva à son tour.

— Maintenant, vous utilisez les services d'un étudiant de première année en droit? ironisa Napoléon Francœur. Vous devez être aux abois.

— Ah! Pardon, rétorqua le jeune homme, je suis en deuxième année.

Le substitut du procureur général toisa Louis Larue des pieds à la tête.

— Nous avons tous les deux un peu besoin d'aide. Si vous croyez avoir perdu au change avec celui-là, revenez dans deux ans. Mon stagiaire aura son diplôme.

Le jeune disciple de Thémis rougit sous l'offense, puis se décida à gagner sa chaise.

— Là, vous êtes un peu cruel, ricana Francœur.

Adversaires aujourd'hui, les deux se rencontraient à toutes les activités du Parti libéral. Leur inimitié se terminerait avec ce procès… jusqu'au prochain.

— On ne se refait pas.

Leur conversation cessa à l'entrée des accusés. Pour l'occasion, Marie-Anne avait relevé son voile à la hauteur de son chapeau. Mathieu fut étonné de la trouver si banale. En même temps, son allure un peu hébétée lui conférait une grande étrangeté.

Puis, ce fut au tour du juge Philippe-Auguste Choquette de gagner son fauteuil derrière le banc, affairé et imposant.

— Dans la cause de Télesphore Gagnon, commença-t-il, l'accusation de meurtre est maintenue.

Mathieu regarda le colosse. Son visage demeurait impassible. « Comprend-il les conséquences de cette décision ? » se demanda-t-il.

— Dans l'affaire de Marie-Anne Houde, épouse Gagnon, l'accusation de meurtre est maintenue.

— … Non, cela ne se peut pas ! murmura la femme en se tordant les mains.

Celle-là comprenait très bien. Le magistrat porta les yeux sur elle, prêt à demander aux agents de la paix de la faire sortir si elle ne retrouvait pas très vite son calme.

— Les procès se tiendront aux assises criminelles du mois d'avril. D'ici là, les accusés demeureront incarcérés.

Les derniers mots furent soulignés d'un claquement de maillet. La foule afficha sa déception à l'égard d'une conclusion si expéditive. Certaines personnes préférèrent quitter la salle tout de suite, sans attendre l'affaire suivante.

— Nous allons donc nous fréquenter encore tout au long du prochain mois, déclara Fitzpatrick en s'arrêtant près de la table de la défense.

— Je ne dirais pas que c'est un plaisir, répondit Francœur, mais je ferai contre mauvaise fortune, bon cœur.

— Alors, à bientôt.

Pendant les deux semaines suivantes, la vie de Mathieu fut un peu moins frénétique. Mise sur la glace jusqu'à l'ouverture des assises criminelles, l'affaire Aurore Gagnon ne nuisait plus à ses études. Malheureusement, les procès auraient lieu avant la fin du semestre, pendant les examens finaux.

En conséquence, il s'accordait tout au plus une petite heure après le souper afin d'échanger quelques mots avec ses voisins de la pension. Les étudiants se révélaient plutôt sympathiques, partagés équitablement entre le droit et la médecine. Les députés, au nombre de trois, étaient des libéraux.

L'affluence dans le salon commun, au rez-de-chaussée, était en partie redevable au charme de l'hôtesse. Après une dizaine de mois à jouer ce rôle, sa grâce et son aisance participaient à la renommée de la maison.

— Votre mère se porte bien ? demanda-t-elle au jeune homme.

Tous les deux occupaient des sièges voisins, une tasse de thé à la main. Devant des témoins, ils s'en tenaient au vouvoiement. Dans l'intimité, ils devenaient moins stricts.

— Elle paraît se porter à merveille. Je suis encore passé la voir tout à l'heure, un peu avant la fermeture du magasin.

— Les deux familles cohabitent bien ? continua-t-elle dans un souffle.

L'allusion aux situations familiales des autres exigeait un peu de discrétion.

— Maman s'entendait déjà très bien avec les deux filles Dubuc. Bien sûr, l'absence de Thalie, tout comme la mienne, rend les choses plus faciles. Ne serait-ce que pour éviter de se marcher sur les pieds. L'appartement n'est pas si grand.

— Cet arrangement semble heureux pour eux comme pour vous, je crois.

— Vous voyez ma façon de vivre. Le cadre familial était un peu étroit.

Son interlocutrice lui adressa son meilleur sourire. Elle ne pouvait s'empêcher de songer combien ce grand garçon sage présentait un fils idéal. Tout au plus travaillait-il un peu trop pour la préservation de sa santé. Bien sûr, elle l'entendait parfois sortir très tard pour aller s'épuiser dans une marche interminable. Cela lui paraissait être une faute bien bénigne.

— Madame Picard, intervint l'un des députés originaires de la région de Montréal en profitant d'une pause dans la conversation, vous ne trouvez pas votre nouvelle vie bien contraignante ? Vous ne paraissez pas avoir pris une journée de congé depuis septembre.

— Mais comme vous retournez régulièrement rejoindre votre épouse, comment tirez-vous une pareille conclusion ? opposa-t-elle avec un sourire narquois. Me faites-vous espionner ?

Parfois, la veuve se sentait un peu comme une reine mère dans sa ruche. Ces hommes lui tournaient sans cesse autour, même les plus jeunes. Certains jours, elle pensait à les chasser pour louer toutes ses chambres à des femmes. Elle renonçait à ce projet en se disant que dans ce cas, elle devrait réduire le loyer mensuel. Ces notables la payaient fort bien.

— Non, non, protesta l'élu. Mais vous semblez si occupée.

— Je ne le suis pas tant que cela : vous me voyez en train de boire du thé avec vous !

— Pour notre plus grand plaisir…

Allant sur ses soixante ans, l'homme ne comprenait pas combien conter fleurette lui convenait peu. La sonnerie du téléphone épargna à Élisabeth l'effort de trouver une réponse à la fois polie et ferme, pour le ramener à des sujets plus innocents.

— Excusez-moi.

Un instant plus tard, elle revint en disant :

— Mathieu, c'est pour vous.

Ce fut à son tour de s'excuser avant de passer dans le minuscule bureau attenant à la réception. Le téléphone se trouvait sur un petit secrétaire.

— Oui, j'écoute.

— Picard ?

— C'est moi.

— Oréus Mailhot.

Son temps de relative quiétude achevait, l'étudiant le comprit tout de suite. Il replongerait bientôt dans cette horrible histoire.

— Bonsoir, monsieur Mailhot. Vous portez-vous bien ?

— Oui. Je m'inquiète toutefois pour les enfants.

Avec un moyen de communication aussi peu discret que le téléphone, mieux valait demeurer vague.

— Quelque chose est survenu, susceptible de vous alarmer ?

— Non, mais comme nous approchons de la date fatidique, je suppose que la pression deviendra de plus en plus forte.

Les grands-parents, mais sans doute aussi des oncles et des tantes, devaient tenter de les convaincre de se faire discrets, sinon tout à fait silencieux.

— Je vois. Je peux faire quelque chose ?

— Demain, je vais les conduire à l'hospice Saint-Joseph-de-la-Délivrance, à Lévis. Décision du juge de paix. Ils habiteront là pendant… les événements. J'ai pris les arrangements nécessaires. Ensuite, nous aviserons.

— Vous avez bien fait.

Mathieu se demandait toujours pourquoi cet homme lui racontait tout cela.

— La petite fille m'a dit qu'elle aimerait vous parler de nouveau.

— … Je comprends.

— Pouvez-vous venir nous accueillir demain à la gare de Lévis ? Cela la rassurerait. Nous arriverons un peu avant midi.

Un peu avant midi, le 2 avril, le jeune homme avait prévu aller accueillir sa sœur à la gare du Canadien Pacifique. Ce serait le Vendredi saint, et l'Université McGill, tout comme l'Université Laval, faisaient relâche. Il devait changer ses plans, Thalie comprendrait.

— Bien sûr, je serai là.

La preuve de la Couronne paraissant bien fragile, le témoignage de la petite fille pouvait emporter la décision. Il représentait un enjeu.

— Vous pouvez compter sur moi, enchaîna Mathieu.

— À demain.

— À demain.

Après avoir raccroché, le jeune homme resta un instant pensif. De retour dans le salon, il déclara :

— Je vous prie de m'excuser tous. Comme demain le devoir m'appellera une autre fois, je dois sortir.

— Ah ! Le procès de ces deux tortionnaires de la campagne, s'exclama le député énamouré. Voilà une bien sordide affaire.

— Les assises criminelles commenceront mardi prochain. Je dois me remettre au travail.

— Francœur se promène dans les couloirs de l'Assemblée en répétant que les choses sont bien emmêlées dans cette histoire. Selon lui, les journaux exagèrent grandement la cruauté de ces gens. Il prédit une victoire.

L'avocat de la défense travaillait-il à changer l'opinion publique en commençant par ses collègues, ou voulait-il seulement diminuer le tort fait à sa réputation avec une histoire si impopulaire ?

— Si les choses sont si emmêlées, opina le jeune homme, comptons sur Fitzpatrick pour les tirer un peu au clair. Sur ce, je vous souhaite le bonsoir. Tante Élisabeth.

Comme à son habitude, Mathieu inclina la tête vers elle. La femme lui adressa le même salut, et un sourire.

Avant de quitter la pension Sainte-Geneviève, Mathieu prit le temps de passer un coup de fil. En conséquence, à la minute où il s'apprêtait à frapper à la porte de la maison de chambres de la rue Saint-François, celle-ci s'ouvrit avant que ses jointures ne touchent le bois.

— Je te surveillais depuis la fenêtre, déclara Flavie.

Ce genre d'accueil le touchait toujours un peu. Il se pencha pour lui faire la bise sur la joue.

— Pourquoi as-tu voulu me voir ce soir ? Nous nous étions entendus pour samedi.

— Ai-je dérangé tes projets ?

Une pointe de déception marquait sa voix.

— Ne dis pas de sottise. Je projetais de passer la soirée un magazine à la main. Toi, quelque chose te tracasse, je le devine.

— Ne restons pas comme cela, moi sur le perron, toi dans l'embrasure de la porte.

— Comme tu l'as suggéré, allons marcher.

Elle le rejoignit sur le trottoir, saisit son bras, se pressa un peu contre lui. Machinalement, ils se dirigèrent vers la rue Saint-Joseph. Les vitrines éclairées les distrairaient un peu.

— Tout à l'heure, le juge de paix de Sainte-Philomène m'a téléphoné. La petite fille souhaite me parler.

— Marie-Jeanne ?

— Oui.

Au retour de son second voyage dans cette paroisse, il était encore venu la rejoindre pour tout lui raconter. Cela devenait une habitude rassurante.

— Après trois semaines de tranquillité, je replonge dans cette histoire.

La soirée du 1er avril se faisait agréablement douce, le ciel sans nuage. Deux ans plus tôt, jour pour jour, à quelques centaines de pieds de là, l'armée mitraillait la foule sous une lourde giboulée.

La jeune femme chercha la Grande Ourse, puis lui glissa à l'oreille :

— Ce soir, tu es avec moi, il fait beau, j'étrennerai un nouveau chapeau de paille dimanche à la grand-messe célébrée par ton oncle Buteau. Peux-tu passer une heure avec moi, sans penser à ces gens ?

— Je suis venu pour cela.

Il pressa la main placée sur le pli de son coude : elle s'abandonna un peu plus contre son flanc.

Chapitre 15

Mathieu emprunta le traversier pour se rendre à la gare de Lévis. Au moins, cette fois, il ne quittait pas Québec pour aller s'enterrer dans l'obscure paroisse de Sainte-Philomène. Le train venant du comté de Lotbinière s'arrêta dans un nuage de vapeur blanche. Des paysans descendirent sur le quai, et parmi eux, un homme un peu mieux vêtu, accompagné de trois enfants.

Oréus Mailhot tenait les deux garçons, Georges et Gérard, par la main. Chacun portait une minuscule valise en carton, toutes leurs possessions sans doute. Marie-Jeanne venait derrière, le visage terriblement grave, elle aussi avec un petit bagage.

— Je suis heureux de vous revoir, monsieur, exprima l'étudiant en droit en lui serrant la main.

— Moi aussi, même si les circonstances sont un peu tristes.

Les mines défaites des enfants exprimaient ce contexte difficile.

— Comme ils devront témoigner, ce sera plus pratique de les avoir sous la main, expliqua le marchand.

Les enfants étaient-ils dupes de ce mauvais prétexte? Les deux plus jeunes ne semblaient prêter aucune attention à ces paroles, comme si leur sens leur échappait tout à fait. Pour sa part, la fillette ouvrait de grands yeux bruns inquiets.

— En plus, si les choses se terminent mal, les grands-parents mettront la ferme en vente. À son âge, Gédéon ne peut plus en assumer la responsabilité. Déjà, il a prévu faire appel à des voisins pour les semences, le mois prochain.

— Malgré les circonstances, ceux-ci acceptent d'apporter leur aide ?

— La terre doit être ensemencée, maugréa l'homme en haussant les épaules.

Bien sûr, le cycle des tâches saisonnières perdurait, immuable malgré les événements. L'important était de ne pas laisser le sol si récemment défriché retourner à la forêt.

— Nous allons prendre un taxi jusqu'à l'hospice, proposa Mathieu.

— Une machine ? demanda le petit Georges, les yeux écarquillés.

— Oui, une machine.

Il traversa la gare en faisant des « Vroum ! Vroum ! » baveux avec la bouche. Ce serait sans doute son premier trajet dans une voiture, une expérience dont il se rappellerait encore les circonstances dans trente ans.

Rendus sur le trottoir, ils repérèrent une Ford à peu de distance. Les trois enfants s'entassèrent sur la banquette arrière.

— Nous ne logerons pas tous les deux à l'avant, remarqua le juge de paix.

— Prenez place près du chauffeur, je me tiendrai sur le marchepied.

La posture se révélait moins dangereuse qu'il ne semblait. Une planche de bois parcourait tout le côté du véhicule et la galerie sur le toit permettait de se tenir fermement. Surtout, le trajet prendrait tout au plus quinze minutes.

L'hospice Saint-Joseph-de-la-Délivrance présentait l'allure habituelle des édifices conventuels, avec son clocheton sur le toit en tôle. Le corps de logis principal était flanqué de deux ailes. L'établissement visait des fins plus ou moins complémentaires : l'accueil des prêtres âgés ou infirmes, devenus incapables d'exercer leur sacerdoce, et celui d'orphelins des deux sexes. De plus, des jeunes filles de Lévis pouvaient y poursuivre le cours d'études primaires approuvé par le département de l'Instruction publique.

Mathieu paya la course, cela lui semblait être la moindre des choses. Un escalier d'une douzaine de marches conduisait à la porte d'entrée principale.

— Messieurs, demanda une sœur portière penchée afin de passer la moitié de la tête dans le guichet pour mieux les voir, que voulez-vous ?

— Nous désirons parler à la mère supérieure.

— Je ne sais pas…

— Je suis Oréus Mailhot. Elle nous attend.

Le patronyme lui était familier.

— … Je vois. Ce sont eux.

La religieuse dévisagea les enfants. Même si, de tous les journaux, *L'Action catholique* pénétrait seul dans ces murs, la rumeur des procès à venir atteignait ces saintes femmes.

Elle disparut, puis revint un peu plus tard.

— Suivez-moi. Mère Saint-Émilien vous attend.

Depuis sa fondation, cet établissement bénéficiait du travail des sœurs de la Charité. Les visiteurs marchèrent dans un corridor au sol en planches de pin bien polies, rendues brillantes par des centaines de pas quotidiens. Le bureau de la directrice se trouvait au bout, une pièce éclairée par une fenêtre.

— Monsieur Mailhot… commença-t-elle en se levant à demi pour les saluer, et monsieur ?

— Mathieu Picard. Je travaille pour le bureau du procureur général de la province.

Elle enregistra l'information, résolut de le traiter avec certains égards.

— Ma sœur, continua-t-elle à l'intention de la portière, pouvez-vous conduire ces enfants dans la petite pièce située près de votre cellule, le temps de notre discussion ? Je m'occuperai d'eux dans une minute.

Les deux garçons et la petite fille refirent le même trajet jusqu'à leur point de départ. La directrice se leva tout à fait en signe de respect, mais elle ne tendit pas la main. Ce contact aurait été déplacé.

— Asseyez-vous.

Elle-même reprit son siège. Mailhot chercha dans la poche intérieure de son veston, posa une enveloppe au milieu du bureau.

— Voilà la somme convenue pour le prochain mois, dit-il.

— Et ensuite ?

— Personne ne sait ce qui arrivera ensuite, ma mère, intervint Mathieu. Il se peut que les parents viennent eux-mêmes les chercher.

La femme se raidit, comme troublée par cette éventualité.

— Dans ce cas, je prierai pour leur condamnation… si Dieu le souhaite, bien sûr, murmura-t-elle.

— Alors, nous serons deux à prier, ajouta Mathieu.

La toile blanche encadrant le visage de la religieuse accentuait la teinte un peu rose de ses joues bien rondes. Trente ans plus tôt, elle avait dû être jolie.

— D'ici là, ma mère, continua l'étudiant, puis-je compter sur vous pour les tenir à l'œil ? Les prochaines semaines seront terribles. Ils devront témoigner contre leurs propres parents.

— Une situation affreuse, vous avez raison… Bien sûr, je leur apporterai toute l'attention dont ils auront besoin.

L'existence dans ces murs se révélerait ennuyeuse. D'un autre côté, les leçons et les exercices de piété donneraient un sens à leur vie, empêcheraient leur esprit de trop vagabonder.

— Vous serez avertie du moment de leur comparution. Je m'arrangerai pour qu'un agent de la paix vienne les chercher le matin, pour les reconduire ici le soir.

— Et moi, je les libérerai de leurs classes ces jours-là.

À la fin, la question la plus délicate restait à régler.

— Je devrai revenir afin de les préparer à leur passage à la barre des témoins. Surtout Marie-Jeanne. Comme elle est la plus âgée des trois, non seulement son témoignage revêtira-t-il plus de poids à la cour, mais son exemple pourra aussi entraîner ses frères à dire la vérité.

— La préparer ?

— L'aider à mettre de l'ordre dans ses idées, à formuler à haute voix ce dont elle a été témoin. Le plus difficile sera de deviner comment l'avocat de ses parents cherchera à la troubler, à l'amener à se contredire. Son objectif sera de la discréditer entièrement.

— Pour ajouter l'horreur à l'horreur.

L'étudiant hocha la tête, partageant lui aussi ce constat.

— Il me faudra l'engager dans une répétition de son récit, en quelque sorte. Pour cela, je devrai la rencontrer seul à seul.

— Avec une si petite fille, ce ne serait pas convenable. Une religieuse sera présente.

— Elle n'osera pas parler devant un témoin. Puis, je ne veux pas risquer que des rumeurs se répandent dans la population.

— Si je demande la discrétion à l'une de mes sœurs…

Elle s'arrêta. Des secrets de ce genre devaient être partagés. La santé mentale de leurs détenteurs l'exigeait. Mathieu prit sur lui de proposer un scénario :

— Vous avez un beau jardin. Je pourrais m'asseoir sur un banc avec elle, l'une de vos sœurs pourra nous surveiller tout en demeurant hors de portée de voix.

Cela parut un compromis acceptable à la religieuse. Elle donna son assentiment d'un signe de tête.

— J'aimerais discuter un peu avec elle tout de suite.

— Nous sommes Vendredi saint. Une messe sera célébrée à trois heures, d'ici là nous entendons voir tous les enfants se confesser, y compris les Gagnon. À la messe, tous communieront : ce sera comme un bouquet de roses pour Notre-Seigneur. Cela les aidera certainement à faire face à la suite des événements.

Il n'existait aucune réponse à ce genre d'argument. Se rebeller ne servirait à rien.

— Seulement quelques minutes alors, suggéra Mathieu, le temps de m'entendre avec elle pour une rencontre demain, et de lui poser quelques questions urgentes.

— Pas plus de vingt minutes. Allons les retrouver.

Les deux hommes suivirent la directrice jusqu'à l'entrée principale. Elle trouva les trois enfants silencieux, assis sur des chaises, leur valise à leurs pieds.

— Je vais vous montrer vos lits, les garçons, commença mère Saint-Émilien. Ensuite, vous rejoindrez vos camarades à la chapelle. Comme nous sommes au dernier jour du carême, il n'y aura pas de dîner aujourd'hui. Nous nous reprendrons tous ce soir.

Peut-être effrayés par cette menace de jeûne, les deux gamins se précipitèrent avec un bel ensemble sur Oréus Mailhot, lui saisirent chacun une main.

— Gardez-nous avec vous, monsieur, pleurnicha Georges.

— Oui, nous voulons retourner avec vous à Sainte-Philomène, vivre en haut du magasin, enchaîna Gérard. Nous pouvons travailler...

Comme demande d'adoption, on ne pouvait faire plus explicite.

— Je ne peux pas, voyons. Le procès doit commencer mardi, vous irez témoigner. Puis, ici, vous recommencerez à aller à l'école, avec des camarades de votre âge.

Mathieu comprenait combien ce nouvel univers leur paraissait mystérieux, menaçant même. Surtout, le marchand général était passé deux fois par semaine dans la maison du septième rang, les poches bourrées de bonbons. Attentif à leur sécurité, il prenait des allures de père Noël. Ce genre d'attention lui valait cette curieuse requête, aujourd'hui.

— Monsieur Mailhot a raison. Venez avec moi.

La religieuse s'exprimait d'une voix douce, les garçons abandonnèrent leur résistance. Elle ajouta à l'intention de Marie-Jeanne :

— Monsieur Picard veut te parler un peu. Je reviendrai te chercher tout à l'heure.

La directrice, obsédée par les convenances, précisa à l'intention de la portière :

— Nous n'attendons personne d'autre aujourd'hui. Vous les accompagnerez dans le jardin, tout en vous tenant à l'écart.

Arrivé au pied de l'escalier, Oréus Mailhot commença.

— Je vais vous quitter maintenant. Mon train partira bientôt.

— Ne devrez-vous pas témoigner aussi ? demanda Mathieu.

— Lauréat Couture ne m'a remis aucun *subpœna*. Je n'en suis pas déçu, croyez-moi.

Le marchand tendit la main. Peut-être ne se reverraient-ils plus jamais.

— Je vous remercie pour votre accueil, cet hiver, et aussi de votre gentillesse pour les enfants.

— Oh ! Comme je n'ai pas été suffisamment attentif pour Aurore, la suite compense un peu… ou peut-être pas du tout. Je ne sais pas.

Il haussa les épaules, comme résigné à vivre avec ses regrets. Ils se serrèrent la main, puis le juge de paix se dirigea vers la gare de son pas rapide.

Le jeune homme et l'adolescente se tenaient immobiles devant la statue de saint Joseph érigée dans le jardin, au milieu d'un îlot de fleurs. La portière était postée à une vingtaine de pas, soucieuse de ne pas les perdre de vue.

— Tiens, avant que je n'oublie, lui dit Mathieu en cherchant au fond de l'une de ses poches. C'est pour toi.

Il déposa deux petits tubes au creux de la paume de sa compagne. Elle leva vers lui des yeux interrogateurs.

— C'est un baume pour les lèvres, précisa-t-il. Si tu en mets un peu trois fois par jour, cela devrait faire disparaître les gerçures. Tu lui montreras tout à l'heure, pour la rassurer.

La portière soupçonnait certainement déjà un commerce illicite. Mieux valait jouer la transparence.

— Nous nous asseyons sur ce banc ?

Celui-là avait la qualité de se trouver un peu à l'écart des autres.

— Nous ne nous sommes pas vus depuis un moment, remarqua-t-il après un silence. Pourtant, la dernière fois tu semblais d'accord pour me parler de nouveau.

— Il me l'a défendu.

— Qui ça ? Ton grand-père ?

— Non, l'avocat. Enfin, le député, je ne sais plus.

Joseph-Napoléon Francœur avait rencontré les enfants du couple Gagnon. Les avocats de la défense «préparaient» les témoins eux aussi. À cet égard, Mathieu accusait un certain retard.

— Peux-tu me répéter exactement ses paroles ?

— Il m'a demandé de ne rien dire au policier Couture, de répondre seulement par oui ou non à toutes ses questions. Selon lui, cet homme n'a pas le droit de nous interroger.

— Le détective fait seulement son travail, tout comme l'avocat de tes parents.

Gravement, elle hocha la tête. Ces entretiens l'avaient fortement impressionnée.

— Tu as souvent discuté avec lui ?

— Trois fois.

— Où cela ?

— À la maison deux fois. Une autre fois, je me suis rendue à Sainte-Croix avec grand-papa.

L'homme devait garder une propriété dans sa circonscription, en plus de celle de Québec. Cette précaution lui permettait de rester plus facilement en contact avec ses électeurs.

— Veux-tu me donner une idée de ses questions ?

— Je peux les répéter ? Ce n'est pas… criminel ?

— Tu es libre de me répondre, ou non. Tu peux même me mentir, si tu le veux. Mais tu devras dire la vérité devant le tribunal. Là, tu prêteras serment.

— Il voulait surtout que je lui parle de toutes les mauvaises actions d'Aurore.

Mathieu hocha la tête. Très vraisemblablement, les parents ne parleraient pas devant le juge. La cour ne pouvait les y contraindre, et les accusés ne le faisaient que très rarement de leur propre initiative. Marie-Jeanne devrait énumérer les frasques de la victime à leur place, pour le bénéfice des jurés.

— Il disait quelque chose comme : « Raconte-moi tous les mauvais coups d'Aurore » ? suggéra Mathieu.

— Oui. Mais comme je ne répondais pas, il me les alignait lui-même. Je devais ajouter des détails.

— Tu pouvais lui en donner ?

— J'ai répété les mots de maman, la plupart du temps.

Le jeune homme apprécia la précision, mais en remit la clarification à plus tard.

— Dans ce cas, pourquoi as-tu dit à monsieur Mailhot que tu souhaitais me parler ?

— Ces mauvais coups… la plupart du temps, c'étaient des inventions de maman.

Du coin de l'œil, le stagiaire remarqua la silhouette de la directrice sur le perron de l'établissement. Elle entendait conduire bien vite sa nouvelle protégée à confesse.

— C'est un peu comme si cet homme voulait la punir injustement encore une fois, souffla la gamine.

— … Oui, je comprends.

La petite fille entendait rendre justice à la mémoire de sa sœur.

— Ton témoignage à la cour sera sans doute bien difficile, avertit-il, tu dois te préparer. La salle sera remplie de gens. Francœur te posera des questions, il essaiera de te mêler, de relever des contradictions.

— De façon à ce que les gens ne me croient pas.

Elle comprenait bien l'enjeu. La préparer serait facile. Mathieu préféra remettre au lendemain toute incursion dans le vif du sujet.

— Tu crois que tu seras bien, ici ?

— C'est mieux que l'orphelinat d'Youville, je pense.

Déjà, elle puisait dans ses malheurs passés pour se rassurer sur ceux à venir.

— Je crois aussi, sincèrement. Tu vas rentrer, mère Saint-Émilien t'attend là-bas. Si je reviens demain au début de l'après-midi, tu me parleras ? Nous nous installerons sur le même banc.

— Oui, je veux bien.

Ils revinrent ensemble vers le perron. La directrice esquissa l'ombre d'un sourire. Ce garçon savait respecter les consignes.

— Demain, je serai là vers une heure, si cela te convient, précisa-t-il devant la religieuse.

La fillette acquiesça de la tête. Comme il s'y attendait, la directrice précisa :

— Dans les circonstances, nous lui permettrons de rater la classe.

— Je vous remercie, ma mère.

Après un salut de la tête à Marie-Jeanne, Mathieu regagna son traversier.

Le Vendredi saint n'était pas un congé férié, mais dans tous les commerces, certains usages prévalaient. Chacun affectait une mine un peu défaite, comme si le glas prévu pour trois heures sonnait pour un parent. Quand Mathieu pénétra dans la boutique ALFRED, il y découvrit une atmosphère peu conforme à la tradition.

Thalie se tenait au milieu de la grande pièce du rez-de-chaussée, sa valise posée à ses pieds, entourée de sa mère, de Françoise et d'une vendeuse.

— Seul le Jeffery's Hale semble disposé à endurer ma présence dans ses murs. Pour un salaire ridicule, je pourrai manipuler des bassines tout l'été.

— Comme je suis contente, s'exclama sa mère en la pressant contre elle, au risque de faire tomber son joli chapeau de paille tout neuf.

Pour Marie, cela voulait dire de longs mois avec sa fille, sa présence dans l'appartement toutes les nuits, à sa table pour au moins deux repas par jour. Surtout, déjà elle espérait la voir s'établir dans la ville au terme de ses études.

— Et voilà mon grand frère infidèle ! s'exclama Thalie en se tournant. Viens me faire la bise, déserteur.

— Je t'ai téléphoné pour te dire…

— Un déserteur qui avertit un peu d'avance, c'est un peu moins décevant, j'en conviens. Tout de même, moi, faible femme, j'ai dû porter ce lourd bagage…

Pour la faire taire, Mathieu la serra contre lui, lui appliqua une bise sonore sur la joue.

— C'est à cause de cette fameuse affaire, murmura la mère pour excuser son aîné. C'est si triste, tu sais.

La jeune fille retrouva son sérieux pour répondre :

— Mais, maman, je me moquais un peu de lui, c'est tout. *La Presse* a fait état de ce couple Gagnon. Tu vois, moi, je vais manipuler de simples bassines. Les excréments des malades me paraissent sentir moins mauvais que certains de nos semblables. Lui, il fréquente de vraies crapules.

La répartie laissa les autres bouche bée. Comme une cliente s'avançait vers la caisse en fixant des yeux interrogateurs sur le groupe, la jeune fille conclut :

— Je vais monter tout de suite, pour vous permettre de travailler. Frérot, je te laisse t'occuper de ma valise. Viens me raconter les derniers mois.

Difficile de se dérober à une invitation aussi péremptoire. Le jeune homme fit exactement comme on le lui disait.

Dans l'appartement, Gertrude vint chercher sa part de câlins et de sourires, puis elle laissa le frère et la sœur se réfugier dans la chambre de cette dernière. Mathieu plaça la valise sur le lit, puis il vint s'asseoir près de la fenêtre grande ouverte.

— Tu vas faire geler la maison, observa-t-il.

— Je vais renouveler l'air, tu veux dire. La cuisinière au charbon maintient une chaleur moite dans toutes les pièces. Savais-tu que l'air vicié peut provoquer bien des maladies, notamment la tuberculose ?

— Non, mais je sens que je vais apprendre un tas de choses, si tu passes tout l'été avec nous.

La jeune fille éclata de rire en posant ses coudes sur le bord de la fenêtre.

— Je dois être un peu comme un jeune prêtre, désireux de convertir tout le monde. De plus en plus, les médecins découvrent qu'une vie saine, active, du soleil et de l'air pur sont des armes efficaces pour prévenir la maladie. Les Canadiens français meurent en trop grand nombre…

— Tu évoques le sport, le plein air. Tu sais bien que le culte du corps multiplie les occasions de pécher. Si tu entendais les sermons de monseigneur Roy sur les dangers des maillots de bain. Lui aussi sent revenir l'été, et toutes ses menaces.

— Arrête, tu vas me donner mal au cœur.

Sous leurs yeux, dans la rue de la Fabrique, de nombreuses personnes convergeaient vers la cathédrale. La cérémonie de trois heures commencerait bientôt, les cloches laissaient entendre un chant lugubre.

— Tu vas donc passer tout l'été avec nous ?

— À la suite d'un long échange de lettres, le Jeffery's Hale veut bien considérer qu'après deux ans d'études de médecine, je vaux une infirmière.

— Là, tu crées une attente chez maman.

— Que je fasse comme toi ? Que plus tard je devienne ta voisine, et la sienne bien sûr ?

Le garçon hocha la tête, puis il proposa :

— L'air de ta chambre est bien propre, maintenant. Fermons la fenêtre, sinon tu vas attraper la grippe. Tu te souviens du dicton : « En avril, ne te découvre pas d'un fil. » À plus forte raison un 2 avril.

— Ah ! Je retrouve mon grand frère protecteur.

Peu après, ils poursuivaient leur conversation, elle étendue sur son lit, lui affalé dans le vieux fauteuil élimé, au siège un peu défoncé.

— L'an prochain, je ne reviendrai peut-être pas à Québec, confia l'étudiante. Cet été, je serai simplement préposée aux malades. Alors, ici ou ailleurs, cela se vaut. Mais bientôt je devrai aller là où on me proposera les meilleures occasions d'apprendre.

— En avril 1921, tu expliqueras les dures réalités de l'apprentissage de la médecine à maman. Elle comprendra. Je serai heureux de ta présence pendant ces quelques mois.

Thalie le remercia d'un sourire. Sa chambre donnant sur la rue de la Fabrique, la présence de son grand frère, tout cela avait un côté apaisant.

— Tu me racontes ta matinée, décida-t-elle. Tu avais un rendez-vous galant, je pense.

— Avec une petite fille de douze ans terriblement meurtrie.

Au cours des derniers mois, dans ses lettres, l'étudiant en droit l'avait mise au courant des grandes lignes de l'affaire.

— Elle comparaîtra ?

— Certainement. Mon patron hésitait, car les enfants sont des témoins imprévisibles. Mais là, l'avocat de la défense l'appellera à la barre, de toute façon. Nous devons absolument prendre les devants.

— Veux-tu dire qu'elle contredira la version de ses parents ?

— Je ne sais pas encore. Demain, je passerai une partie de l'après-midi avec elle. J'espère qu'elle voudra dire la vérité.

La jeune fille resta songeuse un long moment, les yeux perdus dans ceux de son frère.

— Tu imagines la dose de courage qu'il lui faudra ? murmura-t-elle.

— Je devine à peu près. La situation semble encore plus embrouillée que toutes nos supputations mises ensemble.

— Cette fillette te touche profondément, n'est-ce pas ?

Le jeune homme se réfugia dans le silence. Depuis février, il ne se passait pas une heure sans que les grands yeux bruns et la bouche gercée ne lui reviennent en mémoire.

— Nous sommes dans la même situation, elle et moi. Nous portons en nous des souvenirs insupportables. C'est un poids qui nous enfonce, quand vient le temps de nager pour regagner la rive.

L'image donna un frisson à la jeune fille. Son frère semblait plus serein que l'été précédent. Toutefois, selon ses propres mots, il cherchait encore comment reprendre pied dans la réalité de cette petite ville de province. Son face-à-face quotidien avec l'horreur domestique rendait-elle la démarche plus périlleuse encore ?

— Mais elle a la moitié de mon âge, continua-t-il. Te rends-tu compte combien cela doit être difficile pour elle ? Les confidences paraissent lui coûter, comme si en disant la vérité, elle devait assumer le mauvais rôle dans cette histoire, ou au moins l'un des mauvais rôles. D'un autre côté, si je ne sais pas tout, je ne pourrai pas la préparer à l'audience. Cela pourrait devenir terriblement dévastateur pour elle.

Thalie hocha la tête. Au milieu d'une foule, avec une meute de journalistes, des hommes expérimentés tenteraient de lui extirper des informations servant les intérêts de leur cause.

— Dans une lettre, tu as dit que les parents justifiaient les châtiments infligés en invoquant l'impureté de la petite Aurore.

— Tu imagines ? La battre à coups de manche de hache pour ça.

— Ce « ça », comme tu dis, les curés en sont passionnés, au point d'en parler sans cesse en chaire, dans le confessionnal, lors des « retraites fermées » auxquelles ils astreignent même les enfants. Ces sombres bonshommes se délectent du sujet, posent des questions d'inquisiteurs. Tu as parlé tout à l'heure de leur obsession pour les maillots de bain. Imagine-les enquêter sur les turpitudes des petites filles.

Cette obsession collective des péchés de la chair pouvait faire reconnaître comme légitimes les pires cruautés, si elles servaient à réprimer des pulsions impures.

— La petite Marie-Jeanne semble avoir été une participante à ces petits… jeux, poursuivit Thalie.

Aucun autre mot ne semblait mieux convenir pour désigner des activités de ce genre.

— Si Napoléon Francœur décide d'aborder cela au tribunal, admit Mathieu, elle va mourir de honte.

— Il n'oserait pas.

— Ne parie pas là-dessus, tu perdrais.

— Tu parles d'un… goujat !

Des mots bien plus percutants se bousculaient dans son esprit. Finalement, sa maîtrise parfaite de deux langues doublait son bagage de termes orduriers.

— Si jamais Marie-Jeanne préfère parler à une fille, dis-le moi. Je pourrais aider dans cette histoire.

— Je ne sais pas...

— Dans certaines circonstances, une femme préfère parler à une autre femme. Cela vaut aussi pour les petites filles. Crois-moi, je peux me rendre utile.

Le jeune homme hocha la tête, un sourire amusé sur les lèvres.

— Je lui transmettrai ton offre sans faute. Bien plus, je l'encouragerai à l'accepter. Elle sera la seule à décider, toutefois.

— Je l'entends bien ainsi.

Le garçon se leva du fauteuil, posa la main sur la poignée de la porte.

— Je vais aller faire un tour à la Basse-Ville. J'ai négligé une jolie brunette ces derniers temps. Comme notre cousin Édouard, un homme pieux, ferme les portes de son magasin de bonne heure en ce Vendredi saint, je la trouverai à sa pension.

— Avec elle, c'est sérieux ?

Il se tut, comme s'il devait lui-même faire le point sur la question avant de répondre.

— J'ai beaucoup de mal à me projeter dans un futur lointain. Pour l'heure, je ne veux que voir la fin de ce procès et réussir mes examens de fin d'année. Quant à la suite des choses...

Le jeune homme hésita un moment, soucieux de bien traduire ses sentiments.

— Je me suis précipité chez elle pour discuter de Marie-Jeanne, après chacune de mes expéditions à Sainte-Philomène. C'est ce que je ferai tout à l'heure. Elle a une façon de m'écouter qui me fait beaucoup de bien.

Mathieu marqua une pause, puis déclara :

— Tu peux imaginer la mine de Françoise, si j'abordais ce sujet avec elle ?

— Elle a peut-être des ressources que nous ignorons tous les deux.

— J'en doute. Amélie, avec ses boucles blondes et ses airs un peu évaporés, me fournirait une meilleure oreille, je pense. Au moins, je ne craindrais pas de la voir défaillir à chaque évocation déplaisante.

Thalie quitta son lit pour le prendre par le bras.

— Ah ! Une fille peut trop aimer les garçons et avoir tout de même les deux pieds sur terre. Mais le plus important, dans ta comparaison de Flavie, Françoise et Amélie, c'est que toi, tu considères la première comme une meilleure compagne pour toi. Dans cette histoire, seuls tes sentiments ont de l'importance, n'est-ce pas ?

Le garçon contempla sa sœur, un sourire narquois sur les lèvres.

— Étudier la médecine te rend si raisonnable ? Ou alors tu continues de croître en grâce et en sagesse ?

— Un peu des deux, je suppose. Je t'accompagne à la porte et je vais parler un peu avec Gertrude ensuite. Elle craint toujours que je me fasse protestante, à McGill.

— Pour une vieille qui déteste tous les curés, c'est une angoisse étrange.

— Nous sommes tous un peu étranges, dans cette maison.

Chapitre 16

Le lendemain, à son arrivée à l'hospice Saint-Joseph-de-la-Délivrance, Mathieu regretta de ne pas avoir demandé à Mailhot de placer les enfants dans un établissement de Québec. Le trajet, ce deuxième jour, lui avait paru plus long que la première fois. La fillette se trouvait déjà dans la petite pièce attenante à la cellule de la portière. Une jeune religieuse prenait place sur la chaise voisine de la sienne, les yeux baissés, les deux mains jointes dans son giron.

« Voilà donc notre nouveau chaperon », constata le jeune homme.

— Bonjour, ma sœur ! salua-t-il à haute voix.

Elle raidit un peu le corps, répondit dans un murmure, le regard résolument fixé sur le plancher. Elle devait avoir son âge à peu près. Pour elle, il représentait peut-être une tentation coupable.

— Nous y allons, Marie-Jeanne ?

La gamine donna son assentiment d'un mouvement de la tête. Ses lèvres portaient une pellicule luisante, elle faisait usage du baume apporté la veille. Sur le banc dans un coin du jardin, il demanda :

— Les religieuses te traitent bien ?

— Oui. La nourriture est mangeable, le lit pas trop dur.

Elle en venait tout de suite à l'essentiel. Le superflu ne faisait pas partie de son univers.

— La directrice me laisse manger à une table placée un peu à l'écart des autres, avec Georges et Gérard. Ce sera comme cela jusqu'à la fin du procès.

La religieuse pouvait vouloir épargner à ces enfants une avalanche de questions. Ou peut-être cherchait-elle à éviter que les informations aillent dans l'autre sens. Formulé à haute voix, le récit de ces malheureux risquait de troubler bien des sommeils de petits camarades. Plus simplement, elle souhaitait voir la fratrie se conforter mutuellement, devant l'épreuve à venir.

— Les garçons savent-ils quel sera ton témoignage ?

— Je leur ai dit que je ne mentirais pas, que je ne répéterais pas les inventions de maman.

Mathieu enregistra l'information avec satisfaction.

— Et aujourd'hui, tu es prête à me préciser quelles sont ses inventions ?

Elle hocha la tête en guise d'assentiment. Du coin de l'œil, elle surveillait la petite religieuse, recueillie devant la statue de saint Joseph.

— Moi aussi, j'ai menti.

— À l'enquête du coroner. Je sais.

— Pas seulement là. Partout. Même à monsieur Francœur.

Elle leva un regard un peu désespéré vers lui.

— C'est mal, de mentir à un député ?

— Certainement pas, s'exclama son compagnon en riant.

À soixante pieds, la sœur leva les yeux sur eux. Marie-Jeanne sourit, tout de même incertaine des motifs de l'amusement soudain de son visiteur.

— Je t'ai menti aussi.

— Quand cela ?

— Chez madame Lemay.

— Ce n'est pas grave, si tu me dis maintenant la vérité.

Se confesser ainsi lui coûtait. Après un long silence, elle commença :

— Quand j'ai dit qu'elle faisait partout, ce n'était pas vrai. Maman racontait cela pour la faire punir.

— ... Elle ne l'a jamais fait ?

— Peut-être parfois, des accidents. Surtout à la fin... Tu sais, elle n'arrivait pas à se lever, les derniers jours. Maman la faisait descendre quand même à coups de hart. Là, elle a pu s'échapper.

— Je comprends.

Pareille brutalité lui paraissait pourtant inconcevable.

— L'histoire de la merde dans son paletot ?...

— Maman a fait cela pour mettre papa en colère contre Aurore.

La femme faisait en sorte que son mari déteste sa propre fille, issue d'un premier mariage. Aurore avait perdu sa mère, elle perdait son père au gré de ces affronts sans cesse répétés.

— Mais où prenait-elle...

— Dans le pot !

Marie-Jeanne le regardait, intriguée par sa question. Dans son milieu, tous se rendaient à la bécosse le jour. La nuit, le pot de chambre devait suffire. Dans une maison où habitaient sept personnes, Marie-Anne Houde profitait d'une récolte suffisante pour souiller chaque jour toute la garde-robe de son époux.

— Une fois, continua Marie-Jeanne, elle est montée dans la chambre d'Aurore avec le pot, pour lui en faire manger le contenu. Papa était arrivé du chantier, elle l'a forcée à descendre. Elle en avait encore ici.

La gamine lui indiquait tout le pourtour de la bouche. Mathieu réprima à grand mal un haut-le-cœur, laissa échapper un « Jésus-Christ » sonore. La petite religieuse leva des yeux affolés, prête à accourir. Comme un bon pied le séparait de l'adolescente, elle jugea la morale toujours sauve.

— Tu n'as jamais dit cela à ton papa ?

— ... Non.

Les pleurs couvaient, prêts à sourdre dans une seconde, ce qui terminerait l'entretien.

— Je ne te fais aucun reproche. Je veux juste comprendre. Francœur te posera les mêmes questions que moi, et bien moins gentiment.

— J'avais peur d'elle, peur qu'elle me fasse la même chose.

— Et tes petits frères ?

— Des fois, cela semblait les amuser. D'autres fois, ils se cachaient sous leur lit, effrayés.

Cette faculté de s'amuser des tortures infligées à un autre enfant ne surprenait guère le jeune homme. Lui-même avait connu ce genre de situation.

— Tu accepteras de répéter cela au tribunal ?

Elle hocha la tête avec gravité, puis demanda d'une toute petite voix :

— Tu crois qu'ils vont me punir ? Je n'ai rien fait pour l'aider.

— Non. Personne ne te punira, ni tes frères d'ailleurs. Tu es encore une enfant, tu n'as rien à te reprocher dans cette histoire.

Ses grands yeux bruns ne quittaient pas les siens. Il y voyait son désir de le croire, et en même temps un profond scepticisme.

— Tu dis cela parce que tu ne sais pas tout.

— Tu sais ce que cela signifie, faire confiance à quelqu'un ? Fais-moi confiance.

Son regard exprimait l'incertitude.

— Je l'ai fait moi aussi… avoua-t-elle. Je veux dire… maltraiter Aurore.

À la fin, le désir de se confier l'emporta. Pendant de longues minutes, elle lui raconta son voyage au bout de l'enfer. La nausée s'empara de Mathieu, il songea à s'enfuir.

— Je me sens un peu fatiguée, conclut-elle après un long exposé.

Ses confidences se terminaient de nouveau sur ces mots.

— Allons-y, dit-il en se levant. La prochaine fois, je t'expliquerai comment cela se passe au tribunal. Aujourd'hui, ton ange gardien paraît sur le point de s'endormir sur son banc.

Marie-Jeanne regarda en direction de la religieuse, prête à pouffer de rire. Le changement d'humeur soudain lui rappela combien elle demeurait une enfant, prête à s'amuser de tout.

— Ma sœur, prononça-t-il à haute voix. Nous rentrons.

La religieuse sursauta légèrement, rougit de ce rappel à son devoir. Lorsqu'ils pénétrèrent dans le couvent, ils trouvèrent la sœur portière penchée sur un seau, une serpillière à la main. Marie-Jeanne s'arrêta un moment, puis murmura :

— Le médecin qui a ouvert Aurore…

— Le docteur Marois, celui qui a fait l'autopsie ?

— Oui. Il a dit que son estomac était tout rouge.

La fillette se souvenait fort bien du témoignage du docteur, à l'enquête du coroner. Après avoir vu, au cours de sa vie, de nombreux animaux éviscérés avant de les manger, l'allure d'un estomac et son contenu ne faisaient pas mystère pour elle.

— Tu as raison. Il a pensé qu'elle avait peut-être avalé un produit irritant.

Mathieu, par délicatesse, avait évité de parler de poison.

— Tu crois que du Lessi, c'est un produit irritant?

— ... Je ne sais pas.

Il s'agissait d'un produit nettoyant, utilisé parfois pour laver les planchers, d'autres fois, le linge. Le jeune homme ne comprenait pas du tout cette nouvelle direction de la conversation. Elle s'occupa de clarifier la situation tout de suite.

— Maman lui en a fait manger à quelques reprises. Elle disait: «Aurore, viens manger du bon *candy*.»

La tête de l'étudiant tourna un peu. Chaque détour de la conversation l'amenait à une nouvelle découverte.

— Va rejoindre tes camarades, chuchota-t-il. Nous nous reverrons demain.

— À bientôt.

La jeune religieuse leur servant de chaperon sortit pour la première fois de son mutisme.

— Viens avec moi. Les classes ne sont pas finies.

Il les regarda s'engager ensemble dans le couloir.

— Ma sœur, dit-il en se penchant vers la portière, j'aimerais échanger quelques mots avec la directrice.

— Je ne sais pas si...

— Moi, je vous parie que oui.

La vieille femme ne parut pas vouloir s'engager dans un jeu de hasard.

Mère Saint-Émilien le reçut sans tarder dans son bureau.

— Je croyais avoir vu l'enfer, relata le jeune homme en prenant place sur une chaise à son invitation. Je me rends compte qu'il peut revêtir des formes multiples, toujours terribles, malgré les différences.

— Vous parlez de la guerre ?

Machinalement, le regard de Mathieu se porta sur son doigt manquant. La main sur le bras de son siège exposait son absence dans toute sa nudité.

— Non ! répondit la religieuse à sa question muette. Ce genre d'accident arrive bien souvent dans une ferme, dans un atelier. On devine votre passé à votre posture, à votre façon de marcher.

Des yeux, elle examina le jeune homme, apprécia le désarroi sur son visage. Plutôt que de se rasseoir, elle se dirigea vers une petite armoire tout en cherchant une clé au fond de sa poche.

— Vous ne devez pas être du genre à me dénoncer, je crois. Dieu seul pourra vraiment vous apporter la paix, mais en attendant, ceci vous aidera peut-être.

La femme revint avec un petit verre qu'elle posa devant lui et une bouteille de cognac. Devant la surprise de son visiteur, elle crut nécessaire de préciser :

— Le père d'une pensionnaire me l'a donnée en guise de paiement partiel pour la scolarité. Depuis, le croirez-vous, j'ai versé un petit cordial à quelques personnes. Nous sommes ici dans un lieu où la misère humaine s'exhibe toute nue. Le démon pointe parfois ses cornes.

— Je veux bien vous croire. Je préserverai votre secret si vous faites de même avec le mien : je n'ai jamais donné beaucoup de crédit à l'existence de Dieu et du Diable.

Les mots à peine sortis de ses lèvres, le jeune homme craignit de la voir se rebiffer. La confidence dévoilait l'ampleur de son trouble : il perdait sa prudence habituelle. Ou peut-être souhaitait-il plus ou moins consciemment se faire chasser de ces lieux pour enfin échapper à toute cette affaire ? Il se faisait l'impression de fouiller des plaies vives, sans anesthésie.

— Dans ce cas, pour le plaisir de notre discussion, imaginons que Dieu n'est rien d'autre que certaines de nos qualités : la compassion, la charité, la tendresse, l'amour. Je me plais à croire que l'expression de ces vertus témoigne de la présence de Dieu en nous.

— Et, toujours pour le plaisir de la discussion, la cruauté, le sadisme, l'égoïsme seraient liés à la présence du démon.

Elle hocha gravement la tête. Cette femme, se dit Mathieu, pouvait aller au-delà des incantations pieuses de ses collègues.

— Votre souffrance, devant le sort de cette petite fille, confia-t-elle, me fait croire en la présence de Dieu en vous. Mais voyez-vous, moi, je suis croyante.

Mathieu lui adressa un petit sourire. Avec un col romain, cette femme aurait fait un prêcheur autrement plus redoutable que le cardinal Bégin, ou monseigneur Buteau, son oncle.

— À ce compte, je serai en présence du Diable tous les jours à compter du début du procès. Une bien triste perspective.

— Tout de même, souvenez-vous que personne n'est entièrement mauvais. Il y a une parcelle de Dieu en chacun de nous. Même en cette femme.

La religieuse devinait bien ce qui hantait ses pensées.

— Toujours pour les fins de la discussion, ricana Mathieu, selon vous personne ne serait entièrement bon.

— Ni vous ni moi...

— J'allais justement le dire.

Cette fois, la directrice rit franchement.

— Ni Marie-Jeanne, poursuivit-elle. Le mal nous habite tous. Mais vous me semblez déterminé à ce que le bien l'emporte, chez elle. Au fond, vous exercez un sacerdoce.

Mère Saint-Émilien, conclut le visiteur, entendait aussi les confidences de la fillette. Cela ne surprit pas le jeune homme. Lui-même se livrait à cette femme comme rarement il l'avait fait dans le passé.

— Vous me donnez un rôle un peu étrange pour un agnostique, commenta-t-il.

— Oh ! Vivez selon vos principes, ils paraissent bons. Ces étiquettes que vous utilisez, ce sont des inventions humaines, bien imparfaites. Si vous avez raison, vous ferez un peu de bien autour de vous avant de retourner au néant. Si j'ai raison, Dieu saura bien vous reconnaître.

Totalement inattendue, la tournure de la conversation le troubla. Il avala son verre en la regardant par en dessous. Elle souriait de l'effet de ses paroles sur lui. Peut-être songeait-elle à le ramener dans le troupeau catholique.

— Même si je suis heureuse de le partager avec vous, vous n'êtes certainement pas venu ici pour boire mon cognac.

— Je voulais vous demander la permission de revenir dès demain.

— Le dimanche de Pâques ! Ce jour-là, se recueillir ne fera pas de mal à Marie-Jeanne.

Au moins, la religieuse n'ajouta pas : « Et à vous non plus. » Elle poursuivit toutefois avec un parfait à-propos.

— De toute façon, le procès de la femme Gagnon ne débutera pas avant dix bons jours.

Pour savoir cela, ses lectures débordaient certainement les pages de *L'Action catholique*.

— Vous avez raison, mais ma sœur, elle, repartira à Montréal lundi dans la journée.

— Là, je nage en plein mystère.

— Marie-Jeanne a abordé à quelques reprises le sujet de l'impureté. Elle y a fait allusion devant moi tout à l'heure, mais à mots couverts. Les parents paraissent se défendre des accusations de mauvais traitements en plaidant la nécessité d'extirper le démon de la luxure du corps de la victime.

— Bonté divine ! laissa tomber son interlocutrice.

Mathieu s'en voulait un peu de la tournure trop théâtrale de son exposé. Avec cette femme, il ne savait quelle contenance adopter.

— Chaque fois que Marie-Jeanne aborde le sujet, expliqua-t-il, elle recule aussitôt, honteuse et coupable.

— Et votre sœur dans tout cela ? En quoi son retour à Montréal concerne-t-il cette histoire ?

— Elle a été une petite fille de douze ans, pas moi.

— Vous pensez qu'elle attirera les confidences plus facilement.

Le jeune étudiant en droit hocha la tête gravement. Sa conversation de la veille avec Thalie hantait son esprit.

— Et avec moi, elle ne livrerait pas ses secrets ? tenta la religieuse.

— Sans vouloir être indélicat, votre habit crée une barrière. Personne ne peut vous regarder et imaginer l'adolescente troublée que vous avez peut-être été un jour. Cette gamine a besoin d'un miroir, pas d'une incarnation de la rectitude morale.

La religieuse, pensive, accusa le coup.

— Eh bien, avoua-t-elle, je me dis qu'un verre de ce cordial ne me ferait pas de mal.

— Mon silence complice vous est déjà acquis.

— Je dominerai tout de même cette envie. Douter de mon... humanité est en effet indélicat, pour reprendre votre mot.

— Ne me prêtez pas ces mots, ce serait injuste. J'ai évoqué votre habit, sa symbolique, et ce dont Marie-Jeanne a besoin.

La femme hocha la tête, garda le silence encore un long moment.

— Et, selon vous, votre sœur saura la rassurer.

— Je crois seulement en l'utilité d'essayer. Si vous le permettez, nous verrons le résultat.

— Quelles sont ses… qualifications pour un travail de ce genre ?

— Vingt ans, jolie, étudiante en seconde année de médecine, résolue en diable, déterminée à faire ce qu'elle croit juste en dépit de l'opinion des autres.

Il n'osa pas conclure : « En un mot, elle incarne tout ce qui inquiète l'Église catholique. » Son interlocutrice pouvait le faire elle-même.

— Étudiante en médecine ?

— À McGill. Comme vous le savez, les établissements de langue française…

— Oui, je sais. Sauf en revêtant un costume comme le mien, nos compatriotes ne peuvent mener une carrière.

Un nouveau silence s'installa entre eux, plus lourd et plus long que le précédent. À la fin, la directrice capitula.

— Revenez demain avec votre sœur. Je fais confiance à votre discernement. Votre désir d'aider cette pauvre fille me paraît sincère, je m'en remets à votre sagesse.

Mathieu posa son verre sur le bureau devant lui. En se levant, il déclara, une certaine émotion dans la voix :

— Ma mère, je vous remercie pour cette conversation franche. Je vous remercie aussi de me faire confiance. Marie-Jeanne va s'engager dans une épreuve. Mon seul désir est de l'y préparer le mieux possible, afin qu'elle ne souffre pas trop ni pendant ni après.

— Je sais. Maintenant, je dois vous chasser.

Ils se quittèrent sur des vœux réciproques de bonne soirée.

Mathieu fit un crochet par l'appartement de la rue de la Fabrique afin de mobiliser sa sœur pour la rencontre du lendemain. Comme il sortait après avoir salué tout le monde, Françoise l'arrêta.

— Attends, je vais t'accompagner jusqu'en bas.

Chaque fois que son ancienne fiancée demandait une rencontre discrète, c'était pour faire une mise au point troublante. Le jeune homme effectua le trajet avec un pli inquiet au front.

La jeune femme demeura silencieuse jusqu'au rez-de-chaussée, cherchant ses mots.

— Demain soir, murmura-t-elle enfin, tu devrais venir avec Flavie.

— Je ne sais pas…

— La situation devient ridicule, tu ne trouves pas ? Nos parents se sont mariés, nous formons une famille. Cette personne fait partie de ta vie maintenant et Gérard, de la mienne. Malgré cela, nous faisons des efforts pour qu'ils ne se rencontrent jamais.

Selon elle, il convenait d'abandonner le rôle des anciens promis.

— Tu as raison, Françoise. Je lui parlerai en ce sens. Si elle ne vient pas, ce sera à cause de ses propres engagements familiaux, rien d'autre.

Sur ces mots, il se pencha pour lui embrasser la joue. Cela constituait le premier contact physique entre eux depuis des mois.

Le lendemain, en pénétrant dans l'hospice Saint-Joseph-de-la-Délivrance, ils trouvèrent Marie-Jeanne dans la pièce attenante à la cellule de la portière.

— Devons-nous attendre le retour de ton chaperon ? demanda Mathieu.

— Non, je n'en aurai pas, aujourd'hui.

La directrice, après une nuit de sommeil, s'était résolue à cette démonstration de confiance.

— Je te présente ma sœur, Thalie.

Celle-ci s'assit sur ses talons. Petite, dans cette posture, l'autre la dépassait maintenant d'une tête.

— Bonjour, Marie-Jeanne.

— ... Bonjour.

— Nous allons nous asseoir dans ce beau jardin pour parler un peu. Mathieu a apporté un livre. Il va nous laisser tranquilles.

Le sous-entendu tira un sourire à la fillette.

— Si tu es d'accord...

Marie-Jeanne acquiesça d'un hochement de la tête. En se relevant, Thalie lui tendit la main. La fillette demeura interdite, puis tendit finalement la sienne. « Ce geste l'a totalement prise au dépourvu », se dit le jeune homme. Ensuite, il les regarda se diriger vers le banc placé un peu à l'écart.

Pour ne pas sembler jouer à l'inquisiteur, Mathieu trouva un siège un peu éloigné, sortit de la poche de sa veste un petit traité sur le droit des successions. Toutefois, incapable de se concentrer, ses yeux emmêlaient les lignes, son esprit, les concepts. Régulièrement, son regard se portait sur les jeunes filles, la petite et la grande. Successivement, il vit la première livrer un récit, pleurer parfois, rire moins souvent. Il s'écoula une bonne heure avant qu'elles reviennent vers lui, toujours en se tenant par la main.

— Nous avons eu une bonne conversation, je pense.

Des yeux, Thalie consulta sa compagne, qui hocha gravement la tête.

— As-tu dit à ma sœur des choses qu'elle pourra me répéter ?

Marie-Jeanne articula un « Oui » bien timide.

— Et d'autres qui sont des secrets entre filles, précisa l'étudiante en médecine. Je ne les répéterai jamais, à personne.

Le ton sans équivoque, souligné par un clin d'œil complice, rassura la fillette.

— Je reviendrai cette semaine, dit Mathieu, et je te poserai les questions de mon patron. Lui voudra obtenir la vérité. Ensuite, je te poserai d'autres questions plus pénibles, en essayant de deviner comment Francœur va t'aborder au procès. Tu comprends ?

Cette fois, des larmes perlèrent à la commissure de ses yeux. Donc, elle comprenait.

— Ce sera difficile. Très difficile. À chaque moment, tu te souviendras que je ne veux pas te faire du mal, bien au contraire.

— Parce que tu es mon ami.

— Oui, je suis ton ami.

L'affirmation sembla la rasséréner un peu. Le jeune homme ne savait plus trop comment clore la conversation. D'une certaine façon, l'arrivée de la directrice lui fournit une heureuse diversion.

— Je vous surveillais depuis ma fenêtre, déclara-t-elle d'emblée.

« Pour la confiance, songea Mathieu, on repassera. » Comme si elle devinait le cours de ses pensées, la religieuse précisa :

— Sans autre intention que le désir de me faire présenter votre sœur, monsieur Picard.

Les joues un peu rougissantes de se voir si facilement percé, il commença :

— Ma mère, voici Thalie. Thalie, mère Saint-Émilien.

Elles échangèrent une poignée de main maladroite.

— Mademoiselle, votre destinée promet d'être enivrante.

— ... Ce n'est pas encore une destinée. Tout au plus une aspiration.

— Vous n'en croyez rien n'est-ce pas ? Vous vous savez appelée à briser les conventions.

Mère Saint-Émilien laissa échapper un long soupir, comme si le péché d'envie la tenaillait un peu, puis elle retrouva son entrain en se tournant vers l'enfant.

— Quand tu auras fini, Marie-Jeanne, va rejoindre tes camarades à la salle de récréation.

— Oh ! Nous en étions à nous dire au revoir, commença Thalie.

De nouveau, elle s'assit sur ses talons pour être à la hauteur de son interlocutrice.

— Marie-Jeanne, viens me faire la bise.

Elle s'exécuta timidement. La visiteuse retint ses mains dans les siennes pour ajouter dans un souffle :

— Je te souhaite beaucoup de courage, mais je te promets, après, ici ce sera plus léger.

Sur ces mots, elle toucha sa propre poitrine de la main. Puis, elle se leva et gagna l'allée de son pas dansant, marcha vers le trottoir.

— Vous ne devez pas vous ennuyer, dans votre famille, dit mère Saint-Émilien en la regardant s'éloigner. Un cœur immense loge dans ce petit corps.

— Le portrait de son père, ricana le frère aîné, avec de petites touches de maman.

Si la religieuse trouva la formulation un peu étonnante, elle ne broncha pas.

— Ma mère, continua le visiteur, après avoir rencontré mon supérieur, je reviendrai, cette fois pour préparer mon amie au procès proprement dit.

— Vous serez le bienvenu.

Elle aussi, par souci de discrétion, s'éloigna un peu.

— Marie-Jeanne, nous nous reverrons bientôt, enchaîna-t-il en se penchant vers elle.

— À bientôt.

Une bise entre eux heurterait les convenances. Ils s'en tinrent à un long regard. Puis, elle pressa le pas en direction de la porte de l'institution, afin de marcher juste un peu en retrait de la religieuse, pour exprimer sa déférence. En pénétrant dans l'hospice, la directrice lui tira un sourire avec quelques mots.

Dans la rue, Mathieu offrit son bras à sa sœur.

— Nous pouvons retourner au quai à pied. Le chemin descend tout le long.

— Si tu veux. Une bien curieuse personne, cette religieuse.

— Elle m'a fait une singulière impression, hier. Étrange à ce point, elle pourrait compter parmi notre famille.

— C'est peut-être la jumelle de Gertrude. Elles ont certains points en commun.

Le jeune homme secoua la tête en riant, un peu étonné de la répartie, tout en y trouvant une certaine vérité. Ils avaient parcouru la moitié du chemin quand il demanda enfin :

— Tu vas me dire quelque chose, sur ta conversation ?

— J'essaie de mettre un peu d'ordre dans tout cela, faire la part des confidences entre filles et les choses susceptibles de t'être utiles... Il existe une première facette toute simple : les petites filles, avec la participation des deux garçons de la marâtre, se sont livrées à des jeux sexuels.

— Des choses qui feront perdre connaissance aux membres du jury ?

— Sait-on jamais avec nos compatriotes ! De mon point de vue, rien de bien méchant. Si nos parents nous avaient découverts à faire cela, au pire nous aurions eu droit à un petit reproche, puis à une bise accompagnée d'un souhait de bonne nuit, avant de regagner notre chambre.

Ce rappel de l'atmosphère familiale, quinze ans plus tôt, amusa Mathieu.

— Chez les Gagnon, supputa-t-il, la chose n'a sans doute pas reçu un traitement si... bénin.

— Aurore a été battue comme une bête, Marie-Jeanne a échappé à cela en prenant la fuite.

— Les garçons ? demanda-t-il encore.

— Dans ces histoires, les garçons s'en tirent sans mal, grogna Thalie. Dans ce cas-ci, Georges a dénoncé les filles pour bien se faire voir de sa mère. Il a quel âge, celui-là ?

L'étudiante en médecine ne pouvait s'empêcher de faire une généralisation.

— Neuf ans, je pense. Il les dénonçait ! Si jeune, et déjà un gentilhomme.

L'ironie de Mathieu tira un sourire à sa sœur. Arrivés au quai, ils montèrent sur le traversier. Réfugié un peu à l'écart sur le pont supérieur, accoudé au bastingage, le duo put reprendre le fil de la conversation.

— Tout à l'heure, tu évoquais une seconde facette, rappela le jeune homme.

— D'abord, Marie-Jeanne se montre affreusement honteuse de s'être faite la complice des machinations de sa belle-mère. Mais à ses yeux, son crime le plus odieux consiste en ces jeux sexuels survenus alors que ses parents se trouvaient à la messe.

— Elle partage donc l'obsession de nos curés.

Évidemment, le sujet reviendrait sans doute dans les débats au procès. Francœur chercherait à rendre légitime les mauvais traitements infligés par les parents, en clamant la nécessité de mater les bas instincts d'Aurore.

— Tu as dit « d'abord », il y a donc un « ensuite ».

— Elle a chassé Aurore de son lit pour mettre fin à ces activités coupables. En réalité, je crois qu'elle a multiplié les accusations d'impureté contre sa sœur pour se faire bien voir de la belle-mère. Des accusations pas toujours fondées. Chaque fois, la petite sœur recevait une sévère raclée.

— Elle tenait à rejoindre le groupe des bourreaux, sans même que les parents le lui demandent, sans doute. Je connais, j'ai expérimenté ce genre de situation à l'Académie commerciale de Québec.

Thalie serra son bras de la main, lui adressa un sourire ému.

— Toi, tu as su te débarrasser des bourreaux sans te joindre à eux.

— Ils ne m'avaient pas adressé d'invitation en ce sens, tu sais. À leurs yeux, mon rôle était sans équivoque.

Mathieu se perdit brièvement dans les réminiscences de ses malheurs d'élève trop studieux, victime d'un trio de brutes épaisses. Un moment, les mots se bousculèrent dans son esprit. Une envie soudaine de raconter ses actions à la guerre le tenaillait. Dans la boue des Flandres, il avait joué ce rôle de bourreau à son tour. Marie-Jeanne prenait à cet égard l'allure d'une jumelle.

Il préféra se réfugier dans le silence. Gravement, Thalie hocha la tête. Lors de l'amarrage, le duo se joignit aux autres passagers, le temps de débarquer.

— Je vais te laisser prendre le funiculaire seule, expliqua-t-il en atteignant la place Royale. Je souhaite aller chercher Flavie et la rassurer un peu avant cette nouvelle réunion familiale.

— Ce ne sera pas la première fois, pour elle.

— Elle se sent toujours mal à l'aise devant les bourgeois que nous devenons. Puis, Gérard sera là... Enfin, pour conclure sur notre conversation précédente : Marie-Jeanne se fera mettre ses turpitudes sous le nez par l'avocat des Gagnon. Crois-tu qu'elle saura y faire face ?

— Ces anecdotes ne concernent en rien cette affaire.

Sa véhémence tira un sourire au grand frère. Elle ne changerait jamais et il ne souhaitait pas qu'elle le fasse.

— Je suis tout à fait d'accord avec toi. Mais il en parlera tout de même !

La jeune fille se mordit la lèvre inférieure, réprima ses critiques contre la cruauté du cirque des tribunaux.

— Je lui ai donné deux conseils qui te feront sourciller, confessa-t-elle. D'abord, ne rien dire qui pourrait l'incriminer elle-même.

— Cela respecte les principes du droit.

— En conséquence, tu entendras parfois des « Je ne sais pas ».

Le garçon opina.

— Puis, je lui ai conseillé de recourir à l'arme préférée des filles si on voulait fouiller sa vie privée ou mettre en évidence ses turpitudes, comme tu dis. Parfois, elle se mettra à pleurer.

Sur ces derniers mots, elle lui adressa un sourire narquois.

— Mais toi, sœurette, tu n'as jamais recours à une stratégie de ce genre.

Thalie pouffa de rire, avant d'admettre:

— Certainement pas avec mon merveilleux grand frère. Mais avec les autres, pour reprendre l'une de tes expressions, ne parie pas là-dessus.

Elle se dressa sur le bout des pieds pour lui faire la bise sur la joue, lança «À tout à l'heure» en tournant les talons. Mathieu contournerait la falaise pour se rendre rue Saint-François et remonterait vers la Haute-Ville avec sa compagne en empruntant un escalier.

Flavie entra dans l'appartement un peu rougissante. Devant ces inconnus, à ses yeux tellement nantis, son côté frondeur disparaissait.

— Venez au salon, invita Marie en s'effaçant un peu pour la laisser passer.

Dans la pièce en façade, la jeune fille sentit tous les regards se poser sur elle.

— Vous connaissez tout le monde, je crois.

Les mêmes personnes se trouvaient au mariage, au mois d'août précédent, puis aux fiançailles, lors des fêtes de fin d'année. Après avoir serré toutes les mains avec gaucherie, en se déclarant «Enchantée», elle prit place sur une chaise placée un peu à l'écart, près de celle de son ami. Avec l'affluence, les fauteuils et les causeuses ne suffisaient plus.

— Auras-tu congé demain? demanda Thalie pour relancer les conversations interrompues par son arrivée.

Du même âge que l'invitée, la demoiselle de la maison rompait péremptoirement avec le vouvoiement.

— Oui. Mon employeur juge que le lundi de Pâques doit être férié.

— Mon cousin Édouard me semble devenir très religieux. Déjà, vendredi dernier il a fermé boutique un peu avant trois heures. Je ne le connaissais pas sous ce jour.

— Il faut aussi compter avec votre oncle, précisa la visiteuse. Logé tout près, monseigneur Buteau ne lésine pas avec les jours saints. Tous les marchands de la rue Saint-Joseph sont l'objet de lourdes pressions.

Le grand honneur épiscopal comblait enfin le catholique de choc logeant au presbytère de la paroisse Saint-Roch. Tous devaient désormais parler de monseigneur Buteau. Le titre ne lui procurait pas un diocèse. Toutefois, il lui donnait la préséance dans le monde ecclésiastique, tout en lui assurant une oreille attentive de la part du cardinal Bégin.

— Ah ! Ça, murmura Marie, mon grand frère Émile a toujours eu à cœur la rectitude morale des autres. Avec du violet à sa soutane, il va redoubler d'ardeur, sans doute.

— C'est pareil à la banque, intervint Gérard. Les pressions se multiplient pour nous faire fermer ces jours-là. Mais comme les principaux actionnaires sont des protestants, moi, je travaillerai demain.

Son ton traduisait une réelle frustration. Tenait-elle à la première ou à la seconde partie de son énoncé ?

— La porte de l'église se trouve tout juste en face de celle du magasin PICARD, précisa Mathieu. Les allées et venues des clients doivent désoler les bonnes âmes suffisamment désœuvrées pour faire des dévotions en plein jour.

Le silence s'installa de nouveau. L'étudiant prit sur lui de le briser.

— Je constate l'absence de notre jolie blonde.

— Amélie a été invitée à souper chez l'une de ses « relations », commenta Paul d'une voix un peu cassante. Je ne me doutais pas…

— Le jambon du voisin est toujours plus vert que le nôtre, remarqua Mathieu, amusé.

Thalie dissimula son fou rire dans le creux de sa main, puis quand le père choisit de s'en amuser aussi, elle donna libre cours à son hilarité.

— Je ne me doutais pas qu'un garçon s'intéresserait à elle au point de l'emmener à un repas familial, continua l'homme après une pause. Je vois des admirateurs dans la boutique, mais là, j'ai été pris par surprise. Remarquez, le petit gars vient d'un bon milieu, il m'a fait l'invitation en rougissant.

— Ses admirateurs se passionnent depuis septembre pour mon présentoir de mouchoirs en dentelle, expliqua Marie. Tous évoquent le désir d'en offrir quelques-uns à leur mère.

— Les mamans des étudiants du Petit Séminaire et de l'Université Laval se trouvent donc bien mouchées, ricana encore Thalie.

— Oh ! S'ils paraissent venir du Séminaire, Amélie les abandonne à une autre vendeuse, précisa la marchande. Elle ne s'intéresse qu'aux plus âgés.

Si Dubuc affectait de s'amuser lui aussi des engouements de sa cadette, son regard marquait une certaine inquiétude. Il préféra orienter la conversation dans une autre direction.

— Mademoiselle Poitras, commença-t-il en se levant, vous ne devez pas être le genre de personne à dénoncer les gens à la Ligue de tempérance, n'est-ce pas ?

— … Non.

La jeune fille en fut interloquée. L'homme ouvrit un petit meuble pour en sortir une bouteille de cognac et une autre de sherry.

— Vous ne me laisserez pas boire seul, j'espère.

La remarque s'adressait à toute la compagnie. Comme personne ne répondit, Mathieu déclara :

— Hier, j'ai accepté un verre de la main d'une religieuse, je ne repousserai pas celui offert par un député aujourd'hui.

— Elle aussi doit avoir un médecin compréhensif, rétorqua ce dernier. Son confesseur doit se montrer plus rébarbatif, toutefois.

— Moi aussi, je veux bien un verre, intervint Gérard pour ne pas demeurer en reste.

Après avoir versé les deux cognacs pour les remettre à ses invités, l'homme demanda encore :

— Mesdames, je sais bien que ce choix de boissons est un peu étrange avant le repas, mais comme nous vivons sous le règne des « secs », il nous faut faire contre mauvaise fortune, bon cœur. Je vous sers quelque chose ?

— Je prendrai aussi un cognac, précisa Thalie devant le regard un peu sévère de sa mère. Je suis une grande personne maintenant. L'été prochain, je vais travailler ailleurs que dans le commerce familial.

Ce rappel lui attira un sourire bienveillant. Pour avoir confirmé la veille sa présence au Jeffery's Hale de mai à septembre, l'étudiante bénéficiait de tout un lot d'indulgences maternelles.

Françoise déclina l'offre.

— Marie, tu prendras bien un sherry ?

— Non. Je vais aller aider un peu Gertrude à la cuisine, expliqua-t-elle en quittant son siège.

— Mademoiselle Poitras ?

— Non, je vais aider madame Picard.

Déjà, elle se levait aussi. La maîtresse de maison se retourna pour dire « Ce n'est pas nécessaire », mais les yeux troublés de la jeune fille l'amenèrent à se taire. Elles pénétrèrent ensemble dans une pièce embaumant le jambon et les clous de girofle.

— Tout va bien, Gertrude ?

La domestique, pliée en deux, regardait à l'intérieur du four.

— Quand je ne saurai plus me débrouiller avec une fesse de cochon, j'irai au paradis des cuisinières !

La boutade fit sourire Marie. L'âge ne rendait pas son employée plus amène.

— Comme je n'ai rien à faire, cela me permet de te dire un mot, enchaîna-t-elle en dévisageant la jeune fille. Que se passe-t-il ? Tu sembles sur le point de te faire arracher une dent.

— Je me sens tellement intimidée, avec ces gens. Je suis sotte et déplacée.

— Parce que tu es secrétaire et nous des marchands ?

— Il y a le député aussi, et ses filles. Puis, vos enfants vont à l'université tous les deux…

Elle venait de rappeler l'existence d'une pente abrupte entre la haute et la basse ville. Gertrude se releva pour mieux suivre la conversation. La discrétion ne figurait pas à la liste de ses qualités.

— À ton âge… non, en réalité, j'étais un peu plus jeune, j'ai été secrétaire de Thomas Picard un certain temps, dans le bureau que tu occupes aujourd'hui. Je suppose que tu tapes sur le même vieux clavigraphe…

Flavie acquiesça de la tête. Mathieu avait déjà évoqué cela devant elle.

— Je crois avoir convenu à mon premier mari, continua Marie, un commerçant. Mon second mari ne m'a pas encore fait de reproche au sujet de mes origines. Il vient de Rivière-du-Loup : si tu grattes un peu ses chaussures, tu reconnaîtras l'odeur du fumier. Il a été élevé dans une ferme. Comme mes enfants sont sortis de mon ventre, il serait ironique de les voir lever le nez sur moi aujourd'hui, n'est-ce pas? Ou sur toi, ce qui reviendrait au même.

— Mais ces filles...

— Françoise et Amélie? Pourquoi te préoccuper d'elles? Si ton histoire avec Mathieu se termine au pied de l'autel, tu partageras le lit de ce dernier, pas celui de l'une de ces donzelles.

La jeune fille rougit à l'évocation de ce futur.

— Tu comprendras sans doute un jour que l'endroit d'où l'on part pèse finalement moins lourd que celui où l'on s'arrête. Alors, retourne dans la pièce à côté, pose tes fesses dans le fauteuil que je viens de quitter et fais semblant d'être parvenue jusque-là. Si tu as l'air convaincue, les autres te croiront. À la limite, tu peux même demander un cognac à Paul. Un peu grise, tu verras, les gens paraissent s'élever moins haut.

Flavie, un long moment perplexe, se dirigea vers le salon. La domestique renifla un bon coup avant de dire:

— Tu parles bien. Moi, je suis passée de la cuisine d'Euphrosine Picard à la tienne.

— Cela représente un assez bel accomplissement.

— Je le pense aussi. À elle, je n'aurais jamais dit: «Va mettre le couvert, je sors le jambon du four dans un instant.» Elle m'aurait battue à coups de canne.

Marie lui adressa plutôt un sourire.

Dans la pièce voisine, Flavie s'installa dans le fauteuil en confessant:

— Selon Gertrude, je ne vaux rien dans une cuisine.

— Cela me rassure, ricana Thalie le nez dans son verre, au moins elle traite tout le monde de la même façon.

— Moi, c'est tout juste si elle me permet de faire bouillir de l'eau, renchérit Françoise.

Le petit mensonge de la visiteuse devenait un sésame.

— Voulez-vous boire quelque chose ? demanda Paul.

La toux sèche de la fille de la maison, de même que la grimace après chaque gorgée de cognac, incitèrent l'invitée à choisir un alcool moins fort.

— Un sherry, peut-être…

— Laisse, je vais m'en occuper, dit Mathieu en se levant.

De son côté, Thalie ressassait encore son passage un peu bouleversant à l'hospice Saint-Joseph-de-la-Délivrance. Une légère ivresse l'aiderait à oublier.

Chapitre 17

En après-midi, le 11 avril, Flavie salua la maisonnée recomposée des Dubuc et des Picard, accepta en rougissant de plaisir les invitations de Marie et d'Amélie de «revenir bientôt», car elle les savait sincères. Sur le trottoir, en prenant le bras de Mathieu, elle affichait un sourire rassuré.

— Tu me parais bien satisfaite, remarqua son compagnon.

— Ta mère est vraiment gentille, tout comme ta sœur, la semaine dernière.

L'opinion des autres lui importait peu. Deux dimanches d'affilée, elle avait affronté les proches de son compagnon, la seconde fois plus à l'aise que la première.

— Je te le disais, tu n'as aucune raison d'hésiter à venir dîner chez moi.

À la longue, l'habitude chasserait toutes ses appréhensions.

— Cette semaine, ce sera le vrai procès? demanda-t-elle, désireuse de changer de sujet.

— Oui, à compter de mardi, je passerai tous mes après-midi au palais de justice, et aussi les matinées, où je pourrai m'absenter de mes cours.

— C'est tout près d'ici, je pense.

— À côté. Tu veux voir?

— Nous sommes dimanche.

— Justement, aucun procès ne se déroule aujourd'hui.

Sans attendre de réponse, il l'entraîna de l'autre côté de la rue. Ils passèrent devant l'hôtel de ville, longèrent le grand édifice pour se trouver bientôt devant une entrée monumentale située juste dans l'angle de deux rues. Mathieu poussa la porte, se planta devant un agent de la paix absorbé dans l'édition de la veille de *L'Action catholique*.

— J'aimerais faire visiter les lieux à mon amie.

— C'est fermé.

— Justement, on ne dérangera personne.

La logique de l'argument n'ébranla pas le vieil homme. D'un autre côté, son regard se posa sur Flavie, apprécia le rose sur les joues. Un autre étudiant désireux d'impressionner une jolie fille.

— Vous êtes le jeune Picard ?

— Oui. L'ombre de Fitzpatrick.

L'autre apprécia la pointe d'ironie, le jaugea en silence un moment.

— Allez-y.

— J'aimerais lui montrer la grande salle.

— Cela peut me coûter cher, si quelqu'un l'apprend.

— Voyons, je ne me sauverai pas avec le fauteuil du juge.

Décidément, ce futur avocat paraissait moins prétentieux que la plupart de ses confrères.

— Vous êtes mêlé à l'affaire Gagnon ? demanda-t-il en se levant avec une certaine difficulté.

— Mon patron s'occupe de la poursuite.

— J'ai rarement vu des gens mériter autant la corde que ceux-là. Mais voulez-vous parier que la marâtre y échappera ? Ils ne pendent plus les femmes depuis l'histoire de Saint-Jérôme, survenue il y a vingt ans.

— Comme j'étais à peine né il y a vingt ans, je ne parie pas. Vous avez plus d'expérience que moi.

L'homme lui adressa un sourire de travers. Après avoir claudiqué tout le long d'un couloir, il ouvrit une grande porte en chêne en disant :

— Fermez en sortant. Je reviendrai verrouiller.

Puis, il les abandonna dans une grande salle. Flavie tourna sur elle-même, intimidée par la majesté des lieux.

— Viens devant, dit Mathieu en s'avançant vers une large tribune.

Le jeune homme se retourna et commença du ton d'un professeur :

— Le juge s'assoit sous le crucifix. Pour lui éviter de passer parmi les spectateurs quand il arrive, il a sa propre porte, là, dans le coin.

— Pourquoi ?

— Les amis de l'accusé et de la victime se trouvent dans la salle. Par souci de décorum, on veut lui éviter d'être interpellé.

« Comme un prêtre qui sort de derrière l'autel », se dit Flavie. La comparaison paraissait tout à fait pertinente.

— Et cet aménagement ?

De la main, elle désignait l'espace devant les sièges des spectateurs, clairement divisé en zones.

— Devant le juge, à sa gauche, se trouve l'équipe des accusés. Tu vois cette espèce de boîte ? La femme Gagnon pour le premier procès, son époux pour le second, se tiendront là, surveillés par deux agents. Et cette table sert à l'avocat de la défense.

Il s'agissait d'une lourde table en chêne, capable de recevoir les liasses de documents d'au moins deux plaideurs.

— Il sera tout près de l'accusé.

— Parfois, ils ont à échanger quelques mots pendant la procédure. Et de l'autre côté de l'allée centrale, à droite, tu as la table du substitut du procureur. C'est lui qui porte les accusations.

— Tu seras assis là ?

Flavie essayait de se représenter la scène, visiblement impressionnée. Elle devinait sans mal combien les accusés, les témoins et même les spectateurs seraient mal à l'aise dans cette enceinte.

— J'espère. Mais il y aura déjà Fitzpatrick et Lachance…

— Qui des deux est le substitut du procureur ? Je m'y perds.

— Ils le sont tous les deux, et il y en a bien d'autres dans la province.

Cette fois la jeune fille écarquilla les yeux, sans comprendre.

— Le procureur de la Couronne, ou procureur général, c'est Louis-Alexandre Taschereau, membre du Cabinet provincial. Son rôle est d'entreprendre des poursuites contre les personnes qui ne respectent pas les lois.

— Au nom du roi…

Elle se rappelait la mine perplexe de son père, tellement l'information paraissait improbable, lors de la visite de Mathieu à L'Ancienne-Lorette.

— Oui, répondit l'étudiant en souriant. Bien sûr, c'est une façon de parler. Au fond, dans cette histoire, il poursuit au nom d'Aurore. Plus généralement, c'est au nom du gouvernement, chargé de faire respecter les lois.

— Et le… ou les substituts ?

— Taschereau ne peut pas plaider lui-même. Il n'en aurait pas le temps. Des substituts le font pour lui dans tous les tribunaux de la province. Ici, à Trois-Rivières, à Montréal. Partout où il y a un palais de justice, il y a au moins un substitut. Alors, pour revenir à ta question, j'espère que ces beaux messieurs me feront une petite place à leur table. Sinon, je me mettrai derrière eux, au premier rang des spectateurs.

Flavie hocha la tête, s'approcha de la balustrade encadrant un rectangle assez vaste.

— Et là ?

— Tu vois les douze chaises des membres du jury.

— De son siège, le juge va poser des questions aux accusés, aux témoins ?...

— Non, cela ne se passe pas ainsi.

Un froncement de sourcils de la jeune femme trahit sa plus totale perplexité.

— Cela ressemble à une joute de hockey.

Devant les grands yeux incrédules, il insista :

— Je t'assure. Il y a d'abord l'accusation, la première équipe. À l'enquête du coroner, le jury a dit soupçonner un crime après avoir entendu le rapport d'autopsie. Les policiers ont fait enquête, interrogé des personnes, trouvé des objets. On appelle pièces à conviction les objets susceptibles de convaincre les jurés de la culpabilité des accusés. C'est notre preuve, car je fais partie de cette équipe.

Elle acquiesça, attendit la suite de la leçon.

— Lors du procès, les substituts du procureur présenteront la preuve. Pour cela, ils appelleront des témoins derrière cette « barre », ils les interrogeront. L'avocat de la défense les contre-interrogera, afin de mettre en doute leurs affirmations.

— Le juge dans tout cela ?

— Il demeure silencieux, la plupart du temps. Il préside le procès, donne la parole à l'un et à l'autre des avocats, s'assure que les règles, tout comme les droits de tout le monde, soient respectés. C'est l'arbitre.

— Mais il ne pose pas de questions aux témoins ?

— Il peut le faire, mais seulement pour clarifier certains éléments de leurs affirmations. En fait, son but est de faire en sorte que les jurés comprennent bien.

Cette fois, elle bougea la tête pour signifier sa compréhension.

— Quand l'accusation a terminé de présenter sa preuve, l'équipe de la défense essaie de la démolir. Déjà, l'avocat a contre-interrogé les témoins de la Couronne. Mais il va aussi présenter les siens, ceux-là diront que les choses ne se sont pas passées comme « ça », que l'accusé se trouvait ailleurs au moment du crime, qu'il s'agit d'une bonne personne.

— Il essaiera de montrer que ce couple est innocent !

— Non, pas vraiment.

Cette fois, le minois de Flavie trahit le plus grand étonnement.

— Les accusés sont « présumés innocents ». Ils n'ont pas à prouver leur innocence, elle est reconnue dès le départ. Le procureur général doit prouver leur culpabilité « hors de tout doute raisonnable ». Après tous les témoignages, le jury seul en décidera, et il doit le faire à l'unanimité. Si un seul parmi les douze hommes qui seront là décide qu'ils sont innocents, ces gens-là vont sortir par la grande porte, libres. Tu as vu, les journaux parlent d'accusés, de suspects, mais le couple Gagnon est innocent aussi longtemps que douze de leurs concitoyens ne les ont pas déclarés coupables.

— Avec un système pareil, bien des criminels peuvent s'en tirer.

— Cela vaut mieux que de pendre une seule personne innocente, n'est-ce pas ?

Elle donna son assentiment de la tête.

— Toi, tu les crois coupables.

— Mais ce n'est pas à moi d'en décider, ni au juge.

— Alors, à quoi sert-il, celui-là, à part jouer à l'arbitre ?

— À la fin du procès, il va résumer au jury toute la procédure, les arguments des deux côtés, lui expliquer les verdicts possibles. Puis, s'ils sont déclarés coupables, il rendra la sentence, en fonction de la loi. Ce n'est pas le bout le plus facile de l'exercice, tu sais.

Mathieu ne jugea pas utile de rappeler que cela pouvait être la pendaison. Le gardien avait été assez explicite à leur arrivée. Flavie jeta de nouveau un regard circulaire sur la grande salle, arrêta ses yeux sur l'horloge.

— Je dois rentrer. Je me lève tôt demain.

— Et moi aussi. Allons-y.

En passant devant l'agent de la paix, Mathieu lui glissa discrètement un dollar dans la main tout en le remerciant.

— Bonsoir, les jeunes, déclara-t-il en les voyant franchir la porte.

La température avait baissé de deux bons degrés depuis quarante minutes. Sur le trottoir, Flavie remonta son col. Rue Saint-Jean, son compagnon héla un taxi au passage.

— Ce n'est pas nécessaire…

— Si tu veux marcher, libre à toi. Mais moi, je descends et je remonte la côte d'Abraham en voiture, ce soir.

Elle prit place sur la banquette arrière sans discuter, l'esprit encore bourdonnant des informations emmagasinées.

— Ces gens… les accusés, on ne les questionne pas ? Ils n'auront pas à s'expliquer ?

— Ce n'est pas à eux de prouver leur innocence. Les accusés ne témoignent pratiquement jamais à leur procès. Et d'habitude, ceux qui le font auraient mieux fait de se taire. Cela ne leur porte pas bonheur.

Comme la présence du chauffeur de taxi les condamnait à se faire discrets, Mathieu tint la main de sa compagne tout le long du trajet. Il descendit de voiture pour enjamber les deux verges jusqu'à sa porte, puis lui posa un chaste baiser sur la joue.

— Je vais te donner des nouvelles bientôt.

Alors qu'il revenait dans la voiture, le chauffeur se tourna à demi pour demander:

— Vous parliez de la petite Aurore?

— ... Oui.

Le stagiaire regretta tout de suite son aveu.

— Tout le monde en parle, dans la ville. Si je pouvais m'absenter du travail, j'irais au procès. Ils sont coupables, les salauds.

Là-dessus, l'homme passa en première pour se diriger vers la rue Dorchester. Heureusement pour le couple Gagnon, il ne siégerait pas au jury.

Le lundi 12 avril, la petite gare de Sainte-Philomène-de-Fortierville bruissait de conversations animées. Pareille affluence, tout à fait exceptionnelle, ne se retrouvait que les jours de pèlerinage, quand le curé, comme un bon pasteur, conduisait son troupeau à Sainte-Anne-de-Beaupré.

En réalité, il s'agissait ici d'un pèlerinage d'un autre genre. Une paroissienne subirait un procès pour meurtre le lendemain. Vingt personnes prenaient le train à cette occasion, quelques témoins et plusieurs curieux. Au moins le double les accompagnait sur le quai pour leur dire au revoir: on ne s'engageait pas seul pour un si long voyage.

Exilda Auger, dame Lemay, exultait, certaine que sa déposition, depuis l'enquête du coroner, ramènerait un peu de justice sur cette terre.

— La garce, elle va danser au bout de sa corde, clama-t-elle au milieu d'une petite cour.

La localité se divisait en deux camps, largement déterminés par des liens familiaux complexes. Les alliés de Télesphore Gagnon s'égosillaient sur l'arbitraire des fonctionnaires venus de Québec pour mettre leur nez dans les affaires des gens. Les autres partageaient un peu ce point de vue, tout en concevant que le cadavre d'une enfant portant cinquante plaies devenait une affaire un peu moins privée.

— Faire ça à une fillette… aucune punition ne serait trop sévère.

— Comment ça, une corde ? Ce sont toutes des inventions. Selon mon frère, la petite était possédée !

Madame Albertine Gagnon, demi-sœur de Télesphore, car issue d'un autre lit, se portait à la défense de sa lignée.

— Elle la brûlait avec un tisonnier ! s'écria Exilda. Marie-Anne ne mérite rien d'autre que la potence.

L'autre paraissait sur le point de sortir ses griffes. Un voisin voué au maintien de l'harmonie paroissiale intervint avec à-propos.

— Vous irez à l'hôtel *Blanchard* ?

— … Oui, dans le bas de la ville.

— C'est tout près de la traverse, vous y arriverez tout de suite.

L'intrus voulait prouver qu'il connaissait le grand monde.

— Des fois, il y a même des spectacles à cet endroit.

— Je sais, s'impatienta un peu Exilda. J'y ai déjà logé.

Son interlocuteur acquiesça. Bien sûr, elle-même avait dû se défendre d'une accusation de commerce d'alcool illicite dans ce même palais de justice.

En entrant dans le grand immeuble érigé au numéro 12 de la rue Saint-Louis, Mathieu constata tout de suite une affluence exceptionnelle. Depuis l'ouverture des assises criminelles, une semaine plus tôt, les curieux trouvaient de quoi se mettre sous la dent. Pas moins de trois procès risquaient de conduire des accusés à la potence. En plus du couple Gagnon, un homme de Lévis, désireux de « laver l'honneur de la famille », avait abattu un lieutenant du 22e bataillon en pleine rue, à la lueur des réverbères. Selon l'assassin, la victime faisait des cornes à son père ! Des audiences de cette sorte valaient le meilleur théâtre.

Dans les couloirs du grand édifice, une foule dense rendait la progression difficile. Le jeune homme avançait en multipliant les « Excusez-moi, je travaille pour le bureau du procureur général ». Pareille carte professionnelle ne valait pas grand-chose pour faire s'écarter les gens. D'un autre côté, proclamer « Je suis avocat » représentait une usurpation d'identité un peu trop évidente, susceptible de faire sourciller. Quant à emprunter une toge, il n'y songeait même pas.

À la porte de la plus grande salle d'audience, il joua littéralement des coudes afin de rompre la file d'attente. Aucune place n'était vacante dans la salle, ni au niveau du plancher ni dans les galeries. Dans un caquetage de poulailler, il marcha jusqu'à l'avant, questionna son patron du regard.

— Venez à côté de moi, proposa Fitzpatrick. C'est ça, ou vous vous retrouvez à l'autre bout du couloir.

Maître Arthur Lachance, substitut du procureur général lui aussi, prenait déjà place à la table de l'accusation. À trois, ils se trouveraient un peu à l'étroit. Du côté de la défense, Napoléon Francœur se présentait encore flanqué de son collègue Louis Larue. Le nouveau venu les salua tous les deux. Pour le récompenser de sa politesse, les malappris regardèrent ailleurs.

— Monsieur Fitzpatrick, murmura Mathieu à l'oreille de son patron, vous avez bien reçu la liste de questions... à l'intention de notre petit témoin ?

Finalement, plutôt que de rédiger les grandes lignes d'un interrogatoire afin de préparer la déposition de Marie-Jeanne, le fonctionnaire lui avait proposé de soumettre le sien. La nouveauté de l'exercice le laissait un peu inquiet.

— Elle a été livrée à la maison samedi dernier. J'ai pu la parcourir hier.

— J'espère que tout vous a semblé convenable.

— Je n'y changerai pas une ligne... à part bien sûr les effets de ma mémoire défaillante au moment de procéder. Je ne me tiendrai pas devant elle avec des feuillets à la main. Cela ferait jaser nos adversaires...

En disant cela, le substitut du procureur se pencha un peu pour adresser un clin d'œil au député plaideur. Le stagiaire commençait à se résoudre à considérer ces quelques mots comme un compliment, quand son voisin se fit plus explicite encore.

— Vous avez fait un excellent travail, Picard... Vous avez une certaine compétence avec les enfants.

La précision diminuait la portée du compliment.

Un vieux monsieur au teint grisonnant entra par une porte dérobée, celle utilisée par les accusés, en poussant un petit chariot. Avec ostentation, comme si l'issue de la procédure tenait à leur disposition sur la table, il plaça un tisonnier, un fer à friser, des manches de hache, de fouet et de fourche, et enfin une solide corde tressée.

Devant chacune des pièces à conviction, la foule y allait de « Oh ! », de « Ah ! », onomatopées parfois complétées de « Ce n'est pas possible », « Quelle horreur », « Ces gens sont des monstres». Malgré l'interdit de publication à l'enquête préliminaire, la rumeur s'enflait dans la ville, une liste de sévices innombrables meublait les imaginations.

— Celle-là sera difficile, mon ami, lança Fitzpatrick à l'intention de son adversaire, comme s'il s'agissait d'une joute sportive.

— Tu te souviens de l'histoire de la peau de l'ours ?

— Pas très bien, je dois l'admettre. Cela dit : « La peau de l'ours qui mange ses enfants ne vaut pas un sou », n'est-ce pas ?

L'autre n'apprécia pas. Il porta plutôt son attention sur le jury, un assemblage hétéroclite de douze hommes « ordinaires ». À peine entrés dans la salle, ils se distribuèrent selon un ordre mystérieux les sièges situés dans un rectangle découpé par une balustrade. La cause ne serait pas simple, ces gens passeraient beaucoup de temps ensemble, au cours des prochains jours.

— Le choix de ces personnes m'a semblé bien arbitraire, commenta Mathieu à voix basse.

— Cela tient du coup de dé. J'ai essayé d'éviter des hommes à l'air trop sévère. Mais si cela se trouve, les mines rébarbatives cachent des cœurs d'or et les plus souriantes, des tyrans domestiques.

Après un bref examen des faciès, le stagiaire conclut que toutes ces personnes devaient être des parents sévères. Depuis plusieurs semaines, il ne voyait plus que cela dans les rues.

— C'est elle ! s'exclamèrent plusieurs voix en même temps.

Marie-Anne Houde, épouse Gagnon, pénétrait dans la boîte un peu surélevée réservée aux accusés. Elle affichait ses habituels habits de deuil et un grand chapeau de paille noir assorti d'une voilette suffisamment translucide pour révéler ses traits et assez opaque pour cacher son regard.

La silhouette frêle, le ventre arrondi par les grossesses successives – Mathieu en avait compté huit au cours de son existence, y compris une fausse couche –, susciteraient-ils la compassion de la brochette de messieurs mobilisés pour rendre un verdict ? Mathieu en était là dans ses réflexions quand un bruit de porte ouverte puis fermée attira son attention.

— C'est lui, prononcèrent certains.

— Il faut se lever, ajoutèrent quelques autres.

Dans un bruissement de toge, le juge Louis-Philippe Pelletier s'avança vers son banc. Les cheveux gris, une épaisse moustache blanche lui dissimulant la lèvre supérieure, ce vieux conservateur élevé au siècle précédent dans l'admiration de John A. Macdonald trouvait devant lui une brochette d'avocats libéraux. Successivement député tant au fédéral qu'au provincial, ministre dans le cabinet Borden avant 1914, il devait à la reconnaissance de ce dernier sa nomination à la magistrature.

Quand Pelletier occupa son siège, tout le monde dans la salle se considéra comme autorisé à reprendre le sien. En se rasseyant, une grosse dame juchée dans les galeries laissa choir son chapeau. L'ornement alourdi de fleurs alla atterrir sur la tête de l'un des jurés.

— Les dames peuvent conserver leur couvre-chef, et les hommes enlever le leur, grommela le juge.

La boutade souleva l'hilarité générale. Obligeant, un employé du palais de justice se dévoua pour rapporter la parure à sa propriétaire.

— Dans la cause de Sa Majesté le roi contre Marie-Anne Houde, épouse Gagnon, maître Fitzpatrick, vous pouvez appeler votre premier témoin.

— Votre Honneur, annonça Francœur en se levant, auparavant j'aimerais présenter une demande de huis clos.

— Ah ! Et pourquoi donc ?

— La nature des informations qui seront entendues ici est susceptible d'entraîner… des réactions peu compatibles avec la dignité de la cour. Déjà, une foule se masse dans cette salle…

L'avocat sous-entendait que l'assistance se livrerait bientôt à des manifestations bruyantes. Le magistrat parcourut l'assemblée des yeux, des hommes et des femmes capables de s'absenter de leur travail un beau mardi d'avril pour s'enfermer dans ce lieu exigu.

— Le propre de notre travail, maître, est d'entendre parfois des récits scabreux, souvent navrants. Je ne vois aucune raison de faire évacuer ces gens. Tout accusé a le droit d'être jugé devant ses pairs.

Ce vieux principe du droit anglais permettait d'éviter des procès bâclés conduisant à des exécutions arbitraires, en plus de rendre les avocats et les juges sensibles à l'opinion publique. De plus, l'exercice prenait une dimension éducative. Les spectateurs connaîtraient les comportements acceptables et ceux susceptibles d'entraîner une condamnation. Ils répéteraient leurs observations autour d'eux, pour l'édification de leurs semblables. La présence de nombreux journalistes jouait un peu le même rôle.

— Monsieur Fitzpatrick, reprit le magistrat, quel sera votre premier témoin ?

— Nous allons entendre le docteur Albert Marois, chirurgien à l'Hôtel-Dieu. Il a effectué l'autopsie de la victime.

Après avoir prêté serment sur les Saintes Écritures, pendant plus d'une heure, dans un silence funèbre, le médecin procéda à la lecture du rapport d'autopsie, ses notes à la main, ajoutant de nombreux commentaires. Le substitut du procureur général l'interrompait parfois pour demander :

— Une blessure de ce genre peut-elle avoir été causée par ce manche de hache ?

Chaque fois, à l'unisson, l'assistance retenait son souffle, murmurait des « Oh ! C'est affreux » quand le praticien répondait par l'affirmative. De cette façon, au gré de la cinquantaine de blessures, l'avocat de la poursuite eut de nombreuses fois l'occasion de placer sous le nez de l'accusée le fameux manche de hache, mais aussi le fouet, les harts, le tisonnier, le fer à friser, la corde tressée. Les douze jurés apprenaient à faire le lien entre ces instruments de torture et les sévices constatés sur le cadavre.

— Sur ce manche de fourche, docteur, on voit encore des marques rouges. Pouvez-vous me dire ce que c'est ?

L'homme déplaça ses lunettes sur son nez, plissa le front, puis répondit :

— Cela peut bien être du sang. Je ne peux dire cependant si c'est celui d'un humain ou d'un animal.

— Quelle horreur ! s'exclama quelqu'un dans la salle. La marâtre l'a battue avec ça !

Le qualificatif, sans cesse repris dans la presse, collerait pour toujours à la peau de l'accusée. Le juge fit claquer son maillet deux fois, puis il promena un regard sévère sur l'assistance, pour l'amener à plus de retenue.

— En soi, si je vous comprends bien, énonça avec soin le substitut du procureur général, aucune de ces blessures ne pouvait entraîner la mort ?

— Non, mais leur accumulation devait plonger la petite fille dans un état d'extrême faiblesse.

— Si l'accusée lui avait fait donner des soins, aurait-elle pu survivre ?

— Oui, sans doute.

Mathieu apprécia la prudence de son patron. Si les jurés trouvaient finalement les châtiments adaptés aux « turpitudes » de l'enfant, un verdict d'homicide involontaire pour ne pas avoir porté secours à une personne en danger demeurerait toujours possible.

— Dans votre rapport, vous avez fait état d'une rougeur anormale de l'estomac.

— Oui, en effet. La recherche de poison n'a toutefois rien donné.

— Croyez-vous que l'ingestion de Lessi puisse en être la cause ?

Dans l'esprit des spectateurs, la question prit son sens lentement, puis des personnes placèrent la main devant la bouche, pour réprimer un haut-le-cœur.

— Objection, Votre Honneur, dit Francœur en se levant. Voilà une question hypothétique.

— Je suis toutefois intéressé à connaître la réponse, rétorqua le juge.

— C'est un produit irritant, reprit le médecin. Je crois que cela a pu donner cette teinte à la muqueuse.

Le substitut du procureur, par ses questions, mettait le jury en attente. Les témoins suivants transformeraient les doutes en certitudes.

— Si aucun poison n'a été trouvé, si les blessures n'étaient pas mortelles en elles-mêmes, quelle est la cause du décès ?

— Une septicémie généralisée.

— Pour des oreilles non éduquées comme les miennes, pouvez-vous traduire cela en français ?

— Un empoisonnement de tout le corps.

Cela ne se révélait pas vraiment plus clair. Fitzpatrick entreprit de jouer au pédagogue.

— Un peu comme une blessure infectée ?

— Oui, sauf qu'elle avait des dizaines de blessures.

— Docteur, intervint le juge, pouvez-vous nous en donner le nombre exact ?

— Je le pourrais, en consultant toutes mes notes.

Mais le docteur n'avait pas celles-ci sous les yeux, il hésitait à donner une approximation.

— Si vous voulez bien effectuer cette addition, décida le juge, et nous faire connaître la somme, la cour vous en sera reconnaissante.

Cela valait un ordre formel : dès son retour à son cabinet, le médecin s'exécuterait.

— Dans la vie de tous les jours, reprit Fitzpatrick, comment pourrais-je constater qu'une blessure s'est infectée ?

— Habituellement, la présence de pus…

— Vous parlez de ce liquide jaune verdâtre ? Avez-vous vu du pus dans les blessures de la victime ?

— Ah ! Monsieur, c'est pour cela que je parle de septicémie généralisée. La peau se décollait de la chair en plusieurs endroits, tellement il y en avait. En pressant sur les jambes, les cuisses, je faisais sortir le pus en grande quantité.

De nombreux visages pâlirent, les haut-le-cœur se multiplièrent.

— Une blessure en particulier paraissait très purulente, à la lecture de votre rapport, suggéra le procureur. Parlez-nous-en.

— Deux blessures à la tête, en réalité : l'une au front, l'autre au sommet. Dans les deux cas, la peau se détachait du crâne et, dessous, j'ai trouvé l'os tout rongé, un peu comme le fer sous l'effet d'un acide puissant. Un liquide verdâtre mêlé de sang envahissait ces endroits.

— Vous avez une idée de l'abondance de ce liquide ?

— Seulement sur le dessus de la tête, j'ai récolté plus de six onces de pus.

Un « Oh ! » horrifié parcourut la salle, puis le bruit d'une personne vomissant ses boyaux vint du troisième rang de l'assistance. Mathieu se tourna pour voir un homme blanc comme un drap s'essuyer la bouche et le menton sur la manche de sa veste, en bredouillant, penaud :

— Excusez-moi, je suis désolé.

Les habits des deux spectateurs devant lui porteraient désormais les traces d'un petit-déjeuner trop copieux. La chaleur de la pièce surpeuplée, l'odeur des vomissures, les imaginations emballées, tout cela risquait de transformer cet incident en une épidémie.

— Comme il est presque midi, déclara le juge Pelletier après avoir fait claquer son maillet plusieurs fois, nous allons ajourner. Cela donnera le temps aux préposés de nettoyer et de faire ventiler la salle.

Pendant que les curieux s'empressaient de sortir dans un brouhaha, Mathieu glissa à l'oreille de son patron :

— Après cela, je me demande comment la défense va s'en sortir.

— Ne manquez pas de respect pour notre adversaire. Le vieux garçon n'est pas devenu un député élu par acclamation et le président de l'Assemblée législative pour rien. Il sait se montrer féroce.

Le jeune homme ravala sa salive en pensant à Marie-Jeanne.

Chapitre 18

À la reprise de l'audience, un peu après une heure, de nombreux spectateurs trouvèrent leur place occupée par des personnes plutôt insensibles à l'odeur tenace de vomi. Un certain vacarme s'ensuivit.

— J'étais là le premier, clamait quelqu'un.

— Je ne vois pas de nom sur la chaise, répondait l'autre.

— Mais j'étais là, je vous dis. Je suis arrivé parmi les premiers, ce matin.

— Tant pis, « qui va à la chasse perd sa place ».

Les vieux dictons ne paraissaient amener aucun apaisement chez les curieux les plus matinaux délogés par des opportunistes.

Mathieu remarqua la porte réservée au juge entrouverte, la tête grise du magistrat un peu penchée vers l'avant, la mine chargée de reproches. Les désordres de ce genre lui portaient visiblement sur les nerfs, malgré l'air bonhomme adopté lors de l'audience du matin.

Quand il se dirigea vers le banc, le silence se fit bien lentement, plusieurs tardèrent à se lever devant son auguste présence. Vieil habitué, le docteur Marois gagna la barre des témoins de sa propre initiative.

— Maître Fitzpatrick, vous en aviez terminé, je pense.

— Oui, Votre Honneur.

— La parole revient donc à la défense.

Francœur quitta sa chaise avec une liasse impressionnante de notes. Quelle que soit l'issue du procès, personne ne lui reprocherait d'avoir négligé la préparation des contre-interrogatoires.

— Quand avez-vous fait l'autopsie, docteur ? demanda-t-il.

— Le 13 février 1920, à...

— Je veux dire à quelle heure ?

— À quelle heure ? Je crois avoir commencé vers quatre heures, peut-être trois heures et demie. Nous avons fini à six heures.

Le « Je crois » agaça un peu Mathieu : il se souvenait d'avoir consulté sa montre pour mettre l'heure précise dans le rapport. Le médecin pouvait consulter ses feuillets, il les tenait dans ses mains.

— Votre Honneur, précisa l'avocat de la défense à l'intention du juge, comme je compte interroger le témoin sur des questions de fait, je vous demande de faire sortir le docteur Lafond. Celui-ci témoignera plus tard sur ces mêmes faits.

La demande paraissait tout à fait raisonnable. Les personnes appelées à comparaître devaient rapporter ce qu'elles avaient vu ou entendu. D'autres récits ne devaient pas teinter le leur.

— Monsieur Lafond, dit le magistrat, je vous prie de quitter la salle. Vous pourrez revenir quand votre collègue aura terminé.

Pendant que le praticien obtempérait, le substitut du procureur se pencha à l'oreille de son stagiaire pour lui dire :

— Tu vois, le scélérat veut placer les deux médecins en contradiction. De plus, regarde la mine fâchée de Marois : il vient de le mettre de mauvaise humeur, car lui aussi comprend le but de cette précaution. Les jurés le trouveront hostile, antipathique. Notre adversaire sait très bien où il va.

« Avec cet emploi, songea le jeune homme, j'apprends à connaître la mise en scène du théâtre judiciaire, pas des notions de droit. » Si ce jeu amusait certains de ses camarades de faculté, lui le trouvait cynique.

— Où avez-vous fait l'autopsie ? reprit Francœur.

— Dans le soubassement de la sacristie.

— Vous avez fait cette autopsie d'une façon complète ?

— Aussi complète que toutes les autres.

Cette réponse paraissait bien imprudente. Elle ouvrait la porte à toutes les remises en question.

— Très complète ?

L'avocat se tenait penché un peu en arrière, comme surpris de cette prétention.

— Tous les organes ont été examinés, répondit le médecin, déjà un peu sur la défensive. Il n'y avait certainement pas d'autre cause de mort que celle que j'ai mentionnée.

— Avez-vous fait un examen spécial du cerveau ?

— J'ai examiné le cerveau, je l'ai sorti de la boîte crânienne. J'ai fait des tranches comme on fait habituellement dans toutes les parties qu'on examine à l'œil nu et il n'y avait rien de particulier. Je n'y ai pas trouvé de pus ni d'abcès.

Un échange assez long sur les diverses parties du cerveau, du cervelet, des méninges suivit. Les membres du jury ouvraient de grands yeux, totalement ignorants de la nature de la discussion. Assistant à une véritable leçon de choses sur le liquide céphalorachidien, ils parurent craindre que le médecin ne sorte un morceau sanguinolent de sa poche pour mieux se faire comprendre.

— Avez-vous examiné la moelle épinière ?

— Non, pas au-delà de la protubérance annulaire, c'est le commencement de la moelle épinière. Je n'ai pas ouvert le canal rachidien pour examiner la moelle dans toute son étendue.

— Vous n'avez pas ouvert le canal rachidien ?

Francœur faisait de gros yeux étonnés, comme si pareille négligence lui paraissait criminelle.

— Non, je ne l'ai pas ouvert.

— Vous n'avez pas examiné la moelle sur toute la longueur ?

— Non.

— Par conséquent, vous n'avez pas pu constater dans quel état étaient les cordons latéraux de la moelle ?

La surprise, sur le visage de l'avocat, suggérait aux membres du jury que cette omission devait être bien grave.

— Quand bien même j'aurais constaté l'état des cordons latéraux de la moelle, rétorqua Marois, outré, cela aurait été sans conséquence.

— Je ne vous demande pas quelles auraient été les conséquences. Je vous demande si vous les avez examinés.

— Cela n'aurait pas eu de conséquences sur mes conclusions sur la cause de la mort.

— Qu'en savez-vous ? Vous ne les avez pas examinés !

Dorénavant, dans l'esprit de toutes les personnes présentes, les conclusions du médecin paraîtraient douteuses, à cause de cette négligence. Le docteur attendit la suite, la mine renfrognée.

— Donc, vous n'avez pas pu constater dans quel état étaient les cordons latéraux de la moelle ?

— Puisque je n'ai pas examiné la moelle épinière, je n'ai pas examiné les cordons latéraux.

— Par conséquent, vous ne pouvez pas nous renseigner sur les différentes maladies qu'aurait pu avoir cette enfant.

Le constat tomba comme un couperet. Malgré les coups reçus, on ne pouvait plus écarter d'emblée une autre cause de la mort. L'avocat fit un tour complet sur lui-même, pour prendre chacun à témoin de ce constat.

— Savez-vous, docteur… vous devez savoir… enchaîna-t-il avec un peu d'ironie.

— C'est possible que non.

— … J'ose croire qu'après de si longues années de pratique, vous savez qu'il existe un très grand nombre de maladies de la moelle épinière ?

— Ah ! Oui, bien sûr.

Revenu en terrain connu, le médecin montra un regain d'assurance. C'était plutôt naïf de sa part.

— Certaines de ces maladies causent des plaies à la peau, affirma l'avocat, particulièrement aux membres inférieurs.

— Oui, mais pas des plaies de la nature de celles observées sur le cadavre.

— Mais si vous n'avez pas examiné la moelle épinière, vous ne pouvez faire ce constat hors de tout doute. Votre autopsie est incomplète.

— Peut-être est-elle un peu incomplète. C'est possible.

Le substitut du procureur général se déplaça vivement sur sa chaise, puis laissa échapper entre ses dents : « L'idiot, tout le travail de la matinée est maintenant détruit. » « Et avec lui, conclut mentalement Mathieu, le principal argument de l'accusation ! »

— Vous êtes un homme d'expérience, docteur Marois. Pour être très clair, je vais vous lire ma prochaine question : Dans une autopsie, n'est-il pas essentiel de faire l'examen de la moelle épinière, et pour ça, d'ouvrir le canal rachidien ?

— Cela aurait peut-être été mieux, je l'admets. Mais ça ne se fait pas habituellement et je connais beaucoup de mes confrères qui ne l'auraient pas fait.

— Ce n'est pas une réponse, ça.

— Bien, c'est ma réponse. Il n'y a pas eu de négligence de ma part. J'ai fait ce que l'on fait d'habitude.

De nouveau, cela paraissait un argument bien douteux, peu susceptible d'impressionner les jurés.

— J'ai observé tout ce qu'il fallait pour déterminer la cause de la mort, se défendit encore le médecin. Même si vous insistez sur l'absence d'un examen de la moelle épinière, ça ne peut pas avoir de conséquences sur le résultat, car les blessures ayant causé la mort venaient des coups reçus, pas d'une maladie quelconque de la moelle ou d'un autre organe.

— Je ne vous ferai pas changer d'opinion là-dessus ?

— Non, c'est certain.

Après avoir admis le caractère incomplet de l'autopsie, l'affirmation devenait un peu péremptoire. L'avocat de la défense revint à la charge.

— Cela, c'est une opinion, pas un fait. Moi, je suis d'une opinion contraire. Comme votre autopsie est incomplète, vos conclusions sont contestables. Elles traduisent une simple opinion.

— ... Elle est peut-être incomplète à ce sujet, mais j'ai trouvé la cause de la mort.

— Vous changerez peut-être d'opinion là-dessus à la fin de mes questions.

— Non, je ne changerai pas !

Marois se présentait maintenant comme un vieil homme têtu, peut-être borné. Les jurés jetaient sur lui des regards soupçonneux. Les témoins experts présentaient habituellement la même assurance un peu arrogante, tous multipliaient les affirmations sans nuances. L'avocat de la défense choisit de s'en moquer un peu.

— Même si vos conclusions sont arrêtées, allez-vous tout de même me permettre de poser d'autres petites questions ?

— Ah ! Tant que vous voudrez.

Pendant de longues minutes, la conversation porta sur les conséquences funestes de se gratter. Des ongles et des mains sales, ou un environnement souillé, pouvaient induire une infection de plaies à vif.

Puis, un changement abrupt de sujet fit sursauter Mathieu.

— Avez-vous examiné les organes génitaux de l'enfant ?

— Oui, ils n'avaient rien.

— Avez-vous examiné la vulve ?

— Oui.

— L'hymen ?

— Oui.

— L'utérus et le vagin ?

La nomenclature lassa le médecin. Il se résolut à se faire explicite.

— J'ai parfaitement examiné ces organes, je vous assure. Il n'y avait rien de ce côté-là.

— Est-ce que l'hymen était intact ?

La réponse pouvait faire passer la victime pour une salope. Aux yeux de tous ces bien-pensants, un hymen rompu donnerait raison au couple de l'avoir châtiée sévèrement, même au prix de la vie de l'enfant.

— Oui, s'impatienta le praticien.

— Vous êtes positif ?

— Tout à fait.

— Le docteur Lafond était-il avec vous quand vous avez fait cet examen-là ?

Albert Marois réfléchit un instant.

— Il était là, précisa-t-il, mais je ne peux pas dire si j'ai attiré son attention sur ce fait.

— Avez-vous examiné le clitoris ?

— Pas particulièrement.

— Vous ne l'avez pas examiné spécialement ?

Les ouvrages de médecine, à cet égard, convergeaient avec ceux de morale : un clitoris trop développé témoignait d'une pratique de la masturbation. L'onanisme répugnait tellement aux médecins que certains bricoleurs concevaient des ceintures de contention pour attacher les mains des enfants sur leur ventre ou au niveau des hanches, pour les empêcher de se toucher « là ». Une inclination trop assidue à abuser de leur propre corps pouvait même conduire des adolescents des deux sexes à l'asile d'aliénés.

— Je n'ai pas fait d'examen spécial du clitoris, admit Marois. J'ai fait un examen d'ensemble de ces organes, rien de particulier n'a attiré mon attention.

— Dans quel état étaient les organes génitaux internes ?

— Elle avait un petit utérus, absolument infantile, de la grosseur ordinaire, de même que les annexes. Il n'y avait rien de singulier là, tout était absolument normal.

— Il n'y avait pas de lésion périutérine ?

Francœur cherchait à présent des traces de maladies vénériennes. Même avec un hymen intact, la présence d'une infection serait la preuve d'une activité sexuelle.

— Aucune.

— Vous avez constaté ça ? répliqua l'avocat en affichant un air étonné.

— Je l'ai fait.

Afin de demeurer dans son cloaque, le procureur de Marie-Anne Houde se perdit un long moment dans le contenu des intestins et l'état de l'estomac. Ensuite, l'échec de Marois à prélever de l'urine lui permit un autre sous-entendu relatif à son incompétence. Car maintenant, le praticien ne pouvait plus soutenir hors de tout doute l'absence de diabète. Et, chacun le savait, cette maladie entraînait parfois des plaies aux jambes.

Francœur changea encore de sujet :

— Avez-vous examiné le foie ?

— Oui.

— Était-il gros ?

— Pas plus gros qu'à l'état normal.

Le médecin ne paraissait même pas deviner la suite de l'interrogatoire. L'autre referma son piège.

— L'avez-vous pesé ?

— Je ne l'ai pas pesé, je n'avais pas de balance.

— Vous n'aviez pas de balance ?

Francœur fit encore un tour complet sur lui-même, comme pour prendre tout le monde à témoin : la foule, les journalistes, les jurés. Pareille négligence dépassait les bornes.

Il enchaîna ensuite sur les reins, la vésicule biliaire, la plèvre. Chacun écarquillait les yeux, se demandant bien comment autant de pièces mystérieuses pouvaient entrer dans le corps humain. Puis, le cœur retint son attention. Le médecin confessa avoir vérifié l'état des valvules en y insérant ses doigts, plutôt qu'en utilisant le procédé « hydraulique ».

— Tout le monde procède de cette façon, s'emporta le médecin, pressentant le reproche. Vous parlez de procédures utilisées dans des lieux très modernes. Même dans les hôpitaux de Québec, nous n'avons pas tous ces appareils. Moi, j'étais dans un soubassement d'église, je travaillais à la lueur de lampes à l'huile. Vos questions tiennent de l'enfantillage. Je suis satisfait du travail que j'ai fait, vous n'avez pas le droit de m'accuser d'incompétence.

— Ce n'est pas ça que je veux dire, formula l'avocat prudemment.

— C'est là où vous voulez en venir…

— Vous venez d'admettre d'une façon claire qu'il vous était impossible de faire, avec vos ressources et vos moyens, une autopsie complète qui permette aujourd'hui de dire hors de tout doute que la victime est morte à la suite des blessures observées sur elle.

Si l'avocat ne portait pas des accusations formelles d'incompétence, il tissait sa toile avec une habileté consommée. Le doute habiterait dorénavant tous les esprits.

— Elle n'est certainement pas morte d'une autre cause que celle que j'ai dite, grommela Marois.

— Comment pouvez-vous le dire, docteur, puisque vous admettez vous-même le caractère nécessairement incomplet de l'autopsie, que ce soit à cause de l'insuffisance des moyens ou à cause des examens que vous reconnaissez ne pas avoir faits ?

— Aucun de mes collègues, y compris ceux qui ont écrit tout cet interrogatoire à votre place, n'aurait fait mieux que moi. Mon autopsie n'est pas incomplète, elle n'est pas insuffisante. Mon rapport donne la cause véritable de la mort.

Mathieu avait remarqué la présence d'un trio de médecins dans la salle. Ils seraient prêts à venir témoigner en défense pour exposer leurs savantes théories sur la mort de la victime.

— Cette prétention est insoutenable, commenta Francœur.

Bredouillant, Marois voulut reprendre tout son plaidoyer. L'avocat l'interrompit pour demander :

— Vous prenez sur vous de jurer que l'enfant n'a pas pu mourir d'une autre cause que celle que vous avez mentionnée ?

— Je jure que l'enfant n'est pas morte d'autre chose que de ses blessures.

— Pour ça, vous vous basez sur votre autopsie incomplète ?

— Je me base sur l'autopsie suffisamment complète que j'ai faite pour constater qu'il y a eu mort violente, se défendit encore ce dernier. Mon autopsie est complète.

L'avocat secoua la tête, contempla encore une fois le médecin obstiné avant de conclure à l'intention du juge :

— Je n'ai pas d'autres questions, Votre Honneur.

Mathieu consulta son patron des yeux, alors qu'Albert Marois quittait la salle dans un murmure réprobateur. Le climat différait maintenant totalement de celui du matin.

— Non, souffla Fitzpatrick, on ne revient jamais à la charge après le contre-interrogatoire d'un témoin expert. Ce serait admettre avoir été battu. Vous comprenez maintenant ce que je voulais dire à l'ouverture du procès. Ce gars est redoutable. Votre petite fille devra survivre à l'orage et convaincre les jurés.

Le jeune homme se promit de lui consacrer ses prochaines soirées. Quant à ses examens prévus dans deux semaines, il devrait s'en remettre à la grâce de Dieu. Pour un agnostique, cela n'avait rien de rassurant.

Tout le reste de l'après-midi fut consacré à l'interrogatoire du détective Lauréat Couture. Guidé par les questions de Fitzpatrick, il navigua sans encombre de son premier à son dernier voyage à Sainte-Philomène-de-Fortierville.

En se levant pour le « transquestionner », Francœur se montra bien moins fougueux qu'avec le précédent témoin. L'assurance virile du policier et sa faculté de recourir au « gros bon sens » séduisaient les membres du jury. De plus, sa précédente altercation avec ce monsieur lui avait laissé un souvenir amer. Tout au plus chercha-t-il à lui faire préciser comment il avait recueilli les pièces à conviction.

À la fin, l'avocat préféra feindre d'être satisfait de l'ensemble des initiatives de l'enquêteur.

Lors de l'ajournement jusqu'au lendemain, les spectateurs quittèrent les lieux dans un bourdonnement de conversations agitées. Mathieu put poser la question lui démangeant l'esprit depuis trois heures.

— Malgré tous ses sous-entendus, Francœur n'a certainement pas pu remettre en cause la validité des conclusions de l'autopsie, n'est-ce pas ?

— Sauf quelques médecins, personne dans cette salle n'a rien compris à cet échange. L'avocat a semé le doute sur Marois. Au fond, tout ce cirque se limite à une question de confiance envers les personnes. Les jurés ne peuvent plus se dire à son sujet : « Lui, il sait ce dont il parle, je le crois. »

— Cela rend le verdict totalement aléatoire…

— Maintenant le sort du procès repose entre les mains de votre petite protégée. Ils devront se dire : « Elle, je la crois ! »

Le garçon retourna sur-le-champ à Lévis, afin d'avoir une longue conversation avec Marie-Jeanne.

Le lendemain matin, le mercredi 14 avril, Mathieu eut la bonne idée d'arriver très tôt devant la salle d'audience. Ce genre de précaution coûtait peu à un insomniaque. Pourtant, il découvrit une pagaille encore plus grande que la veille. Les journaux en avaient dévoilé assez pour faire comprendre combien ce procès se révélait inédit.

Le stagiaire avait toutefois pris l'habitude de jouer des coudes, sa progression jusqu'à la table de la poursuite lui permit d'en être le premier occupant. L'équipe de la défense arriva ensuite. Ignorant ses salutations, les deux hommes tinrent un conciliabule, puis Francœur parcourut l'allée centrale de la salle d'audience. L'air fâché, il s'autorisa même à monter dans les galeries. Sa toge lui octroyait une déférence suffisante pour lui permettre de se déplacer sans trop soulever de protestations.

Successivement, les procureurs de la Couronne se présentèrent ensuite, puis les membres du jury, l'accusée, et enfin le juge Pelletier. Celui-ci n'eut pas le temps d'ouvrir la bouche, l'avocat de la défense prit les devants.

— Votre Honneur, la situation devient intolérable. Le public fait preuve d'une curiosité sordide, en particulier toutes ces femmes caquetantes.

Le « Oh ! » de protestation s'interrompit au son des coups de maillet du magistrat.

— Ces gens viennent ici comme au cirque. Ce matin, plusieurs ont même apporté un goûter !

Depuis la veille, les curieux comprenaient tout le danger de se lever afin d'aller dîner à l'extérieur. Pour ne rien perdre du spectacle, ils préféraient pique-niquer sur place.

— Maître, je suis plutôt enclin à partager votre avis. Monsieur Fitzpatrick, quel est votre sentiment à ce sujet ?

— Un juste procès doit demeurer transparent, afin de rassurer la population. Avec une procédure publique, nous obtenons cette fin.

Le juge soupesa longuement le problème. Puis, il trancha.

— Nous pouvons poursuivre la même fin en usant d'un compromis. Les étudiants en droit, de même que les avocats membres du Barreau, pourront demeurer sur les lieux : ils tireront de ce procès des enseignements utiles. Quant au droit du public d'en connaître les détails, nous pouvons le satisfaire d'une autre façon. Je ne doute pas que les nombreux journalistes présents aujourd'hui le tiendront au courant par leurs articles. Des agents de la paix contrôleront les cartes professionnelles de tout le monde dans cette salle. Les personnes ne faisant pas partie des catégories mentionnées sont priées de quitter cette enceinte, tout de suite.

L'assistance mit un certain temps avant de saisir la nature de la décision, et plus encore à s'y soumettre. Après quelques minutes de protestations murmurées, le magistrat fit entendre le bruit sec de son maillet en disant :

— Messieurs, faites sortir les personnes non autorisées de la salle.

Les employés du palais de justice affrontèrent les contestations sans fléchir. Aucune femme ne pouvait se qualifier à l'un ou l'autre des titres évoqués par le juge. En pestant contre leur condition, elles se retirèrent. Les avocats et les journalistes pouvaient présenter une carte. Quelques jeunes hommes plaidèrent être étudiants en droit : ce statut ne leur donnait aucune pièce d'identité particulière. Sur leur mine, certains purent rester, d'autres quittèrent en protestant toutefois de leur bonne foi.

L'exercice demanda plus d'une demi-heure. L'ordre enfin rétabli, le magistrat demanda :

— Maître Fitzpatrick, qui entendrons-nous maintenant ?

— Le docteur Andronic Lafond, le médecin de la petite victime.

L'homme d'une quarantaine d'années présentait un visage sympathique, des manières proches de celles de sa clientèle paysanne. Il ferait bonne impression sur les jurés. Le substitut du procureur saisit l'occasion pour lui faire confirmer les conclusions du rapport d'autopsie.

Puis, il revint sur un événement plus ancien.

— Vous connaissiez déjà la victime depuis un bon moment, je pense.

— Je l'ai visitée une demi-douzaine de fois à la fin de l'été dernier, pour une blessure au pied.

— Pour exiger un nombre pareil de consultations, la blessure devait être bien grave.

En bon comédien, l'avocat arquait les sourcils, affichait sa compassion.

— En réalité, expliqua le médecin, les choses seraient bien vite rentrées dans l'ordre si la mère avait suivi mes directives.

— Elle ne prodiguait pas les soins requis par l'état de la blessée ?

— Non. Finalement, j'ai fait hospitaliser l'enfant. Elle est revenue guérie.

En guise de conclusion, Lafond réitéra une conviction exprimée aussi par son collègue Marois : soignée convenablement, la fillette aurait survécu aux blessures relevées à l'autopsie.

Appelé à intervenir à son tour, Francœur se contenta de questions sans importance, tout en prêtant une attention distante aux réponses. À ses yeux, le médecin de campagne ne pouvait exprimer une opinion compétente sur la valeur de l'examen *post-mortem*.

Après la pause du midi, Exilda Auger, épouse Lemay, se trouva à son tour appelée à témoigner. Guidée par les questions de Fitzpatrick, elle parla beaucoup des relations de voisinage avec les Gagnon, leurs conversations sur la difficulté qu'ils éprouvaient à élever leurs enfants, les allusions à des châtiments corporels exagérés.

Mathieu n'entendait là rien de nouveau, sauf des détails agglutinés à la trame du récit. De leur côté, les jurés buvaient ses paroles. Les journées du 9 et du 12 février l'occupèrent longuement. Elle insista sur le refus de l'accusée de faire venir le médecin lors de la première de ses visites ; sur la fillette inanimée lors de la seconde.

Le substitut du procureur général revint soudainement en arrière.

— Vers le jour de l'an, n'avez-vous pas vu l'accusée ?

— Au mois de janvier, je ne peux pas dire la date, je l'ai vue. Quand j'ai abordé le sujet de la petite fille, elle a dit : « Je voudrais bien qu'elle meure elle aussi sans que personne ne vînt à en avoir connaissance. »

Le stagiaire entendait cela pour la première fois. Le détective Couture, au cours de longues conversations, avait réussi à faire émerger de nouvelles informations. Plus tôt, Exilda avait évoqué le décès d'un petit garçon âgé de deux ans et demi. Le « elle aussi » prenait dans ce contexte un sens lugubre.

— Vous souvenez-vous d'une autre occasion où l'accusée vous a entretenue de sa fille ?

— Un soir, elle m'a dit qu'elle couchait la plus grande en bas, tout en laissant l'autre en haut. Elle a ajouté : « On a mis un rondin près de la porte de notre chambre, sur un sac de sel. La petite est descendue. Quand elle est passée devant la pièce, j'ai pris ce rondin pour la remonter. » Elle a dit : « Quand elle a été en haut, elle n'a pas eu envie de descendre de la nuit. »

« Si les jurés se souviennent de la blessure à la tête, pensa Mathieu, ils trouveront là une explication. » Fitzpatrick ne chercha pourtant pas à établir la date de l'événement pour relier ces informations.

Le substitut du procureur conclut son interrogatoire par un rappel des différentes visites effectuées chez les Gagnon après les funérailles d'Aurore. Cela lui permit de faire corroborer le récit du détective Couture sur l'état des lieux et les diverses pièces à conviction.

— J'en ai terminé, Votre Honneur, déclara-t-il à la fin.

— Maître Francœur, avez-vous des questions ?

Autant l'avocat de la défense avait semblé nonchalant avec les deux témoins précédents, autant il parut déterminé en s'avançant vers la paysanne. Son premier souci fut de mettre en évidence un antagonisme entre les deux voisines.

— Depuis que l'accusée demeure chez Télesphore Gagnon, vous êtes-vous fréquentées régulièrement ?

— Pas beaucoup, les premières années. Pendant les deux ans où elle n'était pas mariée, je n'y allais pas.

— Vous n'y alliez pas ?

— Non.

L'homme fronça les sourcils, comme devant un manque de civisme inconcevable.

— C'était pourtant votre voisine la plus proche.

— N'empêche, je n'y allais pas.

Francœur hocha la tête, comme si une idée lui venait soudainement.

— Elle demeurait chez lui sans être mariée.

— Bien, soi-disant, oui.

— Pourquoi dites-vous cela ? Vous connaissiez bien leur situation, madame.

— Bien, vous savez, ce n'est pas moi qui l'ai mariée.

La répartie provoqua un éclat de rire, la paysanne parut fière de la vivacité de son esprit. L'avocat arbora un petit sourire satisfait.

— Vous savez aussi que la première femme de Télesphore Gagnon était alors internée à l'asile de Beauport, n'est-ce pas ?

— Oui.

— Et vous saviez aussi qu'en plus, l'accusée, ici, était la cousine de cette femme ?

— Oui.

« Bon Dieu, pensa Mathieu, existe-t-il deux personnes non apparentées, dans cette paroisse ? » Tous ces détails ne rendaient pas l'accusée bien sympathique. Toutefois, le jeune homme commençait à comprendre la stratégie de l'avocat.

— Cette parenté tient à son premier mariage, n'est-ce pas ? Nous parlons ici de cousines par alliance.

— De cousines. Je ne connais pas les détails.

— Quand sa femme a été internée à Beauport, Télesphore lui a demandé de venir pour s'occuper des enfants.

— À cette époque, aucun enfant ne se trouvait dans la maison.

Francœur parut un peu surpris. Avait-il négligé de bien faire ses devoirs ?

— N'y avait-il pas un bébé ? demanda-t-il.

— Non. Elle est arrivée en hiver, et le bébé au mois de mai, je pense.

Le petit garçon décédé en 1919 était donc né à l'hôpital, puis la direction de l'établissement l'avait envoyé à la maison après le sevrage. Mathieu s'en voulut un peu de ne pas avoir tiré cela au clair lui-même.

— Vous jurez ça, vous ?

Francœur adoptait le ton du défi, la femme le dévisagea sans répondre. Il n'insista pas.

— Mais elle, elle avait deux garçons.

— Ils n'étaient pas avec elle. Des membres de sa famille s'en occupaient.

— Vous êtes positive, madame ?

— Oui.

Ce genre de renseignements ne pouvait échapper à une voisine. Marie-Anne Houde était venue s'occuper de la maison de Télesphore. Au début, aucun enfant ne pouvait justifier sa présence. Les voisins demeuraient libres de supputer ses motifs réels.

— Pendant ces deux ans, vous ne l'avez pas visitée ?

— Peut-être une fois, au printemps.

— Dans ce temps-là, vous n'aimiez pas beaucoup l'accusée.

— Je ne la haïssais pas non plus.

Un ricanement cynique accueillit sa réplique. Bien campée derrière la barre des témoins, elle relevait le menton et défiait son interlocuteur du regard.

— Êtes-vous certaine de ça ?

— Comme ça n'adonnait pas, on n'y allait pas.

— En réalité, vous prétendiez que Télesphore vivait en concubinage avec elle. À cause de cela, vous ne vouliez pas pénétrer dans cette maison.

— On n'était juste pas sorteux.

À la campagne ou à la ville, des comportements moraux répréhensibles entraînaient ce genre d'ostracisme. Cela ne surprendrait aucun membre du jury. En insistant sur le sujet, l'avocat poursuivait une tout autre fin.

— Vous dites que vous l'aimez. N'avez-vous pas exprimé une opinion bien sévère sur l'accusée, encore tout dernièrement ?

— Je n'ai pas dit que je l'aimais ni que je la haïssais. Je n'y allais pas, tout simplement.

— Madame, n'avez-vous pas exprimé votre opinion, en venant rendre témoignage ici, sur le compte de l'accusée ?

— Je ne comprends pas où vous voulez en venir.

Le juge Louis-Philippe Pelletier voyait les jurés peiner aussi pour suivre la discussion.

— Monsieur Francœur veut savoir ce que vous pensez de l'accusée, précisa-t-il en se penchant en direction de la femme.

L'avocat reprit à son tour, cette fois sans tourner autour du pot.

— N'avez-vous pas dit, dans le train en venant ici, que cette garce devait être pendue ?

— Non, je n'ai pas parlé de garce ou de pendaison. J'ai dit qu'elle devait être punie selon son mérite.

Dans la salle, plusieurs personnes devaient pourtant utiliser ces mots. La femme s'en défendait maintenant avec énergie.

— Il y avait des témoins de la scène, insista Francœur.

— Elle doit recevoir la punition méritée.

— Vous n'avez jamais parlé de pendaison ou de corde ?

« La salope d'Albertine Gagnon », se dit Exilda. Elle seule pouvait l'avoir « rapportée ». La division à Sainte-Philomène perdurerait pendant des décennies, à la suite de cette affaire.

— Des gens prétendent… bafouilla la femme. Pas moi, mais des gens disent qu'elle mérite de pâtir un bon moment.

— Si, en vertu de la sentence de la justice, elle est pendue, ça vous fera grand plaisir ?

— Non, cela me fera beaucoup de peine parce que, pour un voisin, c'est pas mal mortifiant.

Par un ricanement unanime, la salle exprima son grand scepticisme à l'égard de cette conception des relations de voisinage.

— Nous verrons bien si cela vous fera beaucoup de peine.

À la table des avocats de la Couronne, Fitzpatrick souffla à ses deux compagnons :

— Vient-il d'admettre que sa cliente sera pendue ?

Francœur lui-même sembla saisir l'impair. Il revint sur les rencontres du témoin avec Marie-Anne Houde, les circonstances où celle-ci faisait allusion aux châtiments corporels infligés aux enfants.

— Que disait-elle à leur sujet ?

— Qu'ils étaient durs à corriger.

— Parlait-elle seulement d'Aurore ou de tous ses enfants?

— De Marie-Jeanne aussi.

L'avocat de la défense feignit la surprise.

— De Marie-Jeanne aussi?

— Une fois, elle m'a dit: «Marie-Jeanne, elle prend les champs, elle se sauve, il faut courir après. Aurore ne se sauve pas, on peut la battre.»

Mathieu eut une bouffée d'affection pour sa jeune amie. Dans cet enfer, elle avait gardé le réflexe de se protéger.

— Quand a-t-elle dit ça?

— Pendant l'hiver et l'été dernier.

— Vous n'en avez jamais parlé auparavant.

La remarque contenait un reproche explicite. Exilda le dévisagea, puis glissa:

— Il y a bien des mots que j'ai oubliés, que je n'ai pas dits.

— On va vous les faire dire!

Elle conserva son air de défi en rétorquant:

— Vous n'êtes pas capable.

— Je peux vous rappeler des choses très désagréables.

— Il en existe assez pour cela.

— Vous avez déjà témoigné dans cette bâtisse.

«Et voilà!» grogna le substitut du procureur à l'intention de ses voisins. Les antécédents judiciaires de ce témoin devaient nécessairement refaire surface, pour la discréditer.

— Oui, admit la femme.

— Pour vente de boisson sans licence, je crois. Avez-vous été condamnée?

Son silence valait un assentiment.

— Lors de ces événements, vous êtes allée jusqu'à porter des accusations contre des voisins, que vous avez dû retirer ensuite, insista l'avocat.

— Peut-être que si on fouillait votre vie, on pourrait y trouver quelque chose à redire, monsieur Francœur.

L'audace lui valut un nouveau rire approbateur des spectateurs. Le député se drapa dans sa toge en disant:

— Vous pouvez y aller sans cérémonie, mais ça ne peut pas intéresser cette cause. Alors, je vous conseille, madame, de ne pas faire de menace et de répondre aux questions.

— Si vous me parlez tranquillement, je vous répondrai.

— Vous devez comprendre que c'est sérieux. D'après ce que je comprends, ça vous ferait trop plaisir de voir cette femme-là à la corde avec son mari.

Le juge Pelletier flaira la stratégie de Francœur. Il se pencha un peu pour dire avec sympathie au témoin:

— Ne répondez pas à ça, madame. Ici on parle des faits, pas des opinions.

Puis, son regard sévère ramena l'avocat à des échanges plus convenables. Ce dernier en vint aux coups portés avec un manche de hache.

— Est-ce que l'accusée vous a dit qu'elle était obligée de corriger les enfants durement, ou sévèrement? questionna-t-il en revenant abruptement à un sujet déjà abordé.

— Nous autres, on ne parle pas si bien. L'un revient à l'autre.

— L'un revient à l'autre, pour vous?

— Oui. Je ne suis pas si instruite. On dit la première parole qui vient à l'idée, soit durement, soit sévèrement.

Les spectateurs et les membres du jury se disaient bien, eux aussi, que cet avocat «pétait plus haut que le trou», en jouant ainsi sur les mots.

— Mais revenons à la question: vous a-t-elle dit durement ou sévèrement?

— Je ne me rappelle pas trop.

— Est-ce qu'elle vous a dit qu'ils la corrigeaient à propos de rien ou était-ce à cause de sa conduite ?

— À cause de sa conduite : elle voulait jouer, elle refusait de laver la vaisselle, elle se couchait à minuit ou à trois heures du matin, parfois par terre.

Marie-Anne Gagnon n'avait donc pas fait mystère de ses difficultés ou des corrections infligées aux enfants. Francœur voulut énumérer les offenses de ceux-ci.

— Est-ce qu'elle vous a dit qu'elle faisait par terre ?

— Oui.

— Partout ?

— Oui.

Cette fois, la salle se montra plus attentive. À dix ans, ce genre de comportement trahissait un état grave.

— A-t-elle dit qu'elle faisait dans les habits de son père ?

— Oui, mais ce n'était pas vrai.

— Comment ?

— Elle accusait l'enfant, elle disait que c'était l'enfant qui faisait ça. Elle n'a pas avoué l'avoir fait elle-même.

Devant ce sous-entendu, l'avocat recula d'abord, puis il réussit à faire répéter au témoin que Marie-Anne Houde accusait Aurore de ce comportement étrange. Les spectateurs ne retiendraient pas l'accusation de la voisine contre la belle-mère.

— A-t-elle dit qu'elle volait de l'argent ?

— Oui.

— A-t-elle dit qu'elle était impure ?

— Oui.

Le « Oh ! » de la foule témoigna du transfert de sympathie en train de s'effectuer, de la victime à l'accusée.

— Vous a-t-elle dit qu'elle avait même volé dans l'église ?

— Oui, elle nous a dit ça aussi.

Cette formulation contenait un doute. Francœur prit bien garde de demander si ces accusations paraissaient crédibles au témoin.

— Elle n'a pas dit que les deux petites filles s'amusaient ensemble, quand elles partageaient le même lit ?

— Non, pas au début. C'est venu ensuite, cette explication-là.

Mathieu s'avança sur le bout de sa chaise, attentif. Le sujet inquiétait particulièrement sa protégée. L'avocat, quant à lui, semblait aller de surprise en surprise, comme s'il découvrait des failles dans le récit des parents. Cela l'incitait à la prudence.

— Avez-vous vu l'accusée fréquenter l'église, à Fortierville, madame ?

— Oui.

Établir la religiosité de sa cliente légitimerait en quelque sorte les sévères corrections décrites plus tôt : cette bonne âme tenait au salut de ses enfants.

— Allait-elle à la messe ?

— Oui.

— Se confessait-elle, à votre connaissance ?

— Elle devait y aller, je ne la suivais pas.

Exilda se refusait à la dépeindre comme une chrétienne d'élite. De toute façon, seul le curé Massé pourrait s'aventurer en ce sens… si son évêque lui permettait de se présenter à la barre, bien sûr.

— Elle faisait sa religion comme tous les autres, n'est-ce pas ?

— Oui, je crois bien.

Malgré la longue discussion sur le concubinage, Francœur arrivait à lui faire admettre que Marie-Anne Houde partageait les valeurs morales de ses voisins.

— Les Gagnon envoyaient leurs enfants à l'école ?

— Non, ils n'allaient pas en classe.

— Ils n'y allaient pas pendant l'hiver.

— Ni pendant l'été.

De nouveau, il paraissait surpris de la réponse.

— Vous jurez ça, vous ?

Il adoptait un ton de défi. Droite et digne derrière la barre, Exilda aimait trop ces petites joutes pour se dérober.

— Bien, ils ont fréquenté la classe une dizaine de jours…

Cette version cadrait avec celle de l'institutrice. Elle était arrivée au même total, pour l'année scolaire 1919-1920.

— Personnellement, madame, si vous oubliez les rumeurs, vous n'avez jamais rien remarqué dans la conduite de cette femme-là pouvant laisser croire qu'elle maltraitait son enfant dans le dessein de la faire mourir ?

— Votre Honneur, protesta Fitzpatrick en se levant, mon collègue demande au témoin de donner son opinion et non d'énoncer un fait.

— Je souhaite tout de même entendre la réponse, répondit le juge Pelletier.

La question, puis tout l'échange précédent, laissait la femme un peu perplexe. Elle commença, un peu hésitante.

— Je crois qu'elle maltraitait les enfants.

— Mais vous ne l'avez pas vue faire.

— Elle ne le cachait pas, elle en parlait.

L'avocat ne désirait pas reprendre la longue discussion sur les confidences de Marie-Anne Houde.

— Avez-vous des enfants, madame ?

— J'ai un garçon de vingt-huit ans.

— Seulement un ?

Dans la bouche de ce vieux garçon, le constat sonna comme un reproche. Les curés successifs de la paroisse devaient avoir multiplié les remontrances auprès de cette femme, pour l'inciter à « faire son devoir ».

— Vous l'avez déjà corrigé ?

— Oui, mais en droit et en raison.

Dans la bouche de cette dame, l'expression paraissait un peu étrange.

— L'avez-vous déjà battu avec une hart ? insista-t-il.

— Non.

— Jamais ?

— Non.

Elle énonçait là des vérités toutes simples, personne ne pouvait mettre sa parole en doute.

— Avec quoi le battiez-vous ?

— Avec mes mains. Sur les fesses d'un enfant, c'est assez.

Une rumeur d'assentiment parcourut la salle. Le vieux garçon parut un peu décontenancé.

— Mais si vous aviez eu une dizaine de tapageurs…

Cette femme se refusait à participer à la revanche des berceaux. Déjà, il avait mis au jour sa condamnation pour vente d'alcool. Sa façon d'élever des enfants ne pouvait faire l'unanimité, croyait-il.

— À la campagne, continua le plaideur, vous le savez, les gens ne se gênent pas pour donner des coups de hart à un enfant. Et à l'école, il se donne des coups de règle.

— Les gens se gênent plus que vous croyez. Sur dix, vous n'en avez pas un qui corrige les enfants avec des harts.

D'une seule traite, elle venait de rassurer toute l'assistance sur les mœurs rurales. Tuer les petits à coups de bâton ne figurait pas dans les traditions des familles paysannes.

— Il y en a à qui ça fait du bien, s'obstina l'avocat.

Elle contempla Francœur comme s'il s'agissait d'un demeuré. Celui-ci décida d'abandonner un sujet de discussion où il ne l'emporterait pas sur une mère, même d'un enfant unique.

— Selon vous, l'accusée aurait dit qu'elle serait contente si son enfant mourait, sans que personne ne le sache.

— Elle a dit cela.

— Elle a nommé Aurore, à ce moment?

— Quand elle disait cela, elle parlait d'Aurore.

L'avocat perdit une autre excellente occasion de se taire.

— Vous avez compris qu'elle souhaitait qu'Aurore parte sans vraiment le réaliser.

Au fond, chacun rêvait de partir doucement, sans vraiment en avoir conscience. Souhaiter cela aux autres traduisait une réelle compassion.

— Non, pas de cette manière-là.

— Je ne comprends pas.

— Elle parlait de la mort d'un autre petit enfant d'un an et demi, survenue dans cette maison.

— Un autre petit enfant?

Curieusement, jusque-là personne n'évoquait les précédents. Pourtant, Mathieu avait fait le décompte pour son patron: à ce jour, six enfants étaient décédés sous les soins de cette femme. Même dans un environnement difficile, cela faisait beaucoup.

— Elle a dit « elle aussi », en parlant d'Aurore. Elle souhaitait la voir mourir discrètement, comme le petit garçon.

— Vous aimez mieux prendre ça comme ça?

— Nous sommes voisins, nous connaissions ce premier décès, nous la voyions agir avec les petits. Alors nous l'avons pris de cette façon.

Les jurés présentaient tout d'un coup une mine intéressée, tellement que Francœur se tourna vers le magistrat pour dire:

— Je n'ai plus de questions, Votre Honneur.

— Monsieur le substitut du procureur général?

— Nous entendrons maintenant mademoiselle Marguerite Lebœuf.

Exilda Lemay connaissait les usages de la cour. Son heure de gloire se terminait. Bien élevée, en quittant la barre, elle fit un crochet par la table de l'accusation.

— Monsieur Picard, comment allez-vous ? demanda-t-elle, la main tendue, un sourire sur les lèvres.

La sociabilité de village cadrait mal avec une salle d'audience. Le juge contemplait la scène, un peu amusé, l'avocat de la défense fulminait. Un coup de maillet attira l'attention de tout le monde.

— Nous allons suspendre l'audience pour dix minutes, déclara le magistrat.

Personne ne se leva pour aller fumer ou passer par les toilettes, de crainte de perdre sa place. L'intermède permit au stagiaire de retrouver son savoir-vivre.

— Je vais bien, madame, répondit-il en se levant. Retournerez-vous à Sainte-Philomène cet après-midi ?

— Cet avocat a gaspillé tellement de temps, en répétant trois fois les mêmes questions que j'ai raté le train. On sait bien, il ne me paiera pas la chambre d'hôtel. Je vais donc aller « aux vues » ce soir.

Elle ne paraissait pas trop déçue du contretemps, mais le coup de griffe lui fit plaisir : Francœur tendait justement l'oreille pour tout entendre.

— Vous savez si les autres enfants se portent bien ? demanda-t-elle.

— Je suis allé les voir à l'hospice Saint-Joseph-de-la-Délivrance. Cela me semble un établissement très bien tenu.

— Oréus me disait la même chose. C'est triste pour eux, mais ils sont mieux là qu'à la maison.

— Je le crois aussi.

Exilda contempla la grande salle, puis elle déclara :

— Bon, je vous laisse travailler. Adieu.

— Plutôt au revoir.

— C'est vrai, ensuite il y aura le procès de Télesphore.

Après un dernier salut de la tête, elle s'éclipsa. En passant devant la table de la défense, elle renifla avec ostentation.

— Vous avez été apprécié là-bas, commenta Fitzpatrick dans un sourire.

— Je suis allé à une veillée chez elle, répondit Mathieu en reprenant sa chaise. Normalement, j'aurais dû l'inviter chez moi pour la remercier. Toutefois, je la vois mal dans le salon de ma maison de chambres... Il s'y trouve trois députés, tous avocats. La discussion serait devenue orageuse.

— Elle l'aurait emporté.

Le substitut du procureur paraissait très satisfait de l'après-midi.

— Avons-nous progressé ? demanda le stagiaire.

— Les jurés l'ont aimée. L'allusion à ses activités illicites les a fait sourire. Tu vois, quand elle parle de mauvais traitements, elle ressemble à une bonne mère de famille, alors que mon collègue semble être un sadique en liberté. Il n'a pas la tâche facile.

Sur ces mots, Fitzpatrick se pencha un peu vers l'avant pour regarder Francœur et lui adresser un petit sourire ironique.

— Évidemment, cette dame a semé des soupçons, souffla-t-il. Le témoignage de Marie-Jeanne devra transformer cela en certitudes, maintenant.

« Évidemment », songea Mathieu alors que le prochain témoin gagnait la barre.

Chapitre 19

Dans sa robe fleurie, coiffée d'un chapeau de paille, Marguerite Lebœuf paraissait plus jeune qu'à l'enquête préliminaire, plus intimidée aussi. Cela venait peut-être de la dimension de la salle, de la foule exclusivement masculine, et aussi du fait que maintenant, c'était « pour de vrai ». La silhouette de l'échafaud se dressait dans les esprits.

Tout en se faisant rappeler de parler plus fort, tant par le substitut du procureur que par le juge, elle reprit le récit détaillé de ses quelques jours passés chez les Gagnon durant l'été de 1919, en y ajoutant un seul élément inédit : l'usage d'un fer à friser comme d'un instrument de torture.

Les jurés retiendraient de ses paroles le climat délétère de la maison, au point où une grande jeune fille robuste prenait la fuite, effrayée. Surtout, des mois avant la mort de l'enfant, la rumeur des mauvais traitements circulait déjà dans le milieu de l'accusée.

La contribution de Marguerite Lebœuf prit si peu de temps que le juge put appeler ensuite Rose-Anna Gagnon, mariée à Octave Hamel, la demi-sœur de Télesphore. Mathieu se demanda s'il fallait, dans les circonstances, parler de la demi-belle-sœur.

Lors de la veillée funèbre pour Anthime, son frère, la famille avait eu l'occasion de resserrer les liens… et de discuter de l'éducation des enfants.

— Quand êtes-vous allée chez les Gagnon ? demanda Fitzpatrick.

— C'était le 16 janvier, je pense.

— Avez-vous vu Aurore, ce jour-là ?

— Oui... elle avait les deux yeux au beurre noir.

La jeune femme serrait son sac à deux mains, parlait d'une voix saccadée. Impressionnée, elle débitait ses vérités devant des jurés attentifs.

— À ce propos, l'accusée vous a dit quelque chose ?

— Bien, j'ai dit à madame Gagnon de faire venir le médecin. Elle a répondu : « Il va falloir dépenser encore cinquante piastres pour cette enfant-là ? Qu'elle crève ! Je ne verserai jamais une larme. » L'enfant avait l'air d'avoir froid. Le père est arrivé et il a dit à Aurore d'aller se coucher.

Un murmure parcourut la salle. Mathieu devina que Lauréat Couture s'était démené pour la convaincre de révéler cela.

— Elle disait ces mots devant l'enfant ?

— Oui.

— Je n'ai pas d'autres questions, Votre Honneur.

Napoléon Francœur prit le relais sans entrain. Pour connaître la date exacte de la fameuse conversation, elle se remémora celle du décès de son frère, le 13. Réactiver les souvenirs de cette femme se révéla une arme à double tranchant.

— Quand je l'ai vue avec les yeux noirs, l'accusée m'a dit : « Elle est tombée sur la porte du poêle. » En s'adressant à Aurore, elle a ajouté : « C'est bien ici que tu es tombée ? »

— Qu'a-t-elle dit ?

— Elle a répondu oui, mais quand elle est montée se coucher, Télesphore a dit : « C'est du froid qu'elle a pris aux pieds, cela lui a monté à la tête. »

Le couple s'emmêlait dans ses mensonges. La femme avait bien l'intention d'exprimer son point de vue sur la question.

— Je leur ai dit que cela n'avait pas de bon sens. Alors, ma belle-sœur a lancé toute une série de condamnations. Selon elle, Aurore était voleuse, têtue, salope, impure. Enfin, elle avait tous les vices imaginables.

— Ce n'était pas vrai ?

Le témoin haussa les épaules, comme si l'abondance des accusations elle-même devenait suspecte.

— Je n'ai plus de question, Votre Honneur.

— Dans ce cas, déclara Fitzpatrick en se levant, je prendrai le relais. Il serait dommage de s'arrêter en si bon chemin, je vais réinterroger madame.

L'avocat de la défense le fusilla du regard, pour obtenir un large sourire.

— Madame Gagnon, à part les yeux, avez-vous observé d'autres blessures ?

— Elle en avait sur les pieds, sur les jambes… Avec les vêtements, ailleurs, on ne voyait pas…

— Avez-vous abordé ce sujet avec l'accusée ?

— Oui. Elle a répondu : « C'est la tuberculose, nous allons tous mourir de ça. »

Après le témoignage d'Exilda Lemay, sur l'espoir d'un décès discret, une prédiction de ce genre paraissait lugubre.

— Marie-Anne Houde s'efforçait-elle de soigner ces plaies ?

— Elle a affirmé les graisser avec des onguents.

— Avez-vous été heureuse de voir votre frère épouser cette femme ?

— Non, pas du tout. Je lui avais dit de ne pas le faire.

La réponse avait fusé spontanément, c'était un cri du cœur.

— Et pourquoi donc ?

— Elle n'aimait pas les enfants, cela se voyait bien.

Le substitut du procureur déclara en avoir terminé. Francœur revint à la charge sans entrain.

— Avez-vous discuté de votre témoignage avec d'autres personnes, avant aujourd'hui ?

— Bien sûr. Tout le monde parle de cela, dans la paroisse.

La réplique suscita un rire bref dans l'assistance.

— Avez-vous formulé le souhait que l'accusée soit pendue, notamment dans le train vous conduisant ici ?

— Ah ! Ça, jamais.

Chacun douta de la véracité de la prétention, sans toutefois en tenir rigueur à la paysanne. Celle-ci quitta ensuite la barre.

— Vu l'heure tardive, décida le juge Louis-Philippe Pelletier, nous reprendrons l'audience demain.

L'assistance se dispersa à regret, déçue de voir la représentation s'interrompre.

La ville de Québec se trouvait en émoi, tout le monde ne parlait plus que du procès de la marâtre. Les personnes présentes à la cour en étaient sorties la tête bourdonnante des horreurs entendues. Alors que dans un premier temps, certains évoquaient l'empressement de fonctionnaires trop zélés à se mêler de la vie privée des habitants, maintenant, tous supputaient des histoires d'horreur se déroulant derrière de multiples portes closes. Ce couple monstrueux ne pouvait être le seul dans la province. Le journal *La Presse*, en particulier, appelait des réformes de la procédure de mise en accusation.

Tous les journaux, pas seulement celui de la rue Saint-Jacques, dressaient des récits détaillés des événements en s'appuyant sur les témoignages entendus. Les meilleurs affrontements entre la Couronne et la défense faisaient l'objet de longues citations. Avec sa couleur locale, l'histoire valait bien des fois *Les Deux Orphelines*, et tous les récits larmoyants du même acabit.

Le lendemain matin, sans surprise, Mathieu constata que la foule des curieux s'étendait sur le trottoir en face de l'entrée du palais de justice, inondait même les pelouses de l'hôtel de ville. Le juge pensait avoir réglé le problème de l'affluence en limitant l'accès de la salle d'audience aux journalistes, aux avocats et aux étudiants en droit. Depuis la veille, des imprimeurs s'efforçaient de produire de fausses cartes professionnelles : des opportunistes moins curieux des histoires scabreuses louaient la leur.

Puis, il fallait compter encore avec tous ceux qui ne possédaient ni vraie ni fausse carte et demeuraient tout de même résolus à passer la journée dans les environs pour entendre les premiers la rumeur.

Le jeune stagiaire traversa les premières vagues des assiégeants en jouant des coudes et en clamant travailler pour le bureau du procureur général. Dans l'édifice, un agent de la paix le reconnut et l'aida à se rendre devant la salle d'audience. Dans le couloir, il vit Marie-Jeanne, assise sur une chaise, seule parmi la multitude. Un homme en uniforme, présentant l'allure d'un bouledogue, s'assurait que personne ne lui parle. Autrement, les journalistes ne se seraient pas privés, ni même les badauds. Il s'accroupit devant elle et commença :

— As-tu pu dormir un peu ?

Elle fit non de la tête, avant de chuchoter :

— Tous ces gens dehors, ils sont venus pour m'entendre ?

— La plupart ne pourront pas entrer. Mais la salle sera tout de même pleine.

— J'ai peur.

Le jeune homme se releva, toisa l'employé.

— On ne peut pas la laisser dans cette meute, commenta-t-il. Elle ne sera même pas appelée la première ce matin, seulement la seconde.

— D'habitude…

— D'habitude, les enfants ne témoignent pas contre leurs parents.

Mathieu avait retrouvé la voix utilisée dans les Flandres pour donner des ordres.

— Il y a bien une salle, pour les notables.

— Vous avez vu ici quelqu'un de plus notable qu'elle, ce matin ?

À la fin, l'homme acquiesça, chercha une clé dans sa poche pour les laisser entrer dans une petite pièce au bout du corridor.

— Vous viendrez nous chercher tout à l'heure. D'ici là, dites à Fitzpatrick où nous sommes.

Une table basse se trouvait au milieu de la salle, quatre chaises recouvertes d'un tissu rouge grenat disposées autour. La fillette ouvrit de grands yeux, impressionnée par la beauté des lieux. Cela la changeait des maisons de Sainte-Philomène, et aussi des orphelinats.

— Prends cette chaise, je vais attendre avec toi.

Elle lui adressa un regard chargé de reconnaissance. Ni l'un ni l'autre ne souhaitait aborder la comparution à venir, sans toutefois pouvoir penser à autre chose. Aussi restèrent-ils silencieux pendant qu'une autre demi-sœur de Télesphore Gagnon affirmait n'avoir jamais rien vu d'anormal dans la vie de famille de l'accusée.

Après une vingtaine de minutes, l'agent de la paix frappa doucement à la porte, l'entrouvrit pour dire :

— C'est à son tour.

Mathieu se leva le premier, la contempla. Elle mit un instant avant de quitter la chaise, accepta la main tendue et, la mine basse, lui emboîta le pas.

— Tu seras là ?

— À la table, juste devant toi.

L'employé ouvrit la porte de la salle d'audience pour eux. Plusieurs dizaines d'yeux se tournèrent dans leur direction, curieux, inquisiteurs même, puis un brouhaha se fit entendre.

Le juge Pelletier fit claquer son maillet, énonça très fort :

— À l'ordre. Ne me forcez pas à décréter le huis clos complet.

Il se tourna ensuite en direction de la barre des témoins.

— Alors, docteur Marois, vous avez effectué la petite addition ?

Le médecin avait quitté l'Hôtel-Dieu pour venir donner l'information requise lors de son témoignage.

— Cinquante-quatre, en tout.

— Toutes attribuables à des coups ? demanda Francœur, depuis sa table.

— Non, certaines ont été causées par le pus. Il y en avait tellement que le liquide crevait la peau pour s'écouler.

— Nous ne sommes pas plus avancés : on ne sait toujours pas combien, selon vous, de coups ont été portés !

La remarque arracha un ricanement à l'assistance, le médecin laissa échapper un soupir frustré.

— J'ai bien peur, docteur, que notre ami de la défense soit résolu à vous faire recompter. Pourrez-vous revenir nous dire combien, parmi les cinquante-quatre plaies observées, sont attribuables à des coups, et combien à la suppuration ?

Rouge de colère, le praticien accepta d'un signe de tête. Il traversa la salle d'audience d'un pas raide, passa à côté de la petite fille sans même la voir, tout à son malheur.

— Mademoiselle Gagnon, appela le juge d'un ton plus amène, ne soyez pas intimidée. Venez vous placer ici, près de moi.

Toujours cramponnée aux doigts de son ami, elle traversa la salle jusqu'à l'avant. La tête un peu basse, elle cherchait néanmoins des yeux la silhouette de sa belle-mère. Mathieu constata avec plaisir que la femme portait ce jour-là un voile qui ne laissait rien voir de ses traits. Éprouvée par les témoignages de la veille, elle avait utilisé ce subterfuge pour se dérober aux regards.

« Quelle merveilleuse idée ! » se dit le stagiaire. Ainsi, Marie-Jeanne s'habituerait à cet épouvantail noir, et arriverait peut-être à faire abstraction de sa personne. En arrivant près du banc, le jeune homme abandonna sa protégée à la barre des témoins, sous les yeux de Joseph-Napoléon Francœur. Contre toutes les attentes de ce dernier, l'aînée de la marâtre prenait le parti de l'accusation.

Les personnages du drame se trouvaient là, il ne restait aux acteurs qu'à jouer leur rôle.

— Seigneur ! lâcha Fitzpatrick entre ses dents. Elle doit être terrorisée. Moi-même, je ne me sens pas très brave.

Le greffier demanda à la petite fille si elle pouvait donner la définition d'un serment. La réponse lui sembla assez claire pour l'inviter à jurer sur les Saintes Écritures. Puis, Fitzpatrick se leva, marcha en direction du témoin, cherchant le ton juste. À la fin, il demanda :

— Quel âge avez-vous ?

— Douze ans.

— Vous êtes la fille de Télesphore Gagnon ?

— Oui.

— Et belle-fille de l'accusée, là-bas ?

— Oui.

La voix sortait comme un mince filet.

— Tâchez de parler plus fort, intervint le juge, pour que les jurés vous entendent.

Elle hocha la tête. Dans la salle, chacun restait sur le bout de son siège, le visage crispé, tendu par l'effort de concentration.

— Jusqu'à tout récemment, vous restiez chez vos parents ?

— Oui.

— Aviez-vous une sœur nommée Aurore Gagnon ?

— Oui.

— Étiez-vous chez vous lorsqu'elle est morte ?

— Oui.

« Bientôt, elle devra trouver la force de répondre par plus d'une syllabe ou d'un mot », songea Mathieu. Au moins, ces questions faciles lui permettaient d'apprivoiser un peu sa situation.

— Quel âge avait-elle ?

— Dix ans.

Des larmes montaient à ses yeux, les mots devenaient indistincts. Le juge Pelletier se pencha un peu vers l'avant pour reprendre la réponse, au profit de l'assistance.

— Aurore avait dix ans ?

— Oui.

— Elle était votre sœur propre ?

Comme elle remua la tête, le magistrat l'aida encore.

— Donc, vous étiez deux enfants de Télesphore Gagnon, de son premier mariage ?

— Oui.

La terreur toute nue gagnait la sympathie du public. Francœur fulminait déjà contre le mauvais rôle qu'il devrait jouer un peu plus tard.

— Pendant toute l'année qui a précédé sa mort, reprit le substitut du procureur général, restiez-vous dans la même maison qu'elle ?

— Oui.

— Pouvez-vous dire à la cour ce qui se passait à la maison ?

Les yeux bruns s'ouvrirent encore plus grands. L'avocat choisit de reformuler sa question.

— Est-ce qu'il s'est passé quelque chose de particulier pour Aurore ?

— Oui, elle la brûlait avec un tisonnier.

Sa première phrase complète sema la stupéfaction dans la salle. Chacun soupçonnait ces événements, mais pour la première fois, un témoin visuel les évoquait.

— Qui la brûlait avec un tisonnier ?

— C'est maman.

— Maintenant, avant de la brûler avec un tisonnier, avant ça, est-ce qu'il se passait autre chose ?

— Oui, c'est pour son pied ?

Elle levait des yeux interrogateurs. Après avoir évoqué son souvenir le plus marquant, voilà que son interlocuteur la ramenait vers un passé plus lointain.

— Commencez par le commencement. Indiquez la première fois où vous avez remarqué quelque chose d'anormal.

— C'est l'été passé, pour son pied.

— Je vous écoute.

— Elle a pris un éclat de bois, elle l'a battue sur le pied, il lui a enflé.

Fitzpatrick voulut connaître la longueur et l'épaisseur de la pièce de bois.

— Pourquoi l'a-t-elle battue comme ça ? interrogea-t-il.

— Je ne peux pas me rappeler au juste à propos de quoi.

— Vous l'avez vue le faire ?

— Oui.

Mathieu regarda l'accusée se raidir dans sa boîte, se tordre les mains.

— Après l'avoir battue, qu'est-ce qui est arrivé à Aurore ?

— Le pied lui a enflé. Le lendemain, elle l'a envoyée dans un champ, pour voir si ses petits garçons étaient revenus.

— Quels petits garçons ?

— Ses deux petits garçons à elle, Georges et Gérard.

Curieux et journalistes apprenaient à démêler la composition de cette famille. Que les deux époux successifs de l'accusée aient porté le même patronyme ne simplifiait pas la tâche.

— Et puis ?

— À son départ, son pied était enflé comme à son retour. Pourtant, elle a dit que c'était le petit Bédard et le petit Gagnon…

— Nous allons reprendre cette histoire. Votre petite sœur est partie pour le champ ?

La fillette fit oui de la tête.

— Maintenant, quand elle est revenue, qu'est-ce qu'elle a dit ?

— Elle a dit que c'était Eugène Bédard et Alfred Gagnon qui l'avaient blessée au pied. Moi, je pense que c'est parce qu'elle avait peur de se faire battre.

Pour ménager son bourreau, la petite fille prenait sur elle de trouver des responsables de ses mauvais traitements.

— Après cet incident-là, mademoiselle, votre petite sœur est-elle restée chez vous ?

— Non, elle est allée à l'hôpital.

— Savez-vous où ?

— À l'Hôtel-Dieu.

Fitzpatrick hocha la tête, pour l'encourager. Les phrases devenaient un peu plus fluides, le récit se clarifiait.

— Quand elle est revenue à la maison, étiez-vous là ?

— Oui.

— S'est-il passé quelque chose d'étrange à cette époque ?

— Pendant un mois, rien. Après, elle a recommencé à la maganer.

La belle-mère avait sans doute pris de l'assurance, car ses premiers sévices étaient passés inaperçus. Ou encore, elle profitait de l'isolement de la mauvaise saison, pendant laquelle les enfants demeuraient confinés dans la maison.

— Qu'est-ce qu'elle lui a fait ?

— Elle a commencé par la battre avec des éclats de planche, des cercles de quart.

— Ça lui arrivait souvent de la frapper ainsi ?

— Presque à tous les jours.

De nouveaux commentaires parcoururent la salle.

— À propos de quoi la battait-elle comme ça ?

— Des fois, elle lui faisait faire un ouvrage. Si elle prenait du temps un peu, elle la battait.

— Toujours avec des éclats de bois, des planches de quart ?

— Non. Elle utilisait aussi des harts, un fouet...

Le substitut du procureur marcha jusqu'à la table où se trouvaient les pièces à conviction.

— Avec ce fouet ? demanda-t-il en lui présentant l'objet.

— Non, il n'est pas là.

Par la suite, la fillette identifia l'une des harts utilisées pour maltraiter sa sœur.

— L'a-t-elle battue avec autre chose ?

— Avec le tisonnier.

— Celui-là, ici.

Fitzpatrick tenait une pièce en fer longue de vingt pouces peut-être, terminée par un crochet. Chacun dans la salle retint son souffle.

— L'a-t-elle battue souvent avec ça ?
— J'ai eu connaissance de deux ou trois fois, sur la tête.
— Elle cognait fort ?
— Assez fort pour lui faire enfler la tête.
Avec une arme de ce genre, elle pouvait la tuer. La fascination paralysait tous les auditeurs.
— L'a-t-elle frappée ailleurs ?
— Sur les genoux, avec un éclat. Ils ont enflé, l'un des deux a « abouti ».
Elle évoquait l'une des plaies attribuables au liquide purulent qui finissait par percer la peau.
— Qu'est-ce qu'elle faisait alors, votre petite sœur ?
L'avocat prenait soin d'établir ce lien fraternel le plus souvent possible. Implicitement, il voulait l'inciter à lui rendre justice.
— Elle criait. Maman disait que si elle criait encore, elle en aurait plus.
Dans la salle, la moitié des spectateurs essuyaient discrètement une larme, le juge ne valait guère mieux. Les journalistes conviendraient tous de la pertinence d'avoir limité l'accès des spectateurs, car la colère aurait entraîné des scènes disgracieuses.
— Maintenant, mademoiselle, vous dites que votre mère l'a brûlée ?
— Oui.
— Quand a-t-elle brûlé votre petite sœur pour la première fois ?
— Au mois de janvier.
La voix s'était faite toute petite, presque inaudible.
— À propos de quoi l'a-t-elle brûlée ?
— Elle faisait ses besoins partout. Maman ne voulait pas lui donner le pot…
— Vous pouvez me répéter la raison ?

La gamine réussit à articuler juste un peu plus fort :

— Maman refusait de lui donner le pot, alors elle faisait par terre. Elle la brûlait pour ça.

— Qui ne voulait pas lui donner le pot ?

— Maman.

En la faisant répéter, Fitzpatrick entendait bien ne pas laisser d'équivoque dans l'esprit des jurés. Le juge Pelletier décida d'apporter sa contribution.

— Mademoiselle, vous dites qu'elle faisait ses besoins ailleurs qu'à l'endroit où elle devait les faire ?

— Oui, parce que maman ne voulait pas lui donner le pot.

— Parce que votre mère ne voulait pas lui donner le pot ?

Le magistrat paraissait éberlué. Lassée de répéter sans cesse la même chose, Marie-Jeanne le regarda de ses grands yeux bruns.

— Pourquoi ne voulait-elle pas lui donner le pot ? questionna le substitut du procureur.

— Pour lui faire faire pénitence.

— L'avez-vous entendue dire ça ?

— Oui.

Férus de catéchisme, tous ces gens comprenaient la nécessité de se mortifier pour gagner son ciel. Marie-Anne Houde inventait, pour la petite fille, de bien curieuses façons de faire pénitence. « Avec l'aval de l'abbé Massé ? » se demanda Mathieu.

— Pendant combien de temps a-t-elle fait ça ?

— Pendant un mois.

— Est-ce que l'enfant pouvait sortir dehors ?

L'homme sous-entendait : « Pour se rendre à la bécosse. »

— Non.

— Pourquoi ?

— Elle ne voulait pas qu'elle sorte dehors, et puis…

Le juge Pelletier fit encore en sorte que tout le monde comprenne bien.

— Qui ne voulait pas ?

— Maman refusait de la laisser sortir. Et si elle la laissait passer la porte, elle ne lui donnait rien à se mettre dans les pieds.

Les mauvais traitements avaient commencé en décembre, selon Marie-Jeanne, et Aurore était morte en février. La marâtre la condamnait à se rendre à la bécosse pieds nus au cœur de l'hiver, ou à être brûlée si elle « s'échappait » par terre ou dans ses vêtements.

— Maintenant, poursuivit le procureur de la Couronne, l'avez-vous vue la brûler ainsi ?

— Oui.

— Avec quoi ?

— Avec un tisonnier.

— Celui qui est ici ?

— Oui.

Marie-Jeanne arrivait enfin là où elle aurait aimé commencer ses confidences.

— Comment s'y prenait-elle pour la brûler ?

— Elle l'attachait à la table.

— Comment l'attachait-elle ?

— Elle l'attachait par les pieds, avec un câble.

Un « Oh ! » horrifié vint de la salle. Fasciné par le récit, le magistrat n'utilisa même pas son maillet. Des larmes coulaient maintenant sur ses joues.

— Regardez ici, ordonna le substitut en s'approchant des pièces à conviction. Vous avez déjà vu ce câble ?

— Oui.

— Où l'avez-vous vu ?

— Elle a attaché ma petite sœur à la table avec ça.

Le magistrat porta son regard sur l'accusée, puis il demanda :

— Cette corde a servi à attacher votre petite sœur à la table ?

— Oui, monsieur.

Parmi toutes les personnes présentes, seule Marie-Jeanne ne regardait jamais en direction de sa belle-mère. Le plus souvent, s'ils ne se fixaient pas sur ses interlocuteurs, ses yeux cherchaient Mathieu.

— Comment s'y prenait-elle pour la brûler ? demanda encore l'avocat.

— Bien, après l'avoir attachée, elle la brûlait partout.

— Où faisait-elle chauffer le tisonnier ?

— Dans le poêle, par la petite porte, devant, ou en enlevant un rond sur le dessus.

— Disiez-vous quelque chose, vous ?

Pour la première fois depuis le début de son témoignage, la petite fille baissa les yeux de honte.

— Non. Elle nous faisait regarder par la fenêtre, mes frères et moi, pour voir s'il ne venait pas quelqu'un.

— Comment réagissait votre petite sœur quand elle se faisait brûler comme ça ?

— Elle criait, elle criait...

Cette fois, les larmes coulèrent sur ses joues.

— Pour la faire taire, souffla-t-elle, une fois elle lui a bandé la bouche avec une courroie en cuir.

— Pardon ?

— Elle lui fermait la bouche avec une courroie en cuir.

Fitzpatrick aussi savait se ménager des effets théâtraux. Le scénario lui était connu, Lauréat Couture s'était empressé d'aller quérir la nouvelle pièce à conviction des mains de Gédéon Gagnon.

— Regardez cette sangle et dites-moi si vous l'avez déjà

vue ?

— Oui.

— Où l'avez-vous vue ?

— Elle lui bandait la bouche avec ça.

Quant à se trouver près de la table, le procureur de la Couronne s'y attarda un peu.

— Voulez-vous regarder cette clé de poêle, de même que la poignée, et me dire si vous les avez déjà vues ?

— Oui, elle lui brûlait les doigts avec ça.

— Vous avez vu ça, mademoiselle ?

— Oui.

Un sanglot parvint de la silhouette noire. L'accusée pleurait sur elle-même.

— L'avez-vous vue chauffer le tisonnier ? questionna encore Fitzpatrick.

— Oui.

— Savez-vous si c'était bien chaud, quand elle l'a brûlée ?

— Ah oui ! Il était rouge.

Porté à cette température, un morceau de métal marquait la chair irrémédiablement. Pour ne laisser aucun doute à ce propos, il demanda encore :

— Sentiez-vous quelque chose dans la chambre ?

— Ça sentait le chauffé, la peau brûlée, dans toute la maison.

— Où la brûlait-elle comme ça ?

— Partout.

La réponse demeurant vague, l'homme voulut des éclaircissements.

— Partout, où ?

— Sur les jambes, sur les pieds, sur les cuisses.

— Et ce fer à friser, mademoiselle, vous le connaissez ?

— Oui. Maman lui arrachait les cheveux…

La révélation s'accompagna d'une rumeur effarée. Tous

les instruments découverts par l'assistance le premier jour du procès prenaient un sens lugubre.

— À qui appartenait-il ?

— C'était à maman.

— Vous l'avez remis à la justice ?

— Je l'ai donné à monsieur Couture.

Francœur se doutait qu'elle remettait des objets au policier. Il avait pourtant souhaité jusque-là la voir maintenir la version des faits présentée à l'enquête du coroner.

— Comment s'en servait-elle ?

— Elle arrachait les cheveux de ma petite sœur avec ça.

— Quand est-ce arrivé ?

— Quinze jours avant sa mort.

Le procureur de la Couronne changea de sujet abruptement.

— Maintenant, couchiez-vous dans la même chambre que votre petite sœur ?

— ... Oui.

Mathieu comprenait l'hésitation. Fitzpatrick approchait un peu trop de réalités... délicates, honteuses.

— Comment se conduisait-elle ?

— Je trouvais qu'elle se conduisait bien... excepté pour le pot.

— Qu'est-ce qu'il y avait, pour le pot ?

— Maman ne voulait pas lui donner, ensuite, elle disait à tout le monde qu'elle était malpropre.

Fitzpatrick affecta de prendre la défense de la victime. Au fond, n'était-ce pas son véritable rôle ?

— Pour le pot, ce n'était pas sa faute.

— Non.

Cette question réglée, il demanda :

— Où couchait-elle ?

— En haut.

— Dans un lit ?

— Elle a eu un lit rien que deux jours avant sa mort.

Les gens étaient partagés entre l'envie de lyncher cette femme sur-le-champ et leur désir d'entendre toute cette histoire.

— Aviez-vous un lit, vous ? Les autres enfants avaient-ils un lit ?

— Oui.

— Où couchait-elle donc ?

— Par terre, dans sa chambre.

— Est-ce qu'elle avait des couvertures ?

— Non.

Fitzpatrick l'interrogea longtemps sur la pauvreté de l'alimentation de la victime. La belle-mère pouvait la laisser quelques jours d'affilée sans manger. Après avoir tracé un tableau aussi sombre, il en arriva à l'élément qui hantait tous les esprits.

— Pourquoi ne parliez-vous à personne de tout cela ?

— Elle ne voulait pas qu'on en parle. Elle disait qu'on aurait une bonne volée.

— Avez-vous déjà eu une volée ?

— Oui. Trois fois.

Chacun se rappelait que dans le cas de la victime, c'était presque tous les jours.

— Avec quoi ?

— Une fois avec le tisonnier et une autre fois, avec un éclat.

Après avoir établi combien la menace de violence s'avérait suffisamment plausible pour réduire les enfants au silence, l'avocat s'intéressa aux derniers jours d'Aurore.

— Quand elle est morte, votre petite sœur avait quelque chose à la tête ?

— Elle avait la tête enflée.

— Pourquoi donc ?

— Quinze jours avant sa mort, maman lui a donné un coup sur la tête avec le tisonnier.

Maintenant, chacun savait pourquoi le docteur Marois avait pu retirer plusieurs onces de pus de son cuir chevelu. Il évoqua ensuite les blessures au front, aux yeux. Puis, il en vint au dernier jour de la vie de la victime.

— Vous rappelez-vous du moment de la mort de votre petite sœur ?

— Oui.

— Le soir qui a précédé sa mort, où a-t-elle couché ?

— Par terre, sur une paillasse.

— Celle-là ?

Le détective Couture l'avait rapportée dès sa première visite dans la maison. La fillette confirma d'un mouvement de la tête.

— A-t-elle couché en haut ou en bas ?

— En haut.

— Le matin du jour de sa mort, avez-vous vu votre petite sœur ?

— Oui.

L'émotion l'étranglait un peu. Elle perdait l'assurance acquise un peu plus tôt au fil des questions.

— Racontez-moi ce qui s'est passé.

— Elle était en haut. Papa était parti pour aller travailler dans le bois. Maman est montée en disant : « Elle ne restera pas couchée toute la journée, cette vache-là. »

— Est-ce qu'elle a parlé à votre petite sœur ?

— Oui, elle a dit : « Tu fais bien de descendre, si tu n'as pas envie que je te jette en bas de l'escalier. »

Mathieu regarda l'accusée drapée de noir. Toute la délicatesse maternelle incarnée ! L'enfer avait marqué les toutes dernières heures d'Aurore.

— Dans quel état était votre sœur, alors ?
— Elle ne se tenait quasiment plus toute seule.
— Que s'est-il passé après ça ?
— Elle est descendue en bas, puis elle est tombée contre le poêle et maman…
Fitzpatrick ne voulait pas la voir présenter son récit trop vite, les jurés en oublieraient les détails. Pour la ralentir, il demanda :
— Pourquoi est-elle tombée contre le poêle ?
— Elle était trop faible.
— Qu'est-ce qui est arrivé, alors ?
— Maman a pris le manche de fourche…
Un frisson d'horreur secoua l'assistance. Fitzpatrick leva la main pour l'arrêter encore, alla chercher une autre pièce à conviction.
— C'est ce manche de fourche ?
— Oui. Elle lui a donné trois coups, elle s'est écrasée au sol.
— Après ça, qu'est-ce qui est arrivé ?
— Je l'ai relevée. Maman, ensuite… maman l'a lavée, elle l'a couchée dans le lit.
« Salope », hurla quelqu'un. Le juge agita son maillet pour le faire claquer, heureux de sortir de l'hébétude déprimante où le récit le plongeait.
— Dans quel état était-elle ?
— Elle était… elle était à moitié morte.
Afin d'éviter une crise de larmes, le procureur de la Couronne arrêta l'échange et fit semblant de se passionner pour les pièces à conviction. Quand il reprit, il demanda :
— Où votre mère a-t-elle mis ce manche de fourche, après ?
— Elle est allée le jeter.

Pour lui permettre de se ressaisir, l'avocat l'entretint de l'épisode où Aurore, après avoir rempli sa paillasse, s'était retrouvée légèrement vêtue sur la galerie de la maison. L'épilogue, bien sûr, ne réservait aucune surprise : elle avait été rouée de coups.

— Maintenant, revenons aux coups qui ont entraîné la grande bosse sur la tête. Après avoir donné ces coups, votre mère a-t-elle formulé une remarque ?

— Elle disait que c'était bien bon. Parce que la tête commençait à lui mollir, elle n'aurait pas besoin de l'envoyer à l'école de réforme.

Le substitut du procureur général fit une nouvelle pause. Les spectateurs savaient que cela annonçait une autre révélation dramatique.

— Récemment, je veux dire peu de temps avant la mort de votre sœur, avez-vous déjà téléphoné à votre mère ?

— Oui.

— Chez qui était-elle ?

— Chez mon oncle Joseph Badaud.

La précision servait à établir la véracité du récit.

— À propos de quoi lui avez-vous téléphoné comme ça ?

— Aurore demandait qu'elle s'en vienne tout de suite, car elle avait besoin d'elle.

— Était-ce longtemps avant sa mort, ça ?

— ... Le mardi, puis elle est morte le jeudi.

La petite victime se trouvait donc au plus mal, au point de demander sa tortionnaire auprès d'elle. Son empoisonnement sanguin devait l'épuiser.

— Qu'a-t-elle répondu là-dessus ?

— Elle a répondu : « Qu'elle crève, ça fera un bon débarras. Je m'en irai quand je serai prête. »

La stupeur toucha la salle. Fitzpatrick retourna vers la table où se trouvaient les pièces à conviction, pour revenir avec une feuille.

— Voici une lettre adressée à Gédéon Gagnon. L'avez-vous eue entre les mains, et à qui l'avez-vous remise ?

— Je l'ai remise à monsieur Couture.

Le juge se sentit une fois de plus forcé de clarifier la situation.

— C'est une lettre venant de votre mère ?

— Oui.

— De l'accusée, madame Gagnon ?

— Oui.

Louis-Philippe Pelletier se souciait de préciser les événements pour le compte des jurés. De plus, le témoin montrait des signes d'épuisement. Ses interventions la rassuraient un peu.

— Comme il est déjà onze heures trente, nous allons nous arrêter quinze minutes.

Mathieu s'empressa d'approcher sa chaise pour permettre à Marie-Jeanne de souffler un peu. Napoléon Francœur le regardait avec une hostilité non dissimulée. À la reprise des travaux, le stagiaire récupéra son siège et le juge entreprit d'élucider un petit mystère.

— Écoutez-moi, ma petite fille. Comment se fait-il que vous aviez cette lettre, pour la remettre à monsieur Couture ? Où l'avez-vous prise ?

— Pépère l'a reçue, mais eux ne savent pas lire. Je l'ai lue, moi.

— Es-tu capable de faire le serment que c'est madame Gagnon qui a écrit ça ?

— Par l'écriture, je sais que c'est elle. Je reconnais son écriture.

Francœur se leva brusquement, avec un peu de retard.

— Je m'oppose à ce que cette lettre soit produite à la cour.

Le magistrat leva la main pour le faire taire, puis demanda encore :

— L'enveloppe, avec la lettre, est adressée à Gédéon Gagnon. C'est votre grand-père, ça ?

— Oui.

— Vous avez remis l'enveloppe et la lettre à monsieur Couture ?

Elle hocha la tête. Fitzpatrick ricanait silencieusement. Le juge s'était chargé d'établir l'origine du document. Celui-ci entendrait les représentations des avocats et déciderait ultérieurement de la recevoir ou non comme preuve.

Pour tout de suite, le substitut du procureur général entendait continuer son interrogatoire.

— Vous avez dit que votre mère ne donnait pas le pot à votre petite sœur. Alors, où faisait-elle ses besoins ?

— Par terre.

— Maintenant, est-il arrivé qu'elle fasse sur les habits de votre père ?

— Non, c'est maman qui a fait ça.

Un autre silence permit à chacun de se représenter la scène, puis l'avocat continua d'une voix trahissant son étonnement.

— Votre mère a fait ça ? Répétez-moi ce qu'elle a fait, exactement.

— Elle a mis ça dans les habits de papa pour accuser Aurore ensuite.

Le juge passait par une gamme d'émotions inédites. De nouveau, les yeux arrondis de surprise, il demanda :

— Votre maman mettait des ordures dans les habits de votre père, pour faire passer cela sur le dos de votre petite sœur ?

— Oui.

Les grands yeux bruns tournés vers lui le convainquirent totalement.

— Vous avez dit que votre mère attachait Aurore à la table, pour la brûler, continua Fitzpatrick. L'attachait-elle ailleurs ?

— En haut, après une couchette.

— Comment l'attachait-elle ?

— Les pieds et les mains ensemble.

— Avec le câble que je vous ai montré tout à l'heure ?

Le juge intervint encore, comme s'il n'arrivait pas à imaginer une scène pareille.

— Comment attachait-elle les pieds et les mains ?

— Montrez au juge et aux jurés comment elle l'attachait, l'encouragea le procureur de la Couronne.

Marie-Jeanne fit la démonstration, disparaissant derrière la barre des témoins.

— Elle se trouvait pliée en deux, expliqua-t-elle inutilement.

Sans aucune transition, le substitut du procureur se retourna pour déclarer à l'assistance :

— Votre Honneur, je n'ai pas d'autres questions.

Le juge regarda sa montre, réfléchit un instant.

— Maître Francœur, demanda-t-il, souhaitez-vous commencer tout de suite, ou bien attendre après l'ajournement pour le dîner ?

— Tout de suite.

La voix trahissait une profonde colère.

Mathieu regarda Marie-Jeanne. Elle se tenait debout, bien droite, depuis plus de deux heures, à évoquer la pire réalité. L'obliger à continuer sans se reposer représentait une autre forme de torture. Pourtant, aucun de ces professionnels de la justice ne se soucia de la question.

Chapitre 20

Joseph-Napoléon Francœur paraissait oublier l'âge du témoin, tout comme les années cruelles passées sous le toit des Gagnon. Sans aucune transition, tout à sa colère, il commença.

— Vous avez été entendue à l'enquête du coroner, à Sainte-Philomène-de-Fortierville ?

— Oui.

— Qui vous a questionnée ?

— Je ne sais pas.

Mathieu sourit. Elle n'avait aucune raison de se remémorer les noms. Les connaître trop bien donnerait l'impression d'un témoignage appris par cœur.

— C'était le docteur Caron ?

— Je ne le connais pas.

— Lorsque vous avez été entendue, étiez-vous seule dans la sacristie ?

— Non. Il y avait des jurés, madame Arcadius Lemay, d'autres aussi, des gens de la paroisse.

Une petite foule se trouvait là. Le stagiaire fut heureux qu'elle ne signale pas sa propre présence.

— Votre mère, l'accusée, y était-elle ?

— Oui.

— Vous avez prêté serment, cette fois-là ?

— Oui.

Son faux témoignage entacherait toute sa déposition d'aujourd'hui, Francœur n'en doutait pas.

— Ce jour-là, vous a-t-on demandé si, à votre connaissance, votre mère avait maltraité Aurore ?

— ... Oui.

— Et vous avez juré que non ?

— J'avais peur.

— Peur de quoi ?

Après tout le récit de la matinée, la question amena un rire nerveux dans la salle. Marie-Jeanne expliqua d'une voix blanche :

— Elle m'avait promis une bonne volée, si je parlais de ce qu'elle avait fait.

— Elle vous avait promis une volée ?

La fillette le regarda, impavide. Elle ne répéterait pas deux fois sa réponse. Cet entêtement témoignait de sa détermination.

— Quand votre mère vous a-t-elle promis cette volée ?

— Elle est montée en haut, avant de partir de la maison. C'est là qu'elle m'a dit ça.

— Et alors, sous serment, vous avez dit le contraire de ce que vous racontez aujourd'hui, de peur de recevoir une volée ?

— Oui.

En insistant, Francœur n'attirait pas la sympathie du juge, ni des jurés.

— Ce que vous venez de raconter aujourd'hui, vous l'avez nié, sous serment, à Sainte-Philomène ?

Marie-Jeanne chercha des yeux le visage de Mathieu. En constatant cela, l'avocat se déplaça, pour se mettre entre elle et lui.

— N'est-ce pas ? insista-t-il.

— Oui.

— Savez-vous ce qu'est un serment ?

— Un serment, c'est prendre Dieu à témoin de la vérité de ce qu'on dit.

L'homme hocha la tête gravement, comme un prêcheur du temps de l'Inquisition prenant une pauvre âme en défaut.

— Donc à Sainte-Philomène, quand vous avez pris Dieu à témoin de la vérité de ce que vous disiez, vous avez juré faux ?

Des larmes coulèrent sur les joues de la fillette.

— Dites oui ou non, s'entêta l'avocat.

Le juge, lui aussi visiblement très ému, s'interposa d'une voix bourrue.

— Je crois qu'elle se trouve à vous avoir admis ça.

Francœur regarda le magistrat avec un air de défi.

— Si à Sainte-Philomène, vous avez juré faux, enchaîna-t-il, aujourd'hui, encore sous serment, est-ce que vous dites faux ?

— Non.

— Après l'arrestation de votre mère, qui est en prison ici, et de votre père, vous avez affirmé que votre témoignage devant le coroner était vrai.

— Je n'ai jamais parlé de ça.

— Vous n'avez jamais parlé de ça ? s'exclama-t-il avec surprise.

Francœur tourna sur lui-même pour prendre l'assistance et les jurés à témoin.

— Vous me l'avez dit à moi, que ce témoignage était vrai.

Marie-Jeanne demeura muette, les yeux baissés, une petite silhouette fragile dont la tête seule dépassait de la barre.

— Vous m'avez répété que ce témoignage était vrai. Votre mère était alors en prison, elle ne pouvait pas vous menacer.

— Je ne me rappelle pas.

Lors de la première comparution des accusés, Francœur était convaincu de la libération du couple, dans l'attente du procès. La fillette adaptait alors ses affirmations à l'éventualité de les voir rentrer à la maison tout de suite après les procédures. Peut-être avait-elle vraiment oublié. Plus vraisemblablement, s'en justifier aujourd'hui demandait un exposé dont elle ne se sentait pas la force.

L'avocat insista, répéta trois fois « Vous ne vous rappelez pas ? », sans obtenir de réponse. Il ajouta un « Vraiment ? » sceptique. À la fin, il changea de tactique.

— N'est-il pas vrai que vous avez confirmé à d'autres aussi l'exactitude de ce premier témoignage ?

— Je ne l'ai dit à personne d'autre.

— Personne d'autre ? Vous l'avez dit à moi seul ?

Piégée, elle le regarda, un sillon d'inquiétude marquant son front. Mais elle demeura coite.

— Quand votre mère vous a-t-elle frappée, vous ? demanda-t-il d'un air de défi.

— Cet hiver.

— Quand ?

— Je ne me souviens pas de la date.

Ces enfants ne fréquentaient pas l'école. Sauf la succession des dimanches, pour eux les saisons seules rythmaient le passage du temps.

— Était-ce dans le mois de janvier ?

— Je ne me rappelle pas du mois.

— N'est-il pas vrai que vous avez déjà déclaré que votre mère ne vous avait corrigée qu'une fois, quand vous êtes sortie de l'orphelinat d'Youville et que, depuis ce temps-là, elle vous traitait bien ?

— Je ne me rappelle pas l'avoir dit.

À tout le moins, Francœur démontrait à tout le monde sa rigoureuse préparation des interrogatoires de ses témoins.

Si celui-là n'était pas passé du côté de l'accusation, Marie-Anne Houde se serait drapée du manteau de la bonne mère canadienne-française, tout juste un peu sévère.

— En vérité, votre mère vous a corrigée seulement une fois ou deux, ces deux dernières années, conclut le plaideur. Elle vous a toujours bien traitée et vous l'avez répété à tout le monde.

— Si je l'ai répété, c'est parce que j'avais peur de me faire battre.

— Ah ! Parce que vous aviez peur…

Dans les circonstances, l'ironie desservait l'avocat de la défense. Marie-Jeanne le regarda, sans répondre.

— N'est-il pas vrai, Marie-Jeanne, que votre mère ne vous a pas corrigée depuis deux ans, vous ?

— Oui, elle nous a battus.

La fillette incluait spontanément ses frères dans sa réponse. Francœur choisit de ne pas le relever.

— Elle ne vous a pas corrigée, parce que vous vous conduisiez bien.

La bouche demeura fermée, les yeux un peu effarés.

— Ou si elle l'a fait, admit l'avocat, c'est parce que vous le méritiez.

Comme elle ne répondait toujours pas, il persista :

— N'est-ce pas ?

Le juge avait passé de longues minutes à tenter de maîtriser les émotions se bousculant en lui. Il se pencha vers elle pour demander d'une voix douce :

— L'aviez-vous mérité, quand elle vous a battue, mademoiselle ?

— Parfois, elle nous donnait des ouvrages à faire. Si on prenait trop de temps, elle nous battait pour rien.

De nouveau, elle incluait ses frères. Par son aménité, le magistrat obtenait des réponses là où l'avocat se heurtait soit au silence, soit à des larmes. Ce dernier changea à nouveau de tactique.

— L'histoire, ou le témoignage que vous avez rendu tantôt, l'avez-vous préparé avec le détective Couture ?

— Je lui ai raconté toute la vérité.

La nuance valait son pesant d'or.

— Vous lui avez raconté, répéta l'autre avec scepticisme. Vous a-t-il fait mettre ça par écrit ?

— Lui, m'avoir fait mettre ça par écrit ? Non.

Pourtant, l'avocat se souvenait d'avoir vu Fitzpatrick se référer souvent à des feuillets posés sur sa table.

— Personne ne vous a fait mettre ça par écrit ?

— Personne.

— L'avez-vous mis par écrit ?

— Oui.

Mathieu demeura impassible. Les quelques mots jetés sur des bouts de papier avaient servi d'aide-mémoire au cours de leurs conversations, tout au plus.

— Personne ne vous l'a demandé ? formula l'avocat avec un scepticisme accru.

— Non.

Son affirmation demeurait rigoureusement vraie, dans les circonstances. Insister encore tiendrait du harcèlement, alors l'avocat de la défense chercha ailleurs les motivations de cette enfant qui se rangeait tardivement du côté de l'accusation.

— Marie-Jeanne, vous n'avez jamais aimé l'accusée, votre belle-mère ?

Celle-ci, surprise, écarquilla les yeux, sans répondre. Le juge se repencha vers elle pour la rassurer.

— Dites sans crainte, si vous ne l'aimez pas. Dites-le.

Francœur revint à la charge.

— Vous êtes encore sous serment, vous savez. Vous n'avez jamais aimé votre belle-mère, n'est-ce pas ?

La fillette regarda la silhouette sombre dans la boîte des accusés, sans répondre. Son silence valait un acquiescement.

— Vous l'avez même déjà battue, dit Francœur.

— Je ne l'ai jamais battue.

— Rappelez vos souvenirs !

— Non, c'était elle qui nous battait, plutôt.

L'interrogatoire prenait une tournure étrange. L'accusée paraissait assez frêle. Tout de même, une enfant ne pouvait la maltraiter.

— Peu de temps avant son mariage avec votre père, vous l'avez jetée en bas du perron, à la maison.

— Je n'ai jamais fait ça.

— Vous n'avez jamais fait ça ?

Elle choisit là encore de ne pas répéter sa réponse. L'anecdote pouvait être vraie. Dans la salle, tout le monde comprenait l'aversion d'une enfant pour une marâtre susceptible de devenir une belle-mère.

— Et votre petite sœur, vous-même, vous l'avez frappée, n'est-ce pas ?

— Aurore ? Non.

— Jamais ?

Elle se mura de nouveau dans le silence, le front buté, les lèvres serrées.

— Vous ne vous êtes jamais chicanée avec elle ?

— Oui, parfois.

Prétendre le contraire aurait été un mensonge évident. Tout le monde se disputait avec ses frères et sœurs.

— Combien de fois ?

— Je n'ai pas compté.

— Vous passiez votre temps à vous chicaner avec elle. Vous l'avez même battue.

— Non, je ne l'ai jamais battue, cria-t-elle, et je ne passais pas mon temps à me chicaner avec elle.

Passé midi, la petite fille se trouvait maintenant soumise à un interrogatoire depuis près de trois heures. Si celui du procureur de la Couronne s'était déroulé sur un ton bienveillant, cet avocat se montrait hostile, accusateur. La fatigue commençait à faire son œuvre.

— Vous étiez jalouses l'une de l'autre, affirma l'homme en se plantant devant elle.

— Ce n'est pas vrai. C'est elle qui disait ça.

— Elle disait ça ?

Le juge se mêla encore de la conversation pour en changer le ton.

— Qui, elle ?

— Maman.

Francœur secoua la tête, comme découragé par une enfant démontrant autant de mauvaise foi. Puis, il l'amena longuement sur le sujet de la blessure qu'Aurore avait au pied pendant l'été de 1919. Dans une rafale de plus de quinze questions, il chercha à lui faire confirmer la version maternelle sur la responsabilité de garçons du voisinage. Puis, il tenta de démontrer combien Marie-Anne Houde s'était révélée une mère attentive, à cette occasion.

— Le docteur y est-il allé plusieurs fois ?

— Oui, il est venu plusieurs fois.

Le juge craignit une confusion dans l'esprit des jurés.

— Est-ce quand elle est morte ça, ou… ?

— Non, quand elle a eu mal à son pied. Il n'est pas venu avant sa mort, sauf le dernier jour.

L'avocat devait faire contre mauvaise fortune, bon cœur. Le magistrat tenait à ce que les deux événements, ceux d'août 1919 et de février 1920, paraissent bien distincts à toutes les personnes présentes à l'audience.

— Donc, avant son séjour à l'Hôtel-Dieu, précisa-t-il.

— Oui.

Malgré l'heure tardive, l'avocat ne souhaitait pas voir les jurés se retirer pour dîner avec, en tête, la sévérité des sévices infligés à la victime. Les conversations pendant le repas cristalliseraient ce souvenir, il prévaudrait au moment du verdict. Mieux valait, pour le bénéfice de sa cliente, terminer sur les turpitudes d'Aurore.

— Couchiez-vous dans le même lit que votre sœur ?

— Non.

— Vous n'avez jamais couché dans le même lit ?

— Non

— Jurez-vous ça ?

L'homme affichait l'allure de celui qui en savait beaucoup, à ce sujet. Le « Oui » se révéla à peine audible. L'air sévère, les sourcils froncés, il demanda :

— Il y avait un lit double dans cette chambre-là ?

— Oui.

— Et jurez-vous, Marie-Jeanne, que vous n'avez jamais partagé votre lit avec Aurore ?

— Oui… non… oui.

Des larmes perlaient aux yeux de la petite fille. Elle chercha le regard de Mathieu, l'avocat prit soin de la contrecarrer en se plaçant devant elle.

— Dites-vous jamais ?

Les larmes coulèrent sans retenue, des sanglots secouèrent les petites épaules.

— Pourquoi pleurez-vous ? Tantôt, vous avez répondu à l'autre avocat sans broncher et sans pleurer. Vous êtes toujours sous serment…

— Parce que je suis fatiguée.

— Répondez à ma question : jurez-vous, Marie-Jeanne, que vous n'avez jamais couché avec votre petite sœur Aurore ?

— Je ne me rappelle pas, au juste.

Prétendre avoir oublié une chose aussi simple que celle-là ne convaincrait personne. L'avocat de la défense regarda les jurés, comme pour les prendre à témoin de ce faux témoignage, puis il insista encore.

— N'est-il pas vrai que vous couchiez ensemble en haut, dans un lit double et que votre mère vous a empêchées de continuer, pour des raisons que vous connaissez ?

Le sous-entendu fit sursauter la petite fille.

— Ça, ce n'est pas vrai.

— Attendez que je pose la question, avant de dire que ce n'est pas vrai. Votre petite sœur et vous, vous vous amusiez, vous commettiez des actes impurs, et c'est pour ça que votre mère voulait vous empêcher de coucher ensemble, n'est-ce pas ?

— Ça, c'est de la menterie.

Les mots se mêlaient aux sanglots, à peine audibles. L'attitude de Napoléon Francœur écœura Mathieu. Le vieux garçon semblait croire que le « péché de la chair » pouvait justifier tous les sévices imposés à la victime.

— N'est-il pas vrai qu'Aurore a admis ses péchés devant ses parents, devant vous ?

— Non, elle ne l'a pas dit.

— Elle a tout admis devant votre père ?

— Elle n'a pas parlé de ça.

Marie-Jeanne ne clamait plus l'inexistence de ces mauvaises actions, mais seulement la discrétion de la victime. Certains verraient là un aveu.

— Qu'est-ce qu'elle a dit, alors ?

— Elle n'a jamais parlé.

— Aurore, huit jours avant sa mort, a tout raconté...

— Non.

— ... à votre mère et à votre père. Tout ce qui s'était passé durant la messe, pendant qu'ils étaient partis ?

Toujours en pleurs, Marie-Jeanne secouait la tête de droite à gauche.

— Elle n'a jamais rien raconté de ça, sanglota-t-elle.

— Elle n'a jamais rien raconté de ça, vous jurez ça, vous ?

— Oui.

— Et vous n'avez jamais rien fait avec Aurore, Marie-Jeanne ?

La réponse se perdit dans des sanglots sonores. Mathieu se retourna à demi. L'assistance composée d'avocats, d'étudiants en droit et de journalistes écoutait attentivement, visiblement écœurée, mais en même temps fascinée par le sujet scabreux. Tout le monde paraissait oublier le véritable motif de ce procès : une petite fille était morte des coups reçus.

Le juge lui-même, quelques minutes plus tôt ému jusqu'aux larmes par les sévices, se pencha en avant pour chuchoter :

— Maître Francœur demande si vous n'avez jamais fait des actes impurs avec Aurore.

Quelque chose dans le ton rasséréna tout de même la fillette, car elle prononça un « Non » d'une voix ferme. L'avocat de la défense mima la plus grande surprise, comme scandalisé par un odieux mensonge.

— Avec le petit Gérard ? insista-t-il. Vous et votre sœur, vous n'avez commis aucun acte impur avec Gérard ?

— Non.

— N'est-il pas vrai qu'Aurore a raconté à votre mère et à votre père, devant vous, qu'un dimanche, pendant la messe vous vous étiez mises toutes nues, toutes les deux ?

— Ça, ce n'est pas vrai.

— Aurore n'a jamais dit ça ?

— Non.

— Vous persistez à dire que ce n'est pas vrai ?

La colère aidait maintenant Marie-Jeanne à retrouver un peu ses moyens.

— Je le sais bien, moi, que ce n'est pas vrai, martela-t-elle.

— C'est votre mère qui a inventé ça ?

— Oui, c'est maman qui a inventé ça.

— Et votre père aussi ?

Cette fois, elle regarda l'avocat dans les yeux, comme avec un air de défi.

— Papa n'a jamais parlé de ça. C'est maman.

La précision laissa Francœur un peu songeur. Peut-être comprenait-il seulement à cette minute que la belle-mère seule accablait ses enfants. Francœur inspira longuement, désireux de calmer un peu son impatience.

— Vous prétendez que votre père et votre mère ont inventé toute cette histoire ? C'est bien cela ?

— Ma mère, oui.

— Ce même dimanche, vous avez voulu vous servir du petit bébé de huit mois dont vous aviez la garde.

Marie-Jeanne ouvrit des yeux effarés, la stupeur se faisait sentir dans la salle.

— Vouliez-vous donner votre sein au petit bébé ?

Cette petite fille, dont on vantait les aptitudes maternelles, pouvait avoir mimé ces gestes d'adulte. Francœur réussissait à en faire un acte odieux.

— Ce sont des menteries.

— Lorsque votre mère vous a fait des réprimandes à ce sujet, vous avez répondu en connaître bien long. Vous avez déclaré avoir appris tout cela à l'orphelinat d'Youville, pendant votre séjour de deux ans.

L'allusion suscita une nouvelle rumeur dans la salle. Pareille accusation éclaboussait indirectement les religieuses.

— Je n'ai jamais dit ça.

— Marie-Jeanne, une fois vous avez attaché votre petite sœur Aurore…

— Ça…

Francœur ne la laissa pas terminer, pour poursuivre d'une traite :

— Vous lui avez bandé les yeux et vous avez voulu vous servir d'une bouteille sur elle ?

— Je n'ai jamais fait ça.

— Gérard était là aussi !

La dénégation se perdit encore dans les pleurs.

— Vous jurez ça ? Rien de tout cela ne s'est produit ?

— Non.

— Vous prétendez que ce sont des inventions de votre père et de votre mère ?

De nouveau, personne n'entendit un son, même si les lèvres s'agitèrent brièvement. Mathieu souhaitait prendre cette brute par le collet pour lui enfoncer la tête dans la cuvette de la toilette la plus proche et tirer la chasse d'eau. Le vieux célibataire se complaisait dans son cloaque.

— Voulez-vous répondre à ma question ? s'acharna-t-il avec une certaine brutalité.

— Je suis fatiguée.

— Tout ça, ce sont les inventions de votre père et de votre mère ?

Ses pleurs bruyants envahissaient maintenant la salle.

— Ce n'est jamais arrivé, ça ?

Un malaise saisissait maintenant l'assistance. Chacun prenait conscience de la profonde inconvenance de la scène, inutilement cruelle et vulgaire. Toute cette discussion n'avait rien à faire avec le motif de ce procès.

Le juge se pencha vers l'avant, puis proposa sur le ton d'un grand-père :

— Asseyez-vous un instant, mademoiselle.

Mathieu se dévoua, prit sur lui d'apporter sa chaise derrière la barre, pour permettre à la petite fille de se reposer un peu. Ils échangèrent un long regard, puis le jeune homme alla s'appuyer contre le mur, près des bancs des spectateurs.

Pendant quelques minutes, Marie-Jeanne sanglota. De guerre lasse, toisant l'avocat de la défense, Louis-Philippe Pelletier déclara :

— Nous allons suspendre l'audience jusqu'à deux heures afin de permettre à tout le monde de se reposer un peu.

Sur ces mots, visiblement ému, le magistrat ramassa ses papiers et quitta la salle précipitamment. Les spectateurs demeurèrent immobiles un instant, les yeux fixés sur l'accusée. Des agents de la paix la firent sortir par une porte dérobée.

Francœur avait raté sa sortie : à l'heure du repas, sa brutalité marquerait l'esprit des jurés.

Puis, toute l'attention se reporta sur Marie-Jeanne, courbée sur sa chaise, toujours en pleurs. Mathieu s'approcha de la barre pour poser la main sur l'épaule de sa protégée.

— Viens, nous allons retourner dans la salle à côté.

Elle lui emboîta le pas docilement, les yeux résolument fixés sur le plancher, sous les regards de l'assistance. Alors qu'ils passaient la porte, le jeune homme entendit une voix gouailleuse :

— L'un de ces jours, Napoléon, tu nous raconteras au Club de réforme si toi et ton frère, enfants, vous preniez une bouteille pour vous amuser. Le sujet semble t'intéresser.

Cet interrogatoire, devant un parterre de juristes, ne servirait pas la réputation du député de Lotbinière. Faire pleurer les fillettes nuisait aux vedettes des prétoires.

Dans la salle située au bout du corridor, la petite fille se laissa tomber sur une chaise, passa rageusement son avant-bras sur son visage afin d'essuyer ses larmes sur sa manche.

— Si tu le désires, suggéra Mathieu, je vais aller chercher quelque chose à manger.

L'affluence au palais de justice justifiait la présence d'une petite buvette au sous-sol. Les avocats paraissaient se nourrir exclusivement de sandwichs.

— ... Je ne veux pas rester seule.

— Dans ce cas, je peux demander au constable planté devant la porte. Il ira pour nous.

L'homme, depuis le corridor, avait entendu le témoignage de la fillette. Il semblait plus résolu que jamais à empêcher quiconque de l'embêter. Deux minutes plus tôt, un journaliste plus malappris que les autres avait risqué de faire connaissance avec sa matraque. Il se transformerait volontiers en garçon de course, maintenant, pour lui rendre service.

— ... Cela ne passerait pas, dit Marie-Jeanne. Mais toi, tu dois avoir faim.

— En réalité, cela ne passerait pas non plus. Ce vieux garçon m'a enlevé l'appétit à moi aussi.

Elle lui fit un petit sourire timide, heureuse de partager son inimitié pour Francœur.

— Si nous mettions trois de ces chaises l'une près de l'autre, tu pourrais t'étendre un peu.

La fillette tâta le rembourrage de la chaise la plus proche de la sienne, la trouva plus moelleuse que son lit de l'hospice Saint-Joseph-de-la-Délivrance.

— Je ne veux pas dormir, protesta-t-elle.

Mathieu lui adressa un sourire entendu. Lui aussi, quand il savait qu'une attaque devait avoir lieu à l'aube, refusait le sommeil, pour ne pas voir le moment fatidique arriver trop vite.

— Tu n'as pas à dormir, mais tu te reposeras…

Il plaça les chaises de la façon convenue, elle s'étendit de tout son long. Gentilhomme, il enleva sa veste pour la couvrir. De la chaise restante, il contemplait la silhouette de son petit soldat. La dernière bataille ne serait pas la plus facile.

Les réticences du témoin à revenir « dans la boîte » entraînèrent un petit retard de la reprise de l'audience. Quelqu'un, sans doute Fitzpatrick, s'était assuré que Mathieu retrouve son siège. Marie-Jeanne pourrait s'asseoir pour la suite de son interrogatoire.

D'entrée de jeu, le juge Louis-Philippe Pelletier entendit la rassurer un peu.

— Je vais vous parler comme un père parle à son enfant. Vous n'avez pas besoin d'avoir peur, personne ne vous fera de mal, le juge vous protégera. Cessez de pleurer de même. Maître Francœur a le droit de poser ces questions, c'est même son devoir de le faire. Je comprends que c'est pénible, mais il accomplit son devoir. Tout ça, mon enfant, est un concours de circonstances malheureuses, vous n'avez pas besoin de pleurer.

Le magistrat jeta un regard du côté de l'accusée, une sinistre silhouette noire encadrée de deux personnes en uniforme, puis il passa au tutoiement.

— Parle tranquillement et personne ne te fera de mal, je te garantis ça.

Mathieu sourit. D'une façon peu conventionnelle, le juge venait d'accorder la protection de la cour au témoin : elle pouvait maintenant confesser les pires crimes sans craindre une poursuite à son tour.

— Monsieur l'avocat, vous pouvez maintenant poursuivre, ajouta-t-il d'un ton sévère après une pause.

— Votre Honneur, interrompit le substitut du procureur général en se levant, j'aimerais auparavant que l'on débatte de la lettre déposée ici comme pièce à conviction numéro quinze. Elle incite clairement un témoin de la Couronne à se parjurer...

— Objection !

Francœur frémissait de colère. Marie-Jeanne avait expliqué son parjure à l'enquête du coroner en plaidant la crainte de recevoir une volée, accepter cette lettre comme élément de preuve donnerait un plus grand poids à ses affirmations. Il continua d'un ton mal contenu.

— Cette lettre aurait été adressée par l'accusée à son beau-père, Gédéon Gagnon. Ce dernier n'a pas été entendu pour prouver qu'il l'a bien reçue et qu'elle venait de l'accusée.

— Mais nous avons un témoin ici même, dans la boîte, qui nous a affirmé en avoir fait la lecture à monsieur Gagnon. Ce témoin a reconnu l'écriture de sa belle-mère. L'homme étant analphabète, il ne pourrait pas, de toute façon, s'exprimer sur le sujet.

Le magistrat eut un petit sourire amusé quand il conclut :

— La pièce à conviction est donc reçue.

Francœur encaissa mal le coup. Marie-Anne Houde avait écrit :

... il vont aller chercher Gerard pour l'enquete vous lui direz quand même le detective le questionnerait qu'il ne parle pas il n'a pas le droit et c'est ce qui a fait Marie-Jeanne et à la cours

qu'ils disent rien que oui ou non vous lui direz par ceux que lui vous comprenez il est sourd il peuvent lui faire dire ce qu'il voudront vous lui direz.

La mauvaise prose était tout de même assez explicite. Demander le silence à un témoin, c'était admettre que celui-ci pouvait révéler des informations incriminantes !

L'avocat fit semblant de s'absorber dans des documents étalés sur sa table, puis il revint vers la barre.

— Vous n'avez pas besoin de pleurer, Marie-Jeanne, je ne suis pas là pour poser des questions inutiles. Je suis obligé de poser ces questions-là. Je ne vous ai jamais maltraitée quand vous êtes venue à mon bureau. Je voudrais répéter une question posée cet avant-midi : Persistez-vous à jurer que vous n'avez jamais couché avec votre petite sœur, Aurore, après votre passage à l'orphelinat d'Youville ?

Les larmes revinrent en même temps que cette allusion à des actes impurs. Elle admit d'une toute petite voix, de façon bien indirecte :

— Ça, je ne peux pas dire ça.

— Ne pleurez pas, intervint le juge Pelletier, répondez comme une brave fille, ça va finir bien vite.

Pendant un long moment, l'avocat orienta ses questions sur le séjour des deux petites filles à l'orphelinat d'Youville, évoqua un été passé chez les grands-parents paternels de la victime. Son insistance à déclarer qu'elle n'en gardait pas de réels souvenirs obligea le plaideur à revenir à une période plus récente.

— Vous avez dit que votre mère montait la nuit dans la chambre à coucher pour battre Aurore, n'est-ce pas ?

— Oui.

— Elle montait tous les soirs ?

— Elle montait toutes les nuits.

La précision fit sourire l'assistance. L'avocat essayait si souvent de l'amener à se tromper dans ses évocations, le voir pris à son propre jeu amusait la foule.

— Depuis quand montait-elle ainsi toutes les nuits ?

— Ah, je ne peux pas dire quand.

— Depuis combien de mois ?

— Je ne peux pas dire depuis combien de mois.

Les membres du jury admettraient-ils cette imprécision ?

— À quelle heure de la nuit ?

— Je ne sais pas.

— Elle l'a battue ?

— Oui.

— Toutes les nuits ?

Devant la répétition, elle se permit cette fois aussi de rester coite, ses grands yeux fixés sur lui.

— Quand elle montait en haut, étiez-vous éveillée ?

— Je me réveillais quand Aurore criait.

— Est-ce que les autres enfants se réveillaient aussi ?

— Je ne sais pas.

L'homme revenait, mine de rien, sur la promiscuité entre les enfants.

— Gérard couchait en haut ?

— Oui, dans une autre chambre.

— Pas dans la même chambre ?

— Non.

— La chambre voisine ?

— Oui.

Puis, l'homme se soucia de savoir avec quoi Marie-Anne Houde cognait sa victime, si elle apportait une lampe avec elle. À la fin, il revint sur son sujet de prédilection.

— N'est-il pas vrai, Marie-Jeanne, que votre mère est montée une fois dans la chambre pour surprendre Aurore couchée avec son petit frère ?

— C'est arrivé une fois.

— Vous admettez donc qu'elle est montée une fois parce qu'Aurore était allée coucher avec son petit frère ?

— Oui. Elle gelait par terre, elle est allée coucher là.

Cette révélation donnait un tout autre sens à son témoignage.

— Dans quel mois, ça ?

— Ah, je ne sais pas quel mois.

— Était-ce en été ou en hiver ?

— C'était l'hiver, il faisait froid.

Dans la salle, les gens devaient tendre l'oreille afin de tout entendre.

— On vous a fait asseoir pour parler un peu plus fort, lui signifia le juge.

Marie-Jeanne hocha la tête, docile, résolue à élever un peu la voix, dorénavant.

— Vous avez dit que votre mère ne voulait pas donner le pot à Aurore. Si je me rappelle bien, c'était un mois avant sa mort ?

— Oui.

— Avant ça, elle le lui donnait ?

— Oui.

— N'est-il pas vrai que, depuis plus d'un an et demi, Aurore pissait comme ça, partout ?

La gamine le regarda d'un air mauvais, reprit les mots exacts de l'avocat pour répondre :

— Elle pissait comme ça, partout, quand elle lui ôtait le pot. C'est tout.

— Vous venez de dire qu'elle lui a ôté seulement un mois avant sa mort.

— Elle l'avait fait avant aussi, de temps en temps.

— Était-ce la nuit, ou le jour ?

— La nuit… La nuit et le jour.

— Tout le temps ?

Marie-Jeanne garda encore le silence, jugeant avoir répondu à cette question.

— Est-ce qu'il y avait un pot dans votre chambre, en haut ?

— Non, il n'y en avait pas. Elle le cachait.

— Y avait-il une chaudière ?

— Il n'y en avait pas.

— Il n'y avait ni chaudière ni pot ?

Un nouveau silence récompensa cette insistance. Depuis la matinée, l'avocat avait affiné sa stratégie. Un long moment, il revint sur les blessures subies par Aurore durant l'été de 1919 et les soins prodigués à l'époque. Puis, il tenta de faire dire au témoin que la petite fille avait pu se gratter au sang, au point de souiller sa paillasse, le plancher et le mur de la chambre.

Soudainement, il lança :

— N'avez-vous pas brûlé Aurore, avec le tisonnier ?

Le témoin se troubla, protesta en hésitant.

— Je n'ai jamais brûlé Aurore.

— Jamais ?

— Non.

— N'est-il pas vrai qu'une fois, pendant que votre mère était allée à la grange…

— Pendant que maman était allée à la grange ?

Elle affectait de ne pas comprendre, le front plissé, les yeux écarquillés.

— Attendez que je pose la question. Vous alimentiez le poêle et Aurore s'est chicanée avec vous. Vous avez voulu la brûler, votre sœur a saisi le tisonnier pour l'éloigner, alors elle s'est brûlé les mains.

— C'est maman qui faisait ça. Elle approchait la tige en fer, puis si Aurore y touchait, elle disait : « Regarde, elle a voulu prendre le tisonnier. »

— Votre mère lui offrait le tisonnier comme ça et Aurore le prenait ?

— Aurore le poussait avec ses mains pour éviter d'être brûlée.

L'avocat s'entêtait, résolu à se faire confirmer les confidences entendues de la bouche de l'accusée. Il en arrivait à lasser tout l'auditoire. Personne ne saisissait comment cette obstination servait encore les intérêts de sa cliente.

— Quand votre mère brûlait Aurore, demanda-t-il, elle faisait chauffer le tisonnier rouge, rouge ?

— Oui, elle le faisait chauffer rouge.

— Rouge-blanc ou bien rien que rouge ?

— Il était rouge.

De tous les sévices infligés, celui-là paraissait le plus terrible aux spectateurs. De nouveaux « Oh ! » horrifiés soulignèrent cette précision.

— Vous, vous regardiez par la fenêtre ?

— Elle nous faisait regarder là.

— Comment pouviez-vous voir que le tisonnier était rouge si vous regardiez par la fenêtre ?

— Pendant qu'elle le faisait chauffer, je regardais.

L'échange porta alors sur cette alternance, les moments où elle devait surveiller si quelqu'un venait, et ceux où elle voyait les supplices infligés à sa sœur. Puis, Francœur s'intéressa à l'intensité de cette torture.

« Ce gars-là lui en veut, comprit Mathieu, il va perdre son procès à cause d'elle ! » L'homme entendait lui faire payer le prix de sa défaite par cet interrogatoire. C'était sans compter la résilience de l'enfant.

— Elle l'a donc brûlée partout, conclut le bonhomme avec ironie après avoir abordé la troisième séance de torture.

— Ah ! Je ne sais pas si elle l'a brûlée partout, partout, cria l'enfant. Mais elle en est morte. Elle l'avait bien assez maltraitée, vous ne croyez pas ?

La répartie suscita un rire nerveux de l'assistance. Francœur ne se laissa pas démonter pour autant. Il changea bientôt abruptement de sujet.

— Votre père était-il là quand votre mère faisait ça ?

— Non, il travaillait au bois, il n'y était jamais.

— Vous ne lui disiez pas ?

— Non.

De la colère devant son acharnement précédent, Marie-Jeanne passa à la honte. Son interlocuteur la ramenait aux conséquences désastreuses de son silence.

— Pourquoi ?

— Parce qu'on avait peur de se faire battre.

Avait-elle vraiment toujours gardé le silence ? Taire tant de misère paraissait impossible. D'un autre côté, à la demande de sa femme, l'homme infligeait des châtiments terribles à ses propres enfants. Cela ne favorisait pas les confidences.

— Aurore ne l'a jamais révélé non plus ?

— Elle n'a pas dit à papa que maman la maltraitait.

L'impureté demeurait le sujet de prédilection de l'avocat. Il ne pouvait s'empêcher d'y revenir encore.

— Votre père et votre mère ne vous ont jamais fait des sermons au sujet de la façon dont vous vous conduisiez avec Aurore et avec le petit Gérard ?

— Je ne me rappelle pas de ça.

— Vous êtes une trop bonne petite fille pour ça ?

Le sous-entendu l'amena à baisser la tête. Pendant de longues minutes, l'interrogatoire porta sur quelques pièces à conviction : la sangle en cuir servant de bâillon, les harts, les éclats de bois.

— La journée de la mort d'Aurore, vous dites que votre mère l'a frappée avec ce manche de hache ?

— Pas un manche de hache…

— Un manche de fourche ?

— Oui.

Cette arme, expliqua la petite fille, se trouvait dans un hangar, un appentis accolé à la maison où s'entassait la réserve de bois de chauffage.

— Alors, le matin de la mort d'Aurore, vous dites qu'elle est montée pour la faire descendre, qu'elle l'a culbutée en bas de l'escalier ?

— Je n'ai pas dit qu'elle l'a culbutée en bas de l'escalier, elle a menacé de le faire. Quand Aurore a eu fini de descendre, en arrivant contre le poêle, elle est tombée à terre. Maman lui donne trois bons coups sur le dos. Puis, elle remet le manche de fourche dans le hangar.

Les dernières phrases, débitées au présent, donnaient une authenticité supplémentaire au récit.

— Est-ce qu'elle lui a donné à déjeuner, ce matin-là ?

— Aurore n'a pas déjeuné, elle ne voulait pas. Elle n'avait pas la moitié de sa connaissance.

L'allusion aux derniers coups reçus par la victime, quelques heures avant le décès, laisserait l'impression d'une horrible fureur dans l'esprit des jurés.

— N'est-il pas vrai, Marie-Jeanne, que ce matin-là votre mère est montée pour dire à Aurore de se lever, pour la nettoyer, parce qu'elle avait fait au lit comme d'habitude ?

— Non. Maman a dit qu'elle ne resterait pas couchée toute la journée. Elle lui a dit de descendre, puis elle est descendue derrière elle. Elle n'y a pas touché, mais rendue contre le poêle, Aurore est tombée par terre. Maman a dit qu'elle faisait des « gestes », avant de lui avancer trois coups sur le dos.

La gamine ne dérogeait pas à son récit. La conversation porta longtemps sur les tortures infligées avec le fer à friser, puis Francœur revint encore en arrière, fidèle à son cloaque.

— Est-ce arrivé souvent qu'Aurore fasse ses besoins dans la maison, pour mettre ça dans les habits de ton père ?

— Moi, j'ai vu maman mettre « ça » dans les habits de papa une fois. Les autres fois, je ne sais pas.

— Dans quoi ?

— Dans un capot.

— C'est vraiment votre mère qui a fait ça ?

— Elle a pris des saletés, elle les a mis dans le capot.

L'avocat lui fit décrire l'événement trois fois, puis il chercha à lui en faire établir la date, sans succès. Cet entêtement convaincrait toutefois les jurés que depuis décembre, la victime avait subi de nombreux mauvais traitements. Tout le long du mois précédant sa mort, la fréquence et la brutalité de ceux-ci s'étaient accrues.

— N'est-il pas vrai qu'une fois, Aurore a « fait » dans le chapeau de ton père et qu'elle a mis ça dans ses habits ?

— Ça, je ne l'ai pas vu.

— Dites-vous que ce n'est pas vrai ?

— Je ne peux pas dire si c'est vrai ou non, je ne l'ai pas vu.

Francœur laissa échapper un soupir lassé. En quatre heures dans la boîte des témoins, la petite fille de douze ans avait appris à doser ses effets et à s'exprimer avec assez de prudence pour ne plus lui donner de prise.

— Votre Honneur, déclara-t-il en se tournant vers le juge, j'ai terminé.

Après un pareil acharnement, la finale paraissait bien abrupte. Le magistrat regarda en direction du substitut du procureur général. Celui-ci secoua la tête pour signifier qu'il ne poserait aucune question supplémentaire à ce témoin.

Marie-Jeanne prit un certain temps avant de comprendre qu'on en avait fini avec elle. Elle chercha Mathieu des yeux, celui-ci prit sur lui de la conduire hors de la salle.

Chapitre 21

En revenant dans la pièce du fond du couloir, Marie-Jeanne leva des yeux anxieux tout en demandant :

— Ai-je bien fait ?

— Tu as été exceptionnelle.

— Maman doit être fâchée.

— Oui, mais elle ne pourra plus te faire de mal.

Mathieu affichait une assurance un peu exagérée, dans les circonstances. Le verdict ne viendrait que dans quelques jours.

— Ils vont la garder ?

— Oui, je crois. De toute façon, tu ne seras plus dans la même maison, j'en suis sûr.

Elle remua la tête, seulement à demi rassurée.

— Tout à l'heure, je vais te conduire à l'hospice Saint-Joseph. D'ici là, j'aimerais entendre le témoignage de ton institutrice et de ton frère.

La gamine accepta d'un signe de la tête, puis elle demanda, une pointe d'inquiétude dans la voix :

— Personne ne viendra ?

— Non. Je vais m'en assurer.

Près de la porte, l'homme de faction à midi avait été relevé. Son remplaçant demeurait préoccupé, comme si ces deux intrus risquaient d'abîmer les jolis meubles. Le stagiaire affecta de lui parler comme à l'un des soldats de son bataillon.

— Vous resterez ici, afin d'empêcher les curieux, ou pire, les journalistes, de venir l'embêter.

— Ils sont tous dans la salle d'audience, ou l'oreille collée à la porte pour entendre la suite.

— Je peux compter sur vous? insista le jeune homme.

— Je ne bougerai pas, assura l'employé.

Quand Mathieu retourna dans l'enceinte, il vit un membre du personnel du tribunal enlever la chaise placée dans la boîte des témoins. Une jeune femme, même jolie, ne bénéficierait pas du même avantage que Marie-Jeanne.

Il revint à sa place en lui adressant un salut de la tête, une attention à laquelle elle répondit d'un sourire. L'avocat de la défense s'irrita une fois encore de la connivence entre le stagiaire et les témoins de l'accusation.

— Mademoiselle Saint-Onge, commença Fitzpatrick, vous êtes institutrice à Sainte-Philomène-de-Fortierville, je crois?

— Oui, à l'école du sixième rang.

— Sans vous demander de révéler votre âge, pouvez-vous nous dire si vous effectuez ce travail depuis longtemps?

La précaution fit sourire: en prêtant serment, le témoin avait indiqué ses vingt-huit ans sans hésiter.

— ... Cela fera dix ans l'été prochain.

Le préambule de l'avocat la fit tout de même rougir un peu de ce célibat tardif. Mariée, les commissaires l'auraient déjà contrainte à se retirer.

— Vous jouissez donc d'une grande expérience, souligna le procureur.

Elle le remercia d'un sourire, même si sa longévité exceptionnelle témoignait surtout de la rareté des bons partis à Fortierville. Son interlocuteur poursuivit:

— Votre école se trouve à bonne distance du domicile des Gagnon, je pense.

— Oui. Mais sauf au plus fort de l'hiver, en passant à travers champs, cela ne représente pas un obstacle insurmontable. Les élèves du septième rang fréquentent l'école en moyenne un jour sur deux.

Pour les habitants des villes, familiers avec l'école de leur quartier, cette jeune femme paraissait prendre à la légère un trajet très long.

— Pourtant, les enfants de l'accusée n'ont pas fréquenté la classe de façon bien régulière. Pouvez-vous nous parler d'Aurore ?

— Au cours des deux années écoulées depuis sa sortie de l'orphelinat d'Youville, je l'ai vue un peu moins de trente jours.

— En deux ans ?

Le substitut du procureur général feignit la surprise.

— Oui. J'ai consulté le livre des présences. J'en ai compté vingt-huit en tout.

Même en fixant leurs attentes au plus bas, les membres du jury devaient convenir que les parents Gagnon négligeaient leur devoir en ce domaine.

— Tout de même, êtes-vous en mesure de nous parler d'Aurore Gagnon ?

— Oui. C'était une enfant tranquille, sage et obéissante.

La jeune femme demeurait fidèle à la description donnée à Mathieu, des semaines plus tôt. Cela nuançait considérablement le portrait dressé par l'avocat de la défense : la charmante institutrice n'évoquait pas une fillette susceptible de semer ses excréments dans les habits de son père.

— Était-elle intelligente ? se renseigna encore le substitut du procureur.

— Oui, très intelligente.

— Avez-vous jamais remarqué quelque chose d'anormal à son sujet?

— Non, jamais.

Des réponses nettes, précises, sans aucune hésitation, faisaient toujours bonne impression.

— Bref, conclut l'avocat, à vos yeux c'était un enfant semblable aux autres.

— Peut-être un peu plus intelligente.

L'homme regarda le juge avant de dire:

— Je n'ai pas d'autres questions, Votre Honneur.

— Maître Francœur?

— Je n'ai pas de question, Votre Honneur.

Le vieux garçon ne souhaitait pas s'escrimer avec une jolie femme au sujet des qualités ou des défauts d'une gamine torturée à mort par ses parents. Déjà, la journée lui avait donné une réputation de rustre.

La jeune institutrice échangea encore un salut de la tête avec Mathieu. Celui-ci se sentait vaguement mal à l'aise. Pendant leur rencontre au magasin général de Sainte-Philomène, il lui avait laissé entendre qu'il aimerait partager un moment avec elle, lors de son passage au tribunal. Ce ne serait pas le cas.

Louis-Philippe Pelletier contempla l'horloge accrochée au mur du tribunal, puis il déclara:

— À cette heure, nous avons le temps d'entendre encore un témoin. Maître Fitzpatrick?

— J'invite donc Georges Gagnon, le fils de l'accusée, issu d'un premier mariage, à venir à la barre.

Le substitut du procureur général tenait à ce que les jurés connaissent le lien entre le garçon et Marie-Anne Houde.

Véritable rejeton de l'accusée, personne ne pourrait soupçonner celui-ci d'en vouloir à un beau-parent.

— Mon garçon, commença le juge, peux-tu demeurer debout pour témoigner ?

— Oui. Je ne suis pas fatigué.

La remarque amena un sourire sur les lèvres des spectateurs. À neuf ans, le gamin tentait de paraître plus grand, derrière la barre. Le magistrat demanda encore :

— Tu sais ce qu'est un serment ?

— Prendre Dieu à témoin de ce que l'on va dire ?

Les yeux incertains, il répétait visiblement une explication apprise par cœur, sans bien la comprendre.

— C'est très bien. Le greffier va te présenter les Saintes Écritures. Tu mets la main dessus, et tu réponds « Je le jure ». Après cela, tu devras dire toute la vérité.

Georges hocha gravement la tête, puis il fit comme on le lui avait dit. Fitzpatrick s'approcha ensuite avec son meilleur sourire.

— Où demeurais-tu l'hiver dernier ?

— Avec mes parents.

— Tu es le petit frère d'Aurore Gagnon ?

— Oui.

La voix parut bien faible tout d'un coup, seule sa tête demeurait visible.

— Où Aurore couchait-elle ?

— Dans le grenier.

— Elle couchait toute seule ?

— Oui.

Georges prenait lentement de l'assurance. Il avait craint des questions difficiles, comme celles de l'institutrice, à l'école.

— Et toi, où couchais-tu ?

— Avec mon frère, je couchais de l'autre côté.

Malgré son caractère succinct, la réponse satisferait les jurés. Dans tous les foyers, les enfants se partageaient de part et d'autre d'une cloison, selon leur sexe.

— Et Marie-Jeanne, où couchait-elle ?

— Dans la même pièce qu'Aurore, mais pas dans le même lit.

La précision, donnée spontanément, évoquait la leçon bien apprise. Mathieu regretta de le voir afficher une si bonne mémoire.

— Te souviens-tu quand Aurore est tombée malade ?

— Oui.

— Qu'est-ce qu'elle avait ?

— Maman ne faisait rien que la fesser, la battre et la brûler avec un tisonnier.

Rapide, la réponse paraissait convenue. Le substitut du procureur se troubla devant tant de bonne volonté.

— Quelqu'un t'a-t-il demandé de dire cela ? demanda-t-il prudemment.

— Non, personne.

À strictement parler, Georges disait vrai. Mathieu aurait tout de même préféré qu'il ne le cherche pas constamment des yeux.

— As-tu déjà vu ta mère attacher la bouche d'Aurore avec cette *strappe* en cuir ?

Fitzpatrick doutait que les mots courroie ou sangle figurent au vocabulaire de son interlocuteur.

— Oui, quand elle lui attachait les pieds à la table.

— As-tu vu ta mère battre Aurore avec le tisonnier ?

— Oui.

— Combien de fois ?

— Deux fois.

Les confidences de Marie-Jeanne se trouvaient corroborées avec une candeur étonnante, sans la moindre hésitation.

— Étais-tu là le jour où Aurore est morte ?

— J'étais en haut, je l'ai vue quand elle commençait à déparler. Elle était sur une paillasse avec pas grand paille dedans. Maman lui a donné un coup de pied dans le ventre pour lui faire descendre l'escalier plus vite. J'ai vu maman traîner Aurore par terre.

Ce garçon paraissait déterminé à devenir le témoin idéal de tout avocat de la poursuite. Tant de bonne volonté troubla Fitzpatrick.

— Qu'est-ce qu'Aurore mangeait ?

— Elle ne mangeait pas.

— Buvait-elle ?

— Elle ne buvait pas. Maman la guettait pour qu'elle ne boive pas.

Le substitut du procureur général continua tout de même avec le canevas d'interrogatoire établi à l'avance, avec l'aide de son stagiaire.

— La journée de sa mort, ta mère lui a-t-elle donné quelque chose à boire ?

— Oui, dans une tasse.

— Y avait-il du Lessi dans la maison ?

— Oui, maman lui en a fait boire un peu. Papa n'y était pas. Le Lessi était dans une cuvette pour laver le plancher. Maman lui a dit : « Tu vois comme c'est bon. C'est sucré. »

Cette fois, Fitzpatrick ne put s'empêcher de tourner son regard en direction de son adversaire, un peu mal à l'aise.

— Allez Georges ! grommela Francœur. Continue ta belle histoire !

Le juge Louis-Philippe Pelletier le regarda un peu de travers, mais sans le rappeler à l'ordre.

— Je n'ai plus de question, Votre Honneur, conclut l'avocat de la Couronne.

Alors qu'il se rasseyait, il remarqua dans un souffle :

— Vous êtes un trop bon professeur, ou votre élève a trop bonne mémoire. Avec ses hésitations, ses oublis et ses pleurs, sa sœur paraissait autrement plus crédible.

— Je vous assure, répondit Mathieu sur le même ton, je ne lui ai pas fait mémoriser cela. D'un autre côté, Marie-Jeanne...

La fillette lui avait confié avoir informé ses frères de la teneur de son témoignage. Peut-être poussait-elle le zèle jusqu'à leur faire répéter des réponses.

Goguenard, l'avocat de la défense se planta devant l'enfant.

— Tu dois bien savoir autre chose, remarqua-t-il.

— Oui. Maman mettait des cochonneries dans la place et ensuite elle accusait Aurore.

L'autre, affichant une mine sceptique, le mit en garde d'une voix sévère :

— Tu as fait le serment de dire la vérité.

— Oui, et c'est la vérité que je dis.

— Tu viens de dire la vérité contre ta mère ?

— Oui.

« Si ce gamin ment, se dit Mathieu, il le fait avec l'aplomb d'un politicien. Au fond de lui, Francœur devrait l'admirer ! » L'homme réfléchit, puis il changea totalement de registre :

— As-tu fait un beau voyage à Québec ?

— Oui.

— Es-tu content de retrouver plusieurs voisins et parents de Sainte-Philomène ?

— Oui.

Sa satisfaction paraissait sincère. Il ne cherchait pas à camoufler son plaisir.

— Es-tu bien logé, à l'hôtel *Blanchard* ?

— Oui.

— Es-tu bien nourri ?

— Oui.

Des membres de la famille avaient jugé bon de le prendre avec eux quelque temps. Cela lui procurait une heureuse diversion après de longues journées à l'orphelinat.

— Ton père et ta mère sont-ils bien nourris à la prison de Québec ?

— Je ne sais pas.

La question parut troubler le gamin.

— Es-tu allé les voir en prison ?

— Oui.

— Ils sont bien là, d'après toi ?

— Oui.

Un ricanement se fit entendre dans l'assistance après cette déclaration. La bonne humeur revenait spontanément chez cet enfant. Si Francœur entendait l'attrister, le charger d'une certaine culpabilité en comparant son propre sort à celui de ses parents, il demeurerait en reste.

— Es-tu bien content d'être venu au procès ?

— Oui.

Lassé, l'avocat entendit conclure.

— Tu as dit tout à l'heure qu'Aurore ne mangeait pas et ne buvait pas, insista-t-il.

— Oui.

— Combien de temps est-elle restée sans manger ni boire ?

— Je ne peux pas dire exactement pendant combien de temps.

Francœur lui adressa un sourire complice, s'approcha un peu pour souffler :

— Tu peux certainement le dire à peu près.

— Trois ans !

L'enfant montra toutes ses dents, fier de sa réponse. Le juge se pencha un peu vers lui, pour demander sur le même ton :

— Sais-tu combien il y a de mois dans un an ?

— ... Non, admit Georges en fronçant les sourcils.

— À peu près ? Combien y a-t-il de jours ou de semaines dans un an ?

— ... Quatre jours ?

Un autre ricanement accueillit la réponse, le jeune témoin se renfrogna. L'avocat de la défense se tourna vers le juge, un sourire sur les lèvres, puis vers les jurés.

— Je n'ai plus de question, Votre Honneur.

Puis, il se tourna vers Mathieu avec ostentation. Il semblait vouloir dire : « Ce garçon idiot récite la leçon apprise de ce stagiaire, là. » Évidemment, si le témoin avait appuyé la défense, il l'aurait trouvé fort convenable.

— Nous aurions encore un peu de temps, enchaîna le magistrat. Toutefois, un contretemps nous empêche d'appeler à la barre le témoin suivant. Gérard Gagnon a été conduit à l'hôpital. Il souffre de la grippe.

La situation paraissait le préoccuper. Une longue maladie retarderait indûment la procédure. Fitzpatrick savait devoir soigner sa réputation auprès des jurés. Il proposa de bonne grâce une solution.

— Nous pourrions peut-être nous déplacer demain vers l'hôpital. L'établissement ne se trouve pas bien loin.

— Nous nous retrouverons ici demain matin, dit le magistrat, à l'heure habituelle. Si l'enfant ne peut pas se présenter devant nous, nous aviserons alors.

D'un coup de maillet, il congédia tout le monde. La salle se vida lentement. Georges se dirigea vers l'une de ses tantes, heureux de la perspective de passer une nouvelle soirée avec les siens à l'hôtel *Blanchard*, près de la place Royale.

Depuis plusieurs jours, maître Francœur évitait les échanges avec ses collègues de la poursuite. Cette fois, il s'approcha pour formuler, toujours en colère :

— Ah ! Vous avez bien fait la leçon à ce garçon.

— Vous ne parlez pas à vos témoins, vous ? rétorqua Fitzpatrick sur le même ton.

— Pas au point de leur faire mémoriser une déposition, pour leur permettre de la vomir ensuite devant les jurés.

— Donc, si les trois enfants toujours vivants de votre cliente avaient répété l'histoire stupide de ce monstre en jupon, vous vous seriez levé en criant « Objection, Votre Honneur, je leur ai appris tout cela lors de rencontres à Sainte-Croix-de-Lotbinière » ? Car c'est bien là que vous les avez préparés, n'est-ce pas ?

L'autre le jaugea, mais n'osa pas ajouter un mot.

— Tout de même, maugréa le substitut du procureur après son départ, en plus de son témoignage, vous auriez pu lui apprendre à connaître un peu le calendrier.

— Je vous assure, je ne lui ai rien fait mémoriser, se défendit Mathieu. L'initiative ne vient pas de moi.

— En plus, il semble tellement heureux de se trouver à l'hôtel. Le procès pour meurtre de sa mère et de son beau-père se transforme en période de festivité !

Si des parents souhaitaient prendre les enfants du couple infernal chez eux, la directrice de l'hospice Saint-Joseph-de-la-Délivrance ne les garderait pas de force. Son établissement dépendait de la charité publique.

— Espérons que son frère se montre un moins bon élève, conclut Fitzpatrick.

— Rappelez-vous de parler un peu fort. Ce gamin n'entend pas très bien.

La recommandation amusa l'avocat.

— Picard, empressez-vous de faire des enfants, rétorqua-t-il. Le rôle de parent vous va bien.

Il sortit sur ces mots.

Un peu penaud après la pitoyable performance de Georges, Mathieu retrouva Marie-Jeanne étendue sur les chaises, cette fois profondément endormie. Enfin libérée de l'énorme poids sur ses épaules, elle s'efforçait de prendre un peu de repos.

Le jeune homme se pencha sur elle, la dernière remarque de son employeur lui trottant dans la tête. Curieusement, l'image de Flavie surgit dans son esprit. Sa présence lui manquait cruellement, après cette affreuse journée.

— Marie-Jeanne, murmura-t-il en lui touchant l'épaule, tu peux rentrer…

Les mots « à la maison » ne passèrent pas ses dents. Pour elle, il n'existerait plus rien de semblable. La fillette entrouvrit les yeux, pour se redresser à demi.

— Nous pouvons partir, répéta-t-il, la cour a fini de siéger.

— Tous ces gens ?

— Ils sont allés souper, à cette heure. Tu dois aussi avoir l'estomac dans les talons. Tu n'as rien avalé de la journée.

Sa compagne se redressa tout à fait, elle examina rapidement sa mise. Ses vêtements de petite paysanne ne lui rendaient pas justice. Dans le long couloir maintenant désert, elle tendit la main pour prendre la sienne. Dehors, le jeune homme demanda :

— Ce matin, tu as emprunté les rues, ou le funiculaire, pour venir à la Haute-Ville ?

Le nouveau mot l'amena à plisser le front.

— Les rues...

— Dans ce cas, je vais te faire connaître ce merveilleux moyen de transport. Un tramway qui circule comme cela.

De la main, le jeune homme lui indiqua une pente de soixante-dix degrés. Elle ouvrit de grands yeux incrédules, préféra ne pas protester. Jusque-là, la ville lui réservait de multiples surprises. Au passage, elle contempla longuement le Château Frontenac, la statue de Samuel de Champlain.

En montant dans la petite cabine métallique, une main plutôt menue serra ses doigts, le visage exprima une certaine inquiétude.

— Ne t'en fais pas, cette machine est bien moins dangereuse que le député Francœur.

La remarque lui permit de se détendre un peu. Le bruit métallique les força au silence au cours de la descente tout au long du flanc de la falaise. Ensuite, en marchant vers les quais, puis pendant la traversée du fleuve, d'anodins sujets de conversation les occupèrent. La petite fille redevint morose lors du trajet vers l'hospice Saint-Joseph.

— Tu ne sembles pas beaucoup te plaire à cet endroit, s'inquiéta le jeune homme.

— C'est un orphelinat.

Le mot valait une longue explication. Des adultes entassaient là des enfants sous la surveillance de religieuses souvent revêches.

— Tout de même, continua Marie-Jeanne en levant les yeux vers lui, j'y suis bien. Après, j'aimerais rester là.

«Après», songea le jeune homme. À la fin des procédures, la vie de cette gamine serait irrémédiablement bouleversée. Au mieux, ses deux parents ne sortiraient pas de prison avant sa majorité. Au pire, ce serait la corde. Si un oncle n'acceptait pas de la prendre chez lui en guise de domestique, il ne lui resterait guère d'autre possibilité qu'une institution.

— Selon toi, mère Saint-Émilien voudra-t-elle me garder ?

— Je suppose que oui. Ne t'inquiète pas à ce sujet.

Ils approchaient maintenant du grand établissement en pierre et en brique.

— Tu crois que je devrai y retourner encore ?

Cette fois, Marie-Jeanne parlait du palais de justice.

— Pour tout de suite, je ne crois pas. Tu as dit tout ce que tu savais.

Bien sûr, certains témoins devaient se présenter plus d'une fois à la barre. Cela risquait peu de se produire dans le cas de cette petite fille.

— Tu devras aussi témoigner au procès de ton père.

— J'ai dit tout ce que je savais aujourd'hui.

— Il te faudra tout répéter. Ce sera un autre procès. Tous ceux qui ont défilé jusqu'à maintenant vont recommencer leur histoire.

— Lui, il sera là ?

La petite fille s'inquiétait de Francœur. L'ogre ne saurait se montrer sous un plus mauvais jour qu'aujourd'hui, mais il risquait peu de devenir plus amical.

— Ne commence pas à te torturer avec lui. L'avocat de tes parents fait un travail malpropre. C'est un peu comme sortir le fumier de la porcherie. Tu comprends ?

La fillette remua la tête, incertaine toutefois du sens à donner à la métaphore. Mentalement, son compagnon compléta : « Et ce sale travail, il le fait salement. »

Alors qu'ils approchaient de l'entrée principale de l'hospice Saint-Joseph, la directrice sortit sur le perron pour les accueillir.

— Marie-Jeanne, tu dois avoir faim. Va dans la cuisine, tu y trouveras un repas chaud.

La fillette regarda longuement son compagnon, puis elle lui dit d'une toute petite voix :

— Au revoir, Mathieu.

— Au revoir. Nous nous rencontrerons lors du nouveau procès.

La perspective lui parut bien peu rassurante. Elle choisit toutefois de ne pas s'en inquiéter et de se soumettre à la recommandation de la directrice. Quand elle se fut effacée, mère Saint-Émilien demanda au jeune homme :

— Avez-vous le temps de passer à mon bureau ?

— J'allais vous demander un tête-à-tête.

Elle pénétra dans le grand édifice avec lui, s'engagea dans le couloir. Dans son bureau, sans hésiter, elle se rendit à sa petite armoire, revint avec un verre de cognac pour le poser en face de la chaise du visiteur.

— Vous ne m'accompagnez pas ?

— Mon confesseur tente de me ramener dans le droit chemin.

Alors qu'elle prenait place sur son siège, Mathieu s'assit sur le sien.

— La petite semblait fatiguée. La journée a été difficile ?

— Horrible. À entendre l'avocat de la défense, Aurore serait une criminelle endurcie et la belle-mère, une pauvre victime.

— La justice humaine me paraît bien aléatoire.

Le stagiaire avala la moitié de son verre, puis commenta d'une voix maussade :

— Comme ni vous ni moi ne pourrons revenir afin de discuter de celle de Dieu, je n'ose pas trop me désespérer de celle-ci.

— Mais moi, je suis certaine de revenir.

La candeur de la religieuse amena un sourire sur le visage du jeune homme.

— Marie-Jeanne me paraît bien entichée de vous, continua la directrice.

— La jeune femme dont je suis moi-même entiché me dit la même chose. Dans les circonstances, elle a besoin d'un ami. Je suis la figure rassurante dans ce monde étrange.

— Et je sais que vous prenez bien garde de ne pas la blesser plus profondément encore. En fait, elle va perdre ses parents.

C'était une façon gentille de lui rappeler la prudence, la délicatesse exigée par la situation.

— Ce nouveau procès commencera quand ? continua mère Saint-Émilien après une pause.

— La date demeure incertaine, car celui de la mère risque de prendre une nouvelle tournure demain ou samedi. J'avance une hypothèse : dans dix jours.

Mathieu vida son verre, le posa sur le bord du bureau avant de dire :

— Elle a exprimé le désir de rester ici, ensuite.

— Les garçons iront chez des parents de leur mère. D'ailleurs, ils ont déjà quitté cet endroit.

La petite fille s'y trouvait donc seule, à présent. Cela ajoutait à sa morosité.

— Personne n'a entrepris de démarche en ce sens pour elle, n'est-ce pas ?

— Non. Une fille, c'est une bouche inutile à nourrir, à la campagne. Je serai heureuse de la voir vivre parmi nous, si tel est son souhait.

Un silence un peu gêné s'installa entre eux. La religieuse avait formulé son appel à la prudence, son interlocuteur, le projet de la gamine.

— Le sort de cette jeune fille semble vous émouvoir, enchaîna-t-elle.

— En quelque sorte, c'est mon miroir.

— ... Vous pouvez m'en dire plus ?

Mathieu l'observa un certain laps de temps avant d'ajouter :

— Vous me demandez une confession.

— Je ne demande rien, surtout pas cela. Comme vous le savez, mon sexe m'interdit de prétendre à un rôle de ce genre.

Quelque chose dans le ton de cette femme ressemblait à du dépit.

— Je peux toutefois vous offrir mon écoute, et ma discrétion, continua-t-elle.

Le jeune homme, pensif, se taisait. À la fin, peut-être à cause des émotions de la journée, se livrer lui parut la chose à faire.

— Marie-Jeanne et moi devons apprendre à vivre avec un lourd passé. Tous les deux, nous portons au moins en partie la responsabilité de la perte de vies humaines.

— Tous les deux, vous avez fait ce que l'on vous demandait, sans vous offrir le choix.

— Si cela était vrai, les choses seraient-elles vraiment plus supportables ?

Cette fois, ce fut à la religieuse de se déplacer sur sa chaise, mal à l'aise sous le regard acéré de son interlocuteur.

— Mais voyez-vous, continua Mathieu après une pause, tous les deux nous sommes allés au-delà des attentes, au moins de celles exprimées à haute voix. Croyez-moi sur parole, obéir à des ordres qui ne vous ont pas été donnés vous hante ensuite d'une tout autre manière.

Mère Saint-Émilien se leva pour aller chercher un autre verre dans son armoire. Revenue à sa place, elle se versa un peu d'alcool.

— Tant pis pour mon confesseur, grogna-t-elle.

Après un silence trop lourd, le temps de se tremper les lèvres, elle demanda:

— Pouvez-vous me décrire la participation de Marie-Jeanne dans ce drame? Ce serait ensuite plus facile pour moi de l'aider…

— Non, je lui ai promis la discrétion, je m'en tiendrai à cet engagement.

— Les journaux ne se priveront pas d'étaler les détails.

— Sans doute, mais insister serait à la fois inutile et indélicat. Une trahison, même engluée de bonnes intentions, demeure une trahison.

L'autre affecta une mine désolée.

— Je veux juste comprendre, s'excusa-t-elle.

— Alors, je vous parlerai de moi. Vous saurez bien voir de l'autre côté du miroir.

Mathieu se cala dans sa chaise et commença.

— Toute ma vie, j'ai cherché à bien faire: être un bon fils, un bon élève, un bon frère aîné. À l'armée, j'ai fait confiance à mes officiers, j'ai accepté de bon cœur un principe idiot: sacrifier ma vie à notre entreprise. Nous étions des millions à affronter la mort tous les jours pour obtenir la victoire.

— Cette logique ne m'est pas inconnue…

— Bien sûr, c'est aussi celle de l'Église.

Le visiteur n'alla pas jusqu'à ajouter que l'objectif de convertir les infidèles lui paraissait tout aussi ridicule que celui de vouloir soumettre les Allemands.

— Tout à ma mission, j'ai dénoncé deux de mes hommes pour lâcheté. Je craignais, et tous les états-majors avec moi d'ailleurs, une contagion de refus de combattre si je les laissais faire. Pour me remercier de mon zèle, mon général m'a ordonné de diriger le peloton d'exécution.

— Seigneur Dieu !

Mère Saint-Émilien avala la moitié du contenu de son verre.

— Je n'avais aucune haine pour ces deux hommes, n'en doutez pas. Je cherchais simplement la considération de mes supérieurs. Bien faire pour être apprécié d'eux. Dire « aimé » ne serait pas exagéré.

— … De la même façon que pour être aimée de sa belle-mère, Marie-Jeanne a participé. Par son silence certainement, par son témoignage à l'enquête du coroner ensuite.

— Il ne m'appartient pas de commenter cela.

Le constat du jeune homme allait bien plus loin. Au gré du procès, il n'en doutait plus, la complicité de son amie serait mise en évidence.

— Le plus ironique dans tout cela, confia-t-il en se levant, c'est que mon initiative m'a fait une très mauvaise réputation. Pas seulement auprès de mes hommes, mais aussi auprès de mes collègues, de mes supérieurs. J'ai découvert qu'il fallait savoir quand ouvrir et quand fermer les yeux. Les deux sont d'égale importance. J'essaie encore d'acquérir cette compétence.

Certaine que toutes ses paroles de réconfort ne serviraient à rien, la religieuse se contenta de le regarder, muette.

— Je vais rentrer à la maison, conclut le jeune homme en mettant la main sur la poignée de la porte. Avant de partir, me permettez-vous de faire un appel téléphonique ?

— Bien sûr. Il y a un appareil dans la loge de la portière. Je vous reconduis.

Devant l'entrée principale, ils se quittèrent sur une poignée de main. Un long moment, la femme accrocha son regard au sien, incapable de prononcer un mot. Mathieu eut presque envie de s'excuser de l'avoir autant troublée.

Avec la portière debout derrière lui, Mathieu ne pouvait se montrer bien explicite. Il demanda à la téléphoniste d'être mis en communication avec les bureaux administratifs du grand magasin PICARD. La chance lui sourit: Flavie répondit à la troisième sonnerie.

— Le bureau de monsieur Édouard Picard, j'écoute.

— C'est moi. Je peux te voir?

Elle n'eut aucun mal à reconnaître sa voix.

— Je suis encore au travail... formula-t-elle à voix basse. Nous sommes jeudi...

Ce jour-là, le commerce ne fermait jamais avant huit heures le soir, parfois neuf. Toutefois, elle risquait peu de se voir mobiliser aussi tard.

— Je me trouve à Lévis. Il me faudra environ une heure avant de te rejoindre.

— ... La journée a été si difficile?

Le timbre de la voix contenait une grande sollicitude.

— Terrible. En plus, je meurs de faim.

C'était un pieux mensonge. En réalité, il ne pourrait rien avaler.

— Je serai dans le petit restaurant de la rue de la Couronne.

Il s'agissait du lieu de leur premier rendez-vous, plusieurs mois plus tôt.

— Cela me donne une bonne raison de me presser de revenir. À tout à l'heure.

Après un dernier salut au cerbère, Mathieu s'engagea en direction du quai au rythme de la marche forcée. À Québec, il lui fallut contourner la falaise pour regagner la paroisse Saint-Roch. À son arrivée au lieu du rendez-vous, la jeune femme se trouvait seule à une table, penchée sur son assiette.

— Bonsoir. Je suis content de te voir, affirma-t-il en lui tendant la main.

Il aurait aimé la serrer contre lui, lui dévorer les lèvres. Cela ne se faisait pas, surtout dans ce quartier où Flavie risquait de rencontrer des connaissances.

— Moi aussi. Tu te fais rare, depuis quelques semaines.

Le reproche venait avec un sourire. Elle lui abandonna ses doigts un bon moment.

— Je sais. Cette histoire me force à négliger mes cours, ma famille, et surtout toi.

Dernière dans la nomenclature, elle ne s'en formalisa pas trop. Son désir de la voir à tout prix, ce soir, la rassurait sur sa place dans son cœur.

— Nous ferions mieux de nous asseoir, souffla-t-elle. Les gens nous regardent.

Mathieu commanda son repas. La marche lui avait rendu son appétit. En attendant d'avoir l'assiette devant lui, il entreprit de raconter dans les grandes lignes le témoignage de Marie-Jeanne.

— Cet avocat a le droit de faire cela ? Je veux dire, essayer de ruiner la réputation d'une petite fille ?

— Elle peut conduire sa cliente à l'échafaud.

L'allusion à la pendaison amena Flavie à écarquiller ses beaux yeux. Bien sûr, tout comme son compagnon si impliqué dans l'affaire, elle préférait voir le verdict comme la fin ultime, pas la sentence, moins encore l'exécution.

— En la discréditant, expliqua le jeune homme, il affaiblit la portée de son témoignage. C'est son dernier recours.

Pendant le repas, la conversation porta sur la performance plus amusante de Georges, si heureux de retrouver enfin les gens de sa paroisse. Un peu après neuf heures, bras dessus, bras dessous, ils marchèrent lentement vers la maison de chambres de la rue Saint-François. Sans se consulter, ils passèrent tout droit pour demeurer un peu plus longtemps ensemble.

— Excuse-moi d'avoir insisté à ce point pour te voir, tout à l'heure. Mais toute cette histoire me pèse beaucoup.

— Le motif n'est pas bien flatteur pour moi, mais je suis heureuse de t'apporter un peu de soulagement.

Elle se tourna pour lui adresser un sourire narquois.

— Car mon charme ne suffit pas à te ramener à moi. Tu dois invoquer cette affreuse histoire ?

C'était presque une invitation. Le couple passait devant l'encoignure d'une porte. Mathieu entraîna sa compagne dans un coin sombre, posa ses lèvres sur les siennes. Elle se montra réceptive, accepta sa langue dans sa bouche mais quand sa paume se referma sur un sein menu, elle se recula en susurrant :

— Non, là tu vas trop loin.

Flavie le repoussa doucement, ses deux mains bien à plat sur sa poitrine.

— … Excuse-moi, souffla son compagnon, un peu penaud.

— Non, c'est à moi de m'excuser. Mes paroles ont pu te laisser croire… à une autorisation.

Cela revenait un peu au jeu de la douche écossaise : la chaleur suivie du froid.

— Je te désire, confessa Mathieu, tu le sais bien.

Les baisers et les contacts pas très sages qu'ils se permettaient depuis quelques mois ne laissaient pas de doute à ce sujet.

— Honnêtement, insista-t-il, j'ai eu envie de toi dès le premier jour. D'un côté, je veux que tu le saches, de l'autre, je ne veux pas te froisser, ou te bousculer.

L'ancien officier avait fait un curieux apprentissage sentimental, de Françoise, timide et réservée, aux filles à soldats abordées en compagnie d'un demi-peloton en permission. Le très bref épisode avec Jane se situait dans un monde à part. Revenir à la vie normale, c'était aussi accepter des règles bien étriquées.

Un peu comme des automates, ils revinrent vers le logis de Flavie. Devant la porte, son compagnon demanda :

— Pourrons-nous nous voir dimanche ?

Le timbre de la voix trahissait une certaine inquiétude.

— Si tu crois pouvoir négliger tes livres de droit pendant quelques heures, ce sera avec grand plaisir. Tu sais que je t'aime. Mais la vie me condamne à demeurer sage. Une autre attitude serait bien imprudente de ma part. De ton côté...

Elle ne se leurrait pas sur les expériences des militaires. Pendant toute la guerre, les prêtres avaient formulé du haut de la chaire leurs inquiétudes au sujet du salut éternel des soldats. Alors, ils ne fustigeaient pas l'horreur de tuer des semblables, mais bien les risques moraux accompagnant les grands brassages de population.

Mathieu leva la main pour caresser les boucles brunes, sous le bord du chapeau cloche. Elle ne se déroba pas, les yeux levés vers lui.

— Je tenterai d'être sage. Dimanche, je t'attendrai à la sortie de l'église Saint-Roch.

Comme il se penchait pour un baiser plutôt chaste, elle accepta le contact sur ses lèvres. Une fois dans la maison, elle écarta un peu le rideau pour le voir s'éloigner. La jeune femme avait avoué l'aimer. Plutôt que de répondre « Moi aussi », Mathieu lui avait fixé un rendez-vous. Cela lui parut tout de même de bon augure.

Chapitre 22

Un peu après huit heures du matin, les convives sortaient de table quand la sonnerie du téléphone retentit dans la pension Sainte-Geneviève. Élisabeth s'absenta un instant, puis revint en glissant à l'oreille de son neveu :

— Mathieu, monsieur Fitzpatrick souhaite te parler un instant.

Le jeune homme gagna le petit bureau derrière le comptoir, porta l'un des cornets de bakélite à son oreille.

— Monsieur, je vous écoute.

— Le jeune Gagnon n'est pas en mesure de sortir de l'hôpital. Après l'ouverture de l'audience, le juge ordonnera le déplacement de toute la cour vers la rue Saint-Jean. Allez nous y attendre, et prenez les dispositions pour accueillir une trentaine de personnes.

« Me rendre utile », se souvint le stagiaire. L'étendue de ses attributions le surprenait toujours un peu.

— Le petit établissement du docteur Dusseault doit compter une salle d'attente, continua-t-il à haute voix. Elle devrait être assez grande.

— Alors, je vous reverrai là-bas tout à l'heure.

Un « clic » souligna la fin de la conversation. Quand Mathieu revint dans le hall, sa tante l'attendait.

— Il s'agit toujours de cette horrible histoire, je suppose.

— L'un des fils de l'accusée se trouve hospitalisé à cause de la grippe. Tout le tribunal devra se déplacer pour entendre sa déposition.

— Oh ! Quelle curieuse idée d'infliger cela à un enfant malade. Ne serait-il pas mieux d'attendre son rétablissement ?

— Les douze membres du jury sont séquestrés. Leurs affaires traînent, certains risquent de perdre leur emploi si l'absence se prolonge. Le juge souhaite leur permettre de reprendre leurs activités le plus vite possible.

La femme acquiesça d'un signe de tête. La colère grondait au sein de la population. Ces hommes devaient demeurer coupés du monde, sinon il leur serait impossible de rendre un jugement équitable.

— Je comprends... Dans un autre ordre d'idées, tes examens de droit commenceront bientôt, je pense.

— Dans une dizaine de jours.

— La situation...

Élisabeth n'osa pas terminer sa phrase.

— La situation risque de devenir délicate, compléta Mathieu, la voix un peu morose, si je ne peux consacrer un peu plus de temps à mes études. Je devrai en parler avec mon employeur demain. Mais je me dois d'être là aussi longtemps que les enfants n'en auront pas fini avec leur témoignage.

Elle hocha la tête, s'esquiva vers le salon. Le jeune homme quitta les lieux sans plus attendre. Pour rejoindre la rue Saint-Jean, il emprunta le chemin Saint-Louis, puis l'avenue Dufferin. Le docteur Jean Dusseault y dirigeait un petit hôpital privé.

La rumeur courait plus vite que lui : des dizaines de curieux se massaient déjà sur les trottoirs, des deux côtés de la rue. Le jeune homme fendit la foule, trouva dans l'établissement deux infirmières un peu affolées.

— J'imagine qu'il y a une salle assez grande pour y mettre le lit de Gérard Gagnon ? demanda-t-il d'entrée de jeu à la plus âgée.

— Dans sa chambre...

— Impossible ! Il faut de la place pour les douze jurés, les avocats de la défense et de la Couronne, le juge, le greffier...

— Aucun local... commença-t-elle.

Un homme d'une quarantaine d'années, grand et efflanqué, entrait justement dans le hall. Il en avait entendu assez pour demander :

— Que vous faut-il, exactement ?

— Docteur Dusseault ? interrogea le stagiaire.

— C'est moi.

— Une pièce pouvant contenir le lit du malade, un fauteuil pour le juge, une chaise et une petite table pour le greffier. Tous les autres demeureront debout.

D'un regard, le praticien signifia aux deux femmes de trouver tout cela. Pendant qu'elles s'esquivaient, il précisa :

— Si vous devez sortir les chaises de la salle d'attente pour faire un peu plus de place, mettez-les dans le couloir.

L'homme porta ses yeux vers la fenêtre ornant la porte d'entrée de la grande demeure bourgeoise. La foule des curieux semblait enfler sans cesse.

— Mais ces gens-là...

— Excepté quelques journalistes, le juge ne laissera entrer personne.

Cette assurance le réconforta un peu.

— Cette femme...

— L'accusée sera là, bien sûr. C'est son droit d'entendre les témoignages rendus contre elle.

L'autre hocha la tête, puis tourna les talons en disant :

— Vous souhaitez voir votre témoin, je présume ?

— Oui. Comment se porte-t-il ?

— Une vilaine grippe. Depuis l'an dernier, chaque manifestation de la maladie sème un peu d'inquiétude. Soyez rassuré, tout indique qu'il s'agit de l'influenza ordinaire.

— Cette procédure peut-elle mettre sa santé en danger ?

Ils arrivaient devant une pièce assez vaste, où une demi-douzaine de lits recevait autant de patients en bas âge.

— Non, je ne crois pas. Bien sûr, il ne faudrait pas le pousser à bout. D'après les journaux, Francœur s'est comporté comme un salaud avec la petite fille.

— Je ne crois pas que le juge lui permettra les mêmes… emportements avec un garçon malade.

Tous les deux entrèrent dans la pièce. Mathieu reconnut l'enfant, pâle dans ses draps blancs, un sourire un peu contraint sur les lèvres.

— Comment vas-tu, Gérard ? demanda-t-il en se plantant près de la couchette.

— Je ne tousse presque plus.

— Je suis content d'entendre cela. Hier soir, Marie-Jeanne s'inquiétait un peu de toi.

Le docteur Dusseault actionna une manivelle à l'extrémité du lit afin de relever le haut de son corps.

— Comme cela, tu seras plus confortable pour parler, expliqua-t-il. Je vais demander que l'on mette un verre d'eau chaude mêlée de miel près de ta main. Cela permettra de soulager ta gorge.

L'attention parut rassurer le garçon. Le médecin tira un peu sur la couche pour la dégager du mur, puis il entreprit de la pousser vers le couloir.

— Tu vois, c'est comme si tu étais dans une machine. Tu n'auras pas à marcher.

L'enfant montra toutes ses dents dans un sourire béat. Il survivrait sans mal à l'exercice.

Malgré la faible distance entre le palais de justice et l'hôpital du docteur Dusseault, la cour arriva tout juste avant dix heures. Le juge descendit d'un taxi, engoncé dans sa toge, suivi du greffier. Peu après, dans un long cortège, les membres du jury, les avocats des deux parties et quelques journalistes quittèrent une voiture de tramway mobilisée pour les transporter jusque-là.

Le stagiaire agissait un peu comme le maître des lieux, s'assurant que tout le monde puisse prendre place dans la salle d'attente. À la fin, le juge se retrouva à la gauche du lit, dans un fauteuil tiré du salon privé du médecin, le greffier près de lui, ses papiers répandus sur une table à cartes. Les substituts du procureur général et les défenseurs se tinrent à droite, dans une curieuse promiscuité. Enfin, il fut possible de mettre douze chaises pour les jurés, sur deux rangs. Une dizaine de journalistes s'appuieraient contre les murs. La difficulté de prendre des notes dans cette position rendrait leurs comptes rendus étonnamment succincts dans les journaux du soir, malgré l'intérêt du sujet.

— C'est elle, hurla une voix dehors.

L'invective inquiéta la petite assemblée.

— La salope ! rétorqua un autre. Quelqu'un a une corde ? Qu'on la pende à cet arbre.

Encadrée par deux agents de la paix, Marie-Anne Houde sortit d'un fourgon cellulaire pour franchir la courte distance entre la rue et la porte de l'établissement, sous une pluie d'injures menaçantes. Les policiers se postèrent près de la porte afin d'empêcher quiconque d'entrer derrière elle.

La femme plutôt menue, toujours dissimulée derrière un voile presque opaque, se retrouva dans un coin, sous la garde du gouverneur de la prison de Québec et d'une matrone.

— Maman ! s'exclama Gérard en tendant les bras, des larmes abondantes coulant sur ses joues.

Mathieu entendit distinctement les sanglots de l'accusée. À cause du récit des sévices infligés, il ne pouvait lui donner le crédit d'une émotion sincère. « Sans doute pense-t-elle attendrir les jurés », songea-t-il en la détaillant de la tête aux pieds.

Le même scepticisme semblait habiter le juge. Faute d'un grand bureau en chêne devant lui, Louis-Philippe Pelletier donna du maillet contre la structure métallique du lit du jeune malade.

— Même si nous sommes dans un lieu inhabituel, je compte sur vous pour conserver à cette audience le décorum habituel d'une cour de justice. Monsieur le greffier…

Le fonctionnaire se leva, interpella le témoin par son prénom et son nom, rappela son âge, onze ans, et le pria de prêter serment sur les Saintes Écritures après s'être assuré que l'enfant comprenait la nature de cet engagement. Ces formalités accomplies, le magistrat déclara :

— Maître Fitzpatrick, votre témoin.

Le substitut du procureur général s'avança d'un pas, posa une main sur le pied métallique du lit.

— Restais-tu à Sainte-Philomène, l'été dernier ?

L'avocat prenait soin de parler assez fort et d'articuler consciencieusement. Gérard saisit toutes ses paroles.

— Oui.

— Qui habitait là, à part ton père et ta mère ?

— Aurore, Georges et Marie-Jeanne.

— Où Aurore couchait-elle ?

Pendant quelques minutes, l'interrogatoire porta sur les aménagements spartiates de la chambre située au-dessus de la cuisine d'été. Parfois, la fillette dormait à même le plancher.

— Tu te souviens d'autre chose, au sujet de ta petite sœur ?

— Elle sortait parfois dehors pieds nus ?

Le garçon termina sa phrase sur une note interrogative, incertain de la direction dans laquelle voulait l'entraîner son interlocuteur.

— En plein hiver ?

Il hocha gravement la tête.

— Cela devait être très froid. Sais-tu pourquoi Aurore faisait cela ?

— Maman la forçait à le faire.

Un sanglot vint de la silhouette drapée de noir, Mathieu remarqua les épaules se tasser un peu. De nouveau, l'un de ses propres enfants venait corroborer les sévices infligés. Machinalement, le juge heurta la tête du lit avec son maillet.

— Tu te souviens d'autre chose, au sujet de ta maman et d'Aurore ?

— Des fois, elle la brûlait avec le tisonnier.

— Le tisonnier était chaud ?

— Elle le mettait dans le poêle et le sortait tout rouge.

Dans ce grand salon bourgeois aux moulures élégantes et au papier peint fleuri, où s'entassaient finalement plus de vingt-cinq personnes, ses déclarations prenaient un tour plus horrible encore que dans une cour de justice. Napoléon Francœur paraissait vouloir se fondre contre le mur. Privé de son théâtre habituel, son rôle de tourmenteur devait lui peser.

— Aurore n'essayait pas de se sauver, quand elle la brûlait ?

— Elle était attachée à la table avec une grosse corde.

— Tu l'as vue souvent faire cela ?

— Deux fois.

Marie-Jeanne avait évoqué trois événements de ce genre, la veille. La différence n'enlèverait aucune crédibilité à ce garçon. Sobre, visiblement peiné de la situation, celui-là paraissait tout à fait fiable.

— À ce moment, tu étais seul dans la maison avec ta sœur et ta maman ?

— Non, il y avait aussi Georges et Marie-Jeanne.

— Que faisais-tu, toi, pendant que ta mère brûlait Aurore ?

— Elle me demandait de surveiller par la fenêtre, pour lui dire si quelqu'un venait.

Le témoignage de la jeune fille se trouvait une fois de plus confirmé.

— Tu peux nous dire autre chose, à ce sujet ?

— Marie-Jeanne aidait maman.

Mathieu retint son souffle. Ses confidences de la veille à mère Saint-Émilien prenaient tout leur sens.

— ... Que veux-tu dire ?

— Maman lui demandait de faire chauffer le tisonnier dans le poêle et de lui donner quand il était prêt.

Fitzpatrick esquissa un mouvement de recul, tandis que Francœur arborait un petit sourire, comme pour dire : « Vous voyez, je le savais bien. Cette histoire est plus tordue que les prétentions de la gamine hier ne le laissaient supposer ! »

— Puis quand maman était fatiguée, elle le lui donnait en disant : « Tiens, continue à ma place. »

Les jurés arborèrent une mine dégoûtée, posèrent les yeux sur l'accusée. Marie-Anne Houde continuait de pleurer en silence, les épaules sans cesse agitées de sanglots.

— Aurore mangeait-elle à table, avec tout le monde ?

— Seulement s'il y avait de la visite.

— Les autres fois, où mangeait-elle ?

— Des fois, elle ne mangeait pas du tout. D'autres fois, elle se cachait dans un coin, avec son assiette.

Mathieu imaginait sans mal la scène : une fillette très maigre, marquée de plaies sur tout le corps, les cheveux ras, tentant de s'alimenter à l'écart des autres, comme le rejeton le plus faible d'une portée sans cesse menacé de perdre sa pitance.

— Pourquoi ne mangeait-elle pas à table ?

— Maman et Marie-Jeanne ne voulaient pas.

— Tu sais pourquoi elles ne voulaient pas ?

— Elle puait, elle faisait des cochonneries partout.

Fitzpatrick préféra abandonner le sujet. Craignait-il que son témoin vedette de la veille ne sorte trop noircie en creusant à fond ?

— Te souviens-tu du jour de la mort d'Aurore ?

Gérard remua gravement la tête, avant d'être secoué par une quinte de toux. Le greffier prit sur lui d'interpréter cela comme un oui.

— Raconte-nous ce qui s'est passé.

— Aurore est descendue toute branlante, elle avait de la misère à marcher. Elle s'est assise à table, mais elle n'a pas voulu manger. Quand papa est parti pour le bois, maman l'a lavée avec la brosse à plancher…

Un « Oh ! » parcourut l'assistance, le juge se déplaça sur son fauteuil, visiblement écœuré.

— Te souviens-tu d'autre chose, arrivé ce matin-là ?

— … Non.

L'enfant affectait l'attitude de l'élève prit en défaut. Vu sa contribution déjà bien suffisante, le substitut du procureur général préféra ne pas insister.

— Peux-tu nous dire quelque chose sur le Lessi ?

Bien que la question soit on ne peut plus suggestive, l'avocat de la défense préféra tout de même s'abstenir de toute protestation.

— Maman lui en mettait sur du pain, pour la faire manger.

— Raconte-nous comment c'est arrivé.

— Bien... Elle en a mis sur le pain, comme si c'était du beurre, et elle a dit à Aurore : « Viens manger, c'est du *candy*. »

Une plainte vint de la silhouette noire, elle se courba un peu plus vers l'avant.

— Aurore l'a fait ? Je veux dire, elle en a mangé ?

— Elle en a mangé la moitié, puis elle ne voulait plus.

— Qu'a fait ta maman, alors ?

— Elle a dit : « Si tu ne manges pas tout, tu vas avoir une volée. » Elle a terminé la beurrée.

Fitzpatrick se tourna vers le juge, déclara d'une voix lasse :

— Je n'ai plus de questions, Votre Honneur.

— Mon garçon, commença Pelletier en se tournant vers le malade, es-tu en mesure de continuer encore un peu ?

— ... Oui, monsieur.

Cette précaution contenait un message à l'intention de l'avocat de la défense : il n'avait pas intérêt à malmener ce témoin-là. Francœur se le tint pour dit et il commença délicatement :

— As-tu déjà fait ta première communion ?

— Oui.

— Où ça ?

— À Saint-Jean-Deschaillons.

L'événement datait donc de plus de deux ans, avant le mariage de Marie-Anne Houde avec Télesphore Gagnon.

— Tu sais donc ce qu'est un serment ?

Gérard hocha de nouveau gravement la tête. Le greffier s'était assuré de cela au début de son témoignage, mais l'avocat tenait à le lui ramener en mémoire.

— En conséquence, tu dois me dire toute la vérité.

Le garçon fit signe que oui.

— Tu peux nous dire à quelle période Aurore a couché par terre ?

— Après son retour de l'hôpital.

— Elle n'avait pas de paillasse ?

— Non, seulement un drap.

— Juste au-dessus de la cuisine d'été, avec le tuyau du poêle traversant la pièce, il ne faisait pas très froid.

Devant cette prétention, Gérard apporta une précision susceptible d'inquiéter à la fois la défense et la poursuite.

— Oh ! Oui, c'était froid. Tellement qu'Aurore essayait de grimper dans le lit de Marie-Jeanne.

— Que faisait Marie-Jeanne, alors ?

— Elle prenait des éclats de bois, ou des harts, pour la faire descendre. Une fois, elle a pris un gros bâton.

L'avocat affecta la surprise. Le juge se pencha un peu vers le lit du malade pour demander :

— Vous nous dites que Marie-Jeanne battait aussi Aurore ?

Un nouveau hochement de la tête devint un « Oui » dans les notes du greffier.

— Que faisait ta petite sœur, alors ?

— Elle retournait dans son coin, par terre.

D'un côté, l'adolescent absolvait sa demi-sœur du péché d'impureté, de l'autre, il en faisait une complice de la marâtre.

— Tout à l'heure, tu disais avoir vu Marie-Jeanne brûler Aurore avec le tisonnier.

— Oui, mais seulement quand maman disait être trop fatiguée pour continuer.

Maintenant, Francœur noircissait l'accusée. Pour jouer de prudence, un seul autre sujet lui parut mériter d'être clarifié.

— Le matin de la mort d'Aurore, ta maman l'a-t-elle battue avec un manche de fourche ?

— Je n'ai pas vu cela.

Malgré la nuance, l'homme choisit de considérer la réponse comme une victoire.

— Je n'ai plus de question, monsieur le juge.

Le magistrat interrogea le représentant de la Couronne du regard, puis il conclut :

— Tu as été bien courageux, mon garçon. Tu peux maintenant continuer de te reposer.

Le juge marqua une pause, puis il ordonna aux agents de la paix :

— Conduisez l'accusée au palais de justice pour la poursuite des procédures.

— Monsieur Carbonneau, pleurnicha Marie-Anne Houde, je ne peux pas dire un mot à mon petit ?

Elle s'adressait ainsi au gouverneur de la prison, debout à ses côtés. Celui-ci contempla le juge.

— L'accusée ne peut pas être en contact avec un témoin. Ramenez-la au tribunal.

Le fonctionnaire la saisit au coude pour l'entraîner, toujours braillant, vers le fourgon cellulaire. Les jurés sortirent ensuite afin de regagner le tramway mis à leur disposition, le juge et le greffier leur emboîtèrent le pas.

— Picard, montez-vous avec nous dans notre taxi ? demanda Fitzpatrick.

Cela éviterait au substitut du procureur d'offrir les autres places dans la voiture à l'équipe de la défense.

— Oui, je vous rejoins dans un instant.

Le jeune homme tira sur le pied du lit afin de le conduire dans le couloir, puis il le poussa ensuite jusque dans la chambre. Très vite, le docteur Dusseault vint l'aider.

— Ai-je bien répondu ? interrogea le garçon.

— Oui, très bien.

— Les questions n'étaient pas très difficiles.

— Oui, tu as raison.

Ils échangèrent encore quelques mots, puis le jeune homme retrouva son patron sur le trottoir, debout à côté d'une Chevrolet. En montant, il remarqua :

— Vous avez ménagé l'accusée. Je pensais que le sujet des excréments dans les vêtements du père permettait de dresser un portrait plus sombre encore de cette femme. Ce garçon pouvait nous donner un second récit de première main.

— Mais aujourd'hui, j'aurais eu l'impression de travailler à la défense du père.

Devant les yeux intrigués de son interlocuteur, Fitzpatrick éclata de rire.

— Mon adversaire a ajouté le nom de Télesphore Gagnon à la liste de ses témoins, de même que ceux de trois médecins aliénistes. Comprenez-vous ce que cela signifie ?

— ... Il va plaider la folie ?

— Sans doute. Il ne peut plus obtenir l'acquittement de sa cliente. Les jurés partagent l'avis des badauds massés sur le trottoir, tout à l'heure : ils sont prêts à l'accrocher par le cou au premier lampadaire à leur portée. Il tentera de la faire passer pour folle.

Avec un verdict d'innocence pour cause de folie, Marie-Anne Gagnon se verrait confinée à l'hôpital jusqu'à sa « guérison ».

— Vous évoquiez la défense du père...

— Comme les mauvais traitements infligés par le mari paraissent avoir été la conséquence des manigances de sa femme, au sujet des excréments et même de l'impureté, Francœur cherchera dorénavant à faire porter toute la responsabilité du décès sur elle. Je ne voulais pas l'aider.

— Cette stratégie pourrait lui valoir deux verdicts d'innocence : celui de Marie-Anne Houde pour folie, celui de Télesphore, car il a été berné par la folle !

Mathieu paraissait troublé par la possibilité d'un dénouement de ce genre.

— Je vous l'ai dit dès le début, conclut le substitut du procureur général avec un sourire cynique, ne sous-estimez jamais un adversaire. Notre vieux garçon sait ce qu'il fait. En chargeant trop l'épouse, aujourd'hui, j'aurais pu aider à faire innocenter l'époux la semaine prochaine.

Le jeune homme regarda défiler les maisons par les fenêtres du taxi, un peu décontenancé par cette éventualité.

Même si le retour au palais de justice s'effectua promptement, avec la permission du juge, les travaux reprirent tard en après-midi. Le délai témoignait du désarroi de l'équipe de la défense. Présenter le couple Gagnon comme des parents exemplaires soucieux de réformer les mœurs d'une gamine vicieuse ne faisait plus recette. Francœur ruminait une nouvelle stratégie.

En attendant le début de l'audience, la grande salle bruissait des conversations des spectateurs. Ceux-ci discutaient des derniers témoignages avec entrain. Les avocats de l'accusation, à leur table, tendaient une oreille curieuse. Le verdict refléterait l'opinion publique. À la fin, le tout se résumerait à juger de l'étendue du droit des grandes personnes à châtier des enfants.

Quand les jurés vinrent reprendre leur siège, tous se turent dans l'attente de la suite des événements. Puis, ce fut au tour de l'accusée, une silhouette noire flanquée de deux agents de la paix, de se présenter. Enfin, le juge Louis-Philippe Pelletier regagna sa place un peu après deux heures et demie, et l'avocat de la défense, la sienne. Sans donner d'explication sur la reprise tardive de l'audience, le magistrat interrogea :

— Maître Fitzpatrick, qui entendrons-nous cette fois ?

— Monsieur Oréus Mailhot, le juge de paix de Sainte-Philomène-de-Fortierville.

Au passage, le marchand général salua Mathieu d'une inclinaison de la tête. Le journal *La Presse* lui faisait maintenant une réputation de justicier, puisque cet homme s'était donné la peine de se rendre au bureau du procureur général afin de signaler la situation de la pauvre victime.

Ces louanges servaient toutefois de préambule à une sévère critique de l'administration de la justice. Les fonctionnaires n'avaient rien fait. Le périodique montréalais n'allait pas jusqu'à rendre cette incurie responsable du décès tragique. On en appelait toutefois à la réforme du mode de traitement des signalements de ce genre.

Après les premières questions destinées à présenter le personnage, le substitut du procureur général demanda :

— Certaines des pièces à conviction déposées sur cette table sont passées entre vos mains, je pense.

— En réalité, une seule : la sangle ayant servi à bâillonner la petite.

— Qui vous l'a remise ?

— Monsieur Gédéon Gagnon.

Les jurés risquaient encore de s'emmêler dans les liens de parenté, à cause de l'abondance de Gagnon défilant devant eux. Le procureur entendit leur simplifier la tâche.

— Il s'agit bien du beau-père de l'accusée.

— Oui, monsieur.

Ce parent, un de plus, apportait sa contribution à la Couronne, et non à la défense.

— Vous possédez aussi un document relatif à cette affaire.

— Je ne peux juger de sa pertinence. Marie-Jeanne m'a remis une lettre écrite de la main d'Aurore, il y a quelques mois, quand elle se trouvait à l'Hôtel-Dieu.

— Pourquoi la jeune fille vous a-t-elle confié ce document ?

— Elle a dit : « C'est un souvenir pour vous, parce que vous avez essayé de la sauver. »

La remarque émut la salle. Non seulement Oréus Mailhot tressait sa propre auréole, mais il faisait bien paraître le témoin vedette entendu la veille.

— Votre Honneur, déclara le substitut du procureur général, comme j'ai appris l'existence de ce document très récemment, nous pourrons discuter plus tard avec mon savant confrère de la pertinence de l'ajouter à la preuve.

De son siège, Francœur résista à une envie folle de lui tirer la langue. Les mots « savant confrère » se chargeaient toujours d'ironie, dans un prétoire.

— Monsieur Mailhot, continua Fitzpatrick en revenant vers le témoin, je comprends que vous avez conservé de bons rapports avec les enfants du couple Gagnon.

— Oui. Je les ai visités régulièrement depuis l'arrestation de leurs parents.

— Où habitaient-ils jusqu'à tout récemment ?

— Dans la maison familiale. Les parents de Télesphore Gagnon sont allés prendre soin de la ferme et des enfants.

Quand vint son tour, la mine sombre, l'avocat de la défense se contenta de demander quelques précisions au juge de paix. Lorsque le témoin quitta la barre, Louis-Philippe Pelletier leva la tête pour apercevoir une grande silhouette un peu courbée debout au fond de la salle.

— Ah ! Docteur Marois. Je devine que vous vous êtes livré au petit exercice de calcul demandé la dernière fois. Approchez-vous. Je vous rappelle que vous êtes toujours sous serment.

Le médecin prit place à l'avant de la salle d'audience, sortit une feuille de papier de sa poche.

— Alors, insista le magistrat, ne nous faites pas languir.

— Les blessures directes, c'est-à-dire celles résultant de coups, de brûlures, ou de la friction des cordes, étaient au nombre de cinquante. Quatre tenaient à l'écoulement du pus.

Albert Marois fixait Francœur dans les yeux avec un air de défi.

— Maître, reprit le juge à l'intention de ce dernier, avez-vous des questions ?

— Non, Votre Honneur. Je tiens simplement à remercier le témoin pour cette précision.

Plus personne ne se souvenait de la fameuse « autopsie incomplète », ou des autres causes possibles de la mort évoquées le premier jour avec des airs de mystère. Le plaideur se dispenserait de les rappeler.

— Maître Fitzpatrick, qui entendrons-nous maintenant ? poursuivit le juge.

— Monsieur Arcadius Lemay, de Sainte-Philomène-de-Fortierville.

Cet homme répéta des informations déjà connues. Francœur n'intervint que pour la forme, sans aucun entrain. Visiblement, il ruminait autre chose.

Vers quatre heures, le paysan quitta les lieux et Louis-Philippe Pelletier leva les yeux vers l'horloge.

— Maître Fitzpatrick, je pense que la preuve de la Couronne s'achève ?

Présentée de cette façon, la question ressemblait plutôt à un souhait.

— Votre Honneur, j'en ai terminé. Mon savant confrère peut amorcer sa défense.

Morose, Francœur se leva à son tour pour admettre :

— Votre Honneur, au cours de la journée d'hier, un événement important est survenu, surprenant les uns, désappointant les autres. Je devrai consulter ma cliente au sujet de notre stratégie. Aussi, je ne peux commencer avant demain.

Mathieu ferma les yeux, savoura sa victoire. Le plaideur faisait bien sûr allusion au témoignage de Marie-Jeanne. Lui et ses clients avaient dû être à la fois surpris et contrariés de la voir si efficace au service de l'accusation.

— Soit, conclut le juge de mauvaise grâce, les travaux reprendront demain matin.

Il quitta la salle dans un bruissement de toge.

— Un tout nouveau procès commencera demain, commenta Fitzpatrick à voix basse à l'intention du stagiaire.

— Que voulez-vous dire ?

— Nos efforts sont couronnés de succès. Francœur ne contestera plus un seul des faits présentés en preuve. Nous avons suffisamment noirci sa cliente pour l'amener à tenter sa chance avec un plaidoyer de folie.

— Cette femme est saine d'esprit. Toutes ses précautions pour dissimuler les faits, sa conspiration pour charger Aurore de crimes innommables...

Le substitut du procureur leva la main pour arrêter le flot de paroles.

— Vous venez de résumer mes arguments. Francœur alignera une brochette de médecins, je ferai la même chose. Au terme de l'exercice, les jurés décideront entre deux verdicts.

— Meurtre prémédité, ou innocence pour cause de folie.

Le dépit marquait la voix de Mathieu.

— Au moins, continua l'avocat, cela vous permettra de retrouver vos livres une heure plus tôt aujourd'hui.

— À ce sujet, la semaine prochaine...

— Votre présence me semblait essentielle à l'étape du témoignage des enfants. J'ai eu raison. Dorénavant, vous viendrez l'après-midi. Le défilé des médecins vous édifiera.

L'employé adressa un sourire reconnaissant à son interlocuteur.

— Au procès de Télesphore Gagnon, les enfants reviendront toutefois à la barre. Je compterai alors sur vous une autre fois.

Le stagiaire acquiesça de la tête. Après les salutations, l'équipe de l'accusation se dispersa.

Chapitre 23

Le lendemain, à la reprise des travaux, le juge Pelletier déclara d'entrée de jeu :

— La présentation de la preuve de la Couronne terminée, la parole est maintenant à la défense.

La prévision de Fitzpatrick, formulée la veille, se réalisa alors.

— Votre Honneur, commença le député plaideur, au nom de ma cliente et avec son complet accord, je renonce à essayer de contredire cette preuve. Si tout cela est vrai, et devant la formidable avalanche des faits, il ne faut plus en douter, nous sommes en face d'un monstre à figure humaine.

Cet aveu plongea toute l'assistance dans la plus profonde stupeur.

— Je crois de mon devoir d'attirer l'attention de la cour sur les circonstances vraiment extraordinaires qui ont entouré ce drame. En particulier sur l'état d'âme que révèle, chez l'accusée, la série d'actes anormaux, et dans mon opinion, pathologiques, qui ont entraîné la mort de cette enfant.

— Maître Francœur, si vous comptez plaider la folie, il faudra en faire la démonstration.

Le magistrat exprimait son scepticisme avec un sourire ironique.

— D'abord, j'aimerais que deux médecins procèdent à un examen physique de Marie-Anne Houde, afin de voir si elle souffre d'une quelconque maladie physique. Surtout, je voudrais que l'on confirme qu'elle se trouve dans un état... intéressant.

L'euphémisme du vieux garçon fit froncer les sourcils, puis tous les regards se portèrent sur la silhouette de la prévenue. Le ventre présentait un arrondi bien apparent. La femme était enceinte.

— Entendu, déclara le juge. Vous avez des noms à proposer ?

— Les docteurs Albert Marois et Émile Fortier. Vous connaissez le premier. Le second travaille à l'hôpital Saint-François-d'Assise.

La manœuvre paraissait habile : personne ne soupçonnerait le chirurgien de l'Hôtel-Dieu de livrer un diagnostic de complaisance.

— D'accord. Mais pour un plaidoyer de folie...

Le magistrat laissa la phrase en suspens.

— Deux médecins jugeront de son état mental, le docteur Alcée Tétreault, de l'hôpital Saint-Jean-de-Dieu, et le docteur Albert Prévost, professeur à l'Université de Montréal. Des collègues de Québec les assisteront sans doute.

— En conséquence, précisa Pelletier, la Couronne désignera aussi ses spécialistes pour procéder à une contre-expertise.

Ce nouveau plaidoyer signifiait en quelque sorte l'inversion du fardeau de la preuve. Les médecins de la défense tenteraient d'établir la folie de l'accusée et ceux de la Couronne, sa bonne santé mentale.

— Comme mon savant confrère nous a réservé cette surprise, déclara Fitzpatrick en se levant, je ne peux vous donner le nom de spécialistes aujourd'hui.

— Vous les fournirez le plus tôt possible.

Pelletier se tourna vers les jurés. Un peu penché vers l'avant, il commença :

— Messieurs, voilà une journée gâchée. Je suis terriblement navré de devoir vous garder encore enfermés pendant plusieurs jours. Vous et moi, nous sommes conscrits au service de la justice. L'accusée a le choix d'utiliser tous les moyens de défense. Elle peut changer sa tactique au début, au milieu ou à la fin du procès. Des médecins viendront risquer leur réputation à la barre des témoins. Notre devoir est de les entendre à tête reposée, et surtout, avec l'esprit libre de tout préjugé.

Le magistrat regarda en direction de la table de la défense. L'avocat risquait lui aussi sa réputation sur sa volte-face.

— Préjugés ! reprit-il. Vous comprenez ce que je veux dire. Votre verdict devra reposer sur le seul examen des faits présentés devant vous. En conséquence, pour ne pas être influencés, vous serez privés de votre famille aujourd'hui et demain, dimanche. Vous demeurerez séquestrés.

À la mine des douze hommes, ceux-ci envisageaient sans plaisir de passer toutes ces longues journées en tête-à-tête.

— Je demanderai à mon personnel d'organiser une excursion pour vous, afin de vous aider à passer le temps.

Cela les réconforta à peine.

Depuis les dernières semaines, les jours de repos de Mathieu se raréfiaient. Le lendemain, un dimanche, il entendait se reprendre. Debout sur le parvis de l'église Saint-Roch, l'attente lui parut longue. Monseigneur Buteau aimait allonger ses sermons, abreuver ses ouailles de savantes considérations sur la doctrine sociale de l'Église.

À onze heures trente, les paroissiens sortirent enfin, heureux de reprendre leur liberté. Flavie Poitras se présenta bientôt, la mine un peu dépitée.

— Je serai en retard pour le dîner, et toi aussi, par la force des choses. Jolie façon de se faire remarquer.

Tout de même, elle lui tendit la main, la lui abandonna un long moment.

— Nous ne serons pas vraiment en retard... si nous y allons tout de suite.

Le jeune homme lui offrit son bras. Ils s'éloignèrent sous les regards amusés de plusieurs employées du magasin PICARD. L'idylle attirait des commentaires plutôt sympathiques. Aux yeux de ses collègues, elle figurait parmi les chanceuses. Attirer l'affection d'un habitant de la Haute-Ville conduisait rarement au pied de l'autel. Par son assiduité, celui-là montrait son sérieux.

Le couple prit place dans un tramway, rue de la Couronne, emprunta une seconde voiture pour se rendre rue de la Fabrique. Finalement, ils descendirent juste devant chez ALFRED. En pénétrant dans l'appartement, ils se trouvèrent devant Marie. Elle commença par embrasser son fils, puis tendit la main à la visiteuse en disant:

— Mon frère a encore décidé de mettre tout le monde de la paroisse Saint-Roch en retard pour le dîner.

— ... D'un côté, il a beaucoup à dire, de l'autre, il s'exprime si lentement.

— Ce ne sera jamais un grand orateur. Heureusement pour lui, ses auditeurs sont forcés de l'écouter, sous peine de la damnation éternelle.

La liberté du ton, dans cette maison, surprenait la jeune femme. Elle suivit son hôtesse jusque dans la salle à dîner.

— Je suis désolée, murmura-t-elle en entrant.

Tous les convives se levèrent de table pour la saluer.

— Ce n'est pas grave, répondit Amélie. Nous n'avons même pas eu le temps de servir la soupe.

Son attitude, et surtout son sourire généreux, facilitaient beaucoup les choses à Flavie. Françoise affichait une politesse affectée. Son mariage avec Gérard venait à grands pas. Si ce dénouement lui donnait parfois le vertige, elle arrivait tout de même à présenter un visage serein.

— Tout de même, on va la manger, cette soupe, affirma Gertrude en empoignant la louche, sinon elle sera froide.

La domestique adressait en même temps un sourire plein de sympathie à la nouvelle venue.

— Alors de quoi mon frère, ce saint homme, vous a-t-il entretenu si longuement ? demanda Marie.

— Des syndicats catholiques. Il y aura bientôt la création d'une… confédération.

— La Confédération des travailleurs catholiques du Canada, précisa le député. Ils ont tenu un premier congrès, l'an dernier.

Les organisations confessionnelles comptaient quelques dizaines de milliers de membres. La crise de l'après-guerre les avait toutefois éreintés, aussi la naissance d'un grand regroupement se trouvait retardée, de mois en mois.

— Du côté du magasin, il est question de syndicalisation ? demanda Mathieu.

L'intérêt de l'étudiant pour le grand commerce de la rue Saint-Joseph troublait toujours un peu sa mère.

— L'abbé Maxime Fortin a organisé des cercles d'études pendant la guerre. Mais il y a peu d'employés masculins…

Aux yeux de la secrétaire, les unions constituaient une affaire d'hommes. Édouard Picard employait surtout des femmes, pour la plupart jeunes et peu expérimentées. La création d'un syndicat paraissait peu probable, dans les circonstances.

— Vous le voyez souvent dans le magasin ?

— L'abbé Fortin ? Il vient parfois voir mon employeur.

Le petit prêtre aux cheveux coupés en brosse fit les frais de la conversation. L'ecclésiastique devenait une vedette dans la Basse-Ville, auprès des populations ouvrières.

Le sujet intéressait médiocrement les jeunes filles de la maison. À la fin, la curiosité devint la plus forte.

— Cet affreux procès tire à sa fin, je pense, remarqua Amélie pendant que Marie quittait la salle à manger pour aller chercher le plat principal dans la cuisine.

— Celui de la belle-mère se termine. Ensuite, ce sera celui du père.

Le changement de stratégie de l'avocat Francœur devait être commenté dans tous les foyers du Québec, en ce jour de congé. Les Picard et les Dubuc sacrifièrent donc à ce nouvel usage.

En posant la pièce de viande au milieu de la table, Marie suggéra :

— Vous n'allez pas gâcher un excellent repas en discutant de cette horrible histoire, n'est-ce pas ?

Un sourire attristé soulignait l'effort de censure. Depuis dix jours, la marchande refusait de poser les yeux sur un journal, et elle demandait aux membres de la maisonnée de ne pas laisser traîner de copie dans l'appartement. Même Gertrude se pliait à cette exigence. Les épluchures de pommes de terre se retrouvaient maintenant invariablement dans les feuilles de *L'Action catholique*. La réticence de l'organe de l'archevêché de Québec à faire de la place aux faits divers lui valait ce regain de popularité dans la demeure.

— Marie, avança Flavie après un silence un peu gêné, je suppose que Thalie achève son année à l'université ?

La visiteuse avait abandonné le « Madame » un peu trop pompeux, pour conserver toutefois un vouvoiement empreint de respect. Le nouveau sujet de conversation ramena un franc sourire sur le visage de la maîtresse de maison.

— Il ne lui reste que quelques examens, et après elle sera ici pour l'été.

Après une brève pause, elle reconnut:

— Je suis une mère un peu possessive. Je sais bien que je devrais laisser ces deux-là s'envoler.

Du regard, elle englobait son fils dans le pluriel.

— D'un autre côté, nous sommes si adorables, se moqua Mathieu.

Personne ne contesta cette prétention.

— Commencera-t-elle tout de suite au Jeffery's Hale? demanda Paul, pour alimenter la conversation.

— Le 12 mai. Cela ne lui laissera pas bien longtemps pour se reposer.

Très vite, la conversation porta sur la préparation du mariage de Françoise. Selon la tradition, la cérémonie devait se dérouler dans la paroisse de la jeune fille. Même si les coûts les plus importants incomberaient à Paul Dubuc, les Langlois fronçaient déjà les sourcils sur la dépense supplémentaire. Il leur faudrait assumer le transport vers Rivière-du-Loup et, très probablement, une nuit à l'hôtel.

Mathieu farfouilla dans son assiette pendant tout cet échange, alors que la promise répondait aux questions d'une voix timide.

— Vous avez trouvé où vous loger? questionna Amélie.

Autant le fiancé, Gérard, lui paraissait sans intérêt, autant l'idée de se mettre en ménage avec un homme séduisait la jeune fille. Que ce soit avec une personne de condition plutôt modeste ajoutait à ses yeux une touche de romantisme à l'affaire.

— Nous avons vu deux appartements convenables dans le quartier Saint-Jean-Baptiste. Nous donnerons une réponse demain. Cet après-midi, nous irons marcher un peu de ce côté, pour reconnaître les lieux.

Prudent, Gérard désirait vérifier la distance entre son futur domicile et l'école primaire la plus proche. L'homme entendait ne rien laisser au hasard. Ce trait de caractère rassurait plutôt Françoise.

— Maman regrettera de se voir privée de sa meilleure vendeuse, remarqua Mathieu.

Après une pause, il ajouta un ton plus bas:

— Bien sûr, Amélie, tu comptes dans une catégorie spéciale. Tu es certainement la meilleure, dans celle-là.

La blonde eut un rire joyeux.

— Je ne veux pas savoir laquelle. J'aime mieux imaginer.

Après un court silence, Françoise annonça enfin:

— Je ne compte pas abandonner mon emploi tout de suite. Pas avant de…

Elle n'osa pas dire «tomber enceinte», tant le sujet lui semblait intime. Après tout, les journaux n'évoquaient jamais la grossesse de Marie-Anne Houde autrement qu'avec les mots «un état intéressant».

— Je m'estime bien chanceuse de pouvoir compter sur toi, déclara Marie avec sincérité.

Paul Dubuc laissa échapper un soupir discret. Il essayait de ne pas trop penser à ce mariage comme à une mésalliance. Mais que sa fille conserve son emploi après la noce le laissait perplexe. Ce couple s'engageait dans la vie avec bien peu de ressources.

Le lundi suivant, l'atmosphère de la cour différait subtilement. Cette femme avait fait mourir sa belle-fille de mauvais traitements, personne ne le niait plus. Une seule interrogation demeurait : était-ce à cause de sa folie ou de sa méchanceté ?

En prenant sa place à la table des avocats de l'accusation, Arthur Fitzpatrick s'étonna un bref instant de l'absence du stagiaire. Son collègue Lachance précisa avec un sourire narquois :

— Le gamin se trouve à son cours de droit de la famille, je pense. Le dernier avant l'examen de la semaine prochaine.

Le juge Pelletier regagna sa place, imposa le silence d'un coup de maillet.

— La parole est maintenant à la défense, déclara-t-il.

Le rituel d'une cour de justice de tradition anglaise se poursuivait. L'accusation, la « Couronne », en avait terminé avec sa preuve. L'accusée opposerait sa défense. Les jurés décideraient si les pouvoirs publics avaient démontré hors de tout doute raisonnable la culpabilité de la prévenue. Pendant toute la journée à venir, Francœur devrait semer le doute.

Ce matin, il s'était présenté avec un nouveau collègue, Marc-Aurèle Lemieux, en remplacement du jeune Larue. Il commença en disant :

— Je regrette que le huis clos complet n'ait pas été déclaré au premier jour du procès. Les journalistes auraient été exclus de cette enceinte, nous aurions pu travailler avec la sérénité nécessaire à une bonne administration de la justice. Ces gens ont excité les passions, maintenant je reçois des lettres anonymes selon lesquelles les avocats dans cette affaire devraient être lynchés avec les accusés.

Après le cruel interrogatoire de Marie-Jeanne, bien peu de spectateurs semblaient compatir à la cause du vieux garçon.

— Si nous revenions en arrière, précisa le juge, je prendrais la même décision. Le public doit être informé.

L'avocat essuya la rebuffade. Louis-Philippe Pelletier s'avança sur son siège, puis ajouta encore, la voix chargée de dépit :

— Alors, que la bataille commence.

— ... J'aimerais faire venir le docteur Émile Fortier à la barre, répondit Francœur un peu décontenancé.

Après avoir prêté serment et évoqué ses états de service à l'hôpital Saint-François d'Assise, le praticien en vint aux faits.

— L'accusée se trouve enceinte d'environ vingt-six semaines. Elle paraît souffrir d'une maladie des reins...

Pendant de longues minutes, encouragé par l'avocat, l'homme s'engagea dans une liste interminable d'affections possibles.

— Je vous arrête ici, le coupa le juge : tous ces maux peuvent-ils tuer l'accusée ?

— ... Non, sans doute pas.

— Peuvent-ils la rendre folle ?

— Je ne peux l'affirmer.

À la suite de cette intervention, Francœur mit fin abruptement à l'énumération des divers articles de l'encyclopédie médicale.

Le docteur Marois se présenta ensuite à la barre des témoins. Raide dans son habit noir, il confirma de mauvaise grâce la grossesse de l'accusée.

— Avez-vous aussi constaté des problèmes de reins ? demanda l'avocat.

— Elle a évoqué quelques symptômes devant moi et le docteur Fortier. Contrairement à lui, je ne conclus pas à la présence d'une pathologie.

Le plaideur ne souhaitait pas croiser le fer une nouvelle fois avec ce digne monsieur. Il conclut rapidement, puis indiqua :

— Votre Honneur, après nous être intéressés à l'état physique de l'accusée, voyons maintenant son état mental.

Le magistrat se priva du plaisir de rétorquer : « Il était temps. »

Un professeur de l'Université de Montréal, Albert Prévost, prêta serment sur les Saints Évangiles. L'homme de trente-huit ans répondit d'abord à une série de questions destinées à établir ses qualifications professionnelles. Puis, Napoléon Francœur s'engagea dans un long résumé des sévices « soi-disant » infligés par l'accusée à Aurore.

— Après avoir entendu les faits mis en preuve, et sur la base de l'examen de l'inculpée que vous avez effectué ces deux derniers jours, quelle est votre conclusion ?

— Elle souffre d'aliénation mentale.

— Sur quoi basez-vous cette conclusion ?

— En l'interrogeant, je me suis rendu compte que cette femme a présenté des troubles d'intelligence à diverses époques de sa vie, en particulier durant ses grossesses. Elle m'a déclaré entendre des sons de cloche, des cris, elle m'a dit avoir eu des troubles du goût et de l'odorat. Pendant ses grossesses, elle voyait des fantômes ou des morts l'appelant par son nom. Cela apparaît non seulement quand elle est enceinte, mais aussi lors de ses règles. Depuis son mariage à l'âge de dix-sept ans, elle a eu sept enfants et subi deux fausses couches. Elle a été enceinte pratiquement toute sa vie, et pendant tout ce temps, elle a eu des hallucinations. Ses grossesses affectaient sa perception de la réalité et ses sentiments de mère.

Au long monologue prononcé sans faillir, il manquait toutefois une précision.

— Vous parlez de ses sentiments maternels, déclara Francœur. Comment sa maladie affectait-elle ses rapports avec ses enfants ?

— J'ai essayé de voir si elle s'en occupait convenablement, si elle les aimait, si elle manifestait cet amour en les caressant. Elle m'a répondu : « Ça ne se fait pas, ce n'est pas l'habitude, ça m'arrive une fois par année au moment des grandes fêtes. »

Le juge Pelletier demanda au praticien :

— Ce qui veut dire qu'elle ne caressait ni n'embrassait ses enfants ?

— Oui, Votre Honneur.

— Vous a-t-elle semblé consciente du sérieux de sa situation ? reprit l'avocat.

— Je lui ai demandé : « Savez-vous ce qui vous attend, savez-vous le prix d'un procès de ce genre, savez-vous que d'ici peu de temps, vous pouvez être exécutée ? » Elle n'a manifesté aucune émotion, pas une larme. Elle m'a paru surprise de m'entendre évoquer une condamnation.

Peut-être accordait-elle une confiance absolue à son avocat. Cela aussi pouvait expliquer cette attitude.

— J'ai aussi abordé le fait qu'elle pouvait être sauvée. Dans ce cas, elle a affirmé vouloir retourner chez elle et poursuivre sa vie comme avant. Elle paraît soucieuse de continuer l'éducation morale de ses enfants. Depuis son incarcération, elle m'a affirmé écrire à son curé à ce sujet. D'un côté, elle affiche des préoccupations tout à fait normales, de l'autre, elle battait son enfant d'une façon absolument exagérée, la privant de manger, la liant, la brûlant... Cela m'amène à conclure à l'aliénation mentale.

— Avez-vous remarqué d'autres éléments relatifs à sa santé ?

— L'inculpée affiche de nombreux problèmes physiques. Son palais est difforme, son visage est asymétrique, c'est-à-dire qu'un côté est plus petit que l'autre. Elle souffre certainement d'anémie, elle est maigre, ses jambes sont enflées. Certains endroits de son corps sont insensibles, lorsqu'on les pince ou les pique. Ces symptômes accompagnent toujours l'aliénation mentale.

Le juge Pelletier intervint de nouveau afin de faciliter la tâche des jurés.

— Pouvez-vous préciser votre diagnostic ?

— Aliénation mentale qui s'aggrave à cause de troubles du côté de ses organes de la maternité. Lors de ses règles et de ses grossesses, elle a présenté des symptômes d'aliénation mentale pour moi absolument typiques.

Cela n'était pas vraiment plus clair, mais les douze hommes devraient s'en contenter. Le samedi précédent, les journaux présentaient la défense d'aliénation mentale comme le dernier refuge des coupables. Francœur voulut contrer cette impression.

— L'accusée pourrait-elle simuler tous ces symptômes ?

— Non. Seuls les spécialistes les connaissent.

— Croyez-vous que l'accusée était responsable de ses actes ?

— Non, c'est une personne irresponsable.

Fier d'une petite victoire, maître Francœur se tourna vers le juge.

— Je n'ai plus de question, Votre Honneur.

Cette fois, ce fut au tour d'Arthur Lachance de se lever pour contre-interroger le témoin. Sa grosse moustache accentuait son air sévère. Il s'approcha avec un petit sourire, puis demanda :

— Dans mon métier, on lit de nombreux comptes rendus de procès. J'y vois souvent votre nom… comme expert.

— Je témoigne souvent, soit pour la Couronne, soit pour la défense.

— C'est payant ?

— Oh ! Pas tant que cela. Vous seriez surpris.

Le substitut du procureur avait voulu mettre son honnêteté intellectuelle en doute. Le spécialiste ne se laissa pas prendre dans un piège aussi grossier. Pendant les minutes suivantes, il défendit ses conclusions.

Le docteur Alcée, dont les journaux feraient un Alcide, Tétreault se présenta ensuite à la barre. Médecin de quarante ans, il travaillait à l'hôpital Saint-Jean-de-Dieu. Francœur s'assura qu'il avait participé aux examens effectués par son collègue. Il lui demanda ensuite de présenter ses conclusions.

— En supposant vrais les faits allégués à la cour, cette personne présente un état mental anormal. À l'âge de douze ans, elle aurait eu une méningite…

— Objection, prononça Lachance en se levant. Le père de l'accusée prétend cela, ce n'est pas une preuve…

Le médecin, lui aussi habitué à ce genre de témoignage, rectifia tout de suite.

— Monsieur le juge, j'ai demandé à l'inculpée : « Dans votre jeune âge, avez-vous déjà souffert de maladies sérieuses ? » Sans aucune suggestion de ma part, elle a répondu tout de suite : « À l'âge de douze ans, j'ai souffert de méningite. » Elle a décrit ses symptômes comme de graves maux de tête.

— Vous pouvez continuer, dit le magistrat.

— Elle a affirmé avoir des menstruations douloureuses. Quand je lui ai demandé comment se déroulaient ses grossesses, elle a mentionné les troubles de perception et d'humeur évoqués tout à l'heure par mon collègue Prévost. Dimanche, j'ai aussi interrogé son mari, à la prison. Il m'a confirmé la chose. Comme elle a passé sa vie grosse, ou à peu près, ces troubles ont été constants. Je suis tenté d'attribuer son état à la méningite.

Ce serait, pour le reste de la journée, l'argument premier de la défense. Cette maladie rendait Marie-Anne Houde irresponsable de ses actes.

— Comment pouvez-vous expliquer cette conséquence ?

— La méningite peut entraver l'évolution normale des facultés intellectuelles, créer une prédisposition au délire ou des tendances perverses maladives.

La silhouette noire, dans la boîte des accusés, émit une plainte.

— C'est dans la preuve, admit encore l'avocat de la défense. Quelles sont vos conclusions sur sa responsabilité légale ?

— Si les faits présentés en preuve sont vrais, si sa méchanceté a varié en fonction de ses grossesses, elle doit aller dans un asile d'aliénés, pas en prison.

La déclaration précéda l'ajournement jusqu'en après-midi.

Mathieu revint dans la salle d'audience un peu après dîner. Bientôt, les jurés puis l'accusée retrouvèrent leur boîte respective. L'entrée du juge ramena le silence. Après avoir repris sa place, il commença :

— Maître Francœur, quel menu proposez-vous maintenant ?

— Monsieur Télesphore Gagnon témoignera.

Depuis le fond de la salle, un bruit de chaînes se fit entendre. La longue et mince silhouette du cultivateur descendit l'allée, des fers aux pieds et aux mains. Derrière la barre, il déclina son identité, son âge, trente-sept ans, et prêta serment sur les Saintes Écritures.

— Quand avez-vous épousé l'accusée ? demanda l'avocat de la défense.

— Il y a deux ans.

— Pouvez-vous dire l'année ?

— … Non.

L'homme paraissait d'une force remarquable, sa prospérité prouvait ses capacités. Il pratiquait de nombreux métiers avec succès. En même temps, il paraissait bien limité intellectuellement.

— Combien d'enfants avez-vous eu d'elle ?

— Trois…

Il fit un geste près de sa tête et précisa :

— Je suis un peu sourd.

L'autre augmenta légèrement le ton pour continuer.

— Vous dites trois ?

— Oui. Un est vivant, elle est enceinte aujourd'hui, puis elle a fait une fausse couche.

Outre ce pari sur l'avenir, l'homme comptait bien. Le juge s'en assura toutefois avec quelques questions supplémentaires.

— Voulez-vous dire à la cour si l'état de votre femme était le même, pendant ses grossesses ? enchaîna Francœur.

— Elle est bien différente dans ce temps-là, sous toutes sortes de rapports. Surtout la malice.

— La malice ?

L'affirmation méritait d'être explicitée, afin de convaincre les jurés.

— Alors, elle devient entêtée, on dit *buckée*.

— Têtue ?

— Oui. Elle se met à raconter des choses étranges. Je me taisais, pour ne pas empirer la situation.

— Était-ce pire lors de sa dernière grossesse ?

— Oui, monsieur.

L'avocat suggérait les réponses. Le juge voulut s'assurer de la véracité de l'affirmation.

— Vous voulez dire qu'il ne fallait pas trop la contredire ?

— C'est ça.

L'avocat de la défense tenta ensuite de faire dire à son témoin que l'état de son épouse alternait entre des périodes d'abattement et de surexcitation, ces dernières la prédisposant à la violence. Télesphore Gagnon n'y comprit rien. À la fin, Fitzpatrick fit objection à ces suggestions, son collègue renonça.

La suite prit une tournure inattendue.

— Avez-vous une fille engagée ? demanda ensuite l'avocat.

— Non, monsieur.

— Avec les grossesses, l'entretien de la maison, les travaux de la ferme, cela représentait une tâche bien lourde.

— Les enfants aidaient.

L'homme venait de torpiller la tentative de justifier les colères de la mégère par un travail excessif. Le juge prit sur lui de revenir aux affirmations précédentes.

— Votre femme devenait méchante quand elle était enceinte ?

— C'est ça.

— Vous n'interveniez pas pour protéger vos enfants ?

— … Je ne lui ai jamais dit.

L'irruption du magistrat dans l'échange marqua la fin de l'interrogatoire de Francœur. Fitzpatrick enchaîna ensuite.

— Avant aujourd'hui, vous n'avez jamais évoqué les colères de votre femme.

— … Je n'étais pas pour la « rapporter ».

Un ricanement bref se fit entendre dans la salle. L'avocat de la défense voulut s'objecter au commentaire, sans succès.

— Vous avez habité deux ans avec elle avant de l'épouser. Vous la trouviez à votre goût.

— Comme de raison.

— Elle vous semblait une bonne femme ?

— … Quand elle n'était pas enceinte, oui.

Après avoir cohabité avec sa future, cet homme s'était engagé dans le mariage plus averti que les autres.

— Ses enfants à elle, les aimait-elle ?

— Pareil comme les miens.

— Donc, elle ne les aimait pas.

Fitzpatrick adressa un petit sourire à son collègue.

— À mon point de vue, affirma le cultivateur, elle les aimait pareil comme les autres.

Il pouvait vouloir dire qu'elle aimait tous les membres de la maisonnée également, ou alors comme toutes les autres femmes. L'avocat choisit de laisser les jurés décider de leur interprétation.

— Parlait-elle sans cesse contre Aurore ? continua-t-il.

— Pas plus contre elle que contre les autres.

— Ne disait-elle pas qu'elle était malpropre ?

— Ça, je l'ai vu de mes yeux.

— Ne disait-elle pas du mal d'elle, même devant les voisins ?

— Je ne me souviens pas de l'avoir entendue parler d'Aurore aux voisins.

Un peu plus tôt, Télesphore Gagnon admettait être un peu sourd. Ceci expliquait peut-être cela.

— Je n'ai plus de questions, Votre Honneur.

La brièveté de l'interrogatoire témoignait du désintérêt du substitut pour ce témoin. Francœur revint à la charge pour lui faire dire que jamais il n'avait vécu maritalement avec l'accusé avant la cérémonie nuptiale.

Puis, sans transition aucune, l'homme regagna sa prison dans un bruit de chaînes.

— Tout cela a-t-il servi à quelque chose ? fit Mathieu à l'oreille de son patron.

— Les jurés nous le diront bientôt.

À la suspension de l'audience jusqu'au lendemain, les jurés tout comme les spectateurs quittèrent lentement leur place, songeurs. Les médecins aliénistes avaient semé le doute dans les esprits. Toutefois, le recours tardif à ce mode de défense rendait tout le monde soupçonneux.

— Vous en êtes à votre dernière semaine de cours, remarqua Fitzpatrick en quittant sa chaise.

— Oui, répondit Mathieu. Les professeurs en profitent pour nous donner leurs dernières recommandations avant les examens. Ceux-ci s'enchaîneront ensuite tous les jours de la semaine prochaine.

En marchant vers la sortie, le substitut du procureur de la Couronne se taisait. Puis, dans le couloir, il précisa :

— Le procès du bonhomme Gagnon commencera dans trois jours. Tous les témoins viendront répéter leur histoire, sauf que cette fois ils s'attarderont aux réactions du père. Nous verrons très peu de visages nouveaux. Je tenterai d'appeler les enfants à la barre quand vous serez disponible.

La plupart des autres étudiants suspendaient leur stage pendant les examens. Mathieu ne profiterait pas de cet avantage. Comme lui-même souhaitait être là, il n'en tint pas rigueur à son employeur.

— Je vous remercie.

— Retournez à vos livres. Prenez congé demain. À midi, nous aurons sans doute démontré que cette marâtre est bien responsable de ses actes. Toutefois, mercredi, ce seront les plaidoyers. Vous pourrez apprendre quelques notions de droit.

Mathieu salua son patron, puis s'esquiva bien vite.

Chapitre 24

Le lendemain, une foule nombreuse hantait les corridors du palais de justice. Riche en éléments dramatiques, le procès tirait à sa fin, chacun voulait en voir le dénouement. Les limites imposées à l'accès à la salle d'audience ne décourageaient pas tous les curieux: du couloir, ils arrivaient à entendre un peu les débats.

À l'ouverture des travaux, maître Arthur Lachance commença par appeler le docteur Andronic Lafond. Le praticien de Parisville avait peu de choses à apprendre aux jurés. Tout au plus expliqua-t-il avoir aidé l'accusée à mener deux grossesses à terme. Il affirma n'avoir jamais rien remarqué d'anormal chez elle à ces moments.

Ensuite, ce fut le tour de Delphis Brochu. Lui aussi médecin, âgé de soixante-six ans, chauve et blanc, des lunettes de broche au milieu du nez, il expliqua être le directeur de l'asile de Beauport, un établissement accueillant mille cinq cents malades. À la façon de l'avocat de la défense la veille, le substitut du procureur général résuma les faits déposés en preuve, puis lui demanda son avis sur l'accusée.

— Cette femme détestait l'enfant, commença-t-il, et l'accumulation des mauvais traitements amène à conclure qu'elle souhaitait sa mort. Il ne s'agit pas de blessures infligées sous le coup de l'émotion, mais d'un effort systématique pour la supprimer. Quant à l'ingestion de Lessi…

— Objection, opposa Francœur en se levant.

— Rejetée, riposta le magistrat, puis il dit au témoin : continuez.

— Tout le monde sait qu'il s'agit d'un poison. Donner cela à une enfant trahit le désir de la faire mourir.

Ce vieux médecin exprimait une conviction largement partagée par le public. La folie, à ses yeux, s'exprimait dans des accès de violence subits, pas dans une lente entreprise de destruction.

— D'autres éléments vous paraissent-ils indiquer la préméditation ? demanda Lachance.

— Sa précaution de répandre partout la rumeur du caractère difficile de la petite fille. Cela lui servait à justifier les mauvais traitements. Pensez seulement à son usage des excréments dans les habits du père. L'accusée savait qu'elle agissait mal avec tous ces châtiments, elle s'en justifiait ainsi. Elle réussissait en plus à faire en sorte que son mari la frappe comme une bête. Elle en faisait son instrument pour infliger des sévices supplémentaires.

— En admettant la véracité des faits exposés devant cette cour, dites-moi maintenant si l'accusée savait qu'elle faisait mal, si elle connaissait la nature de ses actes et la gravité de ceux-ci.

— Elle demandait aux autres enfants de surveiller à la fenêtre quand elle infligeait des mauvais traitements, elle commettait toutes ses atrocités en l'absence de son mari. L'accusée prenait toutes les précautions pour ne pas se faire prendre. Donc, elle connaissait le caractère mauvais de ses actions.

Jusqu'à la pause de midi, et encore en après-midi, le médecin aliéniste discourut sur les concepts de débilité et de folie. Comme l'accusée avait pu apprendre à lire et à écrire, qu'elle gagnait sa vie depuis l'âge de quatorze ans, elle avait fait la preuve d'une intelligence suffisante. Quant à la folie, elle se serait révélée au cours de son existence, notamment par des actes pervers ou cruels. Personne n'a parlé de comportements de cette sorte. Son mari lui-même, au terme de deux ans de cohabitation, l'avait trouvée équilibrée au point d'en faire sa femme. L'homme avait eu une première épouse internée à l'asile d'aliénés : il ne s'engageait pas à la légère.

À la fin de ce témoignage, Fitzpatrick prit la relève de Lachance et appela le docteur Wilfrid Derome, directeur du laboratoire de médecine légale de Montréal. Après des questions destinées à établir son excellente réputation professionnelle, il demanda :

— Vous avez entendu la question posée au docteur Brochu ce matin par maître Lachance. Son préambule résumait les faits présentés en preuve depuis le début du procès.

— Oui, monsieur.

— Vous avez aussi examiné l'accusée à la prison avec certains de vos confrères ?

— Oui, monsieur.

Une fois ces prémisses posées, Fitzpatrick demanda :

— Quelles sont vos conclusions sur l'état mental de l'accusée ?

— Les actes reprochés ne peuvent être imputables à la folie.

Une opinion si claire et nette rassurerait les jurés. Le procureur de la Couronne choisit de s'arrêter là. Francœur lui succéda, résolu à rompre cette certitude.

— Vous n'avez aucun doute là-dessus, docteur ?

— Non, monsieur.

— Pourquoi ?

— Comme l'a expliqué tout à l'heure le docteur Brochu, en apparence, ces actes d'une violence extraordinaire pourraient être attribués à la folie. Mais pour cela, ils doivent être corroborés par des actes analogues, ou semblables, au cours de l'existence de l'accusée. Bien sûr, pas les mêmes excès, mais des comportements indiquant le penchant de la personne à des actions perverses. À ma connaissance, il n'y en a pas.

L'avocat accusa le coup. Son interlocuteur gagnait sa vie à témoigner dans des causes de meurtre. Âgé de quarante-deux ans, robuste, le geste et le débit lent, son opinion se graverait dans la mémoire des jurés.

— Êtes-vous en état de jurer qu'au moment où l'accusée a commis les actes d'atrocité relatés dans la preuve, elle jouissait de facultés mentales suffisantes pour en connaître la portée et pour en être responsable ?

— Je pense qu'elle en connaissait la portée jusqu'au point d'en être responsable.

— Pouvez-vous le jurer ?

— Oui, monsieur.

Le docteur Brochu n'était pas allé aussi loin. Quand l'avocat de la défense regagna sa place, le procureur de la Couronne se leva pour déclarer :

— Votre Honneur, je n'ai pas d'autres témoins à faire entendre.

Le juge Louis-Philippe Pelletier regarda l'horloge, puis conclut :

— Nous reprendrons demain matin avec la plaidoirie de la défense.

Ce serait le dernier acte de cette tragédie.

Les agents du palais de justice se lassaient de vérifier les cartes professionnelles des spectateurs ou, plus probablement, de généreux pourboires les rendaient moins attentifs. Toutes les banquettes ployaient sous le poids des curieux, certains se tenaient debout près des murs de la salle. Les conversations devenaient assourdissantes.

Comme d'habitude, l'entrée des jurés marqua le début des travaux. L'accusée arriva ensuite, cette fois accompagnée du directeur de la prison et de deux matrones. La silhouette noire imposa le silence, tous les regards fouillaient le voile pour découvrir les traits, les yeux.

Le juge entra, demeura un moment immobile près de la porte dérobée pour contempler l'assistance trop nombreuse. À moins d'une demande express de l'un des avocats, il décida de ne pas réclamer une nouvelle vérification des identités. Après avoir gagné sa place, il commença :

— Je ne tolérerai aucun désordre, aucune manifestation. Dès qu'un son déplacé atteindra mon oreille, je ferai vider la salle !

Chacun se résolut à retenir son souffle, de peur de rater le dénouement du drame.

— Maître Francœur, vous avez la parole.

L'avocat, élégant sous sa toge noire, rasé de près, coiffé avec soin, quitta sa table pour s'approcher de la boîte des jurés.

— Messieurs, depuis quelques jours, vous avez dû entendre une histoire terrible, celle d'une pauvre folle résolue à martyriser une enfant jusqu'à la mort.

Douze paires d'yeux fixées sur lui, le plaideur dressa la liste des sévices infligés à la victime. Maintenant, il n'en contestait plus aucun, peut-être même souhaitait-il en ajouter.

— L'intensité de ces mauvais traitements a augmenté au fil des semaines, jusqu'à ces brûlures avec un tisonnier rougi au feu ! L'horreur a grandi au fur et à mesure que progressait la grossesse de l'accusée !

Les yeux se portèrent machinalement sur la silhouette noire de Marie-Anne Houde. Ses vêtements amples dissimulaient entièrement son état « intéressant ».

— Elle ne se cachait pas, comme le ferait toute personne responsable de ses actes à l'heure de commettre un crime. Elle faisait des autres enfants ses complices. Elle disait aux voisins que le caractère difficile d'Aurore l'obligeait à la châtier sévèrement.

Bien sûr, Francœur n'allait pas préciser qu'elle prenait soin de ne pas envoyer les enfants à l'école, qu'elle les menaçait pour maintenir leur silence, qu'elle expliquait les marques les plus évidentes sur le corps de sa victime en invoquant la tuberculose. Ce n'était pas son rôle.

— Un criminel intelligent a toujours un motif ! Quel est celui de Marie-Anne Houde ? Elle ne tirerait aucun avantage financier du décès des enfants : le contrat de mariage le montre bien.

Le document avait été déposé en preuve. Les biens de l'un des époux, à sa mort, iraient à l'autre, et non aux enfants.

— Si cette femme jouissait de ses facultés, elle se serait empressée de faire disparaître les instruments utilisés pour infliger des sévices. Ils sont tous là, sur la table. Elle n'aurait pas laissé des voisins faire la toilette du petit cadavre, afin de leur cacher les cinquante-quatre plaies.

L'argument troubla les esprits, le juge dut réprimer une très légère rumeur d'un regard sévère.

— Les experts produits par la défense ont juré que l'accusée souffrait de débilité et de folie. Ces tares résultent probablement de la méningite dont elle a souffert dans son jeune âge. Les comportements induits par son état se manifestent pendant ses grossesses. Les fous ne sont pas fous toutes les minutes de leur vie, dans toutes les occasions.

Ils peuvent paraître tout à fait normaux, puis laisser voir leur infirmité dans une circonstance particulière. C'est le cas de l'accusée.

Le visage perplexe, les jurés devaient chercher dans leur propre famille l'exemple de comportements excentriques chez des personnes habituellement raisonnables.

— Des trois experts produits par la Couronne, un seul a accepté de jurer que l'accusée était responsable de ses actes. Il est un médecin légiste très compétent, certes, pas un aliéniste. Le docteur Brochu, dont le professionnalisme dans ce domaine est incontesté, n'a pas voulu le faire.

Fitzpatrick s'agita un peu sur sa chaise. Il comprenait la prudence du médecin. Personne n'ouvrait les têtes ou les âmes afin de juger du degré de responsabilité d'un accusé.

— Dans tous les pays civilisés, les tribunaux acceptent les plaidoyers de folie, pour ne pas punir injustement des personnes non responsables de leurs actions. L'exemple nous vient de haut : regardez sur ce mur.

Derrière le juge, on apercevait une photographie du roi, mais aussi un grand crucifix.

— Dieu a dit : « Pardonnez-leur, car ils ne savent pas ce qu'ils font. » Marie-Anne Houde ne savait pas ce qu'elle faisait. Pour cela, vous devez déclarer cette femme enceinte innocente.

Sur ces mots, Francœur regagna sa place. Dans une ville catholique, la finale occuperait tous les esprits.

Avant de prendre la parole, Arthur Fitzpatrick passa près de la table de son adversaire.

— Alors en te couchant, tu pries sainte Marie-Anne Houde ?

Puis, à son tour, il alla se planter devant les jurés.

— Mon brillant confrère vous a dressé un récit émouvant parfois, remarquable d'autres fois. Mais faux du début à la fin. Vous êtes là depuis le commencement, alors vous avez entendu de sa part d'autres prétentions à la fois brillantes et fausses. D'abord, il a voulu vous faire croire que la petite Aurore est morte des suites d'une blessure à la moelle épinière. Vous vous souvenez ?

Tous les yeux se tournèrent vers la table des défenseurs. Francœur jouait un peu nerveusement avec un stylo à plume.

— Ensuite, vous avez entendu les témoignages de voisins relatant des mauvais traitements, mais aussi des remarques de la bouche de Marie-Anne Houde, selon lesquelles elle souhaitait voir cette enfant disparaître. Tantôt, elle disait combien elle était difficile à élever. Cela justifiait à ses yeux les pires châtiments. Pourtant, pour de nombreuses personnes, dont son institutrice, il s'agissait d'une fillette intelligente et docile. Tantôt, elle attribuait à une maladie souvent mortelle, la tuberculose, les traces de ses mauvais traitements.

Le substitut du procureur se tourna vers son adversaire pour dire :

— Je vous le demande : ces stratégies sont-elles le fait d'une folle ?

L'homme fit une pause, puis répondit lui-même à sa question.

— Bien sûr que non. Les enfants sont venus nous dire comment cette femme martyrisait la petite fille. Elle savait si bien que son comportement était criminel qu'elle mobilisait ces derniers pour surveiller aux fenêtres. Les fous ne craignent pas de se faire prendre, n'est-ce pas ?

Les journalistes tentaient de prendre en note chacun de ses mots. Ils n'y arriveraient pas.

— Marie-Anne Houde allait plus loin. Elle commettait des forfaits, comme mettre des excréments dans les habits de son époux, pour inciter celui-ci à la punir sévèrement. Une personne aliénée mentalement peut-elle manipuler un cultivateur prospère pour en faire son exécuteur ?

Le procureur laissa échapper un rire bref, chargé d'ironie.

— Mon savant confrère a compris qu'il ne pouvait plus invoquer une maladie de la moelle ou les turpitudes de la victime : le nombre inouï et la brutalité des sévices le lui interdisaient. Une autre histoire aussi fausse que les deux premières a germé dans son esprit. La femme est folle !

Du regard, il défia son adversaire.

— Mais c'est avec intelligence que cette femme s'est révélée cruelle.

Pendant une heure, le substitut du procureur général dressa la liste des sévices connus, montra comment l'accusée les infligeait avec intelligence, soucieuse de ne pas se faire prendre, soucieuse aussi de faire un complice de son époux.

Puis, avec la même patience, il rappela de nombreux criminels qui, après avoir plaidé la folie, étaient tout de même montés sur l'échafaud.

— Marie-Anne Houde a déjà affirmé vouloir qu'Aurore meure « sans que personne ne le remarque ». Par ses mauvais traitements, elle est arrivée à la tuer. Mais Dieu a voulu que la main de la justice s'appesantisse sur elle. Elle a commis un meurtre prémédité, je vous demande de l'affirmer par votre verdict.

Lui aussi pouvait parler de Dieu en terminant une plaidoirie. Il se tourna vers le juge en disant :

— Votre Honneur, j'ai terminé.

Comme il regagnait sa place, la grande porte au fond de la salle s'ouvrit, Mathieu entra timidement. Le juge arqua les sourcils puis, bon prince, il lui désigna du doigt sa place habituelle. Au cours des derniers jours, tous ces gens reconnaissaient sa présence dans l'appareil judiciaire.

— Ai-je raté quelque chose ? souffla-t-il en retrouvant sa place.

— Oh ! Presque rien, répondit Lachance, un sourire en coin. Juste le discours du patron.

Le stagiaire voulut s'excuser, reformuler la question. Un claquement sec vint du banc du juge.

Louis-Philippe Pelletier savait que le procès de Télesphore Gagnon commencerait bientôt dans cette même salle. Comme il souhaitait s'exprimer longuement, il préféra commencer tout de suite. Machinalement, il inscrivit l'heure sur la feuille devant lui : midi quinze.

— Messieurs les jurés, une responsabilité importante vous incombe : rendre un verdict dans l'un des procès les plus retentissants des dernières décennies dans cette province. Pour vous aider à accomplir cette tâche, je dois vous donner des directives.

Pendant une vingtaine de minutes, il cita divers articles du Code criminel, puis les leur expliqua.

— Trois verdicts s'offrent à vous, vous devrez prendre votre décision à l'unanimité. D'abord, vous pouvez déclarer cette femme innocente, à cause de la folie. Dans ce cas, l'accusée ira dans un asile. Elle ne passera pas cette porte pour retourner chez elle. Vous me comprenez ?

Les hommes hochèrent la tête avec gravité.

— Vous pouvez aussi rendre un verdict d'homicide involontaire si, à votre avis, l'accusée a bien infligé les mauvais traitements à Aurore, mais sans souhaiter sa mort.

Par exemple, cela arrive parfois dans le cadre d'une bataille. Un homme donne un coup de poing à un autre, qui en meurt. Dans ce cas, cet homme-là a pu agir sans vouloir tuer.

De nouveau, les jurés opinèrent du chef.

— Si vous rendez un verdict de meurtre, ce sera parce que vous pensez que Marie-Anne Houde a infligé des blessures à la petite fille en sachant que celles-ci pouvaient entraîner la mort. Cela correspond à l'article 259 du Code, que je vous ai lu tout à l'heure. Vous saisissez bien le sens de mes paroles ?

Les douze hommes, très dignes, acquiescèrent.

— Profitez bien de la pause, vous aurez tout à l'heure un rude travail à effectuer. Nous reprendrons la séance à deux heures. Je vous résumerai la preuve.

Sur ces mots, il ramassa ses notes et quitta la salle.

— Allons manger, dit Fitzpatrick à ses collègues. Le juge en aura long à nous dire, et il veut rendre sa sentence avant d'aller dormir.

— Il sera peut-être déçu, fit remarquer Mathieu. Parfois, les jurés débattent pendant des heures.

— Les vieux de la vieille sont déjà dans le couloir en train de prendre des paris sur la durée de leurs délibérations. Si vous souhaitez vous amuser à cela, misez sur un verdict rapide. Nous souperons tous à la maison… si nous avons encore de l'appétit.

Francœur s'était éclipsé parmi les premiers, la mine basse. Lui aussi s'attendait à une décision expéditive… et défavorable à sa cliente.

Les restaurants des environs firent d'excellentes affaires. À chaque table, si on se fiait aux conversations, semblait siéger un jury. Tous discutaient du verdict à venir. À deux heures précises, le juge Louis-Philippe Pelletier reprit sa place avec une petite liasse de feuillets. Lui n'était pas allé au restaurant.

— La défense, au début de ce procès, a voulu mettre en doute les résultats de l'autopsie, commença-t-il. Les docteurs Marois et Lafond ont compté cinquante-quatre blessures. Tous les deux ont vu là la cause de la mort. Le père avait les moyens de faire soigner Aurore. Dans sa paroisse, il s'agit d'un cultivateur à l'aise. À la place de médicaments, cette femme servait du Lessi à l'enfant!

Dans les directives aux jurés, les magistrats clarifiaient des points de droit, ils pouvaient résumer les faits en cause. Ce vieux juge se transformait en substitut du procureur. Il rappela toutes les fois où Marie-Anne Houde avait déclaré souhaiter la mort de sa victime.

— Toute personne est réputée être saine d'esprit aussi longtemps qu'elle n'a pas fait la preuve de sa folie. Si les criminels n'avaient qu'à dire « je suis fou » pour être déclarés innocents, les prisons seraient vides et les asiles déborderaient. Maître Francœur nous a dit: « Pardonnez-leur, car ils ne savent pas ce qu'ils font. » Par ces paroles, le Christ accordait son pardon à ses bourreaux qui ne le reconnaissaient pas comme le fils de Dieu. Mais aucun homme sérieux ne prétendra que les bourreaux du Christ ne savaient pas ce qu'ils faisaient.

Le coup d'épingle fit grimacer l'avocat de la défense. Le magistrat s'attarda longuement sur la notion de folie en droit criminel; il cita de nouveau l'article 19 du Code.

— Cette femme est-elle folle? Cela demeure la seule question importante, aujourd'hui. Elle a pris des précautions pour cacher les violences infligées à Aurore. Elle a ordonné aux autres enfants de ne pas parler. Sous sa tutelle, ils se sont tus. Confiés à leurs grands-parents, ils ont révélé la vérité.

La Presse publierait les mots suivants du juge sans en omettre un : « C'est ainsi que nous avons pu assister à ce spectacle douloureux, mais convaincant, de ces enfants venant dire la vérité contre cette femme. Son propre fils, Gérard Gagnon, la chair de sa chair, le sang de son sang, les os de ses os, respectant la sainteté du serment, a été le plus fort témoin contre sa mère. Il y a là une intervention providentielle. »

Même dans un procès aussi scabreux, Dieu veillait. Pelletier fit ensuite allusion à l'affaire Thaw, aux États-Unis. Un millionnaire avait payé très cher des spécialistes pour se faire déclarer innocent pour cause de folie, puis il avait payé les mêmes personnes pour se faire déclarer guéri !

— C'est parce que les enfants nous ont donné des témoignages bouleversants de vérité que la défense s'est résolue à un plaidoyer d'aliénation. Mais personne, jusqu'à cette volte-face, n'avait remarqué chez elle de signes de folie. Alors, nous nous retrouvons avec une querelle d'experts. Après un examen de quelques heures, le docteur Albert Prévost en est arrivé à un diagnostic de débilité et de folie. Cet homme se fait une spécialité de témoigner à gauche et à droite. Mais pendant les décennies précédentes, personne parmi les connaissances de l'accusée n'avait remarqué ces maladies !

Le professeur de l'Université de Montréal mérita des critiques acerbes, le juge alla jusqu'à dire qu'on lui avait peut-être soufflé son témoignage. Moins affirmatif, le docteur Tétreault fut traité avec plus d'aménité.

— D'un autre côté, tous les proches de l'accusée et les experts de la Couronne la disent saine d'esprit !

Puis, Pelletier s'attarda sur les faits présentés à la cour, commenta longuement la lettre de Marie-Anne Houde où elle conseillait aux grands-parents Gagnon d'inciter les enfants au silence. Le magistrat dressait le portrait d'une personne intelligente, rusée, résolue à faire mourir une enfant.

— Elle est enceinte, nous a rappelé l'avocat de la défense. Ne vous préoccupez pas de cela. Son enfant sera confié à une famille chrétienne.

Une nouvelle fois, Louis-Philippe Pelletier rappela les verdicts possibles. Puis, il conclut :

— Je demande à Dieu de vous bénir et de vous éclairer.

Machinalement, il nota « quatre heures quinze » sur ses feuilles. En tout, il avait parlé pendant cent soixante minutes. Il regagna son bureau. Un employé de la cour escorta le jury vers la salle de délibération, les constables firent de même avec l'accusée.

— Le juge s'est montré très sévère, constata Mathieu. Cela ne risque-t-il pas de justifier un appel ?

— Quel que soit le verdict, il y aura un appel.

— Tout ce cirque devra recommencer ?

Le stagiaire pensa à la nécessité pour les enfants de raconter encore l'affreuse histoire. Son employeur suivait le cours de ses réflexions.

— Selon toute probabilité, les jurés se prononceront sur les seuls comptes rendus. Du moins, je le souhaite.

Le jeune homme se prépara à une longue attente.

Pourtant, quinze minutes plus tard, un juge étonné regagnait son banc, et les jurés, émus, le leur.

— Je ne tolérerai aucun désordre, aucun bruit au prononcé du verdict.

Le ton de Pelletier revêtait une gravité inhabituelle. Charles Gendron, le second greffier, s'avança pour demander d'une voix solennelle :

— L'accusée est-elle coupable ou non coupable du crime dont elle est accusée ?

— Coupable de meurtre, répondit un membre du jury, Théophile Huot.

— Êtes-vous unanimes ?

— Oui, répondirent-ils à l'unisson.

Une longue plainte, comme celle d'un animal aux abois, sortit de la boîte où se tenait Marie-Anne Houde. Les matrones de la prison de Québec vinrent la soutenir par les coudes.

— Messieurs, commença Pelletier, vous avez fait votre devoir. Je vous remercie. Maintenant, vous pouvez quitter les lieux tout de suite, ou alors attendre le prononcé de la sentence.

— Votre Honneur, annonça Francœur en se levant, je souhaite vous soumettre des points de droit.

— Certainement pas tout de suite, il faut d'abord clore ce procès. Prenez rendez-vous avec moi la semaine prochaine. Maintenant, je suspends l'audience pour quinze minutes.

L'homme se leva pour se rendre jusqu'à la porte dérobée d'un pas hésitant.

— Le bonhomme ne s'y fait pas, grommela Fitzpatrick, malgré son âge et son expérience.

— Que voulez-vous dire ?

— Il maîtrise à peine ses sanglots. Les jurés ont la part la plus facile : ils rendent le verdict. Lui, il doit maintenant imposer la sentence, et la loi lui laisse une seule possibilité.

Marie-Anne Houde maîtrisait plus mal encore ses émotions. Une plainte ininterrompue, rauque, animale, pensa Mathieu, venait de sous son voile. Les quinze minutes s'allongèrent, le magistrat revint à cinq heures, le visage un peu décomposé. L'assistance se leva, silencieuse, s'assit après le président, sauf le substitut du procureur général, Fitzpatrick.

— Votre Honneur, déclara-t-il, je requiers la peine de mort.

— Marie-Anne Houde, levez-vous.

L'accusée se leva péniblement, aidée des matrones.

— Madame, demanda le premier greffier, avez-vous quelque chose à dire pour que la sentence de mort ne soit pas prononcée contre vous ?

Après un bref silence, un léger murmure agita le voile.

— Au nom de ma cliente, déclara Francœur en se levant à son tour, j'indique qu'elle n'a rien à déclarer.

Le juge se pencha un peu afin de récupérer son tricorne noir et de le mettre sur sa tête. Un instant, il posa ses deux mains sur son visage, afin de retrouver un semblant de contenance. Enfin, péniblement, il articula :

— Vous avez été trouvée coupable de meurtre. Je concours dans le verdict du jury. Vous serez conduite à la prison commune du district de Québec et y serez détenue jusqu'au premier octobre prochain, à huit heures du matin, alors que vous serez pendue par le cou jusqu'à ce que mort s'ensuive. Que le bon Dieu vous pardonne et qu'il vous aide !

Ce fut en sanglotant que le juge s'enfuit par la porte dérobée, soutenu par un huissier. Les jurés ne tardèrent pas à faire de même. Marie-Anne Houde lança alors un cri lugubre tout en se laissant choir sur le sol.

Toute l'assistance figea, comme frappée de stupeur. Puis, les spectateurs quittèrent les lieux les premiers. Quand la plupart furent sortis, Fitzpatrick donna le signal à l'équipe de la Couronne. Il s'arrêta devant la table de la défense, fixa son regard dans celui de son adversaire, puis le salua de la tête, sans un mot.

Il se trouvait à mi-chemin vers la porte quand une voix résonna derrière lui.

— On se revoit après-demain, Arthur, déclara Francœur.

— Compte sur moi, Napoléon !

Le procureur fit le reste du trajet en secouant la tête, un sourire sur les lèvres.

— Increvable, le vieux garçon. Demain il se préparera à plaider pour Télesphore Gagnon avec la même fougue.

— Tout de même, commenta Lachance, c'est dommage de voir une si belle carrière se terminer.

— Oui. Pour un conservateur, il faut convenir que c'est un homme très bien.

Mathieu ne comprenait plus. Comme ses voisins ne songeaient pas à éclairer sa lanterne, il demanda :

— Quelle carrière se termine ?

— Le juge Pelletier a présidé son dernier procès. Après-demain, un type de Trois-Rivières le remplacera. Il est âgé, mais ce n'est pas cela. Le procès l'a brisé.

Le stagiaire baissa la tête, touché par cette fragilité. En réalité, le juge Louis-Philippe Pelletier mourrait longtemps avant la femme qu'il venait de condamner à mort.

Dans le corridor, le trio de l'accusation vit passer une silhouette masculine noire et longiligne.

— Voilà Ferdinand Massé, maugréa Mathieu en le reconnaissant. Le curé de Sainte-Philomène-de-Fortierville s'élance au secours de sa paroissienne.

Cette fidélité le troubla. Le prêtre demeurait-il convaincu de la légitimité des sévices imposés à l'enfant pour la ramener dans le droit chemin ? Sa présence tenait-elle, pour lui aussi, à la recherche d'une rédemption ? Il passerait la nuit en compagnie de la condamnée dans une petite salle de la prison de Québec.

— Bon, déclara Fitzpatrick en tendant la main, rentrons à la maison. Picard, vous avez fait du bon travail. Je compte vous voir lors des témoignages des enfants, dans le cadre du prochain procès. Si vous en avez le temps, venez tous les jours. Mais ne négligez pas vos examens.

Le jeune homme se troubla en acceptant la poignée de main.

— Je vous remercie.

— Vous en prendrez conscience plus tard, vous avez beaucoup appris, moins au niveau du droit que pour tout le reste.

— Vous avez raison.

Mathieu serra aussi la main de Lachance, puis il se dirigea vers le commerce de la rue de la Fabrique. Il souperait avec sa mère, puis réclamerait à Flavie une promenade dans le parc Victoria. À ces deux femmes, il demanderait de ne pas dire un mot au sujet d'Aurore et de la marâtre.

Chapitre 25

Après les émotions intenses de l'avant-veille, ce fut un peu de mauvaise grâce que Mathieu revint au palais de justice avant la reprise de l'audience, le vendredi 23 avril en après-midi. En prenant place à la table de l'accusation, il s'entendit demander :

— Les cours de cette seconde année se sont bien terminés, ce matin ?

Arthur Fitzpatrick paraissait réellement préoccupé de son succès.

— Oui, répondit-il de bonne grâce. Après ma longue absence, le retour en classe m'inquiétait un peu. Mais les choses se sont bien passées.

— Vous voulez dire, excepté le côté un peu abusif de votre employeur actuel.

Le substitut du procureur affichait un sourire narquois.

— En toute sincérité, le fait d'être très occupé m'a rendu les choses plus faciles. Puis, ce genre de procès n'arrive que très rarement, aucun de nous ne pouvait le prévoir.

— Heureusement ! S'il fallait plonger dans un cloaque de ce genre toutes les semaines, je chercherais une occupation plus tranquille.

Le jeune homme reçut l'affirmation avec scepticisme.

— Le choix des jurés s'est-il déroulé rondement, ce matin ? fit-il.

— Le juge s'est démené comme un beau diable pour trouver des gens sans idée préconçue sur la culpabilité de notre bonhomme.

— Dans la province, tout le monde a une opinion.

— En conséquence, nous aurons devant nous les douze hommes de Québec les plus habiles à la dissimuler.

Par souci de justice, les magistrats tentaient de recruter des personnes libres de préjugés pour entendre une cause. Après le fracas du procès précédent, à moins de revenir d'un voyage dans un pays lointain, tous les candidats connaissaient, ou croyaient connaître, les faits.

— L'opération a été difficile au point que l'on a accepté un Anglais, continua l'avocat. Nous devrons donc tout faire dans les deux langues.

— Vous n'êtes pas sérieux. Aucun des témoins ne connaît un mot d'anglais.

— Très sérieux. Je devrai poser mes questions dans les deux langues et traduire les réponses.

Cela risquait de doubler la longueur de la procédure. L'équipe de la défense prenait place à la table voisine. Joseph-Napoléon Francœur présentait un visage morose, comme si sa dernière défaite lui restait en travers de la gorge.

L'avocat se trouvait toujours flanqué de maître Marc-Aurèle Lemieux, comme s'il ne voulait pas porter seul l'odieux de défendre les bourreaux. Pour faire bonne mesure, Arthur Lachance prendrait encore place près de Fitzpatrick. Il arriva sur les lieux en même temps que l'on faisait entrer l'accusé.

Comme tout le monde dans l'assistance, Mathieu regarda un long moment Télesphore Gagnon. Les agents de la paix lui retirèrent les fers portés aux pieds et aux poignets. Très grand, le régime de la prison lui avait fait perdre un peu de poids. Il flottait littéralement dans ses habits. Son vieux complet, peut-être celui qu'il avait revêtu lors de son premier mariage, lui donnait l'allure d'un paysan endimanché venu régler une affaire à la ville. Sur le revers de sa veste, un large ruban rouge témoignait de son appartenance à la Ligue du Sacré-Cœur.

— Comme l'abbé Massé doit être fier de son paroissien ! maugréa le stagiaire.

— À un point que vous ne soupçonnez pas encore : il viendra témoigner pour la défense.

Mathieu écarquilla les yeux, incrédule.

— Il ne va tout de même pas venir nous rabattre les oreilles avec la liste des péchés de la petite victime.

— Il ne le peut pas, cela tombe sous le secret de la confession. Mais notre savant confrère a toute une liste de personnes pour témoigner de la bonne réputation de son client, dont le curé.

Sur les mots « savant confrère », Fitzpatrick s'était penché en avant afin d'adresser un sourire à son collègue. Les réunions des membres éminents du Parti libéral devaient prendre une curieuse tournure, avec ces deux-là.

Le juge Joseph-Alfred Déry entra par la porte dérobée réservée à son usage. Alors que tout le monde se levait, il se montra surpris, comme si la matinée ne lui avait pas suffi à s'habituer à une foule pareille. L'affluence ne diminuait pas, même si les témoignages risquaient de ne différer en rien de ceux des deux semaines précédentes.

Le magistrat présentait un visage glabre, sérieux. Plus jeune que son prédécesseur, il imposait tout de même le respect. Chacun comprenait qu'au moindre désordre, il évacuerait la salle sans état d'âme.

— Monsieur Fitzpatrick ? commença-t-il après avoir pris sa place.

— Nous allons entendre d'abord le docteur Albert Marois, chirurgien à l'hôpital Hôtel-Dieu de cette ville.

Mathieu entendit les mêmes questions, et les mêmes réponses. L'obligation de traduire les unes et les autres rendait l'exercice assommant. Il se demanda s'il pouvait sortir le Code civil de son sac pour en mémoriser discrètement des articles, mais il se ravisa : ce serait risquer de voir le juge prendre en grippe toute l'équipe de l'accusation.

Le lendemain, le jeune stagiaire se présenta un peu après l'heure du dîner. Au retour de l'équipe de la défense, il vit apparaître une silhouette familière au fond de la salle. L'assistance se tut afin d'examiner le nouveau venu. Ce dernier s'arrêta près de la table de l'accusation et déclara en tendant la main :

— Nous n'avons jamais eu l'occasion d'être présentés, je pense.

— Vous vous trompez, colonel Lavergne, répliqua Mathieu en se levant.

L'avocat nationaliste fut quelque peu décontenancé devant l'entrée en matière. Le rappel de son grade dans la milice s'accompagnait d'assez de dérision pour écorcher son orgueil.

— Nous nous sommes croisés à la porte de l'Auditorium, continua le stagiaire, le jour où votre ami Olivar Asselin est venu faire du recrutement pour son régiment. Je suis celui des cousins Picard qui est allé à la guerre. Vous connaissez bien l'autre : il s'est marié pour éviter de la faire.

Armand Lavergne fit un effort pour maîtriser le timbre de sa voix.

— Je vous remercie de me rafraîchir la mémoire. La chose m'avait échappé. Désormais, je me souviendrai de vous.

— Et moi de vous. Vous vous faites le spécialiste des grandes causes. La lutte à la conscription d'abord, et ensuite la défense des bourreaux de petites filles.

— Cet homme a droit à une défense pleine et entière.

Napoléon Francœur avait rejoint sa chaise. Il suivait la conversation avec un intérêt amusé.

— Je me lasse d'entendre ce poncif. Il m'en vient un autre à l'esprit : l'argent n'a pas d'odeur. Dans ce genre de situation, cela me paraît convenir tout à fait.

— Si recevoir des honoraires vous gêne, vous ferez un curieux avocat.

Les deux substituts du procureur de la Couronne arrivaient à leur tour.

— J'essaierai de ne jamais être assez pauvre, ou assez soucieux de séduire des électeurs, pour accepter de défendre un homme qui a tué sa petite fille de dix ans avec un manche de hache.

— Ah ! Picard, commenta Fitzpatrick avec un sourire moqueur, ne soyez pas trop cruel avec nos pauvres amis de la défense. Soyez plutôt condescendant avec notre nouvel adversaire. Il le mérite.

La dérision marquait sa voix. À la fin, le stagiaire accepta la main tendue. Son employeur enchaîna en disant :

— Comme vous l'avez entendu hier, notre ami Francœur a bien du mal avec la langue de la mère patrie. Il a troqué Lemieux pour Lavergne ce matin, car le pauvre monsieur Reed, notre juré venu de la fière Albion, se demandait si notre savant confrère plaidait en anglais et en turc.

Si l'avocat de la défense souffrait de voir sa prononciation anglaise tournée en ridicule, il s'efforça de n'en rien montrer.

— Si je comprends bien, monsieur Lavergne, vous serez là pour assurer la traduction, commenta Mathieu en prenant le ton badin de son employeur.

— J'essaierai de faire un peu plus.

Du bruit se fit entendre du côté droit de la salle d'audience. L'accusé faisait son entrée, escorté de deux agents.

— Voilà votre client, déclara Fitzpatrick à l'intention de l'avocat nationaliste. Nous allons reprendre notre place.

Quelques minutes plus tard, sous la présidence du juge Déry, la procession des témoins reprit de plus belle.

Le procureur de la Couronne avait fait en sorte que les trois enfants Gagnon témoignent dans la journée du 26 avril, la seule de cette semaine pendant laquelle Mathieu n'avait aucun examen en matinée. Aussi, le stagiaire se présenta très tôt au palais de justice, assez pour voir un agent de la paix arriver de Lévis avec Marie-Jeanne.

L'adolescente lui fit un sourire timide. Elle était vêtue d'un uniforme d'écolière, chaussée de souliers raisonnablement neufs. La directrice de l'hospice Saint-Joseph-de-la-Délivrance avait sans doute sollicité une âme charitable pour lui procurer cette tenue plus convenable.

— Bonjour, commença-t-il en lui tendant la main. Comment te sens-tu ?

— ... Je ne veux pas témoigner encore.

— Je comprends. Mais nous savons tous les deux que tu n'as pas vraiment le choix.

Le stagiaire se sentit un peu coupable de faire appel de cette façon à son sens du devoir. Le même argument lui avait servi dans les tranchées des Flandres avec des hommes terrorisés à l'idée de mourir dans la boue, si loin des leurs.

La jeune fille laissa échapper un soupir avant de hocher la tête.

— Allons dans la même salle que l'autre fois. Quand tes frères arriveront, le personnel du tribunal leur dira de venir nous rejoindre.

Elle donna son assentiment d'un geste de la tête. Déjà, la foule des curieux s'enflait à l'entrée de la salle d'audience. Elle retrouvait avec soulagement la pièce aux fauteuils confortables, derrière une porte close.

— Cet homme sera là ? Le député...

— Francœur est l'avocat de ton père.

— Il va encore me poser des questions, comme la dernière fois.

Marie-Jeanne se demandait surtout s'il tenterait encore de souiller sa réputation. Le stagiaire le comprit, et il essaya de la rassurer de son mieux.

— Ses questions seront moins difficiles, je pense. Au procès de ta belle-mère, il a finalement admis que tu disais la vérité. Il ne peut pas revenir en arrière aujourd'hui.

À tout le moins, Mathieu l'espérait de tout cœur. De petits coups contre la porte lui permirent d'abandonner ce sujet. Une seconde plus tard, Georges et Gérard prenaient place dans des fauteuils bien rembourrés. Tous les deux présentaient une mine réjouie. Visiblement, leur retour chez des membres de leur famille leur rendait leur bonne humeur.

Pendant de longues minutes, l'adolescente prit des nouvelles de ses tantes, de ses oncles, et même des animaux de la ferme. L'évocation de la campagne lui faisait visiblement plaisir. Son séjour à l'orphelinat devait parfois prendre à ses yeux des allures d'exil.

Sans qu'on vienne lui en donner la raison, Mathieu attendit longuement le début de l'audience dans la petite salle. Après neuf heures, un agent de la paix vint frapper doucement à la porte.

— La petite fille, Marie-Jeanne, murmura-t-il.

Depuis son fauteuil, celle-ci entendit. Elle se leva et marcha lentement, comme une condamnée, jusque dans la salle d'audience. Une nouvelle fois, tous les regards se fixèrent sur elle, ils la suivirent jusqu'à la barre des témoins. De son côté, la jeune adolescente ne pouvait détacher les yeux de son père, pitoyable dans son habit trop grand, son insigne de la Ligue du Sacré-Cœur accroché au revers.

Elle prêta serment, puis posa les mains sur la balustrade en bois devant elle. D'une voix pleine de compassion, Fitzpatrick commença par s'assurer de sa présence dans la maisonnée de Télesphore Gagnon peu après le remariage de celui-ci avec Marie-Anne Houde jusqu'au décès d'Aurore survenu le 12 février dernier. Les deux fillettes étaient revenues ensemble de l'orphelinat d'Youville. Elle parla d'une situation familiale « normale » au début.

— Quand les choses ont-elles changé ?

— L'été dernier, maman l'a blessée au pied.

Mathieu gardait les yeux fixés sur sa protégée, depuis la table réservée à l'accusation. Il entendit un bruit sur sa droite, celui d'une chaise glissée sur le plancher, puis la voix d'Armand Lavergne.

— Votre Honneur, mon collègue cède à la tentation de refaire le procès de Marie-Anne Houde. Celle-ci a déjà été condamnée à mort. Cet acharnement me paraît bien inutile. On ne la pendra pas deux fois.

Le rappel de la triste réalité frappa Marie-Jeanne comme un coup en plein visage. Le stagiaire espérait que personne ne lui ait mis sous les yeux les journaux de la semaine précédente. Le juge Pelletier avait été explicite : seules les confidences des enfants avaient permis de retourner la situation afin d'obtenir le verdict de culpabilité.

Fitzpatrick se reprit.

— L'été dernier, est-ce que votre père battait Aurore ?

— Il l'a frappée avec le fouet utilisé pour les chevaux.

— Où cela s'est-il produit ?

— Dans la cuisine.

L'émotion étranglait l'adolescente. Elle répondait brièvement, à voix basse. Alimenter les arguments de l'accusation contre son père lui pesait plus que faire la même chose au sujet de sa belle-mère. Souvent, elle jetait un regard en direction de l'homme dans la boîte des accusés.

— Pourquoi votre père l'a-t-il battue ?

— Maman lui a dit que ma sœur avait assisté à la messe depuis la sacristie.

Cela pouvait passer pour une négligence de ses devoirs religieux.

— Votre père l'a-t-il ligotée, avant de la châtier ?

— Il lui a attaché les mains derrière le dos.

— Qu'a alors fait Aurore ?

— Elle criait.

La précision toucha les jurés.

— Plus tard dans l'été, votre petite sœur est allée à l'Hôtel-Dieu. Après son retour de l'hôpital, combien de fois avez-vous vu votre père la battre ?

— Trois ou quatre fois.

— Avec quoi ?

— Des harts, des planches de quart.

Fitzpatrick lui présenta les pièces à conviction, afin de les lui faire reconnaître.

— Si on se reporte au début du mois de janvier, juste après les fêtes, comment décririez-vous l'état de santé de la petite fille ?

— Elle se portait bien.

— À cette époque, votre père a battu Aurore de nouveau. Combien de fois ?

— Trois ou quatre.

L'adolescente raconta en détail les épisodes où l'homme avait utilisé un fouet. Elle se cramponnait à la balustrade placée devant elle, sa voix faiblissait, elle paraissait sur le point de s'effondrer.

— Ma petite, intervint le juge Déry, je vais vous permettre de vous reposer un peu.

En relevant la tête, le magistrat demanda :

— Quelqu'un veut-il apporter une chaise à cette jeune personne ?

Mathieu allait se lever pour approcher la sienne, mais Armand Lavergne, placé plus près de la barre des témoins, le devança. L'adolescente rougit de l'attention venue de cet inconnu. Elle formula un « Merci » bien timide.

— Nous reprendrons l'audience dans quelques minutes, conclut le juge en se levant pour quitter les lieux.

Pendant une vingtaine de minutes, chacun attendit dans un bruissement de conversations. Intimidée par tous les regards fixés sur elle, dont celui de son père, Marie-Jeanne posa ses bras sur la barre des témoins, pour y enfouir son visage.

Quand le magistrat revint à sa place, Fitzpatrick quitta la sienne afin de reprendre son interrogatoire. Sans y être conviée, la petite fille quitta son siège. L'usage voulait que l'on témoigne debout, cette fois, elle allait s'y plier.

— Les derniers jours, commença Fitzpatrick, mettons deux jours avant le décès, que croyez-vous qu'il allait arriver à Aurore ?

— Elle dépérissait sans cesse, je savais qu'elle allait mourir.

— Pendant ces jours-là, est-ce que votre père a parlé de faire venir le médecin ?

— ... Non.

L'avocat de la Couronne tissait sa toile afin d'obtenir au moins une condamnation pour négligence criminelle. Si une adolescente reconnaissait l'état critique de sa sœur, un adulte aurait dû faire preuve du même discernement.

— Avez-vous dit à votre mère ce que vous pensiez de la gravité de l'état d'Aurore ?

— Oui.

— Qu'a-t-elle répondu ?

— Elle a dit : « Je vais être débarrassée. Je vais me croire au paradis. »

Après un bon moment passé à évoquer les motifs du silence de la fillette devant les souffrances de sa sœur, il demanda :

— Que pensiez-vous du comportement d'Aurore ?

— ... Elle était sage, obéissante.

— Votre mère insistait pourtant pour l'accuser de toutes sortes de choses...

— C'étaient des menteries !

La protestation vint très vite, avec une certaine véhémence. Le substitut du procureur continua.

— Elle la traitait de voleuse, de malpropre, d'impure...

— Tout cela, c'étaient des inventions pour que papa la punisse.

Formulée ainsi, cette précision ne servait pas vraiment la cause de l'accusation.

— Selon vous, quelle fut la pire chose arrivée à Aurore, aux mains de ses parents ?

Marie-Jeanne rougit violemment ; Mathieu devina qu'un souvenir scabreux lui revenait à la mémoire. Elle énonça tout bas :

— En janvier, maman est montée à l'étage et elle a demandé à Aurore de la suivre.

— Votre père était là ?

— Oui, il fumait dans la cuisine. Elle a pris le pot de chambre et l'a forcée à en manger le contenu.

Après le procès de Marie-Anne Houde, tout le monde s'attendait à entendre une nouvelle évocation de cette scène. S'y attendre ne changeait rien à l'horreur. La confidence, presque inaudible, laissa l'assistance interloquée.

— Quand elle est redescendue, continua Marie-Jeanne, comme pressée d'en finir, cela lui coulait ici et là.

De ses mains gantées de couventine, elle désigna le pourtour de sa bouche. Mathieu constata qu'elle désignait la zone de son visage toujours couverte de gerçures. Le lien le troubla.

— Votre père a aussi constaté cela ? demanda encore le magistrat.

— Oui.

Fitzpatrick attendit que le juge traduise à la fois sa question et la courte réponse, puis il déclara :

— Je n'ai plus de questions, Votre Honneur.

Marie-Jeanne esquissa le geste de quitter sa place.

— Non, ma petite, la retint Déry. Vous devez encore répondre aux questions de la défense.

Devant la mine déconfite du témoin, il ajouta :

— Ne vous inquiétez pas, ce sera vite fini, et pas trop difficile.

L'homme avait eu des échos de la première comparution de ce témoin. Il entendait lui éviter un traitement indélicat. Des yeux, il regardait Francœur et son collègue, comme pour les mettre au défi de le contredire.

Après cette mise en garde, Armand Lavergne s'adressa au magistrat :

— Tout à l'heure, je n'ai pas voulu m'opposer sans cesse afin de ne pas troubler le témoin. Je comprends combien les événements sont terribles pour elle.

L'entrée en matière visait à faire amende honorable. La suite serait plus lourde de reproches.

— Nos savants confrères ne cessent pas de rappeler les mauvais traitements infligés par Marie-Anne Houde à la victime. Le procès de cette dernière est terminé. Pour que ces arguments soient recevables aujourd'hui, il faudrait d'abord prouver la complicité de l'accusé avec sa femme.

— Vous croyez ?

Visiblement, le magistrat ne partageait pas cette conviction.

— Voici une enfant de dix ans, poursuivit-il, qui pendant six mois subit un martyre dans la maison de l'accusé. Il y a là une forte présomption que non seulement ce dernier ait eu connaissance des faits, mais aussi qu'il ait permis que ces événements se produisent.

— Il ne le savait pas.

Le juge traduisit son argument en anglais, ce qui lui donna le temps de réfléchir à sa répartie. Il revint ensuite à son interlocuteur.

— Monsieur Lavergne, je vais donc faire une comparaison que vous comprendrez très bien. Admettons que je vous constitue le gardien d'un chien, et que quelqu'un martyrise ce chien dans une chambre voisine de la vôtre. Je suis certain que votre simple instinct vous permettrait de savoir ce qui arrive à la bête.

— Voyons, ce n'est pas la même chose.

— Vous avez raison. Tout homme normal comprendrait ce qui arrive à un animal, dans ces circonstances. Alors imaginez ce cas avec, pour victime, un être humain doté de la raison et de la parole. Ce serait infiniment plus facile de tout savoir.

L'avocat nationaliste demeura interloqué. Lors d'un débat, cela ne lui arrivait pas souvent.

— L'accusé n'était pas là…

— L'accusé n'était pas absent tout le temps. Vous avez la synthèse de mon opinion sur la question, exprimée aussi clairement que possible. Alors, reprenons le cours de ce procès pour examiner les faits.

L'avocat nationaliste regagna sa place, Francœur se consacra à l'interrogatoire. De la terreur dans les yeux, Marie-Jeanne le regarda s'approcher de la barre.

— Tu as dit que dans les mois suivant le remariage de ton père, les choses allaient plutôt bien à la maison.

Le tutoiement devait la rassurer. Au contraire, elle se raidit un peu.

— Oui.

— Puis, la situation est devenue plus difficile l'été dernier. C'est bien cela ?

— Oui.

Les réponses venaient dans un souffle. L'avocat parlait tout doucement lui aussi.

— Quand ton père battait ta petite sœur, c'était parce que ta mère lui racontait ses mauvaises actions.

— C'étaient des menteries.

— Mais cela, ton père ne le savait pas. Lui, il croyait toutes les histoires de sa femme, n'est-ce pas ?

— ... Oui.

Ce petit mot amoindrissait beaucoup la faute de l'auteur de ses jours. L'avocat de la défense s'était placé devant elle de façon à l'empêcher de voir l'équipe de l'accusation, tout en lui permettant de fixer des yeux Télesphore Gagnon.

— Ton père la battait-il sans y avoir été incité par ta mère ?

— ... Non.

Francœur amena ainsi l'adolescente à évoquer toutes les fois où Marie-Anne Houde avait menti à son mari afin de faire punir la victime. À la fin, il baissa le ton pour aborder un sujet délicat.

— Tout à l'heure, tu as parlé de cette histoire de pot de chambre... Tu sais pourquoi ta belle-mère a fait cela ?

— Elle souhaitait faire passer Aurore pour folle.

Pour la première fois, quelqu'un jetait un nouvel éclairage sur la stratégie de la belle-mère. Curieusement, cela venait d'une adolescente peu instruite.

La marâtre souhaitait faire disparaître la plus jeune fille de son mari. Ce résultat, elle pouvait l'obtenir des mauvais coups infligés par Télesphore, puisqu'un manche de hache représentait une arme redoutable, grâce à l'ingestion de Lessi, ou encore par la tuberculose contractée en la faisant sortir pieds nus l'hiver, ou du simple épuisement consécutif à tous ces mauvais traitements.

Mais les excréments dans les vêtements, ou le fait d'en manger, évoquaient tout de suite la folie. Pareil diagnostic aurait conduit la fillette à Saint-Michel-Archange. Bien peu de gens en sortaient, cela représentait une forme de décès. Marie-Anne Houde le comprenait d'autant mieux que sa rivale, dans le lit de Télesphore, avait connu ce sort. Aux yeux de tous, cette affection était héréditaire. Personne n'aurait été surpris de voir Aurore en être victime.

Le stagiaire eut l'impression que les pensées de Francœur suivaient la même trajectoire. L'avocat s'empressa bien vite de changer de sujet.

— Ton père a-t-il déjà battu Aurore sans que ta mère ne fasse de faux rapports sur elle ?

— ... Non.

Le ton irrésolu rendait l'affirmation douteuse. L'avocat de la défense n'avait pas intérêt à s'y attarder.

— Ton père t'a-t-il déjà battue ?

La crainte de le voir ramener sur le tapis l'accusation d'impureté envahit l'adolescente. Elle gardait un souvenir très douloureux de cette expérience, surtout devant tous ces gens.

— ... Oui, une fois, il y a deux ans.

L'homme accueillit l'affirmation avec un sourire amusé. Elle mentait, il le savait, et ce faisant elle servait néanmoins les intérêts de son client.

— Tes frères... les corrigeait-il, eux aussi ?

— Parfois. Pas très souvent.

— Les coups étaient-ils violents ?

— Non, pas très forts. Et seulement quand ils le méritaient.

Marie-Jeanne contribuait encore à la défense de son père. La voyant dans de si bonnes dispositions, Francœur demanda :

— Pourquoi n'as-tu jamais expliqué à ton père les machinations de ta mère ?

— ... Elle menaçait de me faire la même chose.

— Et pour tes deux frères ?

— Elle les menaçait aussi.

Donc, le pauvre homme, trompé par toute la maisonnée, avait été entraîné dans cette spirale de mauvais traitements.

— Quand tu as menti à l'enquête du coroner, tu avais peur ?

— … Oui, admit-elle après une petite hésitation.

— Je comprends.

L'adolescente se sentit soulagée, comme si cet homme lui accordait son pardon. Non seulement elle avait menti devant le docteur Caron, mais aussi lors de toutes ses rencontres avec lui.

— Je n'ai plus de questions, Votre Honneur, conclut le député.

Marie-Jeanne écarquilla les yeux devant cette fin abrupte. Le juge Déry consulta l'horloge, puis déclara :

— Nous allons reprendre après le dîner, à treize heures trente.

À la table de l'accusation, Fitzpatrick lança entre ses dents :

— Raccompagnez-la. Tout à l'heure vous reviendrez avec le garçon, le plus jeune.

— Georges ?

— Oui, c'est lui, le prochain.

Comme le stagiaire remontait l'allée avec la jeune fille en passant la porte, elle demanda à voix basse :

— J'ai bien fait, cette fois ?

— Si tu as dit la vérité, tu as très bien fait.

Elle se troubla, passa la langue sur ses lèvres.

— Je sais que tu as dit toutes les vérités importantes, précisa son compagnon en posant la main sur son épaule. Pour le reste, ce sont des détails, n'est-ce pas ?

Ces mots la rassurèrent un peu. Quand ils entrèrent dans la petite pièce située au fond du couloir, ils trouvèrent les garçons assis de part et d'autre d'une table pliante. Un agent de la paix leur avait apporté quelques sandwichs et des limonades.

— Viens manger, l'invita Georges la bouche pleine. C'est bon.

Sa corvée terminée, Marie-Jeanne voulut bien se joindre à ses frères.

— D'où viennent ces largesses ? demanda Mathieu à l'agent.

— Fitzpatrick a commandé cela en arrivant ce matin. Il y en a aussi pour vous… si ceux-là en laissent un peu, bien sûr.

Le stagiaire se sentit touché par l'attention. Les garçons se mirent à discuter des prochaines semailles et avec un homme de la ville comme interlocuteur, ils se donnaient des allures d'experts.

Chapitre 26

Lors de son premier passage au palais de justice, le petit Georges avait fait une impression navrante : son aptitude à rendre un témoignage appris par cœur faisait encore sourire.

Cette fois, Arthur Lachance se livra à son interrogatoire pour le compte de l'accusation. Peut-être la grosse moustache troublerait-elle l'enfant au point de lui faire perdre son air de contentement béat.

Après quelques questions pour établir la présence du témoin dans la maison familiale au moment des faits, l'avocat demanda :

— As-tu vu comment ton père traitait Aurore, l'été dernier ?

Le gamin se comporta comme un train bien aiguillé.

— L'été passé, on avait un fouet pour les bœufs. Il montait en haut pour la battre avec ça.

— Tu l'as vu faire ?

— Non.

— Comment le sais-tu, si tu n'étais pas là ?

— J'entendais brailler Aurore.

Très vite, il fut établi que ce scénario s'était répété quatre fois.

— L'a-t-il maltraitée dans d'autres circonstances ?

— Cet hiver, rien qu'une fois, avec une hart. Maman lui avait conté des menteries.

— Que veux-tu dire ?

Georges chercha Mathieu des yeux, au risque de provoquer des froncements de sourcils à la table de la défense.

— Elle a dit à papa qu'Aurore était couchée dans la grange, sur la paille. Ce n'était pas vrai, elle était après remplir sa paillasse.

Cette histoire avait déjà fait l'objet d'un compte rendu détaillé. Tout de suite, Arthur Lachance ramena son jeune témoin à l'été de 1919.

— Tu as dit à la cour tout à l'heure que l'été dernier, tu l'avais vu la battre quatre fois avec un fouet à bœufs. A-t-il utilisé autre chose ?

— Oui, le manche de hache, rien qu'une fois.

— Tu sais pourquoi ?

— Non.

— Tu te rappelles autre chose ?

Il se concentra encore, fouilla sa mémoire.

— Une fois, maman... maman l'a culbutée en bas de l'escalier.

— Objection, Votre Honneur, dit Francœur. Mon collègue refait le procès de Marie-Anne Houde.

Le juge Déry n'eut pas le temps d'intervenir, déjà Lachance reprenait en acquiesçant de la tête :

— Non, nous parlons de ton père. Tu ne te souviens de rien d'autre au sujet de sa façon de traiter Aurore ?

L'enfant fit « non » de la tête, visiblement troublé de décevoir son interrogateur.

— Ce n'est pas grave. Tu te souviens de la mort d'Aurore ?

— ... Oui.

Quelques phrases permirent d'inventorier les plaies couvrant le corps de la fillette à cette époque. Par la même occasion, il démontra que sa maîtrise des conventions pour marquer le temps ne s'était pas améliorée depuis son dernier passage à la cour. Les jours, les semaines, les mois, tout cela se confondait dans sa tête.

Le substitut du procureur céda sa place à l'avocat de la défense. Francœur avait déjà voulu discréditer ce témoin à la fois docile et visiblement un peu limité. Cette fois, au lieu de tenter de l'emmêler dans ses contradictions, il s'attacha à démontrer combien Télesphore, depuis l'été précédent, se trouvait manipulé par son épouse.

Tout y passa: la blessure au pied, les accusations mensongères portées contre de petits voisins, le vol d'un ornement de la sainte table pour en accuser Aurore, les excréments semés un peu partout.

Au gré de ses questions, l'avocat de la défense tissait lentement une auréole à son client.

— Ton papa était bon pour toi?

— Oui.

— Il a bien pris soin de toi?

— Oui. Il n'a rien fait de mal à part battre Aurore avec le fouet à bœufs et la hart.

Tout le monde n'aurait sans doute pas partagé son avis sur la bénignité de ce traitement, mais le plaideur pariait que les membres du jury lui trouveraient un côté raisonnable.

— Si ta maman n'avait pas conté toutes ces menteries sur le compte de ta sœur, jamais il ne l'aurait battue comme ça, n'est-ce pas?

Mathieu jeta un regard en biais à son patron. Celui-ci ne s'objecta pas. Pourtant, son adversaire soufflait la réponse au témoin.

— Non, il ne l'aurait pas battue.

— Je n'ai plus de question, Votre Honneur.

Cette fois encore, l'enfant se révélait un excellent témoin de la défense. Pendant que Georges cédait sa place à Gérard, Fitzpatrick expliqua à voix basse:

— S'objecter à cette manipulation ne servait à rien. Ce gamin charge sa mère, déjà condamnée à mort, pour innocenter son beau-père. Bienheureux les innocents, le royaume des cieux leur appartient.

Le stagiaire grimaça à cette référence biblique.

Gérard présentait une mine plus éveillée. Son témoignage précédent s'était déroulé sur un lit d'hôpital. Les habitués des procès furent heureux de constater combien il avait récupéré.

Cette fois, ce fut à Arthur Fitzpatrick de se livrer à l'interrogatoire pour le compte de l'accusation. D'une façon studieuse, l'adolescent reprit le long récit des actes de violence du père contre sa fille. Dans un silence morbide, il termina sur une raclée à coups de fouet.

— Est-ce la seule fois où tu l'as vu utiliser le fouet à bœufs ?

— Non. L'automne dernier, il a battu Marie-Jeanne avec.

Le substitut du procureur réussit à faire identifier les différentes armes utilisées par Télesphore pour maltraiter la victime. Au gré de l'interrogatoire, il s'avéra que l'homme passait le plus clair de son temps à l'extérieur de la maison. Cela servait les intérêts de la défense. Non seulement l'accusé ne voyait pas sa femme exercer des sévices, mais les traces de ceux-ci étaient peu visibles, à cause des vêtements.

— Devant ton père, ta mère parlait-elle parfois des mauvais traitements qu'elle faisait subir à ta petite sœur ?

— Elle l'a fait une fois, à table.

— Qu'est-ce que ton père a répondu ?

— Il n'a pas parlé, il était fâché.

Contre sa femme ? Contre sa fille ? À cet instant, Fitzpatrick choisit de dire au juge :

— Je n'ai plus de question, Votre Honneur.

Déry contempla l'horloge, sur le mur. Il restait suffisamment de temps pour clore la preuve de l'accusation avant l'ajournement jusqu'au lendemain.

— La défense peut interroger le témoin.

Francœur quitta sa place en affichant un air satisfait. Ce garçon servait très bien ses intérêts. Il convenait de le garder dans les mêmes dispositions.

— Chaque fois que ton père a battu Aurore comme ça, pensait-il qu'elle le méritait ?

— Oui, je pense que oui.

— Et ta mère l'informait du comportement d'Aurore ?

— Oui.

Habilement guidé, Gérard s'engagea dans la description des calomnies de Marie-Anne Houde envers sa belle-fille, dont les vols, la malpropreté, l'incontinence.

À ce sujet, Francœur voulut se faire très précis.

— Ta mère disait-elle à ton père qu'elle faisait par terre parce qu'elle ne lui donnait pas le pot ?

— Non. Elle disait : « Aujourd'hui, elle a fait par terre. »

— As-tu eu connaissance que ta mère ait mis des cochonneries dans les habits de ton père ?

— Rien qu'une fois.

L'avocat sembla hésiter, puis il se résolut à noircir la condamnée pour sauver l'époux.

— Qu'a-t-elle fait, cette fois ?

— Elle prenait des saloperies pour les mettre dans le chapeau de papa.

L'enfant paraissait troublé à ce souvenir. Francœur voulut un compte rendu explicite.

— Qu'est-ce que c'était, ces saloperies-là ?

— De la pisse et de la *marde*.

Un bref ricanement vint de l'assistance. L'avocat de la défense fit un tour sur lui-même, rugissant :

— Ceux que cela amuse peuvent en manger !

Le maillet du juge claqua sèchement, l'homme marmonna une excuse, puis reprit.

— Ensuite ?

— Elle vidait ça dans les habits de papa.

— Quels vêtements ?

— Ses habits du dimanche, son capot de printemps.

Cette incarnation de la perversion féminine devenait le miroir déformant de la sainte mère canadienne-française. La haine envers la marâtre s'accroissait dans tout le Québec.

— Que s'est-il passé ensuite ?

— Elle a dit à papa : « Va voir qu'est-ce que ta fille a fait en haut, là. »

— Ton père est monté ?

— Non. Il a sacré. Il a pris le fouet. Il a battu Aurore.

Le rythme de la confidence, saccadé, ajoutait à la tension dramatique.

— Avant, ta mère lui a sans doute mentionné les… saloperies.

— Non, elle a demandé à Aurore d'aller tout chercher.

— Et Aurore a montré… ça à ton père ?

— Oui. Après ça, il l'a fouettée.

La victime assumait docilement son rôle de victime dans le scénario infernal voué à sa destruction.

— A-t-elle jamais dit à ton père ce que ta mère faisait ?

— Elle ne voulait pas qu'elle le dise.

— Quand ton père a battu Aurore, c'était toujours sur des rapports de ce genre présentés par ta mère ?

— Oui.

Dernier témoin de la Couronne, Francœur faisait de Gérard un allié sûr de la défense.

— Et tout ce que ta mère disait, au sujet d'Aurore, c'était faux ?

— Oui.

— C'était pour la faire battre ?

— Oui.

Maintenant, sans vergogne, il dictait les réponses. Fitzpatrick semblait avoir renoncé. Il demeurait assis, silencieux, plutôt que de multiplier les « Objection, Votre Honneur ».

— Ton père ne l'aurait pas battue, si ta mère n'avait pas dit ces choses-là ?

— Non, je ne crois pas.

— Il était bon pour toi ?

— Oui.

Le juge Déry semblait ennuyé par le curieux retournement de situation. Après avoir interrogé les membres de l'équipe de l'accusation du regard, il décida d'intervenir.

— Quand votre mère rapportait des faits comme l'histoire des habits, par exemple, est-ce que votre père questionnait Aurore ? Est-ce qu'il demandait si c'était vrai, pourquoi elle avait fait ça, avant de la battre ?

— Non.

L'homme préférait le maniement du manche de hache ou du fouet à la recherche de la vérité. L'avocat de la défense entendit corriger tout de suite la mauvaise impression.

— Ta mère ne faisait-elle pas avouer ce genre de faute à Aurore, devant ton père ?

— Oui.

— Quand ta mère voulait faire battre Aurore, elle disait: « C'est vrai, c'est toi qui as fait ça ? »

— Oui. Et quand elle disait non, maman la frappait sur la tête.

La conversation dévia ensuite sur les blessures de la petite victime, pour faire admettre au garçon que Télesphore demandait qu'on lui mette de l'onguent.

— Un soir, pendant que ton père et ta mère étaient allés veiller le corps de ton oncle Anthime, Marie-Jeanne... Aurore, dis-je, est tombée sur le panneau du poêle ?

L'heureux lapsus eut l'effet escompté. Gérard retrouva sans mal le fil du récit.

— Sur l'œil, du côté droit. Marie-Jeanne l'avait poussée.

— C'est Marie-Jeanne qui l'avait poussée ?

— Oui, elle s'en allait chercher la *bombe* d'eau bouillante pour laver la vaisselle. Marie-Jeanne l'a poussée, parce qu'elle ne marchait pas assez vite.

Combien la culpabilité devait peser sur l'âme de la jeune fille !

— Elles se chicanaient souvent, Marie-Jeanne et elle ?

— Oui.

— Après la chute d'Aurore...

— Maman lui a donné une volée par-dessus.

— Ta mère l'a battue, ce jour-là ?

L'enfant réservait tout de même sa part de surprises à l'avocat de la défense.

— Quand elle est revenue, elle a pris une hart derrière l'armoire. Elle a dit: « Je vais t'en donner encore par-dessus, ça va *renfler*. »

— Ton père était-il là, lui ?

— Non, il était allé dételer le cheval.

La précision rassura Francœur. Pendant de longues minutes, il s'attarda sur les différents actes de violence. Pour ne laisser aucun doute dans l'esprit des jurés, il demanda de nouveau :

— As-tu jamais parlé à ton père des fausses accusations de ta mère ?

— Non. Elle nous le défendait.

— C'est pour ça qu'aucun enfant ne le lui a dit ?

— Oui.

L'avocat se tourna vers le juge pour déclarer, visiblement soulagé d'arriver au terme de l'exercice :

— Votre Honneur, j'en ai terminé avec ce témoin.

Gérard demeura debout derrière la barre des témoins, surpris de cette fin abrupte.

— Picard, ordonna Fitzpatrick, allez le reconduire dans la petite salle. Ces enfants ont terminé leur voyage au bout de l'horreur.

— Je crois qu'ils le commencent à peine, murmura le stagiaire en se levant.

Le substitut du procureur le regarda remonter l'allée jusqu'à la porte de la salle d'audience, une main posée sur l'épaule du garçon.

Mathieu détestait les adieux déchirants, surtout quand des enfants répandaient leurs larmes. Au terme de la journée d'audience, des oncles vinrent chercher les deux garçons Gagnon. Si la preuve, lors du procès de Marie-Anne Houde, avait mis en évidence la réticence de la marâtre à donner des baisers et des câlins, de son côté, l'adolescente ne se montrait guère avare en ce domaine. Avant de se séparer d'eux, Marie-Jeanne les accabla longtemps de son affection.

À la fin, le jeune homme marcha avec elle dans les couloirs, maintenant désertés, du palais de justice. Elle reniflait tout son saoul, il lui tendit son mouchoir.

— Je ne pourrai pas vous le remettre.

— Alors tu le garderas. Cela te fera un souvenir.

La remarque l'attrista encore plus. Elle commença par essuyer ses yeux, puis souffla bruyamment. Après un usage si intensif, il souhaita que l'envie ne lui prenne pas de le lui rendre lors de leur arrivée à Lévis.

Lorsqu'ils atteignirent le funiculaire, Marie-Jeanne avait suffisamment retrouvé sa contenance pour remarquer :

— Je me demande si je reverrai mes frères un jour. Je vais passer les prochaines années à Lévis, le temps de faire au moins le cours primaire supérieur.

Mère Saint-Émilien lui faisait finalement une place au sein de son institution. Sans doute, après les révélations fracassantes du premier procès, avait-elle trouvé sans mal une bienfaitrice pour payer la scolarité de sa protégée.

— Mais à l'hospice Saint-Joseph, les cours font sans doute relâche pendant l'été.

— Aucun de mes parents ne me recevra…

— Il y a les oncles, les tantes, les grands-parents. Tu es liée à au moins la moitié des habitants de Fortierville.

— Vous croyez qu'ils voudront m'inviter pendant les vacances ?

Quand le funiculaire amorça la descente, effrayée, elle s'approcha un peu de lui.

— À ta place, je demanderais à la directrice de l'hospice de t'aider. Si tu lui donnes la liste des personnes chez qui tu aimerais aller, je pense qu'elle obtiendra une invitation. Tu sais, il est difficile de refuser quelque chose à cette religieuse.

Sa compagne sourit. Elle aussi trouvait mère Saint-Émilien convaincante. Ils traversèrent ensemble la place du marché Champlain. À cette heure, les cultivateurs avaient déjà regagné leur domicile.

En montant sur le traversier qui allait jusqu'à Lévis, la jeune fille se renfrogna. Elle chercha un endroit un peu éloigné des autres passagers, s'accrocha au bastingage.

— Je ne veux pas qu'ils la tuent.

Mathieu ne comprit pas tout de suite.

— S'ils font cela, ce sera ma faute, plaida-t-elle en levant vers lui ses grands yeux bruns.

— Je ne crois pas que cela va arriver.

— Le juge l'a condamnée à être pendue.

Le stagiaire se troubla. Jusque-là, il avait soigneusement évité de penser à cette éventualité. L'obtention de la condamnation représentait la fin de cet épisode dans son esprit. Le juge avait montré un meilleur discernement. C'était en pleurant qu'il avait coiffé son tricorne.

— Elle peut encore faire appel, expliqua-t-il pour la rassurer. Surtout, le gouvernement peut commuer sa peine. Je veux dire la transformer en emprisonnement.

— Tu crois que cela va arriver ?

— C'est possible. Je ne peux rien promettre, cela se discutera entre des gens très importants. Néanmoins, je ne pense pas que cette histoire se terminera sur la potence.

L'adolescente posa sur lui un regard soupçonneux, incertaine de pouvoir lui faire confiance.

— Des fois, je regrette d'avoir raconté tout cela.

Des larmes coulaient sur ses joues. Elle dut ressortir le mouchoir de la poche de sa veste.

— Moi, je suis très heureux que tu aies eu ce courage, très fier aussi. Car maintenant elle ne pourra pas recommencer. Tu imagines, si elle avait décidé de te faire la même chose ?

— Elle m'a toujours appréciée.

— Elle t'a battue plus souvent que tu l'as dit. Ton père aussi.

L'homme marqua une pause avant d'ajouter :

— Je ne me trompe pas, n'est-ce pas ? Tu peux me le dire, le procès est terminé, au moins en ce qui te concerne.

Après une petite hésitation, elle hocha la tête, puis précisa :

— Tout de même, dans mon cas, ce n'était pas si pénible.

— Elle te faisait participer. Elle souhaitait que tu deviennes comme elle. La pire chose qu'elle t'a faite, c'est cela.

L'affirmation troubla fortement la fillette.

— Maintenant, continua son interlocuteur, nous sommes sûrs que demain, ou dans un an, elle ne prendra pas la petite Pauline en grippe. Tu ne crois pas ?

De nouveau, l'émotion la submergea. Dans son esprit, le désir de protéger le poupon pèserait plus lourd que le regret d'avoir participé à la condamnation de ses parents. Mathieu eut envie de lui demander : « Aurore n'était pas la première, n'est-ce pas ? » Le décès d'un petit garçon lui trottait dans la tête, lors de ses insomnies les plus tenaces, mais ne voulant pas la troubler davantage, il préféra s'abstenir.

— Pour papa, ce sera la même chose ? Je veux dire, ils ne le pendront pas ?

Dans l'hypothèse d'un verdict de meurtre, la sentence risquait fort d'être exécutée dans le cas d'un homme. Autant les autorités se montraient économes du châtiment ultime pour les représentantes du sexe faible, autant ceux du sexe fort montaient sur l'échafaud avec une horrible régularité.

— Je pense que le jury penchera pour l'homicide involontaire.

Sa compagne une fois de plus leva vers lui des yeux interrogateurs.

— Cela veut dire qu'ils reconnaîtront qu'il n'a pas vraiment voulu la tuer. Dans ce cas, les gens ne sont pas pendus.

Son regard exprima une reconnaissance éperdue.

— … Tu sais, malgré tout, je les aime tous les deux.

— Je comprends. Ce sont tes parents.

— Ceux que Dieu m'a donné.

Le stagiaire devina que mère Saint-Émilien abordait cette question délicate avec sa protégée. Elle devait le faire avec tact, cela le rassura. Le traversier accosta au quai de Lévis. Alors qu'ils prenaient pied tous les deux, il demanda :

— Préfères-tu prendre un taxi ?

— C'est cher.

— Je le ferai payer par mon patron.

— Celui avec qui vous étiez assis, au procès ? Il paraît gentil.

La promenade lui faisait envie, aussi Mathieu la conduisit vers une voiture. Ils roulèrent en silence jusqu'à l'hospice Saint-Joseph-de-la-Délivrance.

— C'est ma maison, maintenant, commenta Marie-Jeanne en arrivant sur le terrain de l'institution.

Si la voix trahissait un certain ennui, elle se révélait sereine, avec une pointe de résignation. Alors qu'ils approchaient de l'entrée principale, la directrice vint sur le perron.

— Je t'attendais, Marie-Jeanne, tu te sens bien ?

— Oui, ma mère. Je suis contente que tout soit terminé.

La gamine se retourna vers son protecteur. Celui-ci comprit que les adieux se dérouleraient tout de suite, devant témoin.

— Je vous remercie, monsieur Mathieu. Vous avez été très gentil avec moi.

Il prit le temps de mettre un genou sur le sol avant de répondre :

— Je te remercie aussi, Marie-Jeanne. Te connaître m'a fait beaucoup de bien.

Elle ouvrit ses grands yeux bruns incrédules.

— Je t'assure, soutint-il en allongeant la main. Je suis allé à la guerre, mais tout de même, tu m'as donné une belle leçon de courage.

Elle plaça ses doigts dans sa paume, les lui abandonna un long moment.

— Je te souhaite d'être heureuse. Tu le mérites, crois-moi.

— ... Merci. Toi aussi, Mathieu, sois heureux.

Sur ce tutoiement, elle tourna les talons pour pénétrer dans le grand édifice. Elle ne tenait pas à lui montrer encore ses larmes.

— Vous savez comment parler aux petites filles, commenta la religieuse.

— J'ai dit l'absolue vérité.

— Grâce à cela, justement, vous lui avez fait beaucoup de bien.

La religieuse lui tendit la main. Le jeune homme l'accepta.

— Merci à vous aussi, dit-il. Elle rêve d'aller à la campagne, cet été. Si vous pouvez intervenir auprès des membres de sa famille...

— Je m'en occuperai. Je lui permettrai de vous écrire, une fois de temps en temps.

— Je recevrai ses lettres avec plaisir, et je lui répondrai.

Pendant que le jeune homme regagnait l'allée conduisant au trottoir, elle le força à se retourner en disant :

— Ne vous inquiétez pas trop, elle aime étudier. Elle se plaira avec nous.

— Et ensuite ?

— Elle aime les enfants... C'est étrange, n'est-ce pas ? Elle s'occupe des petits, ici. Elle continuera toute sa vie.

— Je ne suis pas étonné, elle tient cela de sa mère, sa vraie mère.

Sur ces mots, Mathieu adressa un signe de la main à la religieuse, puis il accéléra le pas.

Malgré l'obligation de traduire tous les témoignages, deux jours et demi avaient suffi à l'accusation pour présenter sa preuve. Aussi, le 27 avril, quand Mathieu se présenta un peu après midi, après avoir noirci quelques feuillets lors de son examen, Fitzpatrick lui résuma les péripéties de la matinée. Quelques minutes plus tard, le juge Déry reprit sa place.

— Maître Francœur, qui entendrons-nous d'abord ?

— Monsieur Ferdinand Massé, prêtre, curé de Sainte-Philomène-de-Fortierville.

Un silence presque recueilli accompagna la silhouette noire du fond de la salle jusqu'à la barre des témoins. Mince et longiligne, visiblement effaré de se trouver là, l'ecclésiastique gardait les yeux sur l'avocat de la défense.

— Monsieur le curé, commença celui-ci d'une voix déférente, je comprends très bien la notion de secret de la confession. Je n'ose vous poser des questions. Je vous laisse donc le soin de nous éclairer sur cette affaire.

La formule sembla un peu étrange à Mathieu, mais avec une personne se présentant comme l'intermédiaire entre ses paroissiens et Dieu, comment faire autrement ?

— L'an passé, lors de ma visite paroissiale, je me suis présenté chez les Gagnon. La femme a alors accusé sa fille, je veux dire sa belle-fille, Aurore, d'avoir volé dans l'église.

— ... Des objets de valeur ? souffla l'avocat.

— Non, non, une simple pince utilisée pour retenir la nappe à la sainte table.

Le ton indulgent ne trompa personne. Un larcin de ce genre paraîtrait un sacrilège aux yeux des bons catholiques de la province de Québec.

— Cela m'a beaucoup attristé, car je savais que ce n'était pas vrai. De plus, ce jour-là, elle a porté de nombreuses autres accusations, en faisant allusion à des vices affreux.

Après une pause, le saint homme conclut:

— Je ne possède aucune autre information dont je puisse librement parler ici.

Francœur s'inclina presque. Pendant ce temps, le substitut du procureur écrivait un petit mot qu'il glissa sous les yeux de son stagiaire: « Le bon curé ne témoigne pas pour la défense de l'accusé, mais pour la sienne. »

— Maître Fitzpatrick? demanda le magistrat.

— Je n'ai pas de question, Votre Honneur.

Bien sûr, on ne « transquestionnait » pas un prêtre.

Droit et digne, le porteur de soutane quitta les lieux. Par la suite, six personnes vinrent témoigner de la bonne réputation de Télesphore Gagnon dans son milieu. Le pauvre docteur Andronic Lafond, tout surpris de se trouver là de nouveau, fit comme les autres.

La succession des témoins voués à rappeler la bonne réputation de l'accusé prit bientôt fin. Le juge accorda quelques minutes à Napoléon Francœur pour mettre un peu d'ordre à la fois dans ses idées et dans ses mots.

Le député se planta devant les jurés pour déclarer:

— Je suis certain que, depuis le début du procès, vous avez pu demeurer éloignés de toute l'agitation extérieure, étrangers à toutes les passions. Je demeure convaincu que vous rendrez un jugement conforme à la justice. Souvenez-vous que si vous êtes juges aujourd'hui, demain vous serez peut-être jugés.

Arthur Fitzpatrick s'agita un peu sur sa chaise. Son adversaire venait d'inquiéter ceux qui, parmi ces douze hommes, se délectaient à jouer au père Fouettard. Ceux-là souhaiteraient que les tribunaux ne se mêlent pas de la vie des familles.

Pendant de longues minutes, l'avocat évoqua toute cette longue histoire, admit que l'accusé avait peut-être été sévère avec sa fille l'été précédent. Pour l'édification de toute l'assistance, il cita un passage des Évangiles recommandant aux parents qui aiment leurs enfants d'employer les verges et la discipline pour les corriger.

— N'en déplaise à ceux qui condamnent la correction corporelle, celle-ci est tout à fait conforme à la doctrine chrétienne.

L'homme tenta ensuite de démontrer que dans la très grande majorité des cas, les châtiments infligés à la victime par l'accusé tenaient aux machinations de la marâtre. Les trois enfants avaient convenu de cela.

— Dans ce drame, la principale victime, c'est le père trompé par sa femme, en qui il avait confiance, et par ses enfants, qui se sont fait les complices de la mère. Ces derniers prétendent avoir eu peur. Mais ils sont tout de même les complices de la mère, et à ce titre, coupables de meurtre avec elle.

Dans la boîte, Télesphore Gagnon éclata en sanglots. Le regard du juge Déry passait en alternance de l'accusé à son défenseur en affichant du dégoût.

— Vous devez rendre un verdict de non-culpabilité, afin de le rendre à ses enfants et à ceux de sa femme condamnée à mort. La justice se ferait bourreau en condamnant cet homme pour un crime dont il est innocent.

Sur ces mots sinistres, il regagna sa place à la table de la défense. Armand Lavergne se leva afin de reprendre tout cet argumentaire en anglais pour un seul homme, John Reed. Enrhumé, la voix éteinte, il dut se placer à deux pieds de lui.

De retour de l'université, Mathieu entendit le plaidoyer de l'avocat nationaliste en rageant. Ensuite, Arthur Lachance s'adressa aux jurés en français. Lui aussi reprit toute l'histoire depuis le début, insistant sur les moments où Télesphore Gagnon avait châtié sa fille pour des motifs futiles, comme mettre un couvercle sur sa tête.

— Les Évangiles recommandent-ils de battre ses enfants pour des bagatelles de ce genre ? demanda-t-il.

Surtout, l'homme insista sur le fait que l'accusé ne pouvait ignorer les conspirations de son épouse. En conséquence, il s'en faisait le complice. Cela, insista le substitut du procureur, devait lui valoir un verdict de culpabilité de meurtre.

Le 28 avril, l'audience reprit à dix heures. Le juge Joseph-Alfred Déry prit sa place, un masque impassible sur le visage. Tous les sièges se trouvaient occupés, quelques personnes se tenaient debout, appuyées contre le mur.

— Fermez les portes, demanda-t-il aux agents, et ne laissez plus entrer personne.

Arthur Fitzpatrick donna en anglais le plaidoyer prononcé la veille par Lachance. Le tout se résumait à rendre Télesphore Gagnon complice de tous les mauvais traitements qui avaient mérité à sa femme la peine de mort. En conséquence, le même verdict s'imposait pour lui aussi.

À dix heures quarante, le juge commença à donner ses directives aux jurés en anglais. Il lisait studieusement, sans jamais s'éloigner de son texte. Il s'arrêta à onze heures trente, visiblement épuisé. Il sembla hésiter, puis ajouta :

— Messieurs les jurés, vous pouvez vous retirer quelques minutes. Les agents vont ouvrir les fenêtres afin de faire aérer un peu la salle.

Le magistrat posa les yeux sur les hommes en uniforme debout au fond.

— Toutefois, précisa-t-il à leur intention, vous gardez les portes fermées. Ne laissez entrer personne. Avec cette foule, nous étouffons déjà.

Pendant que le magistrat s'apprêtait à sortir, Fitzpatrick se leva :

— Votre Honneur, mon stagiaire...

— Bien sûr, vous laisserez entrer ce grand jeune homme.

La précaution du substitut du procureur servit les intérêts de Mathieu. Un peu avant midi, il jouait des coudes afin d'atteindre les grandes portes en chêne. Une foule compacte se pressait là. Il entra quand le juge revenait dans la salle. Par déférence, il demeura immobile le temps que le magistrat atteigne son siège. S'asseyant à son tour, il entendit Déry lire quelques lignes du Code civil.

— Vous avez compris, commenta-t-il ensuite. Toute personne qui délibérément et sans raison maltraite un animal mérite trois mois de prison. Doit-on permettre à un homme de faire subir à une fillette de dix ans, sa propre fille, ce qu'il est interdit de faire à un chien, à un bœuf ou à un cheval ?

Le juge inaugurait là le style de son adresse au jury : il poserait des questions en leur abandonnant le soin de répondre. Chacun comprenait tout de même son mépris pour tous les arguments de l'avocat de la défense. Surtout, il leur demanda de se rappeler, tout au long de son exposé, que la victime, une petite fille de dix ans, mesurait à peine quatre pieds et demi.

— Et regardez l'accusé, un colosse !

Le magistrat reprit toute l'histoire d'un ton cinglant.

— Trois verdicts s'offrent à vous, conclut-il un peu avant une heure trente : meurtre, homicide involontaire ou non-culpabilité.

En posant ses feuillets devant lui, il précisa encore :

— Messieurs les jurés, vous allez vous retirer pour le repas. Vous reviendrez dans quatre-vingt-dix minutes.

Ceux-ci acquiescèrent avec des hochements de tête. Après tous les mots entendus depuis la veille, alternativement en français et en anglais, la tête devait leur tourner.

— Déry a été efficace, commenta Mathieu à l'intention des deux autres occupants de la table. Il ne reste rien des arguments de la défense.

Fitzpatrick lui adressa un sourire moqueur.

— Réprimez votre enthousiasme de justicier et venez manger avec nous.

Alors qu'ils se dirigeaient vers la sortie de la salle d'audience, le substitut demanda :

— Et vos examens ?

— Avec un peu de chance… et beaucoup de lectures nocturnes, je pense bien m'en tirer, finalement.

— Tant mieux. Vous imaginez les ricanements du vieux garçon, si mon stagiaire se trouvait recalé en deuxième année !

Arthur Lachance pouffa dans sa moustache. Mathieu se demanda comment réagir à cet humour caustique.

— Ah ! Picard, ne prenez pas cet air vexé, déclara son employeur. Vous me faites penser à Lavergne quand vous prenez tout au premier degré.

En sortant sous le soleil d'avril, Mathieu choisit de s'amuser de la remarque.

Chapitre 27

Après leur repas, les jurés revinrent dans la salle d'audience à l'heure dite. Les douze hommes, par la bouche de leur porte-parole, Xavier Simard, réservaient une surprise au juge.

— Votre Honneur, nous avons déjà un verdict.

— … Vous n'avez pas commencé vos délibérations.

— Nous avons eu toute la période du dîner pour en discuter.

— Vous allez tout de même vous réunir dans la salle voisine et tenir un vote en bonne et due forme, comme il convient en pareille circonstance.

Déçus, car ils souhaitaient en finir bien vite, les hommes emboîtèrent le pas à l'employé veillant sur eux depuis le début des procédures. À peine quelques minutes plus tard, le magistrat regagna sa place, pendant que les membres du jury entraient dans la boîte. Le greffier, Alphonse Pouliot, s'approcha afin de poser la question d'usage.

— Messieurs, êtes-vous d'accord sur le verdict dans la cause du roi contre Télesphore Gagnon ?

— Oui, nous le sommes, répondirent-ils plus ou moins à l'unisson.

— Votre décision ?

— Coupable, rétorqua le porte-parole, avec la recommandation de la clémence de la cour.

Comme les circonstances l'exigeaient, le greffier posa la même question en anglais à John Reed.

— *Manslaughter.*

Le visage du juge exprima un certain désarroi.

— Nous avons ici un malentendu. Vous pouviez donner l'un de ces trois verdicts : meurtre, homicide involontaire, ou non-culpabilité. En répondant coupable, vous entérinez l'acte d'accusation qui évoque le meurtre. Mais en disant *manslaughter*, l'un de vous rompt l'unanimité, car ce mot signifie homicide involontaire.

Du côté de la table de la défense, un ricanement satisfait vint aux oreilles de Mathieu. Francœur espérait ce blocage. Xavier Simard présenta un visage contrit, bafouilla :

— Nous nous sommes trompés dans les termes...

— Je vous demande de retourner dans la salle de délibération et de reprendre le vote.

Penauds, les douze hommes quittèrent de nouveau la salle d'audience. Les spectateurs, les employés du tribunal et les avocats se regardèrent sans rien dire.

— Ce n'est pas la première fois, commenta le greffier Pouliot. Il y a dix ans, lors du procès de Dickson...

L'employé marqua une pause, avant d'ajouter :

— Je me demande comment ils se sont débrouillés pour discuter dans les deux langues.

Évidemment, ce genre de quiproquo devait parfois survenir. On demandait à des hommes souvent peu scolarisés de jouer un rôle essentiel à l'administration de la justice. L'attente ne dura pas plus de cinq minutes. Le juge reprit son fauteuil, un peu impatient.

— Nous sommes d'accord, nous l'étions dès le début, expliqua Xavier Simard. Nous nous sommes trompés de terme. Homicide involontaire, ou *manslaughter*. Nous voulons que l'accusé soit tenu responsable de la mort de sa fille, mais pas qu'il soit pendu.

Cette fois, en mots de tous les jours, le porte-parole traduisait clairement le verdict du jury.

— Je vous remercie d'avoir servi la justice, commença le magistrat. Je rendrai ma sentence la semaine prochaine. Elle devra servir de leçon aux personnes qui seraient tentées de faire comme l'accusé.

Dans la boîte, Télesphore Gagnon faisait entendre des sanglots bruyants. Comme sa femme, la perspective de la punition l'émouvait plus profondément que les gémissements de douleur d'une enfant torturée.

— Aujourd'hui, commenta le juge Déry, le prisonnier pleure de tout son cœur sur ses torts envers sa petite fille.

« Le bonhomme pleure à la perspective de moisir en prison, et de soulagement d'avoir échappé à la corde », pensa Mathieu.

— Qu'il accepte ce verdict avec courage et dans un véritable esprit de contrition et de repentir. Depuis le ciel, Aurore Gagnon, sa fille, lui pardonnera tout le mal dont elle a souffert.

Les coups de maillet sur le large bureau marquèrent la fin du prêche. Le magistrat ramassa ses documents, puis quitta les lieux dans un bruissement de toge. Les agents escortèrent l'accusé hors de la salle après que celui-ci eut échangé quelques mots avec Francœur. Les jurés encore à leur place se consultaient les uns les autres du regard. Le greffier dut leur expliquer de rentrer à la maison. Leur rôle dans ce mélodrame se terminait abruptement.

Fitzpatrick salua ses « savants confrères » une dernière fois... enfin, jusqu'à ce que le hasard des assises le remette en leur présence. Arthur Lachance fit la même chose. Mathieu ne se sentit pas l'obligation de les imiter.

Le trio mettait les pieds sur le trottoir devant l'édifice majestueux, quand le substitut du procureur général s'arrêta pour dire :

— Picard, ne revenez pas au bureau avant lundi prochain. Il vous reste encore deux examens. Après, reposez-vous un peu.

— Je vous remercie.

Le stagiaire accepta la main tendue, serra aussi celle de Lachance. Ils allaient le quitter quand il demanda :

— Êtes-vous satisfait de ce verdict ?

— À votre ton, je devine que vous ne l'êtes pas.

Le jeune homme marqua une hésitation.

— J'aurais préféré le meurtre.

— Les jurés aussi sans doute, ricana Fitzpatrick, mais ils ne voulaient pas le voir pendu.

Mathieu hocha la tête. Le premier verdict traduisait bien leur position. Ils l'avaient accompagné d'un appel à la clémence. Toutefois, la peine capitale venait avec lui. L'homicide involontaire leur avait ensuite semblé un compromis acceptable.

— Picard, teniez-vous tant que cela à obtenir la corde ?

La question méritait réflexion, alors que ses aînés l'examinaient de leurs yeux curieux.

— Non, je ne me régale pas de cadavres. Je ne souhaite même pas l'exécution de Marie-Anne Houde.

— Là, vous me surprenez.

— Oh ! À mes yeux, elle la mérite cent fois. Mais dans ce cas, Marie-Jeanne traînerait cela sur sa conscience pendant toute sa vie.

Fitzpatrick approuva de la tête. La gamine ne méritait pas cela.

— Pour elle, Francœur a-t-il fait sa demande d'appel ? interrogea Mathieu.

— Pas encore.

— Vous croyez qu'elle sera exécutée ?

— Dans sa situation, un homme n'y échapperait pas. Toutefois, je ne pense pas que cette femme montera sur l'échafaud…

L'avocat s'arrêta, puis secoua la tête.

— Picard, allez vous reposer. Nous parlerons de droit lundi prochain.

Cet ordre impératif ne se discutait pas. Mathieu leur adressa un dernier salut de la tête, puis il décida d'aller souper chez sa mère.

Le dernier examen eut lieu le vendredi 30 avril. Ce soir-là, Mathieu marcha longuement sur le trottoir de la rue Saint-Joseph, en attendant la secrétaire du directeur du magasin PICARD. Flavie se manifesta largement après six heures.

— Je suis désolée, il n'arrêtait pas de me donner des lettres à taper.

— Je vais tenter de ne pas le prendre comme un affront personnel.

L'homme se pencha pour embrasser la joue tendue, puis il lui offrit son bras.

— Tu es prête à venir explorer la rue Saint-Jean ?

— Le restaurant à côté ferait l'affaire.

— Mais le *Café New York* conviendra tout aussi bien, et cela nous changera un peu de nos habitudes de vieux couple.

Elle leva sur lui ses beaux yeux. Le chapeau cloche tout neuf, en paille, lui donnait l'air d'une gamine un peu taquine. Ils se voyaient maintenant depuis plus de huit mois. Ce n'était pas exactement de longues fréquentations, mais le vicaire à qui elle confessait régulièrement ses petits et ses gros péchés lui demanderait bientôt si cette relation poursuivait un but honorable.

Ils prirent un tramway au coin de la rue, parcoururent le reste de la distance à pied depuis la place d'Youville. Finalement, Flavie se montra heureuse de l'accroc à leurs habitudes. Quoique fraîche, la soirée était belle, assez pour aller contempler le fleuve depuis la terrasse Dufferin après le repas.

Après les commentaires obligés sur la beauté du point de vue, la jeune femme demanda :

— Tu dois te sentir soulagé. Cette horrible affaire s'est terminée avant-hier avec un verdict de culpabilité, et ce matin, tu as complété ton dernier examen.

— Je me sens surtout un peu mal à l'aise de t'avoir négligée à ce point, ces derniers mois. Je suis allé te voir à la sauvette tout l'hiver.

— Tu es venu souvent. Dommage qu'une fois sur deux, tu ne m'aies pas parlé.

Le garçon la contempla sans trop comprendre.

— Quand tu ne dors pas la nuit, tes longues marches te conduisent dans la Basse-Ville. L'automne dernier, puis de nouveau ce printemps, après les grands froids, tu t'es rendu chez moi.

— Tu le savais ?

— Dans ma maison de chambres aussi, certaines ont du mal à trouver le sommeil. Quelqu'un t'a aperçu. Après, c'est devenu une espèce de jeu, pour mes voisines. Un jour sur deux, elles me taquinaient sur mon amoureux transi, debout sur le trottoir au milieu de la nuit.

Intimidée, Flavie prenait garde de lever les yeux vers lui. Mathieu regarda le profil régulier, les bouclettes brunes, le rouge des lèvres.

— Parfois, surtout fin mars, je me trouvais bien transi.

La pause dura quelques secondes, puis il ajouta :

— Chaque fois, je me sentais amoureux.

Alors, elle tourna la tête en sa direction, verrouilla son regard au sien. Ses doigts se crispèrent sur son avant-bras.

— Je ne veux pas te décevoir, continua-t-il, mais je n'ai pas marché sous ta fenêtre tous les deux jours. Une fois par semaine tout au plus, quand la température se situait au-dessus de 28 degrés Fahrenheit.

— Je me doutais bien qu'elles exagéraient. Moi, je ne t'ai jamais vu, mais ma logeuse voulait appeler la police.

Pour un stagiaire au bureau du procureur général, un entrefilet dans les « Échos judiciaires » du *Soleil* aurait fait un bien mauvais effet.

Imperceptiblement, Flavie se pencha au point de laisser son épaule s'appuyer contre son bras.

— Cette petite fille, Marie-Jeanne, t'a beaucoup touché.

— Pendant un moment, je l'ai vue comme une jumelle.

La confidence laissa sa compagne troublée.

— Je ne comprends pas.

— Comme moi, elle s'est faite complice d'une très mauvaise action. Maintenant, en devenant la meilleure élève de l'hospice Saint-Joseph, elle essaie de se pardonner à elle-même.

Après cela, Mathieu devait tout dire, ne serait-ce que pour ne pas laisser l'imagination de la jeune femme s'emballer. Le récit de son rôle dans le triste sort de deux déserteurs l'occupa jusqu'à ce que le soleil décline à l'horizon, derrière eux.

— Nous avons très peu entendu parler de cela, ici. Il y a bien eu des rumeurs, après Courcelette…

— À cette époque, précisa le vétéran, le général Tremblay avait obtenu onze condamnations à mort. Huit furent commuées. Il y en a eu d'autres, ensuite.

— Marie-Jeanne n'avait pas le choix. C'était une petite fille.

Le jeune homme comprit le véritable sens de l'observation, il serra les doigts posés sur son avant-bras dans les siens. Lui aussi était un petit garçon égaré dans un monde trop cruel.

— J'habite tout près, proposa-t-il. Allons saluer ma tante Élisabeth. Ensuite, je te reconduirai devant ta porte.

Jusque-là, elle s'était tenue loin de sa maison de chambres.

Au retour de leur promenade, quand ils arrivèrent devant la grande bâtisse de la rue Saint-François, Mathieu s'arrêta près de la porte, posa les doigts sur sa nuque, apprécia la douceur des boucles brunes sous le bord du chapeau. Quand sa bouche se posa sur ses lèvres, elle ne se déroba pas. Même le bout de sa langue, caressante, ne suscita aucun mouvement de recul.

Quand il se releva, Flavie garda la tête inclinée vers l'arrière, puis elle murmura :

— Ce soir, tu pourrais me demander n'importe quoi.

— ... Je sais. Je ne le ferai pas, alors la nuit me gardera éveillé pour une jolie raison. Puis, si je reste très sage ce soir, demain tu m'aimeras encore plus.

La jolie tête exécuta un mouvement de haut en bas.

— Je vais rentrer avant d'attirer l'attention de tout Saint-Roch.

Le dernier baiser fut bref et léger. Après être entrée dans la maison, Flavie souleva un coin du rideau afin de le regarder s'éloigner.

Une fois l'année scolaire terminée, les étudiants regagnaient leur domicile. La pension de la rue Sainte-Geneviève devenait alors une retraite paisible. Dans peu de temps, ce serait la fin de la session à l'Assemblée législative. Pendant une courte période, les lieux seraient presque déserts. Ensuite, avec le soleil de juin, les touristes reviendraient dans la ville.

Libéré par la fin des cours, Mathieu aurait pu bénéficier d'un peu de repos. Il s'investit toutefois dans la cause du meurtre de l'un de ses collègues, officier du 22e bataillon, survenu à Lévis. Cette affaire ne le touchait pas au cœur de la même façon. Surtout, ses soirées se passaient désormais à des activités plus sereines que la fréquentation de traités de droit.

Seul dans le salon avec sa tante Élisabeth en fin de soirée, une tasse de thé à la main, il demanda :

— Votre première année dans cette grande demeure s'achève. Quel bilan en tirez-vous ?

— ... Les prévisions de ta mère se sont réalisées. Pendant six mois, je me suis inquiétée. Maintenant, je me dis que six chambres de plus permettraient un meilleur rendement sur mon capital. Je rêve d'agrandir.

— Vous ne regrettez rien ?

— Pourquoi donc ? J'ai fait un choix, les choses ont plutôt bien tourné.

La femme demeurait toujours séduisante. La mode lui permettait maintenant de révéler de jolies jambes. Assise dans son fauteuil, toujours bien droite, la taille fine, ses cheveux blonds soigneusement attachés pour dégager les oreilles et le cou, elle affichait plus d'assurance que jamais auparavant au cours de son existence.

— Je voulais dire : vous n'avez pas la nostalgie de votre existence antérieure ?

— Mon époux me manque parfois, ma vie à ne rien faire, pas du tout. Passer mes journées à papoter avec des voisines, très peu pour moi. De toute façon, elles me snobaient. Après tout, je suis née dans une ferme, j'ai été au couvent grâce à la générosité d'un vieux prêtre.

— Plutôt, elles vous jalousaient.

Élisabeth lui jeta un regard moqueur, puis elle murmura :

— Tiens, tu deviens flatteur. Tu ne souhaites pas réduire le montant de ton loyer, tout de même ?

— Ce n'est pas de la flatterie, nous le savons tous les deux. Et non, je ne songe pas à réduire le montant de ma mensualité. Je pense plutôt à l'augmenter.

— Là, ou je ne comprends pas, ou Marie a échoué à te faire partager un peu de sa prudence en affaires.

— Le docteur Davoine va nous quitter bientôt...

Mathieu perdrait son voisin d'en bas, l'occasion de longues conversations et sa source de prescriptions pour acheter une bouteille d'alcool de temps en temps. Le jeune professionnel avait repéré un médecin de Saint-Grégoire-de-Montmorency désireux de se retirer progressivement. Il partagerait d'abord son cabinet, puis reprendrait toute l'affaire dans quelques années.

— Tu veux occuper ses deux pièces ?

— C'est un peu plus compliqué que cela. Vous accepteriez de louer à un jeune couple ?

Son interlocutrice le contempla un long moment, puis elle demanda :

— La jeune fille timide de l'autre jour ?

Si Flavie avait convenu que la tante de son ami était une femme très agréable, elle s'était montrée gauche et empruntée en sa présence.

— Oui, mais je ne lui en ai pas encore parlé.

— Tu doutes de ses sentiments ? Elle est folle de toi.

— Je doute plutôt de moi, de la profondeur de mon engagement, de la durabilité d'une relation de ce genre. Ses émotions à elle me paraissent limpides.

— Tu crains une mésalliance ?

Élisabeth parut déçue. Le visage d'Édouard lui vint à l'esprit. Le garçon avait préféré un mauvais mariage à l'amour de Clémentine, une petite employée.

— Parce qu'elle est secrétaire et moi, un futur avocat ? demanda-t-il en riant. Vous me connaissez tout de même mieux que cela.

Après une pause, il reprit :

— Flavie a sur moi un effet apaisant. Si un jour, je deviens moins hanté par mes mauvais souvenirs, lui trouverai-je le même charme ?

— Je ne la connais pas, mais je crois qu'elle a mieux à offrir qu'une certaine sécurité. Avec de la chance, tu sauras le découvrir. Puis, tu as l'âge de te marier.

Dans quelques semaines, Mathieu aurait vingt-trois ans. Sans l'intermède de la guerre, il serait déjà en quête d'une carrière, son diplôme en poche.

— Alors, l'idée d'avoir un couple dans ces deux pièces vous paraît-elle acceptable ? Bien sûr, le prix serait établi en conséquence.

— Bien sûr.

Élisabeth demeurait narquoise, à la fois amusée et émue.

— Tu ne crains pas d'être à l'étroit ?

— Cela ne doit pas représenter un problème. Du moins pas durant les premières années.

De nouveau, le visage d'Édouard se forma dans l'esprit de son interlocutrice.

— Tu sais, pour certains, c'est un problème dès le premier jour, pour moi, cela ne l'était pas après vingt ans. Je songeais à la possibilité que du… « nouveau » se pointe bien vite. Tu passes tes soirées à étudier. Avec un enfant qui pleure à côté, ce serait autre chose.

— Je ferai mon possible pour éviter ce « nouveau », le temps de commencer une carrière.

Évoquer aussi clairement la « limitation de la famille » ne se faisait pas. La femme fixa la porte du salon, afin de s'assurer de l'absence de tout témoin.

— Je serai heureuse de vous recevoir tous les deux. Une autre présence féminine à table me soulagera un peu de l'attention de ces messieurs. Notre ami Davoine doit nous quitter à la mi-juin. Tu pourras emménager à ce moment.

— N'oubliez pas que je n'ai pas encore dit un mot de cela à Flavie. Je ne peux supputer du cours des choses.

— Bien sûr, il conviendrait de lui faire part de ce projet.

Encore une fois, elle souligna la phrase d'un sourire un peu moqueur. Finalement, le théâtre de la vie de ses semblables constituait un bon divertissement. Ses nouvelles fonctions la mettaient aux premières loges.

— Seul mon grand frère pouvait m'entraîner dans un endroit pareil à huit heures du matin.

— Ne me rejoue pas cette scène. Tu crevais d'envie de les voir.

Thalie se tenait près de Mathieu à la « réception » de la prison de Québec. Tous les nouveaux locataires des lieux arrivaient là, dans une espèce de sas soigneusement sécurisé. Après avoir passé la porte, prévenus et détenus donnaient tous leurs effets au personnel, subissaient une fouille à nu et recevaient un uniforme gris-bleu.

Un homme élégant vint bientôt les rejoindre.

— Monsieur Fitzpatrick, commença le stagiaire, je vous présente ma sœur cadette, Thalie.

— Mademoiselle Picard, déclara le substitut du procureur général en lui tendant la main, je suis heureux de vous connaître. La demande de votre frère de vous réserver une place ici ce matin m'a un peu surpris. Je suppose que vous y trouvez un intérêt médical.

— En quelque sorte, oui.

Devant lui, elle ne nia pas sa curiosité.

— On se demande toujours si des caractéristiques physiques permettent de reconnaître des monstres de ce genre, ajouta-t-elle.

— J'en ai côtoyé plusieurs. Ils se distinguent surtout par leur incroyable banalité.

La petite salle bourdonnait de conversations murmurées. Une dizaine de journalistes se trouvaient là pour voir le transfert de Télesphore Gagnon vers le pénitencier de Saint-Vincent-de-Paul, où il purgerait une peine de prison à vie. Le juge Déry avait finalement prononcé la sentence trois jours plus tôt.

L'ouverture bruyante d'une lourde porte en fer fit sursauter tout le monde. Derrière des barreaux épais, ils virent une silhouette très frêle, celle de Marie-Anne Houde, entrer dans un petit réduit.

— C'est elle ? demanda Thalie d'une voix éteinte.

— Oui, fit Fitzpatrick. On lui a donné la permission d'assister au départ de son époux.

L'étudiante s'approcha de la grille.

— Laissez-moi voir, dit-elle à un journaliste de *La Patrie*.

Le jeune homme se tourna pour envoyer promener l'importune. La vue du joli visage le ramena à de meilleurs sentiments.

— Mettez-vous devant moi.

Petite, elle pourrait se coller à la cloison métallique. Lui, verrait au-dessus de sa tête. La trop grande proximité de ce gratte-papier ne la dérangea même pas, tellement la condamnée la fascinait. Le procureur de la Couronne disait vrai. Les cheveux bruns marqués de gris, les yeux un peu globuleux, la silhouette arrondie par la grossesse, tout cela n'avait rien de remarquable.

— Vous avez raison, remarqua-t-elle en revenant vers l'avocat et son frère. Une femme bien ordinaire, que rien ne distingue des autres... sauf le vide du regard.

— Cela, tous les condamnés à mort en sont affectés, rétorqua Fitzpatrick.

De nouveau, le bruit de barres en acier repoussées dans leur logement fit sursauter l'assistance. Avec des chaînes aux pieds et aux mains, Télesphore Gagnon, encadré par deux solides gardiens, entra dans la grande salle.

— Vous avez cinq minutes pour parler à votre femme, l'informa Jean-Baptiste Carbonneau, le directeur de la prison. Messieurs, si vous voulez avoir la décence de vous éloigner un peu.

Les derniers mots s'adressaient aux journalistes. Ils reculèrent à regret. Le couple, de part et d'autre de la grille d'acier, les mains réunies entre les barreaux, se concerta longtemps. Marie-Anne Houde laissait échapper des sanglots étouffés. Cet échange serait leur dernier. Dans moins de cinq mois, cette femme devrait danser au bout d'une corde.

— Francœur n'a pas encore fait appel de la sentence, murmura Mathieu à l'intention de son employeur.

— Mais de nombreuses personnes plaident déjà en faveur d'une commutation. Peut-être veut-il d'abord voir jusqu'où ira ce mouvement de sympathie.

— Personne ne peut ressentir de sympathie pour elle, décréta Thalie.

L'avocat lui adressa un sourire.

— Êtes-vous une justicière de la trempe de votre frère ? Vous savez, des femmes très respectables de la Haute-Ville, tout comme des groupes de fermières des comtés de Lotbinière et de Nicolet, abreuvent déjà leurs députés respectifs d'appels à la clémence.

— Des femmes ? Certainement pas des mères !

— Surtout des mères. Selon elles, on ne peut exécuter une personne capable de donner la vie. En plus, elle est enceinte. Cette marâtre a fait mourir un enfant, peut-être plusieurs, mais elle sera finalement sauvée par le fœtus dans son ventre.

Écœurée, Thalie grimaça de dépit. Elle réclamait pour elle-même et ses consœurs les mêmes droits que les hommes. Cela voulait dire aussi les mêmes devoirs, et éventuellement les mêmes sentences, dans le cas de crimes.

— Quelle sensiblerie !

Près de la porte donnant accès à l'extérieur, un constable déclara :

— Le train pour Montréal va partir bientôt.

Ce rappel agit sur le directeur de la prison. Il fit signe aux gardiens de conduire le détenu vers le fourgon cellulaire stationné près de la porte.

— Télesphore, non ! hurla la femme en se laissant choir sur le sol.

Deux matrones l'aidèrent à se relever, pour la conduire ensuite vers sa cellule. Les spectateurs médusés furent ébranlés par cette scène.

— Monsieur Fitzpatrick, déclara bientôt le stagiaire, comme convenu, je vais aller reconduire ma sœur à la maison. Je reviendrai au bureau en matinée.

— Bien sûr. Mademoiselle.

Elle accepta la main tendue, puis fut heureuse de retrouver l'air libre.

Chemin faisant, Mathieu s'arrêta au Château Frontenac afin de déjeuner. Après avoir commandé son repas, Thalie commenta :

— Tu avais raison, ton patron semble un homme bien.

— Oui. Toutefois, nous allons nous quitter bientôt.

— C'est vrai, après les assises criminelles, le bureau du procureur général fera relâche.

Le garçon avala un peu de café, puis précisa en reposant sa tasse :

— Ce seront plutôt des adieux définitifs. La dernière année m'a fait comprendre que le droit criminel ne me convient pas. Inutile de continuer là-bas dans les circonstances.

— Tu vas donc profiter d'un bel été…

La jeune femme ressentait un peu de jalousie. Elle commencerait au Jeffery's Hale dès le lundi suivant.

— Ce n'est pas mon intention. Je compte tâter un peu du notariat, si aucun cabinet spécialisé en droit des affaires ne veut de mes services. Paul est déjà en train de discuter avec des collègues.

— Tu tenais à ce tête-à-tête pour me faire part de cela ?

La veille, son invitation à assister aux adieux à la prison s'accompagnait d'une autre, pour le déjeuner.

— Non, je voulais te demander conseil.

L'aveu laissa Thalie un peu interloquée. Elle se cala dans sa chaise pour attendre la suite.

— Je voudrais passer à une autre étape dans mes relations avec Flavie.

À demi surprise, à demi amusée, elle attendit que le serveur pose les assiettes devant eux avant de demander :

— Songerais-tu à répéter avec elle l'étrange réception de la dernière Saint-Sylvestre pour des fiançailles ?

L'engagement entre Françoise et Gérard Langlois remportait la palme, au chapitre des réunions familiales ratées.

— Non, Flavie ne survivrait pas à cela, et encore moins ses parents. De toute façon, comme la dépense doit incomber à la famille de la promise, au mieux nous aurions droit à la taverne de L'Ancienne-Lorette.

— ... Tu veux en faire ta maîtresse ?

Le jeune homme devina le dernier mot, émis dans un souffle.

— Grands Dieu, non ! Elle tient à sa vertu.

— Dans ce cas, je ne comprends pas.

— J'envisage de lui soumettre ce soir l'idée d'un mariage discret... Si cela te semble raisonnable.

Pour une rare occasion de sa vie, Thalie demeura muette de surprise. Après avoir joué du bout de sa fourchette avec ses œufs, elle lui objecta :

— Dans cette phase de ta vie... Je veux dire, tu es toujours étudiant.

— Comme le tien, mon revenu vaut le salaire d'un employé, elle a ses gages. L'idée te semble saugrenue ?

Ses yeux témoignaient d'une réelle inquiétude, l'opinion de sa petite sœur lui semblant alors vitale.

— Si tu en es là, c'est que tu l'aimes.

— Depuis des mois, elle représente le côté le plus serein de mon existence.

— Tu ne peux pas mettre en veilleuse ce projet, le temps d'obtenir ton diplôme ?

— Si papa t'entendait, il se retournerait dans sa tombe.

Thalie rit de bon cœur. La fantasque jeune femme tentait d'amener son trop sage aîné à la prudence.

— Donne-moi ta meilleure raison de faire cela tout de suite… en m'épargnant les motifs que mes chastes oreilles ne sauraient entendre, bien sûr.

L'allusion aux exigences de la chair amusa le jeune homme.

— Depuis près de deux ans, je souffre de voir mon passé resurgir dans ma vie présente. J'ai une envie folle de me plonger dans le futur sans regarder derrière, de faire un énorme pari sur demain.

— Alors, fais-le. C'est merveilleusement déraisonnable.

Cette bénédiction lui apporta un baume au cœur. Après avoir affecté un visage heureux, il se renfrogna un peu.

— Il y a un hic. Je ne lui ai pas encore dit un mot de ce projet. Si elle refuse…

— Elle dira oui.

Sur cette assurance, Mathieu entama son repas de bon appétit.

Flavie Poitras… non, Picard, s'habituait lentement à dormir avec quelqu'un. La sensation d'un corps contre le sien s'avérait étrangement délicieuse. Elle saisit avec précaution le poignet, souleva l'avant-bras posé sur sa taille, puis se leva en silence.

La lumière baignait la chambre. Il devait déjà être six heures. Son peignoir soigneusement attaché, la main au col pour le fermer totalement, elle se glissa vers la salle de bain située au bout du couloir.

Quelques minutes plus tard, elle secouait légèrement l'homme endormi en disant :

— Ton nouveau patron n'aimera pas te voir arriver en retard.

Mathieu ouvrit les yeux, sourit au visage penché sur lui, puis consulta le réveil sur le chevet.

— Tu as raison. Je pense avoir dormi d'une traite toute la nuit.

— Oh ! Ça, je peux en témoigner.

L'homme se leva, lui fit la bise, puis demanda d'une voix contrite :

— Je ronfle tant que cela ?

— Entendons-nous sur le mot « ronronner ». Cela fera plus romantique.

Le nouveau marié eut envie de l'attirer vers lui, mais déjà elle enfilait sa robe. Pour se rendre au magasin PICARD, elle devait prendre deux tramways. Mieux valait ne pas la mettre en retard. Passant la porte à son tour, il s'arrêta pour dire :

— Je dors bien mieux. Je te remercie.

— Cela doit être l'un des avantages du mariage évoqué par le curé, rétorqua-t-elle avec un clin d'œil.

Quelques minutes plus tard, ils prenaient place à la grande table de la salle à manger avec Élisabeth. Les touristes, pouvant se prélasser un peu dans leur lit, descendraient plus tard.

Avec un tact irréprochable, la maîtresse des lieux entendait faire de la nouvelle venue une épouse de notable modèle. Flavie s'abandonnait avec la meilleure des grâces à cet élégant Pygmalion.

FIN DU TOME DEUX

Quelques mots

Marie-Anne Houde ne fut jamais exécutée. La sentence fut commuée en prison à vie après la naissance de jumeaux pendant son incarcération à Québec. Son transfert à Kingston vint ensuite. Atteinte d'un cancer, libérée le 3 juillet de 1935, elle mourra le 12 mai 1936.

Télesphore Gagnon connut un sort plus enviable encore. Condamné à la prison à vie, il fut libéré dès 1925. De retour dans son village, il se remaria en 1938. Il décéda pendant l'été de 1961.

Pourquoi reprendre encore l'histoire d'Aurore, l'enfant martyre de Sainte-Philomène-de-Fortierville? On s'est peu intéressé jusqu'ici aux motivations ou, si l'on préfère, aux justifications des parents. Pourtant, celles-ci étaient apparues suffisantes pour que personne dans leur localité, y compris l'abbé Ferdinand Massé, n'intervienne dans cette histoire. Adjutor Gagnon fut le premier à alerter les pouvoirs publics, en la personne du juge de paix Oréus Mailhot, deux jours avant le décès.

Le long silence de leurs concitoyens tenait au fait que ces crimes se passaient dans le secret de la maison, mais aussi à des principes largement admis alors: 1) le caractère inviolable de la vie privée ou familiale ; 2) l'usage des châtiments corporels dans l'éducation des enfants.

Les péripéties du procès lui-même demeuraient peu connues. Dans ses directives au jury, le juge Pelletier affirmait que l'accusation possédait peu d'arguments solides avant le témoignage de Marie-Jeanne Gagnon, puis celui de ses frères. Littéralement, la fillette fut responsable du verdict final, puis de la sentence. Son calvaire, ou plutôt l'histoire de sa rédemption, méritait d'être racontée.

La situation de cette enfant devint plus effroyable encore quand on pense qu'en témoignant contre sa belle-mère, elle révélait ses propres fautes. Ses demi-frères vinrent corroborer au procès les accusations de « complicité » formulées par l'avocat de la défense, Joseph-Napoléon Francœur.

Malgré les deux mille pages de documents utilisés pour préparer le roman, la tâche fut rendue facile grâce à une source providentielle : un site Internet intitulé *Les grands mystères de l'histoire canadienne* (*Canadian Mysteries*). Vous pourrez sans mal le consulter et y trouver une grande partie des sources primaires : documents tirés des archives judiciaires et nombreux articles venus des journaux. Toutefois, tout n'y est pas, et parfois on trouve des erreurs de classement des documents. Cependant, le travail effectué par ses auteurs est remarquable.

Le site *Bibliothèque et archives nationales du Québec* comprend lui aussi de nombreux documents utiles, dont des collections de journaux.

J'ai essayé de rester fidèle aux témoignages rendus en cour. Je n'en ai cependant pas reproduit le texte. Un témoignage est, par sa nature même, un récit hachuré, marqué d'hésitations, extrêmement répétitif, car les avocats cherchent des contradictions, des omissions, des erreurs de faits, etc. ; ou alors ils veulent éviter toute omission ou toute erreur, justement.

Par exemple, voici un extrait de la déposition de Marie-Jeanne, relatant les brûlures faites avec le tisonnier. Maître Arthur Fitzpatrick, substitut du procureur général, pose les questions :

> Q. *Comment se prenait-elle pour la brûler ?*
> R. *Elle l'attachait après la table, elle la brûlait avec le tisonnier ; elle la brûlait partout.*
> Q. *Où faisait-elle chauffer le tisonnier ?*
> R. *Dans la porte du poêle.*
> Q. *Étiez-vous là quand elle l'a brûlée ?*
> R. *Oui.*
> Q. *Disiez-vous quelque chose, vous ?*
> R. *Non. Elle nous faisait regarder par le châssis pour voir s'il venait pas quelqu'un.*
> Q. *Elle vous faisait regarder par le châssis pour voir s'il ne venait pas quelqu'un ?*
> R. *Oui.*
> Q. *Qu'est-ce que votre petite sœur faisait pendant qu'elle se faisait brûler comme ça ?*
> R. *Elle criait, elle criait et puis, une fois, elle lui a bandé la bouche avec une* strappe *de cuir.*
> Q. *Vous dites qu'elle lui faisait quoi ?*
> R. *Elle lui bandait la bouche avec une* strappe *de cuir.*

Son seul témoignage aux procès de ses parents compte plus de vingt-cinq mille mots, plus d'un sixième de la longueur de ce long roman. Si je ne l'ai pas repris mot à mot, je me suis efforcé toutefois d'en respecter scrupuleusement la teneur.

J'avais un autre motif de m'intéresser à cette histoire. Je suis né à quelques kilomètres de Sainte-Philomène-de-Fortierville. Pendant mon enfance, le récit hantait encore, comme il hante toujours, la mémoire collective dans la région. D'ailleurs, si vous vous rendez dans ce village, vous trouverez la tombe d'Aurore toujours fleurie. D'un sujet de honte, l'événement est devenu un attrait touristique.

J'ai fréquenté l'école avec des Mailhot, des Gagnon, des Lebœuf, des Hamel, des Lemay, des Saint-Onge : ce sont les mêmes patronymes que dans ce roman. J'avais un vieux compte à régler avec cette mémoire.

J'ai fait allusion à plusieurs documents dans ce texte. Certains ont été cités littéralement, d'autres paraphrasés. J'en soumets à votre curiosité deux autres, présents sur le site Internet mentionné plus tôt. Le premier est une lettre attribuée à Aurore Gagnon, écrite pendant son séjour à l'Hôtel-Dieu pour soigner une blessure à un pied. J'en respecte bien sûr l'orthographe et la syntaxe :

Bien cher maman

je vous dit que je mannui beaucoup être vous capable de venir mevoir jespaire de mannaler parse que monpier se géri tranquileman gé âtre de mannaler je mannui baucoup gemmerai a vous voir vous avé pas anvoigué les petit garcon ala prison gespaire que vous allé venir mecherché gé bien âtre de vous voir vous être pas malade je vous dit que je vous an vairé une lettre

Anvoigé mé 3 cen pour lé lettre

maman papa
jaccline

Est-ce bien de sa main ? Ce prénom inédit peut en faire douter, mais elle réfère à deux faits précis : elle s'inquiète du sort des garçons accusés de l'avoir blessée au pied ; elle réclame de rentrer bien vite auprès de celle qui la fera mourir.

La seconde lettre, celle-là de Marie-Jeanne Gagnon, est adressée aussi à sa belle-mère :

Québec, 28 avril, 1923.

Madame Télesphore Gagnon,
Kingston.

Bien aimée maman,

Vous me pardonnerez bien mon long silence, sans doute il doit vous avoir peiné ; mais veuillez bien user de votre indulgence à mon égard ; ce n'est ni paresse ni oubli, mais bien la grande préoccupation des concours de fin d'année qui m'absorbe de ce temps. J'ai répondu à la lettre de ma tante Rachel j'aimerais bien cela aller passer les vacances avec elle. Vous me demandiez si j'avais mes passages non je ne les ai point et puis je voudrais que ma tante me donne des renseignements pour le trajet, voulez vous avoir la bonté de lui écrire et de lui dire tout cela donc chère maman je vais compter sur vous pour tout. J'ai vu Pauline il n'y a pas très longtemps. Elle n'était pas de belle humeur, elle était malade cette chère petite malgré tout elle était contente de me voir. Georges est en bonne santé il vous envoie mille baisers Ne trouvez-vous pas que les vacances arrivent à grands pas pour moi toujours les mois se passent bien vite encore deux mois, et la clé des champs sera à nous. Que j'aimerais vous voir au milieu de nous ce serait encore plus joyeux mais ne perdons pas espérance rien n'est impossible à Celui à qui on s'adresse. J'avais oublié de vous dire de ne pas vous occuper de mon linge pour sortir je l'ai tout ici ; celui des vacances est chez grand'père à Fortierville, je n'aurai qu'à aller le chercher rendu chez mon oncle Welly.

Bonne maman ce n'est qu'à regret que je vous quitte ; j'ai hâte de vous lire par l'entremise de ma tante.

De votre enfant aimante
Marie-Jeanne Gagnon

Ce texte témoigne de la situation très délicate où se trouvait cette petite fille. Aimant cette femme comme sa propre mère, elle l'a fait condamner à la potence. À l'époque, Marie-Jeanne vivait chez une tante et continuait sa scolarité. Elle semble avoir tiré le meilleur profit de l'éducation offerte par les religieuses. Peu scolarisée avant l'âge de douze ans, en 1923, elle s'exprime avec élégance dans une langue châtiée. Bon, soyons honnêtes, elle devait s'endormir quand l'enseignante parlait de la ponctuation… On lui pardonnera volontiers cette lacune.